LARRY NIVEN
STEVEN BARNES

DAS VOODOO SPIEL

Ein Traumpark-Roman

Ins Deutsche übertragen
von Uwe Anton

BASTEI LÜBBE

BASTEI-LÜBBE-TASCHENBUCH
Band 24 165

Erste Auflage:
Februar 1993

Deutsche Lizenzausgabe 1993
Bastei-Verlag
Gustav H. Lübbe GmbH & Co.,
Bergisch Gladbach
Originaltitel:
The California Voodoo Game
Lektorat: Wolfgang Neuhaus/
Reinhard Rohn
Titelillustration:
Dorian Vallejo
Umschlaggestaltung:
Quadro Grafik, Bensberg
Satz: Fotosatz Schell, Bad Iburg
Druck und Verarbeitung:
Brodard & Taupin,
La Flèche, Frankreich
Printed in France

ISBN 3-404-24 165-7

Der Preis dieses Bandes
versteht sich einschließlich der
gesetzlichen Mehrwertsteuer.

Prolog

DIENSTAG, 19. JULI 2059, 15 UHR 00

Das Geraune der fünftausend Zuschauer war in den vergangenen siebzig Minuten zu einem tosenden Lärm angeschwollen. Die Halle im Erdgeschoß des Traumpark-Hyatt war bis auf den letzten Platz mit jubelnden, trampelnden und johlenden Fans gefüllt. Fahnen wehten wie winzige Drachenschwänze im Wind. Gesichter aus einem Dutzend Länder waren voller Erwartung.

Auf dem Boden der Halle befand sich eine mehrstöckige Glaskuppel mit einem schmalen, spitz zulaufenden Dach. Die darin befindliche Miniatur-Stadt funkelte, als hätte man sie aus einem Diamanten oder einem Eisberg herausgeschnitten. Hinter ihren Mauern krochen Lichter, die leuchtenden Schlangen ähnelten; Wände bewegten sich wie Schiffe, die sich einen Weg durch ölbedeckte Meere bahnen mußten; aus flachen Kohlenpfannen stieg duftender Rauch. Der Minotaurus hätte sich hier sofort heimisch gefühlt.

Das war das Kristall-Labyrinth. Es wurde von Plastikglas bedeckt, das nur von einer Seite aus durchsichtig war; so konnten die Zuschauer im Zwischenstock und den oberen Galerien des Hyatt das bevorstehende Duell verfolgen. Videokameras würden alles übertragen – nicht nur in Tausende Hotelzimmer, sondern gleichzeitig weltweit in Hunderttausende Privathaushalte und Spielsalons.

Ein Pfeifton durchschnitt die Luft, und das Geschrei und Gejohle verstummte. An der westlichen Hallenecke öffnete sich eine Tür. Vier Kämpfer gingen zur Markierung.

Tammi Romati hatte das hellblonde Haar mit dem Band ihrer Virtuell-Brille zurückgebunden. Sie war wunderschön; ein Traum aller Männer in weißem Leder. Tammi hatte den Körperbau einer halbprofessionellen Bodybuilderin. Die Stärke, die sie ausstrahlte, genügte schon, um die meisten

Männer einzuschüchtern; es war gar nicht erst nötig, daß sie erfuhren, welches Geschlecht Tammi sexuell bevorzugte.

Neben ihr stand Twan Tsing, die Zauberin. Sie hatte sich in einen roten Umhang und eine smaragdgrün flackernde Flammenwand gehüllt. Twans kurzgeschnittenes, schwarzes Haar war unter einer smaragdgrünen Kappe verborgen, in der sich ihre Virtuell-Einheit befand. Die grünen, aus Flüssigkristall bestehenden Linsen der Virtuell-Brille beraubten Twans kantonesische Augen zwar ihrer Farbe, konnten jedoch nicht deren Intensität verbergen. Sie war einen halben Kopf kleiner als Tammi, und ihre Muskeln waren nicht so übertrieben ausgeprägt. Twan vollführte mystische Gesten und verschränkte die Finger zu geheimnisvollen, winkeligen Figuren. Ihre Aura wurde heller, bis sie den Glanz der Scheinwerfer überstrahlte, dann verblaßte sie geräuschlos.

Links neben ihr stand der Mausling, Tammis Sohn. Er trug graues Leder, und an der linken Hüfte zog das Gewicht eines silbernen Säbels seinen Gürtel herunter. Er war ein Dieb, vielleicht sogar ein Plünderer oder Mörder. In zwei Monaten würde er seinen vierzehnten Geburtstag feiern; dennoch vereinten sich im Mausling bereits die geringschätzige Verächtlichkeit eines Halbwüchsigen mit der kaltblütigen Selbstsicherheit eines Erwachsenen. Mit dem Daumen überprüfte er die Schärfe der Säbelklinge.

Neben dem Mausling stand der Krieger Appelion. Er war das genaue Gegenteil des Jungen: Appelion war groß und kräftig, hatte einen schwarzen Bart und trug einen wilden Gesichtsausdruck zur Schau. In der linken Hand hielt er mühelos eine schwere einschneidige Kampf-Axt.

Beide Männer trugen auf ihre Rolle zugeschnittene Versionen der Virtuell-Einheiten; diese besondere Video-Ausrüstung bestand aus einem Sende- und Empfangsteil und versetzte den Benutzer in die Lage, die speziellen Bilder wahrzunehmen, mit denen die Holographien und mechanischen Illusionen, die ihn erwarteten, überlagert wurden.

Alle vier entrichteten der versammelten Menge mit erhobenen Händen ihren Gruß und nahmen die ohrenbetäubende Ovation gnädig entgegen.

Dann schwang das östliche Portal auf.

Wieder betrat zuerst eine Frau die Halle, Acacia Garcia. Sie trug den Lederpanzer und die Beinkleider eines Nomadenkriegers. Acacia war wie die geschmeidige, athletische Mischung aus Pueblo-Indianerin und Spanierin, in deren Adern ein Schuß maurisches Blut floß. Sie war nicht so muskulös wie Tammi Romati, hatte dunkle Augen und einen breiten Mund, der sich genauso schnell wütend verziehen wie lachen konnte. Das lange, schwarze Haar verlieh ihr eine sinnliche Ausstrahlung, die die Menge verstummen ließ und irgendwo über ihr jemanden dazu brachte, ein deutlich hörbares »Was für ein scharfes Weib!« auszustoßen. Sie musterte den Raum beinahe abwesend, entspannte sich, ließ die Schulter sacken und hielt plötzlich mit einer nur andeutungsweise wahrnehmbaren Bewegung das Schwert in der Hand. Sie stand unerschütterlich da und ließ die Wachsamkeit eines hungrigen Leoparden erkennen.

Nächst Acacia kam eine kleine Gestalt mit einem freundlichen, sonnengebräunten Gesicht in einem Nonnenkostüm. Aus der Menge stieg der Ruf »Die Mutter Oberin!« auf. Die Ordensfrau nickte ernst, und ihre Finger zeichneten die Umrisse des Davidssterns auf ihrer Brust nach. Hinter ihr erschien ein kleiner, blasser, untersetzter Mann, der Magier Captain Chiffre. An seiner Seite schritt ein waschechter Zulu-Krieger namens Terrance Coolidge.

Alle trugen entweder Virtuell-Brillen oder hatten die Virtuell-Linsen zum Bestandteil ihres Kostüms gemacht.

Das vor ihnen befindliche Kristall-Labyrinth erzitterte und gab stöhnende und ächzende Geräusche von sich, als wäre es ein lebendiges Wesen.

»In zwei Tagen werden wir beim Voodoo-Spiel gegen die Troglodyten antreten. Sie sind siegesgewohnt. Wir müssen sie jetzt verunsichern. Wir müssen unsere Überlegenheit deutlich machen oder

zumindest ihren Respekt erringen – sonst machen sie uns nieder. Ich habe eine Strategie entwickelt«, hatte Acacia ihrem Team gesagt. »*Vielleicht erscheint sie euch verrückt, doch ihr müßt mir vertrauen ...«*

Als Acacia nun auf dem Video-Bildschirm Tammi Romatis kühlen, selbstbewußten Blick sah, fragte sie sich, ob ihre Zuversicht nicht unangebracht gewesen war. Tammi hatte noch nie ein Spiel im Kristall-Labyrinth verloren.

Der Eingang zum Kristall-Labyrinth öffnete sich inmitten einer rosafarbenen Rauchwolke.

Ein kleiner Mann trat vor, der einem Erwachsenen kaum bis zur Hälfte gereicht hätte, und seine dicke, graue Haut war mit Warzen von der Größe und Form einer Fünfzig-Cent-Münze übersät. Mit der Hand wedelte er Rauch von seiner dicken Nase fort und winkte dann Acacia und ihre Gefährten zu sich. »Hier entlang«, flüsterte er und hob einen knorrigen Finger an die Lippen.

Acacia folgte dem Troll und vertraute darauf, daß ihre Instinkte und ihr Schwert sie im Notfall retten würden. Ihre Gegner hatten keine Zeit gehabt, die Einwohner zu beeinflussen ... Oder etwa doch?

Die Öffnung in der Mauer schloß sich hinter ihnen.

»Haltet die Augen offen, falls er uns verrät«, flüsterte sie ›Prez‹ Coolidge, dem großen, stämmigen Schwarzen an ihrer Linken zu. Seine Augen waren voller Konzentration zu Schlitzen verzogen. Ihm würde nichts entgehen, und Acacia hatte einmal beobachtet, wie er an einem Sommertag Fliegen aus der Luft fing ...

Die Wände des Labyrinths erzitterten wie die Herzkammern eines Titanen. Hinter den Kristallmauern flackerten für einen Augenblick lachende und höhnisch verzogene Gesichter auf. Als Acacia sich umdrehte, um die Gesichter näher zu betrachten, lösten sie sich auf, während ihr Gelächter spöttisch durch die Korridore hallte.

Acacia blickte auf den Armband-Monitor. Sie berührte flüchtig einen Knopf, und das Kristall-Labyrinth erschien in der Vogelperspektive. Die Troglodyten waren als Zusammenballung roter Punkte zu sehen. So konnte sie ihre Bewegungen verfolgen – die einzig vernünftige Taktik.

Von beiden Teams wurde erwartet, daß sie sich zur Mitte des Labyrinths vorkämpften. Dann würden sie – gleichermaßen erschöpft – die Sache zum Vergnügen des Publikums auskämpfen. Vielleicht gab es doch einen anderen, besseren Weg …

Sie drückte verschiedene Knöpfe und schaltete den Armband-Monitor ganz ab.

»Was tust du da?« flüsterte der schlanke Zulu.

»Vertrau mir«, sagte Acacia. »Ich habe einen Plan.«

»Himmel! Haben den nicht alle?«

Ein unter die Haut gehendes Summen ließ die Wände des Labyrinths vibrieren, und Acacia umfaßte den Schwertgriff fester. Es hörte sich wie ein Fliegenschwarm an. Oder waren es Bienen?

Vor ihnen erschien ein grelles Licht aus dem Nichts, das sich mit einer so unglaublichen Trägheit fortbewegte, daß es wie ein Leinentuch von einer spiegelnden Wand zur anderen sprang. Dennoch bewegte es sich so schnell, daß es Acacia unmöglich war, sich zu ducken oder ihm auszuweichen. Als der Lichtteppich ihr Gesicht traf, verwandelte sich die Welt in eine sengende, weiße Fläche, aus der eine Unmenge schwarzer Flecken aufstiegen, die sich von dem hellen Untergrund abhoben und auf die Gruppe zurasten.

Bienen. Schwerter waren da nutzlos. »Mutter Oberin!«

Die kleine Frau mit der dunklen Kapuze drängte sich an Acacia vorbei, um sich dem näherkommenden Schwarm zu stellen. Sie hob die Arme und stimmte einen Singsang an. »*Oi Gwald!* Wenn es um Honig geht, sind Bienen gut. Eine deiner besseren Ideen, Herr. Doch was ihre Stacheln angeht, *pfui*!«

Hinter der Gruppe kam plötzlich ein scharfer Wind auf,

der zwischen die Bienen fuhr, als sie gerade die Kapuze der Mutter Oberin erreicht hatten. Der ganze Schwarm wurde den Korridor entlanggetrieben und verschwand.

Acacia stieß zischend den angehaltenen Atem aus. Die Mutter Oberin hatte vermutlich gerade fünfhundert Punkte für die Gruppe gewonnen, und doch … »Das war zu knapp. Bist du gestochen worden?«

Die Mutter Oberin hielt verächtlich die makellosen Arme hoch. »Stachel *schmachel.* Bin ich etwa *schmegegge*, oder was?«

1 Neue Träume

DIENSTAG, 19. JULI 2059 – 17 UHR 00

Die langen Schatten der Nachmittagssonne wanderten über MIMIC.

Die Meacham Incorporated Mojave Industrial Community, kurz MIMIC genannt, war eines der größten Bauwerke der Welt, das trotz seiner verfallenen Pracht ein Vermächtnis des typischen Optimismus der neunziger Jahre und der Vision des verstorbenen Nicholas Meacham darstellte. Man hatte die ›Gewerbliche Wohnanlage der Meacham Gesellschaft in der Mojave-Wüste‹ etwa zwanzig Meilen westlich der Staatsgrenze von Kalifornien und Nevada und vierzig Meilen nordöstlich von Barstow errichtet. Das Bauwerk war nach Osten ausgerichtet, und seine Fassade ähnelte einer achtzehn Stockwerke hohen, rostbraunen Plakatwand, die mit einer vertikalen, konvexen Spalte versehen war. Diese Spalte wurde zwischen dem neunten und elften Stockwerk von einer neun Meter hohen Buchstabenreihe geteilt, die das Wort MIMIC bildete. Das Flachdach hatte ein Ausmaß von über einem Morgen und erstreckte sich hoch über Clark's Ridge, einer natürlichen Mesa. Am Boden wies MIMIC eine Kantenlänge von fast einer halben Meile auf.

Laut den in Meachams Nachlaß gefundenen Dokumenten sollte MIMIC der ›Achsnagel einer geplanten Wohnanlage sein. Diese sich ständig erweiternde Fertigbau-Metropole soll der überschüssigen Bevölkerung, die in den kommenden Jahren wie eine außer Kontrolle geratene Hefepilzkultur über den Rand des Talbeckens von Los Angeles schwappen wird, Wohnungen und Arbeitsplätze bieten.‹

Wie leicht ersichtlich ist, lag Meachams Genie eher auf dem Gebiet der Architektur, des Designs und der Finanzierung als auf dem der Prosa. Hätte es 1995 nicht diese kleine, seismische Fehleinschätzung gegeben, wäre MIMIC vielleicht zu dem geworden, was sein Erbauer sich vorgestellt hatte.

Nach dem Erdbeben blieb der Komplex beinahe fünfzig Jahre unbeachtet und verfiel. Es bildeten sich zahllose Mythen über das verlassene Gebäude. In seinen steinernen Eingeweiden befand sich ein Atomreaktor; Mutanten streiften durch die Ruine, watschelnde, halbmenschliche Morlocks mit einer Vorliebe für knutschende Teenager ...

Dann fanden die Alpträume ein abruptes Ende. Das Leben kehrte zurück.

Und mit dem neuen Leben kamen auch neue Träume.

Das Dach erstreckte sich bis zu einem Horizont, der in weiter Ferne lag. Es war eine Betonfläche mit Swimmingpools und Gärten, die in den Schatten kalifornischen Stucks lagen. Neu installierte Sensoren scannten sonnengebräunte Tennis-Enthusiasten, die ihre Schläger schwangen. Diese Scanner transferierten die Geräusche auf dem Boden auftreffender Füße, keuchender Lungen, Wärme abgebender Silhouetten und glücklich erschöpfter Gesichter in multisensorische Informationen, die von den Datenbanken der Sicherheitsabteilung bearbeitet werden konnten.

Besucher schlenderten, leuchtenden Gespenstern gleich, durch die drei kleinen Einkaufszentren, faulenzten in winzigen Gärten oder jagten in Dante's, der schönsten Minigolfanlage des Bundestaates, kleine Hartgummibälle durch die Flammen der Hölle und die vergoldeten Wolken des Paradieses.

Ein riesiger Swimmingpool funkelte wie ein von König Midas berührter See in der Sonne. Der Beckenrand bestand aus einem weißen Sandstrand; an einer anderen Stelle gab es eine leicht hin und her wogende, reibungsfreie Rutsche, daneben luden schwarze Basaltklippen zum Springen ein. Ein verborgener Wellengenerator schickte jede Minute sieben weiße Wogen über die Seeoberfläche. Aus Bronze gestaltete Teichkolben und andere Pflanzen zierten das Gelände, und eine von Unkraut und Palmen überwucherte Insel schwamm in einer einprogrammierten Krümmung. Jeder, der sie sich näher betrachtete, würde die Entdeckung machen, daß es sich um einen riesigen, lethargisch dahintreibenden Plattfisch handelte, dessen ums Maul schwebende Fühler die Größe von Trossen hatten. In der Mitte des Sees erhob sich eine Insel, auf der ein künstlicher Banyan-Baum Schatten spendete. Darunter befand sich eine Kneipe mit einem Dach aus Gras, aus der Gelächter und das Klirren von Gläsern ertönte.

Man konnte zu der Kneipe schwimmen oder über den gläsernen Pfad spazieren, der unter den künstlichen Wellen verborgen war.

Vierhundert Traumpark-Angestellte feierten dort mit Hingabe: Es wurde geschwommen, Minigolf gespielt und getrunken; viele beschäftigten sich mit Machtspielen.

Fünfzehn Stockwerke unter ihnen leckte sich Tony McWhirter auf Ebene zwei die Lippen. *Einen Drink? Später.* Er konzentrierte sich auf die vor ihm liegende Arbeit, und seine Finger tanzten über die holographische Tastatur.

Er war ein strebsamer Mann Mitte Dreißig. Dünnes, hellrotes Haar umrahmte ein schmales Gesicht mit schokoladenbraunen Augen. Seine Finger waren lang, fast schon zierlich, und seine Unterarme besaßen noch immer die auf dem College durch Ringen und Sport erworbenen Muskeln, die sich bei jedem Anschlag der Finger bewegten. Ein Daten-Fenster bildete sich, überlagerte die Projektion des Daches und zeigte einen Ausschnitt der Bar.

Tony kannte den Mann und die Frau, die fleißig Drinks mixten: Elmo und Doris Whitman. Beide waren weißhaarig, hatten einen Sonnenbrand und waren so oval und fest wie Kartoffeln. Sie ergänzten sich wie die Zahnräder eines gut geölten Getriebes.

Tony nahm ein paar Feineinstellungen vor. Der Blickpunkt schwebte näher heran, als wäre die Kamera auf einem Kran befestigt. Er starrte in Els Gesicht. Das visuelle Feld holte es so nah heran, daß das Bild nur noch aus Jacketkronen und sonnenverbrannten Lippen bestand.

Tony programmierte den Ton: Der Computer filterte Els Stimme aus dem lauten Gerede der Umgebung heraus, paßte sie den Lippenbewegungen an und nahm die erforderlichen Feineinstellungen vor.

» ... seit acht Jahren nur halbtags. Ich habe eigentlich nie daran gedacht, es hauptberuflich ...«

Doris glitt ins Bild. Sie war zwar stämmig, aber auf eine ästhetische Weise wohlgerundet. Die Beine unter dem Kellnerinnenrock sahen verdammt gut aus.

»Tttequilla ...«

Der Computer nahm eine schnelle Abstimmung vor, und nun war sie ein in den Speicher aufgenommenes Stimm-Muster. » ... Sunrise für Tisch sechs.«

Doris Whitmans Gesicht war von der Sonne gerötet, auf angenehme Weise dick und strahlte wie immer vergnügt. Sie ließ das Tablett auf die Theke sinken und küßte El hinters Ohr, während er mit den Gläsern und Flaschen jonglierte. »Wir haben uns auf der Schauspielschule in New York kennengelernt«, sagte sie. »Dann haben wir viel Sommertheater gespielt und ein bißchen Off-Broadway. Zwar hatten wir nie den ganz großen Erfolg, doch im Gegensatz zu den meisten anderen konnten wir davon leben. Wie dem auch sei, vor etwa sechs Jahren haben wir dann aufgehört, als uns ein alter Freund gute Jobs in einem Restaurant im Kennedy International anbot. Die Kunden waren hauptsächlich Kurzstreckenpiloten und -stewards, die gerade dienstfrei hatten. Als sie durch Automaten ersetzt wurden, nahmen wir unsere Ersparnisse und stiegen aus. El, sagte ich, was würden wir am liebsten tun?«

Tony zog den Fokus weiter zurück, als eine andere, schrille Stimme mit einem leichten Akzent ertönte. »Ich weiß die Antwort.«

Chi-Chi Lopez war die hübschere Hälfte des berühmtesten Spielmeister-Teams der Welt. Sie hatte hohe Wangenknochen, deren strenger Eindruck von dem schulterlangen, lockigen, pechschwarzen Haar gemildert wurde. Ihre dunklen Augen funkelten spitzbübisch. »Richard und ich haben drei eurer Traumzeit-Szenarios verwendet, noch bevor ihr Profis wurdet, Doris.«

»Ein Kompliment von einem Meister«, sagte Elmo und stellte zwei Drinks auf Doris' Tablett.

»Später. Auf unserem Zimmer.« Doris runzelte die Stirn. »Kompliment einer Geliebten?«

»Grrr!« Er gab ihr einen liebevollen Klaps. Sie zeigte ihre Grübchen und tänzelte hinfort.

Sie hat den Gang einer Kellnerin, dachte Tony. Effizienz, verbunden mit einem Sex-Appeal, der jedoch allen Männern die Grenzen des Erlaubten zeigt. Doris war alt genug, um Elmos Mutter zu sein, doch schon seit Monaten stellte er sich vor, was er mit ihr anfangen würde ... Ob die Ehe der Whitmans wohl *so* gut funktionierte?

Chi-Chi beobachtete die beiden und schaute dann zu ihrem Mann Richard hinüber. Tony erinnerte sich an den farblosen kleinen Kerl. Genauer gesagt erinnerte er sich an die Teilnahme am Südsee-Schatzjagd-Spiel, das die beiden Lopez erdacht und durchgeführt hatten. Sie hatten sich ihren Ruf wirklich verdient: Das Spiel war tödlich und unberechenbar gewesen, trotzdem aber fair geblieben.

Richard sagte etwas, und der Computer paßte sich automatisch der verringerten Lautstärke und Stimmtiefe an: Richard hatte sich vor vier Jahren einen Lungenflügel entfernen lassen müssen.

Er war ein kleiner, dunkelhäutiger Mann mit einem bleistiftdünnen Schnurrbart; seine dunklen Augen blickten nachdenklich drein. Er sprach stets zögernd, als würde er seine Worte im Geist erst auf eine Tafel schreiben, bevor er sie den anderen mitteilte. »Dieses Spiel wollte ich schon immer machen«, sagte er. »Ich freue mich, daß du dabei bist, El. Doris. An dieses Spiel wird man sich lange erinnern.«

Und ob. Man würde noch jahrelang darüber reden, diskutieren und es nachspielen.

Und der Park selbst würde nach Abzug aller Kosten und der Auszahlung von fast sieben Millionen Dollar an zugesicherten Honoraren an die Spieler noch einen fetten Gewinn einstreichen. Die weltweiten Einnahmen für jede Heimspiel-Kassette, die virtuellen Simulationen, die auf Film nachgestellte Handlung und Lizenzrechte würden über dreißig Millionen Dollar einbringen.

Von denen verdammt wenige den Weg in Tony McWhirters Taschen finden würden.

Richard und Chi-Chi lehnten schweigsam an der Bar. Wie lange war es her, daß Tony sie zuletzt gesehen hatte? Acht Jahre? Chi-Chi war sogar im Sitzen groß und schlank; die elegante Krümmung ihres Rückens wurde von einem gelben Kleid betont, dessen Nähte mit Federn verziert waren und das wie aufgemalt aussah. Sie sah jünger und viel lebendiger aus als damals. Richard, kleiner und dunkler, schien in sich zusammengesunken zu sein. Konnte sein Gesundheitszustand im bevorstehenden Spiel zum Problem werden?

Nein. Richard Lopez gab nie weniger als einhundert Prozent Einsatz. Nie. Und genau das machte ihn so erfolgreich.

Sie alle waren großartig; jeder auf seine Weise – die Lopez mit ihren Hologrammen und dem allgemeinen Spiel-Design, die Whitmans mit der Choreographie der Virtuell-Darsteller und der nicht am Spiel beteiligten Nebencharaktere.

Vier Spielmeister. Und Tony war der fünfte. Er mochte zwar das jüngste Mitglied sein, aber er war ein Mitglied – bei Gott.

Tony tippte wieder drauflos. Ein Fenster glitt auf das Ufer zu und fing einige der Schwimmenden ein. Alle Beschäftigten des Traumparks neigten dazu, sich zu Gruppen zusammenzurotten und dadurch viel freien Raum übrig zu lassen. Das Dach war zu groß für sie, geradezu erschreckend groß.

Das Wasser war grün und mit Seerosen und Unmengen

von Moos bedeckt. Obwohl alles völlig künstlich war, erweckte es den Eindruck, als hätte ein halbes Jahrtausend Vernachlässigung bewirkt, daß sich Meachams Spielzeug-Bayou zu einem richtigen Sumpf entwickelt hatte. Doch das war die Realität des Spiels. Tatsächlich hatte sich seit dem Erdbeben 1995, als sich der Winkel des Dachs veränderte und der See in die Wüste abfloß, kein Wasser mehr in dem Becken befunden.

Schon vor dem Beben hatte es verschiedene Ebenen auf dem Dach gegeben. Als es sich im Westen abgesenkt hatte, war der ganze Rand eingestürzt. In der Minute flossen viertausendfünfhundert Liter Wasser durch das Sicherheitsventil und über den Seerand, um wie bei einem riesigen Springbrunnen sechzig Meter in die Tiefe zu stürzen. Wie hoch war die Verdunstungsrate? Man konnte sich das nur schwer vorstellen – allein die Leistungsfähigkeit der Cowleschen Fusions-Destillieranlage in Long Beach hatte billiges Wasser in ausreichender Menge produzieren können, um den Teich wieder aufzufüllen.

Tony holte die Party auf dem Dach näher heran. Einige Feiernde standen vor den mit Schlingpflanzen getarnten Absperrungen am Rand. Er stellte das Bild schärfer und beobachtete, wie sie den Ausblick bewunderten. Der Wasserfall war in den Plänen von Meachams Architekten natürlich nicht vorgekommen!

Das geplante Terraforming des Mars trug die Bezeichnung Mars-Projekt. Man würde den toten Planet mit einer atembaren Atmosphäre, Ackerboden und ausreichend Wasser für eine wachsende Bevölkerung versehen. Das Mars-Projekt würde Jahrzehnte bis zur Vollendung brauchen und die natürlichen, industriellen und wissenschaftlichen Ressourcen fast jeder Nation der Erde in Anspruch nehmen. Die Anfänge würden jedoch in MIMIC stattfinden. Die großen Hallen innerhalb Meachams Archologie und der in der Nähe im Bau befindliche Raumhafen würden in den nächsten Jahren das Mars-Terraforming-Projekt sein ... es sei denn, die dreißig Spieler und vierhundert Traumpark-Schauspieler unter der Aufsicht Tony McWhirters und der vier Senior-Spielmeister würden das Gebäude im Verlauf des Voodoo-Spiels zum Einsturz bringen.

Ein Summen riß Tony aus seinen Gedanken.

Er hielt es für unwichtig und ignorierte es. Das Geräusch kam nicht vom Computer; es war kein Alarmsignal, und wenn Dateien abstürzten, hörte es sich anders an. Er hatte eine Idee und tippte wild drauflos, als die Inspiration von ihm Besitz ergriff. Überall auf der weißen Halbkuppel, die MIMICs Sicherheitszentrale bildete, öffneten sich Daten-Fenster: Fenster, die alle Winkel des riesigen Gebäudes zeigten; Fenster, die wiederum über andere Fenster projiziert wurden.

Hinter ihm ertönten Stimmen; eine Frau sagte: » . . . kann das Voodoo-Spiel beginnen?«

Die tiefe und volltönende Stimme eines Mannes erwiderte: »Ja. McWhirter wollte das Gebäude auseinandernehmen. Travis hat es verboten.«

»Dann hat El Boss ja mal 'ne vernünftige Entscheidung getroffen. Wenn man davon absieht, daß er in die richtige Familie hineingeboren wurde.«

Tony erkannte die Stimmen: Alex Griffin und die Frau aus der Cowles-Sicherheitsabteilung in Tacoma. Er konnte nicht widerstehen, eine Bemerkung zu machen. »Gebäude sind Hardware. Software ist so billig wie Träume.«

»Tony?«

»Die Traumzeit ist bereit. Du wirst glauben, wir hätten eine Milliarde Dollar ausgegeben. Ich bin hier in einer Minute fertig, Griff.«

Griffin, der Sicherheitschef des Traumparks, war ein hochgewachsener Mann, der seine ein Meter neunzig und seine zweihundert Pfund mit einer animalischen Selbstsicherheit trug. Sein Haar war von einem so dunklen Rot, daß Tony dagegen fast blond aussah. Als Griffin mit einem knappen »Gut!« antwortete, lag in seiner Stimme ein so lässiges

Selbstbewußtsein, daß Tony unwillkürlich zusammenzuckte.

Die Frau an Griffins Seite war eine Brünette von überwältigender Schönheit. Sharon sowieso … Court? Griffins linke Hand berührte leicht ihren Arm, während die andere mit der entspannten Autorität eines Mannes gestikulierte, der über absolute Macht verfügt. »Sharon, hier können sechzig Menschen arbeiten. MIMIC ….«

»Gefällt dir der Name?«

»Ist doch eigentlich ganz passend.«

»Mir gefällt ›Meachams Torheit‹«, sagte sie. »So nennen es die Anwohner.«

»Auch gut, dann eben *Meachams Torheit*. ScanNet teilt das Gebäude in sich überschneidende Quadranten auf und verfügt über eine variable Scannertiefe. Der gesamte Bau unterliegt der üblichen Vier-Stufen-Erfassung, doch einige Nationen wollen eine noch genauere Erfassung vertraglich festgesetzt sehen. Hier gibt es Sicherheitsanlagen im Wert von einer halben Milliarde Dollar. Ein ganz schönes System.«

»Bist du neidisch?« fragte sie unschuldig.

»Cowles hat mich gefragt, ob ich mitmachen will. Ich würde im Park den Freiraum erhalten, den ich benötige.« In Griffins Stimme hatte sich eine leichte Gereiztheit eingeschlichen.

Tonys Hände tippten noch immer in dem Hologramm; Sensoren erfaßten die Fingerbewegungen und die Haltung der Handgelenke und sorgten für einen weitaus schnelleren Input, als es bei einer mechanischen Tastatur möglich gewesen wäre. Die Sensoren ›merkten sich‹ die exzentrischen Bewegungen und immer wiederkehrenden Fehler der individuellen Kurzschrift des Anwenders und schufen zusammen mit akustischen Stichwörtern die idealen Programmierungsbedingungen. Die Größe tragbarer Geräte hing nicht mehr von den physischen Dimensionen einer Tastatur ab. Tony versuchte, sich auf das Programmieren zu konzentrieren. Er hatte wirklich keine Lust, über Alex Griffin nachzudenken. Doch es gelang ihm nicht.

Verfolger ... Verräter ... Freundinnenausspanner ... Retter.

Vor acht Jahren hatte sich ein verkleideter Griffin in eins der berüchtigten Rollenspiele des Traumparks eingeschlichen, um einen Fall von Industriespionage zu klären. Bei dem Verbrechen war ein Wachmann namens Albert Rice ums Leben gekommen. Zwar war es ein durch die Umstände bedingter Unfall gewesen, doch selbst Tonys Anwalt hatte sich nicht der Bemerkung enthalten können, daß ein Toter eben ein Toter war.

Griffin hatte Tony sechs Jahre seines Lebens geraubt.

Außerdem hatte er Tonys Freundin Acacia Garcia für sich gewonnen. Oder sie ihn. Tony war sich nie so richtig darüber klar geworden.

Alex zeigte auf die Video-Fenster und deutete auf bekannte Gesichter in der Menge auf dem Dach. »Eine ganz schöne Party.«

»Hat jeder freibekommen?« fragte Sharon.

»Klar. ›Meachams Torheit‹ ist so gut wie fertig. Das Mars-Projekt kocht auf kleiner Flamme. Das fünfzigjährige Jubiläum der Grundsteinlegung des Traumparks steht kurz bevor. Jeder ist gut drauf. Der Traumpark ist eine Woche für das Publikum geschlossen. Ein paar Leute verreisen. Vierhundert Angestellte bleiben als Traumpark-Schauspieler da, als TPS.« Er reckte sich und gähnte laut. »Es ist schön, einfach nur mal ein Gesicht in der Menge sein zu können.«

»Sag nicht so was. Alex Griffin nimmt sich frei?«

»Pfadfinderehrenwort.« Er drückte ihre Taille, blickte Tony an und ließ sie los.

Der gute alte Griff. Immer rücksichtsvoll. Er hatte sich so ins Zeug gelegt, um Tony aus Chino zu holen, ihm einen Job zu geben und ihm die Sitzungen beim Psychiater zu verordnen, die seine Wiedereingliederung in die Gesellschaft beschleunigen sollten. Eine richtige Glucke ...

Doch warum nahm dann etwas im Innern von Tony McWhirters Wesen daran Anstoß? Wieso respektierte er diesen Mann, war ihm dankbar und schaffte es dennoch nicht, mit ihm warm zu werden?

Weil du ein undankbares Arschloch bist, McWhirter. Er schloß Griffins Stimme aus und versenkte sich wieder in seine Träume.

Denn welchen Sinn hatte ein Traum, dem es an innerer Konsistenz, an Ecken und Kanten, einer Kartographie und einem rigorosen Zeitplan mangelte? Ein guter Traum wies alles das auf – die Spezialeffekte eingeschlossen, die dafür sorgten, daß der Träumer sich entspannte und der Illusion hingab.

Tony war während der sechs langen Jahre im Gefängnis sehr gut im Computerträumen geworden. Träume und Computer waren schließlich das einzige gewesen, an dem er sich im Staatsgefängnis von Chino festklammern konnte.

Alex Griffin hatte sich wie so viele Sicherheitschefs vor ihm dazu entschieden, daß man einen Mann, der gut genug war, sein System zu knacken, einen Job geben sollte. Er hatte Tony auf den Traumpark losgelassen und war dann noch einen Schritt weiter gegangen. Er hatte Tonys Fall bei der Internationalen Fantasyspiele-Gesellschaft vorgetragen, jener Organisation, die weltweit die Spiele überwachte und Punkte verteilte. Sie hatten lautstark protestiert, doch der Traumpark stellte seine Leute in Eigenverantwortung ein, und Griffin wählte McWhirter aus. Tony wurde zum Verbindungsmann zwischen Traumpark und Spielmeister und koordinierte Sicherheit und Computerzeit.

Und nun, zwei Jahre später, war Tony McWhirter, ehemaliger Spiel-Novize, der zum Gentleman-Dieb (Mörder) wurde, zum ...

Der Fluß vibrierte nicht mehr unter seinen Fingern. Glasklare Ideen verwandelten sich in einen kraftlosen, diffusen Gedankenbrei.

Verdammt, wann würde er sich selbst vergeben haben? Er hatte es geschafft. Er koordinierte die Bemühungen von vier Spielmeistern, die ihre beste Arbeit, ihr bestes Wissen auf die Welt losließen. Der Mord war Vergangenheit. Seine Schuld an der unbeabsichtigten Strangulierung Albert Rices war voll und ganz beglichen worden.

(Okay, Albert?)

Im Augenblick war er mit dem Szenario einer Traumlandschaft beschäftigt, die das reale, umgebaute MIMIC überlagerte, ein Gebäude, das ursprünglich 25000 Menschen hätte beherbergen, ernähren und unterhalten sollen. Vor fünfzig Jahren waren Wassermassen die Fassade des zerstörten Gebäudes heruntergelaufen und in kaputte Balkontüren und Fenster eingedrungen – so lange, bis der künstliche See auf dem Dach nahezu leer war. Nun floß der Wasserfall wieder. Auf das Voodoo-Spiel bezogen, beherbergte das Dach mit seinem See eine fünfhundert Jahre alte Gemeinde, die sich von Fischerei und Landwirtschaft ernährte. Wer wußte schon, welche übernatürlichen Schrecken unter der schmutzigen Wasseroberfläche lauerten?

Der Shadow weiß es. McWhirter kicherte bösartig.

In dem Voodoo-Spiel waren insgesamt fünfzig Amulette verteilt, weit mehr, als für den Sieg benötigt wurden. Einige befanden sich im See, und man benötigte Taucherausrüstungen, um an sie heranzukommen. Zur Zeit war es möglich, sich eine solche Ausrüstung auf der Ebene des Einkaufszentrums zu besorgen, doch wie konnte er es einfacher machen? »Aber natürlich«, murmelte er und tippte drauflos.

»Wieso natürlich?«

»Natürlich ist es offensichtlich.« Er konnte nicht länger so tun, als hätte er ihre Anwesenheit nicht bemerkt. »Hallo, Griff. Hallo, Sharon … Caine?«

Sie war klein, dunkelhaarig und hübsch; in ihrer gestärkten, blauen Cowles-Wächteruniform sah sie ziemlich militärisch aus. »Crayne. Sharon Crayne. Guten Abend, Spielmeister.« Ihr Lächeln war aufregend. Er fragte sich, wie es wohl schmeckte.

Wetten, daß der gute alte Griff es wußte?

»Ich mache das hier später zu Ende. Wie geht's?«

»Sie verändern das Spiel«, sagte Crayne mißbilligend.

»Ist der Papst katholisch? Eigentlich nur ein bißchen, Sharon, und ich speichere alle Veränderungen für die Sicherheitsabteilung ab. Außerdem handelt es sich nur um Trivialitäten. Wir haben Schnorchel und Taucherausrüstungen auf der Einkaufszentrumsebene untergebracht, nicht wahr?« Seine Finger huschten kaum wahrnehmbar über die Tastatur. »Die Teams müssen die Tauchgeräte in den überfluteten Ebenen benutzen, doch der Weg dorthin wird eine masochistische Tortur werden.«

»Das ist eine genaue Beschreibung des gesamten Spiels«, sagte Alex Griffin. »Fünf aus Masochisten bestehende Teams unterwerfen sich der wohlwollenden Gnade Tony McWhirters.«

»Nun … meiner und vier weiterer sanftmütiger Seelen.« Tony durchströmte ein warmes, kameradschaftliches Gefühl, wie nur Alex es in ihm erwecken konnte, wenn sie sich gegenüberstanden. Es fiel so leicht, die intensive Intelligenz hinter den dunkelgrünen Augen zu vergessen, oder die gewaltige Stärke und Technik, die Tony McWhirter einmal so im Klammergriff gehalten hatte, als wäre er ein hilfloses Baby. Tony grinste wie ein Minnesänger. *Ja, Massa.* »Liegt es nicht auf der Hand? Wenn vor dem Erdbeben Taucherausrüstungen verkauft wurden, muß es auch Leute gegeben haben, die sie *gekauft* haben. Also hinterlege ich auch welche in den oberen Apartments.«

Griffin kicherte. »Du wirst ganz schön gerissen auf deine alten Tage. Warum bist du nicht auf der Party?«

»Ich war der Meinung, wenn ich noch einmal alles durchgehe, fällt mir bestimmt etwas Neues ein.«

»Da oben sind vierhundert TPS, die alle noch einmal wild feiern, bevor in vierzig Stunden dein Spiel beginnt.« Alex Griffin wählte seine Worte offenbar mit Bedacht. Hast wohl ordentlich zugelangt, Alex, was? Doch ich habe ihn noch nie betrunken gesehen. Wäre vielleicht ganz interessant, ihn mal mit neunzigprozentigem Kleerlite abzufüllen. »Warum gehst du nicht und heimst ein bißchen Lob ein? Dein Publikum erwartet dich.«

»Hm.« Tonys Wangen ermüdeten, und er ließ das Grinsen verschwinden. »Was machst *du* eigentlich hier?«

»Routinekontrolle. Wir brauchen die Bildschirme, Tony. Komm zum Ende, ja?«

»O Gott. Wie lange?«

»Laß mir eine Stunde. Wenn alles in Ordnung ist, kannst du sie zurückhaben. Das verdammte Spiel ist doch *fertig*, oder?«

Tony verschluckte die Erwiderung: *Kein Spiel ist jemals vollendet, solange die Autoren noch leben, Alex.* Er stand auf, und Alex nahm in dem Sessel Platz.

Der Sicherheitschef des Traumparks vertiefte sich unverzüglich in die Arbeit. Er ließ die Bilder der Zug-Depots im Erdgeschoß und der Ebene eins durchlaufen. Dann kam das Einkaufszentrum auf Ebene zwei an die Reihe, das sich bis zur fünften Ebene hinauf erstreckte, an die sich ein zwei Etagen hoher Lichtschacht anschloß. Von dort führten Aufzüge zu den Bahnhoftoren. Die Tore waren bereits fertiggestellt gewesen, doch gab es nur einen Schienenstrang; außerdem hatte man in den Zwischenstockwerken einen Bahnhof in den Boden und die Felsklippe gegraben.

»Wieviel von alledem habt ihr tatsächlich gebaut?« fragte Sharon.

Griffin schien nicht gewillt, eine Antwort zu geben, deshalb sagte Tony: »Wir haben das zerbrochene Glas weggeräumt, die Läden mit Ware ausgestattet und den Gestank und das Ungeziefer verjagt. Ansonsten haben wir alles so belassen, wie es war. Im Einkaufszentrum sind ein paar Hinweise versteckt ...«

»Was ist mit dem Rest des Gebäudes?«

»Ach so. Na ja, das meiste war da. MIMIC hatte elftausend Bewohner und näherte sich am 23. Mai 1995 langsam der Pleite.«

»Dem Tag des kalifornischen Erdbebens«, sagte Sharon.

»Ja. Wie Sie selbst sehen können, ist das Gebäude nicht vollständig eingestürzt. In Kalifornien war man immer bestrebt, alles erdbebensicher zu bauen. MIMIC hat sich ganz gut gehalten. Ein Teil der westlichen Fassade ist abgesackt. Sehen Sie, wie es sich verzogen hat? Als hätte jemand die Ofentür zugeknallt, während ein Soufflé in der Röhre steckt. Etwa zweitausend Leute saßen in der Falle. Die Rettung ließ lange auf sich warten, weil der ganze verdammte Staat gerettet werden mußte. Über achthundert Menschen sind gestorben. Das Gebäude mußte zwar nicht ganz aufgegeben werden, aber wer wollte danach schon hier wohnen? Cowles hat es sich bei einer Auktion unter den Nagel gerissen. Zum Teufel, ganz Kalifornien war für ein paar Dollar zu haben.«

Das Auge des Scanners richtete sich auf einen Punkt, der sich ein Stück nördlich vom vertikalen Rand der westlichen Fassade befand, und konzentrierte sich dann auf den Wasserfall. Im Westen stürzte das Wasser in einer silbernen Flut über das zerstörte Mauerwerk. Das Scannerauge folgte dem Sturzbach in Sprüngen.

»Wenn wir fertig sind, werden wir das Ganze wieder in Wohneinheiten verwandeln. Heimatbasis für das Mars-Projekt. Doch zuerst werden wir damit spielen. Das Voodoo-Spiel wird sich vom Keller bis zum Dach erstrecken, das größte Rollenspiel, das jemals stattgefunden hat.

Wir haben die Ebenen acht und neun geflutet, Sharon. Am Spielende wird noch mehr überschwemmt werden. Hinterher räumen wir auf. Der Wasserfall wird für immer Teil des Gebäudes bleiben. Und entlang der Spalte ...« Er berührte zwei Sensoren. »Da haben wir es. Meacham nannte das die ›Modulwand‹.«

Die Bildübertragung nahm am Wüstenboden ihren Anfang und führte direkt die Spalte im Mauerwerk hoch. In der Mitte der Spalte gab es eine Schienenspur, von der Nebengleise abzweigten. Das Ganze sah aus wie die Zweige eines Weihnachtsbaums. Auf einigen Gleisen waren eiförmige Rundungen zu sehen, die etwa so groß wie ein Wohnmobil waren. Am Fuß des Gebäudes lagen zerborstene Eier. Ein Ei hing in etwa neunzig Meter Höhe an einem Kabel, das nicht dicker als ein Bindfaden aussah.

»Tony, du wirst diese Dinger doch wohl nicht einsetzen?« fragte Griffin.

»Augenblick mal, Griff. Die sind wieder völlig ungefährlich. Ich habe ihnen beim Einsatz zugesehen.«

»Aber da hängt doch ein vollständiges Apartment.« Er beugte sich näher heran. »Verdammt. Das ist doch wohl nicht meins, oder?«

»Ach was. Dein Apartment befindet sich ein paar Ebenen tiefer und ist fest verankert, Griff. Du hast aber auch gar kein Vertrauen zu mir ...« Konnte Griffin die Benutzung der Modulwand mit seinem Veto verbieten? »Es ist eine Kulisse. Nur ein Schlafzimmer, Büro und ein paar Lagermöglichkeiten.«

»Bewegt es sich? Fährt es die Wand rauf und runter wie die anderen?«

»Ja.«

»Es sieht gefährlich aus.«

»Aufregend, Griff, es sieht aufregend aus. Wir haben es hier mit einem Extrem-Umwelt-Spiel von der Schwierigkeitsstufe zehn zu tun. Es gibt kein härteres. Glaube mir, die Rechtsanwälte machen wegen der Verzichtserklärungen Überstunden. Sollten Spieler oder deren Angehörige das Wort ›Klage‹ auch nur flüstern, verschwinden ihre Erstgeborenen in einer blauen Rauchwolke.«

»Aufregend, wie?«

»Genau.« Ein Ablenkungsmanöver? »Griff, ich hoffe, du hast nichts dagegen, daß ich einige Spielüberwachungsanlagen mit ScanNet verbunden habe. Es wäre eine Schande, diese wunderbare Bilderzeugungstechnologie, die das ganze Spektrum abdeckt, ungenutzt zu lassen ...«

Sharons hübsches Gesicht nahm einen ungläubigen Ausdruck an. »Wie haben Sie denn *das* geschafft?«

Griffin kicherte mit vorgetäuschter Müdigkeit. »Frag nicht, Sherry. In seinen Methoden lauert der Wahnsinn.«

Tony zeigte ein aufrichtig böses Grinsen. »Jaaa. Es schien eine solche Verschwendung zu sein, das System nicht zu benutzen. Schließlich wird ScanNet in zehn Jahren überholt sein. Fünf, wenn die Japaner nicht untätig herumsitzen. Vielleicht drei ...«

»Laß der armen Frau ihre Illusionen.«

»Tut mir leid, Griff.« Tony kicherte hämisch. »Außerdem ... selbst wenn du ScanNet noch nicht brauchst, benötige ich das System, um den Spielablauf gewährleisten zu können. Sind sämtliche Geräte schon an Ort und Stelle?«

»Wir bauen noch immer Scanner auf. Los, Sharon, kontrollieren wir sie. Tony, du kannst bleiben oder auf die Party gehen.« Als Tony sich anscheinend zum Bleiben entschließen wollte, fügte Griffin hinzu: »Ich an deiner Stelle würde feiern.«

»Bin schon unterwegs, Chef.« Tony salutierte und schoß aus dem Sessel hoch.

Er war mit drei Schritten an der Tür und blieb dort stehen, um noch einen letzten Blick zurückzuwerfen. Alex und Sharon standen dicht beieinander; von ihnen ging genug Hitze aus, um die Luft wabern zu lassen.

Erinnerst du dich noch an Acacia Garcia, Griff? Sie wird am Voodoo-Spiel teilnehmen. Hast du dir die Teilnehmerliste angesehen, Griff? Weißt du es? Oder ist es dir egal?

Tony war es nicht egal. Im Gegenteil, es schuf eine schmerzende Leere in seiner Magengrube. Er fragte sich sogar, wo Acacia im Augenblick sein mochte und was sie gerade tat.

Acacia spürte den brennenden Blick des Zauberers in ihrem Nacken. Am liebsten hätte sie die Koordinaten auf ihrem ›Personenspürer‹ nachkontrolliert, doch sie wagte es nicht. Sie mußte diese Kraft aufsparen! Tammi würde sich ihr mit mörderischer Absicht nähern. Sie würde erwarten, daß

Acacia entweder einen Hinterhalt vorbereitete oder den besten Ort auswählte, um sich dem Kampf zu stellen. Doch beide Methoden würden nicht funktionieren. Tammi war zu gut darin, sich eine geeignete Stelle auszusuchen. Es gab keine Möglichkeit, die Troglodyten hereinzulegen.

Doch es gab eine Strategie, die noch nie in die Tat umgesetzt worden war.

Acacia ging schneller und entdeckte die verräterische Spiegelung einen Augenblick zu spät. Ihre Nase stieß gegen eine unsichtbare Barriere.

Sie breitete beide Hände aus und suchte nach dem Ende der Glaswand. Es war nichts zu sehen gewesen, nur eine weitere, endlose kristalline Schicht, und plötzlich …

Acacia stand am Rand eines Wasserfalls. Die Viktoria-Fälle? Niagara in einem prähistorischen Zeitalter? Die Luft war voller Schaum; pro Sekunde stürzten Millionen Kubikmeter Wasser in die schwindelerregende Tiefe.

Gab es keinen Übergang? Dann konnte ihr Team genausogut hier kämpfen und sterben …

»Captain Chiffre!«

Der merkwürdige, fette, blasse, kleine Mann kam auf sie zugewatschelt. Corby Cauldwell war so flink wie ein schlafwandelnder Greis. Seine Hygiene-Gewohnheiten ähnelten denen eines Wasserbüffels. Auf seiner Kopfhaut konnte man Kartoffeln pflanzen. Doch sein Alter Ego Captain Chiffre war nachgewiesenermaßen nicht nur ein Genie, sondern auch einer der besten Magier der Internationalen Fantasyspiel-Gesellschaft.

Sie brauchte ihn jetzt. »Es gibt einen Weg auf die andere Seite«, sagte sie drängend. »Finde ihn für mich.«

Plötzlich ging von Chiffre ein magisches Leuchten aus. Es enthüllte ein Seil, das an einem Ast neben dem Abgrund hing.

Acacia griff danach, zögerte dann aber. Wo war der Haken an der Sache? Sollte es so einfach sein? Sie spürte keine Bedrohung …

»Zeig die Gefahr«, flüsterte der Captain.

Zuerst tat sich nichts. Dann …

»Sieh«, flüsterte Acacia. Auf der gegenüberliegenden Seite des Wasserfalls tanzte eine prasselnde Flamme.

»Das ist dein Baby«, sagte Chiffre fröhlich.

Acacia nahm das Seil in die Hand und wog es. Etwas stimmte nicht damit – schoß unterwegs eine Abrißbirne auf einen zu? Doch eine von Chiffre schnell vorgenommene Überprüfung ergab nichts. Damit lag alles in den Händen des Traumparks. Sie konnte nichts daran ändern.

Sie warf einen langen Blick über das Wasser …

Das Seil war ganz gerade …

… und hing da wie ein in der Horizontalen ausgeführter indischer Seiltrick. Dann dehnte sich das Seil plötzlich aus und wurde immer länger, bis es die andere Seite erreichte.

Acacias Magen vollführte einen Purzelbaum, als sie begriff, wie es weitergehen sollte. Sie streckte den sandalenbekleideten Fuß aus und überprüfte das Seil.

Es würde ihr Gewicht tragen.

»Sehkraft«, sagte sie kurz angebunden. »Ich brauche verstärkte Sehkraft.«

Auf der anderen Seite des Abgrunds befand sich eine eingezogene Hängebrücke. Das Seil reichte nicht ganz heran. Jemand würde die Überquerung wagen, eine Schnur an der magischen Brücke befestigen und sie auf die andere Seite ziehen müssen.

Oder konnte ihr Team den Übergang mit dem Seil schaffen? Sich daran entlanghangeln, oder vielleicht sogar darauf balancieren? »Captain Chiffre? Glaubst du, du könntest …«

»Captain Chiffre liebt deinen Sinn für Humor«, sagte er.

»Ich wollte es nur wissen.« Sie nahm ihren Rucksack ab. »Also gut. Dann wollen wir mal sehen, was hier los ist.«

Acacia zog das Schwert und hielt es locker in der Hand. Sie hatte einen ordentlichen Punktebonus, was ihre Kondition anging – sie konnte durchaus fünf Meter über ein Seil laufen, ohne die magische Hilfe des Traumparks in

Anspruch nehmen zu müssen. Doch einen Abgrund zu überqueren, mit Windstößen, und das in einem Spiel … Das verlieh der Sache schon etwas Furchteinflößendes.

Sie betrat das Seil.

Tammi streckte einen langen, muskulösen Arm aus und bedeutete ihren Gefährten, leise zu sein. Vor ihr erstreckte sich eine Brücke, eine Laufplanke, die auf sich kreuzenden hölzernen Balken ruhte, welche sich aus einer tiefen Erdspalte hoben. Die Brücke führte ins Nichts und endete an einem steilen Kristallberg. Ein idealer Ort für einen Hinterhalt im Stile Garcias.

Sie blickte auf den Armband-Monitor und sah sich Acacia Garcias Bewegungsmuster an. Acacia näherte sich dem Mittelpunkt des Labyrinths, nahm jedoch den längeren, äußeren Weg. Tammis hochgeschätzte Gegnerin war berühmt für ihre direkten Angriffe. Die scheinbare Umgehungstaktik mußte ein Trick sein. Es wäre Selbstmord, etwas anderes anzunehmen.

»Mausling, was denkst du?« rief sie dem dünnen jungen Mann hinter ihr zu.

Er berührte abwesend seine Brille. »Ich kann eine Tür sehen«, sagte er mit belegter Stimme, die den Stimmbruch verriet. »Ich denke schon, daß ich das Schloß knacken oder aufbrechen kann.«

Der Mausling trat vorsichtig auf die Brücke und ging dann bis zur Mitte. Sie schwang sanft hin und her. Unten funkelte ein Feld voller Feuerblüten. Sie besaßen eine starke Ähnlichkeit mit Pupurwinden und wuchsen auf langen, glasigen Stielen. Ihre Kelche öffneten sich leicht und zischten.

»Küßt meinen Stempel«, zischte der Mausling zurück.

»Mausling!« schalt ihn Tammi.

»Tut mir leid, Mom«, erwiderte er ziemlich ungerührt. Seine Spielerkumpel auf der Medford Academy würden vor Vergnügen brüllen, wenn sie diesen Satz hörten.

Die Brücke war so schmal, daß er bei jedem Schritt aufpassen mußte. Er blickte nach oben und sah die aufgehende Sonne durch die Decke – oder etwas, das so aussah wie die Sonne. Während sie höherstieg, öffneten sich die Blütenkelche der Blumen. In ihnen schimmerten winzige, flammende Rachen.

Sie spuckten Feuerlanzen aus. Flammen krochen die Stützbalken der Brücke hinauf.

Der Mausling grinste gehässig und summte eine Melodie, während er seine Sicherheit mit geringschätziger Mißachtung bedachte. Ihm blieben mindestens fünfzig Sekunden. Diese Welt war ihm vertraut; er kannte ihre Regeln.

Er zog einen Dietrich aus dem Lederbeutel an seinem Gürtel und stellte sich vor die kahle Kristallwand.

Seine besondere Diebessehkraft enthüllte eine winzige Unregelmäßigkeit im Kristall. Ein Schlüsselloch. Er steckte den Dietrich hinein und fummelte daran herum.

In dem Kristall erschienen zuerst zwei Augen, dann eine Nase und schließlich ein Mund. Die Augen blickten ihn nachdenklich an. »Hallo, junger Mann. Bist du bereit, deine Fähigkeiten zu testen?«

»Nun fang schon an!«

Der Dietrich glitt in den Kristall, und das Gesichtsfeld des Mauslings erweiterte sich. Er konnte den Mechanismus des Schlosses erkennen. Seine behandschuhten Finger kribbelten. Es war ein angenehmes Gefühl, durchaus noch keine Warnung; es fühlte sich an, als würden mit Schneeschuhen bekleidete Ameisen in rhythmischen Mustern über seine Knöchel laufen. Die Flammen waren näher gekommen. Sein Gesichtsfeld wurde von dem Feuer eingegrenzt, selbst wenn er seine Aufmerksamkeit auf einen einzigen, schmalen Punkt richtete. Nun war ihm richtig heiß – eigentlich verbrannte er fast. Die Luft um ihn herum knisterte, und die Flammen kamen noch näher ...

Er konzentrierte sich auf die vor ihm liegende Aufgabe, und plötzlich verschwanden die Flammen. In der Kristallwand erschien eine Spalte, die für den Mausling gerade groß genug war.

Der Metallrahmen des Laufstegs blieb bestehen, und er winkte den anderen zu. *Kommt her!*

Seine Teamgefährten schwärmten heran.

Tammi überprüfte ihren Scanner und kicherte böse. Diese Aufgabe hatte ihnen lockere siebenhundert Punkte eingebracht. Ihre Gegner waren genau am anderen Ende dieses Tunnels. Sie würde die Führung übernehmen, und mit etwas Glück ...

Sie würden das Abenteuer rechtzeitig zum Mittagessen siegreich bestanden haben. Tammi nahm ihren Umhang ab und zwängte sich in den Spalt.

2 Scannet

Alex justierte das generierte Bild und holte eine der Sektionen des aufgebrochenen, umgestülpten L-förmigen Gebildes namens MIMIC näher heran.

Hierbei handelte es sich weder um eine holographische Animation noch um eine Traumzeit-Synthese. Der größte Teil des rotierenden Modells wurde von Tausenden Scannern übermittelt, die von ScanNets Cray-181-Computer koordiniert wurden.

Sharon saß auf der Sesselkante und beobachtete aufmerksam jede seiner Bewegungen.

Alex kicherte zufrieden, als das Modell sich wie ein Kuchen im Mikrowellenherd drehte. »Willst du mal reinschauen?«

»Wie tief kannst du scannen?«

Das Gebäude drehte sich, bis sie sich auf seiner Rückseite befanden und über die Freizeitanlagen auf dem Dach nach Westen blickten. Alex zog den Fokus so weit zurück, daß das

Dach auch wie ein Dach aussah, ein dreistöckiger Deckel aus Glas und Beton, den man an den Felsen namens Clark's Ridge angebaut hatte. Seine Finger bewegten sich so schnell, daß sie kaum zu erkennen waren. »Ich weiß es nicht genau«, murmelte er. »Wollen wir es ausprobieren?«

Aus dem hyperrealistischen Modell wurde ein transparenter Kasten. Fels und Stahl wurden durchsichtig, und MIMICs ehrfurchtgebietende Masse verwandelte sich in einen Glaskasten, der kaum einen Meter hoch war.

Auf der zweiten Etage des südöstlichen Quadranten pulsierte ein rotes Licht, das sich vergrößerte, bis es das gesamte Blickfeld der beiden Beobachter einnahm. Sie durchdrangen die Mauern und fanden sich in der Welt der Computerbilder wieder. Zum derzeitigen Zeitpunkt war ScanNet zu nur vierzig Prozent betriebsbereit; die nicht erfaßten Zonen blinkten in einem pulsierenden, orangenfarbenen Licht. Wenn das System einmal voll funktionsbereit war, würde es MIMIC in eine Art Ameisenfarm verwandeln, in der jede Ameise individuell geortet werden konnte.

In dem Labyrinth aus Wänden und Korridoren bewegten sich Tausende winziger menschlicher Figuren. Mit einer geringfügigen Berührung tauchte Alex hinein, führte sie sicher durch das Labyrinth und brachte sie auf Ebene zwei.

Es war richtiggehend unheimlich, als sie in die kreisförmige Sicherheitszentrale hineinblickten. Die weiße, kuppelförmige Decke beschrieb einen weiten Bogen, und die Tische und Konsolen sammelten sich um die Zentralachse. Alex und Sharon saßen im Mittelpunkt des Raums.

»Wie ein Spiegelkabinett, nicht wahr?«

Sharon streckte die Hand aus und stieß den Zeigefinger in den Rücken ihres miniaturisierten Abbildes. »Kann man das drehen?«

»Kein Problem.« Seine Stimme wurde einen Tonfall tiefer. »Eine achtel Drehung.« Die nachgebildete Sicherheitszentrale drehte sich wie ein Karussell. Sharon blickte sich selbst ins Gesicht.

Sie streckte die Zunge heraus und winkte dann mit der rechten Hand. Ihr Spiegelbild tat es ihr nach.

»Soll ich es rückwärts drehen lassen?«

»Nein.« Sie betrachtete ihr makelloses Aussehen, beugte sich nahe heran und strich eine blonde Haarsträhne aus der Stirn. »Durchleuchte mich, Baby«, sagte sie heiser. »Aber richtig.«

Ein Strom physiologischer Daten materialisierte in der Luft neben ihrem Modell.

Größe: 175 Zentimeter
Gewicht: 140 Pfund
Körperfett: 14%
Puls 54

Alex strich mit den Lippen über ihren Hals, und der Pulsschlag erhöhte sich auf 67.

Temperatur: 37 Grad

»Ich hatte immer schon zu heißes Blut in den Adern«, sagte sie.

»Das habe ich gemerkt.«

»Stört es dich?«

»Bitte, Miss Fox, stoße mich nicht in die Dornenhecke ...« Er schaltete den Scanner aus. »Wir werden von jeder Person, die sich in MIMIC aufhält, eine genaue medizinische Diagnose erstellen können, ohne daß sie es bemerkt. Beeindruckt?«

»Ich wäre noch mehr beeindruckt, wenn du mir versprechen würdest, dich in den nächsten vier Tagen nicht um die Arbeit zu kümmern. Du hast doch noch Urlaub.« Sie biß zärtlich in sein Ohr und legte ihm die Arme um den Hals. »Die letzte Nacht war recht interessant. Jedenfalls für mich.«

»Willst du die Aufzeichnung sehen?«

»Alex!«

»War nur ein Witz! ScanNet schnüffelt nicht in den Schlafzimmern des Managements herum.«

Sie rückte etwas von ihm ab. »Ich habe das ernst gemeint, Alex. Vielleicht war es ein Fehler, mit einem Kollegen etwas anzufangen.« Ihr Mund verzog sich zu einem gespielten Schmollen. »Ich bin mir nicht so sicher, ob du ein freier Mann bist.«

»Dann bin ich eben mit meiner Arbeit verheiratet ...«

»Das sind die sagenhaften fünfziger Jahre.« Ihr Blick hatte etwas Herausforderndes. »Schummel ein bißchen.«

»Warte, bis das Voodoo-Spiel vorbei und das Mars-Projekt angelaufen ist.« Er legte die Arme um sie und zog sie zu sich heran. Sie roch nach Erdbeeren, Limonen und gesunder Weiblichkeit. Er küßte sie auf den Hals. »Ich verspreche dir, ich werde es wieder gutmachen.«

»Aber sicher. Wenn das Mars-Projekt erst steht, bist du wieder im Glitzerland, und *ich* stecke bis zum Hals in Arbeit.« Sie verschränkte ihre Finger mit den seinen und beugte sich zu ihm hinüber. Sie küßten sich, und es war ein warmes und weiches Gefühl. Dann rückte sie von ihm ab und war plötzlich wieder einhundert Prozent professionell. »Ich habe dein Dossier gelesen, Alex. Ich kenne Leute, die dir beim Geheimdienst begegnet sind. Du verschwendest deine Fähigkeiten beim Traumpark. Die Umgestaltung des Mars wird bei den Menschen ihre besten und schrecklichsten Eigenschaften zutage fördern. Und das Schrecklichste ist doch dein Metier, oder?«

Sein Blick wirkte plötzlich abwesend.

Sie stutze. »Da habe ich wohl was Falsches gesagt.«

Er brachte ein trockenes, wenig überzeugendes Lachen zustande.

Sharon verstand den Wink. »Lassen wir das, okay?«

»Ist wahrscheinlich das beste.«

»Waffenstillstand. Also gut, ich weiß, daß das interne ScanNet-System mit dem externen verbunden ist: mit dem synchronen Satelliten-Netzwerk und den Bodensensoren. Du mußt mir den Rest beibringen.«

Plötzlich zeigte sich auf den Ebenen sechs bis elf ein orangefarbenes Licht, das beunruhigend pulsierte.

»Verdammt, schon wieder ein Stromausfall«, murmelte er. »Fehler in der Software.«

»Das sollte mittlerweile doch eigentlich erledigt sein.«

Alex entspannte sich etwas – er verstand die Gereiztheit in ihrer Stimme. »Meinen Informationen zufolge war es ein Wunder, daß ScanNet überhaupt konstruiert wurde. Das Problem liegt nicht darin, die Informationen zu sammeln, sondern sie systematisch zu ordnen. ScanNet ist ein künstliches Gehirn. Nun, wenn die Scanner die Augen und Ohren sind und der zentrale Prozessor die Funktion der Stirnlappen übernimmt, dann sind ScanNets Relais-Stationen laut Norman Vail die retikulären Aktivierungsmechanismen.«

»Äh ...«

Alex lachte. »Sie filtern die Informationen. Jede Relais-Station entscheidet, was wichtig ist und was nicht, bevor sie die Informationen weiterleitet. Nur etwa ein Tausendstel der ursprünglichen Daten gelangen in den Hauptspeicher, und selbst dabei handelt es sich vermutlich noch um einen Gigabyte pro Minute.«

»Wieviel von ScanNet wurde an Ort und Stelle entwikkelt?«

»Das wollte keiner verraten. Geheimhaltung und so weiter.« Er blickte sie fragend an. »Wenn ich es mir so recht überlege, müßte ich das eigentlich dich fragen, werte Dame.«

Eine Sphinx.

»Ja, das dachte ich mir.« Er erinnerte sich an die Einführung. ScanNet, die Abkürzung für ScannerNetz, war ursprünglich ein gewaltiges Projekt gewesen, bei dem es um die Erschaffung künstlicher Nervenbahnen ging, eine Nebenerscheinung von Forschungen auf dem Gebiet akustischer Befehlseingabe und künstlicher Sehkraft, die man noch im letzten Jahrhundert durchgeführt hatte. ScanNet war in der Lage, sämtliche in MIMIC erzeugten Geräusche, Vibrationen oder Lichtausstrahlungen zu sammeln, in eine für Computer verständliche Form zu verwandeln und aufzunehmen. Die Korridore wurden von Tausenden von Meilen Kupferdraht eingesponnen, die als Antenne, Impedanz-Sensor und Faradayischer Käfig dienten und mehrere tausend Mal in der Sekunde mehrere tausend Mal den Modus wechselten. Alle in die Außenwelt führenden Sendungen wurden entweder genehmigt und gespeichert oder überwacht. ScanNet konnte nicht genehmigte Funk-Übertragungen in wenigen Millisekunden blockieren.

Sharon unterbrach seine Tagträumerei. »Alex«, fragte sie, »ist es denn nicht gefährlich, den Spielern Zugang zu gewähren, solange das System nicht voll funktionsfähig ist?«

»In einigen Läden gibt es Computerteile und Werkzeuge … vielleicht auch ein paar Industriediamanten. Doch diese Bereiche sind unzugänglich, und ScanNets externer Schild kann nicht durchdrungen werden – da kommt nichts rein oder raus, ohne daß wir es wissen. Wir können die Spieler vor ihrer Abreise scannen. Eigentlich müßte die Sicherheit gewährleistet sein.«

Sharon war nachdenklich. »An dem Mars-Projekt werden sich einhundertsechzehn Nationen beteiligen. Die meisten bringen ihre besten Ressourcen mit: Technologie, ihre fähigsten Köpfe, Rohmaterialien, Geld. Wenn wir nicht für ihre Sicherheit garantieren können, wird das Mars-Projekt scheitern.«

ScanNet zeigte graue und schwarze Punkte, die man buchstäblich nicht auseinanderhalten konnte: ein Strom liliputanergroßer Arbeiter, die in MIMICs Zentralschacht beschäftigt waren.

Die ersten fünfzehn Etagen MIMICs waren an die Felswand gebaut; drei weitere Etagen erhoben sich über ihren Rand. In Höhe der Ebene fünfzehn gab es auf dem Clark's Ridge Landesysteme für leichte Frachtgüter. Die Landeplätze für die schweren Frachthelikopter befanden sich am Fuß des Gebäudes. Die Landezonen für den Passagiertransport und die für den Erdorbit bestimmte Fracht wurden zur Zeit in einer Entfernung von vier Meilen gebaut. Das ›Parterre‹ bildete den Ausgangspunkt für Straßen und Schienen.

Wenn man die beweglichen Etagenböden einfuhr und die Ebenen des Einkaufszentrums schloß, verdreifachte sich MIMICs industrielle Kapazität automatisch – was zu einem beträchtlichen Verlust der Bewohnerdichte führte. Die innere Struktur wurde verändert. Geschäumte Stahlbalken und Monofil aus den im Mondorbit befindlichen Forschungs- und Herstellungsstätten der Falling Angels Enterprises ließen eine bauliche Flexibilität zu, die sich die ursprünglichen Bauherren nicht einmal hätten träumen lassen. In den gigantischen Hallen konnte man Werkstätten einrichten. Zwölf Stockwerke der Ostwand konnten beiseite gerollt werden, damit riesige Maschinenteile repariert oder umgebaut werden konnten.

Das Blickfeld änderte sich immer wieder: Jetzt hielten sie sich vor dem Gebäude auf und schwebten in Höhe des elften Stockwerks vor den riesigen Metallbuchstaben, die das Wort MIMIC bildeten.

Dann schwebten sie über dem Komplex. Der Blick ging von einem geosynchronen Satelliten aus; es konnte aber auch ein Überwachungsflugzeug oder sogar ein Computermodell sein. Die Traumzeit-Technologie war einfach zu perfekt, als daß man einen Unterschied feststellen konnte.

»Die Macht eines Traums«, sagte Alex zufrieden. Er lehnte sich in seinem Sessel zurück. »Weißt du, es gibt bestimmt Tausende von Geschichten, wie die Erde durch eine Bedrohung aus dem All zu einer Einheit findet. Wer hätte je gedacht, daß wir das auch auf friedliche Weise schaffen.«

»Travis Cowles und die kleinen Cowlaner.«

»Cowlaner? Sind das nicht Regenmäntel für Entchen?«

Sharon setzte sich näher an die Konsole. »Darf ich?«

Alex beobachtete, wie ihre Finger in der holographischen Matrix versanken, und fühlte Zuneigung in sich aufsteigen, als Sharon in das monotone Gemurmel verfiel, das ein erfahrener Computer-Operateur im Informations-Labyrinth von sich gab. »Sharon Crayne«, sagte sie. ScanNet öffnete die Datei ihrer Personalakte, analysierte ihre individuellen vom Kehlkopf gebildeten Reibungs- und Knacklaute, und war bereit.

Als Sharon sich dann mühelos in MIMICs Sicherheitseingeweiden bewegte, verspürte Alex eine unbehagliche Mischung aus Stolz und Besorgnis.

Das Projekt war so *groß*.

Und der Traumpark hatte eine wesentliche Rolle gespielt, als man MIMIC errichtet hatte. Obwohl sich der Park siebzig Meilen südöstlich befand, war sein Einfluß auf jeder von MIMICs Ebenen spürbar.

Sharon hatte sich in ihre Arbeit vertieft und erforschte das Labyrinth namens MIMIC. In ein paar Wochen würde er die Verantwortung über das Gebäude an Sharon und denjenigen übergeben, den der Vorstand zum Sicherheitschef für das Mars-Projekt ernennen würde.

Und vielleicht konnte er sich ihr etwas mehr öffnen, wenn er nicht mehr der Belastung durch MIMIC und den Traumpark ausgesetzt war. In der Zwischenzeit würden sie alles entdecken, was sie voneinander wissen mußten, und vielleicht, nur vielleicht …

Wenn die ›reale Welt‹ sie in Ruhe ließ …

Doch im Augenblick waren sie fest in verschiedene Welten verstrickt. Sharon schien nicht einmal zu bemerken, daß er sich aus dem Raum stahl.

Tammi atmete so tief aus, wie sie nur konnte, und quetschte sich durch die Öffnung in die Kristallhöhle. Die Wände pulsierten. War das Musik? Nein … Moment mal … Die Wände begannen sich zu verändern und paßten sich ihren Körperformen an.

Das Kristall schmiegte sich an sie, bis sie kaum mehr Platz

zum Atmen hatte. Sie konnte gerade noch den Kopf wenden, um einen Blick auf ihre Teamgefährten zu werfen. Interessanterweise schienen sich die Wände bei jedem von ihnen so zu dehnen, daß sie alle es gleichermaßen unbequem hatten. Soviel Tammi sehen konnte, mußte sich Appelion genauso zusammenkrümmen wie der kleine Mausling.

Man konnte keinen Dolch ziehen, von einem Schwert ganz zu schweigen. Es wäre klüger gewesen, wenn Twan die Spitze übernommen hätte. Im Kristall-Labyrinth konnte die Magie oft mehr ausrichten als das Schwert.

Tammi durchlief ein Schaudern, als sie ein knisterndes, knirschendes Geräusch hörte. Sie unterdrückte die kurzzeitig aufflammende Panik. Wo war das Geräusch hergekommen? Es klang wie berstendes Eis ...

Tammi hatte das Kristall-Labyrinth bereits siebenmal hinter sich gebracht, doch diesen Gang hatte sie noch nie betreten. Er konnte neu sein. Der gesunde Menschenverstand sagte ihr, daß die Dinge sich in eine tödliche Richtung entwickelten.

Die vor ihr befindliche Kristallwand brach auf. Etwas Unheimliches kroch heraus.

Auf den ersten Blick ähnelte es einer Seeanemone – eine kleine Knospe mit Tentakeln.

Es gab vier dieser Auswüchse – und dann bildete sich ein Daumen. Plötzlich wedelte dort eine kleine, babyhafte Hand, die nach Tammi griff ...

Und im Augenblick der Berührung wuchsen den winzigen Fingern Kristallklauen. Sie fuhren über Tammis Haut und hinterließen blutende Schnitte. Bösartiges, koboldhaftes Gelächter hallte durch das Labyrinth.

Tammi streckte sich und griff nach hinten. Ihr Atem kam plötzlich stoßweise. »Appelion«, keuchte sie, und er reichte ihr die Hand. »Faß Twan an!«

Appelion griff nach hinten und gab Twan die Hand, und die Zauberin murmelte eine Beschwörung.

Bei den ersten Silben brachen winzige Neugeborene aus

den Wänden. Sie lachten wie entfesselte Irre. Sie hatten bleiche, tote Augen und gerötete, runzlige Haut. Und ihre Finger waren Kristallmesser.

Acacia hatte das Seil zur Hälfte überwunden. Aus dem Abgrund stieg Wind und Nebel empor, und sie schwankte ...

(Irgendwo im Traumpark warf ein Computer seine elektronischen Würfel, und sie war gerettet ...)

Sie streckte die Arme aus und versuchte, das Gleichgewicht zurückzugewinnen. Sie krümmte sich zusammen, wurde ruhiger und wartete.

Von der anderen Seite des Abgrunds dröhnte ein schrilles, keckerndes Geräusch herüber.

Ein Kristall-Affe? Vielleicht ein Pavian, oder gar ein Orang-Utan? Er war ungefähr einen Meter groß, hatte lange, unbehaarte Arme und ein starres Grinsen. Er betrat das Seil, hüpfte ein paarmal prüfend auf und ab und kam auf sie zu.

Er lief so schnell, daß Acacia kaum Zeit hatte, sich zu wappnen. Sie brachte ihr Schwert in Position, und der Affe sprang in die Tiefe und griff mit einer Pranke nach dem Seil. Er pendelte einen Augenblick, schwang sich dann in die Höhe und griff nach ihren Beinen.

Acacia sprang zurück und holte erschrocken Luft. Sie konnte nicht nach seiner Hand schlagen, ohne das Seil zu durchtrennen. Doch wenn sie nichts unternahm, würde der Affe sie herunterstoßen.

Eine Möglichkeit blieb ihr. Sie wich zurück und ging in die Hocke.

(Seltsam, das Seil fühlte sich nun breiter als ein normales Seil an. Etwa fünfzig Zentimeter breit. Sie mußte unwillkürlich grinsen, denn es konnte sich hier nur um eine interessante, kinästhetische Illusion handeln.)

Acacia schlang die Beine ums Seil und kroch nach vorn. Der Kristall-Affe beobachtete sie aus seiner luftigen, schaukelnden Warte. Sie schlug probeweise mit dem Schwert nach ihm.

Er hangelte sich keckernd zurück. Dann kam er wieder näher …

Acacia hielt ihr Schwert bereit. Er war fast nahe genug, um …

Eine plötzliche Erkenntnis ließ sie innehalten. Die Kreatur hatte sie überhaupt nicht richtig angegriffen. Wenn man es genau betrachtete, war der Affe ja nur näher gekommen, um sie näher in Augenschein zu nehmen. Vielleicht war sie ja freundlich?

Sie lächelte so breit, wie sie konnte. »Du bist ein hübscher Kerl. Freunde?«

Der Affe behielt seinen Gesichtsausdruck bei. Doch er streckte einen langen Arm aus, der die Durchsichtigkeit und die Härte eines Diamanten hatte. Er berührte ihren Arm, ohne einen Abdruck zu hinterlassen. Der Affe grinste, und in Acacias Kopf klingelte die Kasse. Waren das noch mal achthundert Punkte?

Der Affe hangelte sich wieder zu seiner Seite der Schlucht hinüber. Acacia folgte ihm. Dann, als wolle er sie an einem heiligen, geheimen Wissen teilhaben lassen, zeigte er ihr, wie man die Brücke ausfahren mußte …

Nichts konnte Twans Magie widerstehen. Tammi und ihr Team leuchteten hell auf, und die Kristallhände wichen vor dieser Aura zurück. Die Mannschaft war zerzaust und blutbeschmiert, doch sie hatte die Höhlen fast schon hinter sich gelassen.

Tammi kroch als erste hinaus und entdeckte sofort Acacias Team, das vor ihr auf der Brücke stand.

Tammi rief »Angriff!«, und gemeinsam stürzten sie sich auf ihre Gegner.

Terrance, der Zulu-Krieger, begegnete Tammis Attacke in aller Ruhe. Er stieß mit dem Assegai nach ihr. Sie schlug den kurzen Speer zur Seite und ging zum Gegenangriff über. Terrance blockte ihre Schläge zweimal ab, löste sich von ihr und stach nach ihrer Brust. Er war gut, besser als Tammi, die ihre Fähigkeiten wegen der Beengtheit nicht voll entfalten konnte. Das hatte sie bereits bei einem früheren Kampf herausgefunden. Doch trotz seiner Schnelligkeit und seines Gleichgewichtssinns war Terrance bei taktischen Manövern schwach.

Sie nutzte die schiere Wucht ihres Angriffs, um ihn ein Stück zurückzudrängen, damit sie mehr Raum für ihre Schwertkunst hatte.

Der Mausling sah eine Öffnung, schlüpfte an Terrance vorbei und stürmte auf die Brücke. Jetzt konnte Appelion Tammi zu Hilfe eilen …

Da sich Acacia noch auf der anderen Seite der Schlucht aufhielt und der Mutter Oberin keine Zeit blieb, einen Zauber auszusprechen, würde Tammi den Zulu im nächsten Augenblick überrannt und getötet haben. Terrance wich zurück. Nur Captain Chiffre hatte es bis jetzt auf die andere Seite geschafft. Die Mutter Oberin stand in der Brückenmitte, während der Mausling auf sie zustürmte. Wenn Tammi sich an Terrance vorbeikämpfen konnte, würde Appelion Acacia mit Pfeilschüssen eindecken und …

»Nein!« kreischte Tammi. Es war unglaublich; Acacia hatte das Seil geschnappt und schwang sich zur Seite! Während ihre Gefährten sich in Gefahr befanden? Was sollte dieser Wahnsinn? »Zurück!« rief Tammi.

Doch es war bereits zu spät. Die Brücke gab nach. Die Mutter Oberin, der Mausling und Terrance fielen schreiend in den Abgrund und verschwanden in dem reißenden Strom.

Tammi wollte sich noch in Sicherheit bringen, doch die Hanfkonstruktion gab unter ihren Füßen nach. Noch im Fallen gelang es ihr, sich an einem Seil festzuklammern. Als sie gegen den feuchten Fels stieß, trieb ihr der Aufprall die Luft aus den Lungen.

Tammi pendelte in dem Nebel hin und her und starrte

schaudernd in den Abgrund des Wasserfalls. Was, zum Teufel, war nur passiert? Acacia hatte zwei Teammitglieder verloren: die Mutter Oberin und Terrance. Die Troglodyten hatten den Mausling verloren.

Ein trauriges und beinahe nicht nachzuvollziehendes Opfer.

Man konnte im Kristall-Labyrinth keine individuellen Punkte erringen. Nur Team-Punkte. Und dennoch hatte es einen Verlust gegeben – zwei Mann für einen?

Tammi kletterte zum Rand der Schlucht empor, wobei Appelion und Twan ihr bei den letzten Zentimetern behilflich waren. Sie starrte in die Tiefe, dann auf die andere Seite.

Acacia und Captain Chiffre waren weg. Und was noch viel schlimmer war ...

Auf eine seltsame Art, die Tammi nicht ganz verstand, hatte Acacia einen leichten Vorsprung errungen. Tammi wußte es, doch sie konnte es nicht nachvollziehen.

Man hatte direkt unter ihrer Nase eine entnervend komplizierte und scharfsinnige Falle ausgelegt. Sie war sicher, daß sie alle nötigen Hinweise besaß, doch sie konnte es immer noch nicht begreifen. Was hier geschehen war, ging weit über Acacias Vermögen zur Hinterlist hinaus.

Eigentlich hatte die Sache etwas von der Handschrift des Bischofs an sich.

Und wenn das stimmte ...

Dann entsprachen die Gerüchte der Wahrheit.

3 Alte Träume

Als Alex Griffin die Tür öffnete, wurde er schlagartig mit den Gerüchen und Anblicken konfrontiert, die es hinter den Kulissen MIMICs gab. Es wurde geschmolzen, gehoben, aufgeladen und lackiert. Es dröhnte, stank und vibrierte. Es gab immer Tausende von Kleinigkeiten, die noch bis zur letzten Minute erledigt werden mußten. Einige betrafen das Voodoo-Spiel, andere das Mars-Projekt.

Doch eigentlich waren das Mars-Projekt und der Traumpark ein Aspekt derselben Sache, oder etwa nicht?

Sei Teil eines Traums ... sei Teil der Zukunft. Dieser Slogan, der in hundert verschiedenen Sprachen eine Milliarde Sticker schmückte, war für eine ganze Generation von Erdbewohnern zu einem Schlagwort geworden, zu einem Schlachtruf und einem Mantra.

Eine hübsche Ironie. Mars, der Gott des Krieges, hatte den Frieden gebracht. Und der Traumpark war ein Ort der Illusion, während das Mars-Projekt den roten Planeten zu einer bewohnbaren Welt schmieden würde – und damit alles andere als eine Illusion darstellte.

Träume stellten die höchste, intimste aller Sprachen dar. Die Menschheit hatte stets danach gestrebt, ihre Träume in die Realität umzusetzen. Es machte keinen großen Unterschied, ob es sich um blutige Eroberungsphantasien, die Sehnsucht nach Liebe oder die Hoffnung auf eine bessere Welt handelte. Egal, wie die Bilder und Absichten auch aussahen, der Mensch mußte träumen und diese Träume teilen.

Und hatten Bücher, Filme, Radio und Multivision nicht den Weg zum gegenseitigen Verstehen geebnet?

Sie hatten eine neue Menschheitsvision geschmiedet.

Griffin fiel das holographische Diorama bei Carnations ›Brot für die Welt‹-Ausstellung im Traumpark ein. Das erste Bild stellte eine hollandstämmige amerikanische Mutter dar, die ihrem Baby die Brust gab. Kaum hatte sich das Auge mit ihr vertraut gemacht, als ihre Hautfarbe dunkler und aus den blonden Haaren Zöpfe wurden, weil sie sich in eine Afrikanerin verwandelte, die dann durch eine Asiatin ersetzt wurde ...

Das Konzept der Mutterschaft durchbrach zur Melodie einer Musik, die Hunderten Kulturen entnommen und wie durch ein Wunder zu einer Kadenz verschmolzen worden war, alle kulturellen Schranken, um das Thema Ernährung zu symbolisieren. Durch den Blickpunkt der Kamera wurden aus den Kornfeldern von Kansas die Reisfelder Vietnams, die sich in Jamaikas Bananenanbaugebiete und schließlich in die Millionen Hektar umfassenden Zuckerrohrplantagen Hawaiis verwandelten.

Es war ein Bild, dessen Zeit gekommen war.

Alex Griffins Daumenabdruck holte eine gläserne Aufzugkabine heran, die ihn durch die Etagen nach oben beförderte. Er winkte beim Vorbeifahren den Arbeitern zu, überwältigt von der vielschichtigen Ungeheuerlichkeit MIMICs.

Der Traumpark hatte – wie ehemals Disneyland – alle Mythen der Menschheit vereinigt und sie auf einer einzigen Bühne präsentiert. Kulturelle Vorurteile konnten bei so einem Ansturm der Phantasie nur verkümmern.

Der Mensch als Individuum war schwach und verletzbar. Die Entwicklung vom Stamm zur Familie und schließlich zur Nation war unvermeidlich gewesen. Nun war die Menschheit bereit, den nächsten Schritt zu wagen.

Warum sollte Alex Griffin seinen Job im Traumpark aufgeben, um das nordamerikanische Hauptquartier des Mars-Projekts zu übernehmen? Der Traumpark bot alle Verantwortung, die man sich nur wünschen konnte.

Die Etagen summten vor Aktivität. Aufzüge wurden hinter Geheimtüren und falschen Wänden verborgen. Arbeiter konnten Ausrüstungsgegenstände durch ganz MIMIC transportieren, ohne das bevorstehende Spiel zu unterbrechen.

Auf dem Boden von MIMICs Zentralschacht blitzten so viele Lichter, daß er einer funkelnden Silbermine ähnelte. War das Realität oder Illusion?

Alex stieg in der fünften Etage aus und drückte sich sofort gegen die Wand, als eine Roboterstimme verkündete: »Bitte Vorsicht, eine breite Ladung wird durch den Korridor transportiert.«

Ein ovales Mosaik, so geheimnisvoll und riesig wie ein Kalender der Mayas, summte vorbei. Das Gebilde balancierte in einem unmöglichen Winkel auf dem Rand eines kleinen Roboterwagens. An dem Wagen blitzten rote Warnlichter auf; er leierte im Vorbeifahren monoton seine Warnung vor sich hin, machte munter eine Neunzig-Grad-Drehung nach rechts und rollte unbeschwert seiner Wege.

Er war fast schon außer Sicht, als Griffin erkannte, daß es sich bei dem Oval um eine Maske handelte, die sich aus Lederstreifen und Knochen zusammensetzte. Sie war drei Meter hoch und mit Streifen aus düsteren Erdfarben versehen. Die Zähne des Unterkiefers bohrten sich an einigen Stellen durch die Oberlippe.

Die Maske hinterließ zuerst einen erschreckenden, dann einen komischen Eindruck. Die Augen waren Platten aus uralten, flachgedrückten Cola-Dosen, die Nase ein Plastikkruzifix, auf das der Name einer bekannten Motelkette eingestanzt war. Gab es noch mehr Teile kultureller Ausdünstungen zu entdecken?

Boden und Wände erzitterten, als die Cowles-Mach-VIII-Lautsprecher getestet wurden: Auf das Gelächter eines Wahnsinnigen folgten ein Regenschauer und Blitze, die von dem unheimlichen Geraschel des Stechschritts Hunderttausender Marschstiefelpaare abgelöst wurden. Plötzlich ertönten donnernde Explosionen und schrille Schmerzensschreie.

Tief im Zentralschacht bereiteten Kräne, die wie Spielzeuge aussahen, Shuttlebahnhöfe für das kommende Spiel vor. Direkt über der Sicherheitsabteilung pflügten auf Ebene drei automatisierte Traktoren den Boden um, und Arbeiter stellten Grabsteine auf einem Voodoo-Friedhof auf.

Griffin ging die vier Treppen zur Ebene acht hinauf, die nun bis zur Hüfthöhe mit warmem Wasser überflutet wurde. Eine Pontonbrücke trieb am Rand entlang. Es war schwierig, das Gleichgewicht zu bewahren, nicht zuletzt deshalb, weil die zahlreichen akustischen und visuellen Eindrücke so überwältigend waren.

Voodoo! Nackte Sklaven, die tote Götter um Schutz anflehten; Götter, die in Gräbern verrotteten, die eine halbe Welt entfernt lagen. Eine impotente Religion, die sich die Verlorenen und Erniedrigten zu eigen gemacht hatten. *Warum Voodoo?*

Weil der begnadete Spielmeister Richard Lopez sich in die Riten des Voodoo *verliebt* hatte! Wie McWhirter erklärt hatte, handelte es sich bei Voodoo um ein kulturelles Labyrinth. Er setzte sich aus afrikanischem Schamanismus und Pantheismus zusammen, der mit ein paar moslemischen Einflüssen in die Neue Welt exportiert worden war. Dort absorbierte er das Christentum und hielt schließlich Millionen von Anbetern direkt unter den Nasen ihrer Unterdrücker in seinem Bann. Dann fand er durch heimkehrende Nachfahren der ursprünglichen Sklaven den Weg zurück ins Afrika des neunzehnten Jahrhunderts. Dort nahm er Götter aus Indien und Asien in sich auf und kam in den Herzen afrikanischer Immigranten zurück nach Amerika. Voodoo fraß alles auf und gab nichts wieder preis.

Als zusammenhängende Mythologie war der Voodoo wie eine Qualle – interessant, doch schwer zu halten –, bis Lopez ihm ein Rückgrat verpaßt hatte, das aus einem obskuren Text des zwanzigsten Jahrhunderts stammte ... Tony hatte geheimnisvoll gelächelt und sich jedes weiteren Kommentars enthalten.

In neun Meter Entfernung blitzte ein Licht auf. Ein sechs Meter großes, amorphes Gebilde durchbrach die Wasseroberfläche. Ihm fehlten sowohl jegliche Gesichtszüge als auch sonstige Merkmale; es war lediglich ein tanzender, aus weißer Glut bestehender Punkt. Es schwankte wie eine fette Seeschlange und nahm für einen Augenblick halb menschliche, halb krokodilhafte Gestalt an ...

Dann verschwand das Wesen wieder mit einem Aufklatschen, das die Wände erzittern ließ, im Wasser. Hatte ein Wellengenerator diese Kreatur ins Leben gerufen? War es eine Unterwasserbombe gewesen oder doch nur ein Hologramm mit Geräuscheffekten?

Es stieg wieder in die Höhe, und diesmal konnte Alex verschwommene Details seiner Gestalt ausmachen. Es war ein bronzefarbenes, klauenbewehrtes Etwas; vielleicht handelte es sich aber auch um eine kupferrote Flamme, die zeitlupenhaft flackerte.

Ein verrückter Ort. Alex Griffin nahm es leicht, durchquerte das Reich der Teufel und Dämonen und ging über den rutschigen Untergrund bis zum inneren Rand der achten Etage. Er drückte auf eine getarnte Stelle in der Wandvertäfelung und kicherte erfreut, als sie sich öffnete und ihm Zugang zu ihren verborgenen Geheimnissen gewährte. Pinkfarbene Rampenlichter führten ihn eine Wendeltreppe hinab.

Er kam an einem Korridor vorbei, den man kürzlich abgesperrt hatte; die Ingenieure mußten noch die strukturelle Stabilität des Quadranten abschätzen.

Eine stämmige Frau unbestimmbaren Alters deckte eine aufmerksame, aus Cowles-Angestellten bestehende Runde mit einem Hagel von Anweisungen ein. Ihr extrem kurzgeschnittenes Haar wurde von einer Bauarbeiter-Mütze bedeckt. Ihre Kleidung war von einer exzentrischen Mannigfaltigkeit: uralte, gelbe Skihosen; eine blaue, an der Taille von einer Fahrradkette zusammengehaltene Samtjacke und Riemensandalen, die man aus Wellplastikplatten ausgeschnitten hatte.

Ein Squatter.

Diese Hausbesetzer suchten MIMIC seit fünfzig Jahren heim. Als Ansiedler ohne jeden Rechtsanspruch verzehrten sie, was sie in den Schränken an Eßbarem fanden und verkauften, was sie nur zusammentragen konnten. Es waren die Squatter gewesen, die den Mythos der durch Radioaktivität entstandenen Mutanten begründet hatten.

Als die Cowles Industries mit der Projektentwicklung begonnen hatte, gab es heikle juristische Probleme. Was gehörte wem? Besaßen die Hausbesetzer ein Heimstättenrecht? Einige von ihnen behaupteten, Abkömmlinge der von der Außenwelt abgeschnittenen Mieter zu sein. Als Cowles' Anwälte sie ernst nahmen, stammte plötzlich *jeder* von den Mietern ab.

Die Situation hätte sehr kompliziert werden können – mit durchaus komischen Untertönen –, dann aber zog ein Bataillon Sozialarbeiter und Rechtsanwälte ein und bot den Besetzern Ausbildungen, Arbeitsplätze und Videorechte für ihre Geschichten an. Bei zwei heiklen Fällen hatten Cowles' Rechtsanwälte die für sechzig Jahre ausstehende Miete gefordert, und das Problem erledigte sich von selbst. Dutzende der älteren Besetzer wurden als Führer und Experten für die strukturelle Stabilität des Gebäudes eingestellt.

Die Frau bedachte Griffin mit einem durchtriebenen Blick, als er vorbeiging. »Der Boden hier ist doppelt so stabil, wie Sie erwartet haben. Man muß nur mal gesehen haben, wie lebendig die Schlange auf Ebene sieben ist.«

Der Erste Ingenieur, ein kleiner, dicker Schwarzer namens Ashly Mgui-Smythe, wischte sich mit einem karierten Taschentuch über die Stirn, faltete es pedantisch zusammen und steckte es zurück in die Hosentasche. »Sie ... haben doch gesagt, daß die Schlange sich auf Ebene elf herumgetrieben hat und daß sich heraustellte, daß der Boden stabil war.«

Sie legte den Kopf schief. »Nun ... vielleicht war sie schon weg, als Sie kamen. Doch die Schlange hat auf der siebten Ebene, Sektion zwei, ganz schön zugebissen, nicht wahr? Und sie ist hier. Ich kann es fühlen.«

Mgui-Smythe nickte widerwillig. »Eggers, überprüfen Sie diese Ebene noch einmal. Auch wenn das vermutlich nur wieder so eine Geschichte ist ... Sollten Sie dort einen Erdbebenschaden feststellen, haben wir vielleicht etwas übersehen.«

»Mach' ich, Ash.«

Mgui-Smythe drehte sich um und strich mit den Fingern über die Wand. »Gehen wir auf Nummer Sicher – sperrt Sektor sechs ab. Mir gefällt dieser aufgerissene Boden nicht.« Er folgte mit der Schuhspitze einer gezackten Linie aufgeplatzten Betons. Man hatte den Riß mit einer Dichtungsmasse gefüllt, doch er erstreckte sich über die gesamte Korridorbreite und verschwand unter der gegenüberliegenden Wand. »Kontrolliert auch Ebene sieben. Auch wenn es sich um ein Extrem-Umwelt-Spiel handelt, der Tod eines Spielers ist schlecht fürs Geschäft.« Sein Gesichtsausdruck hellte sich auf. »Hallo, Alex.«

»Ashly. Wieder ein paar neue Hausbesetzer-Geschichten?«

Mgui-Smythe zuckte die Achseln. »Wir können kein Risiko eingehen.« Er schaute auf die Uhr. »Noch achtunddreißig Stunden.«

»Schafft ihr es?« Alex blickte ihn herausfordernd an.

»Die Wetten stehen fünf zu zwei.«

»Das reicht mir.« Griffin ging weiter. Augenblicke später gelangte er zu einer Tür, auf die eine Sanduhr in strahlendem Rot aufgemalt war; das Symbol erregte soviel Aufmerksamkeit wie der Unterleib einer schwarzen Witwe. *Strahlung.* Griffin preßte den Daumen gegen das Schloß und betrat sein Apartment.

Die Fahrt von der Cowles Modular Community zu MIMIC dauerte mit der Röhrenbahn nur achtzehn Minuten, doch ein vier Tage dauerndes Spiel stand vor der Tür. Alex zog es vor, daß sein Schlafquartier nahe beim Geschehen lag. Es hatte keinerlei Probleme, sein Wohnmodul von CMC herüberbringen und an MIMICs Modulwand einklinken zu lassen. Ein paar kleine Veränderungen an den Stromanschlüssen, eine Wasserleitung, Kommunikationsanschluß und *zack*: Das Heim war bezugsfertig. In vier Tagen würde man es wieder zurück über den Berg fliegen.

Küche, Bade- und Wohnzimmer gehörten zur Standardausstattung. Schlaf- und Arbeitszimmer waren ein Modulsystem, das man abmontieren und innerhalb von vierundzwanzig Stunden in jeden Teil des Landes verschicken konnte. Meacham hatte nicht *falschgelegen*, lediglich die Zeit war noch nicht reif gewesen.

In MIMIC gab es genug freie Räume. Bei Alex' Apartment handelte es sich um ein umgebautes Büro und nicht um eine dieser wackligen Monströsitäten, die auf Schienen die Modulwand rauf- und runterfuhren. Allerdings hatte Tony das Apartment etwas verändert, so daß es wie eins der älteren Module aussah.

In den zwei Wochen, die Alex' Modul an MIMICs Wand verbracht hatte, war Sharon die erste Person gewesen, die er eingeladen hatte.

Eine denkwürdige Nacht. Allein bei dem Gedanken an sie wurde ihm warm. Sie hatten nur Schlafzimmer und Küche in Anspruch genommen. Und wieder das Schlafzimmer.

Er streckte sich auf der Matratze aus und fühlte, wie sie sich summend bewegte, um sich seiner Körperform anzupassen, damit sie ihn dann leicht massieren konnte.

Er hatte vergangene Nacht wenig geschlafen. Wie meistens beim ersten Mal war es ein stürmischer Abend gewesen, eine richtiggehende Symphonie gegenseitiger Erforschung mit einer sinnlichen und gierigen Lady. Er konnte den Schlaf immer noch nachholen – man hatte nur selten einen so guten Grund, auf Schlaf zu verzichten.

Er hatte vier Tage frei, und der Traumpark würde das größte Spiel aller Zeiten veranstalten. Sharon und er würden daran teilnehmen – nicht als Spieler, sondern als Traumpark-Schauspieler, als TPS; zwei jener Leute, die für die Spieler die Realität schufen.

Er rieb sich die Augen mit der Handfläche und schaute in den Spiegel, der dem Bett gegenüber stand. Ein hochgewachsener Fremder starrte zurück, dessen Körper von zahllosen Trainingsstunden gestrafft war und dessen hellgrüne Augen, in denen sich blaue und schwarze Punkte vermischten, eine gewisse Verwegenheit ausstrahlten. Die Lippen waren zu einem Lächeln verzogen, das einen matten Eindruck machte, jedoch nicht unbedingt als zynisch bezeichnet werden konnte.

Sharons Duft lag noch immer in der Luft. Er erinnerte sich

deutlich an ihre Beine, die seidene Wärme, als sie die Strümpfe herunterstreifte. Als sie aufs Bett sanken, hatte sie flüsternd fiebrige Laute von sich gegeben. Das Bett hatte sich ihren Körpern angepaßt, sich auf ihre Wärmemuster eingestellt und mit dem genauen Grad an Festig- und Nachgiebigkeit präzise die Wärme- und Vibrationswellen zurückgegeben, die dazu notwendig waren, um das Vergnügen zu verstärken.

Er verlor sich in den wellenförmigen Bewegungen des Bettes. Sharons anregender Duft riß ihn genauso mit wie die Art, wie sie seinen Namen flüsterte oder sich erbebend an ihn klammerte, als sie die Spitze erklommen hatte und in den tiefen Abgrund fiel.

Verdammt, er betete sie einfach an, sogar ihre Unvollkommenheiten. Eine gewissenhafte Untersuchung hatte nur zwei davon zutage gebracht: einen verfärbten Backenzahn und die fast verblaßten Reste einer Blinddarmnarbe. In jeder anderen Hinsicht war die Frau einfach perfekt.

Er erinnerte sich an die kurz aufblitzende Kälte direkt danach, als sie sich von ihm wegdrehte, um eine Zigarette anzuzünden.

Eine Flamme erhellte die Dunkelheit, gefolgt von dem belebenden, scharfen Geruch der Schmuggelware. Sie inhalierte tief.

»Willst du unbedingt drei Monate im Bezirksgefängnis verbringen?«

»Zeigst du mich denn an?« fragte sie und machte ein raschelndes Geräusch. »Willst du eine? Tennessee Tornado.« Ihre Stimme klang kühl. Sie hatte sich ihm total hingegeben, fast schon unterwürfig; dann aber hatte etwas in ihr einen Vorhang fallen lassen, und sie hatte sich auf die Position des Beobachters zurückgezogen. *Leute, das war's.*

»Vielleicht später.«

»Ich laß die Packung da.«

Tabakrauch wurde hörbar ausgeatmet, und das Geräusch schnitt jegliche, wie auch immer geartete Kommunikation ab. Nichts Besonderes – oder sogar Ungewöhnliches – in Griffins Leben. Nur das abrupte Ende der Gespräche, der Wärme, der Nähe, und dann ein Klaps auf den Hintern, als sie aufstand, um zu duschen.

In Griffin stieg eine Woge der Panik auf, die er schnell unterdrückte, als er erkannte, daß er mehr von ihr wollte.

Er lag in der Dunkelheit und kratzte abwesend ein existentielles Jucken.

Postkoitale Gereiztheit? Seine Hand tastete nach den eingeschmuggelten Zigaretten. Er schüttelte eine zur Hälfte aus der Packung und schob sie sich zwischen die Lippen. Fand ihr Feuerzeug und zündete sie an. Machte zuerst nur ganz leichte Züge. Genoß den würzigen Geschmack und den schnellen, heißen Schwindel, der sich von seinen Lungen ausbreitete.

Und dachte an sie.

Sharon Crayne saß an der ScanNet-Konsole und tat, was sie zu tun hatte – wozu sie sich verpflichtet hatte. Für einen Augenblick dachte sie an Alex Griffin, und ihr Entschluß geriet ins Wanken.

Er war nur ein Mann, sagte sie sich. Nur ein Mann von vielen, die ihren Körper benutzt hatten. Und das hatte Griffin zu dem gleichen Tier wie alle anderen gemacht. Zu einem Gegenstand, den man benutzte und dann wegwarf. Vielleicht hätten sie Freunde werden können, doch diese Möglichkeit endete in dem Augenblick, als er nach dem Köder schnappte und zuließ, daß sie ihn verführte – in dem Augenblick, in dem er in sie eingedrungen war. Und es spielte absolut keine Rolle, wie zärtlich er es getan hatte.

Eine Freundschaft war unmöglich, und doch senkte sich ihr Kopf, und etwas in ihrem Innern schrie vor Einsamkeit auf, vor einem seit Jahren ignorierten Bedürfnis. Alex war anders als die anderen; an ihm war etwas Gutes, Zärtliches und Starkes. Sie schämte sich, daß sie seine Einsamkeit benutzt hatte.

Und sollte alles nach Plan verlaufen, konnten sie vielleicht, nur vielleicht, einen neuen Anfang machen. Falls er ihr das, was sie tun mußte, vergeben würde, könnte sie im Gegenzug vielleicht ihm vergeben, was er getan hatte. Er brauchte jemanden, genau wie sie. Er war nicht wirklich in *sie* verliebt; er liebte die *Vorstellung*, verliebt zu sein. Diese Vorstellung hielt ihn in ihrem Bann, vielleicht erstaunte es ihn sogar, daß er noch immer an die Liebe glaubte.

Und woran glaubte Sharon Crayne?

Sie wußte es nicht, und ihr blieb auch keine Zeit, es herauszufinden. Nicht, bis sie ihre Aufgabe erfüllt hatte. Also konzentriere dich jetzt auf diese Aufgabe. Laß dich durch nichts ablenken.

»Ich komme, Liebes«, flüsterte sie. »Mami tut alles, was in ihrer Macht steht.«

4 Das Kristall-Labyrinth

DIENSTAG, 19. JULI 2059, 21 UHR 00

Acacia Garcia brachte ihre Atmung unter Kontrolle. Weil sie befürchtete, ihre Sicht einzuschränken, wischte sie sich den Schweiß erst aus dem einen Auge, dann aus dem anderen. All ihre Sinne konzentrierten sich auf Anzeichen, ob sich das Kristall-Labyrinth veränderte.

In dem aus Glas- und Plastikspiegeln bestehenden Wald knisterten niederfahrende Blitze. Ein vage nach Pfefferminz riechender Nebel waberte um ihre Knie. In seinen Tiefen schienen sich tentakelbewehrte Monster zu schlängeln.

Es wurde dunkel, und sie hielt den Atem an. Eine List? Gelächter. Mit Reißzähnen bestückte Reptilienrachen materialisierten in dämonischen Fratzen, die sich ständig veränderten und in dem matten Licht tanzten. Dann schwebte das leuchtende Abbild Tammis durch die Finsternis.

Acacia wirbelte herum und drückte sich mit dem Rücken gegen die Wand. Tammis Gesicht war eine Illusion: Der Blick folgte nicht Acacias Bewegungen. Vielleicht lauerte sie in ihrem Rücken? Schon nahe genug, um ihr ins Ohr zu pusten ...?

Acacia sah auf den Armband-Monitor und gab TAMMI ein. Sie erhielt die Werte von Herzschlag, Atemfrequenz und Blutdruck. Falls sie die Werte lange genug überprüfte, konnte sie vielleicht feststellen, ob oder wann Tammi sich vorbereitete, die Falle zuschnappen zu lassen. Doch Acacia erfuhr nicht, an welchem Ort Tammi sich aufhielt.

Und natürlich hatte auch ihre Gegnerin einen Monitor.

Acacia und ihr Team hatten das Kristall-Labyrinth vor sechs Stunden betreten, um unter den Augen der Zuschauer ein Spiel zu beginnen, das eigentlich nur drei Stunden dauern sollte.

Die Armband-Monitore dienten dazu, jedes Team mit umfassenden Daten über den Gegner und seinen ungefähren Standort im Labyrinth zu versehen. So sollten die allgemeine Strategie vereinfacht und die Handgemenge erschwert werden.

Aber ...

Die Anführer jedes Teams verfügten über einen Monitor, der von einer Batterie gespeist wurde, die einen fünfstündigen Energievorrat hatte und wieder aufgeladen werden konnte. Acacia hatte ihr Gerät abgeschaltet und dann die Strategie mit der Brückenzerstörung ausgeführt, um die sprunghafte Tammi zu verwirren und wütend zu machen. Um überhaupt eine Chance gegen die ungeschlagenen Troglodyten zu haben, hatte Acacia ihre Gegnerin dazu gezwungen, das Kristall-Labyrinth nach einem fremden Rhythmus zu spielen.

Jetzt hatte es in der schrecklichen fünften Stunde den Anschein, daß sich Acacias Strategie als reiner Wahnsinn entpuppte. Beide Teams waren erschöpft, doch die Troglodyten hatten nur einen Spieler verloren, Acacia hingegen zwei.

Dann war Tammis Lokalisationsanzeiger ausgefallen. Acacia hatte beobachtet, wie ihre Panik sich auf dem Biomonitor widerspiegelte: ein plötzlicher Anstieg der Atmungs- und Herzfrequenz. Acacia schaltete mit einer grimmigen Zufriedenheit ihren Lokalisationsanzeiger wieder an.

Nun hockte sie im Labyrinth und wartete darauf, daß Tammi etwas Unvernünftiges tat.

Das Warten nahm kein Ende.

Wo Tammi impulsiv war, war Twan, die andere Hälfte des Teams, die berechnendste Gegnerin, der Acacia je gegenübergestanden hatte. Als Team waren die beiden unglaublich gefährlich.

Sie mußte ihrer Selbstsicherheit *jetzt* einen Stoß versetzen.

Von den Balkonen am Rand der Halle sah das Labyrinth wie eine mit Juwelen verzierte Stadt aus. Die Zuschauer trugen Kostüme, die Hunderten von Ländern und Zeitaltern entstammten. Einige waren nichtmenschlich. Sie trugen Plastikprothesen oder Make-up, und in einigen Fällen sogar mäßig effektive holographische Umhänge, die sie wie Echsen, glashäutige Damen vom Planeten Wyndex oder Bewohner sagenhafter, unbekannter Welten aussehen ließen. Es gab Minnesänger, Krieger aus Afrika, Japan und dem Aztekenreich. Es gab Kostüme aus dem Zeitalter Georg des Vierten, der italienischen Renaissance und des amerikanischen Südens vor dem Bürgerkrieg.

Wetten wurden angeboten und angenommen, während die Spieler in geheimnisvollen Mustern umherschlichen, ihre verschiedenen Strategien einsetzten und blutige Schlachten austrugen.

Tausende von Zuschauern drängten sich an den Geländern oder belagerten die Bildschirme in jedem Traumpark-Hotel. Das waren die Legionen der IFSG, die die Party ihres Lebens feierten. Von der obersten Ebene rieselte Konfetti herab. Aus den Zimmern wehten Party-Rhythmen, sei es

Walzer, Big-Band-Sound, Salsa oder Elfen-Hive-Hop. Alle sechs Meter gab es ein neues Zeitalter und andere Musik.

Die Sicherheitsmänner des Hotels warfen sich nervöse Blicke zu, als der Ansturm sich verstärkte. Selbst für den Traumpark war diese Menge eindeutig verrückt.

Ohne sich umdrehen zu müssen, wußte Acacia, daß Captain Chiffre neben ihr stand. Er hatte sich völlig geräuschlos bewegt, und Acacia verfügte mit Sicherheit über keinen sechsten Sinn. Sie hatte lediglich das Pech, in seinem Windschatten zu stehen.

Schweiß ließ sein rotes Haar am Kopf kleben und sorgte in den Achselhöhlen seines enganliegenden, roten Kostüms für dunkle, stinkende Flecken.

»Captain Chiffre«, flüsterte sie.

»Zu deiner Verfügung, Mylady«, gab er zurück und schwang einen nicht vorhandenen Hut. Er richtete sich langsam auf. Er war seit fünf Uhr morgens auf den Beinen und wurde immer blasser.

Die Glaswände glühten rot auf. Es war durchaus möglich, daß das Glas in wenigen Augenblicken wieder durchsichtig wurde und ihre Gegner sofort sahen, wo sie sich aufhielten.

»Hör zu«, sagte Acacia drängend. »Wir werden hier in einer Minute sterben ...«

»Aber du denkst, Captain Chiffre könnte den Tag retten?«

»Ja«, sagte sie müde. »Captain Chiffre könnte den Tag retten. Sieh her.«

Sie tippte auf einem in der Wand befindlichen kristallenen Keybord die ersten fünf Noten der *Starship-Trooper*-Melodie ein. Eine verborgene Klappe fuhr zur Seite.

Sie enthüllte eine altmodische Computer-Tastatur. Der Bildschirm zeigte die übriggebliebenen drei Mitglieder von Tammis Team, die durch den Nebel schlichen.

Also waren sie zusammengeblieben und hatten sich nicht getrennt, um eine Zangenbewegung auszuführen. Das war eine nützliche Information, doch Acacia brauchte noch mehr. Sie brauchte ihren Standort.

»Schau mal«, sagte sie. »Wir haben zwölftausenddreihundert Punkte erspielt. Noch siebenhundert, und wir bekommen einen Tunnel durch die Spiegel. Aber wir müssen siebenhundert Punkte einsetzen, um sie zu erhalten, und es handelt sich hier um ein Rätsel des vierten Schwierigkeitsgrads.«

Sie tippte einen Befehl ein, und folgende Kategorien erschienen:

1) Historik-Trivia
2) Berühmte Schlachten
3) Tödliche Scherze
4) Unbedeutendere Meister

Corby blinzelte schnell mit seinen ziemlich hervorstehenden Augen. »›Berühmte Schlachten‹. Igitt. Geschichte war schon immer Captain Chiffres Schwachpunkt.«

»Ich könnte es vielleicht schaffen ...«

»Aber nicht beim vierten Schwierigkeitsgrad. Beim neunnasigen Napoleon, Mylady – da ziehen sie irgendeinen Mesopotamier-Mist aus dem vierten Jahrhundert aus dem Hut, glaub mir. Bei den Unbedeutenderen Meistern geht es vermutlich um italienische Kartenhaie und Straßenpantomimen aus dem achtzehnten Jahrhundert. Captain Chiffre sagen die Tödlichen Scherze zu.« Seine kleinen runden Augen nahmen einen abwesenden und verschlagenen Ausdruck an, als er nachdachte. »Wenn es sich um eine klassische Frage handelt, kenne ich sie vielleicht. Selbst wenn sie brandneu ist, könnte es die Neugestaltung eines klassischen Rätsels sein. Oder ich kann eine logische Lösung finden. Ich meine, es muß doch eine Lösung geben, oder?«

Sie rieb kameradschaftlich seine Schulter. »Ich werde dir vertrauen.«

»Wer kann dir das bei meinem guten Aussehen verdenken?«

Sein Gesicht konnte nur eine Mutter oder ein verzweifelter Mythenmeister lieben, dachte Acacia.

Sie wählte mit einem Fingerdruck. Der Bildschirm wurde klar. Eine kühle, synthetische Stimme ertönte, während die Worte noch einmal schriftlich über den Bildschirm flimmerten.

»Ein Jäger verläßt eines Morgens sein Heim. Er geht eine Meile nach Norden und findet nichts. Er geht eine Meile nach Westen, entdeckt einen Vogel, jagt ihn und erlegt ihn mit dem Speer fürs Mittagessen. Er geht eine Meile nach Norden und ist wieder zu Hause. Sagt mir: Welche Farbe hat der Vogel, und warum?«

Auf Acacias hübschem Gesicht zeichnete sich Verwirrung ab. »Das kenne ich«, sagte sie. »Das ist zu leicht. Der Bär ist weiß.«

»Vogel, nicht Bär. Also kann die Antwort nicht lauten: Es ist weiß, denn er ist ein Eisbär am Nordpol. Also ...«

Das Labyrinth begann zu dröhnen; aus der nächsten verschiebbaren Wandöffnung quoll Rauch.

Captain Chiffres Blick wurde nachdenklich. »Er spießt ihn auf. Jagt ihn und spießt ihn auf. Dazu braucht ...«

»Kennst du die Lösung?« Sie konnten den Verlust auf sich nehmen und verschwinden oder versuchen, die Frage zu beantworten. Jede verstreichende Sekunde kostete sie fünf Punkte.

»Ich hab's fast, Mylady. Der Vogel ...«

Acacia entschied sich, ihn weitermachen zu lassen. Sie hob das Schwert in die Höhe, lehnte den Rücken an den des Captains und wartete, gegen jede Gefahr gewappnet – dabei vergaß sie nicht, wegen der Kamera den Bauch einzuziehen und sich geradezuhalten. Das immerwährende *Cheese*.

Ihr Körper, der einmal so schlank wie der eines Läufers gewesen war, hatte sich voll entwickelt und war nun so üppig, daß er fast ihr Kostüm sprengte. Die Mode mag sich ändern, sagte sie sich, doch die Männer bleiben immer gleich.

Bei jedem Spiel verfügten die Spieler über verschiedene Faktoren, die ihnen halfen. Ausdauer, Geschicklichkeit im Kampf, Intelligenz, Glück, Kenntnisse obskurer Themen ... das alles nahm beim eigentlichen Spielverlauf eine wichtige Rolle ein. Doch um ein Meister zu werden, bedurfte es einer zusätzlichen Eigenschaft:

Der Fähigkeit, sich gut zu verkaufen.

Ein echter Meister mußte unglaublich viel Zeit damit verbringen, Spiele zu absolvieren und von einem Teil der Welt in den nächsten zu reisen. Doch das war nur möglich, wenn er bei den anderen Spielern und den TPS beliebt war, vor allem aber mußte er die Millionen Zuschauer für sich gewinnen, die nie bei einem Spiel mitmachen würden, jedoch dafür zahlten, es zu sehen. Deshalb versuchten professionelle Spieler, soviel wie möglich von der Beute in die eigene Tasche zu stecken.

Um dieses Ziel zu erreichen, hatte Acacia – genau wie die anderen – ihre beträchtlichen Reize entwickelt. Sie hielt ihr Alter ego Penthesilea für die gelungenste Mischung aus Verstand, Köpfchen, Mut und Muskeln, die es in der Spielerwelt gab.

Die Vergangenheit dieser Kämpferin lag allerdings ziemlich im Dunkeln. Von Penthesilea wußte man nur, daß sie die Urenkelin von Herkules und einer Amazonenkönigin war, ein Produkt der Jungfernzeugung in zweiter Generation.

Acacia spielte seit nunmehr fast zehn Jahren Penthesilea und hatte dieses Alter ego sorgfältig aufgebaut. Sie war noch nie in einem Spiel gestorben. Sie hatte viel Zeit und Mühe investiert, um eine der mächtigsten und mit der höchsten Punktevorgabe ausgestattete Spielerin einer feststehenden Rolle zu werden, die es in der Internationalen Fantasyspiel-Gesellschaft gab.

Während des Spiels trat Acacias Persönlichkeit in den Hintergrund, um völlig in der Rolle der Kriegerin aus ferner Vergangenheit aufzugehen.

Der Spiegel hinter Captain Chiffre flammte rot auf. Ein

grell aufglühender Mund erschien, ein riesiger, grinsender, diamantenförmiger Umriß, der von nadelspitzen Zähnen strotzte. In seinem Innern tanzten Flammen. Das Gelächter eines Irren dröhnte in Acacias Ohren.

Der Dämon des Labyrinths. Das war der letzte Trumpf. Wenn Captain Chiffre versagte, war es möglich, daß all ihre erspielten Punkte gestrichen wurden. Falls er die Aufgabe löste, Acacia aber von dem materialisierenden Dämon getötet wurde, würden die Troglodyten Chiffre in die Enge treiben und ihn in Streifen schneiden.

»Hast du die Antwort?« zischte sie.

»Ist nie veröffentlicht worden. Ein brandneues Rätsel. Wunderbar!«

Und der Dämon sprang.

Acacia stieß Penthesileas Schlachtruf aus (eine gewissenhaft einstudierte Mischung aus Johnny Weissmüller und Ella Fitzgerald) und ...

Der Dämon erstarrte mitten im Sprung. Captain Chiffre hatte mit seiner Antwort begonnen. Verstümmelungen waren für den Augenblick aufgespart.

Sie blickte gespannt über Chiffres Schulter.

»Schwarz und Weiß. Pinguin«, hatte er eingetippt.

Ein höflich fragender Dämon erschien auf dem Bildschirm. »Warum?« fragte er/sie/es mit sonorer Stimme.

Chiffre sah sich um. »Das Lager ist eins plus einhalb Pi mal n Meilen nördlich des Südpols.«

Acacia starrte ihn an. »Was?«

»Der Jäger jagt ihn, stimmt's? Der Vogel kann nicht fliegen. Pinguine. Man findet die süßen Tiere im Smoking nur in der Nähe des Südpols.« Er tippte wild ein: *1 + 1/2 Pi (n) Meilen nördlich des Südpols. (n ist eine positive, ganze Zahl.)*

»Nur damit der Dämon weiß, daß Captain Chiffre es ernst meint«, sagte er überheblich. »Also, der Jäger stellt sein Zelt nördlich des Pols auf, richtig? Er geht eine Meile südlich, auf den Pol zu, und umrundet ihn dann. Das führt ihn eine Meile nach Westen. Wenn er noch näher dran ist, kann er den Pol auch mehrere Male umrunden. Dann geht er wieder eine Meile nach Norden zurück und ist wieder im Lager. Das ist nur am Südpol möglich.«

Sie fühlte sich wie betäubt. Captain Chiffre wartete kühl ab und tauschte mit der flammendroten Erscheinung in dem Glas vor ihm Blicke aus.

»Das Essen ist serviert«, sagte sie. Der Rachen öffnete sich immer weiter. Ein Tunnel ins Nichts. *»Bon appétit«*, sagte der Dämon mit einem grauenvollen französischen Akzent.

»Bleib hier«, flüsterte Acacia mit Penthesileas heiserer Stimme und trat durch das Tor.

Das ganze Kristall-Labyrinth drehte sich mit kaum merklichen Vibrationen um sie. Der Pfad unter ihren Füßen blieb stabil.

Wichtig war, daß sie den Feind sehen konnte, während sie seinen Blicken verborgen blieb. Die drei überlebenden Troglodyten hatten ebenfalls die Computertastatur gefunden und versuchten, den für sie bestimmten Dämon zu besiegen. Sollte ihnen das gelingen, würden beide Teams die gleichen Ausgangschancen haben, und Acacia war verloren.

Tammi sah wie immer umwerfend aus. Das blonde Haar umrahmte das Gesicht eines Models, und in den blauen Augen funkelte eine Herausforderung, der sich nur wenige Männer entziehen konnten und die keiner bezwingen würde. Ihr schimmerndes, weißes Kostüm strahlte in den rotierenden Lichtern hell auf. Ihre Partnerin Twan Tsing war fleißig an der Konsole beschäftigt. Welche Kategorie würden sie wählen? Acacia wußte es nicht, und sie hatte auch keine Zeit, sich darüber den Kopf zu zerbrechen.

Konzentriere dich auf den bevorstehenden Kampf. Köpfchen und Muskeln. Schönheit und Tollkühnheit. Man hielt die Troglodyten für das Dynamische Duo des Kristall-Labyrinths. Besser als jeder Spieler, besser als jedes Team.

Von wegen.

Tammi hielt ihren Stab bereit und war gespannt wie eine Kobra, die jeden Moment zuschlagen würde. Hinter der Glaswand huschten Lichter vorbei, die an die Augen eines körperlosen Dschinns erinnerten. Ihre Nerven waren in Aufruhr. Was war nur los? Nahm ihr Unterbewußtsein heranschleichende Schritte wahr? Oder eine Veränderung des Lärmpegels draußen? Oder machte sie einfach nur die Anspannung nervös?

Hinter ihr arbeitete sich Twan durch ein dreidimensionales Labyrinth. Ein rollender, roter Ball, der mit Hilfe eines empfindlichen Joysticks bewegt wurde, suchte sich langsam den Weg durch einen Wald aus zuschlagenden Äxten und nachgebenden Falltüren auf eine Öffnung am oberen Bildschirmrand zu.

Die Troglodyten hatten hier zweitausend Punkte eingesetzt, doch wenn sie es schafften, würde das ganze Kristall-Labyrinth transparent werden. Überlegene Mächte würden die Überreste von Acacias Team zertrampeln.

»Ich bin gleich soweit ...«, sagte Twan.

Tammi blickte Appelion, den Krieger-Magier an ihrer Seite, zufrieden an. Er war ein stämmiger, haariger, ungeschlachter Kerl in schwarzem Leder, und ein treuer Gefährte. Er grollte: »Ich will Penthesilea als erster ...«

Sein Wunsch sollte in Erfüllung gehen, aber anders, als er es sich vorgestellt hatte. Penthesilea trat durch die Wand und mähte ihn nieder. Er kreischte etwas Unverständliches, wollte herumwirbeln und fiel (als das Todessummen in seinem Ohr ertönte) zu Boden.

Tammi schrie auf und sprang.

Es war erschreckend. Acacia hatte sich Tammi, der Kriegerin der Troglodyten, noch nie stellen müssen. Tammis Stab, der aus gepolstertem, mehrschichtigem Plastik bestand, das von einem mystischen Glühen durchdrungen wurde, sauste heran. Penthesileas Schwert fuhr in die Höhe, um den Schlag abzuwehren.

Das Schwert war ein Produkt unverfälschter Traumpark-Technologie. Man hatte die Komponenten eines Hologramm-Projektors um einen starren, gepolsterten Kern gewoben; im Griff befand sich ein Stabilisator, um Gewicht und Masse zu simulieren. Acacia konnte damit problemlos einen Schlag parieren, während das Hologramm ein Netz aus funkelndem, rasiermesserscharfem Stahl simulierte. Jetzt zahlte sich das harte Training und die kräftezehrenden Stunden mit Säbel, Iaido und philippinischem Escrima aus.

Sie wirbelten herum und wichen einander aus. Tammi war überrascht worden; außerdem war sie momentan im Nachteil, weil sie Twan verteidigen mußte, die jetzt darum kämpfte, den Ball in der richtigen Richtung zu halten.

Schwert und Stab beschrieben sirrende Kreise und klirrten gegeneinander. Nun wurde der Jubel von den Galerien eingespielt. Hinter Acacias Augen jubelte Penthesilea.

Wenn sie doch nur Captain Chiffre mitgebracht hätte! Der kleine Mann hätte Twan mit Sicherheit überwältigen können. Doch der Sieg lag in ihrer Hand! Das jubelnde Publikum über ihnen spürte den Todesstoß und verlor jede Kontrolle.

Abblocken und drehen, ein tödlicher Wirbelsturm aus Bewegungen. Eine tiefe Finte, den nach unten fahrenden Stab blockieren, ein Tritt nach dem Kopf, der durch das andere Stabende geschützt wurde, und ...

Acacia erkannte ihre Gelegenheit. Sie nahm eine gebrochene Rippe in Kauf, um Tammis rechten Arm zu berühren. Rippe und Arm glühten rot auf. Fluchend ließ Tammi ihre Waffe fallen.

Twan rief: »Ausgezeichnet!« Der rote Ball rollte ordentlich in sein Loch.

Der Dämon des Labyrinths erschien. »Womit kann ich dienen?«

Penthesilea erstarrte, und Acacias Persönlichkeit kam wieder zum Vorschein und durchdachte die Möglichkeiten. Twan konnte sie auf der Stelle töten – ihre magische Kraft reichte dazu problemlos aus. Dann würde sie Chiffre jagen.

Doch bevor der Zauber wirkte, würde Acacia Tammi töten. Zum erstenmal in der Geschichte des Kristall-Labyrinths würde einer der gefürchteten Troglodyten sterben.

Wie würde sie sich entscheiden? Twan warf Acacia einen eulenhaften Blick zu. »Warte«, sagte sie zu dem Dämon.

»Wie du wünschst«, zischte er.

Das Publikum hielt den Atem an.

»Ich biete ein Unentschieden an«, sagte Twan.

»Das reicht nicht«, erinnerte Acacia sie. »Wenn wir jetzt aufhören, hat zwar jeder die gleiche Zahl an Gegnern getötet, doch ihr habt eine höhere Punktzahl.«

»Unentschieden. Nimm es oder laß es sein.« Tammis Blick ließ Acacia nicht los, sie schaute nicht nach links ... sie würde nach dem verdammten Stab springen. Sie würde linkshändig weiterkämpfen.

»Einverstanden«, sagte Acacia und senkte Penthesileas Schwert.

5 Das Phantom des Traumparks

Die Galerien erbebten vor Applaus; in den umliegenden Hotels sorgten fünftausend Hände für ein dröhnendes Echo.

Die zweitausendsechshundert Morgen des Traumparks wurden von Dutzenden Fantasy-Hotels umgeben. Einige gehörten Cowles Industries, andere wiederum nicht. Doch alle hatte die Magie des Traumparks berührt, und sie waren nur eine kurze Strecke vom berühmtesten Freizeit-Park der Welt entfernt. Im Augenblick arbeiteten die meisten von ihnen mit Minimalbesetzung.

Der Traumpark war geschlossen.

In sechsunddreißig Stunden würden vierhundert Angestellte des Parks bei dem größten Spiel seiner Geschichte mitwirken. Das Management hatte für eine Woche die seltene Gelegenheit ergriffen, alles zu schließen und soviel Wartungs- und Instandsetzungsarbeiten wie nur möglich durchzuführen.

Das Arabian Nights Hotel bestand aus unzähligen spitzen Minaretten und einem Vordach aus lachenden Dschinns. Im Augenblick war es bis zur Grenze seiner Aufnahmekapazität mit Rollenspiel-Fans gefüllt, und es herrschte ein ausgelassener Lärm.

Im Gegensatz zum Traumpark, dem Kronjuwel von Cowles' Reich, der im Moment fast völlig im Dunkeln lag, war das Hotel voller Lichterglanz und erhellte die Nacht – wie das weit entfernte Damaskus. Für einen bestimmten Beobachter schien es von unten nach oben zu leuchten.

Der Mann hing an den Füßen vom Hoteldach. Seine Halbstiefel schmiegten sich in eine Schlinge aus synthetischen Fasern, die etwa über Dicke und Gewicht eines Spinnennetzes verfügte. Die Belastungsgrenze lag bei etwa zweitausendsiebenhundert Kilogramm.

Er war eine ungewöhnliche Gestalt: Er war so schlank wie eine Wespe und hatte den perfekten Körper, der sich unter dem hautengen, dünnen, schwarzen Overall geschmeidig bewegte.

Überraschenderweise trug der aus der Mojave wehende Wind Sprühregen mit sich, der das Gesicht des Mannes benetzte und die Lufttemperatur auf unter zehn Grad drückte. Er hatte sowohl die Hitze des Tages als auch die Anstrengung unbewegt über sich ergehen lassen, und nun ertrug er genauso duldsam die Feuchtigkeit.

Am Himmel zuckten Blitze, und in der Ferne war Donner zu hören. Der Wind wurde stärker, und der Regen entwickelte sich zu einem niederprasselnden Vorhang.

Der Mann hing reglos am Dach – wie eine Spinne, die in einem Unwetter ihr Netz wob. Das Wetter war ihm völlig egal; er beobachtete die auf dem Kopf stehende Phantasmagorie des Traumparks und seufzte. Wie lange war es her? Sieben Jahre?

Er sagte leise ein Wort. Sein Visier beschlug. Ein von den Überwachungskameras des Hyatts gestohlenes Bild wurde auf die matte Innenseite projiziert. Ausgezeichnet. Die Menge gratulierte Acacia noch immer zu ihrem ziemlich plebejischen Unentschieden.

Die *Troglodyten.* Tammi Romati, ihr Balg und ihre Liebhaberin. Glaubten sie etwa, *daß die Familie, die zusammen tötet, auch zusammenbleibt?* Er kicherte verächtlich.

Er hauchte ein anderes Wort in den Helm. Ein Wärmesensor wurde ausgelöst. Der Apparat an seinem Gürtel scannte den Raum, suchte nach Geräuschen und Hitze und ließ einen Strahl über Wände und Einrichtung wandern, der das Zimmer dann auf seinem Visier nachbildete.

Nicht zu Hause, Alphonse? Es waren Temperaturabdrücke zu sehen, doch keiner war frischer als eine halbe Stunde. Vom Bett ging noch Wärme aus, die kaum wahrzunehmenden Spuren zweier verschlungener Körper, die beim Hinschauen verblaßten.

Du betrügst eine schwangere Frau? Alphonse! Ich bin schockiert! Weiß Saray etwas davon? Eine zufällig fallengelassene Bemerkung, sagen wir, drei Stunden vor Beginn des Voodoo-Spiels, könnte zu einem beunruhigenden Anruf einer hysterischen, schwangeren Frau führen. Daraus konnte ein ordentlicher Streit entstehen, der in einem lebenswichtigen Augenblick vielleicht zu verheerenden Auswirkungen auf die Konzentration führte ...

Sunzi hat gesagt: Die größte Leistung der Feldherrnkunst besteht darin, den Kampfeswillen des Gegners zu zerbrechen. Und in der Stufe davor gilt es, seine wichtigsten persönlichen Beziehungen und Bündnisse auseinanderzusprengen.

Er grinste und knackte den fünfstelligen Alarmcode, der das Fenster sicherte. Zwölf Sekunden später war die gesamte Alarmanlage außer Gefecht gesetzt. Das Fenster glitt auf.

Stille.

Er verlagerte sein Gewicht auf die Fensterbank, schüttelte

den Fuß aus der Schlinge und tauchte in den Raum. Er rollte sich mit perfekter Körperbeherrschung ab und kam lautlos auf den Fußballen auf. Schwarz auf schwarz. Regenwasser tropfte auf den Teppich.

Sein Scanner-System ließ die Wände durchsichtig erscheinen und nahm Geräusche und Wärmeabdrücke aus dem Korridor auf.

Er kicherte vergnügt und trocknete sich die Hände mit einem benutzten Badezimmerhandtuch ab. Eine schnelle Durchsuchung förderte Gepäck zutage. Es war mit einem mechanischen Schloß versehen, das der Eindringling schneller knackte, als manch anderer es mit dem Schlüssel geöffnet hätte.

Das Gepäck enthielt nichts, was sich zu stehlen gelohnt hätte. Doch da gab es noch einen Koffer ...

Der ließ sich nicht so leicht öffnen. Das Schloß sah wie die anderen aus und war auch vom gleichen Fabrikat, doch der Koffer ließ sich nicht öffnen. Der Mann tastete geduldig alles ab ... und entdeckte ein zweites, verborgenes Schloß. Na also.

Der Koffer enthielt ein paar Daten-Karten. Na gut, Alphonse Nakagawa benutzte einen Mini-PC, den er immer bei sich trug. Doch es würde bestimmt verschlüsselte Kopien geben.

Der Eindringling wußte nicht, welches System sein Gegner benutzte, doch er würde es schon knacken.

Denn er hatte Zeit. Alphonse würde sich wie jeder gute kleine Mythenmeister drüben im Hyatt Acacias schwache Vorstellung ansehen. Die meisten IFSG-Mitglieder würden von ihren Zimmern aus zusehen, doch die Mythenmeister mußten beim Todesstoß anwesend sein, um sich ihrem Publikum zu zeigen. Darauf hatte sich der Eindringling verlassen.

Schnell und problemlos überspielte er alle Daten und steckte die Karten wieder in ihre Hüllen.

Bewegungsalarm. Auf dem Korridor näherten sich Menschen.

Auf dem runden Visier des Eindringlings blendeten sich Informationen ein. Geräuschsensoren wurden verstärkt, Daten gefiltert, gescannt und mit Identifizierungsmustern verglichen. Keine Übereinstimmung.

Er verschloß das Gepäck und stellte es zurück auf seinen Platz.

Die Stimmen kamen näher. Hatte Alphonse seinen Schlüssel oder die Codenummer der Tür einem Fremden geliehen?

Die Stimmen hielten vor der Tür an. Der Eindringling sprang zum Fenster und steckte den Fuß in die Schlinge. Auf ein geflüstertes Wort hin schloß sich ein Schaltkreis, der einen winzigen, leistungsfähigen Motor aktivierte. Die Schlinge wurde eingeholt und trug den Mann aus dem Zimmer. Ein zweites Wort sorgte dafür, daß sich das Fenster einen Augenblick, bevor die Tür geöffnet wurde, schloß.

Der Eindringling lächelte kalt, während er vierzig Stockwerke über dem Boden schwebte. Es hatte zu regnen aufgehört. Er atmete tief ein und schaute zu den gedämpften Lichtern des geschlossenen Freizeit-Parks hinüber, die noch schwächer wurden.

Er kicherte melodramatisch. »Und wieder einmal ist der Rosarote Panther entwischt«, flüsterte er, und er brauchte seine gesamte, nicht unbeträchtliche Selbstbeherrschung, um nicht vor unverfrorener Schadenfreude laut loszulachen.

Was für ein schöner Abend.

Acacia Garcia war von Bewunderern umgeben, als sie im Aufzug des Hyatts nach oben fuhr.

»Captain Chiffre prophezeit, daß wir es ihnen gehörig geben werden, Mylady.«

»Tammi denkt da vielleicht anders, Chiffre«, sagte sie. Sie war erschöpft; außerdem fand sie es erstaunlich, daß dieser seltsame kleine Mann sich unterhalten wollte, statt sich irgendwohin zu verkriechen, um ins Koma zu verfallen.

Sie konnte sich nicht dazu durchringen, ihn anzuschnauzen. Seine Augen beteten sie förmlich an und waren so unschuldig wie die eines Welpen. Sie nahm seine Hand, und er fiel beinahe in Ohnmacht. »Hör zu. Wir sind doch ein gutes Team?« Sie sammelte genug Kraft, um einen intensiven Blickkontakt herzustellen. »Ich brauche Ruhe.«

Er versuchte, an ihrer Schulter vorbei einen Blick in den dahinterliegenden Raum zu werfen. »*Er* ist da drin, stimmt's?«

Die Erschöpfung verschwand sofort. Sie legte den Kopf schief, stand linkisch da und lächelte boshaft. »Und wen meinst du genau?«

»Oh, Mylady – es ist wirklich kein Geheimnis. Jeder weiß doch, daß du und der Bischof ein Paar seid. Wann zeigt er sich?«

»Er ist ein geheimnisvoller Mann.« Sie wechselte das Thema. »Corby, morgen stellen wir uns dem Publikum. Ich will, daß du *sauber* bist. Damit meine ich Seife, Wasser und vielleicht eine Wurzelbürste.« Sie schloß die Tür, ohne auf eine Erwiderung zu warten.

Erleichtert lehnte sie sich mit dem Rücken gegen das Holz.

Das Zimmer war dunkel.

Wenn sie reglos dastand und die Sinne anstrengte, fiel ihr die Vorstellung leicht, seinen heiseren Atem und seinen Schweiß zu riechen. Und dieser Gedanke löste eine Hitzewelle aus, die ihre ganze Müdigkeit hinwegfegte.

Zum tausendstenmal kämpfte sie mit ihren Instinkten. *Du mußt dich nur umdrehen. Geh durch die Tür. Es ist nicht zu spät.*

Doch dann wird er dich nie wieder berühren.

Mit leichtem Schritt betrat sie das Zimmer.

Ein Computerbildschirm flackerte hellgrün und wie ein Geistergesicht in der Dunkelheit. Seine schwankende Helligkeit wurde von Zahlen, Buchstaben und Symbolen bedeckt.

Nigel Bishop arbeitete. Sie sah zu, wie er den Schreibstift manipulierte und etwas über die Tastatur eintippte, während er gleichzeitig in das Kehlkopfmikrofon flüsterte.

Er war von Schatten eingehüllt; sein drahtiger Körper war mit einem noch dunkleren Trikot bekleidet. Gelegentlich spiegelte sich das Licht auf seinem Oberkörper. Er war gertenschlank, und seine Brust und sein Rücken waren muskulöser und kräftiger als die jedes anderen Mannes, den sie gekannt hatte – mit einer Ausnahme.

Doch Bishop war sehniger als Alex Griffin. Schneller. Nicht unbedingt stärker. Allein der Gedanke an Bishop, wie er auf ihr lag oder sie auf ihm ritt, der Druck seiner Hände, der Geschmack seines Mundes, wie der feine Schweiß- und Moschusgeruch ihre Sinne erfüllte ...

Sie fühlte sich schwindelig, leer und verwirrt. War Acacia in Nigel verliebt? Oder begehrte Penthesilea den Bischof?

Manchmal haßte sie dieses heißblütige Miststück.

Seine Hände bewegten sich rasend schnell und wechselten vom Schreibstift zur Tastatur, wann immer es ihm in den Sinn kam. Der Computer verschmolz das Geschriebene, Eingetippte und Geflüsterte zu einem nahtlosen Ganzen. Ohne sich umzudrehen, sagte er: »Du warst großartig, Schatz. Deine Variation des Horshact-Manövers war unvergleichlich. Eine ausgezeichnete Probe für dein Team. Du hast sie zu einer Einheit verschmolzen und zu den genau richtigen Zeitpunkten geopfert.«

Er legte um der Wirkung willen eine Pause ein; vielleicht hatte er sich aber auch in einem parallelen Gedankengang verloren. Acacia war sich da nie sicher. »Weißt du, daß du ziemlich skrupellos bist?«

»Ich frage mich, von wem ich *das* gelernt habe.« Sie ging nahe genug heran, um ihm über die Schulter zu blicken.

Auf dem Bildschirm standen die Daten jedes der fünf Teams, die am Voodoo-Spiel teilnahmen. Über sein Team wußte Bishop natürlich schon Bescheid, über Acacias auch. Doch die anderen drei sollten eigentlich geheim und ihre Identitäten und Persönlichkeiten bis zum letztmöglichen Augenblick verborgen bleiben.

Ein Gesicht nach dem anderen erschien auf dem Bildschirm. Bishop machte sich Notizen.

»Habe ich sie lange genug beschäftigt?«

»So gerade eben«, sagte er und widmete sich wieder seiner Arbeit. Ein aus Kurven und Linien bestehendes Netzwerk erschien, flimmerte und weitete sich vom Bildschirm zu einem im Raum schwebenden dreidimensionalen Abriß aus.

»Was ist das?«

»Die Vorrundenliste«, sagte er. »Ich kenne jetzt die vollständigen Aufzeichnungen der IFSG über jedes Team.« Er grinste sie an. Seine Uhr piepste. »Ah. Zeit für die Verabredung.«

»Verabredung?« fragte sie. Die plötzliche Enttäuschung sorgte für Erregung, sie fühlte sich heiß und verlegen.

Und, verdammt noch mal, der Mistkerl wußte das. Er grinste sie erneut an und schaltete den Computer aus. »Arbeit kommt vor dem Vergnügen, Schatz. Die Dame kann nicht warten.«

Die Dame kann nicht warten. Aber ich schon? »Dame?«

»Ts, ts. Eifersüchtig? Du?« Er sprang auf und nahm sie in die Arme. »Gerade du solltest die Abneigung kennen, die ich Damen entgegenbringe.«

»Arschloch«, flüsterte sie. Er lachte und fuhr mit zwei Fingerspitzen über ihre Lider, damit sie sich schlossen.

»Pst«, sagte er. Er führte sie rückwärts zum Bett und drückte sie darauf. Die Laken rieben an ihrem Hals, als Acacia sich auf sie legte.

»Ganz ruhig«, sagte er. Sie zitterte, denn sie wußte, was jetzt kam.

Sie spürte den leichten, feuchten Druck seiner Lippen und Zunge, als sie ihre Halsgrube berührten, weiter zu ihrem Ohr wanderten und sich auf ihre Lider senkten. Seine Zähne knabberten an ihrem Ohrläppchen. In einem Reflex bäumte ihr Körper sich auf, doch seine Daumen strichen am Rand ihrer Hüfte entlang und drückten sie wieder hinab, während sein Mund an ihrem langen, warmen Hals spielte.

Seine Finger verschränkten sich mit den ihren und preßten ihre Hände in das Bett, während er sie eine Weile liebkoste. Es kam ihr vor wie eine Stunde, obwohl es in Wirklichkeit nur wenige Minuten gewesen sein konnten.

Als ihr Atem in kurzen Stößen kam und ihr ganzer Körper bebte, spürte sie, wie sein Gewicht sich vom Bett erhob.

»Ich komme zurück.« Seine Stimme klang unbeteiligt. »Dann sei bereit für mich.«

Die Tür schloß sich geräuschlos hinter ihm. Acacia wartete zehn Sekunden und spürte, wie die Spannung in ihr wuchs, bis sie glaubte, explodieren zu müssen. Dann schrie sie in dem schalldichten Zimmer lauthals los, kreischte, bis ihre Kehle schmerzte, und warf ihren Schuh gegen die geschlossene Tür.

Die vom heftigen Regen triefende Stadt Yucca Valley, die sich südlich vom Traumpark befand, war ein Straßenlabyrinth der Ausbeutung, ein Boomtown ganz spezieller Vergnügungen und Dienstleistungen, die den Überschuß der weltgrößten Touristenfalle auffangen sollte.

Hier konnte man eine erstaunliche Vielzahl an Unterhaltungsmöglichkeiten finden, und es machte keinen Unterschied, ob sie geistiger oder weltlicher, legaler oder illegaler Art waren. Es gab sowohl einen blühenden Rotlichtbezirk als auch einen buddhistischen Tempel, eine methodistische Kirche, eine katholische Mission und eine Versammlungshalle der Zeugen Jehovas.

Überall war Alkohol erhältlich. In jeder Gasse und auf jedem Parkplatz entlang der Hauptstraße konnte man Kokain, Marihuana und Tabak bekommen. Nigel Bishop atmete es förmlich ein; er weidete sich an dem Anblick, den Gerüchen und den Geräuschen menschlicher Erniedrigung.

Es waren alles Marionetten, jeder einzelne von ihnen. Doch das Erstaunliche daran war, daß es ihnen *gefiel*, Marionetten zu sein. So ließen sie sich viel leichter benutzen.

Zwei Schlepper beobachteten ihn interessiert, als er

seinen Wagen auf dem Parkplatz gegenüber dem Mate 'n' Switch Adult Emporium abstellte. Er zahlte die Gebühr und lenkte den Wagen langsam zu einer freien Aufladesäule. Es gab ein klickendes Geräusch, als die Verbindungsstücke einrasteten und die Stromübertragung begann.

Das Ladelicht blinkte auf und tauchte Nigels untere Gesichtshälfte in grünes Licht. Trotz der Dunkelheit trug er eine Sonnenbrille, deren Farbe der seines Visiers ähnelte.

Er blickte auf die Uhr. Fünf vor zwei. In fünf Minuten war es soweit. Er stieg aus dem Wagen und schnupperte. Die Luft roch feucht, aber sauber.

Seine Uhr piepste. Er blickte zum Mate 'n' Switch hinüber. Eine ganz gewöhnliche Fantasy-Sex-Falle, wie es sie im Fünfzigmeilenradius rund um den Traumpark zu Hunderten gab – von den Tausenden anderen ganz zu schweigen, die in Südkalifornien die speziellen Bedürfnisse verwöhnter Kunden befriedigten.

Hier gab es aber etwas Besonderes, einen Unterschied, der nur einer auserwählten Klientel bekannt war. Zusätzlich zu der üblichen mechanischen Ausrüstung und den Vermittlerdiensten bot das Mate 'n' Switch eine Ware an, die in einer Hochsicherheitswelt sehr selten war: Anonymität. Hier garantierte man dafür. Zahlte ein Kunde mit Bargeld, ging man mit Aufzeichnungen bemerkenswert schlampig um, erinnerten sich an keine Gesichter und schleuste alle Telefonnachrichten durch einen Umgehungs-Satellitenservice, dessen Kundschaft sich aus einer exklusiven Klientel aus aller Welt zusammensetzte, die unter besonderen Sicherheitsvorkehrungen lebte.

Das wuchtige Stuckgebäude war auf schmierige Weise unauffällig, doch einige der mächtigsten Männer und Frauen der Welt waren hier schon abgestiegen – nach eigener Aussage. Das Mate 'n' Switch äußerte sich nicht dazu. Manager zahlten ihr Bußgeld für mangelnde Kooperation oder saßen ihre Strafe wegen Mißachtung des Gerichts ab. Wenn man dann den Laden schließlich schloß, wurde die

Briefkastenfirma, der er gehörte, aufgelöst. Wochen oder Monate später bildeten die Besitzer dann eine neue Briefkastenfirma und eröffneten ein neues Etablissement mit heißen Laken. Und es würde aufs neue die Nachricht durchsikkern, daß wieder Privatsphäre zu kaufen war.

Bishop warf seine Zigarette weg. Funken lösten sich von ihr und tanzten über den regennassen Asphalt. Er schnallte den Gürtel des Trenchcoats zu und überquerte die Straße mit einstudierter Unauffälligkeit. Sein Ziel war eine Tür in einer dunklen Nische fern aller Straßenlampen.

Er fütterte einen Schlitz mit Banknoten und vergewisserte sich sorgfältig, daß er vorbeifahrenden Autos den Rücken zuwandte. Hinter der Tür befand sich ein Aufzug. Er tastete eine Zimmernummer ein. Die Kabine beförderte ihn die Wand hinauf und glitt dann um den Gebäuderand, um schließlich in einer Ecknische anzuhalten.

Kein Gast des Mate 'n' Switch mußte einem anderen begegnen. Zweifellos gab es Eingänge, von denen Bishop nichts wußte.

Hinter der Aufzugtür lag ein paradiesischer Garten, der nach heißen Zitrusgewächsen roch. Zwischen blühenden Bäumen konnte man einen Blick auf fruchtbare Felder und grüne Hügel werfen, die sich bis zum Horizont erstreckten. Vieh weidete. Vögel krächzten eine sich ständig wiederholende Melodie.

Der Garten Eden? Das war wirklich unter ihrem Niveau.

Er flüsterte »Scannen!«, und die wahren Ausmaße des Raums erschienen und verbannten die Phantome.

In Wirklichkeit war es bloß ein kleines Zimmer, in dem ein einzelner Feigenbaum ein Stück Boden mit seinem Schatten eingrenzte. Unter dem Baum war eine Decke ausgebreitet.

Und auf der Decke saß Sharon Crayne. Ihr Gesicht war so ausdruckslos, als bestünde es aus Wachs.

»Bishop.«

Er ignorierte sie und sah sich das Zimmer genauer an, wobei er den Illusionen keine Beachtung schenkte. Badezimmer. Bar. Ein Wandschrank voller vielversprechender Möglichkeiten. Er öffnete den Schrank und strich mit dem Handrücken über die darin hängenden Gegenstände.

»Sharon. Ich bin hocherfreut, dich wiederzusehen.« Er fuhr mit der Hand in einen langen Handschuh, der sich wie pelzbesetzte Seide anfühlte. Das Kleidungsstück hauchte kitzelnd und liebkosend auf seine Hand.

Er verlor das Gefühl für seinen Arm. Seine Hand kam ihm lang, anmutig und zerbrechlich vor ... feminin.

»Das ist wirklich ziemlich dekadent«, sagte er lächelnd. »Soll ich etwas Bequemeres anziehen? Dann kannst du Adam sein und in mich hineinschlüpfen. Ich bin davon überzeugt, daß die Anzüge prima auf die anatomischen Feinheiten zugeschnitten sind.«

Er zog einen Anzug aus dem Schrank und hielt ihn an den Körper. Der Anzug bestand aus einem dehnbaren Material. Die schlaffen Brüste würden sich zweifellos zu voller Pracht entwickeln, wenn er das Teil anzog. Kann man unter verschiedenen Figuren wählen? fragte er sich.

Ihr Lächeln war freud- und bedeutungslos, aufgesetzt wie die Glasaugen einer Puppe. »Beschränken wir uns aufs Geschäftliche, ja?«

»Du verstehst einfach keinen Spaß mehr.« Er schob den Frauenanzug wieder in den Schrank und befahl der Tür, sich zu schließen und zu verschwinden.

Zurück in den Garten.

Sharon breitete eine Reihe schmaler Päckchen auf der Decke aus. »Das sind die Sachen, die Sie haben wollten«, sagte sie tonlos.

Er setzte sich mit übereinandergeschlagenen Beinen hin. »Das«, sagte er und öffnete eins der Päckchen mit dem Daumennagel, »wird sich erst noch herausstellen.«

Er nahm die Sonnenbrille ab, holte ein Projektionsgerät aus der Tasche seines Trenchcoats und legte einen flachen Kristall ein. Ein fünfzehn Zentimeter großes Modell von MIMIC erschien und drehte sich auf dem Tisch.

»Das sind die neuesten Daten?«

»Ich habe Ihnen einen vollständigen Lageplan der Scan-Net-Positionen besorgt. Das System ist im Augenblick nur zu vierzig Prozent einsatzbereit. In einem Monat könnten Sie es niemals schlagen.«

»Ja«, stimmte er ihr fröhlich zu. »Doch in einem Monat bin ich in Acapulco und verdiene siebzehn Prozent, mein Schatz.«

»Ich werde Nigel Bishop keine Strategie beibringen. Sie können selbst sehen, wo man die Verbesserungen gemacht hat – verstärkte Fundamente, neue Stützbalken. Wo man die Böden erhöht oder gesenkt hat. Und wo Sie am Dienstag morgen das Gebäude betreten werden. Ich glaube, ich habe meinen Teil unserer Abmachung erfüllt, oder?« Die emotionslose Maske zeigte die ersten Risse.

»Hm«, antwortete er. Er fischte etwas aus einer Innentasche und warf es ihr zu. »Hast du. Ja, ich glaube, das reicht aus.«

Ihre Hände zitterten, als sie den Umschlag öffnete. Darin waren Bilder eines kleinen Mädchens mit einem netten, traurigen Lächeln. Das Mädchen mochte vielleicht sechs Jahre alt sein. Außerdem gab es noch die staatliche Scannung des genetischen Codes und die vertrauliche Akte mit der Bezeichnung *Embryadopt*, die die Spendermutter identifizierte. »Wie heißt sie?« Sie war jetzt nicht mehr in der Lage, die Tränen zurückzuhalten, die ihr die Wangen hinabliefen.

»Es steht alles da.« Bishop ließ MIMIC erst in die eine, dann in die andere Richtung kreisen und summte dabei die ganze Zeit über vor sich hin. »Tricia, glaube ich. Sie müßte jetzt etwa zwölf Jahre alt sein. Dürfte wohl ein kluges Kind sein. Lebt in Kalamazoo, Michigan.«

»Ich muß sie zurückholen«, sagte Sharon mehr zu sich selbst.

»Ach ja?« Er nickte, ohne ihr wirklich Aufmerksamkeit zu schenken. »Wie schön, daß wir uns kennengelernt haben, meine Liebe.«

Sie schien in bitteren Erinnerungen versunken zu sein. »Ich war zwölf.« Ihr Tonfall wurde bösartig. »Ich hoffe, daß ihm die Eier abfaulen.«

»Was ist das nur für eine Ausdrucksweise. Hm. Die siebente Ebene ...«

Sie schien den Versuch zu unternehmen, etwas zu rechtfertigen, und sprach weiter, obwohl Bishop gar nicht richtig zuhörte. »Ich hatte keine Wahl«, sagte sie. »Es gab nur die fötale Adoption.«

»Und ein Kind sehnt sich immer nach seiner Mami.« Er grinste und summte während der Arbeit weiter. Dabei ignorierte er sie weitgehend. »Tricias Pflegeeltern werden Schwierigkeiten mit dem Papierkram bekommen. Schlimm für sie. Gut für dich. Ich halte meinen Teil einer Abmachung immer ein – sieh zu, daß auch du deinen einhältst.«

»Wie haben Sie das nur bekommen?« fragte sie verwirrt und wachte aus ihrer Trance auf. »Ich habe jede Verbindung spielen lassen, die ich hatte. Ich habe es mit Geld versucht ...«

»Die Liebe läßt die Welt sich dreh'n, nicht das Geld ...« Bishop schob die Kristalle wieder in ihre Umschläge und wollte sich gerade umdrehen, als seine Welt plötzlich rot und blau wurde und die Illusionen völlig verschwanden.

Sharon zuckte zusammen, als das Weiße von Bishops Augen dunkelblau wurde.

»Was ist los ...«

Seine Hand fuhr gebieterisch in die Höhe. »Halt die Schnauze, verdammt noch mal«, fauchte er. »Dieses Zimmer wird gescannt.«

Die Wände hatten sich für Nigel Bishop in blaues Glas verwandelt. Er sah und beurteilte Holographieprojektoren, Fiberoptikleitungen, elektrische Leitungen und Abwasserrohre, Kommunikationsverbindungen ...

Kommunikationsverbindungen.

Er drehte sich leise um, und plötzlich ging etwas Tödliches von ihm aus. »Man kann sich nicht mal mehr auf die

Mutterliebe verlassen. Du willst sie in Wirklichkeit gar nicht zurückhaben, oder?«

Sie war überrascht – und das über mehr als nur über die Frage. »Woher wissen Sie ...« Sie war verwirrt und aufgeschreckt, doch Fragen und mögliche Antworten schossen ihr mit halsbrecherischer Geschwindigkeit durch den Sinn. Sie duckte sich und bewegte sich schrittweise von ihm fort.

Seine Augen hatten nichts Menschliches mehr an sich. Aus Nigel Bishops Benehmen war jede Spur der leicht trokkenen Amüsiertheit verschwunden. Innerhalb eines Augenblicks hatte er sich in etwas verwandelt, das nicht ganz menschlich war – und verrückt.

»Sklerale Linsen?« fragte sie. »Sie haben Traumzeit-Technologie in *Kontaktlinsen*? Dazu hat die Öffentlichkeit doch gar keinen Zugang! Wie ...«

Er tobte und ignorierte ihre angedeutete Frage. »Moral? Ein Anfall von verdammter Ethik? Hingerissen vom Single-Dasein?«

Toilette, im Boden eingelassene Wanne, Badematte. Wände. Ja. Neben der Badezimmertür pulsierte ein dreieckiges Licht.

Eine Wanze. Eine Aufnahme, keine Sendung.

Sharons Gesicht erschlaffte auf einmal, angeekelt vor plötzlichem Begreifen. »Sie sind überhaupt kein Spieler, oder?«

Unvermittelt entspannte er sich. Vollkommen. Schulter. Arme. Gesicht. Sharon, die ihn beobachtete, fühlte, wie sich auch ihr Körper entspannte. Sie war völlig verwirrt. Eben hatte er noch einen so tödlichen Eindruck wie eine tollwütige Schlange gemacht, jetzt strahlte er völlige Harmlosigkeit aus. Ihre Nerven waren in Aufruhr, doch sie konnte nicht vermeiden, daß sie sich entspannte. Verdammt ...

Nigel kicherte entzückt, als wollte er einen prächtigen Spaß mit ihr teilen. »Für einen Augenblick habe ich ...« Er bewegte sich seitwärts, und sein linker Arm schoß schneller als ein Augenzwinkern nach vorn. Sein Daumenballen bohrte sich in den Nervenknoten unter ihrem Ohransatz. Ein plötzlicher und unglaublich heftiger Schmerz überwältigte sie. Wie sollte sie sich verteidigen? Ein Tritt? Ellbogen? Knie?

Doch sie hatte all ihre schönen Verteidigungstechniken nur mit klarem Kopf gelernt. Ein vor Schmerz schreiendes Bewußtsein kann nicht klar denken. Ein des Gleichgewichts und der Atmung beraubter Körper kann nicht reagieren.

Sein rechter Daumen bohrte sich in einen Nervenknoten am Ellbogen. Von zwei völlig verschiedenen Schmerzquellen angegriffen, zuckte Sharons Körper und erstarrte. Sie konnte nicht mal mehr sprechen.

Bishop brachte sein Gesicht in ihr Blickfeld. Es schien aus schwarzem Eis geschnitzt zu sein und nur aus Knochen, Muskeln und einer schrecklichen, tierhaften Wut zu bestehen. »Eine Anwendung von *Aiki-Jutsu,* du verräterisches Miststück.« Sie konnte den mörderischen Haß in seiner Stimme nicht begreifen.

»Es ist nicht so, als ob ich dir vertraut hätte, Hure. Aber wenn du dich schon nicht um dein Wort oder dein Leben kümmerst, hättest du wenigstens etwas um dein *Kind* geben sollen.« Er schrie das Wort, und sie zuckte in Erwartung eines Schlages zusammen, der nicht kam.

»Ich hätte es wissen sollen«, sagte er und verstärkte die Drehung. Der Schmerzpegel stieg an, bis ihr Gesicht blaß wurde. Dann gab er etwas nach und ließ sie atmen.

Sie holte keuchend Luft. Wenn sie es erklärte ... »Ich ... Ich wollte doch nur eine Rückversicherung ...« Sein Gesicht war bis auf die tierähnlichen Augen ausdruckslos geworden. Sie versprachen den Tod. Sharon verlor alle Hoffnung, und damit auch einen Großteil ihrer Angst. »Wer sind Sie?« fragte sie teilnahmslos. »Was wollen Sie in Wirklichkeit?«

»Ein Ende allen Leides.« Er mahlte wieder mit dem Daumen gegen den Nerv. Dann drückte er gegen die Halsschlagader. Sie bäumte sich auf und erzitterte, gefangen zwischen Schmerz und Luftmangel – und erschlaffte. Sharon Crayne sank wie eine Stoffpuppe zu Boden.

»Ts, ts«, sagte er.

Er konnte auf den unberührten Wänden des Sensor-Raums nichts Auffälliges entdecken. Er untersuchte die Decke, dann den Wannenrand. Nichts, und Sekunden wurden zu Minuten. Auf eine Eingebung hin wählte er zuerst wieder Eden und veränderte dann die Einstellung. Eine Burg mit einem Graben. Eine Eiswüste, in der ein Wal dunkles Wasser ausstieß ... Was war das? Ein Insekt? Ein lebloser Strand unter einer riesigen Sonne, die aus glühendem, rotem Nebel bestand, und wieder schwebte das einsame Insekt in der Luft.

Es war ein Fehler in der Flüssigkristallschicht, die die Wände bedeckte. Er kratzte mit dem Daumen weißen Verputz ab und enthüllte Sharon Craynes winzigen Scanner.

Er zitterte und erkannte bestürzt, daß er Angst hatte. Wenn er jetzt nicht scharf nachdachte, konnte der Plan in diesem Augenblick scheitern.

Warum hatte sie den Raum verwanzt? Und warum, zum Teufel, hatte er nicht die Sonnenbrille aufgesetzt, bevor er sie wissen ließ, daß er den Scanner entdeckt hatte? Kein gewöhnlicher Spieler hatte Zugang zu einer Technologie, wie Bishop sie einsetzte. Dazu brauchte man ganz besondere Verbindungen. Beziehungen, die einem Einblick in eine Embryadopt-Akte gewähren konnten ...

Und nun wußte Sharon Bescheid. Was seine Möglichkeiten einschränkte.

Nigel Bishop zog eine Messerklinge aus der Gürtelschnalle, schob sie unter die Flüssigkristall-Tapete und zog sie zurück.

Er zitterte noch immer, als er ein Video-Audio-Aufnahmegerät herausholte, das nicht größer als sein Daumennagel war. Es hatte vermutlich eine Bild-Aufnahmekapazität von einer Stunde. Sie hatte wohl gedacht, daß sie ihn damit in der Hand hatte, wenn sie mit Bloßstellung vor der IFSG drohte.

Dämliches *Luder.* Bishop kämpfte mit seiner Atmung und

setzte seine hart erarbeitete Muskelkontrolle ein, um das Zittern in den Griff zu bekommen. Es dauerte zwanzig Sekunden, dann aber entspannte sich sein Magen.

Vielleicht wollte die Crayne damit auch nur zukünftigen Erpressungsversuchen vorbeugen. Dumm. »Ich halte meine Abmachungen ein, Sharon.«

Eine schnelle Durchsuchung des restlichen Raums enthüllte keine weiteren bösen Überraschungen. Hatte sie einen Komplizen? Unwahrscheinlich. Gab es noch ein Gerät in einem anderen Zimmer? Unwahrscheinlich. Aus den Sensor-Räumen drang nichts an die Außenwelt – Teil der Intimsphäre, die durch Mate 'n' Switchs exorbitante Preise garantiert wurde.

Aller Wahrscheinlichkeit nach war das die einzige böse Überraschung, die sie mitgebracht hatte.

Was sollte er tun?

Bishop schloß die Augen und durchdachte ein Dutzend Möglichkeiten in derselben Anzahl von Sekunden. Als er die Antwort fand, schlug er die Augen wieder auf, blinzelte einmal und blickte Sharon dann gefühllos an.

Er schälte sie mit unpersönlicher Kälte aus ihren Kleidern, warf sie wie eine Stoffpuppe aufs Bett, rieb ihr Haar übers Kissen und ihre Schultern über die Decke.

Er schnüffelte, wo ihre Haut die Laken berührt hatte, und identifizierte den Duft in Gedanken als Aperitif von Chanel.

Er schob die Wanze in seine Tasche.

Fertig.

Er strich mit den Fingern über Sharons Arm, fand den schmerzanfälligen Nervenknoten, den er suchte, und schaute auf die Uhr. Drei Uhr. Draußen war nichts zu hören. Das Mate 'n' Switch lag völlig still da; die Kunden schliefen entweder oder fickten fiebrig im Fantasyland.

In seinen Adern brannte das Adrenalin. Mit einiger Willensanstrengung unterdrückte er die Angst. Es gab noch viel zu tun, und er hatte nur noch wenig Zeit.

Er warf sich Sharon über die Schulter und trug sie zu der

im Boden eingelassenen Wanne. Wenn die Illusion eingeschaltet war, würde sie eine Lagune zeigen, oder heiße Quellen, oder ein Meer auf einem fremden Planeten, oder den Trevi-Brunnen, oder was auch immer. In einer Ablage, die in einer Nische am Wannenrand angebracht war, lag Seife. Er tauchte ein neues Stück ins Wasser und drückte es dann aus der Verpackung. Er knüllte das Papier zusammen und steckte es ein.

Jetzt. Er stellte Sharons Fuß mit äußerster Vorsicht auf die nasse Seife und sorgte dafür, daß Sharon sie zerquetschte und seitlich wegrutschte. Er ließ sie fallen und wechselte dabei im letzten Augenblick seinen Griff, so daß er mit seiner Handfläche ihren Kopf nach vorn stieß, damit ihre Stirn hart gegen den gefliesten Wannenrand prallte. Sie rutschte tiefer; die weißen Fliesen waren blutverschmiert.

Das Wasser drang in Sharon Craynes Nase. Sie schlug schwach die Augen auf. Benommen und nahezu hilflos kämpfte sie wie eine kranke Katze um ihr Leben. Aus ihrer Nase rann ein Blutfaden. Sie stemmte sich kaum wahrnehmbar gegen seine Hand.

Ein paar Luftblasen sprudelten aus ihrem Mund.

Und dann rührte sie sich nicht mehr.

Bishop stand auf und wischte sich mit ehrlich empfundenem Ekel die Hände an der Hose ab. »Das war nicht geplant«, sagte er klanglos. »Außerdem war es nicht sehr elegant. Ein schlechter Zug, Miss Crayne.«

Mit schnellen Bewegungen durchsuchte er noch einmal sorgfältig den ganzen Raum, überlegte, was er alles berührt hatte, und wischte jeden Gegenstand und alle Oberflächen sauber. Er warf die Seifenverpackung in den Abfallbeseitiger, ließ das Bild des Kindes folgen und beobachtete, wie beides in Flammen aufging. Gut.

Er trat in den Aufzug. Ging im Geist noch einmal alle Bewegungen durch. Als er das dreimal getan und keinen Fehler gefunden hatte, berührte er das Gerät an seinem Gürtel. Die Illusion schaltete sich wieder ein.

Palmen rauschten in einem sanften, wohlriechenden Wind. Irgendwo in einiger Entfernung erklang eine traurige Flötenmelodie.

Und Sharon Crayne trieb auf der Seite liegend in einer blauen Lagune.

Die Aufzugtür schloß sich.

Acacia erwachte langsam aus einem tiefen, betäubungsähnlichen Schlaf. »Nigel?«

Er sagte nichts, drückte sich lediglich an sie. Seine Haut fühlte sich kalt an.

Er zitterte. Er rückte noch näher an sie heran. Sie drehte sich in dem gedämpften Licht des Zimmers um, damit sie ihn ansehen konnte. Sie berührte sein Gesicht und sein Haar Seine Verletzbarkeit überraschte sie.

»Nigel?« Plötzlich war sie besorgt, doch er gebot ihr zu schweigen. Mit seinen kräftigen, schlanken, kalten Fingern drehte er sie auf den Rücken, öffnete ihr Nachthemd und strich über ihre warme Haut.

»Pst.« Sanft strichen seine Lippen über die ihren. Nur sein Oberkörper und seine Wangen fühlten sich kalt an. Beine, Schenkel und Unterleib waren glühendheiß. »Pst ...«

Sie keuchte auf und atmete stoßweise, als sein Gewicht auf sie drückte.

»Nigel?«

»Kein Wort, Liebling«, sagte er. Er begann, sich rhythmisch zu bewegen, und ihrer Absicht zum Trotz verwandelten sich alle Fragen in Empfindungen.

»Es ist alles«, sagte er heiser, »in Ordnung.«

6 Alte Freunde

MITTWOCH, 20. JULI 2059, 22 UHR 00

Acacia glitt durch den Ballsaal, nickte anderen zu, nahm Grüße entgegen, flirtete und sparte einen kleinen Teil ihrer Aufmerksamkeit für ihr Team auf.

Corrinda Harding, ihre ausgezeichnete Diebin, tanzte mit Terrance ›Prez‹ Coolidge. Sie sahen wie Pat und Patachon aus: Prez war fast dreißig Zentimeter größer, obwohl sie etwa das gleiche Gewicht auf die Waage brachten. Corrinda war zwar nicht fett, stellte aber eine rundliche Wagnerische Walküre dar und bot einen malerischen Kontrast zu Terrys Zulu-Krieger.

Corrinda kurierte eine Knieverletzung aus, die sie sich zwei Wochen zuvor beim Schwertkampf-Training zugezogen hatte. Verdammt, selbst mit der pneumatischen Binde konnte das Knie zu einem Problem werden. Wenigstens tanzten Prez und sie langsam, um etwas von der Steifheit loszuwerden. Diesen Eindruck konnte man jedenfalls gewinnen …

Die Musik veränderte sich; ein ohrenbetäubender Beat setzte ein. Corrinda trat zurück. Terry schnappte sich die Hand der Mutter Oberin, Mati Cohen, und schien in rhythmische Krämpfe zu verfallen. Die Ordenskapuze der Mutter Oberin schaukelte zur Musik. Die kleine Israelin konnte nicht tanzen, doch sie verfügte über genug Anmut, daß das Zuschauen Spaß machte.

Wo war Steffie? Da stand Steffies Stuhl, und eine dreieinhalb Meter hohe Pike lehnte aufrecht zwischen Tisch und Stuhl. Steffie mußte mit Ozzie der Pike tanzen. Sie waren alte Freunde. Vielleicht konnte sie was lernen.

Oswald Murphy steckte mit Tex-Mits im dicksten Getümmel, und auch er war ein toller Tänzer.

Captain Chiffre zog irgendwo in der Nähe von Acacias

Ellbogen seine Kreise, wie schon den ganzen Abend. An der Brust seines Jacketts war ein grüner Anstecker befestigt, auf dem in großen Buchstaben *Universities of California* stand. Seine Bewunderer hatten ihn davon abgehalten, zur Plage zu werden. Ja, auch Captain Chiffre hatte seine Fans, denen er von seinen Heldentaten berichten konnte.

Wenn man diese dicken Hände sah, die in der Luft herumfuchtelten! Die Fans mußten nur einige Jahre durchhalten, und eines Tages würde aus ihm ein guter Erzähler werden. Er würde mit seinem Image herumspielen, sich einen Anzug, der ihm paßte, und einen weniger schrillen und einfallsreicheren Schlips zulegen ... Sie hatte so etwas schon bei anderen erlebt.

Die *Universities of California* stellte eins der stärksten Teams dar. Captain Chiffre kam von der Universität von Irvine. Steffie ›Aces‹ Wilde und ›Prez‹ Coolidge kamen von der Universität von Los Angeles, Corrinda aus San Diego, Mati aus Berkeley. Acacia war in gewisser Weise eine Außenseiterin. Sie hatte den Heimkurs in Polynesischer Küche und Archäologie der Universität Berkeley belegt. Sie hatte nie einen Fuß auf den Campus gesetzt oder einen Hörsaal betreten, nicht einmal im Virtuell-Modus. Sie haßte das Kochen. Und der Gedanke, alte Knochen auszugraben, brachte sie zum Gähnen. In den letzten paar Jahren hatte sie beim Spiel vermutlich genug Lebenserfahrung auf ihrem Konto verbuchen können, um in beiden Fächern einen akademischen Grad zu bekommen. Sie bewegte sich noch so gerade eben innerhalb der Universitätsrichtlinien, und keiner beschwerte sich laut genug, um es an die große Glocke zu hängen.

Sie gehörte zu den Spielerinnen der Vereinigten Staaten, die die höchste Punktzahl auf ihrem Konto hatten. Es hatte heimliche Angebote für eine ›Nebentätigkeit‹ bei Texas Instruments gegeben, außerdem den Vorschlag, für eine begrenzte Zeit der Army beizutreten. Das Stipendium der Universities of California war zwar nicht mehr als eine Geste gewesen, aber das Team hatte eine echte Chance.

Acacia hatte eine gute und geschickte Auswahl getroffen. Sie hatte eine Geistliche, eine Diebin, einen Krieger, einen Magiebenutzer und eine Späherin. Penthesilea würde als zweite Kriegerin mitspielen.

Ein Journalist kam auf sie zu. Es war ein kleiner Mann mit roten Wangen und langem weißen Haar. Ein Vidbot stakste auf seinen drei Beinen hinter ihm her. Beide musterten sie mit einem geradezu fürchterlich ernsten Blick. »Penthesilea?«

Sie zuckte zusammen. »Nennen Sie mich bitte Acacia. Jimmy Crest?«

Der Journalist vom *Star and Shield*-Magazin deutete eine Verbeugung an. »Acacia, ist es nicht etwas ungewöhnlich, daß gegnerische Teamleiter ...« Er verstummte, ging im Geiste seine Adjektive durch und suchte nach einem, das auf angemessene Weise widerstrebende Aufdringlichkeit zum Ausdruck brachte.

»Eine Beziehung haben?« schlug sie höflich vor. Sie bemühte sich, ihrem ins Riesenhafte vergrößerten Bild, das plötzlich wie eine braungebrannte Göttin, die ihre Untertanen betrachtete, über der Menge schwebte, keinen Blick zuzuwerfen.

»Nun, ja. Es gibt keine Regeln, die das verbieten, aber es gab auch noch keinen Präzedenzfall.«

»Es hat auch noch nie so jemanden wie Nigel gegeben, stimmt's? Oder wie mich. Wir brechen die Regeln zwar nicht, doch wir biegen sie uns so weit zurecht, wie es nur irgendwie geht.« Da. Sie konnte das leicht entzückte, schokkierte Aufstöhnen in der weiten Welt des Sports förmlich hören.

»Sind Sie sicher, daß Sie gegen den Mann, den Sie lieben, Ihr Bestes geben können?«

»*Gerade* gegen den Mann, den ich liebe«, sagte Acacia. »Ich kenne seine Schwachpunkte, und ich mache nie einen Rückzieher. Er sollte lieber auf seine Flanke aufpassen.«

Alles lachte. Die nebenstehenden Frauen applaudierten.

Doch es war Penthesilea gewesen, die da gesprochen hatte. Acacia Garcia hatte sich in ihr Inneres zurückgezogen und wünschte sich unglücklich, die Wahrheit gesagt zu haben.

Siebzig Meilen nordöstlich schaute Tony McWhirter in MIMIC verbittert auf das Videobild. Er hatte die Füße hochgelegt und trank sein fünftes Bier. Er war betrunken, und es war ihm egal. Er wünschte sich bloß, er hätte sich getraut, auf Scotch umzusteigen.

»Aber ich muß mich an mein Versprechen halten«, sagte er laut vor sich hin. Er knüllte die Bierdose zusammen und warf sie gegen die Wand.

Er hatte gewußt, daß sie kam. Er hatte dieses Wissen irgendwo tief in seinem Innern vergraben gehalten, tief genug, daß er den Schmerz ertragen konnte.

Warum mußte sie denn so verdammt gut aussehen? Warum mußte sie so zufrieden klingen? Er erinnerte sich, wie diese Stimme warm in sein Ohr geflüstert hatte, ihn zärtlich angespornt und zur Eile gedrängt hatte.

Warum mußte sie so ...

»Verdammt«, sagte er verbittert, ließ sich wieder in den Sessel sinken und kniff die Augen fest zusammen.

»Es ist herrlich, einen Skandal zu verursachen«, sagte Acacia atemlos. »Jeder sollte es zumindest einmal versuchen.«

Jeder Blick war auf sie gerichtet. Acacia Garcia und Nigel Bishop schlenderten durch den Pavillion, aßen Horsd'oeuvres und knabberten an der Kirschtorte, der man die Gestalt eines Drachen verliehen hatte. Sie schlichen wie ein Paar hungriger Tiger umher, die in jeder Hinsicht bestens zusammenpaßten. Ihr Kleid ging von *hier* bis *hier* und enthüllte äußerst effektvoll jede Kurve. Nigel trug ein nach Maß angefertigtes Ensemble, das einen traditionellen afrikanischen Dashiki und einen Smoking auf elegante Weise miteinander verschmolz. Bei jedem anderen Paar hätte der schockierende Kontrast vermutlich lächerlich ausgesehen.

»Das Spiel kann nur davon profitieren, finden Sie nicht, Mister Crest?« fragte Nigel über den Rand seines Champagnerglases.

»Nun, vielleicht, aber ...« Der kleine Journalist senkte verschwörerisch die Stimme. »Es gab einige Kontroversen darüber, ob Sie nach all dieser Zeit nicht zu hoch eingeschätzt wurden. Was sagen Sie dazu?«

»Ich mußte alle Vorrunden bestehen. Ich bin mit den neuesten IFSG-Regeländerungen vollständig vertraut, und wir haben sechs Strategie-Sitzungen durchgeführt. Meine körperliche Fitness wurde von zwei unabhängigen Expertengremien als ›hervorragend‹ eingestuft. Ich weiß nicht, ob die Leute glauben, man würde meinen Ruf ausbeuten, oder ob General Dynamics sich einen unfairen Vorteil verschafft hat ...«

In der Kongreßhalle drängten sich Spieler aus aller Welt. Es gab überall Ausstellungen: Spielsysteme, Kostüme, Make-up, Waffen und Logik-Kristalle für jeden auf dem Markt befindlichen Spiel-Computer. Man konnte sich für die Teilnahme an Spielen jeder Art eintragen lassen, die die Kontrahenten in fremde Länder führen und sie gegen asiatische und afrikanische Umwelt-Szenarien antreten lassen würden. Ein Spiel würde sogar in einem Haufen von Shuttle-Tanks stattfinden, die in der Nähe des lunaren Falling-Angel-Industrie-Komplexes verankert waren.

Spieler schlenderten in Kostümen, Rüstungen und holographischen Projektionen umher. Manche waren sogar nackt! Acacia versuchte, ein Kichern zu unterdrücken, als sie das sah. Diese Leute stellten groteske Genital-Prothesen jeder nur erdenklichen Gestalt zur Schau.

Sie waren natürlich nicht mit dem bloßen Auge zu sehen. Diese speziellen Spieler sendeten auf einem der virtuellen Bizarr-Erotik-Kanäle. Acacia trug ihre miniaturisierte Virtuell-Einheit – die fast ein Vermögen gekostet hatte und viel teurer als das Standard-Helmsystem war –, und ihr Decoder empfing jeden öffentlichen Kanal, einschließlich der nur für Erwachsene bestimmten Sender. Einige Spieler strahlten gleichzeitig mehrere Bilder aus, von denen einige ausdrücklich für Jugendliche nicht geeignet waren.

Ein Mann, der mit einem roten, stachligen Organ bestückt war, das ein Rhinozeros bis ins Mark erschüttert hätte, lächelte durchtrieben. Acacia begriff, daß sie ihn wohl angestarrt hatte, und wandte sich schnell ab. Sie ließ ihn dabei zuschauen, wie sie ihr Programm anwies, den Pornokanal herauszufiltern.

Sie winkte, wenn sie Freunde entdeckte. Bruder Duck ... kämpfte der diesmal nicht für Texas-Instruments-Mitsubishi? In Wirklichkeit ein stämmiger Herr mit breitem Mund und großen Füßen, projizierte er das Bild des *Dirty Duck*, des vierschrötigen, zigarrenkauenden, stets betrunkenen Enterichs aus dem Goldenen Zeitalter der Comics-Seite des *National Lampoon*.

Sie mußte einen Augenblick nachdenken, bevor sie das Lächeln einer anderen Frau erwiderte. Felicia ... soundso. Spielte unter dem Namen Dark Star. Sie würde nicht am Voodoo-Spiel teilnehmen, denn sie war ein- oder zweimal bei Regelverstößen erwischt worden. Acacia hatte da ... mehr Glück gehabt.

In den drei Reihen der Ausstellungshalle waren Gerätschaften im Wert von mehreren Millionen Dollar ausgestellt. Überall war Sicherheitspersonal verteilt und hielt aufmerksam nach eventuellen Schwierigkeiten Ausschau.

Sie suchte nach einem vertrauten Gesicht, ohne es zu finden.

Alex, wo bist du? Arbeitest du noch immer für den Traumpark?

Denkst du manchmal an mich? An Acacia? Die schmetternden Fanfaren waren für ihr Alter ego Penthesilea bestimmt.

Arlan Meyers betrat das Podium, das sich am anderen Ende der Halle befand. Er war kahlköpfig, unattraktiv und hatte einen kleinen, pedantisch zusammengekniffenen

Mund. Er erweckte den Eindruck, das aufregende Leben eines Bücherwurms geführt zu haben. Er war sowohl einer der ganz großen Magier als auch einer der treibenden Kräfte der IFSG gewesen.

»Test ... funktioniert das Bild?« Arlan beugte den Kopf, um die Worte zu murmeln, und richtete sich dann grinsend auf. Ihm machte die Sache sichtlich Spaß. Die Hologramm-Anlage blähte ihn zu einem dicklich aussehenden, neun Meter großen Riesen auf. »Ich möchte alle Gäste zur Eröffnung des zehnten, zweimal jährlich veranstalteten IFSG-Kongresses begrüßen.«

Die Menge applaudierte.

Auf der Holotafel über der Halle wurden die Wettinfos aller Teams aufgelistet, einschließlich jeden Teammitglieds mitsamt der persönlicher Angaben und der bis zum heutigen Datum erspielten Punkte. Die Strategien der Teams fehlten, doch es reichte aus, damit die Leute aus Vegas in allen wichtigen Kategorien die Quoten festlegen konnten.

UC war das Team mit der zweithöchsten Wettquote. An erster Stelle kam Apple Computer, das von den Troglodyten gebildete Team. Die Army kam als dritte, und das auch nur wegen ihrer Erfahrung mit den Kriegsspielen in den Spielkuppeln. Eigentlich hätte General Dynamics anstelle von Texas-Instruments-Mitsubishi den letzten Platz einnehmen müssen, wäre da nicht Nigel Bishop gewesen. Die Buchmacher in Vegas und Atlantic City gaben ihnen allein wegen Nigels Teilnahme eine Chance. Gegen diese Logik war nur schwer etwas einzuwenden.

Die IFSG gab es seit sechzig Jahren, und sie hatte hauptsächlich als Mittler fungiert. Sie legte die Regeln und Punkteaustausch-Protokolle zwischen den tausend verschiedenen und unabhängigen Spielergruppierungen auf der Welt fest.

Entsprach ein Blitzkrieg gegen Terroristen in Brasilien dem Samurai-Zerstückeln in Singapur? Frag die IFSG.

Spielmeister, Mythenmeister und die Kategorien Zauberer, Krieger, Geistlicher, Dieb, Späher und Techniker wurden in den stundenlang andauernden Spielen überwacht und ihre Aktionen in ein Register eingespeist. Man konnte Punkte machen, indem man Erfahrungen sammelte oder sich standardisierten Tests geistiger oder physischer Fähigkeiten unterzog.

Die Resultate wurden in einem Zentralrechner zusammengefaßt, und die Bewertung erlaubte Spielern aus verschiedenen Teilen der Welt, die alle nach unterschiedlichen Regeln spielten, zusammenzukommen und sich an der Wut des Gegners zu erfreuen.

Oh, der Nahkampf war schrecklich! Aber das Endresultat war es wert.

»... und einen ganz besonderen Dank an Travis Cowles«, sagte Arlan, »Enkel von Arthur Cowles und derzeitigem Vorstandsvorsitzenden der Cowles Industries. Travis?«

Pfeife, dachte Acacia. Wenigstens liest er nicht ab. Doch seine Augen fuhren nach links, wanderten langsam nach rechts und schossen wieder nach links: Seine Notizen wurden auf die Rückseite seiner Brillengläser projiziert.

»Wir vom Traumpark sind der Überzeugung, daß wir in Ihrer Schuld stehen. Sie haben dabei geholfen, den Traum am Leben zu erhalten. Sie haben uns von Anfang an unterstützt. Sie haben uns dabei geholfen, die Technologie zu testen, die der ganzen Welt das Mars-Projekt schmackhaft gemacht hat ...«

Acacia entdeckte einen aufmerksamen Sicherheitsmann, der sich unauffällig im Hintergrund hielt. Es fiel schwer, seine breiten, orientalischen Gesichtszüge zu deuten, doch sie fand, daß er einen beunruhigten Eindruck machte. Sie löste sich von Nigel und ging zu dem Mann hinüber.

Auf seinem Namensschild stand MITCH HASAGAWA. »Mister Hasagawa?«

Sein beunruhigter Gesichtsausdruck verschwand sofort. »Ja, kann ich Ihnen helfen?«

»Vielleicht. Sie kennen doch sicher Alex Griffin?«

»Ja, Ma'am.« Sein Gesichtsausdruck wurde wachsam. Beschützend?

Acacia sah in ihr Inneres, entdeckte die aufkeimende Freude und war glücklich, daß sie noch immer so empfinden konnte, daß sie sich noch nicht zu weit auf dem Pfad verloren hatte, auf den Nigel sie führte. »Ist er noch immer der Boß?«

»Sicher.« Sein Lächeln wirkte irgendwie gezwungen, wie sauber aufgemalt. Acacia spürte wieder das Unbehagen.

»Glauben Sie, daß er zu sprechen ist, wenn ich ihn anrufe? Ich hatte mal seine Privatnummer. Er hat sie geändert.«

»Sicher.« Sein Blick konzentrierte sich bereits wieder auf einen Punkt über ihrer Schulter, als gäbe es direkt hinter ihr etwas unglaublich Interessantes zu sehen.

Acacia schauderte. Irgendwas stimmte nicht. Er spielte kein Spiel. Die Sicherheit des Traumparks kam mit den Spielern aus. Alex Griffin hatte selbst einmal an einem Spiel teilgenommen, auch wenn das schon lange her war. Vielleicht hatte er damit weitergemacht. Sie hatte sein Bett und auch einen kleinen Teil seines Lebens geteilt; sie hatte die Sicherheitsleute gekannt ...

Diesen hier allerdings nicht. Hasagawa war neu, oder von außen dazugestoßen. Doch sie schien ihn in keiner Weise zu berühren, weder als Spielerin, noch als Kunde, Frau oder gar als Person. Er war höflich kühl. Zuckte bei Griffins Namen zusammen. *Warum?*

In einem Spiel hätte sie sich mit äußerster Vorsicht abgesetzt und abgewartet, um mehr Informationen zu sammeln. Hier ... Sie entschuldigte sich höflich und mischte sich auf der Suche nach Nigel wieder unter die Menge.

Er wurde von einer Horde Autogrammjäger umringt. Sie beobachtete ihn. Sein schwarzes Gesicht strahlte, er lachte und hatte alles fest im Griff.

»Das Team der Army wird von Major Terry Clavell repräsentiert«, sagte Meyers. »Major?«

Ihre gigantischen Gestalten bewegten sich hoch über der

Bühne. Clavell war klein und dunkelhaarig, eher drahtig als dicklich. Noch ein paar Pfund mehr, und er hätte durchaus Napoleon geähnelt. Wäre da in seinen Augen nicht ein messianisches Funkeln gewesen, hätte man ihn problemlos für einen Schreibtischtäter halten können.

»Guten Abend«, sagte er. »Ich möchte Ihnen allen und insbesondere den Angehörigen des Streitkräfte-Netzwerks aus aller Welt nur versichern, daß ich die Ehre meines Regiments aufrechterhalten werde. Wir waren die Erfinder der Kriegsspiele. Diese … Zivilisten … wissen nicht, worauf sie sich da eingelassen haben.«

»Cacia!«

Diese Stimme kannte sie doch! Acacia drehte sich um, gerade noch rechtzeitig, um zu verhindern, daß ein einsfünfunddreißig großes, aus Muskeln und faltiger Haut bestehendes Energiebündel sie über den Haufen rannte.

»Mary-em!«

»Ein- und dieselbe.« Mary-Martha Corbett unterzog Acacia einer zufriedenen Musterung. »Wie ich sehe, Mädchen, hast du ein paar Kurven entwickelt. Willst du dem Publikum gefallen?«

»Alles nur für den großen Sieg! Ich wußte nicht, daß du hier bist. Du stehst gar nicht auf der großen Tafel.«

Mary-em senkte die Stimme und zwang Acacia dazu, sich mit dem Kopf bis fast auf den Boden hinunterzubeugen. »Ich reise inkognito. Nakagawa-san ist wegen der Sicherheit besorgt. Will alle bis zum letzten Augenblick verunsichern. Wie lange ist es her – fünf Jahre?«

»Es war beim Scheibenwelt-Spiel. Äh … Hamburg.«

»Hmm.«

Acacia genoß es, Mary-em zu sehen. Das galt auch für die Erinnerungen an die drei Spiele, die sie zusammen ausgetragen hatten. Diesmal gehörte Mary-em zu den Gegnern. Das war egal. Natürlich machte man Punkte, indem man seine Feinde vernichtete, doch das Geld verdiente man, weil alle zusammenarbeiteten, um das bestmögliche Holovid zu machen.

Acacia durchforstete ihre Erinnerung. »Wie geht es deinem Bruder?«

Die Antwort war sofort auf dem Gesicht der kleinen Frau abzulesen. Es fiel förmlich in sich zusammen. Mit dem Versiegen der manischen Energie zeigte sich ihr Alter. Sie mußte in den Sechzigern sein. Obwohl sie noch immer fit genug war, um Berge zu erklimmen, war sie dennoch eine Frau, die sich bald einer ernsthaften Verjüngungskur unterziehen mußte. Würde Mary-em das nötige Geld dafür haben?

»Patrick ist im Frühling vor zwei Jahren gestorben«, sagte sie. »Gewissermaßen widme ich ihm dieses Spiel.«

»Das ist wunderbar«, sagte Acacia. In die Menge kam Bewegung, und plötzlich war sie von bittend ausgestreckten Händen mit Notizblöcken und Schreibern umringt. Sie begann so schnell wie möglich, Autogramme zu kritzeln, denn ihr war klar, daß sie von ihrer Freundin getrennt wurde.

»Mary-em. Wir sehen uns im Spiel.«

Mary-em hob den kurzen Arm und ballte die Faust, und die Traurigkeit war weg. Nicht unterdrückt oder verborgen, sondern ehrlich weg, und Acacia verspürte ein Gefühl der Zuneigung für die kleine Frau, als wäre sie das Symbol einer einfacheren Zeit, bevor Acacia zu Penthesilea wurde.

Als es Nigel Bishop noch nicht gab.

Eine weitere Stunde verging, bevor Acacia sich aus der Halle stehlen und mit dem Personalaufzug zu dem Zimmer fahren konnte, das sie mit Nigel teilte.

Sie schloß die Tür hinter sich und seufzte erleichtert auf.

Nigels Computer war noch eingeschaltet. Die Dateien über das Sicherheitspersonal würden für sie nicht abrufbar sein, doch die brauchte sie auch nicht. Er hatte ihr gezeigt, wie man das Zugriffsprogramm für die obere Ebene aktivierte, mit dem man in die einfacheren Ebenen der Sicherheitsabteilung des Traumparks eindringen konnte, ohne daß der Zugriff zurückverfolgt werden konnte.

Einige der Kanäle erlaubten einen allgemeinen Zugriff. Der Computer suchte die richtigen Frequenzen heraus, entschlüsselte sie und gab Acacia freie Hand. Sie tippte ein: ALEX GRIFFIN?

Der Computer arbeitete. Innerhalb von zwölf Sekunden war das Programm auf den Namen ›Alex‹ in einer Unterhaltung gestoßen. Dann auf ›Griff‹. Es machte eine Rückfrage, um sich die Abkürzung als richtig bestätigen zu lassen, und schaltete sich dann dazwischen.

Auf dem Bildschirm wurde Text eingeblendet. Acacia überflog ihn, als der Computer Griffins persönlichen Code fand und eine ungeschützte Datei ihr seinen Aufenthaltsort verriet.

Yucca Valley, Kalifornien, vier Meilen vom Traumpark entfernt ... in einem verkommenen Stadtteil, dachte sie. Nigels Programm arbeitete noch immer. Einen Augenblick später hatte es eine Stimme entdeckt.

»... nicht sicher, wie sie starb. Anscheinend war es ein Unfall. Ertrank in einer verdammten Badewanne.«

»Verflixt, was hatte sie letzte Nacht dort zu suchen?«

»Sie traf sich dort heimlich mit einem Geliebten.«

»Hatte sie keinen Dienst?«

»Nein.«

Acacia bemerkte den eisigen Tonfall des einen Sprechers und erkannte, daß sie Alex zuhörte. Die Stimme klang flach, beinahe schon von einer metallenen Emotionslosigkeit. »Was halten Sie davon?«

Diesen Tonfall kannte sie, genau wie den Schmerz, den er verbarg. Die tote Frau war für Alex Griffin etwas Besonderes gewesen.

So wie sie einmal?

Oder mehr?

»Ich will bis zum Mittag das genaue Obduktionsergebnis haben. Den vorläufigen Bericht in zwei Stunden. Sheriff Osterreich wird sich um die Verhöre kümmern.«

»Griff?«

»Ja?«

»Es tut mir leid.«

Pause. »Mir auch.« Seine Stimme klang müde.

Dann schaltete Griffin ab.

Acacia saß da und starrte besorgt den Bildschirm an.

Jemand, der Alex Griffin nahegestanden hatte, war tot. Anscheinend eine Angestellte des Traumparks. Ertrunken. Ein dummer Unfall.

Im Grunde ging sie das nichts an, wenn da nicht ...

Wo hatte Nigel sich gestern abend aufgehalten? Er war bei seiner Rückkehr sehr verstört gewesen, und am Morgen hatte er Daten, die Acacia nie zuvor gesehen hatte, gegen Diebstahl gesichert. Das allein war nicht ungewöhnlich, doch waren es neue Daten? Gestohlene? Und was hatte diese außergewöhnlich wilde, sexuelle Erregung verursacht?

Sie rieb sich die Augen und schaltete zitternd den Bildschirm aus.

Ihr Kopf sprach ihr beruhigend zu, während sich ihr Leib vor lauter Verdächtigungen verknotete. Acacia war stolz auf sich: sie schaffte zwei Drittel des Weges zum Badezimmer, bevor sich Champagner, Horsd'oeuvres und Kirschtorte aus ihrem Mund ergossen und ihren Weg zur Toilette markierten.

7 Mate 'n' Switch

MITTWOCH, 20. JULI 2059 – 23 UHR 00

Alex Griffin rief nacheinander neun vorprogrammierte Illusionen ab. Ein Iglu neben einem Loch im Eis; eine Burg mit Burggraben; eine Tropeninsel mit im Mondlicht liegendem Flußarm; ein fremder Planet mit einer roten Sonne und einem schäumenden, blutroten Meer ... Jede der Illusionen hatte einen ganz bestimmten, sauren Geruch und wurde von nervtötenden Hintergrundgeräuschen begleitet.

Er wählte 0. Nun stand er wieder in dem Raum mit den leeren Wänden. Das Mobiliar bestand aus der Bettmatte mit den abgerundeten Ecken, einem Teppichboden, der über viele verschiedene grelle Muster verfügte, und einer großen, ovalen, im Boden eingelassenen Badewanne, über der Duschköpfe hingen. Es gab eine Menge Haken, Magnete und mechanische Saugnäpfe, mit der man die wunderbare, aufregende Welt der Sex-Accessoires zum Einsatz bringen konnte. In einem Wandschrank stapelten sich reizübertragende Hautanzüge, die Sorte, die man mit seinem Nervensystem verband.

In der einen Wand befand sich in ziemlicher Höhe ein kleines Loch von der Größe eines kleines Zehs. Auf dem Boden darunter lag zu Staub zermahlener Verputz. Bei der Reinigung wäre er aufgesaugt worden, also mußte er frisch sein.

Sharon Crayne war in diesem bedrückenden, kleinen Raum gestorben.

Der Eingang fürs Personal stand offen. Städtische Polizisten gingen ein und aus. Sie durchsuchten und kontrollierten das Zimmer, fanden aber nur wenig, und sie versuchten die ganze Zeit vorzugeben, Alex' Verzweiflung zu übersehen. Doch es gelang ihnen nicht.

In dem gesichtslosen Würfel, den das Mate 'n' Switch-Gebäude darstellte, gab es einen offenen Zentralschacht, der mit Wartungsgängen übersät war. Er ähnelte den hinter der Bühne befindlichen Kulissen einer Broadway-Show oder eines Spielbereichs mit niedrigem Schwierigkeitsgrad. Spielebene XXX?

Der Lust-Palast war geschlossen, während Moshe Osterreich, Yucca Valleys unterbesetzter und überarbeiteter Sheriff, den Versuch unternahm, aus den Angestellten des Mate 'n' Switch Informationen herauszuquetschen.

Sharons Leiche war fort; der Leichenbeschauer des Bezirks hatte sie aus dem Zimmer geholt. Alex sah sich, abgestoßen von den starren und vulgären Gerätschaften, erneut im Raum um und fand keine Entschuldigung, die Bilder in seinem Kopf zu bearbeiten.

Sharon hatte sich bei voller Gesundheit und klarem Willen hier eingemietet – allein. Er – mit Sicherheit waren es weder eine Sie noch mehrere Personen, wenngleich die Spuren keinen Hinweis boten – *er* war später hinzugekommen, und sie hatten sich in dem großen Bett herumgewälzt.

Danach war ihr Geliebter gegangen. Sharon hatte ein Bad genommen; vielleicht war sie etwas angeheitert und eine Spur zu entspannt gewesen, nachdem er es ihr ordentlich besorgt hatte – obwohl es keinen Hinweis auf Alkohol oder andere nicht ganz astreine Chemikalien gab. Sie war ausgerutscht und hatte sich den Kopf am Rand angeschlagen. Der befand sich auf gleicher Höhe mit dem Boden; sonst gab es hier nichts, was hart genug war, um eine Beule zu verursachen. Sharon mußte einen Salto wie eine Turnerin geschlagen haben. Der Schwung hatte sie ins Wasser befördert …

Ein noch wahrscheinlicheres Szenario: *Rums. Au!* Sie reibt sich den Kopf, flucht und läßt sich in die Wanne gleiten. Läßt den Kopf auf die Arme sinken. Gibt einen durchdringenden Schmerz- und Zorneslaut von sich, wie damals, als sie sich an der Tür von Griffins Modul-Apartment den kleinen Zeh gestoßen hatte. Weiß nicht, daß sie sich eine schwere Verletzung zugefügt hat. Blut sickert ins Gehirn und verursacht Ausfälle. Ihr Kopf gleitet unter Wasser …

Stunden später, kurz nachdem alle Kunden das Haus verlassen haben müssen, findet die Instandhaltungsmannschaft sie tot auf; sie ist mittlerweile so kalt wie das Wasser, in dem sie liegt.

Wer also war es? Mit wem hatte sie sich hier getroffen?

Alex versuchte, ein Mindestmaß an Professionalität zu bewahren, doch es klappte nicht. »Ich verschwinde hier, Moshe«, sagte er zu Osterreich.

Der Sheriff war ein dünner, drahtiger Mann mit Groucho-

Marx-Augenbrauen und einer Habichtsnase. »Es war ein langer Tag für Sie, Alex«, sagte er. »Sie sind doch sicher wie gewöhnlich um sechs aufgestanden, oder?«

»Um fünf. Ich bin erschöpft, aber ich kann nicht schlafen. Noch nicht. Wir sehen uns später.«

Alex bahnte sich einen Weg durch die Leute an der Tür und flüchtete zu seinem Schweber. Seine rauhen Finger gruben sich in das Armaturenbrett.

Er hatte sich unter Kontrolle. Man muß sich immer unter Kontrolle haben, oder das Leben frißt einen auf.

Er sagte »Nach Hause!« und ging davon aus, daß der Schweber ihn in die Cowles Modular Community bringen würde, denn im Augenblick war ihm fast völlig entfallen, daß der Steuercomputer auf MIMIC eingestellt war. Das Gefährt stieg bis zu seiner gesetzlich festgelegten Höhe von zweihundert Metern in den Himmel und entfernte sich dann aus Yucca Valley, der Gemeinde rund ums Traumtal.

Die Stadt, die Cowles errichtet hatte.

Der Schweber flog fast von allein und nahm Alex deshalb die Möglichkeit, sich abzulenken. Er mußte an etwas anderes denken; zu viele Fragen blieben unbeantwortet.

Als Sicherheitschef des Traumparks hatte er in Yucca Valley zwar einen immensen Einfluß, doch juristisch gesehen hatte er kein Recht, sich in Osterreichs Untersuchungen einzumischen.

Doch Sharon war nach einem schmierigen Stelldichein in einem schmierigen Sex-Shop gestorben. Die führenden Köpfe des Mars-Projekts würden ihr Leben durchsieben. Griffins Beziehung zu ihr würde aufs genaueste unter die Lupe genommen und analysiert werden. Falls sich am Schluß dann herausstellen sollte, daß ihr Besuch im Mate 'n' Switch nur der Befriedigung eines korperlichen Bedürfnisses gedient hatte, würden sie ihm die Trümmer seiner Erinnerung zurückgeben, sich entschuldigen und dann zusehen, wie er sie demütig hinwegtrug.

Griffin dirigierte seinen Schweber auf MIMICs Dachlandeplatz. Es war fast Mitternacht, und die Dachparties waren zu Ende. Ein paar Roboter fuhren umher und sammelten Abfälle auf. Er stieg aus. Als er die Tür zugeschlagen hatte, hob das Gefährt wieder ab und schwebte über den Gebäuderand zu dem Parkplatz neben MIMICs Fundament hinab.

Der Aufzug fuhr zur Sicherheitsabteilung. Griffin wälzte noch immer dunkle Gedanken.

Gott. So schnell. Alles ist zusammengestürzt.

Sie hat mir so viel bedeutet, und das so schnell …

Er haßte sich für den nächsten Gedanken:

Sie ist dir wirklich außerordentlich schnell nahegekommen, nicht wahr?

In der Sicherheitszentrale hielten sich nur Hasagawa und ein paar andere Leute auf; ansonsten war der Raum fast leer. Man hatte Alex bereits sein Beileid bekundet, tat es aber erneut.

Ein Stück kalte Pepperoni-Pizza starrte Alex aus ihrem Pappsarg an. Das leichte Hungergefühl, das er zu verspüren glaubte, verschwand sofort.

Mitch bot ihm einen Kaffee an. Alex roch daran. Nahm einen kleinen Schluck, froh darüber, daß sich sein Magengeschwür in letzter Zeit nicht mehr gemeldet hatte.

Genauer gesagt, seit er Sharon kennengelernt hatte.

Versehentlich goß er sich Kaffee über die Manschette. *Scheiße.*

Leicht benommen wischte er ihn weg.

Sharon. Was hattest du dort zu suchen? So ausgefallen waren deine Vorlieben doch gar nicht. Warum konntest du dich nicht mit ihm in deinem Zimmer treffen? Oder in seinem?

Weil sie beide hier arbeiten. In MIMIC. Sie wollte nicht, daß ich es erfahre.

Griffins Augen wollten zu tränen anfangen. Er kniff die Lider fest zusammen, um dagegen anzukämpfen.

Ein summender Laut drang zu ihm durch, und er öffnete die Leitung. »Griffin.«

»Hier ist Osterreich.«

»Ja, Moshe. Sprechen Sie.«

»Wir haben die vorläufige pathologische Scanneruntersuchung vorliegen. Der vollständige Bericht ist in etwa fünf Stunden fertig.«

»Stellen Sie ihn durch.«

Sharon Craynes Daten erschienen auf dem Bildschirm. Zuerst die routinemäßigen Angaben über Größe und Gewicht. Es folgten Narben, Muskeltonus, Alter, am Körper festgestelltes Make-up und kürzlich erfolgte Schönheitsbehandlungen. Die verschriebenen Kontaktlinsen. Der Plastiknagel in ihrem linken Handgelenk.

Dann waren weitere Intimitäten an der Reihe. Die genauen Bestandteile ihrer letzten Mahlzeit. Sie hatte eine Stunde vor ihrem Tod anderthalb Unzen dunklen Rum getrunken. Sonst waren in ihrem Körper keine weiteren Chemikalien festgestellt worden.

Außerdem ...

Kein Samen in ihrer Vagina. Oder in ihrer Kehle, ihrem Anus ... oder sonstwo an ihrem Körper ... oder im Zimmer.

Okay, also hatte Mister X sie nicht gefickt. Vielleicht hatte sie sich gerade für ihn fertiggemacht.

Doch das Bett war zerwühlt. War es benutzt worden?

Alex sah den Bericht genau durch. Spuren ihres Parfüms, ihrer Körperöle, ein paar Zellen, ein paar Haare ...

Doch alles nur von ihr. Man hatte nichts gefunden, das von einer anderen Person stammte, ob nun Frau oder Mann ... Und was den berühmt-berüchtigten Schäferhund oder die Wüstenmaus anging ... nichts.

Hat sie sich ein Zimmer gemietet, um zu masturbieren, oder was sollte das Ganze?

Was hast du dort gemacht, Sharon? Was war in der Wand verborgen?

Also gut. Denken wir das Szenario einmal Schritt für Schritt durch. Du hast ein Verhältnis mit einem verheirateten Mann. Du hast ihn geliebt ...

Alex' Ego wollte davon nichts wissen. Es hatte keinen Mann in ihrem Herzen gegeben. Nur für ihn war da Platz gewesen. Das wußte er. Er hatte es gefühlt. Es *mußte* die Wahrheit sein.

Also ... *Sharon:* Du *wolltest die Affäre beenden.* Du *hast dich bereiterklärt, ihn ein letztes Mal zu treffen.* Du ...

Das Loch in der Wand war groß genug für einen Weitwinkel-Scanner. Sharon hätte sich eine stecknadelkopfgroße Kamera besorgen können.

Also gut. *Du wolltest ... er wollte ... was?* Sharon mietete in dem Motel ein Zimmer. Sie hätte Zeit gehabt, die Kamera anzubringen. *Er* nicht.

Sie wollte Beweise haben. Informationen ...

Und wieder erhob sich dieser andere häßliche Gedanke zischend und schlangengleich in seinem Hinterkopf. *Sie ist dir wirklich außerordentlich schnell nahegekommen, nicht wahr, Griff?*

Du hast ihr schneller den Zugang zu den Sicherheitsanlagen – und damit vorbei an deinen Abwehrstellungen – verschafft, als es eigentlich nötig gewesen wäre, weil sie in zwei Wochen die Kontrolle übernommen hätte. Also hatte sie Zugang.

Wozu?

Darf ich? hatte sie gefragt.

»Playback«, befahl er. »Letzter Zugang von Sharon Crayne, Datum neunzehnter Juli, Sicherheitsdateien.«

Eine kurze Pause folgte, die das System seiner Meinung nach überhaupt nicht benötigte, sondern die eher für das psychologische Wohlbefinden des Benutzers sorgen sollte. Dann flimmerten die Worte AN DIESEM DATUM ERFOLGTE VON SHARON CRAYNE KEIN ZUGANGSCODE über den Bildschirm.

Sharon *hatte* über den Dateien gebrütet. Ein Lächeln kämpfte sich auf seine Lippen und verharrte dort, obwohl es unterwegs jegliche Wärme verloren hatte. Es hing kalt und leblos in seinem Gesicht.

Wie lange bist du jetzt tot, Sharon? Dreizehn, vierzehn

Stunden? Und das letzte, was du dir hier angesehen hast, war eine nicht existierende Datei.

Das Lächeln sah aus wie eingemeißelt. Alex fühlte sich schrecklich.

Jemand kam zu seiner Arbeitskonsole und legte ihm ein aus Plastik bestehendes Datenblatt hin. Ein Teil seines Bewußtseins nahm das Rascheln und die schattenhafte Gestalt wahr, die es verursacht hatte. Er hörte sogar, daß hinter ihm jemand etwas sagte.

Er weigerte sich, seine Suche abzubrechen, sogar als er die Hand auf der Schulter spürte.

»Griff!« sagte Tony, diesmal etwas lauter.

Alex schreckte auf und starrte zu dem mitleidsvollen Gesicht hoch. Zum allerersten Mal war es Griffin, der den Blick nicht erwidern konnte und wegsehen mußte.

»Willst du wissen, was sich Sharon zuletzt angesehen hat?«

»Ich will ... es mir nur mal ansehen, einfach so.«

»Ich kann noch mehr. Ich habe eine vollständige Playback-Schleife. Jedes Wort, jeder Befehl. Manchmal kommt beim Programmieren irgend etwas Seltsames zustande, und man findet nicht heraus, wie man das überhaupt fertiggebracht hat. Darum würde man gern noch einmal zurückgehen und ...« Tony setzte sich neben Alex und fing rasend schnell an, Befehle einzugeben, »... sich selbst über die Schulter sehen ...«

Alex, noch immer wie betäubt, schaute lustlos zu. Er wollte nur, daß Tony ging.

»Komisch«, sagte Tony. »Ich kann kein Bild von ihr erzeugen ...«

»Was könnte das für eine Ursache haben?«

»Vielleicht hat sie es blockiert? Sehen wir uns mal die Schlüsseleingaben an.« Tony arbeitete weiter, während Alex zusah. »Ich habe noch immer ein paar Tricks im Ärmel.«

»Tricks, wie man illegal in ein System einbricht?«

»Na hör mal. Also wirklich! Daß du mich ...« MIMICs

Umrisse bildeten sich. Der Blickpunkt rotierte, schoß dann näher heran. »... einer so absurden ... Beschuldigung ... *Da!*«

Plötzlich erblickte Alex Sharon, und es brach ihm das Herz.

Sie hatte sich völlig auf ihre Arbeit konzentriert, löste einige der Befehle mit Kopf- und Augenbewegungen aus und tippte hin und wieder etwas ein. Sie lebte, und er wußte, daß er sie liebte. Das Verlangen, die Hand auszustrecken und sie zu berühren, ihr die Worte zu sagen, die er ihr nie gesagt hatte, durchfuhr ihn wie ein Peitschenschlag.

»Griff, es sieht so aus, als hätte sie das ScanNet-System des gesamten Spielbereichs aufgerufen.«

Tony ließ wieder das breitere Modell MIMICs entstehen, das alle neunzehn Stockwerke umfaßte. Einige der Korridore leuchteten rot auf; Sharon hatte sie einer genauen Musterung unterzogen.

»Da, da und da sind die Strahlungswarnungen angebracht.«

»Das sind doch die Warnschilder mit dem Sanduhr-Symbol. Verbieten sie den Spielern nicht den Zugang?«

»Stimmt. Das sind die unerbittlichsten Fallen der IFSG. Wenn man diese Tür öffnet, egal auf welche Weise, hat das den sofortigen, endgültigen Tod der Rollenidentität zur Folge, den sogenannten doppelten Tod. Da gibt es weder einen rettenden Wurf noch eine andere Verteidigung.«

»Nette Idee«, sagte Alex. »Stammt sie von dir?«

»Nein. Von Doris und El.« Tony lehnte sich zurück und sah sich das Playback an. »Weißt du, Alex ...«

»Was?«

»Wir haben zwar kein Playback aus einem vernünftigen Winkel, doch die Art, wie Sharon arbeitet, erinnert mich an etwas.«

»Was?«

»Na ja, wie sie sich verhält. Das Muster. Auch wie sie versucht, die Aufnahme abzublocken. Sie fertigt eine Karte der einzelnen ScanNet-Sensoren an.«

»Vielleicht wollte sie sich das Ganze später in Ruhe ansehen.«

Tony wählte seine nächsten Worte sehr sorgfältig. »Schon möglich, doch warum hat sie die Informationen nicht einfach an ihren Zimmeranschluß weitergegeben?«

Alex saß wie versteinert da.

»Tut mir leid, Griff. Ich wollte da nichts andeuten ...«

Die Luft um Alex schien zu knistern. »Mach schon. Was wolltest du sagen?«

»Nun ... angenommen, ich hätte sie beobachtet. Angenommen, ich kannte Sharon nicht, was übrigens stimmt. Angenommen, ich hätte nicht gewußt, daß sie deine Freundin ist.«

»Würdest du mit diesem Scheiß aufhören und zur Sache kommen?«

Plötzlich war die potentielle Gewalttätigkeit, die normalerweise tief in Alex Griffin verborgen lag, sichtlich nahe an die Oberfläche vorgedrungen. Tony überlegte, ob er einen Rückzieher machen sollte. Doch dann murmelte er: »Ich würde sagen, sie kopiert das Sicherheitssystem, um es an einen Dritten weiterzugeben.«

Und in der Motelwand *war* eine Wanze gewesen.

»Wir haben keinen Ton«, sagte Alex, der sich wieder unter Kontrolle hatte. »Ich habe den Eindruck, daß sie etwas sagt. Kannst du mir das vorspielen?«

Tony gab die Befehle ein. Beide Männer blickten auf Sharons Mund. Griffin ahmte ihre Lippenbewegungen nach. *»Ich komme, Liebes. Mami tut alles, was in ihrer Macht steht.«*

Tony McWhirter erstarrte. »Was soll das bedeuten?«

Alex stand auf. »Danke, Tony.«

»Keine Ursache«, erwiderte Tony, noch immer verblüfft. »Stets zu Diensten.«

Alex verließ den Raum.

Tony McWhirter ließ sechs Sekunden verstreichen, bevor er wieder ausatmete. Seine Achselhöhlen fühlten sich feucht und eklig an.

In Chino gab es Männer, die ihr ganzes Leben am Rand der Gewalttätigkeit verbracht hatten. Tony hatte Alex Griffin noch nie in diesem Zustand gesehen. Er hielt es für verwirrend, daß dieser Mann sich am Ende doch noch als normaler Mensch entpuppte.

Und wenn er nun das gleiche dachte wie Tony, war das auch kein Wunder.

8 Wer zuerst kommt, mahlt zuerst

Mythenmeister haben fünf hauptsächliche Schwächen: Sind sie leichtsinnig, vernichte sie. Sind sie zu vorsichtig, nimm sie gefangen. Neigen sie zu Wutanfällen, mach sie lächerlich. Sind sie stolz, demütige sie. Sollten sie zur Zeit des Spiels – oder zu einem früheren Zeitpunkt – eine gefühlsmäßige oder sexuelle Beziehung zu einem anderen Teammitglied unterhalten, quäle sie.

Studiere die Schwächen deines Gegners und laß dir keine Gelegenheit entgehen, sie auszunutzen.

Nigel Bishop, *Die Kunst des Spiels,* 2052

DONNERSTAG, 21. JULI 2059, 04 UHR 24

Die Spiel-Zentrale auf Ebene zwei war zum Leben erwacht. In zwei Stunden würde es losgehen.

Als Richard Lopez den kuppelförmigen Raum betrat, erhoben sich die Techniker und applaudierten. Er nahm seinen Platz zur Linken Tony McWhirters ein. Seine Konsole befand sich genau gegenüber der Mitsukos. Sie war schon seit einer Stunde da, um ihre Checkliste durchzugehen.

Mit jeder Berührung, jeder Fuß- oder Handbewegung, jedem Flüstern, erwachten in MIMIC Schatten und Geräusche zum Leben.

Der kreisförmige Raum war grob in Drittel unterteilt worden, und Tony McWhirters Kontrollkonsole stand in der Mitte. Seine Techniker und Assistenten saßen hinter ihm an ihren Kontrollen und Holobühnen. Zu seiner Rechten befand sich hinter einer Glaswand eine Multivisionsbühne. Auf ihr übte eine Gruppe von Traumpark-Schauspielern Bewegungsmuster ein. El gab Regieanweisungen, und Doris machte es vor.

Sie war phantastisch. Jede Bewegung, jede Kopfdrehung und jedes Rückenverbiegen verwandelte sie in ein anderes Wesen. Binnen eines Augenzwinkerns wurde sie von einem Nichtmenschen zu einem Menschen und schließlich zu einem Übermenschen. Ihre Truppe war nicht minder großartig. Tausende von Jahren alte Künste verschmolzen in perfekter Weise mit den virtuellen Bilderschaffungstechniken des einundzwanzigsten Jahrhunderts.

Die Virtuell-Bilder in Tonys Blickfeld veränderten sich ununterbrochen und probierten ständig etwas anderes. Die Kombination aus Hologrammen, computererzeugten Virtuell-Illusionen, Make-up und künstlichem Hintergrund schufen den Effekt, den man als Traumzeit bezeichnete.

Tony kam sich wie ein Voyeur vor, jemand, der lediglich den Prozeß beobachtet, doch es gab nicht viel, das er tun konnte. Im Augenblick beschränkte sich seine Tätigkeit auf die eines Aufsehers.

»Richard?« fragte er.

Der kleine Mann wandte sich um und sah ihn an. »Ja?«

»Haben Sie bereits Ihre Testdurchgänge gemacht?«

»Ich bin gerade dabei, Tony.«

Richard Lopez bewegte sich wie ein Mann, der frühzeitig gealtert war. Vielleicht ein Arthritisanfall? Doch als er sich an die Tastatur setzte und dem Gerät seinen Willen aufzwang, als er in jene Gedanken- und Bewegungsmuster verfiel, die er verstand und die er so sehr liebte, war es, als würde Richard Lopez an Größe gewinnen und sich in eine völlig andere Person verwandeln. Dann war er wie ein Konzertpianist in seiner höchsten Vollkommenheit.

Der Computer spielte die Bilder ein; Virtuell-Bilder, die mit den Hologrammen und dem Hintergrund perfekt zusammenpaßten.

Es war realer als die Realität. Tony schaute sich die fließende und sich verändernde Traumzeit-Realität an, dann sah er sich in der Zentrale um. Ihm wurde richtig schwindelig. Im Vergleich schien die Realität unbeweglich und farblos zu sein.

Acacia war mit dem Packen fast fertig.

Die gesamte Ausrüstung war so konstruiert worden, daß sie genau zusammenpaßte und mit einem Maximum an Gewichtsverteilung und einem Minimum an Belastung in Rucksack und Gürteltasche Platz fand. Acacia überprüfte jeden Zentimeter ihres Kostüms, öffnete den Verschluß mit dem Daumen und schlüpfte hinein. Sie drehte vor ihrem Spiegel eine Pirouette. Perfekt. Sie sprang vor, ging in die Ausgangsstellung zurück und machte Schattenfechten.

Sie spürte die zwei Pfund, die sie durch das nervöse Essen der vergangenen Woche zugelegt hatte. Zum Teufel mit dem Kilo: Ihr Gleichgewichtssinn war ausgezeichnet, das Kostüm sah toll und sie umwerfend aus.

Allerdings ...

Nigel.

Er schlief noch immer auf dem Bett, das sie teilten. Er lag auf dem Rücken, hatte die Atemfrequenz auf drei Atemzüge in der Minute gesenkt und die Arme in der *Savasana*-Position seitlich vom Körper ausgestreckt. Diese leichenähnliche Position führte ihn von der Meditation direkt in den Schlaf.

Seine Kontrolle konnte man fast als allumfassend bezeichnen.

Sogar – oder besonders – wenn sie sich liebten. Jeder Trick, den sie kannte, jeder ihrer Versuche, jede sinnliche Anstrengung, die gewöhnlichen Männern die Selbstbeherrschung raubte und sie stöhnend an den Rand des Höhepunktes und weiter führte, rief bei ihm lediglich Erheiterung hervor. Gelegentlich funkelte ein schwacher Hauch von Perspiration auf seiner Stirn.

Für Nigel Bishop war Kontrolle wie eine Religion.

Ganz besonders in der letzten Nacht. Sie hatte sich wie eine Frau aus Glas gefühlt. Er hatte in sie geschaut, alle ihre Geheimnisse gesehen und das Unausgesprochene wahrgenommen. Sie hatte sich gewunden und gestöhnt; obwohl sie auf ihm saß, hatte sie völlig unter seiner Kontrolle gestanden. Seine Finger hatten leicht ihre Handgelenke berührt, zumindest so lange, bis sie versucht hatte, sich zurückzuziehen. Bei jedem Versuch, sich ihm zu entziehen, verwandelten seine Finger sich in Ketten.

»Acacia, mein kleines Spielzeug«, hauchte er ihr in den Mund. »Du bist erregt.«

»Das ist doch wohl verständlich! Mein Gott, Nigel, was wir hier tun …«

Er lächelte, und seine Zähne zeichneten sich sehr weiß in der Dunkelheit ab. »Ja, ja, du hast recht.« Er machte eine Pause. »Gibt es … noch einen anderen Grund?«

Er beugte den Oberkörper vor und begann, ihren Hals zu liebkosen. Seine Zähne berührten den Puls in ihrer Kehle und schlossen sich leicht um die Ader. Acacia wollte schreien, tat es aber nicht. Sprach aber auch nicht das aus, was ihr auf der Seele lag. Und irgendwo tief in ihrem Innern, dort, wo auch seinen zärtlichen, brutalen Beteuerungen auf immer der Zugang verwehrt blieb, hatte sie Angst.

Acacia begutachtete sich ein letztes Mal im Spiegel. Rucksack. Schwert. Hallo, Penthesilea, da bist du ja wieder.

Zeit, sich zu ihrem Team zu gesellen.

Fünf Sekunden, nachdem sie das Zimmer verlassen hatte, beschleunigte Nigel Bishops Atem sich wieder. Er öffnete die Augen.

Ja, dachte er. Sie weiß, daß etwas nicht stimmt. Sie ist sich nicht darüber im klaren, was es ist. Sie wird alles rechtfertigen, und sie wird Gründe nennen, weil sie glaubt, daß sie verliebt ist, und das wird sie im Spiel voranbringen. Und dann?

Nigel lächelte. Er hatte nicht die geringste Vorstellung.

Alphonse ›Der Barbar‹ Nakagawa, Mythenmeister des Texas Instruments-Mitsubishi-Teams, war ein hochgewachsener, dünner Halbjapaner aus Austin. Sein blondes Haar ließ ihn wie Jesus aussehen, sein dünner, knochiger Körper erinnerte an einen Storch. Sein Großvater war ein Krabbenfischer im Golf von Mexiko gewesen, sein Vater Arbeiter auf einer Ölplattform. Für Nakagawa begann das Voodoo-Spiel in der Frühe mit dem Bild seiner Frau auf dem Schirm des Hoteltelefons – für ihn viel zu früh.

»Saray? Was soll das, Frau – wie spät ist es eigentlich?«

Starrte sie ihn böse an? »Hier ist es Viertel vor sieben. Das Spiel fängt in zweieinhalb Stunden an.«

»Himmel. Ich fühle mich, als hätte mich ein Kojote gefressen und von einer Klippe heruntergeschissen.«

»Wie ich sehe, läßt du deine Machonummer Überstunden machen. Tut mir leid, doch wir haben was zu besprechen.«

»Äh ... Na gut. Okay, ich setz mich auf.«

»Al, da will dir jemand wirklich an die Eier.«

»Ich bin Mythenmeister. Das gehört dazu.«

»Telefonanruf, schwarzer Bildschirm, anonym, vor zwanzig Minuten. Ich habe so lange gebraucht, um die ganze Angelegenheit zu durchdenken, bevor ich dich anrief. Ich kann nicht einmal genau sagen, ob es eine Frau oder ein Mann war. Vermutlich ein Mann. ›Wer, glauben Sie, schläft im Bett Ihres *Mannes*?‹«

»Verdammt! Verrat mir das Geheimnis, ja?«

»Ich nehme an, Crystal Cofax. *Hoffe* ich zumindest! Ich bin lange genug drangeblieben, daß er Zeit gehabt hätte, es zu sagen. Wahrscheinlich weiß er es nicht. Also wurde ich weinerlich und hysterisch und beschimpfte dich als Kinderschänder und untreues gelbes Mischlingsschwein und schwor, daß ich dich sofort anrufen und eine Erklärung verlangen würde.«

»Gut gemacht. Aber ... äh ...«

»Es *ist* doch Crystal, oder?«

»Klar. Ja, Schatz, ehrlich. Sie ist zurück auf ihr Zimmer gegangen, aber du kannst sie anrufen.«

»Okay. Was bedeutet das *Äh*?«

»Nun, es könnte Bishop gewesen sein. Den Gerüchten zufolge ist er so verschlagen wie ein Eimer voll Schlangen. Entweder blufft er, oder er weiß, daß ich eine kleine Freundin hier hatte. Denkt, ich würde dich betrügen.«

»Warum hat er dann keinen Namen genannt?«

»Vielleicht spielt er ein anderes Spiel. Er ist so schlau wie Rattenscheiße, aber vielleicht weiß er nicht ...« Alphonses Gedanken gerieten ins Stocken. »Weiß er nicht ... Hat nur einen Blick auf das ungemachte Bett geworfen. Doch das würde bedeuten, daß er in meinem *Zimmer* war.« Letzteres kam als entrüsteter Aufschrei.

Saray lachte. »Du bist im Sicherheitsflügel des Hotels Arabien Nights untergebracht, Liebling. Läßt du da nicht deiner Phantasie freien Lauf?«

Doch Alphonse hatte das Telefon längst schon verlassen. Er musterte die Tür, stellte sich vor, wie Bishop das Schloß außer Betrieb setzte, ein Zimmermädchen bestach, an der Rezeption einen Schlüssel stahl, den Zentral-Prozessor durch einen Notfall-Code manipulierte oder ...

»Al?«

»Was? Oh ... ich habe nur gerade darüber nachgedacht, wie er es angestellt hat.«

»Das meinst du doch nicht ernst.«

»So ernst wie Krebs«, erwiderte Alphonse heiser. »Das hier ist Krieg.«

Er mußte seine Reisetasche kontrollieren. War alles weg? Hatte Bishop alle seine Daten-Karten?

»Alphonse? Alphonse? Ist es wieder soweit? Hör zu, ruf mich zurück, wenn du wieder für einen Augenblick ansprechbar bist, egal wie kurz der auch sein sollte.«

»Ich werde es diesem Jungen zeigen.«

Sie verzog das Gesicht und hängte ein.

Er durchsuchte den Schrank und fand die ganze Ausrüstung. Es konnte nur Bishop sein. Wenn etwas an der falschen Stelle gelegen hätte, würde das bedeuten, daß er es mit einem geringeren Gegner zu tun hatte. Doch falls Nigel Bishop ihn aufs Korn genommen hatte ... sich über ihn informiert hatte ... und warum eigentlich nicht? Alphonse Nakagawa stellte die einzige echte Bedrohung für den Bischof dar.

Also wußte Bishop, daß Saray schwanger war, und hatte angenommen, daß ihre Ehe in Schwierigkeiten steckte. Das war logisch. Es gab nur zwei Pärchen auf der Welt – früher hatte es einmal drei gegeben –, mit denen Al und Saray tauschen würden. Während eines Spiels hielt er, wie man so sagte, den Schwanz in der Hose. Er war der Meinung, daß seine Darbietung davon profitierte.

Hast geglaubt, du könntest mich anschwärzen? Nun, Bishop, wenn ich mit dir fertig bin, sind von dir nur noch Pelz und Klauen übrig.

Doch ich werde noch eine Zeitlang gequält lächeln. Ich lasse dir den Eindruck, daß es geklappt hat. Die Frage ist nur – warst du in meinem Zimmer?

Alphonse schritt durch den Raum, schaute unters Bett, durchsuchte den Schrank nach Wanzen, überprüfte ein Dutzend Mal die Schlösser seiner Reisetasche, bevor er endlich zögernd zu dem Schluß kam, daß er vermutlich überreagierte.

Doch falls Bishop meine Strategienotizen gestohlen hat, bin ich in den Arsch gekniffen.

Jetzt ist es zu spät, alles zu ändern. Was kann ich tun? Eine Chance gibt es: Wenn Bishop nicht weiß, daß ich es weiß ...

Das Klopfen an der Tür ließ ihn zusammenschrecken. Es

war der Zimmerservice mit dem Frühstück. Al der Barbar aß beim Anziehen. Er versuchte, sich davon zu überzeugen, daß es in Wirklichkeit kein Problem gab, daß alles nur, wie Saray gesagt hatte, eine verrückte Idee war.

Ha. Wie hatte Opa Nakagawa immer gesagt: Dieser Hund würde nicht jagen.

Der Raum war klein und öde und erinnerte Penthesilea stark an eine Umkleidekabine.

Captain Chiffre war der erste, der sie bemerkte. Er schaute durch seinen übergroßen Helm mit dem blauen Visier zu ihr auf. »Mylady«, sagte er. Diesmal hatte seine Stimme nichts Weinerliches an sich und verriet keine Unsicherheit. Er hatte eine andere Ausstrahlung. Er roch sogar sauber.

Acacia musterte den Rest ihres Teams.

Steffie ›Aces‹ Wilde, Techniker und Späherin. Mati ›Mutter Oberin‹ Cohen, Geistliche. Terrance ›Prez‹ Coolidge, Krieger. Corrinda Harding, Diebin.

Jeder nickte ihr zu, ein stummer Salut. Alle waren damit beschäftigt, Lockerungsübungen zu machen oder die Ausrüstung zu überprüfen, wie es sich gehörte.

Acacia sah auf die Uhr. »Viertel nach drei. Sonnenaufgang. Das Spiel beginnt in zwei Stunden. Gibt es in letzter Minute noch was zu besprechen?«

Corrinda pumpte eine pneumatische Binde um ihr Knie auf, überprüfte den Druck, ließ etwas Luft heraus, beugte es ... und versuchte, eine Grimasse zu unterdrücken. »Es ist in Ordnung«, sagte sie. »Nur etwas steif.«

»Wir werden das Jogging auf ein Minimum beschränken.«

Die Mutter Oberin rückte ihre Kapuze gerade. »Wie sollen wir Chiffre beschützen, und bis zu welchem Grad wird das von uns erwartet?«

Eine vernünftige Frage. Bis auf Chiffre waren alle Teammitglieder Athleten. Sie stemmten Gewichte, verbrachten kräfteraubende Stunden mit Selbstverteidigungs- und Yoga-Training, liefen, schwammen, übten an den Ringen. Chiffre war in dieser Hinsicht eine absolute Niete.

»Das Kristall-Labyrinth stellte eine besondere Situation dar«, sagte Acacia. »Ich wußte, daß wir ihn mehr als die anderen brauchen würden. Wir wissen aus der Einleitung ...« Sie hob ein paar dünne Blätter, auf denen ›Voodoo-Spiel‹ stand, »... daß keine Kategorie über die anderen dominiert.«

Sie überprüfte ihre Ausrüstung und traf eine Entscheidung. »Prez? Trainiere ein bißchen mit mir.«

Prez Coolidge, der große, untersetzte Schwarze zog einen Assegai aus der Scheide auf seinem Rücken. Der Speer pendelte wie ein Weidenstab in seiner großen Hand. Er schaltete ihn ein, und eine holographische Klinge wurde über den schmalen Sensorpunkt projiziert. Der Stabilisator schaltete sich ein. Acacia schob das Virtuell-Visier vor das Gesicht, und der Speer wurde noch härter und furchteinflößender.

»Also, Leute, alles läuft daraus hinaus, daß wir das ausgewogenste Team sind, das ich zusammenstellen konnte. Chiffre ist sozusagen unser Voodooka ...« Acacia glitt zur Seite und berührte Terrance trotz seines besten Abwehrversuchs an den Rippen.

Er war schnell – sogar viel schneller, als sie es in Erinnerung hatte –, doch Penthesilea war der Wind. Ihre Abwehr und Gegenschläge waren ökonomisch und unberechenbar. Jeder Angriff erfolgte aus einem neuen Winkel und schuf einen neuen Rhythmus.

Nach einer dreißig Sekunden währenden Vorführung ihrer Schwertkunst, die den anderen den Atem raubte, hörte sie auf.

»*Soberbia. Gracias.* Also ...« Sie spürte ihren Herzschlag, als dieser schnell zu einer ruhigen Pulsfrequenz von fünfzig Schlägen zurückfand. »Chiffre wird unseren Arsch so oft retten, wie wir den seinen. Wir beschützen ihn und stellen uns auf seine physischen Fähigkeiten ein, genauso, als wäre das Spiel das reale Leben. Ich will, daß jeder von der ersten Minute des Voodoo-Spiels bis zum Ende seine Rolle verkörpert. Also auch in den Pausen. In den Nächten. Wir denken, essen und schlafen als Team. Und wenn ihr Glück habt, etwas aufreißt und euch in die Büsche schlagt, dann, bei Gott, fickt ihr gefälligst auch, wie eure Rolle es tun würde.«

Sie nickten und kicherten beifällig.

Es klopfte an der Tür, und ein rundlicher, alter Mann mit einem sich abpellenden Sonnenbrand kam herein. »Elmo Whitman«, sagte er. »Ich bin gekommen, um die Virtuell-Einheiten einer letzten Überprüfung zu unterziehen. Die Helme und Einheiten, bitte.«

Jeder Spieler besaß eine andere Ausrüstung, doch in den wichtigsten Einzelheiten waren sie identisch. Die Flüssigkristall-Visiere konnten transparent werden; auf diese Weise erhielt jeder Spieler seine verschärften Sinne. Späher konnten Pfade sehen, Zauberer verschiedene Auren, Diebe entwickelten ein besonderes Gespür für verborgene Schätze oder Geheimtüren. Sie nahmen diese Dinge dann als überlagerte Bilder wahr, die sich auf den normalen Kulissen und Hologrammen abzeichneten.

Steffie kam als erste an die Reihe. Sie hatte einen ultraleichten Helm, der aus kaum mehr als einer silbrigen Brille und Ohrstöpseln bestand. Man konnte die Illusion auch mit der von allem Ballast befreiten Ausrüstung vollständig und genau wahrnehmen.

El Whitman führte einen kompletten Fehlerdurchlauf aus. »Bitte einmal summen, wenn Sie hören können.«

»La la la la la.«

»Alles in Ordnung. Prima. Der nächste bitte ...«

Major Terry Clavell atmete scharf ein, als er den Umkleideraum betrat. Er versuchte, ein ziemlich kindisches Grinsen zu unterdrücken, und es gelang ihm auch großartig – fand er.

Sein Team schien bereit zu sein. Clavell wünschte sich, er würde alle besser kennen.

Corporal Waters war wegen seiner IFSG-Erfahrung dabei; er hatte nie bei den Kriegsspielen der Streitkräfte mitgewirkt. Das konnte unter Umständen eine Menge ausmachen.

Lieutenant Madonna Philips war eine Brünette in den Dreißigern mit scharfgeschnittenen Gesichtszügen, der Energie eines Stürmers beim Football und dem Körper einer Cheerleaderin. Sie war dabei, weil Waters darauf bestanden hatte, daß sie eine Frau brauchten. »In den meisten Kulturen haben Männer und Frauen Geheimnisse voreinander«, hatte er behauptet. »Wenn wir ein reines Männer- oder Frauenteam bilden, werden wir einige Instruktionen nicht mitbekommen.«

Philips hatte, bevor sie in die Army eingetreten war, bei den Olympischen Spielen 2048 die Silbermedaille im Fechten gewonnen. Sie trug einen Kettenhemd-Bikini – man konnte sich keine ineffektivere Rüstung vorstellen –, und kein Mann blickte in ihr schmales, knochiges Gesicht.

Konzentriere dich auf die Sache, dachte er. »General«, sagte er schneidend. »Ist das Team einsatzbereit?«

General Harry ›der Schinder‹ Poule nahm Haltung an und salutierte. Clavell genoß den Augenblick. Einmal einem General etwas befehlen zu können! Es gab keinerlei Zweifel, daß ihn der General dafür eines Tages bezahlen lassen würde, doch im Moment ...

»Alles in Ordnung, Sir. Allerdings braucht Schwarzer Elch einen neuen ROM für seinen Zauberspruch-Computer. Einige Segenszauber kommen als Liebeszauber heraus.«

»Damit können wir nichts anfangen. Bringen Sie das in Ordnung.«

Der General hatte beträchtlich weniger Spiel-Erfahrung als Clavell. Er hatte seinen Rang dazu benutzt, um mitmachen zu können – und er wäre noch immer nicht dabei, hätte er sich nicht willig bereiterklärt, eine andere Rolle zu übernehmen und seine Stock- und Schwertkampftechnik zu verbessern; außerdem war es möglich, daß er die anderen Spieler in Angst und Schrecken versetzte – und das buchstäblich.

Er war ein furchteinflößender Mann von vierundfünfzig Jahren, der bei sechs harten NATO-Kriegsspielen und zahllosen Drill-Simulationen Kampferfahrungen gesammelt hatte. Er hatte eine beeindruckende Narbensammlung und überragte Clavell wie ein von den Elementen zerfurchter Berg.

›Schinder‹ Poule spielte die Rolle des Kriegers und Spähers, und er war ein großer, kräftiger, blauäugiger Blondschopf mit hauptsächlich schottischen Vorfahren. Er mußte einst wie ein Basketball-Spieler gebaut gewesen sein. Nun verdeckte das blonde Haar eine faustgroße, kahle Stelle auf dem Hinterkopf. Sein Bauch war schon fast lächerlich dick, doch noch immer so hart wie eine Trommel. Poule befahl Junior-Lieutenants, ihn in den Magen zu schlagen. Sein Bauch sackte nicht ab; er lag genau unter den Rippen und ließ ihn aussehen, als hätte er einen kleinen liberalen Demokraten verschluckt.

Clavell würde es unangenehm sein, einem General Befehle zu erteilen. Sicher würde es ihm leichter fallen, wenn er aufhören könnte zu grinsen ... »General, wie oft waren Sie im Spielbereich A? Viermal?«

»Ja, Sir. Und jedesmal beim blauen Team. Wir haben dreimal gesiegt.«

»Haben Sie eine Ahnung, was uns erwartet?«

»Corporal Waters hat in den letzten Monaten eine Menge Spiele studiert. Waters?«

Das jüngste Teammitglied meldete sich zu Wort. »Der häufigste Fehler scheint die übermäßige Selbstdarstellung zu sein. Ich glaube, daß Bishops Team dieses Problem haben wird. Die Spieler neigen dazu, möglichst viel Publicity zu erringen, wohingegen unsere Mission einzig und allein darin besteht, den Sieg zu erringen.«

Clavell konnte dieser Meinung vertrauen. Waters war spielsüchtig. Vor der Grundausbildung war er ein dünner, schwächlicher Bursche gewesen. Bei der Army hatte er Muskeln bekommen. Er war noch kein Schwarzenegger, erweckte jedoch den Eindruck, ein Kriegsspiel absolvieren zu können, ohne schwer zu atmen.

»Waters, Sie sind hier, weil Sie die Spielkuppel B kennen. Wir haben immer die Spielebene A für die Kriegsspiele benutzt, weil sie größer ist. Ich habe aber erfahren, daß wir diesmal ...«

»Sie sind richtig informiert worden, Sir.« Waters vergaß zwar den *Sir* nicht, doch er unterbrach andere gern. »Nur weil wir dreißig Spieler sind, bedeutet das nicht, daß man uns nicht alle in B oder sogar eine kleinere Kuppel stecken kann. Wir könnten einen Mord in einem verschlossenen Zimmer auflösen müssen oder uns auf einer *Star-Trek*-Nachahmung mit Transporterräumen aufhalten. Es müssen keine wirklichen Entfernungen im Spiel sein. Sie könnten auch B *und* A benutzen und die beiden mit einem vorübergehenden Tunnel verbinden. Sogar die Gravitations-Schleuder dazuschalten.« Der Corporal grinste. »Beim Traumpark kann man nie wissen, was sie vorhaben.«

»Sie kennen auch Kuppel A.« Das war keine Frage. In Waters Akte stand, daß er vor acht Jahren am Südsee-Schatzjagd-Spiel teilgenommen hatte, kurz bevor er zur Army gegangen war. »Sie haben sogar als Techniker gespielt. Das hätten Sie mir sagen sollen.«

»Nein, Sir. Meine Techniker-Identität wurde getötet. Es blieb nichts übrig, keine Punkte, keine Fähigkeiten. Ich mußte für meine Späher-Dieb-Rolle bei Null anfangen.«

Schade. Außerdem wollte Waters anscheinend nicht darüber sprechen. Clavell fragte: »Womit werden die uns Ihrer Meinung nach konfrontieren?«

»Sir, angenommen, Sie wären ein Zeichner, was könnten Sie aus dem Thema Voodoo in Kalifornien alles machen?«

Sie diskutierten darüber. Sie kannten alle den Spielbereich A von innen, vier von ihnen waren sogar viermal darin gewesen. Waters hatte ihn zwar seit der Südsee-Schatzjagd nicht mehr betreten, doch er war viermal in B gewesen. Vielleicht schuf der Traumpark für sie eine Mischung aus A und B, geheime Verbindungstunnel und Falltüren, Aufzüge und Pfade ... die mögliche Benutzung solcher Geräte wie der Gravitations-Schleuder wäre gut. Falls die Spieler sich plötzlich unter den Bedingungen des freien Falls bewegen mußten, würde die Army gewinnen.

Der infernalische Einfallsreichtum der Traumpark-Leute beschäftigte sie, während sie ihre Streckübungen absolvierten, Dinge einpackten, die ihnen nachträglich eingefallen waren, und die Ausrüstung ein letztes Mal überprüften.

Rechne mit *allem*.

Clavell war der Überzeugung, darauf vorbereitet zu sein.

Acacia fuhr mit dem Aufzug in die Tiefe. Die Kabine koppelte sich ab, glitt seitwärts in eine andere Röhre und öffnete sich im Bahnhof.

Die Anspannung wuchs. Acacias Magen brachte sie um. Sie konnte jetzt nicht an die Zukunft denken oder planen. Nur der nächste Augenblick zählte.

Der Zug war klein. Fünf winzige Shuttle-Wagen – die nacheinander die Aufschrift Tex-Mits, UC, Gen-Dyn, Army und Apple trugen – und ein blasenförmiger Salonwagen schwebten sechzig Zentimeter über den mit nichtleitenden, geschäumten und plastiküberzogenen Magnetschienen.

Hinter den Sicherheitsabsperrungen standen Hunderte von Zuschauern. Die meisten trugen Kostüme, die sich allerdings in ihrer Beschaffenheit stark voneinander unterschieden, von Hologramm-vergrößerten Außerirdischen bis zu sechs Meter langen Dr.-Who-Schals. Sie jubelten, grölten die Namen ihrer Lieblingsteams und hielten Schilder hoch. Einige wie UC und TEX-MITS waren einfach nur aufgemalt worden. Von GEN-DYN gab es 3-D-Schilder. Aus den 60er

Jahren stammende Buchstaben zuckten in psychedelischer Leuchtfarbe in der Luft, um das Wort ARMY! zu bilden. Ein mit einem prächtigen Gebiß versehener Apfel verschlang die Rivalen von Apple Computer und schnappte nach anderen Zuschauern.

Acacias Laune verbesserte sich merklich. Bei so einem Abschied!

Mit bewußt anmutigen Bewegungen schlenderte sie zum hinteren Teil des Bahnsteigs. Ohne innezuhalten, warf sie sich das Haar über die Schulter, eine genau einstudierte Geste, die all die mit Bedacht entwickelten Kurven ins rechte Licht rückten. Aus derselben Bewegung heraus bückte sie sich und stieg mit der geschmeidigen Eleganz eines Aals in das Abteil der UC.

Das Team folgte ihr. Sie verstauten die Ausrüstung unter den Sitzen. Captain Chiffre kippte seinen Sitz nach hinten, um noch ein kurzes Nickerchen zu machen, während die anderen sich die Menge anschauten.

»Eine tolle Show, was?« sagte Steffie.

»Eine tolle Show.« Acacia fühlte ein Kribbeln. Egal, was dort draußen auch vorging, das Spiel hatte begonnen.

Gelächter und Gläserklirren hallte durch den Gang. Die Verbindungstüren waren offen. Irgendwie neugierig gab sie den anderen ein Zeichen, und zusammen gingen sie durch den Verbindungsgang zum Salonwagen.

Sie mußten durch die anderen Wagen, von denen zwei noch leer waren. Doch auf den Sitzen des Army- und Texas-Instruments-Mitsubishi-Shuttles lagen Rucksäcke, Helme und Waffen verstreut. Im Salonwagen wurden sie von den anderen bereits erwartet.

Die Spieler der Army hatten sich an der einen Seite der Bar zusammengedrängt, als wollten sie dort Schutz suchen. Fünf Männer und eine Frau. Lieutenant Philips war in der Mitte. Sie hatte den blödsinnigen Ketten-Bikini ausgezogen.

Nun trug sie einen derben Tarnanzug mit vielen Taschen und einem Säbel auf dem Rücken – der Bikini war doch bloß ein Scherz gewesen, Jungs, klar? Ein ziemlich cleverer.

Die Jungs von der Army machten unter der erwarteten Steifheit einen unbehaglichen Eindruck – bis auf einen. Er lächelte Penthesilea mit strahlenden Augen an.

»Herzlichen Glückwunsch, Corporal«, sagte sie.

Er schaute auf die Schulter. »Da sind doch gar keine Streifen.«

»Mir kommt so einiges zu Ohren. Verdammt, du hast Muskeln bekommen! Du siehst viel besser aus als das letzte Mal, als wir uns gesehen haben. Allerdings warst du da schon zwei Tage tot.«

»Und ein Schlappschwanz. Darum bin ich zur Army gegangen. Ich glaube, heute kann ich länger laufen als du, Penthesilea.«

Sie lachte. »Du kannst es gern versuchen, Waters. Was glaubst du, wie stehen deine Quoten in Vegas?« Sie umrundete die Bar, ohne auf eine Antwort zu warten.

Obwohl sie die einzelnen Mitglieder des Tex-Mits-Teams nicht persönlich kannte, war sie doch mit ihren Namen und Punkte-Vorgaben vertraut und wußte auch über die Details ihrer früheren Spiele Bescheid. Ein bärtiger Kerl, Ozzie die Pike, trug einen Stahlhelm mit Virtuell-Visier und grinste sie mit offener Bewunderung an; er gefiel ihr auf Anhieb. Bruder Duck bedachte sie mit einem Lächeln und gab das fröhliche, nichtssagende Geplauder eines noch immer berühmten Filmstars von sich. Doch Alphonse Nakagawa lehnte sich locker gegen die Bartheke, schlürfte seinen Orangensaft und musterte sie mit feindlichen Blicken.

»Wie klein die Welt doch ist. Penthesilea höchstpersönlich.«

Seine scheinbare Unbeholfenheit konnte sie nicht täuschen. Acacia hatte Al den Barbaren im Kampf gesehen. Er schien auf unsichtbaren Schlittschuhen zu gleiten. Er hatte ungehörig blaue Augen, war braungebrannt und befleißigte sich eines mißtönenden Akzents.

»Nein, wir haben dieses Duplikat geschickt. Viel billiger, aber für dich immer noch viel zu gut.«

»Ich bin nicht betrunken genug, um mir diesen Scheiß anzuhören.« Seine Feindseligkeit bereitete Acacia Unbehagen. Bruder Duck wandte sich peinlich berührt wieder der Bar zu.

Also mußte es sich hier um eine Sache handeln, über die Al mit seinem Team gesprochen hatte. Wußte er vielleicht, daß Nigel in seinem Zimmer gewesen war? Wenn er mehr als nur einen Verdacht hatte, konnte er sich bei der IFSG beschweren.

Warum dann also dieses Benehmen? Sollte er an diesem Punkt des Spiels nicht lieber versuchen, Bündnisse einzugehen? Oder wenigstens so tun? Es sei denn, er hatte einen unschlagbaren Vorteil ...

Wenn er sie allerdings dazu bringen konnte, daß sie sich über Al den Barbaren den Kopf zerbrach, statt auf die Ereignisse zu reagieren – genauso wie es in Nigels Übersetzung von *Der Kunst des Krieges* gestanden hatte. Das Buch war über tausend Jahre alt. Verfasser war ein Chinese namens Sunzi gewesen, und seine Ideen waren noch immer aktuell:

»Gespieltes ungebührliches Benehmen verlangt perfekte Disziplin; gespielte Angst verlangt Mut; gespielte Schwäche verlangt Stärke ...«

Falls Alphonse Wut vortäuschte, versuchte er vielleicht nur, sie glauben zu machen, daß er die Kontrolle verloren hatte.

Acacia schenkte ihm ein strahlendes Lächeln.

Die Troglodyten drängten sich in den Salonwagen. Acacia musterte kurz das Wageninnere. Es war Platz für etwa fünfzig Leute, wenn alle friedlich waren und nur eine Handvoll einen Sitzplatz wollten. Das hieß also, hier war Platz für fünfundzwanzig Spieler.

Vielleicht hatte man es absichtlich so eng gemacht. Nicht genug Platz, um miteinander zu kämpfen, doch man konnte sich streiten.

Ein Bar-Kasten glitt die Theke hinab und erkundigte sich höflich nach ihren Wünschen. Acacia nahm einen Traubensaft mit Schuß, und der Roboter spritzte die genau richtige Menge Alkohol hinein und drehte sich, um das Getränk vor ihr abzustellen.

Acacia bummelte zu Tammi Romati hinüber, die aus dem Fenster schaute. »Das ist also der Anfang.«

Sie erhielt ein wölfisches Grinsen zur Antwort. »Mach deine Wetteinsätze, Penthesilea. Wohin bringt man uns?«

Acacia zuckte die Achseln. »Keineswegs in den Traumpark. Das Team der Army wird ausrasten. Fünfzig Jahre Erfahrung in Spielbereich A – direkt in den Recycler.«

»Ich rede von der Spiel-Realität.«

»Voodoo in Kalifornien. Voodoo wurde – wird – in Kalifornien praktiziert. Nannte man es sonst nicht Santería? In unseren Recherchen stand etwas von reichen Gönnern. Vom Barrio in den Aufsichtsrat.«

»Ist das die Antwort?«

»No hablo Inglés«, sagte Acacia. Und sprang fast auf, als Nigel den Wagen betrat.

Für einen kurzen Augenblick herrschte Schweigen. Dann wurden die Unterhaltungen wieder fortgesetzt. Der Rest des Gen-Dyn-Teams folgte ihm. Holly Frost, die Diebin, erkannte sie und hob den Speer zum Salut. Acacia hatte Trevor Stone und Tamasan, den japanisch aussehenden Shinto-Priester, noch nicht kennengelernt; sie hatte nur ihre Dossiers gelesen. Die Radichevs waren Krieger mit beachtlichen Muskeln, ein Ehepaar, das als Team spielte und kämpfte und meistens auch auf diese Art starb. Warum hatte Nigel sie ausgewählt? Oder hatte Gen-Dyn ihnen den Auftrag gegeben, so wie Trevor Stone?

Die Tür schloß sich hinter ihnen, und Nigel bahnte sich einen Weg an die Spitze und suchte dabei den Blickkontakt zu den anderen.

Al der Barbar ... Seine Augen leuchteten auf. Er blickte Nigel durchbohrend an und wandte ihm dann den Rücken zu. Unterdrückter Zorn? Eifersucht? *Al könnte wissen, was wir getan haben*, rief sie sich in Erinnerung. *Paß auf deinen Rücken auf.*

Der Zug setzte sich mit einem kaum wahrnehmbaren Summen in Bewegung.

Nigel schenkte Acacia ein wölfisches Grinsen, bevor er an der Bar Platz nahm – gerade rechtzeitig, um zu versäumen, was sich außerhalb des Shuttles abspielte.

9 ›Ist das da draußen die Wirklichkeit?‹

DONNERSTAG, 21 JULI 2059, 07 UHR 16

Spieler, Fans, Medien-Geier .... alle winkten zum Abschied. Doch in den letzten zwanzig Sekunden, bevor der Zug in der Dunkelheit verschwand, mutierten sie auf subtile Weise.

Acacia konnte es an dem klagenden Ausdruck auf ihren hageren Gesichtern und der Weise, wie sie dastanden (geduckt, vorzeitig gealtert) und gekleidet waren (primitiv, schäbig) sehen. Auf den grob zurechtgeschnittenen Plakaten und Holztafeln hatte man mit Farbe oder Holzkohle Parolen geschrieben wie ›Unseren vereinigten Streitern eine glückliche Reise‹, ›Macht für die fünf Stämme‹ oder ›Crystal, komm gesund zurück‹.

Dann hatte die Dunkelheit sie verschluckt. Die reale Welt blieb hinter ihnen zurück. Wenn Acacia hier überleben wollte, mußte sie Penthesilea, Kriegerin eines Dutzends Epochen, hunderter Missionen und tausend tödlicher Fähigkeiten werden.

Der Zug schwebte geräuschlos durch einen dunklen Tunnel. Eine Stimme sagte: »Kann mal jemand Licht machen?«

Tammi brüllte: *»Licht!«* Der Wagen erzitterte leicht. »*Licht!?* Verdammt.«

Die Sensoren reagierten nicht auf verbale Kommandos. In

den Händen verschiedener Spieler glimmte heller Lichtschein auf: hier eine magische Aura oder eine Taschenlampe, dort ein Irrlicht. Das Grinsen vieler Leute ähnelte gelbweißen Lichtbögen. *Es fängt an!*

»Also gut. Ich versuche mal, ob ich den Stromkreis finde«, bot sich Corporal S. J. Waters an. Er griff in die Höhe und tastete über die Deckenverkleidung nach einer Stelle, die ihm sein besonderes Sehvermögen verraten haben mußte. Es war eine Metallplatte, die Acacia völlig entgangen wäre. Er klappte sie auf, zupfte an ein paar Drähten, und ...

Eins der großen Fenster leuchtete auf und wurde zu einem Videoschirm.

Eine ernste, in Grau gekleidete Frau saß hinter einem abgenutzten Holzschreibtisch und sah sie an. Ihre Schultern waren sorgengebeugt, das Gesicht voller Falten. Sie sah aus wie ein in Lumpen gekleideter George Washington. »Ich grüße euch noch einmal«, sagte sie. Ihr Blick zuckte kurz zur Seite, als befürchtete sie, belauscht zu werden.

Unbehagliches Gemurmel wanderte durch den Salonwagen. Das Bild sagte: »Ich muß noch ein paar Worte zu dem hinzufügen, was bereits geschehen ...«

Army Lieutenant Madonna Philips fauchte: »Wieso bereits geschehen?«

»Ruhe!« befahl Bishop. Die Philips schaute ihn böse an.

»... der Wahrheit, daß ihr mit den anderen vier Kohorten zusammenarbeiten müßt. Doch ihr sechs habt eine größere Verpflichtung, und euch erwartet ein wichtigeres Schicksal.«

Acacia schwirrte der Kopf. ›Voodoo in Kalifornien‹, das auf geschickte Weise unbestimmt gehaltene Informationspaket, war erst vor einer Woche über ihr Fax gekommen, obwohl der Titel des Spiels seit Monaten bekannt war. Die zwanzig einzeilig bedruckten Seiten hatten gerade genug Informationen enthalten, um die Empfänger auf die Folter zu spannen und verzweifelnde Mythenmeister in letzter Minute auf eine hektische Datenjagd zu schicken.

Doch hier kam die echte Einleitung. Sie schaltete einen Recorder an ihrem Gürtel ein und wußte, daß es ihr einige Dutzend Hände gleichtaten.

Sie war sich ziemlich sicher, daß der Video ›zufällig‹ aktiviert worden war. Diese Nachricht sollte nur einer ... Kohorte vorgespielt werden. Acacia warf einen Blick in den Korridor. Auch in den Shuttle-Wagen waren Bildschirme zum Leben erwacht.

»Vor zweihundert Jahren endete das Zeitalter der Wunder. Eine Welt, die bereits drastisch überbevölkert war, wurde von Erdbeben, Umweltverschmutzung, globaler Erwärmung und Dürre heimgesucht. Es folgten nukleare, chemische und genetische Kriege. Die Nationalstaaten brachen zusammen; ihnen folgten isolierte Staaten und Städte. In jahrelangen heiklen Verhandlungen wurden zwischen den fünf großen nordamerikanischen Enklaven diplomatische Kanäle hergestellt, doch viele unerfreuliche geschichtliche Ereignisse mußten zensiert werden, damit die öffentliche Meinung nicht außer Kontrolle geriet. Ich mußte schwören, euch das vorzuenthalten, was ich euch nun sagen muß: Vertraut den anderen nicht.«

Schweigen erfüllte den Wagen. Der Zug summte unter Acacias Füßen seiner Bestimmung entgegen. Schemenhaft konnte sie die Silhouetten der anderen Abenteuerer ausmachen, die unbehaglich nickten.

»›Meachams Torheit‹ ist wahrlich die letzte Hoffnung der Menschheit. Dort, hinter der Wüste, gibt es das letzte funktionierende Kraftwerk, das in der Lage ist, eine Stadt zu versorgen. Wir hatten weder die Ausrüstung noch die Möglichkeit, dieses Kraftwerk zu erreichen, bis ein Robot-Reparatur-System des alten Zugsystems aktiviert wurde, was die Zusammenarbeit aller fünf Enklaven erforderlich machte. Deshalb ist es richtig, daß jede Enklave seine Botschafter nach MIMIC schickt.

Außerdem ist es nur vernünftig. Mit dem Niedergang der Technologie erlebte die alte Magie einen unvorstellbaren

Aufschwung. Uralte Techniken, die seit Jahrhunderten nutzlos waren, funktionieren wieder. Niemand weiß, ob er auf die menschliche Mutation oder eine Verschiebung des irdischen Magnetfelds zurückzuführen ist. Doch unter euch weilen genauso viele Magier und Geistliche wie Soldaten und Späher.

Aufgrund einer allgemeinen Übereinkunft trägt kein Team Feuerwaffen. Sie würden es dem einen Team zu einfach machen, ein anderes im Schlaf zu vernichten.

Merkt euch meine Worte: Sobald ihr MIMIC erreicht, seine Geheimnisse auskundschaftet und entschieden habt, was man zu seiner Eroberung braucht, werdet ihr für die anderen Teams keinen Nutzen mehr haben. Sie werden versuchen, euch zu töten. Ihr müßt auf der Hut sein und euch ihrer entledigen, wenn sich die Gelegenheit bietet.«

Nun wurde der Wagen von Gemurmel erfüllt. Acacias Rippen juckten, sie erwartete jeden Augenblick, eine Dolchspitze zu spüren. Statt dessen spürte sie, wie sich in der Dunkelheit ein verwundbarer Rücken an sie drückte. Sie tastete nach ihrem Dolch ... und verharrte.

Wer konnte schon wissen, welche Fähigkeiten erforderlich wurden? Die Frau auf dem Bildschirm hatte gesagt: *»Nachdem ihr MIMIC ausgekundschaftet habt ...«*

Nachdem!

Es war sehr gut möglich, daß als Strafe für die zu frühe Ermordung anderer Spieler die Niederlage winkte. Sie würde abwarten müssen, um dann erst eine Entscheidung zu treffen.

Die Frau kam zum Schluß. »Meine Tapferen, ihr kämpft für uns alle. Ihr seid unsere Besten. Ihr seid unsere einzige Hoffnung. Laßt uns nicht im Stich.«

Das Bild flackerte auf und erstarb. Augenblicke später wurde der Zug in Tageslicht getaucht. Die Spieler blickten blinzelnd auf eine gelbweiße Wüste, die in einer unheimlichen Stille an ihnen vorbeirauschte.

Alle blickten einander mißtrauisch an, alle Erheiterung

war verflogen. Welches Team würde sich als das verräterische erweisen? Daumen tasteten nervös nach Dolchen. Magische Stäbe und Schilde glühten mit niedriger Stärke auf.

Nigel Bishop hob die Hände. »Meine Freunde …«, begann er mit einer solchen Ehrlichkeit in der Stimme, daß niemand wegen seiner Anmaßung protestierte. Sie warteten, grinsten und nickten, als er fortfuhr: »… und vertrauenswürdige Verbündete. Wir lieben unsere Städte, doch ihr Krieg und ihre Vergangenheit ist ihre Sache. Wir wurden ausgeschickt, um den Anfang einer neuen Welt zu schaffen! Es müßte uns doch gelingen, den Verrat der Vergangenheit hinter uns zu lassen, oder? Wir müßten es doch schaffen, uns ihrem Erbe des Hasses zu entziehen.«

Der Bischof stand in seiner Kanzel, und hatte seine Gemeinde in den Bann geschlagen.

Es wurde ernst oder halbwegs ernst genickt. Hände rückten von den Klingen ab. Die Teams wandten sich einander zu, die Gesichter zu einem zuckersüßen Lächeln verklärt, und muskulöse Arme legten sich auf breite Schultern.

Sieht aus wie Heiligabend in den Todeszellen.

Der Zug raste fast mit Schallgeschwindigkeit durch die gelbbraune Wüste. Vom Wind fortgetragener Sand bedeckte die Schienen. Die Wagen erzitterten leicht, doch das magnetische Schwebekissen versagte nicht. Sie passierten einen Wald aus zerfressenen Metallstangen, und plötzlich wußte Acacia, wo sie waren. Hier hatten sich einst Hunderte von Propellern auf Pfosten gedreht: experimentelle Windmühlen. Also war hier die Mojave, nördlich des Nationaldenkmals des Joshuabaums, und das Hunderte von Jahren in der Zukunft, wenn man in Betracht zog, was Zeit und Wind aus diesen Propellerpfosten gemacht hatten. Oder war es der versengende Atem thermonuklearer Pilze gewesen?

Die Zeit hatte noch andere Veränderungen bewirkt. Die

Flora neben den Schienen huschte zu schnell vorbei, als daß man Details ausmachen konnte. Doch die in weiter Entfernung stehenden Pflanzen sahen … fremdartig aus. Wie verdrehte, mutierte Skelette. Joshuabäume waren schon seltsam genug anzuschauen, doch es hatten sich noch seltsamere Pflanzen breitgemacht.

Was hatte diese Welt geprägt? Eine ökologische Katastrophe? Eine Veränderung des irdischen Magnetfelds? Hatten biochemische Waffen genetische Mutationen verursacht? Wie auch immer, die Frau hatte auch von Magie gesprochen.

Natürlich konnte es sich dabei um reinen Aberglauben handeln. Acacia hörte sich ihre Aufnahme noch einmal mit dem Ohrstöpsel an. Man konnte nie wissen, welche verschleierten Daten in einer Einleitung verborgen waren.

Die Abenteurer standen dicht zusammengedrängt und wogten wie Strömungen am Meeresboden, wenn sich einer zur Bar durchkämpfte. Alte Freundschaften wurden erneuert, neue gebildet. Kein Spieler vertraute dem anderen für alle Zeiten, doch sie entspannten sich, wenn sich eine Gelegenheit bot.

Trevor Stone von Gen-Dyn war ein muskulöser Engländer in mittleren Jahren, der schon Spieler gewesen war, bevor der Traumpark die Kuppeln errichtet hatte. Er fungierte in Bishops Team als stellvertretender Anführer. Stone erzählte von den alten Zeiten, und die meisten Mitglieder des UC-Teams konnten nicht genug davon hören.

»Wir haben damals jede Art von Gelände genutzt, zu dem man uns Zugang gewährte. Sümpfe, Berge, und so weiter. Einmal hatten wir ein schottisches Schloß zur Verfügung. In einem Tag haben wir dort vier Spiele absolviert …«

Es war seltsam, daß keines der Teams in die für sie reservierten Wagen zurückgekehrt war. Fragten sie sich genau wie Acacia, ob es möglich war, die einzelnen Wagen zu versiegeln, abzukoppeln und einfach in der Wüste zurückzulassen?

»Man hat uns damals nicht gestattet, das ganze verdammte Schloß zu benutzen, weil es zum Verkauf stand. Die Immobilienfirma hatte die Verträge mit uns abgeschlossen und zeigte gleichzeitig potentiellen Kunden Teile des Gebäudes. Filmleuten, einer Touristikagentur und so weiter. Wir stürmten also bei einem Schlachtalarm durch die falsche Tür, und da kommt uns plötzlich eine Gruppe Pfadfinderinnen entgegen. Da standen wir also, ausstaffiert wie ein Haufen Verrückter, schwangen unsere gepolsterten Schwerter und Äxte, und der Mythenmeister starrte die Mädchen einen Augenblick an. Ich glaube, sie standen kurz vor einer Ohnmacht – und da sagt unser Mythenmeister zum Spielmeister: ›Stehen da wirklich Pfadfinderinnen?‹«

Steffie und Prez blickten ihn verständnislos an. Die Mutter Oberin sagte: »Nun erzähl schon! Was passierte dann, Junge?«

Er zuckte die Achseln und lächelte. »Es gehörte nicht zum Spiel. Der Spielmeister schüttelte den Kopf, der Mythenmeister winkte und sagte: ›Hebt euch hinweg, Phantome!‹, und wir marschierten zurück in das andere Zimmer. Dann hörten wir noch, wie die Mädchen hysterisch wurden ..., und wir konnten es ihnen absolut nicht verdenken.«

Er war sehr fröhlich, und seine Geschichte hatte ihm sichtlich Spaß gemacht. Doch natürlich handelte es sich um ein Dominanz-Spiel, selbst wenn es die wenigsten als solches erkannten. Acacia verstand den Code.

Ihr fordert mich *heraus*? sagte Trevor mit höflichem Unglauben. *Ich mache das schon unendlich länger als ihr, Kinder. Ich bin der Weise aus dem Morgenland.*

Seine Blick fuhr zu Bishop hinüber. Sein Lächeln verlor etwas von seiner Lebendigkeit. Acacia vollendete Stones inneren Monolog. *Und mir hätte die Position des Mythenmeisters zugestanden, nicht diesem Emporkömmling Bishop.*

Ein spitzer Ellbogen stieß sie in die Rippen. Zulu-Krieger Prez Coolidge nickte in die Richtung, die vor ihnen lag. Acacia schaute hin.

Dort erhoben sich Hügel und irgend etwas Eckiges und

Künstliches, das schlecht zu erkennen war, weil es dieselbe Farbe wie die Hügel hatte. Acacia hatte es schon einmal gesehen, oder zumindest etwas Ähnliches. Aber wo? Der zur Hälfte zugewehte Schienenstrang war eine Spalte im Sand, beschrieb eine Linkskurve und hielt auf das Gebäude zu ... dieses entfernt liegende, *unglaubliche* Gebäude.

Und die Fahrt war holperig geworden. Acacia fiel ein, wie sie einst im Traumpark mit der Imitation einer Lore gefahren war, sich vor Stolleneinbrüchen geduckt und von den donnernden Dynamitexplosionen um sie herum hin und her geschleudert wurde, und wie sie sich an ihrem Freund festgehalten hatte, an ...

Tony McWhirter?

Ja, und sie lächelte; es war ein trauriges Lächeln, das so schnell verschwand wie ein Schweißtropfen auf einer heißen Herdplatte.

Das hier fühlte sich genauso an. Und das Geräusch war dasselbe ...

Sie und Twan brüllten gleichzeitig: »Anschnallen!«

Das war leichter gesagt als getan. Es war ein Fehler gewesen, sich im Salonwagen zu versammeln. Zwanzig Sitze für dreißig Spieler verhieß Chaos. Irgendwie schaffte es Acacia, sich einen Sitz zu erobern. Andere Spieler drängten sich durch die Verbindungstür in die Shuttle-Wagen. Sie waren immer noch auf den Füßen, als der Zug schlingernd abbremste.

Das war es, was Acacias Augen ihrem Bewußtsein die ganze Zeit über hatten mitteilen wollen. Sie konnte das Ende des Schienenstrangs nicht sehen! Er verschwand unter einem Berg aus Dreck oder Sand.

Der Zug erzitterte und wurde auseinandergerissen. Der Salonwagen rutschte auf seinem metallenen Bauch knirschend über den Felsen. Ein Shuttle-Wagen schoß direkt am Fenster vorbei, hüpfte in die Höhe, traf wieder auf und wurde zerstört. Bruder Duck riß es aus seinem Sitz; er rollte schreiend die Bar entlang und prallte gegen andere Spieler.

Acacia schloß die Augen, als in dem engen Raum weitere Schreie ertönten.

Die Wagenspitze wurde von einem wuchtigen Schlag erschüttert und zur Seite gerissen. Der Wagen rutschte einen Hügel hinauf und kam mit einem letzten verheerenden Ruck seitwärts zum Liegen. Der ins Getriebe eingedrungene Sand brachte mit lautem Kreischen sein zerstörerisches Werk zu Ende.

»Was ist passiert?« rief Major Clavell.

Die Luft war von Gestöhne, ungläubigem Wimmern und ein paar vereinzelten Dankgebeten oder Racheschwüren erfüllt.

»Die verdammte Tür hat sich verkeilt.« Das hörte sich ganz nach Twan an, die sich wie immer durch nichts aus der Ruhe bringen ließ, und Acacia brachte ein Lächeln zustande.

Jemandem gelang es, eine Taschenlampe einzuschalten. Acacia sah eine Masse aus verschiedenen Körpern, einen bizarren, sich bewegenden Wald aus ausgestreckten Armen und Beinen. Corrinda schrie den Mausling an, ihn zu kastrieren, wenn er nicht einen strategisch bedeutsamen Teil seiner Anatomie aus ihrem Auge entfernte.

Ein Knirschen ertönte. Die Tür öffnete sich, und eine Woge aus Sand und Dreck rutschte in das Abteil und begrub Trevor Stone zur Hälfte unter sich, bevor sie verebbte.

Acacia schlängelte sich auf die Tür zu, die sich nun an der Decke befand. Sand rieselte ihr ins Gesicht. Sie senkte ihr Visier. Schwer atmend kroch sie mit Hilfe ihrer Knie und Ellbogen ins Freie. Dort ergriff sie Trevors große, knochige Hand, stützte sich ab und zog, bis er genug Platz hatte, um allein weiterzukommen.

Er keuchte. »Vielen Dank, Miss ... Penthesilea?« Er hatte große, breite Zähne, die zu perfekt aussahen, als daß sie alle echt sein konnten.

Der Zug war bis zur Hälfte unter Felsen und Sand begraben. Acacia hatte sich beim Hochklettern an Ellbogen und Schultern die Haut abgeschürft.

Von Rissen durchzogener, horizontaler Erdboden und zerklüftete, von der Sonne verbrannte Gebirgskämme umgaben die Spieler. Acacia drehte sich um, als ein paar kühle Wassertropfen auf ihrer Wange landeten, und starrte plötzlich zu einer steilen Klippe hinauf – eine Klippe, die zur Hälfte von Menschen erschaffen worden war.

Es war das größte Gebäude, das sie je gesehen hatte. Es war zwar nicht besonders hoch – obwohl ein Sturz aus dem achtzehnten Stock tödlich sein würde –, doch seine vom Wetter und Sand zerfressene matte, rote Fassade war am Boden mit Sicherheit über eine Meile lang und beschrieb eine Krümmung, die sich den Konturen des Berges anpaßte. An der Ostseite des Gebäudes hingen zerstörte und ausgefranste Kabel herunter, die im Südwind hin und her pendelten. Etwa in der Mitte des Gebäudes bildete eine Reihe riesiger, steinerner Buchstaben das Wort MIMIC.

Wasser stürzte über den Dachrand, und in dem frühen Morgenlicht sah es so aus, als würde eine Diamantenflut in die Tiefe fallen. Das Wasser strömte über Balkone oder Vorsprünge hinweg und hatte sich, als es auf den Boden traf, durch den steten Südwind in feine Gischt verwandelt.

MIMIC stand scheinbar völlig verlassen da. Alle Fenster waren versiegelt, und es war kein normaler Eingang zu sehen.

Die Böschung aus Sand und Fels war ursprünglich Teil des natürlichen Steilhangs gewesen. Das Erdbeben von 1995 oder ein späteres mußte wohl die Lawine ausgelöst haben. Der Magnetschienenstrang wurde von Hunderten Tonnen Felsgestein bedeckt.

In den vergangenen Jahrhunderten hatte der Sand die Konturen der Böschung abgeschmirgelt. Sie reichte noch immer bis zur Höhe der dritten Etage. Die sechs Wagen waren direkt in sie hineingefahren, hatten sich aus ihrer magnetischen Verankerung gelöst und weiter nach oben geschoben, bis die Triebkraft verbraucht war. Der Salonwagen hatte die Höhe der zweiten Etage erreicht. Die fünf

Shuttle-Wagen waren nicht so weit gekommen. Einige Spieler kletterten heraus und gesellten sich zu Acacia.

Acacia gewann die Beherrschung wieder und wandte sich ihren Gefährten zu.

Sie waren dreißig Abenteurer. Kaum genug, um eine Etage zu durchsuchen. Dieser Betonberg konnte voller ...

Er konnte alles beherbergen. Menschen. Ungeheuer.

Ein dünner, muskulöser Arm streckte sich, begleitet von Husten und Spucken, aus dem Salonwagen und suchte nach einer helfenden Hand oder einem Griff zum Festhalten. Acacia packte ihn und zog mit Hilfe ihrer beträchtlichen Rückenmuskulatur und der langen, muskulösen Beine Twan in die Höhe.

Der Wind pfiff leise.

»Gewaltig.«

Acacia nickte. »Zumindest verfügen sie über Wasser. Vermutlich auch Strom.«

»Ein Techniker und einen Späher.« Twan schippte zweimal mit den Fingern. »Zuerst Evakuierung, dann Lagebewertung ...« Sie hielt inne und schien mit einer Idee zu kämpfen. »Penthesilea?«

Acacia nickte zustimmend.

»Waffenstillstand. Von jetzt ab. Vierundzwanzig Stunden.« Twans rundes, asiatisches Gesicht zeigte wilde Entschlossenheit.

»Kannst du Tammi unter Kontrolle halten?« fragte die Kriegerin. »Sie ist scharf auf meinen Arsch. Pardon. Auf meine Haut.«

Ein kleines Lächeln. »Geht klar.«

Acacia sah auf die Uhr – 7 Uhr 46 – und streckte die Hand aus. »Also gut. Waffenstillstand.« Sie schüttelten sich ernst die Hand, preßten die Daumen aneinander, verhakten die Fingerspitzen und zogen. Keine von ihnen lachte.

Der Wind ließ vor MIMICs Erdgeschoß kleine Windhosen entstehen. Sie verschwanden in der Weite der Wüste oder lösten sich an der südlichen Ecke durch die feuchte Gischt auf.

Kein Fenster war beleuchtet, und als Acacia sich die Umgebung ansah, entdeckte sie nichts als Ödnis und die langgestreckten, niedrigen Berge.

»Aces!«

»Hier!« Steffie Wilde hielt sich noch immer im Wagen auf. Sie schob gerade ihren sperrigen Rucksack durch ein Fenster. Acacia half ihr dabei und zog sie dann hinaus.

»Also gut. Wir brauchen einen Eingang.«

»Späherin, tu dein Bestes.« Aces Wilde tippte einen Kombinationscode in ein Armband, und ihr Visier leuchtete auf.

Die Späherin würde all die Details erkennen, die der Kriegerin Acacia verborgen blieben. Acacia klappte ihr Visier hoch und musterte das Gebäude.

Es war mit Narben bedeckt, als hätten tausend Jahre Vernachlässigung es beinahe geschafft, einen der großen Giganten der Architektur zu zerstören. Das war Meachams Gebäude, das '95 vom Erdbeben zerstört worden war – der Bau, den man auch ›Meachams Torheit‹ nannte.

Doch beim Voodoo-Spiel würden sich die Fakten verändert haben. Was wußte sie über MIMIC? Wo hatte sie etwas darüber erfahren? In ihrer Kindheit, in der Enklave? Ja. Kannte Penthesilea es auch? Was würde *sie* wissen?

»Auf der dritten Ebene«, sagte Aces. »Siehst du es? Da ist ein Sims, und er ist als Eingang gekennzeichnet.«

Acacia strengte sich an, konnte ihn jedoch nicht erkennen. »Als Eingang gekennzeichnet?«

»Oh ... ja, jemand hält sich im Innern auf. Darauf kannst du dich verlassen. Vielleicht beobachtet man uns schon.«

Acacia tastete unbewußt nach der Klinge in ihrem Gürtel. »Also gut. Halte Wache. Holen wir erst mal alle aus dem Zug.«

Die Teams mußten sich aufteilen, um aus den zur Hälfte verschütteten Shuttle-Wagen irgendwie ihre Ausrüstung zu bergen. Major Clavell überwachte das Herausziehen zweier Teamgefährten, doch er wurde dabei des öfteren abgelenkt.

»Corporal«, sagte er leise. »*Wo* sind wir? Das hier *ist* doch die Realität, oder?«

»Das ist die Realität«, sagte SJ. »Schnuppere den Wind, Toto. Ich glaube nicht, daß wir uns noch im Traumpark aufhalten.«

Sie hievten gemeinsam Schwarzer Elch hinaus. »Eine ernste Pleite«, murmelte Clavell. »Wir müssen das taktische Konzept ändern, und zwar schnell. Bei der ersten Pause alle Mann bei mir melden.«

Doch SJ starrte zu ›Meachams Torheit‹ hinauf, und sein Gesichtsausdruck lag irgendwo zwischen Wut und Bewunderung.

Trotz ihrer wachsenden Besorgnis hatten alle Mitglieder des Army-Teams den Zug mitsamt ihrer Ausrüstung innerhalb von drei Minuten verlassen und standen bewaffnet und abmarschbereit da.

»Trevor!« rief Bishop. »Finde einen Eingang.« Sein Tonfall war schroff und gebieterisch. Trevor Stones Augen verengten sich, doch er nahm Aces an die Seite und beratschlagte sich mit ihr.

Sie bildeten eine Reihe und arbeiteten sich, ohne größere Rücksicht auf die Teamzusammensetzung zu nehmen, über die verkanteten Steine und den Gebäudeschutt nach oben. Die Elemente hatten dem Hügel so zugesetzt, daß SJ und der Mausling, beides erfahrene Späher, zwanzig Minuten brauchten, um einen Weg zur dritten Etage zu finden.

Unbekannte Handwerker hatten Hand- und Fußhalterungen in den Fels gemeißelt. Es stimmte also, daß schon andere hier gewesen waren. Vermutlich wurde ihr Vorstoß in MIMIC von furchterfüllten Augen beobachtet. Zornig verzogene Lippen flüsterten sich irgendwo außerhalb ihres Blickfeldes tödliche Geheimnisse zu. MIMIC schien unglaublich alt und böse zu sein.

Hände tasteten verstohlen nach Waffen.

Laß diese melodramatischen Gedanken, rief Acacia sich zur Ordnung. *Einen Schritt nach dem anderen.*

Doch es fiel ihr schwer, ihre Instinkte zu unterdrücken und sich keine Gedanken zu machen.

Einen Schritt nach dem anderen.

Sie reichte Schwarzer Elch eine Hand, um ihm zu helfen. Einen Augenblick später rettete er sie vor einem verstauchten Knöchel. Einen Schritt. Dann der nächste. Und noch einen.

Und dann standen sie ganz oben; sie waren einen aus Geröll bestehenden Abhang hinaufgeklettert, der sie an die dritte Etage herangebracht hatte; zwischen Abhang und dem nächsten erreichbaren Fenster lagen nur anderthalb Meter.

Hinter ihnen polterte es. Bretter wurden aus einem Berg Schutt herausgezogen und weitergereicht. »Sieht so aus, als würden die im Notfall gebraucht«, sagte Alphonse. »Drinnen wird es bestimmt ein zuverlässigeres System geben. Mal sehen.«

Alphonse, der mit der Sicherheit eines Zirkusakrobaten über den trügerischen Untergrund balancierte, half ihnen, die Bretter gegen den Fenstersims zu lehnen. Mit einer Hellebarde stellte er fest, ob die Behelfsbrücke hielt und spürte, wie das Brett sich bewegte. Er schaute in die Tiefe: ein häßlicher Sturz. Nicht tödlich, doch er würde einen bewegungsunfähig machen.

»Ich kann es schaffen, aber bei euch bin ich mir nicht ...«, sagte Alphonse.

»Dann geh zur Seite, Schatz«, sagte Mary-em und setzte einen Fuß auf das Brett. »Hält doch!«

Sie breitete die Arme aus, um das Gleichgewicht zu halten, und trat zuerst auf das eine Brett, dann auf das andere. Als sie zufrieden war, schritt sie munter hinüber.

Sie kniete sich hin, um durch das Fenster zu blicken. Dann nickte sie, als wolle sie etwas bekräftigen. »Da drinnen ist alles dunkel«, rief sie. Sie wischte mit der behandschuhten Hand über den Fenstersims. »Kein Staub. Jemand war vor kurzem hier. Das ist es.«

Sie zog eine Taschenlampe aus dem Gürtel und leuchtete ins Innere des Gebäudes. Dann kroch sie durch das Fenster hinein.

Einen Augenblick waren Acacias Nerven zum Zerreißen angespannt, dann erschien Mary-em wieder. Sie hielt eine leichte Plastikplanke mit breiten, abgerundeten Ecken in der Hand, die einem Surfbrett ähnelte. Mary-em legte die Planke über die anderen Bretter, verkeilte sie an ihrem Ende und winkte die anderen herüber.

Und was fühlte Penthesilea? Der Wind klagte noch immer. Der Eingang zu verborgenen und schrecklichen Gefahren war aufgestoßen worden. Ihr Transportmittel hatte sich in sechs zerschmetterte Magnetschienen-Wagen verwandelt.

Acacia spielte mit Penthesileas Gedanken. Wie kommen wir wieder nach Hause? Was ist, wenn die Legenden lügen? Wir alle könnten hier sterben.

Du machst dich selbst verrückt! schalt sie sich, als sie an der Reihe war, die Brücke zu überqueren. Sie schob das Schwert zurück in die Scheide und ging vorsichtig über die Planke. Bevor sie das Gebäude durch das Fenster betrat, warf sie einen letzten Blick auf die Welt da draußen.

Mitgefangen, mitgehangen.

Penthesilea sprang in das Gebäude – und ins Unbekannte.

10 Nakagawas Regeln

Im allgemeinen wird ein geschickter Mythenmeister dafür sorgen, daß der Fluß von Nachschub, Ersatzteilen und Informationen aufrechterhalten wird.

Er braucht Barbaren und Magiebenutzer für schnelle Vorstöße. Gerüstete Ritter für die schweren Kämpfe. Vor Ort (Spiel-Welt oder Real-Welt) rekrutierte Truppen und Verbündete, die als Kanonenfutter dienen. Der Proviant wird normalerweise von den Spielveranstaltern zur Verfügung gestellt, deshalb muß man nur für zusätzliches Material sorgen, das innerhalb der Spiel-Welt eine strategische Relevanz besitzt; damit muß man sich allerdings sorgfältig eindecken. Kisten müssen verborgen und der Standort genau verzeichnet werden. Außerdem muß man kräftige Männer als Träger rekrutieren.

Nigel Bishop, *Die Kunst des Spiels*, 2052

DONNERSTAG, 21. JULI 2059, 08 UHR 20

Man rechnete immer mit Pannen. Keine Frage. Man wartete förmlich darauf ...

Die Verbindungstüren hätten sich schließen und die Spieler in den ihnen zugeteilten Wagen voneinander isolieren sollen. Die Botschaft sollte jedes Team einzeln erreichen. Der leere Salonwagen sollte bei dem Aufprall in seine Einzelteile zerlegt werden. Die fünf Wagen sollten in der Nähe von fünf verschiedenen Einstiegen zum Stillstand rutschen. Fünf Teams sollten MIMIC voneinander getrennt betreten, auf der Hut vor Feinden, aber noch mehr auf der Hut voreinander ...

Tony McWhirter fluchte lautlos, doch sein Tatendrang war ungebremst. Er gab einem Reparaturtrupp schnell die Anweisung, den Zug zu inspizieren und ihm Bericht zu erstatten. Die Spieler würden den Zug zwar nicht mehr benutzen, doch Tony mußte wissen, was schiefgegangen war. So würde er erfahren, wo sonst noch nach Schwierigkeiten gefahndet werden mußte.

Sie waren das Problem von einer anderen Seite angegangen. Sie hatten den Salonwagen nicht zerstört; den Spielern war nichts passiert. Die geheime Nachricht war nicht mehr geheim. Das würde für eine gewisse Beruhigung sorgen, und vermutlich würde es unter den fünf Enklaven zu Bündnissen kommen. Das Spiel war nicht ruiniert, es hatte sich nur verändert.

Dennoch war es ein schlechtes Omen. Pannen waren wie Küchenschaben. Wenn man sie nicht rechtzeitig ausmerzte, verschwanden sie an einem warmen, dunklen Ort und fingen an, sich zu vermehren.

Alphonse Nakagawa schritt als dritter durch die Tür, und sein Adrenalinausstoß machte Überstunden.

Nakagawas Regel Nummer eins lautete: *Im nächsten Schatten lauert etwas und wartet darauf, dir das Gesicht vom Kopf zu fetzen.* Er ließ nicht zu, daß er das jemals vergaß. Diese Überzeugung hielt ihn am Leben – meistens.

Wo bist du, Narren-Töter?

Nichts geschah. Doch das Böse lauerte. Al wußte es, und das Monster wußte es auch. Wenn Al sein Gesicht behalten wollte, durfte er nicht vergessen, daß das Monster wußte, daß *er* es wußte.

Durchsuche zuerst den Raum! Überall lagen kaputte Kisten und Plastikabfälle herum. Der Boden war von Papieren bedeckt. Madonna Philips zog unter einigen auseinandergerissenen Pappkartons ein zwanzig Pfund schweres unbekanntes, metallenes Motorenteil hervor, stemmte es hoch und warf es zur Seite. Lagerraum? Im Lauf der Jahrzehnte würden die Plünderer alles Brauchbare weggeschleppt haben. Vermutlich.

Nakagawas Regel Nummer zwei lautete: *Vermutlich zählt*

nicht. Hier konnte es Waffen geben, oder Hinweise, oder Fallen …

»Die haben dieses Zeug hundertmal durchwühlt«, murmelte Corporal Waters.

»Durchsucht es trotzdem«, sagte Alphonse. Acacia warf ihm einen anerkennenden Blick zu, vermutlich aus den falschen Gründen.

Natürlich hatte Corporal Waters recht. Hier gab es keine Schätze, die einem gegnerischen Team in die Hände fallen konnten. Laß *sie* die Fallen auslösen. Al wollte sich einen Überblick verschaffen. Gab es irgendeinen Hinweis, der Näheres über die Bewohner oder den Nutzen dieses riesigen Gebäudes verriet? Was hielten die Bewohner für nutzlos? Welche wertvollen Gegenstände hätten da sein sollen, waren es aber nicht?

Die anderen kamen nacheinander durch das Fenster. Der Raum füllte sich schnell.

»Hier ist nichts, Kinder«, sagte Mary-em und warf einen zerissenen Karton zur Seite. »Marschieren wir los, um jemanden in den Hintern treten zu können.«

Die anderen versammelten sich an der Tür. Al der Barbar hob den Karton auf. Mary-em hatte einen zu gleichgültigen Eindruck gemacht. Der Karton war leer, die Aufschrift unleserlich … nur die Spuren einer Zeichnung waren zu erkennen: ein Mädchen in einem Regenmantel?

Laß den Karton fallen, bevor jemand dich sieht. Stell dich neben die Tür. Überprüfe die Türangeln. Sie schienen sich in einem guten Zustand zu befinden, und es war ziemlich unwahrscheinlich, daß sie verräterisch quietschen würden.

Laß einen anderen sie öffnen. (Wenn es regnet, gießt es. Salz! Die Plünderer hatten Salz einen hohen Wert beigemessen. Kein Gramm war übriggeblieben. Mit Sicherheit war auch kein Dosenfleisch mehr da.)

Die Troglodyten tauschten noch ein Nicken aus, und Tammi wandte sich an den Mausling, ihren Späher. »Verstärke dein Hörvermögen«, flüsterte sie. »Ist da draußen was?«

Der Junge legte die Finger an die Schläfen und strich das rote Haar zur Seite. »Nein … Weiter entfernt. Ich höre Schritte. Entfernt. Schlurfend. Gefällt mir nicht.«

Voodoo. Al kamen Bilder von Strandhäschen in den Sinn, die, von der Sonne ausgebleicht, nackt um eine riesige Flasche Sonnenschutzlotion hüpften …

Tammi schlüpfte durch die Tür; der schwerfällige Krieger Appelion folgte ihr auf dem Fuße. Er warf Alphonse beim Vorbeigehen einen finsteren Blick zu. Das Auge war von einer eindrucksvollen Bösartigkeit. Es war das linke, und es war angeschwollen und blutunterlaufen. In seinen Tiefen glühte eine blaue Flamme.

Alphonse wartete ab, ob der Narren-Töter draußen lauerte. Doch der schien woanders zu sein. Al warf sich mit stoßbereiter Hellebarde durch die Tür.

Um ihn herum breiteten sich Korridore von der Größe normaler Großstadtstraßen bis zum Betonhorizont aus. Die Decke befand sich drei Meter über ihm. Ein Geländer sperrte einen Zentralschacht ab, der größer war als auf den meisten Flughäfen.

»Pferdescheiße und Kugelhagel«, murmelte Alphonse. Die Decke des Zentralschachts befand sich mindestens vier Etagen über ihnen. *Eines Mannes Decke ist des anderen Mannes Boden.* Wer wohnte da oben? Waren sie zu Hause? Wie fanden sich die Leute in einem so riesigen Gebäude zurecht?

»Wir könnten eine Woche damit zubringen, diesen Bau zu kartografieren«, sagte Major Clavell.

Der Korridor schien in jeder Richtung leer zu sein. Alphonse schlich auf Zehenspitzen zum Geländer und blickte in die Tiefe. Dort wogte ein Nebelozean. Er kräuselte sich und stieß dann wie eine halbbewußte Urzeitsuppe gegen die unteren Ebenen.

Alphonse war ein Krieger-Magier, der einen oder zwei Zauber sein eigen nannte. Seine Hellebarde, die durch frühere Abenteuer an magischer Kraft gewonnen hatte, gewährte ihm eine leichte außersinnliche Wahrnehmung.

Er beschrieb mit der Hellebardenspitze ein Symbol auf dem Boden, ein komplizierter Schnörkel der Macht. Sofort hörte er einen Chor aus leisem Stöhnen und viele schlurfende Füße. *Das Böse kommt auf leisen Sohlen.*

Tammi blickte bereits in die Richtung. »Also gut«, flüsterte sie zu Acacia. »Holen wir die anderen.«

Warum wurde er das Gefühl nicht los, daß die beiden Damen unter, man entschuldige den Ausdruck, einer Decke steckten? Außerdem war es gut möglich, daß sich Acacia/Penthesilea mit der lebenden Legende Bishop verbündet hatte. *Diese* Vorstellung machte ihn nun wirklich kribbelig. Allianzen kreisten ihn ein. Al der Barbar mußte sich den Rücken freihalten.

Die Abenteurer hasteten in kleinen Gruppen aus dem Raum und verteilten sich im Korridor. Sie vereinigten sich zu einer lockeren Rautenform. Fast zufällig bildeten sich dabei wieder die fünf ursprünglichen Teams.

Mary-em war direkt hinter Al. An ihrer Seite stand Crystal Cofax, seine Lieblingsspäherin. Sein Techniker und sein Dieb waren bei ihm, und er war verdammt froh darüber.

Weil etwas darauf wartete, ihm das Gesicht vom Kopf zu fetzen.

Die Korridore waren modrig und stanken nach Verfall. Sie dehnten sich in alle Richtungen aus und verloren sich in einem Nebel, der von seltsamen Lichtern durchsetzt war. Er verschluckte mehr als nur die Helligkeit, er dämpfte gleichzeitig sämtliche Geräusche. Ein Geräusch hallte durch den Raum, gerade noch an der Wahrnehmungsgrenze; es hätten Stimmen, Maschinen, Schritte (oder der Narren-Töter) sein können.

Crystal hatte ein entferntes Glühen gespürt. Sie starrte durch ihr Visier, klappte es hoch und schaute ein zweites Mal in die Richtung. Dann winkte sie mit der Hand und schlich los.

Also marschierten sie hintereinander durch die Dunkelheit, schirmten die Fackeln ab und hielten sie auf den Boden gerichtet. Sie passierten nun die zerstörten, zertrümmerten Ruinen ehemaliger Geschäfte. Da war ein Schuhgeschäft – im Fenster lag noch immer ein Schild. ZWÖLF STUNDEN ALLES HERUNTERGESETZT! Und das seit tausend Jahren. Al verspürte plötzlich den verrückten Drang, nachzusehen, ob sie irgendein Sonderangebot in der Größe 44 auf Lager hatten.

Ein Gefrier-Joghurt-Laden. Daneben bot ein TransKleid-Geschäft über dreitausend Farbdesigns pro Prozessor. Einfach nur in die transparenten Kleider einstöpseln und jeden Tag eine neue Mode tragen! Al hatte Geschichten von Frauen gehört, deren Kleider-Batterien ihren Geist aufgegeben hatten, während die Damen draußen flanierten ...

Plötzlich kam ihr Vormarsch ins Stocken, und einen Augenblick später erkannte Al den Grund.

Sie hatten den Geschäftssektor hinter sich gelassen und betraten nun eine Art Park. Vor langer Zeit war es vielleicht eine verlockende Oase der Ruhe gewesen, in der die gestreßten, bepackten Käufer sich erholen konnten. Jetzt war es ein Friedhof. Man hatte mit kunstvollen, fast unleserlichen Schnörkeln Grabinschriften in Plastikrechtecke eingeritzt, die schief in Erdhaufen steckten. Uralte, aus Hecken zurechtgeschnittene Tierfiguren waren wild überwachsen, was bizarre Effekte zur Folge hatte: Hasen schienen Kröten zu ähneln,und einem Löwen waren Tentakel und zusätzliche mißgebildete Köpfe gewachsen.

Einige der Gräber waren offen. Al inspizierte zwei. Die Plastikrechtecke trugen verschiedene Daten: Joseah Miller, gestorben 2234. Millie Washington, gestorben 2189.

»Ausgegraben?« fragte er Mary-em flüsternd.

»Es war eine warme Nacht. Sie haben den Dreck zur Seite getreten.« Mary-em berührte ihren im Gürtel steckenden, teleskopartig zusammenschiebbaren Stab. Sie sparte sich die Bemerkung: »Voodoo bedeutet Zombies«, und die anderen taten es auch.

Sie wagten sich tiefer auf den Friedhof und verteilten sich. Es waren nur wenige Geräusche zu hören, doch der Boden leitete eine unregelmäßige Vibration weiter, als würden in der Entfernung arbeitende Maschinen ins Stocken geraten. Trommelschläge? Etwa hundert Meter voraus flackerten Lichter. Eine Laterne? Oder handelte es sich um aufleuchtende Fäulnisgase?

Ein kaum hörbarer Schrei ertönte – aus dieser Richtung.

Daraufhin trat eine kurze Pause ein, in der jedermann hastig seine Ausrüstung überprüfte. Waffen in die Höhe; Visiere runter; alle Mann ducken, als Ozzie die Pike seine dreieinhalb Meter lange Waffe zusammensetzte; alle nicht am Kampf Beteiligten wurden sicherheitshalber in die Mitte genommen. *Los.*

Es war ein merkwürdiges Gefühl, sich in einer solchen Menschenmasse fortzubewegen. Verdammt, ein Teil des Bodens konnte sich unter ihren Füßen öffnen ... alles mögliche konnte passieren.

Die Abenteurer bildeten eine auseinandergezogene Linie. Alphonse spürte sein Herz klopfen. Und wenn einige der anderen nun einen Waffenstillstand oder ein Abkommen geschlossen hatten – wann würde das heimtückische Morden beginnen?

Sobald wir herausgefunden haben, um was es bei dem Spiel geht.

Bis dahin lasse ich die Mädels nicht aus den Augen. Wenn ich auch nur eine Messerspitze sehe, heißt es Sayonara, ihr Hübschen. Pearl-Harbor-Zeit.

Trommelschläge? Maschinen? Und Rauch. Vor ihnen quoll so etwas wie Rauch aus dem Korridor. Alphonse hob gerade noch rechtzeitig die Hand, bevor sie davon eingehüllt wurden. »Crystal«, flüsterte er, und seine Späherin rückte ihren hübschen kleinen Hintern neben ihn.

Von ihrem Körper ging eine schimmernde Helligkeit aus. Alphonse konnte im gleichen Augenblick die gebückten, deformierten Gestalten sehen, die ihnen im Schutz des Rauchs entgegenschlichen.

Die Monster erwachen. Konnten sie in diesem Rauch sehen? Vermutlich. Dennoch hatte Al nicht vor, seine Position zu verraten, indem er die anderen warnte. Wenn sie nicht schlau genug waren, einen Späher einzusetzen ... »Bleibt hinter mir«, flüsterte er. »Mary-em?«

»Ich empfange Umrisse. Sie flackern. Ich komme schon klar.«

Wie Als Hellebarde hatte Mary-ems Stab genug Spiele absolviert, um sich magisch aufzuladen; ihr erworbenes Sehvermögen war phänomenal.

Konnte der Feind ihn sehen? Oder doch nicht? Er durfte den Kontakt mit Crystal nicht verlieren.

»Paß auf, wo du hingrapscht, Boß.«

»Alles rein geschäftsmäßig, Schatz.«

»Dann wickel deine Geschäfte etwas höher ab. Oder laß mich ran.« Sie griff nach seinem Gürtel. »So hast du die Hände zum Kampf frei.«

Vor ihnen befanden sich vier Angreifer; vielleicht lauerten anderswo noch mehr. Sie waren mit Keulen bewaffnet, und zwar außergewöhnlich ekelhaften. Aus den knotigen Enden ragten Metallspäne und Glassplitter.

Ein Zombie schlurfte direkt auf Al zu.

Er konnte nur einen vagen Umriß ausmachen. Als er zur Seite wich, um der Keule auszuweichen, verlor er den Körperkontakt mit seiner Späherin. In dem Augenblick, in dem Crystals Hand von seinem Gürtel rutschte, wurde der Angreifer unsichtbar.

Ducken! Wo war das Monster hin? Er spürte Luftzug, als die Keule an seiner Schulter vorbeisauste.

Der Kampfcomputer in seinem Gehirn berechnete Winkel und Bewegung, und er führte mit der Hellebarde einen Rückhandschlag aus. Nichts. Und er stand deckungslos da!

Wenn ich er wäre ...

Al der Barbar rollte sich ab, riß die Waffe hoch und spürte, wie die Klinge in ein paar Beine hackte. Er hörte den Aufschrei, der nichts Menschliches an sich hatte. War es ein

Schmerzensschrei? Konnten Zombies überhaupt Schmerz empfinden? Vielleicht Wut. *Das schreckliche Monster, Ausgeburt der Untoten, kannte keinen Schmerz mehr …*

Oder Seife. Du lieber Himmel, wie die stanken! Aber vielleicht brachte das die Verwesung mit sich.

Verzeihen Sie die Frage, aber verwesen Sie gerade? Stinken Sie trotz gewöhnlicher Deodorants noch immer drei Meilen gegen den Wind? Probieren Sie das neue Vlad, das Deo für die Untoten …

Er konzentrierte sich wieder auf das Wesentliche, als ein Körper sich auf ihn fallen ließ. Zähne verbissen sich in seinem Arm, und es tat *weh*! Schreiend trat Alphonse den Zombie zur Seite und schlug auf ihn ein, bis er sich nicht mehr rührte.

Überall um ihn herum drangen Angst- und Schmerzensschreie, Gekeuche und das Stöhnen der Untoten durch den Nebel. Al erhob sich schwankend auf ein Knie. »Crystal!«

»Hier.«

Hinter ihm. Er bewegte sich so schnell wie eine Küchenschabe nach hinten und blieb dabei dicht am Boden, bis ihre Hand seinen Fußknöchel ertastete.

Als sie sich berührten, erschienen wieder die glühenden Umrisse der Zombies. Sie hatten ihn fast erreicht. Er parierte den Schlag einer Keule und zerschmetterte sie dabei. Er bemühte sich, den Kontakt mit Crystal nicht zu verlieren, und hieb die Hellebarde in ein Gesicht. Der Kopf seines Gegners öffnete sich, und eine dickflüssige, schwarze Masse quoll heraus …

Elmo Whitman bemerkte es. Die stumpfe Schneide von Alphonse Nakagawas Hellebarde, die aus Kompositionsplastik bestand, hatte einen seiner Zombie-Darsteller getroffen. Obwohl alle Gesichtsmasken trugen und auch Nacken, Unterleib und Knie durch zusätzliche Polster geschützt wurden, erfüllte ihn so etwas stets mit Besorgnis.

Einige der Stuntmen verfügten am Hals oder den Armen

über gepunktete Linien, die nur mit den Virtuell-Visieren zu erkennen waren. Schläge verursachten dort zum Vergnügen der Zuschauer, die sich die Spiele zu Hause anschauten, besonders widerliche Spezialeffekte. *Mal sehen … gleich gibt's Frühstück. Sieh dir das an, wenn du dir gerade deine Rice Crispies reinschaufelst. Guten Appetit!*

Elmo war für die Interaktion mit den Schauspielern verantwortlich, und als der Stuntman zurücktaumelte, sah er, daß das Programm eine ›Tötung‹ registrierte und die erforderlichen widerwärtigen Spezialeffekte auslöste. Er tippte den Code des Schauspielers ein und stellte eine Bild/Ton-Leitung her.

»Sind Sie in Ordnung? Der Schlag sah schlimm aus.«

»War ganz schön wuchtig, hat mich aber nicht verletzt. Nur meine Nase tut ein bißchen weh.« Der Stuntman kicherte leise.

Elmo schaltete ab und konzentrierte sich wieder auf die Totale, um die Schlacht zu verfolgen. Bei *seinen* Kämpfen hatte sich noch nie jemand ernsthaft verletzt, doch er hatte da Gerüchte gehört …

»Mutter Oberin! Löse den Nebel auf!« rief Acacia hinter Alphonse.

Ihr Ruf war noch nicht ganz verhallt, da sagte Mutter Oberin bereits andächtig: »Über dem Land Ägypten lag die Finsternis, doch Israels Mischpoke hatte … Licht!«

Hinter Al zuckte ein greller Lichtblitz, und der Nebel löste sich auf.

»Ausgezeichnet, Schwester«, sagte Acacia.

»Die Finsternis hat schon ihre Vorteile«, erwiderte die Mutter Oberin.

Der untote Feind wurde nun teilweise sichtbar. Unscharfe Konturen bildeten sich, um dann direkt wieder zu verblassen. Seine Haut war teigig, als hätten sich Europäer mit Lehm beschmiert, oder Afrikaner mit Asche. Sie sahen aus wie eine Mischung aus Affen und Menschen; die Haare waren mit Hilfe von Lehm und Zweigen zu einer Krone aufgetürmt, und die Gesichtshaut spannte sich so eng über den Knochen, daß sie einem unentdeckten Stamm mutierter Javaner ähnelten.

Bruder Duck warf mit Feuer. Es war ein einfacher und verläßlicher Zauber, der allerdings einiges an Stärke-Punkten kostete. Zwei der Zombies schritten einfach durch die Flammen – *unfair*! – und hieben mit ihren dreckigen Klauen nach ihm. Bruder Duck stürzte mit wehenden braunen Gewändern zu Boden.

Corrinda warf Salz. Das Monster grinste und leckte sich die Kristalle mit einer langen, schmierigen, roten Zunge von den Lippen. Corrinda wich humpelnd zurück, denn das verletzte Knie bereitete ihr Schwierigkeiten.

Dann hatte Al keine Zeit mehr, die anderen zu beobachten oder zu bewundern. Denn er war umzingelt. Ein Schlag streifte seine linke Schulter, und der Arm leuchtete rot auf; jeder Versuch, den Arm jetzt noch zu bewegen, würde ein schwarzes Licht hervorrufen.

Er beobachtete, wie Madonna Philips starb. Eigentlich hätte er sich nicht davon ablenken lassen dürfen, doch sie machte einen geradezu klassischen Fehler. Das Army-Team hatte sich schützend um sie gestellt. Sie stand einfach nutzlos da, schwenkte den Säbel über den Kopf und ließ sich ihre Frustration anmerken. Dann wich Clavell nach links aus, um eine Zombiekeule abzuwehren; Schinder Poule spaltete mit einem bogenförmigen Schlag einen Feind in zwei Teile, und Lieutenant Philips trat einen großen Schritt vor, um einen Zombie vom Kopf bis zum Unterleib aufzuschlitzen. Von ihrem Erfolg überwältigt, nahm Madonna Philips die klassische Fechtstellung ein und durchbohrte den nächsten Untoten. Die zusammenschiebbare Klinge ihres Säbels gab nach, als sie gegen den Körper prallte.

Al entging nicht, wie der Triumph in ihrem Gesicht Verzweiflung wich, und er wußte, was geschehen war.

Ein leises Flüstern war an ihr Ohr gedrungen. Die Spielmeister – mochten ihre Seelen im Höllenfeuer schmoren! – hatten sie gerade informiert, daß die Klinge im Körper des Untoten steckengeblieben war.

Statt in den Schutz ihrer Kameraden zurückzuspringen, zerrte sie an dem Säbel – in der Hoffnung, die Klinge wieder freizubekommen ...

Und ein Zombie stieß sie zu Boden und riß ihr mit den Zähnen die Kehle heraus. Einen Augenblick schien es, als wolle sie zurückbeißen, dann glaubte sie der Stimme und starb.

Al richtete seine Aufmerksamkeit gerade noch rechtzeitig auf die Umgebung, um eine verschwommene Bewegung zu parieren, sonst hätte die Keule seinen Schädel gespalten.

Er hatte den Kontakt zu Crystal erneut verloren, doch der Unsichtbarkeitszauber der Zombies brach zusammen, und Al konnte genug erkennen, um sich ein Ziel zu suchen. Er wich seitwärts aus, vernahm das Pfeifen der Keule, die seine Schulter verfehlte, und trieb seine Hellebarde in einen Leib. Die Klinge blieb tatsächlich stecken. Hatte er eine Art Schleimbeutel getroffen?

Ozzie die Pike kämpfte allein, mit dem Rücken zur Wand. Er war von Zombies umgeben. Einen Augenblick spielte Al mit dem Gedanken, sich zu ihm durchzuschlagen. Oz hatte in seinem ersten Spiel die Rolle des ›Großen und Mächtigen‹ gespielt, eines Magiebenutzers. Er hatte gewußt, wie er reagieren sollte, und mußte tot ausscheiden. Wie er später zugegeben hatte, war er nun mal ein phantasieloser Buchhalter. Die Pike hatte ihn gerettet. Er war beweglich und stark und konnte die Pike wie einen Zauberstab wirbeln. Außerdem war er zu weit weg und kam auch gut ohne Al zurecht.

Ein Zombie näherte sich von hinten, und Al riß seine Hellebarde frei und trieb sie dem Angreifer zwischen Schulter und Hals. Eine rotschwarze Öffnung entstand, der Riß erweiterte sich und spaltete den Untoten der Länge nach.

Mary-em kam nun an seine Seite, und sie nahmen Crystal schützend in die Mitte. Mary-ems Stab beschrieb eine Acht nach der anderen, stieß gegen Köpfe, Rippen und Unterleibe und hinterließ bei jeder Berührung glühende rote und schwarze Punkte. Sie schrie: »Hiyahhh!«, und trieb das Stabende mitten in ein Gesicht. Es knirschte schauerlich.

Hätte sie einen Käfer zertreten, wäre die Wirkung wohl kaum spektakulärer gewesen.

Das Gesicht zerbröckelte buchstäblich. Der Zombie ruderte mit den Armen und taumelte gegen die Wand. Sein Todesschrei bestand aus einem Gurgeln, dann spritzte ein Schwall öliger, schwarzer Flüssigkeit aus seinem Mund, und er rutschte mit zuckenden Armen und Beinen zu Boden. Heuschrecken krabbelten aus dem zerschmetterten Kopf, schlugen mit den Flügeln und erhoben sich in die Luft.

Einen Augenblick stand Mary-em wie hypnotisiert da ...

Dann duckte sie sich, als eine Keule nach ihrem Kopf schlug. Sie schrie von Kampfeswut gepackt auf, als sie dem Zombie die Beine unter dem Körper wegschlug.

Ein *Bein* löste sich. Der Untote brach vor ihren Füßen zusammen. Ein schreckliches, schlaffes Grinsen entblößte spitz zugefeilte Zähne.

Alles war so schnell vorüber, wie es begonnen hatte. Nur drang plötzlich ein schreckliches Stöhnen aus dem Nebel, und zwar aus allen Richtungen zugleich.

Dann verschwand der Nebel einfach.

Alphonse drehte einen der Untoten mit der Hellebarde um.

»Ist er tot?« fragte Crystal atemlos.

»Dafür ist es ein bißchen zu spät«, murmelte er. Der Zombie hatte seine Waffe fallen lassen. Al nahm sie auf. Es war ein schlichter Stock. Man hatte an das obere Ende einfach eine Blechbüchse gebunden und einen Brocken Beton in die Dose gezwängt, um dem Ganzen Gewicht zu verleihen. Widerlich.

Ein Zombie ›lebte‹ noch.

Er war ganz bleich, und auch bei ihm spannte sich die Haut so fest über die Knochen, daß er eigentlich kaum genug Muskeln hatte, um sich bewegen zu können.

Nigel Bishop bahnte sich einen Weg durch die Phalanx erschöpfter Spieler und schüttelte Blut von der Schwertklinge. Er kniete sich über die Kreatur. »Wer ist dein Herr?« fragte er.

Er erhielt nur ein Zischen als Antwort. Der Untote wand sich.

Nigel stellte sich in Positur und schwoll durch das plötzliche, wilde Einatmen förmlich an. »Bei meinen Ahnen!« schrie er in Richtung Decke. »Enthüllungszauber!«

Alphonse sprang einen Schritt zurück.

Ein pulsierendes Licht erschien aus dem Nichts, und etwas wurde aus dem Zombiekörper geschält. Es schwebte wie eine glühende Rauchwolke über ihm, doch wie eine Wolke mit Ohren und Augen, die ersterbenden Flammen ähnelten.

Unter den Blicken der Abenteurer breitete sich die Wolke aus, löste sich dann aber in ihre Bestandteile auf und drang durch die Mauer.

»Gotterverdammt«, flüsterte Alphonse. »Was war das?«

Nigel schüttelte den Kopf. »Das war unser wirklicher Feind. Eine Art Dämon, der eine mutierte Leiche belebt hat.«

Alphonse hielt den Mund, als Acacia sich neben Bishop stellte. Captain Chiffre drängte sich neben sie. »Vom Loa besessen, Mylady. Besessen«, flüsterte Chiffre bühnenreif. Dann sagte er lebhaft: »Eine Voodoo- oder Santería-Gottheit. Loa oder Orisha. Sie nehmen von den Leuten Besitz und kommen auf diese Weise ganz schön herum.«

Der Zombie zischte und versuchte aufzustehen. Wie der Blitz stieß Nigel die Klinge hinab. Die Kreatur bäumte sich auf, als wäre sie eine Schlange. Eine schwarze Flüssigkeit quoll aus ihrem Mund. Dann lag sie still da.

Die Geistlichen hasteten umher und heilten jene Verletzten, bei denen das möglich war. Es gab so viele davon, daß sie alle auf diesem unvertrauten Gebiet ihre Fähigkeiten erproben konnten. Chaim Cohen, die Mutter Oberin, Schwarzer Elch und Tamasan sangen jeder in einer anderen Sprache. Die Spieler zuckten bei diesem schrecklichen Gegröle gequält zusammen.

Schwarzer Elch, der seine ledernen Hosen, Perlen und Medizinfedern trug, erstattete Clavell Bericht. »Wir haben Lieutenant Philips verloren.« Seine eindrucksvolle Gesichtsnarbe pellte sich ein bißchen am unteren Rand.

»Ich habe gesehen, wie sie fiel«, sagte Waters. »Sie wollte unbedingt den Macho spielen.«

»Anscheinend hat jedes Team ein oder zwei Mann verloren«, sagte Schwarzer Elch.

»Jetzt sind wir in den Arsch gekniffen«, sagte Waters. »Ohne eine Frau im Team werden wir einige Dinge einfach nicht erfahren. Major, Sie sollten ernsthaft darüber nachdenken, sich mit jemandem zu verbünden.«

Clavells Gesicht verschloß sich. Es gefiel ihm gar nicht, daß sie Philips so schnell verloren hatten.

Alphonse war bereits damit beschäftigt, sein Team zu überprüfen. Er hatte eine Technikerin und einen Geistlichen verloren: Peggy den Haken und Bruder Duck.

Al rechnete schnell im Geiste alles durch. Beim ersten Kampf hatte es sechs Ausfälle durch Tod gegeben: je einen bei der Army und Apple, je zwei bei Tex-Mits und General Dynamics. Acacia hatte keine Verluste zu beklagen, mochte ihre Seele in der Hölle schmoren.

Al fühlte sich nicht gut. »Tja, man hat uns ganz schön ausgedünnt. Da wird mit harten Bandagen gekämpft, was?«

Noch immer wehten Rauchfahnen über den Friedhof und dämpften das gequälte Schluchzen der Verwundeten und Trauernden.

Nakagawas Regel Nummer drei lautete: *Niemand ist entbehrlich. Ein Mythenmeister nimmt für jede Kategorie die besten Leute, die er kriegen kann, und verliert sie nur, wenn es unvermeid-*

lich ist. Beim Voodoo-Spiel traf Regel Nummer drei besonders zu. Jeder tote Spieler stellte einen empfindlichen Verlust dar.

Alphonse schüttelte seine Trance ab. »Späherinnen!«

Crystal und Acacias Späherin Corrinda kamen heran. »Scannt bitte mal die nähere Umgebung.«

Sie nahmen sich an den Händen und zeigten auf einen Korridor, der seitwärts abzweigte. Holly Frost und Appelion schlossen sich ihnen an.

Gemeinsam gingen sie mit Alphonse an der Spitze den Korridor entlang. Er überprüfte die Bodenbeschaffenheit mit dem Zeh. »Crystal, kannst du eine Strukturanalyse machen?«

Crystal Cofax kontrollierte ihre Stärke-Punkte und knirschte mit den Zähnen. »Ich kann nur für eine achtzigprozentige Genauigkeit garantieren. Mehr schaffe ich nicht, Chef.«

»Worauf wartest du noch?«

»Gut.«

Er musterte den älteren Mann. »Ich will dich nicht bevormunden, Trevor.«

Trevor lächelte dünn und angespannt. »Habe ich auch nicht so aufgefaßt.«

Das Weinen war jetzt nähergerückt, und Alphonse drückte sich gegen die Wand.

Eine Frauenstimme rief: »Bitte. Bitte, helft uns ...«

Sie war kaum älter als zwanzig Jahre und in Lumpen gekleidet. Sie hatte eine dunkle Haut. Ihr Gesicht sah aus wie das Negativ eines Michelangelo-Engels, doch Nase und Lippen waren schmal. Was war sie? Eine tiefgebräunte Weiße?

Ein Junge lag zu ihren Füßen.

»Oy gwald«, flüsterte die Mutter Oberin.

Man hatte ihn ausgeweidet.

Und doch lebte er noch.

Die junge Frau schaute Mutter Oberin ernst an, zog die

Nase hoch und wischte sich die Tränen von der Wange. »Oh«, sagte sie. Sie blinzelte ihnen mit riesigen, unglaublich blauen Augen zu und sprudelte förmlich los. »Ich heiße Coral, und das ist mein Bruder Tod, und diese Zombies haben ihn erwischt, und er wird vermutlich sterben, wenn wir nicht etwas tun, doch ich weiß nicht was, weil hier überall Gedärme rumliegen; habt ihr vielleicht ein Pflaster oder so was dabei?«

Für einen kurzen Augenblick herrschte schockiertes Schweigen. Dann reichte jemand eine große Kompresse weiter. Alphonse sah entsetzt zu, wie das Mädchen die Klebekante an einem gummiartigen, roten und glitschigen Stück Darm anbrachte. Dann blickte es die Abenteurer strahlend an, und seine Stimme bekam einen hysterischen Unterton. »So«, sagte es. »Das müßte helfen ...«

Dann brach das Mädchen ohnmächtig zusammen.

11 Monster im Einkaufszentrum

DONNERSTAG, 21. JULI 2059, 09 UHR 50

Das Mädchen war noch zweimal in Ohnmacht gefallen; dann aber hatte es lange genug durchgehalten, um die Abenteurer durch ein labyrinthartiges Netzwerk aus Korridoren, Wartungsgängen und Treppen zu führen – es ging hinauf, hinab und seitwärts.

Nach Als Meinung befanden sie sich *vermutlich* in der ersten Etage. Crystal würde den Weg aufzeichnen, und er konnte sie später fragen. In der Zwischenzeit hieß es: Augen aufhalten.

Tod lebte zwar noch, war aber kaum ansprechbar. Er murmelte Unverständliches vor sich hin, während seine ungestüme Schwester ununterbrochen erzählte, ohne dabei Luft zu holen. »Thaddeus hat uns auf die Suche nach Kaffee geschickt. In gewisser Weise ist er unser Anführer. In einigen Boutiquen kann man noch immer Kaffee finden – wenn man weiß, wo man suchen muß.«

»Warum denn Kaffee?« fragte General Poule.

»Zeremonien. Wir können nicht ...« Coral hielt inne. »Na ja, die anderen lassen uns nicht immer an den Zeremonien teilhaben.«

»Welche anderen?«

Coral kämmte mit den Fingern durch ihr verfilztes Haar und schaute ihren Bruder mit traurigen Augen an. »Der arme Tod. Er hat zwei Salzstreuer gefunden. In denen war dieser Salz-Ersatz drin, dieses Zeug mit weniger Natrium, ihr wißt schon, für Diäten. Ich habe ihm gesagt, daß es bei Zombies nicht funktioniert ...«

Und sie erzählte weiter.

Nigel hatte es nach ein paar Kommunikationsversuchen aufgegeben. Welchen Nutzen Voodoo auch bringen mochte, geistige Beweglichkeit gehörte nicht dazu. Coral führte sie, und die vierundzwanzig überlebenden Spieler folgten ihr nicht gerade vertrauensvoll.

Bis auf die UC-Menschenjäger hatte jedes Team Mitspieler verloren. Al hatte Tammi und Twan gnädig seine Dienste als offizieller Enthaupter angeboten, *eine reine Vorsichtsmaßnahme, wir wollen doch nicht, daß unsere alten Freunde von den Toten auferstehen, weil sie Heißhunger auf rohes Fleisch haben ...* Tammi war daraufhin so ausfallend geworden, daß die Worte ihr eigentlich den Lippenstift von den Lippen hätte ätzen müssen. Dann vollbrachte sie die schwere Aufgabe selbst. Gott, wie er das Spiel liebte.

Der Fuchsbau aus Tunneln endete in einem großen Einkaufszentrum.

Alphonse war schockiert.

Obwohl die Schirmdächer und Anzeigentafeln zumeist unleserlich waren, war alles so gut beleuchtet wie ein Pavillon im Freien. Es gab in den Läden nur wenige maschinell gefertigte Produkte zu kaufen; die Regale waren statt dessen mit allen möglichen handgefertigten Gegenständen und anderen Gütern gefüllt. Frisches Fleisch? Gemüse? Handgemachte Kleidung? Taucherausrüstungen? Diese Menschen verfügten über eindrucksvolle Nachschubquellen.

Und über Strom! Neonröhren und Glühbirnen brannten, ohne daß jemand einen Gedanken an die Energie verschwendete.

Corals Sippe schlenderte wie New Yorker, die einen schönen Tag genossen, durch das Einkaufszentrum. Es waren alle Farben des menschlichen Spektrums vertreten, von Kohlrabenschwarz bis hellem Weiß. Ihre Kleidung bestand aus allen möglichen Farben und Stoffen. Alphonse sah sich Corals Kleider etwas genauer an; es waren in Wirklichkeit gar keine Lumpen, sie waren nur wild zusammengewürfelt und schmutzig. In dem besseren Licht konnte man ihnen durchaus etwas abgewinnen. Sie verkörperten eine höchst seltsame Mode, die Kleider waren aus einem Dutzend verschiedener Stoffhaufen zusammengestellt und von einer blinden Schneiderin mit acht Daumen zusammengenäht.

Man hatte Tod mit zurechtgerissenen Stoffbahnen verbunden und auf eine provisorische Trage geschnallt. Sein fiebriges Gemurmel war verstummt, und Alphonse konnte nicht sagen, ob er im Sterben lag oder etwas noch Schlimmeres ausbrütete.

Und Coral gab noch immer ihr zusammenhangloses Geschnatter von sich. Es machte ihn rasend.

Die Abenteurer hatten sich allesamt in der Mitte einer breiten Einkaufsstraße versammelt, bevor jemand Notiz von ihnen nahm. Dann sah sie ein großer, faßförmiger Mann in einem Hawaii-T-Shirt und mit sauber gestutztem Bart und rief erfreut aus: »Besucher!«

Er ließ seine Hacke fallen (ließ eine potentielle Waffe fallen!), lief auf sie zu und schüttelte Hände wie ein Politiker, auf dem die Wiederwahl lastete. »Mann, so wahr ich lebe und atme! Ihr kommt von draußen, nicht wahr?«

»Wir haben hier einen eurer Leute«, sagte Nigel. »Er ist schwerverletzt ...«

»Mann, so wahr ich lebe und atme. Du hast recht!«

Eine Menschenmenge versammelte sich um sie herum. Zwar waren alle besorgt, höflich und nachdenklich, doch es blieb eine Menschenmenge. Al war nervös.

»Ich heiße Thaddeus Dark«, sagte der große Mann. »Coral! Liebes Kind! Ich habe mir deinetwegen Sorgen gemacht.« Sie versuchte, sich von dem riesigen Arm zu befreien, den Dark um sie gelegt hatte, doch er kicherte bloß über ihre Bemühungen. Er drängte Coral zur Seite und flüsterte ihr freundlich etwas zu, während sie gegen ihn ankämpfte.

Schließlich sagte sie: »Nein!«

Coral und das, was noch von ihrem Bruder übrig war, wurden von anderen weggeführt, während Dark sich wieder den Abenteurern zuwandte. »Tja, das ist natürlich eine unglückliche Sache. Aber wir warnen die Kinder immer davor, nicht auf den oberen Ebenen herumzustöbern. Wißt ihr, die sind gefährlich.«

Acacia verzog kaum merklich die Lippen. »Offensichtlich.«

Dark legte Acacia den Arm um die Schulter und hielt dabei ihren rechten Arm fest – ihren Schwertarm. Alphonse sah, wie sie die linke Hand anspannte und plötzlich ein kleines Messer hielt. Dark bemerkte es nicht. »Essen wir doch zusammen! Erzählt uns alles über eure Reise. Wir sehen so selten neue Gesichter ...«

Sie wurden von einer erstaunlichen Menschenmenge willkommen geheißen. Es waren mindestens ein paar hundert Leute. Jede Hand, die Alphonse schüttelte, jede Schulter, mit der er zusammenstieß, war aus Fleisch und Blut. Verdammt! War überhaupt keiner mehr ein Hologramm?

Die Späher suchten nach Fallen, und die Geistlichen nach bösen Zaubern. Sie fanden nichts.

Al schaffte es, sich an Darks Seite zu kämpfen, und paßte sich seinen weit ausholenden Schritten an. »Ihr habt es hier ganz gemütlich.«

»Ja.« Dark lächelte. »Die Götter waren gut zu uns.«

Welche *Götter*?

Sie passierten Dutzende Kinder und Hunderte von Erwachsenen. Hier hielten sich mindestens zwei- oder dreihundert Leute auf. Andere schlenderten über die Brücken im Einkaufszentrum, unterhielten sich und kauften ein, während wieder andere in Boutiquen arbeiteten.

Unauffällig näherte sich Al einem Geländer und warf einen Blick in MIMICs Zentralschacht.

Es war durchaus möglich, daß sie sich auf der ersten Ebene befanden, doch unter ihnen erstreckten sich mindestens noch drei weitere Ebenen. Dort unten pulsierte irgend etwas grünlich. Alphonse packte Twan Tsings Arm.

Sie setzte träge ihre Fingernägel auf seine Knöchel. »Pfoten weg«, sagte sie honigsüß.

Er hob die Hand. »Twan. Drei Ebenen unter uns. Da glüht etwas. Was hältst du davon?«

»Komm mir nicht so nahe«, sagte sie, schaute aber nach unten.

Sie rückte ihr Visier zurecht, flüsterte ein paar Worte und wandte sich ab. Sie verneigte sich. »Ich bin euch zu Dank verpflichtet, ehrenwerter Barbar«, sagte sie und eilte davon, um Tammi zu erzählen, was sie gesehen hatte.

Er hatte seine Technikerin verloren. Er würde eine Zeremonie abhalten und Peggy den Haken von den Toten auferstehen lassen müssen, um auf diese Weise an die Information zu gelangen …

Verdammt, verdammt, verdammt.

Man brachte sie zu einem Restaurant namens Brio, das sich am Rand der Einkaufsstraße befand. Es gehörte zu jenen Restaurants, die wenig erfolgreich versuchten, Pariser Straßenambiente nachzuahmen. Kleine Tische wurden von vielfarbigen, metallenen Sonnenschirmen überdacht; um sie herum standen Stühle aus Metallrohr, deren Sitze aus geflochtenen Plastikstreifen bestanden.

Man bot den Abenteurern Platz an, und Dark rühmte sie. »Einst bewohnten wir dieses Gebäude«, sagte er, »doch wir wurden von den wandelnden Toten oben in die Tiefe getrieben!« Seine Leute bildeten einen Kreis und siegelten das Restaurant vom Rest des Einkaufszentrums ab. Alphonse zählte. Es waren etwa fünfzig Leute gegen vierundzwanzig Spieler. Ihm war fast schlecht vor Besorgnis.

» ... sind mächtig. Sie sind die Lakaien des Voodoun der oberen Ebenen.«

Captain Chiffre wachte auf. »Praktiziert ihr auch Voodoo?«

»O nein.« Dark lächelte. »Wir sind gute Christenmenschen.«

Und vor einer Minute hast du noch gesagt: »Die Götter waren gut zu uns.«

Darks Lächeln wurde breiter. »Wir haben gehört, daß ihr über mächtige Magie gebietet«, sagte er beiläufig. »Daß ihr sie trotz ihres Mantels der Nacht erkennen konntet. Stimmt das?«

Nigel antwortete sofort. »Wir hatten Glück.«

»Ah ... Ich glaube, ihr seid so bescheiden, wie ihr mächtig seid. Ein wahres Zeichen von Größe!«

Er hob die Arme, und Alphonse fiel auf, daß sie sehr kräftig und muskulös waren. Dark aß reichlich. Und diese Zähne ...

»Mein Volk! Wir haben mächtige Besucher! Gemeinsam könnte es uns gelingen, den Blut-Fressern der oberen Ebenen unser rechtmäßiges Erbe zu entreißen!«

Kellner erschienen. Bunt und phantasievoll bekleidete

Einheimische kamen plaudernd aus den Läden und blickten neugierig herüber. Sie lächelten. Alphonse winkte fröhlich. Ganz normale Leute? Von wegen!

»Hör mal, Kleine, könntest du deine rechte Hand auf dem Schwertgriff liegen lassen und mit der linken den Wels herüberreichen?«

»Mal sehen«, sagte Acacia fröhlich.

Langweilige Hintergrundmusik ertönte, während fröhliche, makellos gebräunte Kellner mit perfekten Zähnen und der Statur von Gewichthebern Tabletts mit Wels, frischem, heißem Brot und endlose Ströme Orangensaft heranschleppten. Die Teller waren aus recht passablem Porzellan, das einige Macken aufwies und aus verschiedenen Services zusammengestellt worden war.

»Wo kommt das Brot her?« erkundigte sich Alphonse bei Dark. »Und der Orangensaft?«

»Wir treiben mit den Bewohnern der oberen Ebenen Handel«, antwortete der große Mann. »Sie haben Sachen, an denen es uns mangelt. Wir haben Sachen, an denen es ihnen mangelt. Nur dieses Gleichgewicht hat uns überleben lassen!«

Alphonse hatte seinen Geistlichen verloren. Gen-Dyns Tamasan saß zwar an seinem Tisch, war jedoch außer Hörweite; außerdem war er Bishops Mann. Mati ›Mutter Oberin‹ Cohen saß näher.

Al beugte sich zu ihr hin und sagte: »Waffenstillstand. Wenn wir angegriffen werden, kannst du bei mir unterkriechen.«

»Bruder Duck hatte dieses Privileg wohl nicht«, sagte die Mutter Oberin im Plauderton.

»Von mir aus kannst du ihm einen Kranz stiften, aber es war nicht *mein* Fehler.«

»Stimmt. Er war ein Trottel. Laß mal hören, Bürschchen.«

»Segne dieses Essen, kleine Lady. Vereinigen wir unsere

Kräfte. Wenn du etwas entdeckst – Gift oder sonstwas –, sagst du mir Bescheid.«

Sie dachte einen Moment darüber nach und erwiderte dann: »Ich sag dir was – schließen wir doch für den Rest des Tages Waffenstillstand!«

»Klar.«

»*Mazeltov* – du hast einen Partner.« Die Mutter Oberin breitete die Hände aus. »Unser Vater, der du bist im Himmel, segne diesen *Nnosch*, vom *Knisch* zum *Schnapps*. Enthülle jede meschugge Falle. Amen.«

Sie kniff fest die Augen zu und öffnete sie wieder. »Alles sauber.«

Al blickte zu den anderen Tischen hinüber. Alle Spieler hatten, soweit ein Magier oder Geistlicher dabei war, ähnliche Zeremonien durchgeführt. Bishops rundlicher, kleiner Shinto-Mönch sah zwar nicht glücklich aus, doch er aß mit Appetit.

Nicht das geringste Anzeichen für Gefahr.

Als Nacken juckte.

Die Mutter Oberin, deren kleines, braunes Gesicht unter der Kapuze hübsch anzusehen war, knabberte wählerisch an dem Wels. Ihre riesigen, braunen Augen wurden noch größer; offensichtlich schmeckte es ihr. »Iß. Du bist ein richtiges Skelett«, beschwerte sie sich.

Thaddeus Dark stand auf und erhob sein Glas. »Bringen wir einen Toast auf unsere neuen Freunde aus ...«

Alphonse hörte nicht hin. Er inspizierte das Essen. Sauber. Es war normal, daß während eines Spiels für Mahlzeiten gesorgt wurde, und das Essen war in Ordnung ... doch es war Spielzeit; alles konnte passieren, und Thaddeus Dark war ein so verdammt schwerer Brocken ...

Der Hunger besiegte die Vorsicht, und er biß in den Fisch.

Köstlich.

Ein Spieler nach dem anderen verbannte sein Mißtrauen und konzentrierte sich aufs Essen. Ein paar Magiebenutzer überprüften noch immer alles ganz genau, doch mit dem Essen war alles in Ordnung.

Der Wels war knusprig und heiß, die Croissants zergingen auf der Zunge. Der Orangensaft mußte frisch gepreßt sein.

Captain Chiffre näherte sich der Mutter Oberin und flüsterte ihr etwas ins Ohr. Sie steckten die Köpfe zusammen.

Als Nacken, der nie ganz Ruhe gab, fing fürchterlich an zu jucken. Er konnte Chiffre nicht besonders ausstehen. Der Mann war nicht – wie sollte man es ausdrücken? Wohlriechend? Alphonse wünschte sich eine Brise herbei, die die Ausdünstungen des guten Captains vom ihm fernhielt.

Chiffre und die Mutter Oberin nahmen sich bei der Hand und stimmten ein Lied an.

Chiffre blinzelte, sagte »Puh!« und nahm wieder ihre Hand. Er sprach leise, doch Alphonse konnte trotzdem etwas hören. »Puh. Ich bekomme ...«

»Bruder Chiffre, was bist du nur für ein Mensch«, sagte die Mutter Oberin. Sie sah sich am Tisch um, und ihr Blick blieb schließlich an Alphonse hängen. »Bruder Alphonse, wenn du Bescheid wissen willst, mußt du mir deine Hand geben.«

Al klappte das Visier hinab. Alle an den Tischen sitzenden Personen sahen genauso aus wie vorher. Dann nahm er ihre Hand ...

O Scheiße.

Die Hälfte der Abenteurer verfügte über eine abwechselnd rot und schwarz aufleuchtende Aura. Seine eigenen Hände hatten dasselbe Zeichen.

»Wir werden vergiftet.«

Alphonses Finger krallten sich an die Tischkante. »Das haut mich doch glatt vom Sockel. *Wie* konnte das passieren?«

Chiffres hervorquellende Augen verrieten aufkeimende Panik. »Es handelt sich nicht nur um Magie, und es sind auch nicht nur Chemikalien. Magisches Gift ... kein außergewöhnlicher Einfall, überhaupt nicht. Hexen und Schamanen haben schon immer Gift und Magie ...«

»Hör auf, deinen Schwanz auszuwringen, und komm endlich zur Sache.«

»Spieldesigner benutzen niemals magisches Gift. Es verkürzt die Spieldauer zu sehr. Wir können nichts dagegen machen«, sagte Chiffre bedrückt. »Es ist zu mächtig. Das ist unfair …«

Vielleicht handelte es sich in Wirklichkeit um etwas anderes, dachte Alphonse, und ließ für einen Augenblick seine Rolle außer acht. Vielleicht war es ein Zauber, der die Spieler in den Wahnsinn trieb und sie unberechenbar machte, damit sie ihre neuen Freunde angriffen. Er stand auf und hob die Waffe.

Die virtuell erzeugte Klinge seiner Hellebarde erzitterte in seiner Hand; es fühlte sich fast so an, als wäre sie außer Kontrolle geraten. Sein Arm wurde von einer roten Aura umgeben. Als er sich zu bewegen versuchte, verwandelte sich das Rot in Schwarz. *Vergiftet. Also wirklich!*

Ihre Gastgeber begannen, die Gestalt zu ändern; ihre Haut nahm eine andere Beschaffenheit an, und sie verloren unter Alphonses Blicken ihre Menschlichkeit. *Es würde ein kurzes Spiel werden.*

Einige Abenteurer hatten es noch nicht bemerkt; sie waren mit dem Essen beschäftigt und befanden sich nicht in der Punktekategorie, um die Transformation zu sehen, die direkt vor ihren Augen geschah. Dann war es auch schon zu spät.

Die Monster des Einkaufszentrums waren mit Reißzähnen bewehrte, lederhäutige Wesen. Keine Zombies; ein Zwischending aus Mensch und Dämon.

Alphonse hörte Musik. Eine pulsierende, hypnotische, verführerische Melodie. Als würde unglaublich laute Musik schrecklich weit weg gespielt.

Seine Sehkraft wurde schwächer.

Gott! Nein! Es durfte nicht so schnell vorüber sein! Nicht auf diese Art! Sterben zu müssen, ohne ein Ziel erreicht zu haben, völlig erfolglos …

Der Bischof stand fluchend auf, eine Hand gegen den Magen gepreßt. Er wandte den anderen Magiebenutzern den Rücken zu, die allesamt aufschrien, als die Monster sich näherten. Alphonse konnte den Zauberspruch nicht hören, doch plötzlich explodierte grelles Licht.

Für einen Augenblick wurden die Angreifer zurückgetrieben. Dann kamen sie wieder näher.

Nigel Bishops dunkles, sonst so selbstbewußtes Gesicht trug diesen entsetzten Ausdruck absoluten Unglaubens, der normalerweise nur bei gewöhnlichen Sterblichen zu sehen war. Das mitansehen zu dürfen, lohnte fast schon den Tod.

Und dann erbebte die Luft.

Es roch feucht. Das Einkaufszentrum wurde von einer Explosion aus reinem Licht überflutet. Alphonse schrie auf und riß die Hände vor die Augen, doch er konnte die dunklen Umrisse der Monster selbst durch die geschlossenen Lider sehen …

Inmitten der Lichtexplosion stand eine menschenähnliche Gestalt. Es war ein Mann. Er trug weiße Segelschuhe, gestärkte, weiße Hosen und ein – natürlich dazu passendes – weißes, kurzärmeliges Hemd. Er war braungebrannt, hatte kurzgeschnittenes, von der Sonne gebleichtes Haar und Brust und Schultern eines Rettungsschwimmers.

Das Ding, das einmal Thaddeus Dark gewesen war, zischte: »Nommo! Deine Sorte hat hier nichts zu suchen! Wie kannst du es wagen, den Waffenstillstand zu brechen?« Die hinter ihm stehenden Monster fielen in das Zischen ein; es war ein bösartiges, immer lauter werdendes Geräusch.

Der Neuankömmling blickte sie fast gelangweilt an. »Regt euch ab, Leute. Dies sind rechtschaffene Menschen. Die Wahrheit sieht doch wohl so aus, daß sie zwei von euren Leuten gerettet haben. Was ihr hier macht, ist nun wirklich nicht richtig.«

Thaddeus Dark zischte. »Hier stimmt doch was nicht! Dir ist die Sicht auf diese Ebene verwehrt, es sei denn, jemand hätte eine Verbindung …« Die Kreatur blickte sich um. Alphonse hatte den Eindruck, daß sie dabei noch an Größe zunahm. Ihr Körper schwoll vor Zorn an. »Coral! Verräterisches *Kind*! Du hast das Einkaufszentrum verraten!«

Einen Augenblick lang regte sich nichts. Dann trat Coral aus den Schatten. Sie konnte Dark nicht in die Augen sehen und blickte zu Boden. »Es ist so ... Mann, Tod ist tot, aber nicht so richtig ... er ist in diesem elenden, untoten Stadium, und das ist nur deine Schuld ...«

Sie war noch lange nicht fertig mit ihrem Satz, doch Thaddeus hob die Hand. Seine Zähne funkelten durch die verwesenden Lippen. »Du wirst sterben. Ich hänge mir deine Haut an die Wand, und deine Seele wird sich tausend Jahre lang in Qualen winden.« Seine Stimme erhob sich zu einem Donnern; dann brach er plötzlich nachdenklich ab. »Das war nur ein allgemeiner Vorgeschmack. Ich kümmere mich später um dich.«

Coral ballte die Hände zu kleinen Fäusten und stemmte sie frech in die Hüften. »Thaddeus?«

»Was?«

»Du kannst mich mal.«

Das Licht wurde schwächer, und Alphonse konnte sich wieder bewegen.

Der Nommo trieb sie zur Eile an. »Hier lang geht's in Sicherheit.«

Die Abenteurer schüttelten den Schock ab, packten ihre Ausrüstung und wichen vor dem fauchenden Monster-Mob zurück. In Twans Gruppe wurde hektisch geflüstert – Appelion war der Wortführer, und er grinste –; dann schloß sie sich den anderen an.

Die Monster versuchten immer wieder anzugreifen. Der Nommo bewegte lässig die Arme, und ständig schossen Lichtwellen hervor, die die Kreaturen zurücktrieben.

Ihr Retter ging rückwärts auf eine Mauer zu, die sich hinter ihm öffnete. »Hier entlang«, sagte er – ohne zu sprechen. Alphonse vernahm nur ein Flüstern im Ohr, keine Stimme, die von außen an ihn herangetragen wurde.

Niemand stellte den Befehl in Frage. Sie zwängten sich in

den Raum, und die Tür schloß sich. Der Boden unter ihren Füßen bewegte sich in die Höhe.

Alphonse hatte Angst. Irgend etwas in dem Einkaufszentrum war mächtiger als alles andere, mit dem er jemals konfrontiert worden war. Diesmal hatte sie nur die direkte Intervention eines ... ja, was? ... eines Gottes gerettet?

Beim nächstenmal mußten sie verdammt noch mal besser vorbereitet sein.

12 Eine Ehe, wie in der Hölle geschlossen

Die Türen des Lastenaufzugs schlossen sich.

Einen angespannten Augenblick lang herrschte Schweigen. Alles schöpfte Atem; keiner sagte einen Ton. Die Monster des Einkaufszentrums warteten gespannt auf irgendeine Reaktion, sei es Lob, Vorwürfe oder sogar Tadel. Doris Whitmans heisere Stimme dröhnte aus den verborgenen Lautsprechern. »Alles klar, Leute – gut gemacht.«

Dreihundert Ghouls und Wer-Kreaturen brachen in Jubel aus. Thaddeus Harmony, technischer Direktor des Traumparks und zur Zeit Anführer der Monster, stieß einen langen Seufzer der Erleichterung aus.

Ein schlankes Ungeheuer neben ihm lächelte. Schlabbrige, dünne Lippen verzogen sich zu einem grotesken Grinsen und legten gelbliche Reißzähne frei. Es schlug Harmony jovial auf den Rücken. Harmony hatte einen breiten Rücken – ein Relikt seiner kurzen, intensiven Football-Karriere.

»Nicht schlecht«, sagte das kleinere Monster. »Haben Sie sich je gefragt, ob Sie nicht doch den falschen Beruf haben?«

»Entschuldigen Sie mich, ich muß meine Unterhose auswringen. Ich bezweifle, ob ich das noch einmal durchstehe.«

Das Wer-Wesen zog die Hälfte seiner Latex-Maske ab. Darunter lagen funkgesteuerte Luftschläuche. Wenn man sie in der richtigen Reihenfolge auslöste, bliesen sie sich auf und wechselten die Farbe. Ein alptraumhafter Effekt. Harmony wußte, daß das unter dem restlichen Make-up verborgene Gesicht sehr dunkel, sehr hübsch und außerordentlich weiblich war. Es gehörte Millicent Summers, einer der leitenden und besten Angestellten der Traumpark-Buchhaltung.

»Ein bißchen zu spät, um jetzt noch einen Rückzieher zu machen«, sagte Millicent.

»Ich weiß, ich weiß«, murmelte Harmony, während er sich das Make-up abriß. Er zuckte leicht zusammen, als der Klebstoff an einer echten Warze hängenblieb. Er spuckte die Zahnprothese aus, die starke Ähnlichkeit mit einem Raubtiergebiß hatte. Die meisten künstlichen Gliedmaßen bestanden aus Gründen des problemlosen An- und Ablegens aus drei oder vier zusammenhängenden Teilen.

Die Menge war kleiner geworden. Die Traumpark-Angestellten, die sich für die Monsterrollen zur Verfügung gestellt hatten, wandten sich wieder ihrer Freizeitgestaltung zu. Auf der Einkaufzentrums-Ebene gab es in dieser Hinsicht reichlich Auswahl.

Drei Restaurants hatten geöffnet. Man hatte für Zerstreuung aller Arten gesorgt: Es gab Video-, Holo-, Senso- und andere Spiele. In den Gängen ertönte Musik. In die virtuellen Scanner eingebaute Sensoren kontrollierten jede Bewegung der Spieler. Sollten sich wieder welche dieser Ebene nähern, würden alle Angestellten sofort verändert werden, Mahlzeiten, Spiele oder Nickerchen wurden augenblicklich ein Ende finden, und die Monster des Einkaufszentrums zu neuem Leben erwachen.

Millicent befand sich direkt hinter Harmony, als er den Angestelltenaufzug erreichte.

»Wie geht es Alex?« fragte er, als sich hinter ihnen die Türen schlossen.

»Nicht gut. Sharons Tod hat ihn schwer getroffen.«

»Sie waren sich recht nahe gekommen, nicht wahr?« Harmony sah Millicent genauer an. Das Make-up verwandelte sie in ein Wesen, das direkt einem Alptraum entsprungen war. Gebrochene Gesichtsknochen verschmolzen miteinander unter aufgedunsener, geschwollener Haut. Er tauchte die Finger in ein offenes Geschwür und roch an der Flüssigkeit, die daran kleben blieb. »Riecht wie kalte Kaffeesahne. Ah, meine untote nubische Königin ...«

Sie lächelte nicht und mied seinen Blick.

Er hörte zu kichern auf. »Hat es weh getan? Alex und Sharon?«

Sie zog noch ein Stück Maske ab. Jetzt klebte nur noch das Stirnteil fest. »Alex und ich hatten stets ein Verhältnis, das auf ... Bequemlichkeit beruhte. Wir waren beide zu sehr mit unserer Karriere beschäftigt. Es war schön, jemanden in der Nähe zu haben, bei dem man sich entspannen konnte. Wir haben es nie als Romanze betrachtet.«

»Ach so«, sagte er in demselben Tonfall, mit dem ein anderer Mann *Blödsinn* gesagt hätte. »Und?«

»Na ja, Alex hat tiefer dringesteckt, als er gedacht hätte. Es hat ihn fertig gemacht.«

Die Tür öffnete sich, und sie waren in der Spiel-Zentrale.

Ein zehn Meter großes, skelettförmiges Hologramm des gesamten Gebäudes drehte sich majestätisch in der Luft. Ein grün leuchtender, streichholzschachtelgroßer Frachtaufzug transportierte Miniaturspieler zum Dach.

Tony McWhirter war damit beschäftigt, die beiden Hauptarbeitsbereiche miteinander zu koordinieren: die Lopez', die sich um den elektronischen Bereich kümmerten, und die Whitmans, die für die Traumpark-Schauspieler zuständig waren.

Harmony konnte Tony durchaus leiden, aber blind vertrauen würde er ihm nie.

McWhirter blickte plötzlich grinsend auf. »Mister Harmony! Ich wußte ja gar nicht, daß Sie schauspielerische Ambitionen haben.«

»Nun ja, Millie hat mich davon überzeugt, daß ich den richtigen physischen Typ verkörpere, und ich mußte zugeben, daß es sich anhörte, als würde es Spaß machen. Wer will nicht mal Mister Big spielen? Ist hier alles in Ordnung?«

»Es gab zwar ein paar interessante Pannen, doch wir haben alles im Griff. Und ich glaube nicht, daß sie in den nächsten vierundzwanzig Stunden noch einmal die Einkaufszentrums-Ebene erreichen. Vielleicht dauert es sogar noch länger. Irgendwann müssen sie ja schlafen. Hallo, Millicent.«

»Sind denn keine Schlafpausen in das Spiel eingebaut?« wollte Harmony wissen.

»Diesmal nicht. Sie ruhen sich aus, wenn sich die Gelegenheit bietet. Doch Teams, die versuchen, sich einen Vorsprung zu erkämpfen, indem sie auf Schlaf verzichten, verlieren ihren kreativen Vorteil. Auf keinen Fall kann man das Spiel in weniger als achtundvierzig Stunden zum Abschluß bringen. Es ist besser, wenn sie irgendwann einmal schlafen; mehr kann ich dazu nicht sagen. Was kann ich für Sie tun?«

»Wir suchen Alex. Ist er auf dem Dach?«

»Nein. Obwohl er eigentlich dort eingesetzt werden sollte.« Tony runzelte die Stirn. »Glücklicherweise hatte ich einen Kerl, der groß genug ist. Harry Lessenger. Er sieht zwar schon wie ein Surfer aus, doch ich muß ihm den Text vorsagen.« Er pfiff einen kurzen, hohen Ton und grollte dann: »Dach, Dach.«

Das Holo-Bild sprang zur obersten Ebene. Ausgelassene Menschen feierten in einer primitiven Dorfkulisse. Sie improvisierten Regentänze, versuchten auf die kleine, völlig glatte Pyramide zu klettern, lagen in der Sonne und amüsierten sich. Sie befanden sich in der Abruf-Phase: Die Warnklingel, daß es in fünf Minuten losging, war bereits ertönt. Jetzt warteten alle auf das Zehn-Sekunden-Signal, bei dem sie eins mit ihren Rollen wurden und das die Ankunft der Spieler verkündete.

»Sharons Tod hat ihn umgeworfen«, sagte Tony.

»Das ist nur zu verständlich. Wo steckt er denn?«

»Vermutlich im DP. Er will nicht einmal mit *mir* reden.«

Harmony ließ den Kopf hängen. »Nun ... verdammt. Das Beste wäre, wir sehen mal nach ihm.«

Tony blickte ihnen nach. Als sie außer Sicht waren, schaltete er einen Monitor ein, um sie im Aufzug auf dem Weg nach unten weiterhin zu beobachten.

Dann rief er auf einem anderen Bildschirm ein winziges Fenster auf. Mit ausdruckslosem, beinahe gelangweiltem Blick schaute er sich die vorbeiströmenden statistischen Daten an.

Das Team der Army war vom dritten auf den letzten Platz abgerutscht.

In Vegas wußte man nun Bescheid. Das Voodoo-Spiel wurde nicht im Traumpark abgehalten. Die Quoten der Army fielen. Sie hatte im Spielbereich A Dutzende erfolgreiche Spiele absolviert, doch ihre Erfolgsbilanz an anderen Orten war mittelmäßig.

Universities of California war den Troglodyten im Moment dicht auf den Fersen. Die besten Quoten. Doch Vegas wußte nicht, was jetzt kam.

Pfeifend manipulierte Tony sein Bankkonto und setzte einen unauffälligen, kleinen Betrag, der durch sorgfältig verschleierte Kanäle lief, gegen Tammi und Twan. Wenn man das richtige System zur Hand hatte, konnte man Wetten setzen und Gewinne kassieren, ohne seine Identität enthüllen oder persönlich in Erscheinung treten zu müssen. Was Tony da machte, war illegal, unethisch und brachte vielleicht seine unsterbliche Seele in Gefahr. Das machte es ja so spannend.

Er hatte verschiedene Wettmöglichkeiten. Wie lange würde das Spiel dauern? Wer würde gewinnen? Wie viele Punkte würden die Teams erreichen? Ein cleverer Junge konnte da auf verschiedene Weise ganz schön was verdienen, ohne jemandem weh zu tun.

Stimmt's, Albert?

Es war ein Nervenkitzel, die sich ständig verändernden Quoten in Vegas oder Atlantic City zu beobachten. Ein berauschendes Gefühl, die Zu- und Abnahme der Zahlen zu beobachten, wenn ein reicher Wettkönig einen wirklich großen Wetteinsatz machte und die Quoten veränderte. Die Buchmacher nahmen ihre eigenen Anpassungen vor. Ein Buchmacher machte nie einen großen Verlust oder Gewinn. Die Bank strich stets einen gleichmäßigen Gewinnanteil ein, etwa drei bis sechs Prozent. Die anderen Trottel neutralisierten sich gegenseitig, es sei denn, hinter einem Spieler verbarg sich in Wirklichkeit eine Bank.

Tony McWhirter hatte Lust, die Bank zu spielen.

Laut Alex Griffins Sekretärin war er weder in seinem Büro noch in seinem Apartment. Er hielt sich in MIMIC auf, im Quartier der verstorbenen Sharon Crayne.

Millicent schürzte die Lippen. »Typisch.«

Harmony sprach kurz zu dem Aufzug. Der Computer erfaßte das Ziel und setzte die Kabine in Richtung Sharons Apartment in Bewegung.

»Wissen Sie ...« Millicent blickte geradeaus. Harmony war schon öfter aufgefallen, daß sie sich in engen Räumen so verhielt. »Ich habe darüber nachgedacht, ob ich etwas kaputtgemacht habe, als ich die Sicherheitsabteilung verließ.«

»Wie kommen Sie denn darauf?«

»Wir waren eine Art Team. Ich, Alex und Marty Bobbick. Als Alex aus Tacoma kam, übernahm er sofort das Ruder, doch wir waren da, um ihm helfen zu können. Immer.«

Die Kabine hielt an, und die Türen öffneten sich.

Der Korridor war leer und so still wie eine Gruft. Als sie Sharons Tür erreichten, zögerten sie beinahe, sie zu öffnen.

Auf dem diagonal angebrachten roten Aufkleber der Sicherheitsabteilung stand *Zutritt verboten*.

»Und?«

»Und ich ging. Kurze Zeit später fanden wir heraus, daß Marty ein fauler Apfel war.« Sie fröstelte. »Und Alex war nicht mehr derselbe. Es fällt ihm nicht leicht, sich jemandem zu öffnen. Oder ihn nahe an sich herankommen zu lassen. Als er es endlich bei Sharon versuchte, passierte das hier.« Sie blickte wieder zu Boden. »Wissen Sie, unsere Beziehung barg keinerlei Risiken. Wir wußten beide, daß sie nirgendwo hinführt.« Ihre tiefen, braunen Augen enthüllten eine ... Betäubung? Bedauern? Schmerz? »Keinerlei Risiken.«

Harmony drückte den Daumen gegen das Schloß, und der Sicherheitsaufkleber löste sich auf.

In der Diele herrschte dämmriges Licht; weiter hinten war es heller. Harmony hörte ein leises, schabendes Geräusch, so wie es eine Krabbe verursachte, die über einen Stein kletterte.

Harmony trat ein, folgte dem Licht und fand Alex neben der Küche. Er saß auf einem Plastikstuhl und ging einen Papier- und Plastikstapel durch. Zu seiner Linken befand sich ein bereits durchsuchter Stapel.

Er sah aus, als hätte er seit anderthalb Tagen kein Auge mehr zugemacht.

»Hallo, Alex«, sagte Harmony leise.

Alex nickte ihnen zu. Millicent hielt sich im Hintergrund. Etwas in Alex' Blick hatte sich unangenehm verändert.

Sie sahen sich an, und er war wieder der alte, freundliche Alex, der verschmitzt lächelte. »Ich ... vergleiche gerade nur ein paar Daten.«

»Ich verstehe«, sagte Harmony. »Warst du die ganze Nacht hier?«

»Hier, oder an den Computern, oder im Gespräch mit Tacoma.«

»Wonach suchst du, Alex?« Harmony zog die Hosenbeine ein Stück hoch und ging neben seinem Freund in die Hocke.

»Ich … es gibt nur wenige Möglichkeiten, wie man die Sache betrachten kann«, sagte Alex mechanisch. »Ihr Tod kann ein Unfall gewesen sein. Sie traf dort einen Geliebten und rutschte aus. Oder es war weniger … harmlos.« Er blinzelte. »A: Sie wurde von jemandem ermordet, der Cowles Industries kein Interesse entgegenbringt. B: Sie traf sich mit jemandem, der etwas gegen Cowles hat, starb jedoch an einem Unfall. C: Sie wurde von einem Feind der Firma ermordet.

Falls man sie unter Druck gesetzt hat, muß ich herausfinden, womit. Ich zäume das Pferd von hinten auf. Ich will wissen, ob es etwas gab, das sie brauchte …«

Das du ihr nicht geben konntest, sagte Millicent in Gedanken.

Sie tastete herum und fand eine Kiste, auf der sie Platz nehmen konnte. Harmony nahm sich einen Stuhl. Sie setzten sich in der künstlichen Abenddämmerung dicht neben Alex. Millicent vergaß den Wunsch, die Deckenlampe einzuschalten. Irgendwie schien es wichtig, alles so zu lassen, wie es im Augenblick war.

»Ich bin von folgenden Überlegungen ausgegangen«, sagte Alex tonlos. »Nimm das Schlimmste an. Nimm an, daß sie in etwas Illegales verwickelt war. Sie traf jemanden, um etwas auszutauschen. Es hatte nichts mit Sex zu tun.«

Warum, Alex? Fällt dir die Vorstellung leichter, daß sie eher Cowles Industries verraten hat als dein Bett?

»Ich bin von der Überlegung ausgegangen«, sagte Alex, »daß die Zeit ihrer Ankunft wichtig war. Sie mußte nahe an MIMIC heran – und an mich.« Er zuckte zusammen und blinzelte wieder.

»Warum an dich, Alex?«

»Sie brauchte Informationen.«

Harmony kratzte sich am Kopf. »Sie hätte doch nur etwa einen Monat warten müssen und wäre die stellvertretende Leiterin von MIMIC gewesen. Dann wäre sie an viel wertvollere Informationen herangekommen.«

Alex nickte. »Sie brauchte sie früher. Warum? Sie kannte das Sicherheitssystem viel besser als ich. Sie wußte viel mehr über die Mieter, die hier einziehen werden. Im Augenblick ist irgendwas hier, das es später nicht mehr geben wird, oder jemand braucht dringend eine Information.«

»Sie hätte Zugang zu den Buchhaltungsvorgängen bekommen«, sagte Millicent zögernd. »Zu den Plänen des Konstruktionsbüros und der vertraulichen Korrespondenz mit den am Projekt beteiligten Firmen – ganz zu schweigen von der Spiel-Zentrale.«

»Aber der Zeitdruck? Ich komme immer wieder zum Voodoo-Spiel zurück.«

Harmonys Augen hatten einen nachdenklichen Eindruck angenommen. »Ja. Vielleicht hat sie ein paar Wetten abgeschlossen. Ihr waren Geheimnisse bekannt; sie konnte die Spielmeister beobachten. Vielleicht traf sie sich mit einem Buchmacher, oder jemandem, der für sie eine Wette abschließen sollte ... Nein, das hätte sie telefonisch machen können.«

»Aber es ist eine Möglichkeit«, stimmte Alex ihm zu. »Falls sie einen Partner hatte, und falls die beiden einen Gegenstand tauschten, einen Schlüssel oder einen Datenchip, war vielleicht ein persönliches Treffen erforderlich.« Er seufzte. »Es gibt zu viele Möglichkeiten.«

Millicent schwieg einen Augenblick. »Hör zu, Alex«, bot sie dann fast schüchtern an. »Ich kann mir die Gehaltsliste ansehen und ihre Bankcodes herausfinden. Ich könnte nachsehen, ob auf ihrem Konto große Summen bewegt wurden. Vielleicht finden wir einen Hinweis auf Erpressung oder Spielschulden. Irgendwas in der Richtung.«

Harmony saß schweigend da, bis er erkannte, daß beide darauf warteten, daß er etwas sagte. »Als technischer Direktor steht mir eine Menge indirekter Macht zur Verfügung. Ich weiß nur nicht, wo ich den Hebel ansetzen soll. Was willst du?«

»Versuchen wir doch mal, ob wir ihre Akte, ihren Hintergrund ausführlicher darstellen können, Thaddeus. Dann soll Norman Vail sie sich ansehen. Ich will wissen, ob Sharon durch Erpressung, Bestechung oder sonstige Beeinflussung verwundbar war. Ich will ihre Fehler kennen. Nach dem Schlamassel mit Marty habe ich *jeden*, der Zugang zu wichtigen Daten hat, einer hochkarätigen Sicherheitsüberprüfung unterzogen.«

»Jeden Traumpark-Angestellten«, korrigierte Millicent ihn sanft. »Sharon war bei Cowles Industries.«

Harmony stand auf. »Ich kümmere mich darum, Alex.« Alex schaute nicht auf. Harmony wartete einen peinlichen Augenblick lang und verließ dann den Raum.

Millicent blieb. Alex betrachtete die Gegenstände in seiner Hand. Er schien nur noch eine leere Hülle zu sein. Sein gesamtes körperliches und geistiges Potential war vorhanden, und tief in einem abgelegenen Winkel seines Wesens liefen die Maschinen auf Hochtouren. Doch sie waren nicht angeschlossen. Ohne die Verbindungen zu diesem Getriebe war er wie eine gläserne Hülle, die über einem offenen Feuer hing. Wenn man die Hülle berührte, würde sie warm sein. Lauwarm. Doch im Innern brannte ein Feuer, das die Oberfläche nicht erreichte.

Sie legte eine Hand auf seinen Nacken. Seine Haut war kühl.

Er drehte den Kopf und schaute zu ihr auf. Seine grünen Augen schienen fast schwarz zu sein. »Kann ich mich denn so geirrt haben?« Es war eine verzweifelte Frage. Er brauchte Schlaf, doch er war jetzt zu überdreht. Sie wünschte, sie könnte ihn bei der Hand nehmen und zum Bett führen …

Aber es war nicht möglich. Als sie Alex so sah, er sie an diesem Gesichtsausdruck teilhaben ließ, den er ihr nie zuvor gezeigt hatte, erkannte sie, daß die Dinge zwischen ihnen nie mehr so sein würden wie früher.

Wie war es Sharon gelungen, auf eine so geschickte Weise an Alex' Verteidigungsmechanismen vorbeizuschlüpfen? Sie konnte in seinem Gesicht lesen: Alex fürchtete, daß er überhaupt nichts dazu beigetragen hatte. Daß er den Köder so sauber geschluckt hatte wie einer von Harmonys Marlins.

Und so hielt sie in diesem Moment schrecklicher Verletzbarkeit seinen Kopf, und er lehnte sich gegen sie. Alex schüttelte sich wie ein müder, alter Gaul. »Ich muß hier noch einige Dinge erledigen, okay?« sagte er.

»Würdest du Vail helfen?« fügte er dann hinzu, als wäre es ihm gerade erst eingefallen. »Es könnte Dinge geben, die einer ... äh ... Frau auffallen, während ein Mann sie ... du weißt schon«, sagte er kläglich.

Sie nickte. »Klar, Alex, ich weiß.« Ohne ein weiteres Wort ließ sie ihn zurück. Sie wünschte, es gäbe mehr zu sagen, aber da war nichts. Irgendwie war sie nicht einmal enttäuscht, sondern sogar erstaunt, daß er ihren kleinen Beitrag überhaupt zugelassen hatte.

Der letzte Eindruck, den sie von ihm mitnahm, war der einer Silhouette: Ein einsamer Mann saß in der Dunkelheit und arbeitete sich durch einen Haufen Papier und Plastik. Las ein zweitesmal diesen Brief, betrachtete erneut jenen Holowürfel, ging sie von allen Richtungen an. Versuchte mit hektischer Verzweiflung das Puzzlespiel namens Sharon Crayne zu verstehen.

13 Mami Wata

In meinen Träumen erscheinen oft Meerjungfrauen, die mich ins Wasser ziehen wollen ... Ich habe Angst ...

Gert Chesi, *Voodoo*, 1979

DONNERSTAG, 21. JULI 2059, 12 UHR 10

Acacia war in die hinterste Ecke des trommelförmigen Aufzugs gedrängt worden. Der riesenhafte, leuchtende Nommo stand auf der einen Seite – allein. Die Spieler scheuten davor zurück, einen mutmaßlichen Gott zu berühren; sonst wäre für alle vielleicht mehr Platz gewesen. Im Augenblick hatte Acacia kaum Platz genug zum Atmen.

Gott sei Dank sind sechs von uns getötet worden, dachte sie.

Acacia wurde durch den Nommo, Coral und zwei Reihen Spieler von Nigel Bishop getrennt. Sie behielt ihn nervös ihm Auge. Jedesmal, wenn sie ihn anschaute, beschleunigte sich ihr Herzschlag, und sie war sich nicht mehr sicher, warum dem so war.

»Enthüllt unseren Weg«, sagte S. J. Waters dramatisch.

»Alle Späher zusammenarbeiten«, sagten Acacia und Nigel wie aus einem Mund, und die Späher faßten sich in der engen Aufzugskabine an den Händen. Die Wände verwandelten sich in Glas.

Sie fuhren die Mauer eines Gebäudes hoch, das die Masse von einem Dutzend Astrodomen oder von einhundert World Trade Centers besaß und das groß genug war, um sämtliche Wale aller Weltmeere aufzunehmen. Korridore und Laufgänge erstreckten sich in alle Richtungen und markierten Zwischenräume, die größer als so manches Gebäude waren.

Der Boden der Aufzugskabine ruckte unter ihren Füßen. Acacia stützte sich an der Wand ab; ein plötzlicher Anfall von

Klaustrophobie raubte ihr jeden Gedanken. MIMIC erbebte heftig und verschwand dann wieder hinter massiven Wänden, als sich die Späher nicht mehr konzentrieren konnten.

»Was war das, zum Teufel?« murmelte SJ. »Thaddeus Dark?«

Das Beben hörte auf.

»Vielleicht ist es nur das alte Gebäude«, sagte Acacia, die sich über die Anspannung in ihrer Stimme ärgerte. Sie mußte sich zusammenreißen. Verdammt, das Spiel hatte gerade erst angefangen, und es war ihnen schon gelungen, sie kribbelig zu machen. Der erste Adrenalinschub verebbte und hinterließ eine bleierne Müdigkeit. Der zweite Schub ließ auf sich warten.

Die Späher faßten sich wieder an den Händen. MIMIC kam erneut in Sicht, riesig und furchteinflößend. Wie in aller Welt sollten sie in einem Gebäude dieser Größe etwas finden? Die Späher. Sie mußten die Späher beschützen, egal um welchen Preis.

Die kühl leuchtende Decke kam ihnen entgegen, und für einen Augenblick wurde alles dunkel. Dann rasten die Etagen zu schnell vorbei, um überhaupt etwas erkennen zu können. Hier gab es einen tropischen Garten, dort war wieder der Friedhof; die silbern schimmernde Oberfläche eines großen Hallenschwimmbeckens wurde aufgewühlt ... vorbei.

MIMIC wackelte wieder. Der Aufzug vibrierte – und dann gab es einen mächtigen Ruck. Die Spieler schrien auf, als er zur Seite kippte und sie übereinander fielen. Ein wüstes Durcheinander aus Armen, Beinen, Schwertern und Stäben rutschte gegen die Wand. Den Spähern war es offensichtlich gelungen, den Kontakt zu halten, denn MIMIC war noch immer aus der winzigen, durchsichtigen Kabine zu erkennen. Doch die gigantische, transparente Stadtlandschaft stand auf dem Kopf und bebte. Eine ohrenbetäubende, kreischende Vibration, bei der sich Metall gegen Metall rieb, ließ die in Schräglage befindliche Kabine tanzen, als würde sie an den Wänden des Aufzugsschachts entlangschrammen. Der Boden gab fünfzehn Zentimeter nach, und Acacia schrie als erste auf, als sie zu Boden geschleudert wurde.

Nun machte sich Furcht im Aufzug breit; sogar Bishop suchte die Wände nach einer Ausstiegsmöglichkeit ab.

Al der Barbar hatte jegliche Gesichtsfarbe eingebüßt. »Ich sterbe«, keuchte er.

»Nicht doch«, erwiderte Tammi. »Warte damit, bis ich dich auf saubere Weise umbringen kann.«

»Leck mich ...« Das beiden Worte gingen in einem Schrei unter, als der Aufzug dröhnte, ein Stück in die Tiefe fiel und seine Neigung veränderte. Die Wand war erneut undurchsichtig. Acacia lag schon wieder auf dem Boden. Vor ihrer Nase tasteten Hände herum, als die Späher sich verbissen bemühten, ihren Transparenz-Zauber wieder einzusetzen.

»Das verdammte Ding bricht auseinander!« murmelte Bishop.

Acacia nahm emotionelle Zuflucht in kühler Analyse. Al der Barbar schien ganz schön nervös zu sein, doch wenn ihre Erinnerung sie nicht trog, war sein manisches Getue genausowenig echt wie sein Cowboy-Gehabe. Sie durfte sich nicht darauf verlassen, daß er unter Druck zusammenbrach. Das wollte sie auch gar nicht, zumindest nicht, bis sie genauer wußten, womit sie es eigentlich zu tun hatten.

Der Mausling, der kleine Dieb, der den Troglodyten wie ein Bernhardiner-Welpe hinterherlief, grinste wie ein Junge auf der Achterbahn; er schien überhaupt keine Nerven zu haben. Außerdem wußte Acacia, daß er trotz seiner Schmächtigkeit zweiundsiebzig Stunden ohne Schlaf auskam, wenn es um ein Spiel ging.

Der Transparenz-Zauber flackerte. M!MIC sah aus wie ein Hologramm-Standfoto.

Sie ließen weitere Etagen unter sich, was andeutungsweise die Komplexität des Gebäudes verriet. Acacia war zu sehr damit beschäftigt, ihren Magen unter Kontrolle zu halten, als daß sie sich die Umgebung hätte einprägen können. Sie nahm soviel geistige Schnappschüsse wie nur möglich auf und vertraute ihrer Erinnerung kurze, äußerliche Details an.

Sie wußte, daß Aces Wilde sich viel besser an die Umgebung erinnern würde. Mit den richtigen Zaubersprüchen würde sie alles an ihrem inneren Auge zurücklaufen lassen, als hätte sie es mit der Kamera aufgenommen.

Der Mausling würde mit Sicherheit nicht vergessen, daß sie ihn im Kristall-Labyrinth getötet hatte. Bestand die Möglichkeit, Kapital daraus zu schlagen? Nein, die Zeit war noch nicht reif ...

Appelion hatte trotz des Chaos etwas gesehen, das er den anderen offenbar unbedingt mitteilen wollte. Acacia hatte bemerkt, daß Twan ihm einen Ellbogenstoß in die Rippen versetzt und ihn auf diese Weise gewarnt hatte, im überfüllten Aufzug keine Geheimnisse auszuplaudern. Was hatte er gesehen, das Acacia entgangen war?

Die Kabine kam mit einem Ruck zum Stehen, als wäre sie gegen die Decke des Aufzugsschachts geprallt. Die Tür öffnete sich quietschend und protestierend und gab die Sicht auf einen blauen Himmel und einen schrägen Horizont frei.

»Raus! Alle Mann raus!« schrie Clavell überflüssigerweise. Sie rannten einander fast über den Haufen, als sie sich in Sicherheit brachten und den ächzenden Aufzug hinter sich ließen.

Mary-em war die letzte. Ihr Fuß hatte den Kabinenboden noch nicht ganz verlassen, als erschreckende Geräusche ertönten: Alte, metallene Stützpfeiler und Streben gaben ihren rostigen Geist auf; überlastete Kabel rissen knallend unter der enormen Belastung. Die Aufzugskabine raste in die Tiefe.

Für einen Augenblick herrschte eine so tiefe Stille, daß Mary-em zur Türöffnung kroch, um einen Blick zu riskieren. Dann brach im Aufzugsschacht das Inferno los.

Die Spieler rollten sich kopfschüttelnd von den Geräuschen fort. »Ich glaube, ich habe mein Kaugummi verschluckt«, krächzte Coral.

Hinter ihnen ertönten Gelächter und Geplätscher. Acacia drehte sich um.

Ein Dutzend kichernder Frauen standen bis zur Taille im Wasser und flirteten mit einer Gruppe von Männern, die am Ufer stand. Aus verborgenen Lautsprechern dröhnte laute Musik, die von einem Rauschen durchsetzt war. Weiter im Osten gab es Obstgärten mit miniaturisierten Orangenbäumen, Korn- und Weizenfeldern und einer Pyramide – einer glatten, etwa acht bis zehn Meter hohen Pyramide, die sich völlig natürlich in die sie umgebenden bearbeiteten Felder einzupassen schien, als wäre das Bild aus den Zeiten der Mayas direkt hierherspaziert.

Sie befanden sich auf einem Dach, doch dieses Dach war so groß, daß seine Ränder einen Horizont bildeten. Im Westen schien der Dachrand zusammengebrochen zu sein, und die Lagune rauschte dort in die Tiefe.

Eine Lagune auf dem Dach? Die mit dieser Geschwindigkeit an Flüssigkeit verlor? MIMIC war in einem Zeitalter erbaut worden, als die verschiedensten Gruppen von Schwachköpfen erbittert jede Form der Energiegewinnung bekämpft hatten. Wo hatte Meacham diese Energie her?

Es handelte sich nicht um Hydroelektrizität – nicht in dieser Wüste. Solar- und Windenergie kamen auch nicht in Frage; die waren zu schwach. Ein Atomreaktor? Der Sierra Club wäre ausgerastet ...

Einer der Feiernden lief leichtfüßig auf sie zu. Er hatte einen bunten Sarong um den Unterkörper gewickelt und trug eine Muschelkette um den Hals. Ansonsten sah er wie ein typischer Surfer vom Westwood Beach aus: weißblondes, zotteliges Haar und Bart; breite, bronzefarbene Sonnenbrille; ein nackter, muskulöser Oberkörper. Auf seiner kleinen Nase schälte sich der Sonnenbrand.

»Nommo!« Der Surfer blieb stehen, starrte sie an und sank schnell auf die Knie. »Du bringst ... Fremde her. Und diese Mayombrera? Warum?« Er war wütend, verängstigt und fasziniert.

»Sie bringt euch Verbündete mit, Bobo«, sagte der Nommo. »Sie könnten diejenigen sein, die wir brauchen.«

Der Mann kratzte sich nachdenklich seinen blonden Jesus-Bart. Er kniete noch immer. »Willst du damit sagen, wir können den Mayombreros trauen?«

Ihr Retter kicherte angeekelt. »Bobo, manchmal glaube ich, dir fehlen ein paar Perlen an der Kette. *Natürlich können wir ihnen nicht vertrauen*. Doch Corals Herz ist *rein*. Vertrau dem Gidget, nicht ihren Leuten.«

Der Nommo trat einen Schritt näher an den Wasserfall heran. Der Himmel über ihnen war sehr blau. Von Osten kam ein heißer, trockener Wind.

Alphonse sprach als erster. »Sie nennen dich Nommo. Bist du ein Gott?«

Der Nommo lachte herzlich. »Nein. Wir Nommo haben nie für uns in Anspruch genommen, Götter zu sein. Der Name ist übrigens künstlich. Ich heiße Wannis.«

»Können wir dir vertrauen?«

Wannis grinste. »Glaubt nur das, was ihr seht«, sagte er. Sein Körper fing an zu leuchten, und Acacia bemerkte plötzlich, daß er *auf* der Wasseroberfläche stand und einen ziemlich verwirrten Eindruck machte. Der Dachrand und der schäumende Wasserfall befanden sich in seinem Rücken.

Seine Umrisse verformten sich. Für einen Augenblick war eine andere Gestalt zu sehen, dann bestand Wannis in seiner ganzen Größe von einem Meter und achtzig nur noch aus schlanken, muskulösen Flossen inklusive Schwanz.

Diese andere Gestalt ... hatte sie das tatsächlich gesehen? ... diese Mischung aus Plattfisch und einer Art Flunder, so häßlich wie die Sünde? Plötzlich sprang ein Delphin in die Höhe, fiel wieder zurück und tanzte auf der Schwanzspitze wie ein flach geworfener Stein über die Wasseroberfläche. Er raste bis zum zerstörten Dachende und balancierte dort am Rand des tosenden Wasserfalls. Wannis sagte etwas, und seine Stimme verwandelte sich in ein summendes Disney-Quietschen. »Andererseits … glaubt nur die Hälfte von dem, was ihr seht!«

Dann glitt er über den Rand und verschwand.

Als Acacia sich umsah, stellte sie fest, daß sie und die anderen wieder mal umzingelt waren.

Zumindest handelte es sich hier ziemlich eindeutig um Voodoo-Anbeter. Sie trugen eine Art Bauerntracht – einfache Stoffe mit roten und silbernen Rüschen sowie allem möglichen Schmuck, der aus Gold, Silber und polierten Muscheln gefertigt war. Sie waren ziemlich recht laut nähergekommen; Acacia hatte es gehört und ignoriert. Aber warum hatten ihre Späher …

Wo steckte Corrinda?

Sie mußte sich davongestohlen haben, während Wannis seine Schau abzog. Sie wollte etwas auf eigene Faust nachprüfen, aber was?

Eine große, imposante braunhäutige Frau mit afrikanischen Gesichtszügen schob sich durch die Menge. Sie bewegte sich wie ein Schlachtschiff, das durch die Wellen pflügte. Bobo rutschte schnell aus dem Weg und stand erst dann auf. Sie bemerkte es nicht einmal.

»Also«, sagte die Frau. Ihre funkelnden Augen lagen hinter unzähligen Runzeln verborgen. »Die Mami Wata sind euch freundlich gesonnen.«

»Mami Wata?« fragte Acacia.

»Es gibt viele, viele Namen für dieselben Geschöpfe, dieselben Götter. Man nennt sie auch Meerjungfrauen – und Nommo.« Sie lachte. Es war ein tiefer, warmer und ehrlicher Laut. »Wie auch immer ihr sie nennt, heute feiern wir ihren Segen. Kommt mit mir! Ihr seid nun unsere Freunde.«

Acacia hätte sich gern entspannt; wie schön wäre es gewesen, einen Augenblick mal nicht auf der Hut sein zu müssen. Sie brauchte das! Doch hier gab es magische Kräfte, die nicht einmal bei einem tiefen Scan auffielen. Sie mußte vorsichtig sein – und das weit über die Bedeutung des Wortes hinaus.

»Ich bin Mamissa Kokoe«, brüllte die stämmige Frau, »und ich bin eine Person, die ihr wahrscheinlich als Fetisch-Priesterin bezeichnen würdet.«

Einige Abenteurer stellten sich vor. Coral hielt sich im Hintergrund. Mamissa ging zu ihr, ließ sich in die Hocke nieder und brachte ihr dunkles, flaches Gesicht näher an sie heran, um sie besser mustern zu können. »Du gehörst nicht zu den Außenseitern. Wer bist du, Kind?«

Coral schien sich in sich selbst zurückziehen zu wollen. »Ich heiße Coral«, sagte sie mit einer erstickten Kleinmädchenstimme. »Sie haben mir das Leben gerettet. Sie wollten auch Tod retten, aber er sah wie aufgeschnittene Wurst aus.«

Mamissa legte die Handflächen auf ihre gewaltigen Knie und musterte das Mädchen genau. Es sah aus, als würde eine erwachsene Frau sich eine Puppe ansehen. »Du kommst von den unteren Ebenen, nicht wahr?«

Coral nickte nervös.

»Und du hast diesen Leuten geholfen und bist nun ohne Stamm?«

Coral nickte wieder.

»Ich verstehe. Nun ja, da machst du schwere Zeiten durch. Würden diese Neuankömmlinge über eigene Macht verfügen ...«

Mamissa und ihre Anhänger führten sie übers Dach. Überall gab es Hütten, kleine Teiche und, wie es aussah, Hunderte von Morgen Ackerland.

»Was ist das hier?« fragte Mary-em.

»Das ist unsere Heimat. Manche nennen es MIMIC. Manche nennen es Neu-Afrika.«

»Die Menschen in den unteren Ebenen hatten aber nicht viel Afrikanisches an sich«, sagte der Mausling. »Wenn du die Bemerkung entschuldigst.«

Mamissas gewaltige Gestalt erbebte vor elementarem Gelächter. Es wurde eins mit dem Wind, der die Zuckerrohrblätter zum Rauschen brachte und durch die Getreideähren und Bananenstauden pfiff.

»Afrika liegt im Herzen und nicht auf der Haut, kleiner Junge. Die Stämme Afrikas sind schwarz, weiß und gelb.« Acacia bemerkte, daß die Worte in ihren Ohrstöpseln widerhallten, und schaltete ihren Recorder auf Aufnahme. Diese Mitteilungen kamen von den Spielmeistern. Man konnte nie wissen, was sich hinterher als nützlich erwies.

»Bevor die Welt unter den großen Tragödien erzitterte, sandten die alten Götter ihren Gläubigen eine Warnung. Sie befahlen uns, hierher zu kommen. Lehrten uns Gebete, damit das Getreide wuchs«, sagte Mamissa Kokoe.

Nigel Bishop drängte sich näher an sie heran. »Aber es gibt anscheinend viele ... Möglichkeiten der Anbetung«, sagte er.

»Die hat es schon immer gegeben.«

Sie hatten die Felder hinter sich gelassen und gingen nun durch ein Netzwerk von Hütten. Kugelbäuchige, halbnackte Kinder liefen barfuß herum. Sie alle waren haselnußbraun, ob nun von Geburt an oder durch die sengende Wüstensonne. Sie machten einen gesunden und glücklichen Eindruck.

»Seid ihr denn völlig unabhängig, was die Versorgung betrifft?«

»Nein.« Das Lächeln verschwand kurz. »Wir brauchen Dinge von den unteren Ebenen. Die meisten Leute der oberen Ebenen beten sanftmütigere Götter an – wir opfern sogar keine Tiere mehr.«

»Opfer?«

Twan spitzte bei diesem Wort die Ohren. Sie waren jetzt völlig von Kindern umringt, die aus den Hütten und Häusern gekommen waren, neugierig, wie Kinder nun mal sind.

Acacia streichelte über einen Krauskopf. Trevor Stone hockte auf den Fersen, flüsterte einer Handvoll Kinder etwas zu und zeigte ihnen einen glitzernden Gegenstand von der Größe einer Handfläche. Unter den Kleinen gab es viele Lateinamerikaner, deren Haut die Farbe von Kaffeebohnen hatte. Sie liefen lachend und lächelnd neben den Abenteurern her, zeigten unglaublich weiße, strahlende Zähne und streckten die Hände aus, um das Fremdartige zu berühren.

»Schweine. Hühner. Die werden oft geopfert. Aber wir haben das ziemlich eingeschränkt.«

»Warum?« wollte Twan unbedingt wissen.

»Greenpeace«, sagte Mamissa nüchtern. »Rettet die Hühner, Mann.«

Der blonde Jogger – Bobo? – lief an die Spitze und stellte sich ihnen in den Weg. »Mamissa«, sagte er, »wir dürfen diesen Fremden nicht erlauben, an unseren Zeremonien teilzunehmen!«

»Ach, halt den Mund. Die Mami Wata haben persönlich eingegriffen. Es wäre unhöflich, sie abzuweisen.«

»Du gehst zu weit!« rief Bobo ihnen hinterher.

Mamissa ignorierte ihn.

»Du weigerst dich, den Göttern zu opfern, und nun gestattest du Fremden den Zutritt. Du wirst uns alle ins Unheil stürzen!« brüllte Bobo.

Es war also wichtig, den Göttern zu opfern, und sie hatten nicht ihren Beitrag geleistet? Acacia merkte sich das und nahm sich vor, ganz besonders aufmerksam zu sein. Man mußte an allen Orten und zu allen Zeiten die religiösen Regeln lernen.

Auf dieser Seite der Lagune drängten sich die Hütten wie Kokosnüsse ... Moment mal. Aus diesem Blickwinkel sah die Lagune wie ein Ozean aus. Er erstreckte sich, so weit das Auge reichte.

Acacia legte einen Schritt zu, um wieder an Mamissas Seite zu gelangen; diese Frau bewegte sich trotz ihres Körperumfangs wie ein Läufer. »Was ist das eigentlich für eine Zeremonie?«

Das Dorf schien sich zu versammeln. Die Sonne stand

hoch am Himmel und spiegelte sich auf den Wellen, die auf den Strand zurollten.

»Die Mami-Wata-Zeremonie ist ein Tribut an das Wasservolk«, sagte Mamissa. »Wenn ihr eure Träume besänftigen, die Zukunft kennenlernen und mit den Wassergeistern kommunizieren wollt, müßt ihr daran teilnehmen.« Sie drehte sich um und musterte die Abenteurer. »Welche eurer Frauen möchte an der Mami-Wata-Zeremonie teilnehmen?«

Acacia wog einen Augenblick lang die Risiken ab und trat dann vor. »Ich«, sagte sie.

»Waters«, sagte Poule im Befehlston, und S. J. Waters trat vor.

Mamissa schüttelte den Kopf. »Nein. Nur Frauen.«

SJ blickte Poule schulterzuckend an. »Ja«, sagte Poule. »Ich dachte, Sie hätten mit Ihrem Namen vielleicht Glück gehabt.«

Ein hoher, stöhnender Laut ertönte im Dorf, gefolgt von einem freudigen Jubel. Etwa fünfzig Frauen stürmten aus den Hütten. Es waren alle Rassen und Hautfarben vertreten – außerdem waren alle halbnackt.

Acacia entging nicht, daß Alphonse fast die Augen aus dem Kopf fielen. *Und hier ist ihr Hauptgewinn*, dachte sie. Sie hatte fast mit so etwas gerechnet.

Mit einstudierter Lässigkeit zog sie sich bis aufs Höschen aus. Jede Bewegung war von kalkuliertem Aufreiz. Die Männer der Army hatten sich definitiv in Stein verwandelt. Al der Barbar, paranoid wie eh und je, versuchte, in alle Richtungen gleichzeitig zu schauen, und scheiterte kläglich. Der Narren-Töter hätte ihn sich im Vorbeigehen schnappen können.

Acacia stellte sich auf die Zehenspitzen, wodurch die unglaublich langen Beine noch betont wurden, drehte sich langsam mit nacktem Oberkörper um und sah die Männer an. Denen quollen fast die Augen aus dem Kopf. »Was gibt es da zu starren, ihr sabbernden Milchgesichter?«

Adamsäpfel bewegten sich krampfhaft.

Nervöser Schweiß glänzte auf zusammengezogenen Augenbrauen. *Mein Gott*, dachte sie. *Es gibt doch nichts Schöneres, als eine Frau zu sein.*

Dem Mausling fiel eine dürftige Erwiderung ein. »Äh ... sie hat gesagt, wir dürften nicht daran teilnehmen ...«

Mamissa lachte herzlich. »Stimmt. Aber wenn ihr zusehen oder helfen wollt, müßt ihr die Kleidung ablegen. Sonst müßt ihr zurückbleiben! Hindert die Gläubigen nicht an ihrer Zeremonie!«

»Jetzt weiß ich wieder Bescheid!« sagte Al der Barbar plötzlich. Alphonse zog sich aus, zuerst zögernd, dann aber immer hastiger.

Die anderen Männer folgten seinem Beispiel. Man konnte an ihren Mienen erkennen, ob sie die Infos über die Riten der Mami Wata gelesen hatten oder einfach nur Alphonses Beispiel folgten, denn entweder grinsten sie verstohlen oder runzelten unverständig die Stirn.

Nur zwei Personen beschwerten sich offen. Der eine war Major Terry Clavell. »Da mache ich nicht mit«, sagte er stur. »Ich sehe mir diese Zeremonie nicht an. Auf gar keinen Fall!«

General Poule warf zuerst seine Hosen auf den Rucksack, dann sein Hemd. Dabei ließ er die einheimischen Frauen, die sich am Ufer versammelten, keine Sekunde aus den Augen.

»Dann ist es wohl besser, wenn *ich* zuschaue. Vielleicht entdecke ich dabei eine wichtige Information.«

Auch die faltige, von der Sonne ausgetrocknete Mary-Martha Corbett weigerte sich. »Es gibt genug Leiden auf der Welt«, murmelte sie. »Man muß den netten Leuten in China oder England nicht zumuten, meinen Hintern auf dem Großbildschirm zu betrachten.« Es war vielleicht nicht besonders nett, aber es fand sich niemand, der ihr widersprach.

Die Mutter Oberin enthielt sich zwar jeder Beschwerde, doch sie zog sich auch nicht aus.

»Nun mach schon«, sagte der Mausling. »Versuch es doch mal.«

»Du kennst meinen Mann nicht, Junge«, sagte sie sehnsüchtig. »Ob er wohl zornig wäre? Ha!«

»Verdammt, Waters«, sagte Poule, »alle starren auf meinen Bauch.«

»Der ist doch nicht schwabbelig, sondern einfach nur groß, stimmt's? General, warum bitten Sie Bobo nicht darum, einmal zuzuschlagen?«

»Weil er ganz schön stark aussieht.«

Tief unter ihren Füßen bat Doris Whitman Tony McWhirter um einen Lagebericht. Tony ging alle vierundzwanzig bis jetzt ›überlebenden‹ Spieler durch und beurteilte sie in bezug auf Magie und Widerstandskraft gegenüber Zaubersprüchen. Er kam auf drei Namen, alles Männer.

Doris jagte sie schnell durch den Zufallsgenerator, um ein Opfer auszusuchen. Sie schaltete zu den individuellen Funkverbindungen durch, gab Als Code ein und sprach.

Für einen Augenblick hatte Alphonse das Gefühl, den Verstand zu verlieren. »Hallo«, raunte eine ziemlich sexy klingende Stimme in sein Ohr. »Hier sprechen die Götter. Sie sind für eine Demonstration unserer Macht auserwählt worden. Sie werden genau das tun, was wir Ihnen sagen, *sobald* wir es Ihnen sagen, oder Sie erhalten sofort zwölf Trefferpunke. Bitte nicken Sie, wenn Sie verstanden haben.«

Alphonse nickte enthusiastisch.

»Braver Junge. Also, Sie werden folgendes tun ...«

Die Ungläubigen, die nicht an der Zeremonie teilnehmen wollten, wurden in den hinteren Teil der Menge geschubst, wo sie lediglich die Köpfe der vor ihnen stehenden Zuschauer sahen.

Die Teilnehmer hatten sich in einer Reihe an der Uferlinie aufgestellt. Sie waren alle fast nackt, sangen und wiegten sich zu den Klängen einer Musik, die anscheinend aus jeder Richtung auf sie eindrang und völlig Besitz von ihnen ergriffen hatte.

Das Wasser strömte gegen den Uferstreifen. Die entkleideten Abenteurer trennten sich von ihren bekleideten Gefährten und mischten sich zwischen die am Strand schreienden, hüpfenden und kreischenden Frauen.

Die Wellen schienen lebendig zu sein. Sie lockten.

Als sie wieder in der Nähe der Hütten standen, stieß Major Terry Clavell ein rauhes, grimmiges Lachen aus. »Ich habe den Eindruck, daß die Mädchen hier einen unfairen Vorteil bekommen«, sagte er pampig.

»Die Phillips hat uns reingelegt. Sie wollte uns unbedingt zeigen, wie gut sie ist«, sagte S. J. Waters nüchtern. »Ihr Timing war lausig.«

»Waters«, sagte der Major kurz angebunden, »wir haben das doch schon alles durchdiskutiert. Das interessiert mich nicht. Es ist mir egal, um was es bei diesem Meerjungfrauen-Schwachsinn geht. Einer muß doch die ganze Zeit kampfbereit bleiben. Wie dem auch sei ....«

Mamissa musterte die angezogenen Abenteurer und winkte ein paar von ihnen zu sich heran. Sie schüttelte ihre Rassel und deutete damit auf die Betreffenden, die plötzlich aufleuchteten. »Aiii!« sang sie und tanzte um sie herum. »Die Mayombreros haben euch krank gemacht. Ich kann den Fluch bezwingen, aber das wird einiges kosten.«

Der Major seufzte resigniert. »Was willst du dafür haben?«

»Von dir? Wie wäre es mit einem Kochtopf? Oder einem erlesenen Schmuckstück ...« Sie schaute sich den Ring an seinem Finger an, dann die Armbanduhr. »Das würde reichen.«

Der Major grinste verschlagen. »Da bin ich anderer Meinung. Du nimmst meine Uhr, und dann bringst du mit einem Zauber meinen Zeitsinn durcheinander.«

»Wir sind deine Freunde.«

»Das haben die anderen auch behauptet. Hör mal, ich gebe dir Geld ...«

Und in den Tiefen der Spiel-Zentrale mußte Elmo lächeln. »Ich glaube, Alphonse kannst du abhaken, Liebes. Der gute Major hat sich gerade freiwillig gemeldet.« Er griff nach dem Mikrofon. Seine Frau hielt ihn zurück.

»Warte. Wir müssen ihm eine Chance geben.«

S. J. Waters beugte sich zu ihm herüber. »Major, das ist bestimmt keine gute Idee, Sir.«

»Das ist wieder eine Falle, verdammt! Eine Art assoziative Magie.« Clavell griff in seinen Rucksack und holte eine Handvoll hübscher goldener Rechtecke heraus: Diffraktionsgitter, die im Sonnenlicht wie ein Haufen Regenbogen schimmerten. Er hielt sie Mamissa hin. »Sieh mal«, sagte er ernst. »Sind die nicht schön? Bei meinem Volk haben die viel mehr Wert als ...«

Ihr Blick verdüsterte sich.

Elmo grinste. »Jetzt?«

Doris nickte honigsüß. »Ja, Liebling. Nimm ihn als Besessenen.«

Elmo schaltete das Mikrofon ein. »Aufgepaßt, Major ...«

Clavells Augen weiteten sich. Er kratzte sich am Ohr.

Mamissa spuckte dem Major vor die Füße und ging zu Prez weiter. Sie tauschte eine Prise Staub aus dem Beutel an ihrer Taille gegen seine goldene Zulu-Armbanduhr.

»Clavell«, sagte Elmo, »Sie haben gerade einen *großen* Fehler begangen. Unglücklicherweise können Sie ihn nicht wieder gutmachen. In fünf Minuten, mitten während der Mami-Wata-Zeremonie, werden Sie zu einem Besessenen.

Sie werden auf mein Kommando die nächstbeste Waffe nehmen und anfangen, andere Spieler zu töten. Sollten Sie es schaffen, drei zu töten, bevor Sie von ihnen umgebracht werden, werden Sie ohne Schaden aus der Besessenheit hervorgehen. Sie werden keinen Unterschied zwischen Ihren und anderen Teammitgliedern machen. Töten Sie die Ihnen am nächsten befindlichen Personen. Sollten wir zu dem Schluß kommen, daß Sie Ihre Leute übergehen, werden wir Ihre Treffer-Punkte vermindern und Sie aus dem Spiel nehmen. Nicken Sie, wenn Sie verstanden haben.«

Der Major schluckte und nickte.

»Sehr gut.«

Als die Mami-Wata-Priesterin Alphonse mit Staub bewarf, löste sich ein geisterhafter Schatten aus seinem Körper.

»Sie können sich entspannen«, flüsterte ihm die Stimme ins Ohr. *»Die Götter haben es sich anders überlegt.«*

Die Priesterin hatte sich den Opal aus seiner Gürtelschnalle genommen! Doch er war froh, daß er nicht gehandelt hatte. Nur ein Narr würde sich ohne Tauschgüter ins Spiel begeben; er hatte noch mehr. Nach dem Spielende würde er Sarays Geschenk ohnehin zurückerhalten.

Es gab andere Dinge, auf die er sich konzentrieren mußte – oder an denen er sich vielleicht erfreuen konnte. Die Götter würden dem guten Major Feuer unter dem Arsch machen.

14 Neun Zehntel der Regel

Jetzt hat der Ruf der Meerjungfrau die Menge in den Bann geschlagen ... werden alle überleben, oder wird die Meerjungfrau eine der Frauen für sich fordern?

Gert Chesi, *Voodoo*, 1979

Die Frauen standen schwankend am Rand des schlammigen Wassers und stöhnten leise. Acacia, bis zur Taille nackt, nahm es, was das Wiegen betraf, mit den eifrigsten auf. Man hatte ihr einen Kopfschmuck gegeben, der dem von Mamissa Kokoe ähnelte; hinten hing ihr ein Fischschwanz in den Nacken.

Sie brachte der Nacktheit keine besondere Abneigung entgegen; sie war nicht prüde, aber auch keine Exhibitionistin, zumindest, wenn es darum ging, sich oben ohne zu zeigen. Vermutlich würde es ihr leichter fallen, sich richtig in die Zeremonie zu versetzen, wenn sie aufhörte, sich als Anthropologin zu betrachten, die gerade auf einem Acid-Trip war, und sich einfach fallen ließ.

Die Musik hallte in ihrem Körper nach. Der Morast wurde aufgewühlt und vermischte sich mit den schäumenden Wellen. Man konnte leicht vergessen, daß es sich hier in Wirklichkeit um einen Dach-Swimmingpool ohne festen Beckenrand handelte. Für Penthesilea, der Kriegerin in ihrem Innern, war es das Tor zu einem Ozean, der so tief und unergründlich wie die Nacht war.

Die Frauen neben ihr stöhnten. Als die Wellen immer aufgewühlter wurden, schwanden ihnen die Sinne. Dunkle, von Flammen umringte Wolken wogten am Himmel. Als sie sich zusammenballten, ließen Donnerschläge die Luft erzittern.

Acacia blickte verstohlen zu den anderen hinüber. Die Männer hatten sich in einem großen Halbkreis am Ufer versammelt. Irgendwie war es schön, daß sie zur Abwechslung mal ganz außen vor standen.

Dann teilte sich das Wasser – die Wellen stiegen wie Glaswände empor. Acacia konnte direkt in die Mitte des Seebettes blicken.

Alle Frauen kreischten hysterisch los, und Acacias Schrei war der lauteste von allen. Eine Stimme in ihrem Ohr sagte: »Sie sind nun besessen. Treten Sie bitte vor …«

In der Spiel-Zentrale begleitete El eine junge Frau durch eine komplizierte Pantomime. Sie trug einen eng anliegenden Bodystocking mit eingenähten Sensoren, die jede noch so geringfügige Positionsveränderung registrierten und sämtliche relevanten Daten in den Hauptspeicher weiterleiteten. Dort wurden sie von Virtuell-Effekten überlagert, die die junge Frau in ein ganz anderes Wesen verwandelten.

Ihr gegenüber schwebte ein Hologramm Acacia Garcias. Direkt neben El stand eine andere junge Frau, die von Doris angeleitet wurde. »Komm schon, laß deine Hüften mehr schwingen. Du bist besessen, nicht unterdrückt. So ist's besser …«

Die Schauspieler ahmten die Hologramme nach, und die Spieler reagierten durch eine Feedback-Schleife wiederum auf die Traumpark-Schauspieler. Das war einer der wesentlichsten Aspekte des Traumzeit-Phänomens: einer Vermischung von Technologien, die das absolute gefühlsmäßige Eintauchen nicht nur möglich, sondern so gut wie unausweichlich machten …

Acacia schritt langsam vor. Zu ihrer Linken betrat Tammi vorsichtig das Flußbett; Twan hielt sich zurück und beobachtete alles mißtrauisch. Nervös rieb sie mit dem Daumen über den Schwertgriff.

Acacia machte den nächsten Schritt.

Die Wellen kräuselten sich und kamen fast zögerlich in Bewegung. Für einen kurzen Augenblick konnte Acacia eine grünlich-blaue weibliche Gestalt sehen, deren Beine zu einem breiten, fleischig-muskulösen Schwanz zusammenwuchsen. Sie konnte sie fast berühren. Die Umgebung bereitete ihr Unbehagen: Die Wände aus brodelndem Wasser erhoben sich, allein von Magie gehalten, hoch über ihren Kopf.

Die Meerjungfrau lockte sie heran ...

Und dann schlugen die Wellen über Acacia zusammen.

Der halbnackte und verkrümmte Captain Chiffre sah, daß Acacia in den Wellen verschwand. Einen Augenblick später war auch Tammi verschwunden. Die anderen Frauen schlossen sich ihr an.

Die am Ufer Zurückgebliebenen winkten und jubelten vor Freude. Einige fielen in Ohnmacht.

Trevor Stone watete vor, bis er hüfttief im Wasser stand. »Prez!« rief er. »Schnell! Ich glaube, die Männer sollen sie retten.«

»Stimmt! Ah – da ist ihre Hand!« Tatsächlich durchbrach eine Hand die Wasseroberfläche und winkte verloren. Captain Chiffre rief: »Mausling! Ein Seil!« Der Dieb gehorchte sofort. Sie banden ein Rettungsseil zusammen. Chiffre befestigte es an Prez Coolidge und ging auf das Wasser zu.

Appelion, Krieger der Troglodyten, starb als erster.

Er bemerkte nicht einmal, daß der Major von hinten herankam und das Schwert schwang. Ihm wurde der Kopf von den Schultern getrennt. Schreie ertönten, und die anderen wichen zurück.

»Haltet ihn vom Strand fern!« rief Alphonse. Augenblicklich bildeten die Abenteurer eine schützende Barriere zwischen dem Major und den Frauen.

»Crom!« schrie Mary-em. Sie drückte einen Knopf auf ihrem zusammenschiebbaren Stab, und er fuhr zur vollen Länge aus. »Er ist besessen!«

Die Hälfte ihrer fähigsten Magiebenutzer befanden sich im Wasser. Schwarzer Elch versuchte es trotzdem. Funken sprühten aus seinen Fingerspitzen, doch Clavell zuckte nicht einmal zusammen. Sein Schwert leuchtete hell auf.

»Dämonenwerk!« rief Schwarzer Elch und wich zurück.

»Mutter Oberin, kannst du helfen ...?« rief der Mausling, doch er konnte seine Bitte nicht vollenden. Clavell hieb wütend auf sie ein, und der kleine Dieb lief um sein Leben.

Clavell packte den Schwertgriff fester und machte sich auf die Jagd. Seine Augen glühten rot, und er sah hungrig aus.

Frauen schrien in der Brandung.

»Dazu haben wir jetzt keine Zeit«, rief Trevor Stone. »Wir müssen die Mädchen retten.«

Zwei Krieger stellten sich Clavell in den Weg; ein Schwert und eine Pike. Er stieß ein Fauchen aus und schlug die Waffen beiseite.

Ozzie die Pike sprang vor und versuchte, Clavell durch einen Hieb zu entwaffnen. Der Major parierte und schlug dann wie ein Berserker zu.

Ozzie stürzte in einem Blutschwall zu Boden.

Zwei andere Krieger versuchten, den Besessenen zu entwaffnen, und zogen sich mit Hüft- und Brustwunden zurück.

»Ihr könnt ihn nicht gefangennehmen!« rief Alphonse Nakagawa. »Wo ist ein Bogenschütze? Mausling, komm her!«

Acacia drehte sich um und sah Prez, der mit aufgeblähten Wangen durch das ›Wasser‹ auf sie zukam. Sie hielt ihm das Handgelenk hin, und er packte es.

Eine Stimme in ihrem Ohr sagte: »Sie dürfen an die Oberfläche zurück. Sie sind unverletzt.«

Als sie zurückwich, spürte sie, daß ihr etwas in die Hand gedrückt wurde. Keuchend kam sie an die Oberfläche und betrachtete das Objekt, einen fünf Zentimeter durchmessenden Spiegel mit einem Holzrahmen. Er zeigte nur ihr Gesicht.

Sie fuhr mit der Hand über seine Oberfläche und wirkte einen *Enthülle-die-Magie-Zauber.* Das Bild im Spiegel verschwand, und dann war da ein anderes Gesicht. Es gehörte Corals totem Bruder Tod. Er winkte ihr zu.

Acacia grinste. Das würde sich noch als äußerst wertvoll erweisen.

Sie watete aus dem See und legte die Arme um die Schultern ihrer Teamgefährten. Captain Chiffre fiel fast in Ohnmacht.

»Danke, Jungs. Ich ...« Sie kniff die Augen zusammen. »Was ist da los?«

»Der Major ist übergeschnappt«, sagte Prez.

Chiffre schien aufzuwachen; das schmutzige Grinsen verschwand. »Er ist vom Loa besessen. Er hat schon zwei Männer getötet – Appelion und einen Pikenträger der Tex-Mits.«

»Scheiße«, zischte Acacia. »Jemand sollte ihn lieber schnell ausschalten.«

Das war's also, dachte Tony McWhirter. Der Major war einfach zu gut, als daß sich noch jemand an ihn heranwagte. Der Mausling würde ihn mit Pfeilen spicken. Es war eine Schande, einen Teamleiter, einen Mythenmeister, zu einem so frühen Zeitpunkt zu verlieren. Andererseits traf es den richtigen, und es würde eine wichtige Lektion sein. Tony machte es sich in Erwartung einer schönen Todesszene bequem.

Nigel Bishop trat halbnackt vor und stellte sich dem Major in den Weg.

»Was soll das?« fragte Tony. »Will er wieder angeben? Ihn selbst töten?«

Bishop schnallte Schwert und Scheide ab und legte sie auf den Boden. Er streckte die leeren Hände aus.

In der Spiel-Zentrale herrschte Aufregung.

»Er will mit einem *Besessenen* verhandeln?« Tony konnte es nicht glauben. »Der muß verrückt sein.«

El stöhnte. »Verlieren wir jetzt etwa zwei Mythenmeister auf einmal?«

»So läuft das eben. Vielleicht weiß er ja, was er da tut.« Tony forderte eine komplette Aufstellung von Bishops Kräften und Fähigkeiten an. Verborgene magische Kräfte? Wie konnte seine Strategie aussehen? Bishop hatte in den letzten Sekunden keine Zauber vorbereitet oder ausgelöst.

Nur das Rauschen der Wellen war zu hören. Hunderte von Eingeborenen waren totenstill.

Der Major stand Nigel Bishop gegenüber, und obwohl ihm der Wahnsinn ins Gesicht geschrieben stand und von seinen schlaffen Lippen Speichel tropfte, mußte er doch innerlich lächeln. Glaubte Bishop, einen *Besessenen* zur Vernunft bringen zu können? Nun ja. Er war zu lange nicht mehr dabeigewesen.

Falls Bishop andererseits jedoch über genügend Charisma-Punkte verfügte … »Charisma?« flüsterte Clavell.

»Kommen Sie, reden wir vernünftig miteinander.« Bishop trat einen Schritt vor. Der nächste Schritt würde ihn in Reichweite des Schwerts bringen.

Tony McWhirters Stimme ertönte in Clavells Ohrstöpseln. »Negativ. Die Charisma-Punkte reichen nicht aus. Das gilt auch für die Magie-Punkte. Exekutieren Sie ihn jetzt, oder wir nehmen Sie aus dem Spiel.«

Das innere Lächeln des Majors wurde breiter.

Bishop kam noch näher heran; der Major schlug mit dem Schwert in Kopfhöhe zu.

Doch Bishop war nicht mehr da. Mit einer kaum wahrnehmbaren Bewegung duckte er sich unter dem Schlag hinweg. Der Major verlor das Gleichgewicht, da er sein erwartetes Ziel verfehlte. Bishop stand jetzt nahe genug, um den Schwertarm seines Gegners zu behindern. Clavell konnte nicht zuschlagen, ohne einen Schritt zurückzutreten.

Das tat er auch ... und fiel beinahe zu Boden. Bishop hatte seinen Fuß hinter den Knöchel des Majors gehakt. Clavell stolperte zurück und sprang gleichzeitig über den Fuß, verzweifelt darum bemüht, das Gleichgewicht zu wahren.

Wo, zum Teufel, war ...

Bishop hatte seine Schwerthand umklammert. Kräftige Finger packten hart zu und zogen. Bishop drehte sich wie ein Kreisel im Uhrzeigersinn, und der Arm des Majors wurde mitgerissen. Clavell verlor das Gleichgewicht. Bishop ließ sich auf ein Knie fallen, wobei er noch immer das Handgelenk umklammert hielt. Der Major flog über seine Schulter. Clavell ließ das Schwert los, damit er seinen Sturz abfangen konnte. Dennoch landete er hart und blieb keuchend liegen, während er versuchte, wieder einen klaren Blick zu gewinnen. Bevor er sich bewegen konnte, hatte Bishop sich auf ihn gestürzt und hielt seinen Arm in einem merkwürdigen Hebelgriff, so daß der Major sich überhaupt nicht mehr rühren konnte.

In der zweiten Etage brach die Hölle los.

»Gottverdammt!« schrie El. »Was, zum Teufel, denkt er sich? Er macht alles kaputt!«

Doris sah etwas blaß aus. »Ist das keine Regelverletzung?«

Tony war außer sich vor Wut, doch er beherrschte sich. »In den Extrem-Umwelt-Spielen können die Spieler physisch gegeneinander antreten, wenn sie beide einverstanden sind – glaube ich zumindest. Sollte der Major eine Beschwerde einreichen, hätte Bishop Probleme, doch Clavell sähe dann wie ein Paragraphenreiter aus. Er wird nichts sagen.«

Doris hatte nur einen kurzen Augenblick Zeit. Sie leitete noch immer zwei Meerjungfrauen an.

Auf der anderen Seite des Raums schufen die Lopez' Magie, Wasser, den Horizont, die Geräusche und alle anderen externen Effekte, das ganze ›Cecil B. DeMille-Zeugs‹. Sie waren völlig darin vertieft. Im Moment nahmen sie nichts von den Spieler-Aktionen wahr.

Also mußte Tony die Entscheidung treffen. Er setzte sich nachdenklich zurück. Dieser verdammte Bishop mußte wieder angeben. Riskierte sowohl seine Rolle als auch einen Verweis, falls der Major sich beschwerte. Und was würde passieren? Nichts. Nur eine weitere Legende hatte Gestalt angenommen. Nigel Bishop entwaffnete mit bloßen Händen einen ehemaligen nationalen Säbelchampion, der den Verstand verloren hatte.

Es war unmöglich, den Bastard nicht zu bewundern. Er war so selbstsicher, so völlig von sich überzeugt. Einschüchternd wie kein zweiter.

Kein Wunder, daß Acacia sich ihn ins Bett geholt hatte.

Clavell stemmte sich vergeblich gegen den eisernen Griff. Der letzte Rest Selbstkontrolle ließ ihn unartikuliert schreien; jeder normale, nicht besessene Mann hätte wie ein Soldat geflucht.

»Wir werden Sie retten«, sagte Bishop ruhig, obwohl die Anstrengung mörderisch sein mußte.

Aus Clavells Mundwinkeln tropfte Schaum; in seinem Blick stand der Wahnsinn. »Muß ... euch ... töten ...«

»Schnell!« schrie Nigel. Die Mutter Oberin eilte zu ihm; dann kamen auch Captain Chiffre und Twan. Weitere Frauen entstiegen triefend dem See und hielten Spiegel in den Händen. Sie warfen sich Kleidungsstücke über und versammelten sich um die Gruppe.

»Heilzauber! Treibt die Dämonen aus!«

Sie hoben die Hände, und Flammen züngelten über die beiden Männer, die auf dem Boden miteinander rangen, gefangen in erstarrter Gewalt.

Tony biß sich auf den Finger. Sie hatten alles genau geplant. Der Major sollte tot aus dem Spiel ausscheiden, um dann später als Zombie zurückzukehren. Dank Bishop wurde die Lektion, um die es bei der ganzen Aktion ging – respektiere die Bräuche der Eingeborenen! –, nun vermutlich verwässert.

Die Magiebenutzer ließen über die beiden miteinander kämpfenden Spieler knisternde Blitze zucken.

Tony bemerkte nicht, daß Richard Lopez hinter ihm auftauchte.

»Machen Sie sich nichts draus, Tony«, sagte Lopez. »So etwas kann passieren. Sie haben – *wir* haben – eine ausgezeichnete Falle aufgebaut. Die Besessenheits-Regeln sind nur zu neun Zehnteln wasserdicht. Wir wissen nicht, warum Bishop durch diese Lücke schlüpfen konnte. Doch sehen Sie ...«

Mitglieder fünf verschiedener gegnerischer Teams leiteten Heilenergie auf den Major. In diesem Augenblick gab es keine Konkurrenz, und das allein war schon phänomenal.

»Es war spontan *und* spektakulär. Gönnen Sie ihnen doch ihren Augenblick des Ruhms. Und töten Sie sie später!«

Tony erwiderte das Grinsen. »Aye, Sir.« Er beugte sich zum Mikrofon hinüber. »Hör zu, El. Ich brauche einen Dämon, der Clavells erschöpften Körper verläßt.«

El schnippte mit den Fingern, und ein Schauspieler ließ sich zu Boden fallen und imitierte sofort die unbequeme Haltung des Majors. Er streckte sich ...

Vom Körper des Majors ging plötzlich ein helles Licht aus. Nach und nach löste sich ein leuchtender Umriß, als würde sich die Seele vom Fleisch losreißen. Er hatte das Gesicht eines lautlos schreienden Dämons ... das dann von einer schrecklichen Macht bis zur Unkenntlichkeit verzerrt wurde. Der Umriß dehnte sich drei Meter aus ... dann fünf ... dann zehn. Kurz bevor er auseinandergerissen wurde, ließ er vom Major ab, schwebte wie ein Stoffetzen im Wind, wurde durchsichtig und verschwand.

Mamissa Kokoe bahnte sich einen Weg durch die Menge. Sie untersuchte zuerst Bishop, dann Clavell.

»Du hast überlebt, was noch nie ein Mensch zuvor überlebt hat«, verkündete sie ernst. »Der Dämon hat Besitz von dir ergriffen, weil du meinen Schutz verschmäht hast. Deine Freunde sind mächtig, doch alle Macht hat ihre Grenzen. Vergiß das nie.«

Clavell widmete Nigel einen Blick, in dem sich Haß und Bewunderung vermischte. Diese Erniedrigung! dachte er, doch im gleichem Augenblick kam ihm ein anderer Gedanke.

Diese Szene wird ein Klassiker! Und wenn sie über die Sender geht, verdiene ich beim derzeitigen Tantiemensatz für diesen kleinen Schlag auf den Kopf zehntausend Scheine …

Also sorgte er für einen dramatischen Höhepunkt. Er erhob sich zittrig auf die Beine, taumelte ein bißchen, und hielt Nigel Bishop dann die Hand hin.

»Freund«, sagte er lächelnd.

»Mein Kamerad«, erwiderte Nigel Bishop, und sie umarmten sich.

Und der Major dachte: *Wenn du es am wenigsten erwartest, Arschloch, ist es soweit …*

15 Palo Mayombe

DONNERSTAG, 21. JULI 2059, 13 UHR 17

Das Spiegel-Fragment in Acacias Hand leuchtete auf. Eben noch zeigte es die Leute in ihrer Nähe, den Himmel und die Berge, dann erschien Tod, Corals verstorbener Bruder, und hielt den Daumen hoch.

Zweiundzwanzig überlebende Spieler saßen im Kreis. Crystal Cofax, Tammi Romati und Aces Wilde – alles Frauen, die im Wasser gewesen waren – hielten ihre Spiegel in den Händen und sahen hinein.

Corrinda, Acacias Diebin, war wieder zurück. Falls jemand ihre Abwesenheit bemerkt hatte, verriet er es nicht.

Mamissa meldete sich zu Wort. »Ihr seid hergekommen«, sagte sie, »um uns zu retten. Die Mami Wata haben euch akzeptiert. Eure Krieger waren stark genug, um den dunklen Loa zu überwinden, und eure Magie war mächtig genug, um Dämonen zu überwältigen.

Jeder von euch hat beim Kampf gegen die Untoten und der Rettung Corals großen Ruhm erworben, nicht zu vergessen, daß ihr alle bei der Rettung des Majors euer Leben eingesetzt habt …« Sie verstummte und fügte dann bedeutsam hinzu: »Besonders, wo es so einfach gewesen wäre, ihn sterben zu lassen.«

Sie fing an zu tanzen. Die Eingeborenen, die sich um den inneren Kreis versammelt hatten, wiegten sich mit vertrauten Bewegungen in ihrem Rhythmus, als würden sie eine Geschichte hören, die schon oft erzählt worden war.

»Nichts. Die Pyramidenoberfläche ist völlig glatt«, flüsterte Corrinda Acacia zu. »Wie glasierter Ton. Sie ist etwa fünf, sechs Meter hoch. Keine Öffnungen, keine Markierungen. Das Getreide wächst direkt bis an das Fundament heran, als würden die Eingeborenen sie einfach nicht wahrnehmen.«

»Vor langer Zeit«, sagte Mamissa Kokoe, »kamen die Götter, die Nommo, zu uns. Sie brachten Kreaturen der Erde, des Wassers und des Himmels mit, magische Wesen, die uns gehorchten. Die Nommo lehrten uns die Magie. Böse Männer nahmen die Magie und machten ein Zerrbild aus ihr. Die Nommo brachen ihren Unterricht ab, blieben aber unsere Freunde.

Tausende von Jahren vergingen. Die von den Nommo mitgebrachten Götter und Dämonen breiteten sich über die Erde und die Meere aus. Und wir wußten, wie man sie und die in uns ruhende und die in der Erde schlummernde Magie anruft.

Doch Wissen kann zum Bösen wie zum Guten eingesetzt werden. Es ist hinlänglich bekannt, daß die Menschheit Gewalt und Macht liebt. Die Nommo wußten, daß der Mensch sich selbst durch Krieg zerstören würde.

Sie warnten ihre Anhänger, und wir erbauten dieses Gebäude, diese Archäologie, dieses Neu-Afrika. Und die Nommo kamen, um uns zu unterrichten. Als die Zivilisation unterging, entschlossen sich einige von ihnen, uns zu helfen, und blieben deshalb hier.

Wir erlaubten all jenen Zutritt, die von der alten Magie wußten. Einige machten Versprechungen, die sie nicht halten würden.

Die Nommo baten uns, die Tieropfer einzustellen. Wir stimmten dem zu. Doch es gab andere in Neu-Afrika, die nicht mit dem Opfern aufhören wollten und sich sogar weigerten, das Töten auf Tiere zu beschränken.«

»Bobo nannte sie Mayombrero«, sagte Bishop leise.

»Ja, sie entstammen Palo Mayombe, der Schwarzen Magie aus dem Kongo. Sie beten Blut-Götter an. Und diese Götter gewinnen nicht durch Tieropfer an Macht und Schrecken, sondern verlangen die Opferung von Erwachsenen – sogar von unschuldigen Kindern.

Die Mayombrero wurden im Verborgenen stark. Eines Tages, als sie glaubten, mächtig genug geworden zu sein, griffen sie uns an. Es war ein Massaker. Es gab in Neu-Afrika keine Macht, die stark genug gewesen wäre, sie aufhalten zu können, denn sie hatten durch die atomgetriebenen Maschinen im Keller Neu-Afrikas neue, schreckliche Macht gewonnen.

Nur die Nommo konnten ihr Vorrücken etwas verlangsamen. Sie schufen zwischen den Mayombreros und uns eine

Barriere. Bis jetzt hat uns nur diese Grenze vor dem Ende bewahrt.

Doch die Mayombreros werden mit jedem Tag stärker. Wir können uns nicht für ewig halten. Wenn sie eine Möglichkeit finden, die Nommo zu vernichten, werden wir alle sterben.«

Twan beugte sich vor. »Können wir etwas tun?«

»Ja. In diesem Gebäude gibt es Gegenstände der Macht. Findet sie, und ihr werdet imstande sein, mächtige Verbündete herbeizurufen. Götter. Benutzt diese Götter, oder erlaubt ihnen, euch zu benutzen. Eure schon jetzt beeindruckende Magie wird zu einer furchterregenden Macht werden. Ihr werdet euch sogar den Mayombreros entgegenstellen können.«

»Und was dann?« fragte Trevor Stone.

Nigel Bishop mischte sich ein, als hätte sein Stellvertreter nichts gesagt. »Diese Quelle der Kraft ... Würde es die Mayombreros vernichten, wenn wir sie abschalten?«

»Nein, aber es würde sie schwächen.«

»In welchem Ausmaß seid ihr von dieser Energie abhängig?«

»Wir besitzen unsere eigenen Quellen – doch es wäre möglich, daß Tausende von Neu-Afrikanern ohne sie sterben müssen.«

Acacia lehnte sich zu Bishop hinüber. »Das bedeutet, ein Techniker oder ein Magiebenutzer könnte den Reaktor abschalten.«

»Warum zerstören wir ihn nicht einfach?« fragte Corrinda Harding.

Bishop blickte sie verächtlich an. »Hast du die Einführung im Zug schon wieder vergessen? Wir müssen ihn wieder anschalten.«

Alphonse dachte einen Augenblick nach. »Dieses Gebäude ist zu groß«, sagte er dann. »Wir brauchen Hilfe. Führer?«

»Die Besitzer der Spiegel werden keinen Führer brauchen – die Spiegel werden in ihren Träumen sprechen. Doch ich werde Bobo mitschicken, und Coral.«

Der blonde Surfer war schockiert. »Mamissa Kokoe! Willst du mich unbedingt loswerden?«

Sie zuckte die Achseln, und ihr Körper erzitterte an einigen Stellen. »Vielleicht kehrst du als Held zurück, oder du stirbst als Held. Ich habe nie deine Ehrlichkeit oder deinen Mut bezweifelt, Bobo. Doch was soll ein Mann wie du hier tun? Darauf warten, daß die Mayombreros kommen?«

Alphonse dachte nach. Crystal hatte einen Spiegel, und Acacia und Tammi auch. Das bedeutete, daß sich Clavell und Bishop zwischen Coral und Bobo entscheiden würden. Das war fair. Wer würde sich als wertvoller erweisen, ein Eingeborener des Daches oder des Erdgeschosses? Oder sollte er einen Spiegel gegen einen Führer eintauschen? So ein Amulett stellte oft einen direkten Draht zu den Göttern dar und verfügte manchmal über Informationen, die menschlichen Führern fehlten ...

Für einen Augenblick wogen alle die Chancen ab und dachten über die Alternativen nach. Dann standen sie auf. Einer nach dem anderen, bis sich alle zweiundzwanzig Abenteurer erhoben hatten.

Al der Barbar sprach als erster. »Wir verstehen dich, Mamissa. Du sagst, die Sache muß erledigt werden, und für mich und meine Mädchen reicht das aus. Wir werden den Reaktor abschalten und diese Amulette finden – oder bei dem Versuch sterben. Wer macht mit?«

Das Dach erzitterte unter den Jubelrufen, und, wie bereits ein anderer unter etwas anderen Umständen gesagt hatte: Das Spiel hatte begonnen.

»Sie verlassen das Dach. Ihnen ist nicht mal der Fisch aufgefallen«, sagte Tony.

Doris Whitman schaute auf. »Sie werden zurückkommen. Im See sind Amulette versteckt.«

»Hm.«

»Diese empfindsamen Künstler. Ich habe den Fisch bemerkt, okay? Er ist fantastisch.«

Tony lächelte. *Es gibt nichts Schlimmeres als einen unerfahrenen Spielmeister,* dachte er und sagte: »Es wird reichen müssen.«

16 Geringe Chancen

Tony McWhirter wurde langsam nervös.

Fünf Spielmeister waren an der Arbeit, und er hätte nicht gedacht, daß ihm die Durchführung des Voodoo-Spiels soviel abverlangen würde! Doch es galt, fünf Teams im Auge zu behalten; die Maschinerie wurde von Pannen geplagt, und Primadonnen brachten den Ablauf durcheinander. Ihm blieb nicht mal Zeit für eine kurze Verschnaufpause.

Die Enklaven hockten nicht mehr so eng aufeinander. UC und Apple drangen über die Treppen nach unten vor; ihre Späher bildeten die Vorhut und sahen sich auf jeder Etage kurz um. Texas Instruments-Mitsubishi und die Army, die beide viel zu viele Bergsteiger im Team hatten, erkundeten die Modulwand. General Dynamics bewegte sich viel schneller als alle anderen abwärts, was bedeutete, daß sie etwas übersehen würden, es sei denn, Bishop verfügte über besondere Informationen – wie gewöhnlich.

Die Army und Tex-Mits hatten im Spielabschnitt auf dem Dach schlecht abgeschnitten. Sie besaßen zwei Spiegel und keinen Führer. Gen-Dyn hatte Coral. Sie trug kurze Shorts, einen neonblauen Rucksack und ein bis zum Nabel reichendes T-Shirt mit ausgefranstem Rand, das die Aufschrift ›Shop Till You Drop‹ trug. Sie sah bezaubernd aus. Bobo, der UC und Apple zugeteilt worden war, hatte gleich auf das T-Shirt verzichtet. Die Führer machten beide einen gehirnamputierten Eindruck, der perfekt zu ihrer Rolle paßte. Ihr Wissen war ziemlich lückenhaft; man konnte ihm nicht vertrauen.

In Tonys Planung waren diese Bündnisse nicht vorgekommen, und er hatte sie auch nicht begrüßt. Doch die Bewegungen der Spieler ließen sich auf diese Weise zugegebenermaßen besser verfolgen. Und das kam ihm sehr gelegen, zog man die ganzen Ablenkungen, die Fehlfunktionen, und die fehlenden TPS in Betracht … von dem abgelenkten, manischen Alex Griffin ganz zu schweigen.

Tony hatte seit dem Südsee-Schatzjagd-Spiel vor acht Jahren nicht mehr so unter Druck gestanden, als er gleichzeitig versucht hatte, Ungeheuer zu vernichten und Firmengeheimnisse zu stehlen. Sie ließen ihm einfach keine Bewegungsfreiheit!

Er hatte mit Hilfe des Computers vorsichtig fünftausend Dollar in verschiedene Haupt- und Nebenwetten investiert und hielt weitere zehntausend bereit. Er hatte die Wetten im ganzen Land so verstreut, daß es nie gelingen würde, sie bis zu ihm zurückzuverfolgen. Wem das gelingen wollte, der mußte seine Computer besser als Tony beherrschen – wesentlich besser. Auf einem von vier Bildschirmen hielt er die Zahlenkolonnen im Auge.

Seine Nerven standen wie unter Strom. Es war ein verrückter, selbstzerstörerischer Impuls gewesen, den er in den letzten Wochen mit zwanghafter Detailfreudigkeit sorgfältig ausgearbeitet hatte. Er setzte seinen Job, seinen Ruf und seine Freundschaften gegen einen trivialen Profit. Und er würde alles verlieren, sollte er dabei erwischt werden. Er konnte sogar die Wetteinsätze verlieren. Okay, er verfügte über Insiderinformationen, doch was die Quoten betraf … nun, sie entsprachen nicht den erwarteten Mustern.

Sollte es *das* sein, was an seinem Selbstbewußtsein fraß? Die Quoten?

Die meisten Wetten waren so gesunken, wie er es erwartet hatte. Geld aus Vegas, das so gut wie hinausgeworfen war;

Leute, die ihre Wetten setzten, als würde es sich um einen normalen Sport handeln. Idioten, die eine hohe Börsennotierung der Sponsor-Gesellschaften mit hohen Gewinnchancen ihrer Teams gleichsetzten. Leute, die auf frühere Erfolge eines Firmen-Banners setzten, bevor sie die Zusammensetzung eines Teams kannten. Leute, die auf ihre bevorzugten Mythenmeister setzten ... und damit richtig lagen.

Wie beispielsweise die Quoten gegen das Army-Team. Sie hatten am 21. des Monats, also am Donnerstag, um 7 Uhr 45 ihren höchsten Stand erreicht – etwa zu der Zeit, als jeder entdeckte, daß das Spiel nicht im Park stattfand.

Nun konnte man die Chancen der Army auf verschiedene Weise berechnen.

Zu Beginn hatte das Team an dritter Stelle gelegen, weil es sich in der Spielkuppel A besser als alle anderen auskannte. Dieser Vorteil war vertan ... doch die Army hielt ihre Kriegsspiele auch in Wüsten, Gebirgen und von Erdbeben verwüsteten Geisterstädten ab.

Es war allgemeinen bekannt – jeder, der seinen Einsatz machte, konnte sich schließlich bei einem Soldaten informieren –, daß es bei Kriegsspielen Zehntausende Krieger und nur wenige Zauberer und Mythenmeister (die hier Strategen und Generäle hießen) gab. Echte Spiele sind etwas Persönliches.

Andererseits gewannen die ältesten Spieler, wie Trevor Stone von Gen-Dyn, *tatsächlich* an Wert. Auch sie hatten vor der Eröffnung der Traumpark-Kuppeln im Frühjahr 2040 in der Wüste, auf Bergen und Stromschnellen gespielt. Doch die Army verfügte über keinen Spieler seines Formats.

Die Ermittlung der Chancen kam dem Hüten von Klapperschlangen gleich, und das sich herausbildende Muster *mußte* chaotisch sein. Die Army-Quoten fielen und stürzten dann ganz in den Keller, als sie sich bei anderen Spielern stabilisierten. Aber man mußte sich einmal die Talsohle der Kurve genauer ansehen. Sie war so flach wie West-Kansas. Und jemand hatte darauf gewartet, daß die Quoten diesen Punkt erreichten.

Etwas, eine vergessene Prämisse, hatte an Tony genagt, und genau das war es: etwa sechshunderttausend sorgfältig koordinierte Dollar, die seine Quoten aus dem Gleichgewicht brachten.

Timing! Das Timing war unglaublich. Es war so perfekt gewesen, daß die Quoten, die auf 22 zu 3 gefallen waren, nun bis auf 14 zu 3 stiegen, bevor der Rest des großen Geldes angelegt worden war. Sollte die Army gewinnen, würde jemand den fetten Reibach machen.

Wer war zu einer solchen Tat fähig?

Nigel Bishops unvergeßliche Effekthascherei. Er hatte den Mythenmeister der Army gleichzeitig gerettet und gedemütigt. Tony war davon überzeugt gewesen, daß Bishop es für die Kameras getan hatte, eine Großtat für die Fans, die ihm einen Eintrag in die Geschichtsbücher sicherte, aber andererseits …

Geld war ein viel überzeugenderes Motiv. Man konnte es zählen. Man wußte, wann man gewonnen hatte. Sechshunderttausend Dollar, bei einer Quote von, sagen wir, 20 zu 3 …

Selbst wenn Bishop nur als Strohmann diente, konnte sein Anteil kaum weniger als eine Million Dollar betragen. Falls die Army gewann. Doch war Bishop dazu imstande? Konnte er der Army den Gewinn zuschustern? Selbst wenn einer der anderen Spieler …

Wie zum Beispiel Acacia Garcia …

… ihn unterstützte?

Tony löschte die Zahlen auf dem vierten Bildschirm und ersetzte sie durch den weniger verräterischen Anblick des Reaktors. Dort tat sich nichts. Die Teams würden noch mindestens vierundzwanzig Stunden brauchen, um ihn zu erreichen.

El und Doris wirkten auf der linken Bühne ihre Wunder.

Die Lopez' schienen herumzulungern und unterhielten sich, während sie die Bildschirme mit einem Auge unter Kontrolle hielten. Genau wie Tony. Doch seine Gedanken waren in Aufruhr.

Sollte Bishop tatsächlich vorhaben, so etwas durchzuziehen ... war er dann nicht auf die Hilfe eines Insiders angewiesen?

Tony beugte sich vor und forderte Bishops Akte an.

Die Kunst des Spiels, natürlich. Bishops Magnum Opus, die Abhandlung über Spielstrategie, die ihm seinen Platz in der Geschichte des Spiels gesichert hatte. Tony hatte seit Jahren keinen Blick mehr hineingeworfen, doch er erinnerte sich vage an ein Zitat.

Er rief das Buch ab und gab einen Suchbefehl für das Wort *Spion* ein.

Was das Sammeln von Informationen betrifft, muß man wissen, daß verläßliche Informationen der bei weitem wichtigste Faktor für den Erfolg sind. Deshalb darf man nie vergessen, daß es Faktoren gibt, die über die festgelegten Spielregeln hinausgehen. Man befindet sich im Krieg, und diejenigen unter Ihnen, die das klar und ohne Sentimentalitäten oder Furcht im Gedächtnis behalten, werden den Sieg davontragen.

In jeder Spielorganisation gibt es unzufriedene Mitglieder. Suchen Sie deren Bekanntschaft und lernen Sie ihre wunden Punkte kennen. Zum Beispiel ihre Eitelkeit, oder ihre Habgier, oder ihr Sinn fürs Abenteuer. Und Sie können sie dazu veranlassen, Ihnen Informationen zu geben, für deren Beschaffung Sie sonst Leben opfern müßten.

Behandeln Sie sie gut, und vergessen Sie sie nie, diese Spione ...

Für Bishop nahm, was das Spiel betraf, die Informationsbeschaffung die höchste Priorität ein. Und weil er *Die Kunst des*

Spiels im Ruhestand geschrieben hatte, war er außergewöhnlich offen gewesen.

Ein Spion.

Tony konnte kaum still sitzen. Eben hatte er sich noch um Wetten im Wert von ein paar tausend Dollar Sorgen gemacht. Und jetzt ... Hatte Bishop Acacia korrumpiert? Sie zu ficken war eine Sache. Dafür hätte Tony ihm bloß bei lebendigem Leibe die Haut abgezogen. Doch sie dazu zu zwingen, *ein Spiel bewußt zu manipulieren*, war unvorstellbar.

Außerdem ... suchten sie nicht nach einem Motiv für Sharon Craynes Tod?

Sharon hatte einige der Gebäudepläne gescannt und vermutlich auch kopiert. Für einen Mythenmeister waren das mit Sicherheit äußerst wertvolle Informationen. Und wenn Sharon Bishop diese Informationen verkauft hatte und dabei dann etwas schiefgegangen war ...

Nein. Warum sollte ein relativ harmloses Mißgeschick gleich zu einem Mord führen? Andererseits, wo etwa ein bis vier Millionen Dollar auf dem Spiel standen ... schon für weit weniger Geld waren Menschen gestorben.

Tony knirschte mit den Zähnen. Er mußte versuchen, die Quelle dieses Geldes ausfindig zu machen.

Alles in allem war es die dünnste Aneinanderreihung von Mutmaßungen, über die er sich je ernsthaft Gedanken gemacht hatte. Sie würde niemals Bestand haben. Und ein armer, abgelenkter Spielmeister hatte einfach nicht die Zeit, sich damit auseinanderzusetzen! Spieler schlichen in kleinen, verängstigten Grüppchen durch MIMICs Eingeweide. Sie nahmen seine Aufmerksamkeit in Anspruch ... Ha, sie würden schon sehr bald verzweifelt versuchen, seiner Aufmerksamkeit zu entgehen.

Doch ... ein Geheimnis, ein echtes Geheimnis, und eine Möglichkeit, Sharon Craynes Killer auf die Spur zu kommen? Das konnte Alex Griffin aus seiner Depression befreien. Griffin hielt sich für einen Mann des Intellekts – doch Tony wußte, daß er am glücklichsten war, wenn er etwas tun konnte. Man mußte ihn nur Glauben machen, *daß* er etwas tat.

Schließlich war es schon lange her, daß Griffin an einem Spiel teilgenommen hatte.

17 Flammende Liebe

Chango ist der Gott des Feuers, des Blitzes und des Donners. Er ... wird bei der Santería angerufen, um den Feind zu besiegen, sowie bei Problemen der Leidenschaft und der Begierde.

Migene González-Wipple, *Santería*, 1987.

DONNERSTAG, 21. JULI 2059, 14 UHR 50

Al dem Barbaren wurde niemals schwindelig. So stand es zumindest in seiner Rollenbeschreibung. Für Al Nakagawas Magen war das ein schwacher Trost; er wollte sich nur noch entleeren, zusammenrollen und sterben.

Al und S. J. Waters lagen im sechzehnten Stock an der Außenkante eines Modul-Apartments. Es war völlig verwüstet, denn die Ankopplungsschleuse stand offen und setzte das Apartment den Elementen aus. Das dazugehörige Modul – eine transportable Büroeinheit – ähnelte einem halbierten Ei und baumelte angeschlagen tief unten an der Fassade Neu-Afrikas. Nach einem geflüsterten ›Enthülle den Schatz‹ glühte das Ei grün auf. Im Innern befand sich also ein wertvoller Gegenstand, den man haben sollte.

Al rutschte vom Rand weg und drehte sich auf den Rükken. »Das erste Amulett«, sagte er trübsinnig. »Da ist es.«

Aus Richtung Staatsgrenze zu Kalifornien und Nevada pfiff ein heißer, trockener Wind heran. Das aus Stahl und

Beton bestehende Modul schwang langsam hin und her. Sechzig Meter tiefer befand sich der Wüstenboden.

»Puh.« Die Kabel liefen an den Schienen der Modulwand entlang. Es sah so aus, als hätte eine gewaltige Kraft das halbierte Ei von dem Apartment abgerissen und in die Tiefe stürzen lassen. Oder ein Transporthubschrauber hatte vor Jahrhunderten den Versuch unternommen, es anzukoppeln, doch die Arbeit nie beendet.

Modul-Apartments waren die Antwort des einundzwanzigsten Jahrhunderts auf eine immer mobiler werdende Gesellschaft. Die Wohn- und Büroräume eines Hauses oder einer Wohnung konnten abgekoppelt und innerhalb von achtundvierzig Stunden auf die andere Seite des Kontinents gebracht werden. Auf diese Weise konnten Angestellte von einer Aufgabe zur nächsten eilen, ohne ihre Wohnung aufgeben zu müssen.

Doch Al hatte noch nie eine so hohe Modulwand gesehen wie diese hier. Jetzt kam ihm das ganze Konzept idiotisch vor.

Crystals ungekämmte rote Haarmähne fiel ihr über die Schulter, als sie der Schaltkonsole ihre Geheimnisse entlockte. Die Konsole bestand aus normalem Stahlblech und Glas, war als Lampe getarnt und hing am Rand der offenen Wand. Das wetterfeste Rollo, das die Wohnung vor den Elementen schützte, gab es schon lange nicht mehr, und der Kasten befand sich teuflisch nahe an der Schleuse.

Crystal folgte mit dem Finger einer Leitung. Al wünschte sich sehen zu können, was sie sah, doch Crystal allein besaß diese Fähigkeit. Zwar überschnitten sich alle Rollenfähigkeiten ein wenig, und Crystals Technikerbegabung verlieh ihr eine gewisse Geschicklichkeit beim Umgang mit mechanischen Dingen, doch die war für gewöhnlich nicht so groß wie die eines Diebes. Allerdings hatte SJ es versucht und dabei versagt.

Major Clavell beugte sich besorgt über sie. »Was haben Sie entdeckt?«

»Probleme«, erwiderte sie. »Diese Schaltung ist kompliziert. Ich bin mir nicht ganz sicher ...«

Al beobachtete den Major. Er hatte einen Waffenstillstand vorgeschlagen und Als Team um einen Krieger bereichert. In dem Augenblick, als ihre Konferenz mit Mamissa Kokoe zu Ende gewesen war, hatte ein allgemeines Handeln und Tauschen begonnen.

Ein Waffenstillstand zwischen Clavell und Alphonse war nur logisch: Clavell brauchte Als Frauen. Und Al würde bei der derzeitigen Ausfallrate ein paar zusätzliche Schwertarme brauchen und verspürte nicht die geringste Lust, sich auf einen Machtkampf einzulassen.

Er berührte Crystals Schulter und konnte plötzlich die Schaltungen sehen. Sein Mut sank: Das funkelnde Leitungslabyrinth war an einem Dutzend Stellen unterbrochen. Ein *richtiger* Techniker hätte alles ganz klar sehen können.

Während der Major sich mit Poule besprach, beugte Al sich vor und flüsterte Crystal ins Ohr: »Ich habe bemerkt, daß der Major dir auf den Pelz gerückt ist. Probleme?«

Crystal schüttelte den Kopf. »Nein! Der Mann hat ein paar brauchbare Vorschläge gemacht. Er ist kein Dummkopf.«

»Nervös?«

»Er oder ich?«

»Sowohl als auch.«

»Beide.«

Al war ebenfalls nervös, denn es gefiel ihm nicht, die Army im Nacken sitzen zu haben. Doch Army-Teams standen im Ruf, ehrlich zu spielen, und ihm war kein Vorfall bekannt, bei dem sie einen Waffenstillstand gebrochen oder Verbündete sabotiert hätten. Höchstens, daß sie in den Kongreß eingezogen waren. Die Army war ein willkommener Bundesgenosse, strichen da draußen doch Bishop und Acacia herum – von den Troglodyten einmal ganz abgesehen.

Neu-Afrika war groß, und er war froh, daß er drei Späher hatte. Die Tex-Mits/Army-Gruppe war durch die Korridore geschlichen und entweder den magischen Hinweisen gefolgt, die nur für die Augen der Späher bestimmt waren, oder den Anweisungen aus Crystals Spiegel.

Am Ende eines dunklen Korridors auf der sechzehnten Ebene fand SJ eine verschlossene Tür, die unter seinem Enthüllungszauber orangefarben aufleuchtete.

Er brach unter Clavells zustimmendem Blick das Schloß auf. Al ließ den Major zuerst das Apartment betreten, in der Hoffnung, daß er sich dann mit dem Ungeheuer herumschlagen würde, das vielleicht dort lauerte. Vielleicht bekam Al dann eine Chance, die verlorene Ehre wieder wettzumachen. Die Auseinandersetzung mit Bishop hätte das Ego eines jeden Mannes schwer getroffen.

Doch in dem Apartment gab es kein Lebewesen. Crystals Enthüllungszauber hatte ihnen die Konsole gezeigt, und als sie dann über den Rand geschaut hatten …

Crystal fuhr mit der Hand über den Spiegel, und Corals Bruder Tod erschien in dem Glas. »He«, sagte er. »Totsein ist langweilig. Danke, daß ihr mich braucht.«

Crystal hielt den Spiegel über den Rand. »Was kannst du uns darüber erzählen?«

»Oh«, sagte der Spiegel. »Ich habe mal gehört, daß wir in diesen pendelnden, kleinen Kästen gewohnt haben, aber das war wohl in der Eiszeit oder so. Während eines kleinen Gemetzels zwischen meinen Leuten und den Blödmännern auf dem Dach wurden einige Kästen abgerissen. Ein langer Weg nach unten – da bleibt nur Brei übrig.«

»Ist da etwas Wertvolles drin?«

»Nicht, daß ich wüßte. Aber wer erzählt mir schon was? Ich bin nur ein Spiegel.«

SJ führte eine Sonde in die Schalttafel ein, und leise stoben ein paar Funken auf.

»Also gut, versuchen wir's.« Crystal drückte einen Knopf, und der uralte Mechanismus setzte sich quietschend in Bewegung. Kabel rollten qualmend durch die Winde, und das Hängemodul wurde hinaufgezogen.

Mary-em klopfte Crystal anerkennend auf den breiten

Rücken, und General Poule plusterte sich auf, um eine kleine Rede vom Stapel zu lassen …

Das Modul kam sechs Meter unter ihnen zum Stehen. Auf der Schalttafel blinkte ein kleines Viereck auf. ZUGANGS-CODE ERFORDERLICH.

»Scheiße«, sagte Clavell wütend. »Wir brauchen einen Techniker, um den Code zu knacken.«

»Nur Peggy der Haken hatte genug Erfahrung«, grunzte Al. »Als ich sie das letzte Mal gesehen habe, biß man ihr gerade das Gesicht ab.«

»Na großartig. SJ, schaffen Sie es? Sie sind doch ein Dieb …«

»Ein halber Dieb. Wenn es ein halber Techniker nicht schafft, dann schafft es ein halber Dieb erst recht nicht. Das hier ist wegen eines magischen Kriegs passiert. Wenn hier irgendwas lauert, wäre der Versuch, den Code ohne Scan zu knacken, reiner Selbstmord.«

Clavell war einen Moment völlig abwesend, dann riß er sich wieder zusammen. »Was soll's.«

Er nahm den Rucksack vom Rücken, öffnete ihn und fing an zu suchen. »SJ«, sagte er kurz angebunden. »Geben Sie Al Ihre Spinne.«

Alphonse zuckte zusammen. »Sie scherzen doch hoffentlich.«

»Ah.« Der Major hörte auf zu suchen. Er zog ein Gerät hervor, mit dem man die Kraft der Hand verstärken konnte. Es hatte große Ähnlichkeit mit einer toten Spinne: Sechs stumpfförmige, gebogene Glieder waren mit einem flachen Griff verbunden. An der Unterseite des Griffs befand sich eine aus Teflon bestehende Mechanik. Mit diesem Gerät konnte man an Seilen hochklettern; die Seilstärke war von 0,8 bis 7,5 Zentimeter verstellbar. Die Spinne gehörte zur Standardausrüstung für Extrem-Umwelt-Spiele.

Clavell grinste Alphonse boshaft an. »Sie können doch damit umgehen, oder? Wir müssen uns bloß etwa sechs Meter abseilen und können dann durchs Dach rein.«

Alphonses Kopf schmerzte. »Nun warten Sie mal einen Moment, ja?« Die Realität meldete sich zurück und zerstörte die sorgfältig errichteten Illusionen. In diesem glasklaren Augenblick fiel ihm wieder ein, daß er in Wirklichkeit Alphonse Nakagawa war, Systemanalytiker bei Texas Instruments mit Höhenangst. Dieser Al hatte einmal seinen Sonntagsschullehrer mit der Bemerkung verärgert, daß es sich bei dem Ort, an dem sich Leute an unsicheren Wolken festklammern mußten, wohl um die Hölle und nicht etwa den Himmel handeln mußte.

Clavells Augen funkelten boshaft. »Uns allen war doch klar, daß es sich um ein gefährliches Abenteuer handelt ...«

Was soviel hieß wie: *Das ist ein Spiel der Meisterebene. Wir alle haben Verzichtserklärungen auf persönliche Haftpflichtansprüche unterschrieben.*

»Am einfachsten wäre es natürlich, das Ganze hier einem anderem Team zu überlassen. Wem? Bishop? Der hat doch wohl schon genügend Vorteile. Wenn wir das hier allein schaffen, können wir den Spielstand wieder korrigieren.«

SJ hielt Alphonse seine Spinne hin und grinste übers ganze sommersprossige Gesicht.

Clavells Logik war zwingend. Bishop, Penthesilea und die Troglodyten hatten mit Sicherheit einen Punktevorsprung. Falls sie hier Erfolg hatten ... »Mary-em? Du bist unsere Bergsteigerin«, sagte Al. »Ist das zu schaffen?«

Sie schaute zu dem Modul hinunter, das sechs Meter unter ihnen pendelte. Die Unterkante des Ankopplungsmechanismus ragte einen Meter aus dem Boden hervor. An jeder Ecke befand sich eine Kabelwinde, dazu kam noch die Winde auf der Dachmitte. Mit funktionsfähigen Winden hätte man das Modul problemlos an seinen Platz ziehen können.

»Ich versuch's, Boß«, sagte sie. Die kleine Frau legte den Rucksack ab. Sie zog den Schwertgürtel enger und nahm von SJ die Spinne entgegen. »Laß mal sehen. Handgelenksriemen?«

»Man kann sie auch am Gürtel befestigen.«

»Ich ziehe das Handgelenk vor.«

»Dann los.« SJ ging neben ihr in die Knie und half ihr, die Handgelenksriemen fest anzulegen. »Wie ist es dir ergangen?« flüsterte er fröhlich.

Die kleine Frau mit der gebräunten Haut grinste ihn an. »Prima, du Jüngling. Ich habe dich ja seit der Südsee-Schatzjagd nicht mehr gesehen.« Sie überprüfte die Verschlüsse an ihren Handgelenken. »Das war ein tolles Spiel.« Ihre Augen funkelten bei der Erinnerung.

»Ein tolles Spiel.«

Der Major war soweit. »Ist doch fair, Alphonse, oder? Einer von jedem Team.«

Als Neugier war geweckt. »Warum? Das hätten doch Sie und SJ erledigen können.«

»Kooperation«, grinste Clavell. »Ich glaube, wir erreichen durch Teamwork mehr als durch Verrat.«

»Und wenn es ans Eingemachte geht?«

»Lassen wir die Tricks«, sagte Clavell und legte die Spinne an. »Sollen die Götter entscheiden.«

Alphonse runzelte die Stirn. Wollte Clavell damit sagen, daß der bessere Mann gewinnen sollte? War er tatsächlich so ehrlich und geradeheraus?

Clavell beugte sich zu Mary-em hinunter. »Ladies first?«

»Alter vor Schönheit? Kommen Sie mir nicht so, Soldat.«

Mary-em stieg auf SJs Schultern und griff nach der untersten Sprosse der Wartungsleiter, die sie zu einem der Eckkabel brachte. Sie grinste zu ihm hinab. »Ich hab's.«

Als Mary-em die Spinne an das Kabel klemmte, war ihr erster Gedanke: *Der Weg nach unten ist einfach. Das Hinaufklettern nicht.*

Sie streckte sich, ließ die Glieder der Spinne zuschnappen und vergewisserte sich, daß die Teflon- und Plastikmechanik eingerastet war. Sie schob sie ein paarmal problemlos am

Kabel auf und ab und war mit dem Mechanismus zufrieden. Sie rollte die Schultern und bereitete sich auf die Belastung vor, sobald die Handgelenke ihr volles Gewicht tragen mußten. Sie atmete tief ein und wieder aus und trat ins Leere.

Es war ein langer Weg bis zum Wüstenboden, der mit braungrünen Gebüschen und Kakteen gesprenkelt war. Der Wind riß an ihrem Haar. Aus den Augenwinkeln sah sie, wie die leere Hülse des Modul-Apartments zurückblieb, als sie in die Tiefe glitt.

Mary-em hatte gelernt, daß die Herausforderung in einem Spiel darin bestand, den Adrenalinspiegel hochzuhalten. Jedesmal, wenn die Realität des Spiels nachließ, sagte sie sich, daß alles echt war, damit die Hormone weiterflossen.

Doch als sie nun sechzig Meter über dem Wüstenboden schwebte, brauchte sie das genaue Gegenteil. Sie mußte ruhiger werden, und deshalb flüsterte sie leise: »Sind das heute nicht wieder tolle Illusionen? Wie machen die das nur? Sieh dir mal den Erdboden an. Der ist ganz schön weit weg. Tja, das ist wieder mal nur eine von diesen wundervollen Illusionen von den boshaften Jungs und Mädels aus dem Traumpark ...«

Mary-em hielt die Bremswirkung der Spinnen konstant bei etwa fünfundsiebzig Prozent, und das Gerät vibrierte bei der Kompensation der Reibung gerade so stark, um sie nervös zu machen.

Sie hing jetzt über dem Nichts, auf halber Strecke zwischen Apartment und Modul. Sie riskierte einen Blick nach oben und sah, daß die Gesichter ihrer Freunde verschwanden, als sie tiefer rutschte.

Ihre Zehen berührten das Dach des Moduls, und sie spürte, daß es kurz pendelte und dann wieder zum Stillstand kam. Sie befestigte ein Sicherungsseil am Kabel – warum sollte sie jetzt noch ein unnötiges Risiko eingehen?

Major Clavell landete einen Augenblick später auf der gegenüberliegenden Seite. Ihr gemeinsames Gewicht erschütterte das Modul so sehr, daß Mary-em Angstzustände bekam, doch sie fingen die Bewegung ab und brachten ihre kurz aufflackernde Panik wieder unter Kontrolle.

Der Wüstenboden schaukelte schwindelerregend hin und her ...

... und kam wieder zum Stillstand.

Clavell barst förmlich vor Vergnügen; zum erstenmal machte ihm das Spiel Spaß. »Steigen wir ein, ja?«

Der Mann war verrückt. Das gefiel ihr. »Warum nicht?«

Beide hatten jetzt Sicherungseile angebracht, die sich gelegentlich spannten, wenn einer von ihnen ins Stolpern geriet oder den Halt verlor.

»Da wird man erst richtig lebendig, was, Mary?«

»Ein klitzekleiner Fehler, und wir *waren* lebendig.«

Auf dem Dach des Moduls gab es eine Falltür. Clavell trug zwanzig Pfund an Werkzeugen am Gürtel. Mary-em beschwerte sich nicht. Der Mann bewies unerwartete Klasse.

Das Schloß der Falltür war eine Antiquität, ein rundes Ding, das nach einem Spezialschlüssel verlangte. Mary-em hatte so ein Schloß noch nie gesehen, doch Clavell kannte es anscheinend. Er hatte es in dreißig Sekunden geknackt. Er zwängte die Falltür auf und trat einen leichten Beleuchtungskörper aus dem Weg.

Dann sprang der Major hinein, leichtfüßig, als befürchte er, das Modul von seinen Kabeln abzureißen. Er landete auf den Fußballen und nahm sofort eine Verteidigungsstellung ein.

Mary-em folgte ihm einen Augenblick später. Sie ließ sich fast wie auf Affenart an einem muskulösen Arm baumeln, schnupperte nach Gefahr, kicherte dann und ließ sich genauso vorsichtig fallen wie Clavell.

Die beweglichen Teile eines Modul-Apartments bestanden grundsätzlich aus Büroräumen und Schlafzimmer. Dieses Schlafzimmer hier hatte eine Wand aus unzerbrechlichem Plexiglas, und der Blick über die Wüste war atemberaubend.

Sie seufzte. »Meine Enklave konnte sich nie so einen Reichtum leisten«, sagte sie.

»Wenn wir dieses Rätsel lösen können, werden unsere beiden Völker zu Wohlstand kommen.«

Guter Mann.

»Sie übernehmen das Büro. Ich kümmere mich um das Schlafzimmer.«

»Durchsuchen wir alles und kontrollieren es dann noch einmal«, sagte Clavell.

Tony McWhirters Schultern verkrampften sich in schrecklicher Vorahnung, als das Fußgetrampel hinter ihm verstummte.

»Hallo, Mister Meyers«, sagte er höflich. Er drehte sich um und streckte die Hand aus. Meyers ignorierte sie. Er war wutentbrannt.

Mitsuko Lopez sah auf und verlor sofort wieder das Interesse. Richard und die Whitmans blickten nicht einmal auf. *Die sind nicht beschäftigter als ich. Ich bin das unterste Gesicht an dem Totempfahl und damit die schlechteste Wahl, mit der IFSG Machtproben auszutragen.*

Der sonst so beherrschte Mann hatte einen geröteten Nakken und war knallrot im Gesicht. Er sah aus wie ein Wer-Frosch, dessen Verwandlung mittendrin unterbrochen worden war. »Was, zum Teufel, machen Sie da eigentlich?«

»Äh … ein Spiel koordinieren?«

»Die beiden hätten sterben können, als sie sich am Kabel abgeseilt haben, sehen Sie das nicht?« Er sagte nicht: »Ich *habe* gewußt, daß es ein Fehler war, jemandem wie Ihnen die Spielleitung anzuvertrauen.« Vielleicht dachte er es nicht einmal. Doch die Lektüre der Personalakte des fünften Spielmeisters hatte ihn nicht gerade fröhlich gestimmt.

Tony bemühte sich, seiner Stimme die Gereiztheit nicht anmerken zu lassen. »Es tut mir leid, daß Sie diesen Eindruck gewonnen haben, aber es war eine interne Entscheidung.«

Meyers schnaufte. »Wenn ein Spieler in einem Spiel stirbt, wäre das ein Schandfleck auf dem makellosen ...«

»Bei allem Respekt, Sir, wenn diese beiden Spieler abgerutscht wären, hätte es auch woanders einen Fleck gegeben. Die Entscheidung, dieses Risiko einzugehen, war ihre Entscheidung. Wir haben es hier mit dem schwierigsten Extrem-Umwelt-Spiel zu tun, und alle Beteiligten wissen das. Alle haben Verzichtserklärungen unterschrieben. Sollte jemand – das gilt auch für die Erben – auch nur das Wort ›Klage‹ flüstern, wachsen ihren Erstgeborenen Schwänze.«

»Versuchen Sie, witzig zu sein?«

»Nein. Ja. Wissen Sie – es gibt überhaupt keinen Grund, sich zu streiten.« Tony McWhirter legte die Finger aneinander. Er hatte endlich erkannt, warum er sich mit Meyers auseinandersetzen mußte. »Wir beide wollen das Spiel doch im besten Licht darstellen. Dem Publikum gefällt die Aufregung, Sir.«

Arlan Meyers versuchte sich zu beruhigen. »Die IFSG ist eine Organisation für die ganze Familie, McWhirter. Falls Eltern mitansehen müßten, wie Menschen von einem Gebäude stürzen ...«

»Dann werden die Einschaltquoten in die Höhe schnellen. Hören Sie auf, das alles als Schachspiel zu betrachten, und bezeichnen Sie es als das, was es in Wirklichkeit ist: ein Wettkampf. Die Risiko-Nutzen-Rate ist ...«

Meyers hatte genug gehört. »Wir werden dem Traumpark die Genehmigung entziehen, Mister McWhirter.«

Tony musterte ihn durchtrieben, wie ein Schmetterlingsforscher eine neue und eher häßliche Mottenspezies betrachtet. »So, so. Und wenn niemand stirbt, erteilen Sie die Genehmigung sofort wieder, wie bei Der Uralte Feind im letzten Jahr?«

Meyers zuckte zusammen. Ausdruckslos zog er die Schultern hoch, sagte »Guten Tag!« und ging.

Tonys erleichterter Pfiff fand im gesamten Kontrollraum sein Echo. Der Pfiff reichte nicht aus. Er zitterte am ganzen Körper vor unterdrückter Anspannung.

Dann stand Doris hinter ihm und massierte seine Schultern. »Er ist ein Idiot«, flüsterte sie. Auf Tonys Holofeld explodierte plötzlich ein Feuerwerk, und eine Karikatur von Arlan Meyers erschien. Das Feld dehnte sich aus, und Meyers war vor einem Erschießungskommando an den Pflock gebunden. Das Bild wurde noch breiter, und mehrere Richards und Chi-Chis Lopez' legten die Gewehre an.

Schön zu wissen, daß die Götter auf seiner Seite standen. Doch am besten sorgte er dafür, daß sich die Anwälte dem anschlossen.

Und falls die IFSG dem Traumpark die Genehmigung entzogen hätte ... Genau. Sie hätten behauptet, daß Meyers nur aus Vorurteilen gegenüber einem Spielmeister so gehandelt hätte – Vorurteile gegenüber dem Knastbruder Tony McWhirter. Die Lopez' ließen keinen Trick aus.

Zurück an die Arbeit. Was hatten die Abenteurer mittlerweile erreicht?

Mary-em hatte das würfelförmige Schlafzimmer durchsucht. Hin und wieder tauschten sie und Clavell ein »Schon was gefunden?« aus, um ein »Nein!« zu hören.

Mary-em hatte die Bettlaken abgezogen, die Wandschränke entleert, alles auseinandergenommen und – nichts gefunden.

Ein leiser Musikrefrain hatte eingesetzt, der fast nur auf einer unterbewußten Ebene zu vernehmen war, eine chorartige Melodie, die sich in ihrem Gehör einnistete.

Chango mani cote Chango mani cote olle ...

Mary-em klopfte gegen den Ohrstöpsel ihrer Virtuell-Einheit. War das ... Sie ging augenblicklich in Abwehrstellung.

Ein weißer Hahn mit rotem Kamm kroch unter dem Bett

hervor und trippelte pickend durch den Raum. Er nahm Mary-em gar nicht wahr.

...masa Chango mani cote olle masa Chango ara bari ...

Eine Wandschranktür öffnete sich wie durch Geisterhand, und Mary-em hörte über dem hypnotischen Singsang ein deutliches »Mäh!«. Ein Langhornschaf trabte ins Freie und graste den Teppich ab. Es bummelte durchs Zimmer und verschwand im Korridor.

Der Singsang wurde lauter und begrub jeden Gedanken unter sich.

...manicote ada manicote aran bansoni Chango mani cote Chango mani cote elle masa Chango arambsoni Chango Ara Baricote ...

Die Luft waberte vor ihren Augen. Wo war Clavell? Hörte er denn die Musik nicht? Hatte er die Tiere nicht gesehen? Wo ...

Dann sagte eine leise Stimme hinter ihr: »Ich habe, was du suchst.«

Mary-em drehte sich um und blickte auf das Fenster.

Ein Mann stand dort. Er brannte. Es war ein Afrikaner mit fantastisch proportionierten Muskeln. Er war völlig nackt, und Flammen züngelten aus seiner Haut. Mary-em war verblüfft. Er hatte den perfekten Körper; seine Abmessungen waren in jeder Hinsicht gewaltig.

»Wer bist du?« Ihre Stimme zitterte. Einen Augenblick fragte sie sich, warum dem wohl so war, und dann wußte sie Bescheid.

Crom, wie konnte ein Mann nur so gut aussehen.

Sie hatte den Eindruck, ihre Shorts würden einlaufen, und kämpfte um ihre Beherrschung. Sie war von Natur aus Einzelgängerin, und selbst, wenn ihr die Männer hinterhergelaufen wären, hätte man ihr nur mit Schwierigkeiten näherkommen können. Wegen ihres Alters, ihrer winzigen Körpergröße und ihrer extremen Unternehmungen führte sie ein beinahe zölibatäres Leben.

Ihren letzten Liebhaber hatte sie vor fast fünf Jahren gehabt.

Eine Stimme flüsterte in ihr Ohr. »Sie sind behext. Entspannen Sie sich.«

Sie gehorchte und ließ sich von der klebrigen Wärme der Illusion einfangen. Es gab keinen Grund, so abwehrend zu sein – wer, zum Teufel, würde schon einen Gott abweisen? Und was Götter anging, war Chango eine Wucht.

Wow!

Was erwartete der Traumpark von ihr? Wie weit sollte sie gehen? Und wie weit *wollte* sie überhaupt gehen ...?

»Ich bin ... Chango«, sagte er und grinste breit.

Er kam näher.

Er mußte eine virtuelle Projektion sein. Mit einer zitternden Hand klappte sie das Virtuell-Visier hoch.

Er war immer noch da. Dann war es also ein Hologramm mit einer virtuellen Überlagerung. Das erklärte seine deutlich erkennbare Erregung. Sie schämte sich fast, daß sie das Virtuell-Visier wieder senkte. Sie betete, daß er nur eine Computer-Animation war. Konnte sie diesen Typen vielleicht näher kennenlernen? Später, nach dem Spiel?

»Komm her ...«, flüsterte er. Seine Stimme war berauschend warm und aufregend. »Nimm das Geschenk ...«

Seine Hand öffnete sich, und darin lag ein blutroter Edelstein. Ein Rubin.

Mary-em schwirrte der Kopf. Sie hörte, wie sie mit einer Stimme, die ihr selbst fremdartig vorkam, »Ja!« hauchte, und trat einen Schritt vor.

Sie streckte die Hand aus, und bei der ersten Berührung löste sich der Edelstein auf. Ihre Welt fing Feuer. Der in ihren Ohren dröhnende Singsang brachte jeden Gedanken zum Erliegen und trübte jede Empfindung, als sich sein Gesicht naherte.

Ein physischer Kontakt fand nicht statt; nur das in ihr Kostüm eingearbeitete elektronische Netz begann plötzlich zu pulsieren. Die Luft verwandelte sich in ein Kaleidoskop aus dröhnenden, wirbelnden Farben …

»Halte ein, Dämon!« schrie Major Clavell.

Das perfekte Gesicht zuckte zurück. Seine Augen spien Feuerstrahlen, die Clavell direkt in die Brust trafen.

Der Major wurde gegen die Wand geschleudert und brachte das ganze Modul zum Erzittern.

Benommen hob Clavell das Schwert und intonierte: »Bei der mir verliehenen Macht …«

Chango, der Mary-em noch immer in einer aus kaltem Feuer bestehenden Umarmung hielt, drehte den Kopf und sah ihn an. »Du? Glaubst du, du kannst mir widerstehen? Ich werde dich vernichten, Sterblicher!«

Clavell geriet in Panik. Kriegsspiele waren anders, nicht so persönlich. Dieses Ding hatte die unüberwindliche Mary-em verführt, und ihr rhythmisch zuckender Körper …

Er mußte sich von dieser Sichtweise losreißen. Das Bild war erschaffen worden, um ihn vom richtigen Weg abzubringen.

Also. »Feuer, Gott, Lust. Welcher Gott?« Er hatte sich lange genug vorbereitet und sich in die mageren Infoblätter vertieft, die man ihnen gegeben, und die Bücher, die das Forschungsteam der Army aufgestöbert hatte. »Chango, natürlich.« Kann man ihn vernichten?

Idiot. Er ist ein Gott!

Kann man mit ihm verhandeln? Ihn verscheuchen? Ah!

Major Clavell löste sich von der Wand, breitete wieder die Arme aus und stimmte erneut den Singsang an.

Die Haut auf seinem Kopf wurde heiß und schälte sich. Sie rann in brennenden Tropfen herab und regnete neben seinen Füßen zu Boden.

Clavells Kopf erglühte im schmalen Korridor und verwandelte sich in einen brennenden Totenschädel.

Chango schrie auf – ein so schrilles Geräusch, daß das

schwebende Modul erzitterte. Er wandte sich ab und ließ Mary-em los. Nach drei Schritten war er zu einem kleinen Punkt zusammengeschrumpft.

Es stand in dem Info, jubelte Clavell innerlich. *Chango fürchtet Totenschädel!*

Mary-em lag auf dem Boden. Anscheinend hatte sie das Bewußtsein verloren.

Er eilte zu ihr und nahm eine schnelle Scannung vor. Vom magischen Gesichtspunkt aus war sie gesund, aber ...

»Scheiße«, sagte er.

Die Kabel quietschten. Das Wohn-Modul setzte sich nach oben in Bewegung. Die Götter hatten sich dazu entschieden, Gnade walten zu lassen. Nahm er jedenfalls an.

Mary-em setzte sich auf. »Was ist passiert?«

»Ich habe eine gute und eine schlechte Neuigkeit«, sagte Clavell.

»Zuerst die gute.«

»Wir haben Chango besiegt. Außerdem brauchen wir nicht das verdammte Kabel hochzuklettern, was besonders für Sie von Vorteil ist.«

»Warum?« Die Falten um ihre Augen zogen sich zusammen. »Das Abseilen hat doch Spaß gemacht.«

»Stimmt. Aber Sie sind jetzt schwanger.«

18 Monsterfutter

Oggun ist der Gott des Krieges und des Eisens. Sein liebstes Mahl sind schwarze Hunde ...

Migene Gonzáles-Wipple, *Santería*, 1987

DONNERSTAG, 21. JULI 2059, 15 UHR 30

Alex Griffin sah wie betäubt auf, als sich Tony McWhirters Hologramm vor der Wand bildete. »Was ist?« Er spürte, wie seine Lippen sich bewegten, doch es hörte sich an, als würde er mit der Stimme eines anderen sprechen.

»Da ist gerade etwas über die persönlichen Kanäle gekommen, Griff. Ich habe das Siegel von Sharons Akten gebrochen und ein bißchen herumgestöbert. Es kann sein, daß sie jemanden mit Spielinterna versorgt hat – das bedeutet, es geht um Wetten. Da stehen große Summen auf dem Spiel, und das ist das älteste Motiv der Welt. Na ja, vielleicht auch das zweitälteste.«

Griffins Blick war so kalt wie ein Gewehrlauf. »Spar dir die Witze. Ich komme in die Zentrale. Ich will von jedem Spielteilnehmer die vollständigen Dossiers einsehen.«

»Es *muß* nicht unbedingt ein Spieler sein, Alex. Es könnte auch ein Außenseiter sein, der einen Fuß in der Tür haben will.«

»Ist es aber nicht, oder?«

Tony zögerte; dann sagte er: »Nein, Alex. Ist es nicht.«

Alex Griffin war zweiundneunzig Sekunden später in der Zentrale. Die Spieler-Akten schwebten bereits vor Tony McWhirter in der Luft.

Alex studierte sie sorgfältig, und Tony wartete auf seine Reaktion, als Acacia Garcias Akte auftauchte. Alex' Hände gruben sich in die Stuhllehne, bis die Knöchel weiß hervortraten.

»Wußtest du etwa nicht, daß sie beim Voodoo-Spiel mitmacht?« fragte Tony.

»Ich nehme an, ich hab's übersehen. Penthesilea ...«

Acacia war vor acht Jahren Tonys Freundin gewesen, bis zum Südsee-Schatzjagd-Spiel. Dann war Tony ins Gefängnis gewandert, und Acacia hatte sich Griffin zugewandt.

Sie mochte gefährliche, manipulative Spiele. Und vielleicht auch gefährliche, manipulative Männer. Möglicherweise hatte sie das eine gegen das andere eingetauscht.

»Alex? Man sagt, daß Acacia ein Verhältnis mit Nigel Bishop hat.«

»*Dem* Nigel Bishop? Der wegen dieses Spiels den Ruhestand aufgegeben hat? *Das* habe ich gehört.« Alex' grüne Augen verengten sich, als sein Gehirn einen Gang höher schaltete. »Ich will in dieses Spiel rein. Jetzt sofort.«

»Warte mal einen Augenblick ...«

»Warum? Verdammt, wir verlieren nur Zeit.«

»Gib mir fünfzehn Minuten«, sagte Tony. »Ich habe noch weniger Zeit als du, aber du mußt dir unbedingt erst *das* hier ansehen.«

Eine Wiederholung wurde eingeblendet: die Mami-Wata-Zeremonie, eine Ansicht des Sees auf dem Dach; das Bild fuhr auf die Männer zu, die sich bereit machten, die ertrinkenden Frauen zu retten. Tony McWhirter teilte Major Clavell mit, daß ein böser Geist von ihm Besitz ergriffen hat. Als die Stimme »Jetzt!« rief, schlug Clavell wie eine Klapperschlange zu.

»Der Mythenmeister der Army«, sagte Tony. »Was glaubst du, welchen Einfluß das Aussscheiden des Majors auf die Quoten der Army hätte?«

Clavell tötete den zweiten Mann. Der Bischof trat vor, ließ seine Waffen fallen ...

Tony tippte rasend schnell etwas ein. Alex fiel zuerst gar nicht auf, daß neben dem ersten Fenster ein zweites erschien. Grüne Zahlenreihen schwebten durch die Luft: die Wettanzeigen aus Las Vegas.

Alex beobachtete interessiert, wie Bishop Clavell zu Boden schickte. »Wirklich schön. Sogar ausgezeichnet. Vielleicht Aikido.« Aus Alex' Tonfall war eine zögernde Bewunderung herauszuhören. »Warum sollte Bishop der Army ihren Arsch retten, Tony? Er ist der Mythenmeister von Gen-Dyn.«

»Komisch, nicht wahr? Es wäre schlimm genug, wenn Bishop auf sich selbst wetten würde, aber wir haben es hier mit etwas anderem zu tun. Es wurden sechs Millionen Dollar auf die Army gesetzt.«

Die Quoten der Army beschrieben eine zackige Kurve: steil nach unten und dann wieder steil in die Höhe, als der Mythenmeister des Teams zuerst zum Tode verurteilt und dann gerettet wurde. Ein flacher, nach unten abfallender Zacken markierte auf Gen-Dyns Linie den Augenblick, als Bishop unbewaffnet nach vorn schritt. *Vegas* hatte das Risiko erkannt.

»Ich bin bis jetzt zwanzig Spuren gefolgt, um die Geldquelle aufzuspüren«, fuhr Tony fort. »Ich bin zwar ein paarmal ins Leere gelaufen, aber die restlichen Hinweise endeten alle in Ecuador.«

»Ecuador? Wieso denn ausgerechnet Ecuador?«

»Keine Ahnung. Man sollte wirklich meinen, er würde seine Spuren besser verwischen.«

Alex dachte darüber nach. »Tony, könnte Bishop einen Sieg der Army erzwingen?«

»Alex, ich ... nein. Ja. Verdammt noch mal, ich kann es mir zwar nicht vorstellen, aber ich möchte die Lopez' nach ihrer Meinung fragen. Die interessantere Frage aber wäre: Ist Bishop selbstgefällig genug, um anzunehmen, daß er es schaffen könnte?«

»Na schön. Benachrichtige die Kostümabteilung. Ich bin schon unterwegs.« Griffin stürmte aus der Spiel-Zentrale.

Zehn Sekunden lang saß Tony bewegungslos da, dann

stieß er einen langen, lauten Seufzer aus. Er lehnte sich zurück und streckte die Finger aus.

Warum eigentlich nicht Ecuador?

Wenigstens hatte Griffin ihn nicht gefragt, warum er Wettquoten studierte. Aber vielleicht wußte er es auch so ...

DONNERSTAG, 21. JULI 2059, 17 UHR 00

Acacia Garcia kroch auf allen vieren und warf einen schnellen Blick um die Ecke in den Korridor. Die anderen Abenteurer befanden sich hinter ihr und hatten den Blick auf ihre erhobene Hand gerichtet – zumindest die meisten. Manche Augen betrachteten ihre hübschen Gesäßmuskeln, die sich rhythmisch spannten und wieder entspannten.

Sie hielt die Hand hoch, streckte die Finger aus und ballte sie zur Faust.

Macht euch fertig.

Die Faust öffnete sich. *Keine unmittelbare Gefahr.*

Der Raum war dunkel und still; eine Nische, die in der vierzehnten Etage vom Hauptkorridor abzweigte. Der Korridor grenzte an ein Metallgitter, das sich unmittelbar am Rand eines verfallenen Imbißstandes einschließlich Tischen und Stühlen befand. Hier hatten vor langer Zeit zum Untergang verurteilte, hungrige Teenager Malzmilch und eisgekühlte Limonade konsumiert. Ein ernüchternder Gedanke.

Mitten im Raum standen Metallkästen, an denen Lichter aufflackerten, die gelegentlich Funken sprühten oder Qualm absonderten. Einige Kästen erreichten Thaddeus Darks Größe, und einige verfügten noch über lesbare, in riesigen Buchstaben gemalte Aufschriften.

Auf einem stand XAXXON. Auf einem anderen war DIE MARIO BROTHERS EROBERN DAS UNIVERSUM zu lesen. Oder KRIEG DER MODUL-DÄMONEN.

Ein Spielsalon.

Das Erdbeben hatte Schäden hinterlassen. Zwei Wände

sahen gewellt aus. Die dritte war zum größten Teil zusammengebrochen, hatte einige der Videospiele zerstört und den Weg zum nebenan befindlichen Juwelier frei gemacht. Unter dem Schutt flackerte es unstet.

Acacia rief Chiffre nach vorn. Hier schien keine direkte Gefahr zu lauern ... »Was meinst du?«

»Weiß nicht«, antwortete Chiffre. »Mamissa hat etwas von Dämonen erzählt, die von Elektrizität leben. Strom ist vorhanden. Ich an deiner Stelle wäre vorsichtig.«

»Rede mit Tammi«, sagte sie. Die Troglodyten hatten den Dach-Surfer als Führer verpflichtet. »Wo ist ... äh, Bobo?«

Sie sah sich suchend nach ihm um. »Bobo?«

»Vor einer Minute war er noch da«, sagte die Mutter Oberin. »Er ging zu der Wand rüber. Oh, da ist er ja ...«

Und Bobo trat aus den Schatten. Einen Augenblick arbeitete Acacias Verstand nicht schnell genug. Bobos Größe hatte sich verändert. Er war fünf Zentimeter gewachsen (er ging etwas geduckt, um es zu verbergen), hatte etwas breitere Schultern, der Bauch war flacher geworden ...

Und dann das Gesicht: verspiegelte Sonnenbrille; rote, sich pellende Nase; kurzer, hellblonder Bart und ...

Heilige Scheiße.

Sie kämpfte um ihre Beherrschung. »Bobo«, sagte sie zu Alex Griffin.

Er sah sie mit dieser neutralen TPS-Haltung an, ohne etwas zu verraten. »Ja, Ma'am?« fragte er.

Sie scannte ihn. Es war eindeutig Bobo. Acacia erhielt denselben deutlichen Identifikationscode. Es handelte sich nicht um einen Trick, sondern nur um einen einfachen Austausch, der in vollem Einklang mit den IFSG-Regeln stand.

Noch während sie sich unterhielten, wurden die früheren Spielaufzeichnungen vom Computer bearbeitet und Alex Griffins Erscheinungsbild über den alten Bobo einkopiert. Es blieb einem nichts anderes übrig, als den Austausch zu akzeptieren.

»Funktioniert die Elektrizität da drinnen immer?«

»Soweit ich weiß, ja.«

»Also gut.«

Sie zog das Schwert und betrat den Spielsalon.

Hier schien keine Gefahr zu lauern. Auf dem Boden lag dicker, unberührter Staub, in dem sich keine Fußspuren abzeichneten.

Acacia winkte Captain Chiffre heran. »Was hältst du davon?«

Tammi und Twan gingen um die beiden herum und näherten sich vorsichtig und lauernd der anderen Seite.

Captain Chiffres Antwort bestand in einem schnellen Murmeln und einer Handbewegung. *Enthülle mir die Magie.* Ein Videospielgerät leuchtete hellgrün auf. »Bingo, Mylady.«

Tammi und Twan schlichen auf der Suche nach verborgenen Gefahren noch immer durch den Laden. Captain Chiffre nahm das Videospiel in Augenschein. »Ziemlich fortschrittliche Technik«, sagte er schließlich, »wenn man bedenkt, daß es sich um eine Antiquität handelt. Wurde etwa 1995 gebaut, ein Videospiel mit einem Helm für volle Virtuell-Realität. Wurde mit Dollarscheinen gefüttert. Verfügte neben den Sensorhandschuhen natürlich über visuelle und akustische Rückkopplung. Allerdings gab es noch keinen Geruchs- oder Geschmackssinn. Hat jemand einen Dollarschein?«

Keiner meldete sich. »Schade. Alle Voodoo-Götter waren habgierig. Okay ...« Chiffre setzte sich in den pneumatischen Sitz, der aus schwarzem Metall und Plastik bestand.

Der Sitz schmiegte sich um seinen Körper, bis sein Gesicht rot anlief. Nur die Arme blieben frei. Er schluckte. »Ich will hoffen, daß das eine gute Idee war.«

»Sollen wir dich befreien?«

»Warte, Mylady.« Er war von dem schwarzen Kokon eingehüllt und blickte auf den Bildschirm.

Als seine Hände die Tastatur berührten, erwachte die Holobühne flackernd zum Leben. Luft verdickte sich zu einer schwarzen Flüssigkeit, die sich zu einem nichtmenschlichen, metallischen Antlitz verformte, das nur aus Ecken und Kanten bestand. Es musterte Chiffres Gesicht wie eine Schlange ein Rotkehlchen-Ei.

»Ich bin ... *Oggun*«, sagte es. Die Stimme war vollkommen synthetisch und hatte nichts Menschliches an sich.

»Gott des Krieges«, sagte Chiffre wie aus der Pistole geschossen. »Gott des Eisens.«

»Wagst du es, mich herauszufordern?«

Chiffre lächelte kläglich. »Ich bin nicht gekommen, um dich herauszufordern ...«

Tammi hatte eine Spirale abgeschritten und war nun nahe genug herangekommen, um den schwebenden Kopf zu berühren, als er sich ihr direkt zuwandte.

»Du«, sagte Oggun. »Du bist eine Kriegerin. Gehört er zu dir?«

»Chiffre steht unter meinem Schutz.«

»Bleibst du dabei?«

»Ja, das tue ich«, erwiderte sie nach einem kurzen Zögern.

»Gut. Gut. Dann kann das Spiel beginnen!«

Acacia vernahm einen leisen, pulsierenden Ton im Ohr. Der ›Aktivieren Sie das Visier‹-Ton. Sie vergewisserte sich, daß ihre Virtuell-Einheit funktionierte, und ging dann zurück, bis sie an die Wand stieß.

Ogguns Kopf wand und drehte sich, und plötzlich löste er sich aus dem Videospiel.

Lanzen aus lebendigem Licht zuckten aus dem Gerät. Blendendes, sterilisierendes Licht. Es dehnte und streckte sich und nahm ständig an Masse zu. Dunkle Linien und Farben kämpften sich einen Weg durch die Helligkeit. Es war die Welt zweidimensionaler Computer-Graphik, die ständig rotierend dreidimensional wurde.

Bobo stand direkt hinter Acacia. Sie brannte förmlich darauf, mit ihm zu sprechen. *Diese Frau aus der Sicherheitsabteilung ist gestorben, und jetzt ist Alex Griffin hier. Warum? Falls er hinter Nigel her war, könnte er ihn doch einfach aus dem Spiel nehmen. Oder ist er hinter mir her? Will er mich beobachten? Mit mir sprechen?*

Ein Nachlassen der Konzentration würde ihren Tod bedeuten. *Konzentriere dich!*

Das Licht in dem zerstörten Spielsalon wurde schwächer, bis sie kaum noch etwas sehen konnte. Hätte sie unter Klaustrophobie gelitten, wäre Acacia vor Panik erstarrt.

Tammi und Twan kamen mit allem besser zurecht als sie. Sie hatten sich – als würden sie über ein gemeinsames Bewußtsein verfügen – Rücken an Rücken aufgestellt, um sich besser verteidigen zu können, und warteten ruhig ab.

»Ich bin Oggun«, sagte eine Stimme hinter Acacia. Sie drehte gerade noch rechtzeitig den Kopf, um zu sehen, wie sich auf dem Bildschirm eines uralten Videospiels ein gelbes, rundes *Smile*-Gesicht abzeichnete. Es hatte Haifischzähne, die ständig mahlten und kauende Geräusche erzeugten.

»Und ich esse Fleisch.«

Jetzt kommt's ...

Das gelbe Oggun-Gesicht lachte. »Nicht dein Fleisch. Ich ziehe andere Nahrung vor, und es gefällt mir, wenn ich Zuschauer habe.«

Unter der zerstörten Wand warfen die Funken eines teilweise noch funktionsfähigen Geräts einen sich bewegenden Schatten. Eine elend aussehende schwarze Promenadenmischung kroch ins Freie. Es hätte eine Mischung aus Collie und Spaniel sein können; der Kopf war etwas zu groß, der Körper etwas zu klein. Er humpelte schlurfend und jaulend auf sie zu.

Dann riß sich ein zweites *Smile*-Gesicht, das über rot angemalte Lippen und unmöglich lange Wimpern verfügte, vom gegenüberliegenden Videospiel frei. Mit einer einzigen geschmeidigen Bewegung ergriff es den Hund mit den Zähnen und trug das jaulende und schmerzerfüllt kläffende Tier zur Wand auf der anderen Seite des Raums. Die beiden *Smile*-Gesichter küßten sich obszön, und der Welpe wurde dabei weitergereicht. Ein schreckliches Kaugeräusch erklang.

»Achtung«, sagte Twan beherrscht. »Unsere kollektive Lebensenergie hat gerade abgenommen.«

Das Generalprinzip, sagte sich Acacia. *Schütze die Lebenden vor den Nichtlebenden.*

»Also gut«, rief Tammi. »Zeigen wir ihnen, was eine Harke ist!«

Aus einem gezackten, zentimetergroßen Spalt in der Wand kroch der nächste Hund. Ein drittes Videospiel öffnete sich und spuckte vier maskierte, grüne, leicht menschenähnliche Schildkröten aus – Turtles. Sie schwangen verschiedene fernöstliche Kampfsportwaffen. Acacia bereitete sich auf den Fight vor.

Hinter ihr sprühten Funken und zuckten Lichter, als Twan ihre Magie gegen einen sich endlos vermehrenden Tausendfüßler einsetzte. Acacia mußte mit Stahl auskommen.

Ihre Klinge glühte auf, und der Hund verkroch sich wimmernd hinter ihr. Ein Turtle näherte sich mit ausgestrecktem Samurai-Schwert. Er entblößte die Zähne zu einem Grinsen, legte den Kopf schief und sagte: »Zeit für die Welpen-Pizza. Verpiß dich, Schönheit.«

Acacia stieß einen Schrei aus, hieb mit dem Schwert zu und zielte nach der Verbindung zwischen Schulter und Hals. Sie traf genau. Als der Schildkrötenkopf vom Rumpf abgetrennt wurde, brüllte er: »Radikal!« Er prallte einmal auf, dann öffnete sich der Schnabel, schloß sich, öffnete sich wieder und zischte »Pizzaaa …«, bevor er endgültig starb.

»Cowabunga!« schrie der zweite Turtle, sprang auf Acacia zu und holte mit einem Paar Sais aus. Sie verteidigte sich verbissen, während die Promenadenmischung sich die ganze Zeit über mit eingeklemmtem Schwanz jaulend in ihrem Schatten hielt.

Acacia wurde müde. Sie wehrte einen Sai ab und führte einen hohen Tritt aus. Ihre Ferse traf den Brustknochen des Turtle. Na ja, eigentlich berührte ihre Ferse nichts als Luft, doch die Kreatur flog zurück und stieß mit einem befriedigenden Krachen gegen einen Flipperautomaten. Es qualmte, und Funken sprühten auf, als das bösartige Reptil von Stromstößen getötet wurde. Die Luft stank nach geröstetem Schildkrötenfleisch.

Der Kampf lief schlecht. Die Videospiele spien Tie-Fighter, Söldner und Profi-Catcher aus. Ein Michael-Jackson-Klon tanzte im Moonwalk aus einem Bildschirm, vollführte eine Pirouette und ließ seinen breitkrempigen Hut über den Arm in die Hand rollen. Er warf den Hut wie ein Frisbee. Er sauste durch die Luft und traf Aces Wilde im Nacken. Sie stürzte tot zu Boden.

Hunde starben; Larry, Moe und Curly trugen die schrill jaulenden Tiere zur Wand. Ihr unheilvolles *Njuck Njuck Njuck* hallte ohne Ende durch den Raum und übertönte das panische Gekläffe.

»Chiffre!« schrie Acacia. »Was machst du, zum Teufel?«

Die berühmten Troglodyten schlugen sich besser als alle anderen. Zerstückelte, rauchende Tausendfüßlersegmente häuften sich zu ihren Füßen. Sechs Hunde kauerten sich hinter ihnen zusammen; sie hatten das Gemetzel überlebt.

Eine statuenhafte, brünette Amazone in einem rot-weiß-blau gestreiften Trikot warf ein goldenes Seil nach Twan. Die Troglodytin leuchtete auf, fing die Lassoschlinge ab, wirbelte herum und ließ ihre Gegnerin durch die Luft fliegen. Die Amazone landete im Schoß eines grotesk deformierten Seemanns, dessen tätowierte Unterarme die Größe von Bierfässern hatten.

Seine Augen quollen hervor, und er sagte: »Arf arf arf! Puste mich um, kleine Lady!«

Plötzlich krächzte Chiffre eine Erwiderung. »Ich kann dich hören, aber ich kann dich nicht sehen …«

Twan wußte, daß die Zeit gekommen war, etwas zu riskieren. Sich aus dieser Realitätsebene auszuschalten, bedeutete, daß sie die sehr reale Bedrohung durch die Videodämonen nicht länger wahrnehmen konnte, doch sie hatte da eine Idee, und die würde sie in die Tat umsetzen.

»Tammi! Deck mich. Ich werde für ein paar Sekunden blind sein.«

Tammis Atem kam in flachen, kontrollierten Schüben. »Alles klar, Liebling. Mach schnell.«

Twan schaltete ihre Virtuell-Einheit aus.

Sie konnte weder Hunde noch Miniaturraumschiffe sehen, die Photonentorpedos abfeuerten. Sie stand nur mit ihren Gefährten in der Spielsalon-Ruine. Ein Flipperautomat war zusammengebrochen. Captain Chiffre, der in seine Virtuell-Welt vertieft war, saß vor dem Videospiel und spielte verzweifelt. Der Kokon um seine Brust und Schultern blähte sich auf wie ein zuschnappender Mund. Seine gebundenen Hände mühten sich mit Kippschaltern ab und bekämpften miniaturisierte Videobilder. Die Bilder kamen immer schneller heran und ließen ihm keine Verschnaufpause. Oder gar eine Denkpause.

Ein Videospiel, dachte sie. *Genau darum handelt es sich.*

Bei bestimmten Videospielen konnte man unmöglich gewinnen. Man konnte nur so lange es ging überleben und Punkte anhäufen, bis man schließlich überwältigt und getötet wurde.

Wie im wirklichen Leben?

Twan warf sich vor, rollte sich geschmeidig über die Schulter ab und kam neben Chiffres Maschine wieder auf die Füße.

Sie machte mit beiden Händen Beschwörungen und sang Zaubersprüche. Die Luft knisterte, blaue und grüne Blitze zuckten auf und verdunkelten Twan mit mystischem Rauch. Ihr Fuß tastete hinter den unteren Rand des Videospiels.

Sie schloß beide Hände um das Schwert, während sie mit

dem linken Bein nach der Schnur tastete. Vorsichtig wickelte sie sich die Schnur um den Fuß …

Instinktiv ließ sie das Virtuell-Visier herunterklappen. Tammi war damit beschäftigt, einen winzigen, schwarzen, mit Fledermausflügeln ausgestatteten Helikopter aus der Luft zu schlagen. Twan wollte das Visier wieder hochklappen, als neben ihr ein grinsender Elch erschien. Das Tier kicherte wie ein Schwachsinniger und sagte: »Guck mal, wie ich einen Hasen aus dem Hut zaubere.«

Dann aber zog er ein Scheusal aus dem schwarzen Hut, eine widerliche Mischung aus Löwe, Gorilla und so etwas Ähnlichem wie ein Eichhörnchen. Es fauchte und sprang …

Twan riß den Fuß mit der darum gewickelten Schnur zurück …

Der Mutant schrie auf, erstarrte und huschte zurück in den Hut. Der Elch verschwand. Turtles, Tausendfüßler, Michael Jackson und alles andere löste sich in Luft auf.

»Iiich binn Ogguunn«, stöhnte Chiffres Videospiel. Die Schnur peitschte wie eine verwundete Schlange über den Boden und suchte nach der Steckdose. Twan schaute in entsetzter Faszination zu.

Chiffre befreite sich keuchend aus dem Kokon. Er stand so schnell auf, daß er wieder zu Boden fiel und seinen Sturz mit den Händen abfing. In seinem Gesicht stand die nackte Angst. »Fahr zur Hölle!« schrie er. Seine Aura flackerte auf, magische Blitze lösten sich aus ihr und fuhren in das Gerät. Es qualmte und brannte; Plastik und Metall schmolz, winzige Videobilder wanden sich in den Flammen und schrien, bis nichts als Schlacke übrig war.

Acacia untersuchte zuerst das zerstörte Videospiel, dann Chiffre. Er war rot angelaufen, schweißüberströmt und rang nach Luft.

Der Spielsalon war von beißendem Rauch erfüllt. Die anderen Abenteurer schwiegen. »Äh … Chiffre«, sagte sie so sanft wie möglich. »Würdest du es gern noch eine Zeitlang foltern, wenn es noch nicht so richtig tot ist?«

Er dachte einen Augenblick darüber nach. »Nein«, sagte er schließlich. »Das wäre gemein.« Er klopfte sich den Staub aus dem Gewand und trat vor, um den Schaden zu untersuchen.

Acacia starrte ihm nach und versuchte herauszufinden, was wohl schlimmer war: die Tatsache, daß er es vielleicht ernst meinte, oder die Tatsache, daß sie sich nicht sicher war, *wie* er es meinte.

19 Ile Ife

Und als Ile Ife, der Ort der Schöpfung, vollendet und bereit war, das Leben aufzunehmen, schickte der Große Gott seinen Boten, das Chamäleon, um ihn zu prüfen und sich zu vergewissern, daß er gut war ...

›Das Voodoo-Spiel‹, aus den Notizen der IFSG an die Mythenmeister.

Tammi und Twan reckten die Fäuste in die Luft und stießen einen gewaltigen Jubelschrei aus. Das Geräusch vermischte sich mit einem Laut, der einer Tierkehle entstammte.

Alex sah, daß die Hunde verschwunden waren. Es war nur ein Tier übrig geblieben – ein zu klein geratener schwarzer Labrador. Er kroch zu Twan und versuchte, ihre Hand zu lecken. Er kam nicht an sie heran, doch sie tätschelte seinen Kopf und redete ihm gut zu.

Er kläffte, drehte sich um und verschwand durch die zerborstene Wand. Er kroch in eine der zerstörten Schmuckauslagen des nebenan befindlichen Juweliers. Dann kam er zurück und zerrte eine Halskette hinter sich her. Sie bestand aus Metallperlen: sieben braunen und drei schwarzen.

Twan hob sie auf. »Ein Amulett.« Sie gab Tammi die Perlen. »Gott des Krieges. Das ist dein Gebiet.«

»Bobo ... was hältst du davon?«

Alex Griffin, alias Bobo, versuchte sich daran zu erinnern, was man ihm gesagt hatte. »Oggun hat dich herausgefordert. Du hast gewonnen. Er hat die Niederlage eingestanden – deine Macht wird größer.«

Das hörte sich gut an. Außerdem meldeten die Spielmeister sich nicht zu Wort.

Er blickte Acacia direkt in die Augen. Ihre Lippen formten ein Wort. *Alex.*

Tammi bildete mit den Händen ein T nach und sagte: »Fünfzehn Minuten Pinkelpause. Ich habe da hinten eine Tür mit einem Halbmond gesehen.«

Acacia Garcia sonderte sich von ihren Gefährten ab und fand eine stille Ecke. Sie zog das Messer aus dem Gürtel und schraubte den Griff ab. In dem zwölf Zentimeter langen Gehäuse gab es einen fünf Zentimeter großen Hohlraum. Sie schüttelte einen kleinen Würfel heraus, an dem ein dreizackiger Standardstecker befestigt war. Sie sprach schnell und konzentriert in den Würfel, wobei sie die Konsonanten förmlich ausspuckte, und schob ihn dann in die nächste Steckdose.

Es war 17 Uhr 30.

Auf der sechzehnten und siebzehnten Etage gab es Apartments. Nigel wies sein Team an, sie aufs Geratewohl zu durchsuchen. Trevor Stone, Bishops Zauberer und Stellvertreter, fand in einem Wandschrank zwei uralte Taucherausrüstungen. Bishop schenkte Stone ein flüchtiges Lächeln, das Äquivalent eines Tätschelns auf dem Kopf, und überließ es ihm, die Geräte zu tragen. Stone zitterte vor Wut, dann reichte er eine der Ausrüstungen an Holly Frost weiter. Er konnte sich jedoch nicht überwinden, beide loszuwerden. Außerdem waren die Dinger schwer.

Nirgendwo war Salz zu finden, in keiner Küche, keinem Eß- oder Frühstückszimmer. Schließlich fand Tamasan in einem seit fünfzig Jahren nicht mehr berührten Gewürzbord Limonenpfeffer. Nur wenige Spieler wären clever genug gewesen, sich die Zutaten durchzulesen: An oberster Stelle stand Salz.

Bishop entschied sich, den Spielsalon auf der vierzehnten Etage zu umgehen, obwohl seine Führerin, die unerschütterliche Coral, ihn nachdrücklich empfahl. »Sollen die Mädels sich da abstrampeln«, sagte er mit einem schmalen, harten Lächeln. »Sollten sie etwas Nützliches aufstöbern, überfallen wir sie.«

»Brutal, brutaler geht's nicht mehr«, murmelte sie. Stone hatte nichts dazu zu sagen ... vielleicht fehlte ihm auch die Luft dazu. Nigel legte ein schnelles Tempo vor. Die jüngeren General-Dynamics-Abenteurer hielten mit, doch Stone mußte sich ganz schön ins Zeug legen.

Gegen 17 Uhr 50 durchsuchten sie ein verlassenes Büro auf der dreizehnten Etage, fanden jedoch nichts außer Kartons mit Papierbechern und uralte Disketten. Der *Enthülle-Information*-Zauber brachte außer Reihen von Buchhaltungszahlen nichts zutage. Mürrisch erlaubte Bishop eine Pause.

Seine Leute gingen auseinander, um sich frisch zu machen. Trevor Stone warf ihm einen kurzen, rebellischen Blick zu, als er seinen Rucksack zu Boden fallen ließ und fortschwankte.

Nigel verzog sich allein in eine Ecke, lehnte sich gegen die Wand und rutschte in eine hockende Position. Er zog das Gürtelmesser und schraubte den Griff ab. Er schüttelte seinen Würfel heraus und steckte ihn in die Steckdose neben seiner Ferse.

Der winzige Empfänger sandte einen codierten Impuls aus, der sich über die Kupferleitungen verbreitete, mit denen das Gebäude dicht vernetzt war. Nigel hatte sein Gegenstück, das Acacia im Spielsalon eingestöpselt hatte, binnen einer Zehntelsekunde aufgespürt und die Informationen abgerufen. Acacias Gerät entlud seine Daten in einem extrem komprimierten, verschlüsselten Format. ScanNet konnte den Impuls nicht von der ganz gewöhnlichen Statik unterscheiden, obwohl es die Störung registrierte.

Bishop wartete ein paar Sekunden, nahm den Empfänger wieder an sich und verband ihn mit seiner Virtuell-Einheit.

Er lauschte Acacias Bericht, der kurz, bündig und drängend war. Es war an der Zeit für eine Aktion, nur: für welche?

Sein Gesicht hellte sich auf.

Es war an der Zeit, sich Trevor Stones angestaute Frustrationen zunutze zu machen.

Das General-Dynamics-Team war eine Stunde lang durch leere Korridore und über schmale, dunkle Treppen geschlichen, stets auf alles vorbereitet. Sie hatten keine weiteren Apartments gefunden; kein anderer Abenteurer hatte ihren Weg gekreuzt; sie waren nicht angegriffen worden.

Die Treppe endete an einem Hain mit Bananenstauden, die von künstlichen Lichterreihen beleuchtet wurden. Ihre Wedel rauschten in einem künstlichen Wind. Bishop übernahm die Spitze und inspizierte bei jedem Schritt mißtrauisch den Boden. Er entdeckte, daß neben den Bananen noch andere Pflanzen wuchsen. Es handelte sich um Bambus, und vielleicht auch um Kokosnüsse.

Bishop warf ihrer Führerin einen Blick zu, doch Coral hielt sich schweigend im Hintergrund.

Die Gewächse ließen jede natürliche Ordnung vermissen. Bishop erkannte plötzlich, daß einige von ihnen – nein, alle – in rechtwinklige, hölzerne Töpfe eingepflanzt worden waren.

An der Decke drängten sich Wolken – ihre Umrisse waren

verzerrt, wie bei der Decke eines altmodischen Planetariums. In der Ferne dröhnte Donnergrollen durch die Etagen, doch es klang eher nach Sensorsound als nach einem echten Gewitter.

Tamasan griff in den Staub und hob ein verblichenes Klappbrett auf, das wie ein Überbleibsel von einem alten Filmdrehort aussah. Er hielt es schweigend hoch. Es trug die Aufschrift: *Szene 34, Ile Ife.*

Das Dorf selbst bestand aus Fassaden und Kulissen, imitierten Eingeborenenhütten aus Fiberglasrahmen und hölzernen Verschlägen mit drei Wänden.

Holly Frost betrachtete es eine Minute lang verständnislos und stieß Bishop dann gegen den Arm. »Ich will verdammt sein. Das ist die Kulisse von *König Solomons Diamanten*.«

»Flüchtlinge aus Hollywood«, sagte Trevor. »Die versucht haben, die alten Zeiten wieder aufleben zu lassen.«

»Aber wo sind sie?« fragte Holly.

Das Dorf war nicht völlig leer. Es standen dutzendweise Statuen von menschlichen Wesen herum, denen zum Teil einige Gliedmaßen fehlten. Anscheinend hatte man die Bronzebüsten, die Männer, Frauen und Kinder darstellten, kurzerhand eingegraben. Auf den Gesichtern stand übertriebener Schmerz und nacktes Entsetzen geschrieben; Statisten, die ihre Gefühle der Kamera entgegenhielten.

»Berührt nichts, bevor unser Geistlicher eine Scannung vorgenommen hat«, sagte Bishop nervös.

Trevor starrte ihn böse an. »Aye, aye – Sir.«

Tamasan vertiefte sich in einen komplizierten Shinto-Ritus und ließ sich Zeit dabei.

Das hervorstechendste Bestandteil der Kulisse war ein riesiger, zylindrischer Kamin, der in einem Winkel von achtzig Grad aus dem Boden ragte und in der sechs Meter über ihnen befindlichen Decke verschwand. Der Kamin bestand aus ausgehöhltem, verwittertem Stein. An seinem Fundament lagen die Überreste von einem Dutzend mit Obst gefüllter Körbe, deren Inhalt schon lange verdorrt war. Der letzte lag vielleicht ein Jahr dort, und nur die in den zerfallenen Körben liegenden Steine hielten den Wind davon ab …

Wind?

Holly berührte Bishops Ärmel, und er schaute durch den künstlichen Hain. Nur mit Mühe konnten sie die Umrisse riesiger Ventilatoren ausmachen, zweieinhalb Meter große Monster, in denen die Elektrizität summte und pulsierte und die Wind durch die Kulisse schickten.

Holly näherte sich dem Kamin, vermied aber jede Berührung. »Ich frage mich, ob das hier nicht ein riesiges Mattepainting ist«, murmelte sie.

Die Oberfläche war mit Eisennägeln beschlagen, die schnörkelige Muster bildeten und in verschiedenen Tiefen eingeschlagen waren.

Bishop folgte ihr. »Das ist eine Art Schrift. Ich kann sie nicht scannen.«

»Wie wäre es hiermit?«

Im Boden vor dem Kamin steckte eine steinerne Tafel. In verschiedenen Schriften hatte man Botschaften hineingemeißelt, darunter auch eine in englischer Sprache. *Oranyans Stab.* Daneben befand sich eine kleinere, ältere Mitteilung: *Vorsicht – frisch gestrichen.*

»Scannen«, sagte Bishop leise, und die Tafel leuchtete auf.

Er konnte seinen Blick nicht von den Statuen wenden. Oder waren es Büsten? Oder etwa versteinerte Menschen? Wenn es tatsächlich einmal Menschen gewesen waren, waren sie jetzt wahlweise bis zur Hüfte, zur Brust und zum Kinn eingegraben.

Die Tafel wies keine Spuren von Magie auf, nichts Gefährliches.

Als nächstes scannte er die Statuen. Nichts. »Verwandelte Menschen sind es also nicht«, sagte er zu Holly. »Statuen. Einfach nur Statuen.«

»Hast du die Kulisse überprüft?«

Tamasan huschte mit wehendem braunen Gewand umher

und schaute in den Hütten nach. Bishop blieb im Mittelpunkt der Siedlung und überlegte.

Es sah so aus, als hätten sie Mittagspause machen wollen. Oder wollten sie gerade eine Szene drehen? War es so schwer, sich vorzustellen, welche?

Bishop hob die Hand und stieß einen Pfiff aus. Coral und die übriggebliebenen drei Teammitglieder eilten zu ihm. Er ging in die Hocke, um sich mit ihnen zu beratschlagen. »Beute?«

Holly Frosts dunkelbraunes Gesicht war schmutzig und schweißüberströmt. »Wir haben kein Amulett gefunden, wenn du das meinst. Es gibt ein paar Requisitenjuwelen und ein paar nachgemachte Tonkrüge aus Plastik. Es handelt sich zweifellos um eine Filmkulisse. Ich vermute, hier gibt es Ähnlichkeitsmagie. Ich habe keine Lust, die Spezialeffekte am eigenen Leibe zu erleben.«

»Tamasan? Gefahr?«

»Nichts, Bishop-san.«

»Ile Ife«, begann Bishop mit Stentorstimme, »war der mystische Ursprungsort des Volkes Ibo. Sie wurden von einem mächtigen Gott beschützt ...« Seine Stimme war klangvoll und dramatisch, und er steigerte sich langsam in seine Rolle hinein.

»Entschuldigung«, unterbrach Trevor. »Aber ich glaube, das ist ein Teil der Yoruba-Legende. Nicht der Ibo.«

»Nein, ich bin sicher ...« Bishop verstummte. »Bist du sicher?«

Trevor unterdrückte ein gehässiges Lächeln. »Es stand nicht in den Infos. Wenn du willst, kann ich die Einführung beenden.«

Bishop ließ einen Hauch Unsicherheit in seine Stimme einschleichen. »Äh ... ja. Warum eigentlich nicht. Erledige du das. Ich verdrücke mich mal für etwa zwanzig Minuten. Ich muß dich ja sicher nicht daran erinnern, daß du nichts anfassen sollst, Trevor.«

Trevor blickte ihn ausdruckslos an.

»Also gut«, sagte Bishop und richtete sich wieder auf. »Ich will mal rasch nachsehen, was die Mädels so treiben. Coral, du kommst mit.«

Alex lehnte mit dem Rücken an einem Videospiel und hatte die Arme über den gebeugten Knien verschränkt.

Acacia saß neben ihm. Sie roch leicht nach Schweiß, und ihre Frisur war völlig zerzaust, doch auf eine etwas entrückte Weise mußte er zugeben, daß sie, zumindest physisch, so attraktiv war wie eh und je.

Er wußte, daß Schuld sich nicht wie Säure einbrannte. Sie zerfraß zwar unter Umständen das Herz, mußte aber keine Spuren in einem Gesicht hinterlassen. Trotzdem suchte er nach Anzeichen. Wo könnte man sie finden? In den Augen? Hatten sich diese Falten dort vertieft? Waren sie ausgeprägter geworden? Oder war sie einfach nur müde?

Müde ...

Plötzlich erkannte er – und es versetzte ihm einen kleinen Schock –, daß er in der vergangenen Nacht nicht geschlafen hatte. Wenn das Adrenalin verbraucht war, würde er abbauen, und zwar schlagartig.

Acacia bot ihm die Hälfte ihres Schokoriegels an. »Es ist schön, einen Führer zu haben«, sagte sie, peinlich bemüht, jeden Blickkontakt zu vermeiden. Er nickte kommentarlos. »Es ist schön, jemanden zu haben ... dem ich vertrauen kann. Kann ich dir vertrauen?«

»Sicher, Miss. Ich bin dazu da, um zu helfen. Wegen des Allgemeinwohls, des Überlebens von Neu-Afrika, und weil die Mamissa meinem Temperament mißtraut.«

Sie nickte. »Ich habe dich schon einmal gesehen ...« Sie schwankte und senkte ihre Stimme dann zu einem Flüstern. »Hi, Alex. Ich kann diese Spielchen nicht mit dir spielen.«

»Wir haben doch *nur* Spielchen gespielt, Acacia. Warum sollten wir das ändern?«

Ihre Blicke trafen sich. Für einen Augenblick behielten sie den ernsten Gesichtsausdruck bei, dann zuckte Acacia vor unterdrücktem, ironischem Gelächter.

»Aha. Wären wir also wieder an diesem Punkt angelangt. Konntest dir die Gelegenheit wohl wieder nicht entgehen lassen, gegen Zombies zu kämpfen?«

Er machte mit der Hand eine weitausholende Geste, die fast alles hätte bedeuten können. »Hunderte von uns machen mit, Cas. Die Hölle hat uns freigegeben; jeder darf mal ausflippen.«

Was denkst du, Acacia? Es gibt so viele Möglichkeiten. Falls du sauber bist, fragst du dich vielleicht, ob ich hier bin, um dir das Spiel zu versauen. Überlegst, ob ich versuche, wieder alles zwischen uns ins Lot zu bringen. Ob dir das Probleme mit Bishop einbringt.

Sollte Bishop Dreck am Stecken haben, und du hilfst ihm ...

Wenn du mit Sharons Tod zu tun hast, dann gnade dir Gott. Versuch gar nicht erst, mich im Spiel sterben zu lassen, Cas. Ich kann mehr Treffer einstecken als Godzilla.

»Also bist du von jetzt an dabei?« fragte sie.

»Bis zum Ende.«

Am Eingang des Spielsalons gab es plötzlich Aufruhr. »Eindringlinge im Anmarsch!« schrie der Mausling.

»Wir wollen verhandeln!« Das war Bishops Stimme, die sich über den Lärm erhob. Acacia zuckte zusammen.

Für Bishop und Coral öffnete sich ein Durchgang.

Er schlenderte zu ihnen hinüber. »Nun«, sagte er und sah sich Tammis Halskette an. In seiner Virtuell-Sicht würde sie wie die Morgenröte leuchten. »Ihr wart offenbar fleißig.«

»Du hättest dabei sein sollen«, sagte Tammi.

»Wäre ich auch gern, aber ich war zu sehr damit beschäftigt, euch zu überholen.«

»Was Interessantes gefunden?«

»Wenn ich euch das verraten würde, gäbe ich ja meine Geheimnisse preis.«

»Was willst du, Bishop?«

»Weltfrieden? Das Ende aller Sorgen?« Er ging tiefer in den Spielsalon hinein und blieb vor Acacia stehen. »Penthesilea.« Er machte eine tiefe Verbeugung. »Wie schön, daß du überlebt hast.«

Griffin richtete sich auf. Er und Bishop musterten sich eine Sekunde, bevor der Mythenmeister sich wieder Acacia zuwandte.

»Coral hat auf diesen Ort hingewiesen, doch er paßte besser zu deiner Schnelligkeit. Meinen Glückwunsch.«

»Hör mit dem Scheiß auf, Bishop. Was willst du?«

»Ich habe mich gefragt, ob einer von euch nicht doch noch das Team wechseln will, solange ihr die Chance habt.«

Twan machte mit der Hand eine Geste, die ›Mach voran!‹ bedeuten sollte.

»Ich wollte mir die Ausfälle ansehen«, sagte er mit trügerischer Gelassenheit. »Die Toten zählen. Wir haben einen langen Weg zurückgelegt.«

Er inspizierte das zerschmolzene Videospiel. Es hatte sich in einen kaum identifizierbaren Haufen aus Glas, Plastik und zerflossenem Metall verwandelt.

»Meine Güte. Ihr hattet hier aber viel Spaß, was? Und habt eine Späherin verloren. Habt ihr außer der Halskette noch was gefunden?«

»Das ist unsere Sache …«

»Ja, ja. Wir wollen doch nicht ermüdend werden.«

Er nahm Acacias Hand und drückte sie mit funkelnden Augen. »Nun. Es scheint, daß du bei dem richtigen Haufen gelandet bist, Schatz. Und wer ist das? Dein Führer?«

Er unterzog Alex das erste Mal einer genauen Musterung. Nahm Maß. Brachte ihn in der richtigen Kategorie unter. »Mein Gedächtnis muß mich im Stich lassen. Ich könnte schwören, Bobo hätte sich seit der Mami-Wata-Zeremonie verändert.«

»Verändert?« fragte Acacia. »Wie denn?«

»Na ja, er sieht jetzt viel größer und selbstbewußter aus. Richtig intelligent.« Er grübelte noch einen Augenblick vergnügt nach und ging dann zum Eingang des Spielsalons zurück. »Tja«, sagte er. »Wie ich sehe, ist hier alles in Ordnung. Und ich habe alles erfahren, was ich wissen wollte.«

»Was denn?« wollte Twan wissen.

»Ah, mein kleines asiatisches Dschungelhäschen, das geht nur mich was an, und du wirst es in diesem Leben nicht mehr erfahren.« Er grinste breit. »Wir sehen uns, und zwar früher, als ihr glaubt!«

Bishop und Coral zogen sich wieder zurück, noch immer unter dem Schutz des Waffenstillstands.

Twan sah ihm zu und kaute auf der Lippe. Hier lief irgend etwas ab, direkt unter ihren Augen, und es gefiel ihr nicht. Ebensowenig gefiel ihr, daß der Traumpark Bobo ausgetauscht hatte, obwohl so etwas nicht zum erstenmal passiert war. Ein Führer wurde krank, verstauchte sich den Knöchel oder verpatzte ein Szenario, und ein Ersatzmann machte weiter. Trotzdem … es mußte ihr nicht gefallen.

»Also gut«, rief sie. »Wir brechen in fünf Minuten auf.«

Trevor hatte seinen Rucksack gegen einen Steinbrunnen aus Pappe gelehnt und benutzte ihn als Kissen. »Was gefunden?« fragte er.

»Nichts, Trevor-san. Trotzdem muß dieser Ort wichtig sein. Hier wurde gearbeitet.«

»Ist Tamasan eigentlich dein Vorname, oder …«

»Mein Spitzname. Es heißt soviel wie ›Herr Sack‹. Weißt du, damit war damals auf der Beverly Hills High-School meine Figur gemeint.«

Holly Frost war auf einen der eingepflanzten Bäume geklettert. Sie rutschte wieder herunter und kam zum Brunnen zurück. »Nichts.«

»Wenn hier nichts ist, muß man es dazu bringen, sich zu zeigen«, sagte Trevor. »Irgendein magisches Ritual, das mit der Ile-Ife-Legende zu tun hat. Wenn wir nur mehr darüber wüßten … Vielleicht wird auch einer dieser Bäume in einem anderen Teil des Gebäudes gebraucht.«

»Uff.« Holly ließ sich auf ihren Rucksack nieder. Stone hatte erschöpft ausgesehen, als Bishop gegangen war. Soweit sie es beurteilen konnte, hatte er wieder Energie getankt; er wurde sogar langsam unruhig. »Dann wollen wir mal warten«, sagte sie.

Bishop und Coral befanden sich auf der Mitte der Treppe, als er sie mit einem Handzeichen aufhielt.

»Gibt's ein Problem?«

»Ich muß nachdenken«, sagte er. »Warten wir ein bißchen.«

»Deine Zeit, Boß.«

Bishop setzte sich und machte einen grüblerischen Eindruck. Dabei dachte er eigentlich: *Trevor Stone. Du kochst mittlerweile. Ungeduldig bis zur Schmerzgrenze. Außerdem willst du mich wie einen Idioten aussehen lassen. Wie lange wird es wohl dauern, bis du deinen Zug machst?*

Im Augenblick gab es nichts zu tun. Die mangelnde Aktivität zerrte an allen, besonders an Trevor Stone. Holly Frost, Kriegerin und Diebin der Meisterklasse, haßte es, den Babysitter zu spielen. So eine passive Arbeit ging ihr gegen den Strich. Sie hätte viel lieber etwas gestohlen oder jemanden umgebracht.

Dennoch mußte es getan werden.

»Diese ganze Ebene ist ein einziger H.-Rider-Haggard-Film«, sagte Trevor. »Ich glaube, du hattest recht, Holly. Es ist eine Art von Ritual gewesen. Die Ventilatoren arbeiten noch. Die Kameras stehen in der Gegend herum. Wo also sind die Schauspieler?«

Holly blickte ihn nachdenklich an. »Mach weiter.«

»Wir sind die Schauspieler. Alles ist vorbereitet. Das ganze Dorf ist ein Ritual, das darauf wartet, vollendet zu werden.«

»Handelt es sich um Voodoo?«

»Um Ähnlichkeitsmagie. Eine Neuinszenierung alter Geschehnisse im Hollywood-Stil.«

»Und?«

»Also machen wir es.«

Holly gefiel das unangenehme Gefühl nicht, das sich in ihrem Magen breitmachte. Stone konnte es nicht erwarten, etwas zu unternehmen, egal was. Und Bishop mußte es wissen. Warum war er dann gegangen? Hier stimmte etwas nicht, und Holly Frost stand zwischen allen Fronten.

»Ich glaube«, sagte sie schließlich, »wir sollten lieber auf Bishop warten.«

Trevor stand abrupt auf. »Du kannst ja warten, wenn du willst. Ich werde eine Zeremonie abhalten. Hier kann man auch persönliche Punkte erringen. Ich habe schon gezaubert, als Bishop noch nicht mal wußte, wie man das Wort schreibt.«

Trevor zeichnete mit einem Puder einen Kreis auf den Boden. Dabei summte er vor sich hin. Der Kreis leuchtete auf und gab ein dröhnendes Geräusch von sich. Blitze zuckten am Himmel und erfüllten die Luft mit einem scharfen, beißend metallischen Geruch.

»Ich rufe die Götter dieses Landes an. Das kosmische Drama nimmt seinen Lauf! Eure Schauspieler erwarten euch! Wir sind bereit.«

»Trevor! Du liebe Güte …«

Er wandte sich ihr zornig zu. »Gehen Sie und verstecken Sie sich, wenn Sie wollen, Miss Frost. Das hier ist das *Spiel*.«

Es war sowieso zu spät. Am dunklen Himmel bildete sich ein länglicher Umriß und stürzte auf sie zu. Es war eine Gestalt mit kurzen Beinen und einem peitschenden schwarzen Schwanz. Sie landete mit einem dumpfen Geräusch in der Dorfmitte. Trotz der zuckenden Blitze konnten die Abenteurer sie nicht genau erkennen. Die Kreatur richtete sich auf und ließ mehrmals eine zwei Meter lange rote Zunge vorschnellen.

»Was, zum Teufel …«

Es handelte sich um ein zehn Meter großes, ziemlich verrücktes Chamäleon, das alle möglichen Farbschattierungen aufwies. Sein Spektrum umfaßte den gesamten Regenbogen, und es wechselte ununterbrochen den Farbton, um sich seiner jeweiligen Umgebung anzupassen. Es war groß, aber nur schwer auszumachen. Es stapfte auf sie zu, und die riesigen, hervorstehenden Augen rollten unablässig in jede Richtung. Sein ganzer Körper flackerte. Es handelte sich unverkennbar um ein Ungeheuer, das sich im Stop-Motion-Verfahren fortbewegte, ein Überbleibsel einer jener Filmfestivals, auf dem die schlechtesten Streifen aller Zeiten gezeigt wurden.

Tamasan lief auf Trevor und Holly zu. Er blieb plötzlich stehen und stemmte seinen Stab gegen den Boden. »Ich scanne …«

»Ja«, erwiderte Trevor sarkastisch. »Scanne es ruhig. Hast du nie einen Ray-Harryhausen-Film gesehen? Töte das verdammte Monster!« Er sprach einen Zauber in einer fremden Sprache und warf sein Schwert. Die Klinge verwandelte sich in eine grelle Flamme und flog auf den Kopf der Bestie zu.

Das Resultat war unangemessen. Die Flamme verbrannte die Echse von der Schnauze bis zur Schwanzspitze. Die hervorstehenden Augen quollen auf, und der ganze, bewegliche Tonkörper erbebte vor Schmerz.

Frost und Tamasan kamen nicht einmal dazu, ihre Kräfte einzusetzen. Das Chamäleon bewegte sich ziellos, glühte auf und verwandelte sich in einen knisternden Lichtblitz, der die Umrisse einer Echse hatte.

Dann zerplatzte es mit einem Aufschrei. Unter der Haut befand sich ein uhrwerkähnliches Puzzle aus einer metallenen Mechanik und Plastikknöpfen. Es qualmte, erzitterte und hielt dann reglos inne.

»Ein glatter Sieg!« jubelte Trevor.

Holly blickte nervös zu ihren Teamgefährten hinüber. »Trevor …«

Trevor entspannte sich plötzlich. »Ich weiß. Zu einfach. Man hat uns reingelegt. Man hat mich reingelegt, doch ich verstehe immer noch nicht ...« Er verstummte und gab es auf, als der Boden unter ihren Füßen zu beben begann.

Das Geräusch war so rhythmisch wie ein langsamer Trommelschlag. Schritte. Dann folgte ein gewaltiges Krachen, das Geräusch von Bäumen und Gebüschen, die entwurzelt wurden.

Sie konnten nichts sehen, hörten aber eine donnernde Stimme, die aus allen Richtungen zugleich ertönte. »Habt ihr ... das Drehbuch ... nicht gelesen?«

Stones Stimme klang dünn und gebrochen. »Wir sind die Verteidiger ...«

»*Wer* seid ihr?« Die Stimme war näher herangerückt. Sogar schrecklich nahe, und jetzt konnten sie die riesenhafte Gestalt erkennen, die am Himmel feste Formen annahm. Sie war geradezu überwältigend groß. Sie trug eine schwarze Baskenmütze und eine Sonnenbrille und hielt eine kurze Reitpeitsche in der Hand. Ein gigantischer Bierbauch beulte ein ausgebleichtes Safarihemd aus. Bermudashorts gaben den Blick auf Knie frei, die so weiß wie Fischbäuche waren und vor Wut zitterten.

»O mein Gott«, stöhnte Holly. »Der Regisseur.«

Die Abenteurer verteilten sich, doch das Ganze hatte nur wenig Ähnlichkeit mit einer Verteidigungslinie.

»Tollkühne ... elende ... erbärmliche ... *Schauspieler*!«

»Wir könnten mit dem Kerl verhandeln!« rief Trevor den anderen zu.

»*Deinen* Agenten möchte ich mal kennenlernen«, fauchte Holly verächtlich.

Da hatte der Schatten des Regisseurs sie schon eingefangen, und er war so dunkel wie die Nacht.

Die Kreatur bückte sich, und ihr Grinsen enthüllte funkelnd weiße, fünfzehn Zentimeter große Jacketkronen.

Und sie zischte: »Schnitt!«

20 Oranyans Stab

Ein afrikanischer Stamm namens Dogon … verfügte über Informationen … daß Sirius B für eine Umkreisung fünfzig Jahre braucht.
Robert K. G. Temple, *Das Sirius-Rätsel*, 1976.

Es gibt Legenden, daß anderes, umfassenderes Wissen seinen Ursprung in Afrika hatte. In der Mythologie des prädynastischen Ägypten wird die Zahl fünfzig in seltsamer Weise wiederholt. Beispielsweise hat die Argo, das Schiff von Isis und Osiris, eine Besatzung von fünfzig Argonauten …
›Das Voodoo-Spiel‹, Notizen der Spielmeister.

DONNERSTAG, 21. JULI 2059, 18 UHR 55

Bishop und Coral betraten das verlassene Dorf Ile Ife mit allergrößter Vorsicht.

Alles war genauso – *genauso* – wie bei ihrem ersten Eindringen. Die Panaflex-Kamera stand verlassen da. Die Windmaschinen hinter den Bananenstauden heulten und bewegten die Luft. Das General-Dynamics-Team hätte genausogut nie existiert haben können.

Bishop formte mit den Händen einen Trichter und rief: »Hallo!«

Als Antwort erhielt er nur ein Echo, das von dem künstlichen Wind verzerrt wurde. Dann herrschte Stille. Die planetariumähnliche Decke über ihnen veränderte sich. Angelaufene Statuen und Bronzebüsten – Menschen, die mitten im Schrei überrascht worden waren – harrten reglos und stumm aus, vergossen keine Träne.

Bishop scannte die Kulisse nach lebenden Wesen und unterdrückte seine grimmige Zufriedenheit, als er ein negatives Ergebnis erhielt.

»Mein Gott, was denn?« fragte Coral. »Wo sind sie denn alle?«

»Es wird Zeit, das herauszufinden.« Bishop kratzte mit seinem Schwert einen Kreis in den Staub und murmelte ein paar magische Worte.

Der Wind erstarb. Der Boden kräuselte sich und geriet in Bewegung. Vom Himmel fiel Staub, als würden unsichtbare Augen trockene Tränen vergießen. Dieser vielfarbige Staub formte ein grobes impressionistisches Sandgemälde auf dem Erdboden.

Es wurde zunehmend weniger abstrakt und entwickelte sich zu einer genauen Abbildung von Ile Ife, in der drei menschliche Strichfiguren vor Entsetzen erstarrt waren. Noch mehr Sand fiel herab ... das Bild zeigte Details: Trevor Stone und seine Teamgefährten waren in der Zeit eingefroren. Bishop murmelte wieder etwas, faltete die Finger zu einer mystischen Figur, und das Bild bewegte sich.

Trevor warf noch einmal seine magische Granate auf das Chamäleon. Der Regisseur beugte sich wütend über sie. Und dann ...

»Scheiße.«

Bishop fuhr mit dem Fuß über den Boden und löschte das Bild aus. Er wurde von den Statuen angezogen, die über die ganze Kulisse verteilt waren. Es waren drei neue Statuen hinzugekommen; sie waren teilweise im Boden vergraben. Zwei Männer. Eine Frau. Münder waren zu markerschütternden Schreien verzerrt, als würden sie ein letztes Mal um Gnade flehen, bevor sie in die Abgründe der Hölle verbannt wurden.

Bishop hielt den Atem an und spannte die Muskeln, um überzeugend Wut zu imitieren. »Dieser Narr! Dieser dämliche, hirnlose Stone! Wie konnte er mir *das* antun?«

Er legte den Kopf in den Nacken und kniff die Augen fest zusammen, als würde er Chancen und Möglichkeiten abwägen. Coral stand in wortloser Verblüffung neben ihm und traute sich nicht, irgend etwas zu sagen. Schließlich verzogen sich Bishops Lippen zu einem dünnen, bösartigen Lächeln.

»Andererseits«, sagte er, »könnte man es auch von der positiven Seite aus betrachten. Wir haben gerade die Spreu vom Weizen getrennt.«

»Mister Bishop, Sie haben kein *Team* mehr!«

Coral hatte für einen Augenblick völlig ihre Rolle vergessen. Bishop tätschelte ihren Kopf. »Und wenn schon. Ich werde eins adoptieren. Komm.«

Bobo, der Führer, schlich im Zustand absoluter Konzentration durch MIMICs Korridore. Er versuchte, hinter die Schatten zu sehen, und lauschte nach bedrohlichen Geräuschen, die die verhallenden Echos der Spielerschritte übertönten. Jede Bewegung barg ein neues Risiko, und hinter jeder verstaubten und verschlossenen Tür lauerte eine neue Gefahr.

Alex Griffin bewegte sich in einer schizophrenen Welt. Seine schmerzhafte Sehnsucht nach Sharon und das Bedürfnis, seine Pflicht zu erfüllen, kämpften mit den Traumzeit-Illusionen. Wenn er ihnen nachgab, verriet er sein Herz und seinen Glauben. Und wenn er ihnen widerstand, konnte er den Spieltod finden.

Also scannte er nach Dämonen, Kobolden und Zombies – und richtete beharrlich einen Bruchteil seiner Aufmerksamkeit auf Acacia.

Sie hielt die schreckhafte, antilopenhafte Wachsamkeit aufrecht und mied seinen Blick – hielt sich jedoch immer nur eine Armeslänge von ihm entfernt.

Griffin flüsterte leise einen Befehl. Daten rollten über die Innenseite des linken Glases seiner verspiegelten Sonnenbrille. Er teilte seine Aufmerksamkeit und suchte die Korridore weiter nach Gefahren ab, während er gleichzeitig die Daten las.

Acacia Garcia, 34, MA der Betriebswirtschaft, brauchte

die Vorrunden nicht zu absolvieren. Es gab kaum einen Zweifel, daß sie eine der fünf Anführer werden würde.

Andererseits ...

Nigel Bishop, 36, besaß den Magistergrad in Psychologie und hatte an der Columbia University außerdem den Doktortitel in Kommunikationswissenschaft erworben. War nach sieben Jahren Ruhestand wieder in die IFSG eingetreten. Hatte er mit Erpressung oder Bestechung nachgeholfen, um seine Position zu erreichen? Unwahrscheinlich, doch er könnte seinen Ruf, den *Mythos* Nigel Bishop, zu Einschüchterungszwecken benutzt haben.

Tammis Blicke fuhren ständig hin und her und hielten nach Bedrohungen oder Hinweisen Ausschau. Sie befand sich an der Spitze, als ihre Gruppe durch einen leeren Korridor schritt. Er war von leerstehenden Geschäften gesäumt: Friseur, Schönheitssalon, Comic-Laden, Massagesalon und ein Laden, der 7-Eleven hieß. Ein Schild im Fenster versprach einen großen Schluck für nur neunundachtzig Cent.

7-Eleven? Großer Schluck? Letzteres hatte einen ungesunden Klang, aber sicher konnte man auch 1995 in Kalifornien für neunundachtzig Cent nicht viel bekommen ...

Vor ihnen war etwas. Tammis Stab zuckte hoch, doch es war nur Nigel Bishop mit Coral im Schlepptau.

Ein Hinterhalt? Wo war der Rest seines Teams?

»Verhandlung«, sagte er.

»Was willst du, Bishop?«

»Es hat sich eine Situation ergeben ...«

Tammi zielte mit ihrem Stab auf seine Kehle. »So, so, eine *Situation*?«

»Bitte.« Nigel benutzte seinen besten Reden-wir-doch-vernünftig-miteinander-Tonfall. »Als ich mich vorhin mit euch unterhalten habe, hat mein Stellvertreter meinen direkten Befehlen zuwider gehandelt.«

Tammi entspannte sich nicht, doch ihre Mundwinkel

zuckten. »Da ich sehen kann, wie du dich von ihren Handlungen distanzierst, darf ich wohl annehmen, daß sie Scheiße gebaut haben.«

»Aber klar doch. Es sind nur noch mein Führer und ich übrig. Ich habe Informationen und Beute zu bieten, im Austausch gegen die Aufnahme in eure Karawane.«

»Davon einmal abgesehen – sprechen wir hier über den Standardhandel?«

»Ja.«

Tammi schüttelte ihre blonde Haarmähne und schien über das Angebot nachzudenken. »Warte.«

Acacia und Twan steckten mit Tammi die Köpfe zusammen, unterhielten sich mit gedämpfter Stimme und warfen Bishop gelegentlich einen Blick zu. Tammi schlenderte zu Bishop zurück und bewegte sich dabei nicht weniger geziert als ein durchschnittliches Barbarenküsten-Tanzmädchen.

»Du bist dabei, Großer.«

Die Karawane bildete sich neu, und die zehn Spieler und zwei Führer gingen zusammen weiter durch die Dunkelheit.

Griffin ließ sich zu Bishop zurückfallen und nutzte die Gelegenheit, den Mann sorgfältig zu mustern.

Er war fünf Zentimeter kleiner als Griffin und wog vielleicht hundertfünfundachtzig ausgesprochen muskulöse Pfund. Sein Gang erinnerte Griffin an einen zweibeinigen Luchs. Er bewegte sich geschmeidig, mit dem lässigen Versprechen von Schnelligkeit und zerstörerischer Kraft. Griffin hatte sich seine physischen Fähigkeiten sein ganzes Leben lang mit Schweiß und blauen Flecken erkaufen müssen und betrachtete diejenigen, die von Natur aus über diese Eigenschaften verfügten, mit der stillen Verachtung – und Bewunderung – des hart an sich arbeitenden Mannes.

Er erinnerte sich, mit welcher Eleganz Bishop den Major besiegt hatte. Welche Kunst hatte einen so vernichtenden Griff hervorgebracht? Es ähnelte Griffins geschätztem Jiu-Jitsu, doch da gab es noch einen bühnenreifen Schwung, eine Beweglichkeit, die er nicht richtig einordnen konnte.

Bishop pfiff etwas. Es konnte ›There's No Business Like Showbusiness‹ sein, aber es war zu leise, um es genau identifizieren zu können.

Bishop drehte sich immer noch pfeifend um und musterte Griffin vom Scheitel bis zur Sohle. Dabei zeigte er die ganze Zeit über einen leicht ironischen Ausdruck. Die Melodie änderte sich, und jetzt pfiff er klar verständlich ›Send In the Clowns.‹

Und pfiff es wunderschön, verdammt!

Acacia warf ihnen über die Schulter einen unbehaglichen Blick zu, als würde sie sich fragen, wann die beiden sich an die Kehle gingen.

»Stop!« rief Bishop plötzlich und zeigte auf eine Tür, die als Mauer getarnt war. »Das ist sie.« Er bog eine Plastikschicht zurück und scannte hinein. »Nein, keine Ungeheuer anwesend. Ladies first?«

»Ich denke nicht«, erwiderte Acacia eisig und machte einen Knicks. »Nach Ihnen, Sir.«

Die Abenteurer bildeten eine fächerförmige Formation, um die Ile Ife sorgfältig zu durchsuchen. Bishop blieb zurück und griff nach Acacias Arm.

»Also, Liebling. Hast du dich mit Bobo angenehm unterhalten? Habt ihr die alten Zeiten wieder aufleben lassen?«

Sie verdrehte den Arm, kam jedoch nicht von ihm los. »Wir sind mitten im Spiel, du Idiot. Jetzt ist keine Zeit für Eifersuchtszenen.«

»Eifersucht? Schatz, dein warmer und üppiger Körper ist ein himmlisches Versprechen, aber ich ziehe weltliche Belohnungen vor.«

»Ich habe einen Handel abgeschlossen«, flüsterte sie. »Ich halte mich daran. Ich habe dir doch gesagt, daß er hier ist, oder?«

Der Griff lockerte sich etwas. »Vergiß nicht, zu welchem Team du gehörst«, sagte er und packte kurz mit erschreckender Stärke zu. Dann ließ er sie los.

Acacia hatte das Gefühl, ein Motorrad wäre über ihren Arm gerollt. Sie rieb ihn und versuchte, den Kreislauf wieder in Gang zu bringen.

Ihre Sicht verschleierte sich, und sie mußte hart blinzeln, um wieder klar sehen zu können.

Du hast dieses Pferd gekauft, du blöde Kuh. Und nun sieh zu, daß du es auch nach Hause reiten kannst.

»Was ist hier passiert?« fragte Tammi Bishop. Die Steinsäule ragte noch immer in den künstlichen Himmel. Zu Bronze erstarrte Schauspieler gruben sich noch immer einen Weg aus dem Erdreich.

»Stone hat einen Götterboten angegriffen. Ein schlechter Zug.«

»Und was machen wir jetzt?«

»Fangt mit einer Beschwörung an. Wenn ein Chamäleon erscheint, macht ihm Geschenke. Damit habt ihr bei den Göttern einen Stein im Brett.«

Bishop trat zurück, als sich die Abenteurer versammelten, um mit der Zeremonie zu beginnen. Beinahe zufällig blieb er wieder neben Griffin stehen.

Merkwürdigerweise schien Bishop nun etwas kleiner zu sein. War er in sich zusammengeschrumpft? Vielleicht etwas müde und besorgt? Plötzlich sah Griffin den Mann als Spieler – vielleicht sogar als den König aller Spieler. Überdies strahlte er ein enormes Selbstvertrauen aus, doch diese Fassade konnte unter der Belastung Risse bekommen. War das jetzt der Fall?

Es donnerte, und das Chamäleon erschien. Die Abenteurer machten ihm Platz, damit es landen konnte.

Bishop richtete sich auf und war wieder so munter und unbesiegbar wie zuvor. »Was guckst du so, Bobo? Solltest du nicht lieber deinen Herren helfen?«

Griffin wurde zornig; dann entspannte er sich. Plötzlich schien Bishop ganz auf menschliche Größe reduziert zu sein. Ein nervöser Spieler, der vor zehn Millionen Zuschauern sein Spiel verlor. Er verspürte eine Mischung aus Erleichterung und Verachtung ...

Die sofort wieder verflog.

Bishop hatte ihn einen Augenblick, einen halben Herzschlag lang, abschätzend angeschaut. Hatte er sich gefragt, welche Maske Griffin akzeptieren würde?

Die Geschenke wurden nach und nach auf der klebrigen, dicken Zungenspitze des Chamäleons abgeladen.

»Die kommen gut allein zurecht«, sagte Griffin. Seine Nackenhaare hatten sich alarmiert aufgerichtet. Was spürte er? Eine Fassade aus Mut, die eine Fassade aus Unsicherheit verbarg, unter der sich wiederum etwas anderes versteckte?

Ich sollte deinen Arsch aus dem Spiel entfernen, fluchte Griffin in Gedanken. *Aber dazu fehlen mir die rechtlichen Befugnisse. Vielleicht kann ich dich einfach nur nicht ausstehen. Weiß der Himmel, wenn ich dich aus dem Spiel nehme, könntest du behaupten, ich hätte es aus Eifersucht getan, und es an die große Glocke hängen.*

Also werde ich dich beobachten. Und abwarten.

Die restlichen Troglodyten hockten in einem Gebüsch aus eingetopften Bananenstauden. Tammi hielt sich dicht neben dem Mausling und blockierte so die Sicht jeden Beobachters. »Bishop unterhält sich mit Bobo dem Zweiten«, sagte Tammi.

Twan nickte. Sie holte einen handtellergroßen Spiegel hervor und machte eine mystische Geste.

Appelion lag in einem doppelwandigen Auferstehungssarg. Schwaden supergekühlten Stickstoffnebels waberten um ihn herum. Seine Augen waren geschlossen. Sein Gesicht war bleich, die Wangen mit Rouge bemalt und von einer dünnen Eisschicht bedeckt.

»Er sieht so natürlich aus«, sagte der Mausling.

»Es erfordert große Macht, die Toten zu erwecken«, sagte Twan.

Da begann Appelion mit noch immer geschlossenen Augen zu sprechen. Seine unterkühlte, flüsternde Stimme klang wie ein Windhauch, der aus einer großen, dunklen Höhle kam. »Es bedarf einer noch größeren Macht, die Toten einschlafen zu lassen. Vertrau auf deine Macht.«

»Erwache, Appelion.«

Die Augen öffneten sich. »Sogar die Geduld der Toten hat ihre Grenzen.«

»Es war bis jetzt ein lebhaftes Spiel.«

»Das habe ich gesehen.«

»Haben die Meister des Großen Spiels uns etwas mitzuteilen?«

»Durchsucht die oberen und unteren Wasser.«

»Wir danken ...«

»Das war ihre Nachricht. Jetzt kommt meine, also hört zu.« Er lag noch immer tot da, und die Lippen unter seinem buschigen Bart bewegten sich kaum merklich. »Es gibt da ein Buch, *Das Sirius-Rätsel,* von ... der Mann heißt Kirche. Nein, Temple, verdammt. Robert Temple. Es geht da im Grunde um Dänikens Astronauten in der Vorzeit, nur logischer und mit stichhaltigeren Beweisen. Habt ihr die Zeit, mir zuzuhören?«

»Wir *nehmen* uns die Zeit.«

»Es gibt da in Mali einen Stamm, die Dogon, die viel zuviel über den Sirius wissen. Sie wissen, daß es ein Doppelstern ist. Sie wissen, daß Sirius B klein ist und über eine sehr dichte Masse verfügt ...«

»*Was?*«

»Man hat Sirius B, den Weißen Zwerg, mit einem fünfzig Jahre dauernden elliptischen Orbit um Sirius A in Verbindung gebracht. Woher weiß ein afrikanischer Stamm über einen unsichtbaren Weißen Zwerg Bescheid? Und über die Keplerschen Gesetze?«

»Entspricht das den Tatsachen?«

»Temple ging davon aus, und er hat seine Forschungen sehr intensiv betrieben. Er hat diese Legenden bis ins alte

Ägypten zurückverfolgt, bis zu den Sumerern und Volksstämmen im ganzen Mittelmeerraum. Hört sich das irgendwie bekannt an?«

Der Mausling und Tammi wechselten einen verständnislosen Blick. Twan sagte: »›Das Voodoo-Spiel‹, die Infos. Sie erwähnten das häufige Vorkommen der Zahl fünfzig in ägyptischen Legenden.«

»Ägypter?« wiederholte der Mausling. »Was hat das mit Voodoo zu tun?«

»Nehmt es doch mal wörtlich. Voodoo enthält die Fragmente afrikanischer Religionen, die sich mit anderen Glaubensbekenntnissen vermischt haben. Bruchstücke, verdammt. Wie sah denn die Realität aus? Wenn Menschen, denen Schrift unbekannt war, mit einem seltsamen Vorfall, der sich vor zehntausend Jahren ereignete, ›Telefon‹ spielten und als Resultat die hundert verschiedenen Spielarten des Voodoo, Santería, Palo Mayombe und was weiß ich erhielten ... um was handelt es sich dann bei dem *ursprünglichen* Ereignis?«

Twan nickte heftig. »Mach weiter, Bruder.«

»Den Dogon-Legenden zufolge erhielt der Mensch das Wissen von Wesen aus dem All«, sagte der Tote. »Die Dogon nannten sie *Nommo*. Die Wissensverteiler haben anscheinend nie behauptet, Götter zu sein. Sie werden als gütig und potthäßlich beschrieben. Und als *Wasserbewohner*. Das hört sich schon *fremdartig* an, nicht wahr?«

»Nommo«, murmelte Twan.

»Ist euch die Kopfbedeckung bei der Mami-Wata-Zeremonie aufgefallen, kurz bevor Clavell mich aufgeschlitzt hat? Hinten ragten lächerliche kleine Fischschwänze heraus. Die Nommo besitzen die Herrschaft über das Wasser und den Ozean, genau wie Poseidon oder der sumerische Gott *Wannis*. Dieser fünfzig Jahre dauernde Orbit taucht in einer Vielzahl von Legenden auf, nicht nur im Kalender der Dogon. Fünfzig Argonauten, fünfzig Drachenzähne – und an der Mami-Wata-Zeremonie auf dem Dach haben fünfzig von

Mamissa Kokoes Eingeborenen teilgenommen. Ich habe sie gezählt.«

Tammi glühte vor Aufregung. »Gut gemacht, Appelion. Chiffre könnte das nicht überbieten. Was bedeutet das für uns?«

»Ich bin mir nicht sicher … Dieser Zusammenhang mit Ägypten ist sehr alt. Erinnert ihr euch an die Pyramide auf dem Dach?«

»Ja.« Der Mausling war von Twans Aufregung richtiggehend angesteckt worden und konnte kaum still sitzen. »Ich dachte, das wäre ein Teil der Klimaanlage oder dergleichen. Die muß ich mir ansehen.«

»Corrinda ist während des Mami Wata verschwunden. Du weißt doch, Penthesileas Diebin, die mit der Knieverletzung? Vielleicht *hat* sie sich die Anlage näher angeschaut. Behaltet sie im Auge. Achtet auf Pyramiden und Pyramidenkraft. Achtet auf die Zahl fünfzig. Temple veröffentlichte eine Dogon-Zeichnung, die ein Raumschiff mit einem rotierenden Rad darstellen sollte, ein ›Rad in einem Rad‹, aber meines Erachtens sah es so aus, als hätte ein Wilder versucht, einen Helikopter zu zeichnen. Vielleicht war es auch eine Landefähre: der Querschnitt eines angespitzten Raumschiffs mit detaillierter Innenansicht. Aber sie haben eine obeliskenähnliche Form, also achtet auch auf Obelisken.«

»Das ist eine ganze Menge«, sagte Twan.

»Ja, und es gibt keine Garantien. Aber das ist die einzige Stelle, an der ich über das Wort ›Nommo‹ gestolpert bin – sonst fällt mir zu dem Thema nichts mehr ein«, sagte Appelion.

»Dann gib dich deiner wohlverdienten Ruhe hin, Krieger.«

Das Chamäleonmaul öffnete sich, und die Zunge schoß vor. An der Spitze klebte ein Stab, die Miniaturversion der mit Nägeln beschlagenen Säule auf dem Dorfplatz. Das Tier überreichte ihn Acacia.

Captain Chiffre schaute ihn sich an, ohne ihn zu berühren. »Das muß Oranyans Stab sein. Das«, sagte er mit ehrfurchtsvoller Stimme, »das ist *wahre* Macht.«

Twan sah zu. Hinter ihrem unbewegten Gesicht barst sie förmlich vor Aufregung. *Da irrst du dich, Chiffre,* dachte sie. *Oranyans Stab ist nichts als ein Spielzeug. Wissen ist Macht.*

21 Familienbande

Dr. Norman Vail war ein Mann mit einem einzigartigen Talent und vielen Verpflichtungen. Die anderen Angestellten fanden ihn manchmal einschüchternd, doch keiner hatte jemals ernsthaft vorgeschlagen, ihn als Psychiater zu ersetzen.

Denn Vail lieferte Resultate.

Er fragte sich, warum Thaddeus Harmony ihn angewiesen hatte, alle Projekte fallen zu lassen, um das Leben Sharon Craynes zu durchsieben, der verstorbenen Geliebten seines Freundes Alex Griffin. Seiner Meinung nach wollte Harmony mit dieser harmlosen Maßnahme nur erreichen, daß Alex sich besser fühlte.

Doch es war immer interessant, unbeschränkten Zugang zu den geheimen inneren Antriebsmechanismen eines Menschen zu erhalten. Indem Harmony in Sharon Craynes Intimsphäre einbrach, gab er Vail damit natürlich die Erlaubnis, Alex Griffin auseinanderzunehmen.

Alex Griffin, am 17. September 2021 als Sohn von Elliot und Darsha Griffin geboren. Also war er jetzt ... achtunddreißig Jahre alt. Alex! Wir sind also älter, als wir aussehen! Vater verstorben. Aufenthaltsort der Mutter ... unbekannt. Keine besonderen Vorkommnisse hier, Alex, nur eine Karrierefrau, die immer weniger Zeit für einen jungen und anspruchsvollen Sohn hatte. Ein Kind, von dem man sich befreit, indem man es ins Internat steckt? Dann Auszeichnungen beim Militärdienst … Meine Güte, was nicht alles in diesen vertraulichen Akten stand. Vail fragte sich, ob Tony McWhirter wohl etwas damit anfangen …

»Was für ein Spielchen«, summte Vail. Mami unternahm halbherzige Versuche, sich mit dem erwachsenen Alex zu versöhnen, der nichts davon wissen wollte. Sie verloren nach und nach den Kontakt.

Alex Griffin, ein Mann, dessen Talente weit über die typische Polizistenmentalität hinausgingen. Vielleicht war es möglich, durch die richtige Erziehung … Tja, ging es um Erziehung oder Charakter? Der ewige Streit. Sogar Studien über eineiige Zwillinge wichen diesem Sachverhalt aus: Das pränatale, ernährungsmäßige Umfeld war für die richtige Gehirnentwicklung von grundlegender Bedeutung, und Zwillinge teilten sich dieses Umfeld bis zur letzten Amminosäure. Das Gehirn eines ungeborenen Kindes wurde auch von Licht und Geräuschen beeinflußt, die die Gebärmutter erreichten.

Vail hatte einmal ein Experiment vorgeschlagen, das die Frage für alle Zeiten geklärt hätte. Man mußte fünftausend befruchtete Eizellen so stimulieren, daß sie Vierlinge produzierten. Die kleinen Engel wurden dann vier Müttern implantiert, die man nach dem Zufallsprinzip aus der Embryadopt-Liste ausgewählt hatte – Frauen aller Einkommensgruppen, Rassen und aller Bildungs- und Intelligenzschichten.

Dann wartete man vierzig Jahre ab …

Vail seufzte. Er *glaubte* verstehen zu können, warum seine Kollegen entsetzt auf diesen Vorschlag reagiert hatten. Der Fortschritt wurde oft von solchen Überempfindlichkeiten behindert.

Wie dem auch sei, Alex Griffin war nun einmal der, der er war, und er würde sich wohl kaum ändern.

Weiter zu Sharon Crayne. Zweiunddreißig. Ledig. Magister in Psychologie, Universität von Washington. Zwei Jahre bei der Washingtoner Staatspolizei, nach einem Zwischenspiel bei einem privaten Sicherheitsunternehmen von Cowles Industries rekrutiert. Dort schien es keinerlei Probleme gegeben zu haben. Sechs Jahre dort angestellt.

Vail lehnte sich in seinem Stuhl zurück und ließ die Zahlen und Muster weiterlaufen. Wonach suchte er eigentlich? Ein Motiv, um den Traumpark und/oder Cowles Industries zu verraten?

Nach Vails Meinung ließen sich Motive stets in drei grundsätzliche Kategorien einteilen:

1: um sich einem bestimmten Druck zu entziehen
2: um sich wegen etwas zu rächen
3: weil man etwas begehrte.

Vail kannte Sharon nur von gesellschaftlichen Anlässen her, als ein Gesicht neben Alex' Schulter. Er wußte, daß sie bei Cowles Industries die Erfolgsleiter ziemlich schnell erklommen hatte. Was das anging, hatte sie wohl kaum etwas übelzunehmen. Rache war also kein plausibles Motiv.

Dann der Druck. Erpressung? Eine Drohung? Durchaus möglich. Er würde die Daten nach einem Anzeichen, einem Beweis durchsehen müssen. Nach ... allen erdenklichen Indizien.

Begehren? Seit dem College hatte die Crayne Herausforderungen stets der Gelegenheit vorgezogen, Geld zu machen. Ihre neue Position beim Mars-Projekt hätte eine dreißigprozentige Gehaltserhöhung mit sich gebracht, und sie hatte nicht einmal das Geld ausgegeben, was sie sonst verdient hatte. Das Verlangen nach mehr Geld konnte es also nicht sein.

Vails Unmut verschwand. Hier wurde er mit einem Rätsel konfrontiert, der Enthüllung des traurigen Lebens dieser toten Frau. Und irgendwo in diesem Labyrinth lag die Antwort verborgen.

Die Halle war von einer tödlichen Stille erfüllt und schon vor langer Zeit aufgegeben worden. Die Korridore waren voller Spinnweben und die Schaufenster der Geschäfte zerbrochen und staubig. Doch SJ folgte der Karte und der Spur, die in der Luft vor ihm glühte und die keiner außer ihm sehen konnte. Sie hatten die Karte in einer kleinen Kassette gefunden, die in dem Modul verborgen gewesen war. Die Götter hatten sie mit Magie gesichert, und es hatte den Soldaten Lawrence Schwarzer Elch das Leben gekostet, sie zu öffnen. Die Karte gab einen Hinweis auf das Land der Nommo und zeigte einen geheimen Weg, der auf jener Karte fehlte, die Mamissa Kokoe den Mythenmeistern gegeben hatte.

SJ hielt die Hand hoch. »Hier ist es«, sagte er.

»Bist du sicher?« Mary-em packte ihre Waffe fester; zum erstenmal an diesem Tag verriet ihr Gesicht echte Anspannung. Ein selten verspürtes, forderndes Gefühl machte ihr zu schaffen.

SJ sah sich die Stelle an, an der die Spur aufhörte. »Ich kann die Tür nicht öffnen«, sagte er. »Dazu braucht man Magie.«

Major Clavell breitete die Arme aus und fing an zu singen.

Es dauerte fast schon zu lange, bis die Halle erbebte. Der Wind wurde stärker und fuhr wie ein Miniaturtornado zwischen sie. Auf den Fingerspitzen des Majors tanzten Lichtpunkte. Es donnerte, und die ganze Halle schien aus den Fugen zu geraten.

Dann blätterte die Wand ab, und sie sahen in einer Nische im Mauerwerk zwei große, aufeinanderstehende Metallkisten.

Al der Barbar leckte sich die Lippen. »Glaubt ihr …«

»Wenn nicht«, sagte Poule, »haben wir ein echtes Problem.«

SJ stieß den Deckel mit der Stabspitze auf. Alle atmeten erleichtert auf.

Im Innern der ersten Kiste befanden sich in Folie verpackte Sandwiches, Äpfel und Thermoskannen mit Kaffee und Suppe. In dem anderen Behälter waren Dosen mit Saft und Limonade.

Essenszeit!

SJ und Mary-em saßen in einer Ecke des Korridors nebeneinander. General Poule hatte die erste Wache übernommen, um ihre Privatsphäre zu sichern.

»Es ist lange her«, sagte Waters fröhlich.

»Späher und Dieb?« fragte Mary-em.

»Mein Codename ist Aquarius, aber er wird von keinem benutzt.«

»Damals warst du doch Techniker.«

Die faltige, kleine Frau schien seit ihrer letzten Begegnung – war es vor fünf Jahren gewesen? – noch härter und faltiger geworden zu sein. Ihre Hüfte war steif, wenn sie ging, und er machte sich Sorgen. Doch ihre Augen strahlten wie eh und je. Es fiel schwer, Mitgefühl für sie aufzubringen. Vermutlich konnte sie ihn in Grund und Boden spielen.

Sie hatte ihm genug Zeit gelassen, um zu antworten, und er schwieg. »Ich bin viel gereist«, sagte sie. »Es gab viele Berge, die ich noch nicht in Angriff genommen hatte. Der K-4 in Tibet.«

»Der Everest?«

»Nein. Den hat man zu oft bestiegen. Du weißt genau, worauf du dich da einläßt. Ich ziehe eine gewisse Herausforderung vor. K-4 ohne Sauerstoffgeräte, das ist ideal. Nachdem Patrick gestorben war ...«

»Tut mir leid, das zu hören ...«

Sie winkte ab. Sein Mitgefühl brauchte sie nicht. »Was soll ich sagen? Wir wußten beide, daß es so kommen würde, doch das macht es auch nicht leichter. Ich habe mich eine Zeitlang vom Spiel ferngehalten. Wollte mich mehr mit der Wirklichkeit beschäftigen.«

»Deshalb die Berge?«

»Deshalb die Berge.«

SJ leerte die Limonadendose und suchte in dem Behälter nach einer neuen. »Der Techniker, den ich verkörperte, starb im Spiel«, sagte er schließlich. »Ich kam dann als Killer-Cyborg zurück ...«

»Das Cyber-Yakuza-Spiel.«

»Wer erzählt hier? Sie haben mich als Cyborg an dem Spiel mitmachen lassen. Töte Spieler. Doch ich stieß auf eine Metaprogramm-Diskette, mit der ich die ganze Stadt hätte betreiben können, als wäre sie ein Teil meines Körpers!«

»Krankenhäuser?«

»Die auch. Ich hätte meinen Körper neu erschaffen können. Ich habe meiner Programmierung zuwider gehandelt. Lief zur nächsten Telefonzelle. Die wurde plattgemacht. Ging auf das Kontrollzentrum zu. Cyborgs fingen mich ab. Ich war so müde, daß ich mich in einer Telefonzelle verkroch, die ununterbrochen eine Fehlermeldung weitergab, weil ich einfach nicht mehr weiterkonnte. Und sie löschte mein Programm.«

Mary-em sagte nichts.

»Ich hätte es geschafft, wäre ich nicht so überheblich gewesen. Ich hatte sechs Jahre damit zugebracht, meine Rolle als Techniker aufzubauen, und *Zack!*, den doppelten Tod gestorben, Techniker ade. Ich hätte mein weiteres Leben vor einem Terminal verbracht. Also bin ich zur Army gegangen. Die hätte mich zwar fast umgebracht, aber diesmal habe *ich* gewonnen. Und jetzt hat sie mich wieder ins Spiel gebracht. Und warum bist du hier, Mary-em?«

»Wegen dieses Spiels«, sagte sie. »Du kannst lachen, aber ... ich hatte da so ein bestimmtes Gefühl, als ich vom Voodoo-Spiel hörte. Daß es etwas Besonderes sein könnte. Dann fand ich heraus, daß du mitmachst, und Acacia auch, und ich hatte bereits mit Tammi und Twan gespielt ...« Sie seufzte zufrieden. »Es hat etwas Familiäres an sich«, sagte sie.

SJ wollte eine spöttische Bemerkung machen, sah, wie ernst es ihr damit war, und überlegte es sich anders. Er hob die Dose. »Also dann, *Salud*«, sagte er. »Auf die Familie. Ich bin froh, daß du mitmachst.« Er mußte einfach etwas sagen, doch er hatte die Worte kaum ausgesprochen, als er erkannte, daß es die Wahrheit war.

22 Der Obelisk

Auf der elften Etage wuchsen unter einem Netzwerk aus Scheinwerfern, die auf Schienen montiert waren, Weizen und Korn in hydroponischen Tanks. Ziegen und Hühner streiften friedlich zwischen den Tanks umher; gelegentlich scheuchten gesund aussehende, barfüßige Kinder die Tiere von den karierten Fliesen zurück in ihren Pferch, in dem sie grasen konnten.

Die Luft war mit dem appetitanregenden Duft mexikanischen Essens erfüllt. Aus Lautsprechern drang der Klang spanischer Gitarren und Kastagnetten, unterlegt von dem fast unhörbaren, herzschlagähnlichen Rhythmus vieler Trommeln.

Alles war sehr sauber. Die hydroponischen Tanks waren mit Glasdeckeln verschlossen, und in den Lampenreihen leuchteten in unregelmäßigen Abständen hellgrüne Strahlen auf, vielleicht, um etwas zu sterilisieren, oder um Insekten fernzuhalten.

Als die Abenteurer näherkamen, tauchten muskulöse, junge Männer auf und versperrten den Weg. Sie trugen Laborkittel und Klemmbretter. Hinter ihren Ohren steckten Kugelschreiber, und die Brusttaschen der Kittel waren mit Bleistiften gefüllt. Außerdem trugen sie sechzig Zentimeter lange schwarze Schlagstöcke.

Tammi hob die Hand. »Wir kommen in Frieden.«

Eine junge, blasse Frau im Laborkittel drängte sich durch die Wächter und antwortete kühl: »Wir grüßen euch. Wir sind einfache Bauern, Señorita.« Sie war unscheinbar, hatte eine helle Haut, und ihr Haar war zu zwei strengen Zöpfen geflochten.

»Ich verstehe. Könntet ihr vielleicht etwas Nahrung entbehren?«

»O nein, Señorita. Wir sind unseren Nachbarn verpflichtet, die weiter hinter leben. Wir geben ihnen Hühner, Ziegen und Getreide, und sie verzichten darauf, unsere Kinder zu essen.« Ihr schien ein neuer Gedanke zu kommen. »Aber wenn ihr uns beim Kampf gegen sie unterstützen würdet, haben wir möglicherweise Lebensmittel übrig, die wir euch geben könnten.«

»Das ist kein gutes Omen«, flüsterte Prez.

Corrinda stimmte ihm zu. »Wenn wir schon kämpfen müssen, warum dann nicht hier an Ort und Stelle?«

Acacia musterte Corrindas Gesicht. Es verriet eine immer stärker werdende Belastung. *Verdammt. Das Knie muß ihr zu schaffen machen.*

»Auf keinen Fall«, sagte Bishop. »Das wäre ein großer Fauxpas. Sogar die Götter dürfen sich nur verteidigen. Eine klare Richtlinie für unser eigenes Verhalten. Wir gehen.«

Tammi und Twan nickten zustimmend.

»Erzähl uns von euren Feinden«, sagte Nigel. »Beschreibe sie.«

»O Señor, sie sind gräßlich, und sie fressen Menschen.« Sie schauderte, als wäre alles zu schrecklich, um es erzählen zu können.

Nigel wartete, sagte jedoch nichts mehr. »Also gut. Kannst du uns den Weg aufzeichnen?«

»Ja. Juan!«

Ein großer, breitschultriger junger Mann trat vor und besprach sich schnell in Spanisch mit dem Mädchen. Er holte ein Stück Papier aus der Tasche und malte eine Reihe

Linien, die mit einem großen Platz zu tun hatten, an dessen einer Ecke ein Stück fehlte.

Die Frau übersetzte seine Erklärungen. »Der Weg ist gefährlich, meint Juan«, sagte sie, »aber wenn ihr mutig und stark seid, habt ihr vielleicht Erfolg. Möge Orisha-Oko mit euch sein.«

Prez Coolidge, der Zulu-Krieger, ging an der Spitze. Die übrigen Abenteurer bildeten hinter ihm eine Linie. Das Dorf grenzte an einen Luftschacht. Das Geländer war rechtwinklig; eine nackte Wand nahm eine Ecke in Anspruch. Der Mausling beugte sich über die Brüstung und sah den Neonglanz des Einkaufszentrums, das sich einige Etagen unter ihnen befand. Der Schacht führte noch einige Stockwerke weiter in die Tiefe.

Die Wände waren mit Graffiti und Piktogrammen verziert; viele stellten die Sonne, Getreide und Nutzvieh dar und erzählten von einfachen, bäuerlichen Problemen.

Doch als sie an den Rand des Dorfes kamen, veränderte sich der lateinamerikanische Einfluß und wurde von einem älteren, unheilvolleren verdrängt.

Eine rechtwinklige Abzweigung führte die Abenteurer an einer blanken Wand vorbei. Der Mausling blieb zurück und berührte sie unbeobachtet. Sie bestand nicht aus Ziegeln, sondern aus glatter und harter Keramik, die vielleicht zu hart war, als daß Fresken an ihr haften blieben. Außerdem konnte man Farbe leicht abwischen. Die Wand stand auch nicht ganz senkrecht da, sondern war leicht abgeschrägt, um etwa fünf Grad.

Der Weg beschrieb eine erneute Biegung, und hier hatte man wieder mühevoll Graffiti in die nachgiebigen Mauern gekratzt. Die Symbole schienen älter als die zeitgenössischen mexikanischen Zeichnungen zu sein – vielleicht stammten sie von den Mayas. Eckige, hervorstehende Gesichter und mit Speeren bewaffnete Krieger in einem

Fries. Doch dem Mausling fiel auf, daß die Wand hinter ihnen völlig glatt war und wieder eine Neigung von ungefähr fünf Grad beschrieb.

Die virtuelle Sicht – die Fähigkeit, über die er als Dieb verfügte – zeigte ihm eine kleine runde Tür, die sich dreißig Meter weiter in der Wand befand. Doch Bishop führte sie in die andere Richtung.

Der Mausling berührte Tammis Ellbogen. Er pfiff einen einzigen, sehr leisen Ton und wies dann mit den Augen in die Richtung. Ihr Blick folgte ihm, und sie gab zu erkennen, daß sie verstanden hatte, indem sie fast unmerklich nickte. Doch die kaum wahrnehmbare Bewegung verriet ihm alles, was er wissen mußte.

Der Boden unter ihren Füßen summte in einem merkwürdigen, fernen Rhythmus. Unregelmäßig und doch mit einer organischen Gleichmäßigkeit. Vielleicht war es eine Maschine, die des öfteren aussetzte. Vielleicht war es auch etwas anderes.

Sie stießen in die Nacht vor. Die kaum vorhandene Beleuchtung hob Büsten und Statuen hervor, die den Korridor säumten, und erzeugte einen verwobenen und stacheligen, aus Schatten bestehenden Wald.

»So etwas habe ich schon einmal gesehen«, sagte Bishop nachdenklich. Das Ding war anderthalb Meter groß und balancierte auf einem diamantenförmigen Messingständer. Es handelte sich um eine Kriegerbüste; aus dem Helm ragte eine breite, gekrümmte Axtklinge als Verzierung. Das Gesicht war energisch und ernst.

»Wo?« fragte Prez. »Nein, warte. Meine … Zitadelle besaß eine Kunstsammlung aus der alten Welt.« Er kniff die Augen zusammen und sah noch einmal hin.

»Aus Gabun«, sagte er. »Ein Volk namens Bakota.«

Ein Stück weiter stand die nächste Statue. Diesmal handelte es sich um ein vollständiges Exemplar, das dort kniete und die Hände wie zum Gebet gefaltet hatte. Prez wußte nichts dazu zu sagen.

Bishop ließ hinter geschlossenen Lidern Hunderte von Bildern vorübereilen. »Bayaka. Zaire.«

Prez nickte zustimmend. »Du kennst meine Heimat, Bruder.«

Bishop lächelte strahlend, doch es war zu dunkel, um sehen zu können, daß sich in seinen Augen keine Spur von Wärme oder Humor spiegelte. »Ist wie eine Heimkehr, was?« Er klopfte Prez auf die Schulter und dachte: *Jigaboo.*

Prez hob die Hand. »Da oben ist was ...«

Hinter ihnen ertönte ein Schrei.

Sie fuhren herum und bekamen gerade noch rechtzeitig mit, daß der Mausling von einem mit Reißzähnen bewehrten Schatten gepackt und zur Decke emporgezerrt wurde.

Corrinda riß ihren Bogen von der Schulter und spannte einen Pfeil ein. Sie zielte sorgfältig und schoß ihn in die Schattenfiguren, die sich um den Mausling bewegten. Er traf, bewirkte jedoch nichts.

»Schnell«, brüllte sie und gab der Mutter Oberin eine Handvoll Pfeile.

Die kleine Geistliche rief: »Tut mir leid, Gott, keine Zeit für den ganzen *Schmer*. Segne diese Pfeile!« Sie gab sie Corrinda zurück. Die zielte und schoß einen nach dem anderen ab.

Die verwundeten Schatten flatterten umher wie verkrüppelte Fledermäuse; sie setzten den schreienden Mausling wieder auf dem Boden ab. Er war mit Wunden übersät, die von scharfen Klauen verursacht worden waren und stark bluteten.

Die Mutter Oberin beugte sich sofort über den verwundeten Dieb, und ihr Körper leuchtete auf. »Heilst du ihn?« fragte Tammi.

»Glaubst du, ich spiele Domino? Entschuldige die Frage, aber ist ein bißchen *Nosch* das ganze Theater wert? Könnten wir nicht vielleicht irgendwo einen schönen Delikatessenladen aufstöbern?«

Prez untersuchte den nächsten Fries und winkte Tammi heran. »Das gefällt mir nicht.«

»Was ist los?«

Es handelte sich um eine Collage aus Metall und Plastik, die impressionistische Darstellung eines Kopfs mit zwei Gesichtern, deren Stirnen von einem geflochtenen Haarzopf verbunden wurden. Die Augen bestanden aus aufgesetzten, tiefen Ovalen; Zähne ragten aus wütend verzogenen Mündern.

»Das sieht wie ein Begräbnissymbol aus«, sagte Prez unbehaglich. »Irgendwo aus Nigeria, glaube ich. Ich fürchte, wir sind wieder auf einen Friedhof gestoßen. Doch jede dieser Statuen und Bilder scheint zu einer anderen Kultur zu gehören, als ... als ...«

Coral wich zurück. »*Oh*, Gott.«

»Was ist los?«

»Das ist wie McKannibals, versteht ihr?«

»Sie hat recht«, sagte Bishop. »Sie überfallen andere Dörfer. Doch in Afrika sind die Toten nie richtig tot. Ihre Seelen können umherwandeln. Darum vergraben sie hier die Knochen und stehlen Götzenbilder von ihren Opfern. Dann sperren sie jede Seele zu dem ihr vertrauten Gott. Wir wissen nicht, was für einen Zauber sie benutzt haben, um alles zusammenzuhalten; wir müssen aufpassen!«

Es war zu spät. Coral schrie auf, als der Fries aufstöhnte und erzitterte. Ein dicker, muskulöser Arm schoß vor und packte sie inmitten einer Wolke aus Staub und Verputz. Sie schrie und schlug auf den Arm ein, ohne irgendeine Wirkung zu erzielen. Er verstärkte den Griff, und ein schreckliches, knirschendes Geräusch ertönte. Dann wurde Corals lebloser Körper wie eine Barbie-Puppe beiseite geschleudert. Dicke, verkrustete Augenlider blinzelten, dann stöhnte der Fries erneut auf und riß sich von der Wand los.

Es war ein unglaubliches, zerlumptes Konglomerat aus

flachgedrückten Blechdosen, menschlichen Rippen und Knochen, Messing- und Kupferröhren und Drähten; es hatte gedrungene, stämmige Arme und Beine.

Es stieg aus der Wand, schüttelte sich wie ein nasser Hund und setzte sich schwerfällig in Bewegung. Zwischen den Zähnen rieselte Staub hervor; das Monster stöhnte, und das Geräusch erinnerte an zersplitternde Knochen.

Es war zwar schwerfällig, aber im Endeffekt nicht viel langsamer als die Abenteurer, die durch Corrindas Knie und den verletzten Mausling aufgehalten wurden. Ohne das geringste Zögern liefen Twan und Tammi zu dem Mausling, legten sich jeweils einen Arm um die Schultern, hoben ihn an und hasteten los.

Ihre Verbündeten waren ihnen einige Schritte voraus. Bishop rief »Macht schon!« über die Schulter zurück und verschwand hinter der nächsten Ecke.

Hinter ihnen ertönten schreckliche Geräusche splitternder Knochen. Ihr Vorsprung vor dem Ungeheuer betrug höchstens zwanzig Sekunden. Die Verbündeten waren außer Sicht. Keuchend fing der Mausling an, ihnen Geheimnisse zuzuflüstern.

»Die Treppe ist versperrt«, sagte Acacia. »Bobo, was ist das für ein Wesen, zum Teufel?«

Man hatte es in der Einführung erwähnt, doch Alex hatte es glatt vergessen. Ohne die Notizen, die über die Innenseite seiner verspiegelten Sonnenbrille huschten, wäre er verloren gewesen. Er las: Wir haben die Begräbnisstätte des Ikoi-Stammes betreten, ohne vorher das richtige Ritual auszuführen …

Jetzt fiel es ihm wieder ein: Das Drehbuch sah lediglich einen Kampf vor, ohne knifflige Rätsel am Rande. Bei einem Sieg würden sie den Zugang zu einer kleinen, runden Tür erhalten. »Wir fliehen, oder wir kämpfen. Es gibt keine andere Möglichkeit.«

Aus der Ferne war ein sich stetig näherndes Knirschen und Reißen zu hören.

Die Abenteurer standen dicht aneinandergedrängt da und hatten Schwerter, Stäbe und magische Gerätschaften gezückt. Jeder gab wilde Sprüche von sich und versuchte gleichzeitig, sich hinter einem anderen zu verstecken.

»Ich glaube, wir können dieses Ding besiegen«, sagte Tammi. »Wir haben Oranyans Stab und« – sie warf Twan einen kurzen Blick zu – »Ogguns Kette. Versuchen wir's.«

Acacia schüttelte den Kopf. »Nicht jetzt. Nicht hier. Wir müssen erst mehr darüber herausfinden, wie man diese Magie kombiniert. Wir haben bereits zu viele Leute verloren.«

Bishop lehnte sich über das Geländer und schaute gedankenverloren auf die nächste Ebene hinab. Dort wogten Nebelschwaden. Sie verbargen Menschen, die schnatternde Geräusche von sich gaben.

»Hört zu«, sagte er und wirbelte herum. »Man *erwartet* zwar von uns, daß wir dieses Ding bekämpfen, aber wir *müssen* es nicht.«

Tammi runzelte die Stirn. »Was soll das heißen?«

Das Knirschen näherte sich.

Er klopfte auf die Tür, die sich hinter ihnen befand. Es handelte sich um einen versiegelten Zugang zum Treppenhaus, auf dem ein leuchtendes ›Vorsicht! Radioaktiv!‹-Zeichen aufgemalt war.

Tammi verzog das Gesicht. »Nigel – bist du blind? Das ist ein Nekro-Siegel. Sofortiger Tod für die Person, die diese Tür öffnet.« Sie senkte die Stimme. »Wir dürfen nicht hindurchgehen. Das weißt du. Hier geht es um ein Gefecht. Wir kämpfen!«

»Denkt doch mal nach«, sagte Bishop drängend. »Wenn wir diesen Kampf ausfechten, verlieren wir vermutlich zwei Leute und vielleicht die Hälfte unserer Heilmagie-Punkte. Bei meiner Methode verlieren wir eine Person. Klar. Aber nur *eine* Person. Man muß flexibel denken.«

Tammi wurde blaß. »So etwas tut man nicht. Man opfert niemals ein Teammitglied.«

»Ich opfere es auch nicht. Ich *investiere* es.«

Alex glaubte seinen Ohren nicht zu trauen. Oder seinen Augen: die Innenseite seiner Sonnenbrille blieb unberührt. Die Spielmeister rührten sich nicht. »Äh ...« Denk an deine Rolle! »Dieses Symbol bedeutet *Tod*, Kahuna.«

Wieder ertönte das Knirschen.

»Ja, Bobo, das wissen wir. Und dieses Monster bringt ebenfalls den Tod.« Bishop scannte schnell alle Spieler. Corrinda saß an der Wand; sie hatte ihr Bein ausgestreckt. Der Mausling kam wieder auf die Füße. Auf seiner Brust und dem rechten Arm glühten immer noch rote Flecke.

Bishop nahm die beiden beiseite. »Hört zu. Bis jetzt hast du deine Fähigkeiten nicht gewinnbringend einsetzen können, Mausling. Du fällst deinem Team zur Last. Corrinda, der Zustand deines Knies wird immer schlechter. Du weißt selbst, daß du spätestens morgen von selbst aufgeben mußt. Warum also nicht vernünftig sein? Scheidet auf diese Weise aus – ich biete euch die Möglichkeit, die Wahl zum ›Besten Spieler‹ zu gewinnen und den ›Cleverness-Preis‹ der Spielmeister zu erringen. Was haltet ihr davon?«

Der Mausling bleckte seine scharfen, kleinen Zähne. »Wenn du mir noch mal so einen Vorschlag machst, stürzt du die nächste Treppe runter – aber bis in den Keller.«

»Ein anderes Mal. Corrinda?«

Sie runzelte die Stirn. »Ist das kein Verstoß gegen die Regeln?«

»So etwas hat noch nie jemand versucht. Das nächste Mal wird es illegal sein. Diesmal kann keiner was dagegen machen.«

Wohin führt diese Treppe? fragte sich Alex. *Zu den Wohnungen? Mein Gott! Und dann durch eine falsche Wand auf die nächste Spielebene.* Ihm fiel keine Ausrede ein, wie er sie davon abhalten konnte. Solange sie dabei nichts kaputtmachten ...

Corrinda wog ihre Möglichkeiten ab. »Damit ich das

richtig verstehe ... Ich opfere mich zum Wohl des ganzen Teams und werde garantiert zur Heldin.«

»Und erhältst einen Eintrag in die Rekordbücher. So etwas ist noch nie gemacht worden. Vermutlich wird daraus das ›Harding-Prinzip‹ entstehen.«

Sie grinste boshaft. »Das gefällt mir.«

Wo steckte bloß McWhirter? Verdammt, dachte Elmo, sie befanden sich mitten im Spiel, und schon wieder ein Problem. Natürlich hatte sich McWhirter eine Pause verdient, doch Elmo hatte in seinem ganzen Leben noch nicht so viele Regelverletzungen auf einem Haufen gesehen.

McWhirter schien anderweitig beschäftigt zu sein und kümmerte sich um ein Problem, das diesen Sicherheitsmann betraf, der die Rolle des Bobo übernommen hatte. Die Traumzeiteinblendungen liefen automatisch, aber ...

Elmo kriegte noch Zustände wegen dieser Sache. Bishop hatte ein winziges Schlupfloch gefunden, und jetzt, wo er Bescheid wußte, würde er es, ganz wie es zu seinem Profil paßte, auch benutzen. Man konnte nur die Regeln, die das Nekro-Siegel betrafen, ändern – beim nächstenmal. Diesmal war es schon zu spät dafür.

Aber das hier wollte er jetzt persönlich erledigen. »Doris, ich gehe rein«, sagte er. Er schaltete sein Kehlkopfmikrofon ab und trat auf die Virtuell-Bühne. Doris trat zurück und sah zu: Elmo war kein Meisterschauspieler, doch es machte Spaß, ihm zuzusehen.

Er rückte die Brille zurecht. Eine virtuelle Corrinda kniete vor der Tür und versuchte, das Schloß zu knacken. Das war keine leichte Aufgabe – die Schlösser waren mechanisch und elektronisch versiegelt. Spiel-Schlösser waren genauso schwer zu knacken wie echte; viele Diebe entwickelten tatsächlich die Fähigkeiten von Kriminellen.

Corrinda kombinierte eine Fiberglas-Sonde und einen Computer-Anzapfer. Sie verankerte sich im Datenfluß und setzte einen in ihrem Gürtel befindlichen Prozessor dazu ein, seinen Ablauf zu bestimmen.

Die Tür öffnete sich zwanzig Sekunden später.

Elmo breitete die Arme aus …

Ein Etwas stand im Türrahmen, ein Wesen aus Staub und Spinnweben und so alt, daß es fast völlig in sich zusammengefallen war und sich nur durch Schwarze Magie aufrecht hielt. Hier waren Künste am Werk, die jenseits des menschlichen Zugriffs lagen.

Der Triumph auf Corrindas Gesicht wurde durch namenlosen Schrecken ersetzt.

Sie wollte einen Schrei ausstoßen, doch er wurde durch die Berührung einer geisterhaften Hand abgewürgt. Corrinda und die Kreatur zerfielen zu Staub.

Corrindas Ohren summten. Das Summen verwandelte sich in Elmos Stimme, die etwa so warm und herzlich wie ein Schneesturm war. »Rollen Sie sich freundlicherweise zur Seite. Ihre Figur ist unwiderruflich tot. Nicht nur in diesem Spiel. Corrinda, die Späherin und Diebin, wurde von den IFSG-Computern für tot erklärt.«

Ihre Virtuell-Welt wurde grau. Sie beobachtete wie betäubt, wie ihre Gefährten ohne sie in das Land der Lebenden weitermarschierten.

Die Tür fiel hinter ihnen ins Schloß.

Im gleichen Augenblick trat ein schwarzgekleideter Bühnentroll aus einer verborgenen Tür und zog Corrinda auf die Füße.

»Das«, sagte er, »war der dämlichste Spielzug, den ich je gesehen habe.«

»Ich … ich habe mir erneut das Knie verletzt. Es wurde wieder steif und knirschte bei jeder Bewegung. Ich hätte mein Team im Stich lassen müssen.«

»Besser, Sie hätten es getan«, sagte der Troll angewidert. »Sie sind nicht nur aus dem Spiel ausgeschieden. Ihre *Rollenfigur* ist tot.«

Er führte sie durch ein seitliches Labyrinth aus Gängen, und sie landeten schließlich in der Sicherheitsabteilung und der Spiel-Zentrale.

Der Raum faszinierte sie, die riesige, gewölbte Decke, das Summen der Computer und die menschliche Aktivität im Hintergrund.

Richard Lopez musterte sie neugierig. »Ich gratuliere Ihnen«, sagte er. »Sie haben gerade Geschichte geschrieben.«

Sie brachte ein Lächeln zustande

»Bishop hat Sie ordentlich manipuliert.«

Das Lächeln erlosch. »Wie meinen Sie das?«

»Er hat dafür gesorgt, daß Sie aus dem Spiel ausscheiden mußten. Manche Teilnehmer haben es früher auch schon mit Verletzungen bis zum Ende geschafft. Viel schlimmer ist jedoch, daß Sie den doppelten Tod gestorben sind, Lady. Corrinda die Diebin ist tot. Für alle Zeiten. Sie haben acht Jahre gebraucht, um es bis zur Diebin der dreizehnten Ebene zu bringen. Alles umsonst. Sie müssen wieder von vorn anfangen, sollte Ihnen der Einstieg überhaupt gelingen.« Sein dunkles Gesicht spiegelte Zorn wider. »Ich werde es nämlich meinen Freunden erzählen, und ich kenne jeden.« Seine Stimme war von einer tödlichen Ruhe erfüllt.

»Aber Bishop hat es doch vorgeschlagen!«

»Und Sie können sicher sein, daß er über die Konsequenzen Bescheid wußte. Die Konsequenzen für Sie. Wenn Sie Bishop wären, würden Sie vielleicht damit davonkommen. Aber Sie sind es nicht. Bishop ist einmalig.«

Er schwieg einen Augenblick. Sein Zorn wurde vorübergehend von Mitleid durchsetzt. »Und vielleicht ist das schon einer zuviel. *Nun gut.* Sie können ruhig Ihr Kostüm ausziehen. Ruhen Sie sich aus, kümmern Sie sich um Ihr Knie und sehen Sie sich das Spiel an.« Er nickte dem Troll zu: Die Audienz war vorüber.

Corrinda wurde nach draußen eskortiert. Sie war verwirrt, unsicher und verspürte mehr als nur ein bißchen Angst.

Lopez kehrte auf seine Plattform zurück. Im Augenblick funktionierte alles reibungslos. Die Traumzeiteinblendungen liefen, und er verspürte erst jetzt die ersten Anflüge von Müdigkeit. Wie lange war er nun im Dienst? Zwölf Stunden? Das war schön.

Die Spieler würden sich bald zu einem frühen Abendessen hinsetzen. Da nun zwei Gruppen das Spiel bestritten, war das zu schaffen.

Er sah sich in der Zentrale um. Alles lief gut, aber …

Wo war McWhirter?

Tony McWhirter war erschöpft. Bis jetzt war es ein langer, ermüdender Tag gewesen, und er war noch nicht vorbei. Man teilte den Spielmeistern während des acht bis sechzehn Stunden langen Tageseinsatzes ihre Pausen zu. Allerdings konnten sie sich beim Voodoo-Spiel die Pausen flexibler einteilen als gewöhnlich, weil man den Spielern keine vorgeschriebenen Auszeiten gegeben hatte. Trotzdem fühlte er sich schuldig, daß er nicht an seiner Konsole saß.

Doch er mußte unbedingt Millicent sehen.

Er benutzte die Holo-Wand eines leeren Büros außerhalb des Spielgebiets. Der Traumpark war zwar geschlossen, doch viele Verwaltungsbüros waren noch besetzt.

Sie meldete sich nach dem dritten Piepsen; es erschien lediglich ein Standbild, und eine Stimme fragte: »Ja?«

»Machen Sie sich keine Sorgen wegen Ihres Make-ups. Hier ist bloß Tony McWhirter.«

Die Luft flimmerte, und vor ihm erschien die echte Millicent, die noch immer Teile ihrer Monster-Aufmachung trug. Tony mußte trotz seiner Müdigkeit kichern.

»Sie haben Ihr wahres Wesen entdeckt. Wie lief es?«

Ihr Lächeln war kaum wahrnehmbar. »Gut. Es gefiel mir

wesentlich besser als das hier.« Sie tippte auf den Papierstapel auf ihrem Tisch.

»Was haben Sie da?«

Sie hatte zwei Computerbildschirme gleichzeitig aktiviert. »Ich habe Ihre finanziellen Aufzeichnungen zurückverfolgt. Unter den Informationen befanden sich auch einige Dinge, in die ich meine Nase wirklich nicht hätte stekken sollen. Vielen Dank für das Schlüsselprogramm, Tony. Ich bin jetzt Ihr Komplize.«

»Ich wollte Sie schon seit ... nun, seit Monaten korrumpieren. Was haben Sie entdeckt?«

»Ich habe nach ungewöhnlichen Einzahlungen oder Abhebungen in den letzten sechs Monaten gesucht, nach allem, was darauf hindeutet, daß plötzlich jemand Druck ausgeübt hat. Nichts. Ich habe einen niedrigen Scheck für eine Privatdetektei aufgestöbert, der unter der Rubrik ›Für geleistete Dienste‹ lief. Doch das ist schon über ein Jahr her, und die Sache wiederholte sich nicht. Ich habe keine Ahnung, worum es dabei ging.«

»Können wir Vail dazuschalten?«

Millicent tippte Vails Nummer ein und erhielt das Besetztzeichen, dem die verschlüsselte Nachricht folgte, daß er sich in einer Minute melden würde. »Was haben Sie erreicht, Tony?« fragte sie.

»Seltsame Muster bei den Wetten für das Voodoo-Spiel. Jemand, der über Insider-Wissen verfügt, hat auf den Sieg der Army gesetzt. Hohe Summen. Ich habe es Alex gesagt, und er ist nun als Führer im Spiel.«

Die Luft flimmerte erneut. Norman Vail befand sich nicht in seinem Büro im Traumpark. Er war in der Cowles Modular Community. Sein Privatbüro war geräumiger als das im Traumpark. »Guten Abend, Tony. Millicent.«

Tony nickte. »Ich habe etwas Interessantes gefunden. Möglicherweise. Aber ich glaube schon.«

»So?« sagte Vail unverbindlich. Seine makellosen, gleichmäßigen Zähne blitzten, als würde er sie mit Glyzerin putzen.

»Ich habe mir die … äh … Wetten für das Voodoo-Spiel angesehen.«

Vails Lippen zuckten. Ihm war das Zögern nicht entgangen. Tony sprach weiter. »Ich bin da auf ein paar merkwürdige Veränderungen bei den Quoten gestoßen.«

Vail hörte zu, was Tony zu sagen hatte. »Ja, ich verstehe, was Sie meinen. Und Sie, Millicent? Haben Sie schon was gefunden?«

»Keine außergewöhnlichen Ausgaben, keine ungewöhnlichen Fehlzeiten für Miss Crayne.«

»Hm.« Vail lehnte sich in seinem Sessel zurück und rieb mit dem Finger über den Nasenrücken. »Ich versuche, die unbeschriebenen Seiten der unglücklichen, jungen Dame auszufüllen. Harmony hat dafür gesorgt, daß Tacoma ihre vertraulichen medizinischen und psychologischen Untersuchungsberichte weiterleitet. Bis jetzt verfüge ich über die kompletten Autopsieberichte. Millicent, ich gehe davon aus, daß wir den Zugang zu den Finanz- und Telefonaufzeichnungen erhalten?«

»Wir haben bereits alle Transaktionen und Anrufe, die von Cowles-Terminals gemacht wurden. Ich werde den Rest aufspüren.«

»Gut.« Vail faltete die Hände. »Wir suchen nach einer Beeinflussung, die eine Angestellte von Cowles dazu veranlaßt hat, das in sie gesetzte Vertrauen zu enttäuschen, die Sicherheitsbestimmungen auf eine ganz bestimmte Weise zu verletzten. McWhirter?«

»Falls meine Vermutungen etwas taugen, hat sie den Plan von MIMICs Sicherheitsanlage aus der Datei genommen und kopiert.« Tony schwieg einen Augenblick. »Wie lange hat Alex sie gekannt?«

»Soweit ich weiß, waren es nur acht Wochen. Sie wurde nach seinem Ausscheiden in Tacoma eingestellt. Sie kam her, um den Weg für die bevorstehende Öffnung MIMICs für das Mars-Projekt zu ebnen und die Zusammenarbeit mit Alex Griffin sicherzustellen.«

»Zumindest darin war sie erfolgreich«, murmelte Millicent. »Hätte sie die Sicherheitsabteilung übernommen?«

»Nein. Sie hätte dem noch zu bestimmenden Sicherheitschef assistiert.«

»Vielleicht hat ihr das nicht gefallen ...« sagte Tony.

»Vermuteter Sexismus oder dergleichen?« Vail schürzte die Lippen. »Keine rationale Einstellung – es gab ein halbes Dutzend Leute, die über größere Erfahrung verfügten. Ich würde gern Ihre Daten untersuchen, wenn Sie nichts dagegen haben.«

Millicent und Tony nickten. Millicent fing sofort an, das Material an Vail weiterzugeben.

Tony öffnete ein Datenfenster und beobachtete, wie die Zahlen durch Millicents Büro und Vails Arbeitszimmer huschten. Er hoffte, daß Norman Vail etwas erreichte. Der Mann war skrupellos und dem Traumpark völlig ergeben.

»Das hätten wir«, sagte Millicent. »Sonst noch etwas, Herr Doktor?« Als Vail den Kopf schüttelte, schaltete sie ab. Tony wollte sich ihr anschließen, als ...

»McWhirter, würden Sie bitte noch einen Augenblick warten?«

Tony gehorchte. Vail legte die Finger aneinander und lächelte freundlich. »Tony«, sagte er. »Ich glaube, wir haben viel gemeinsam.«

Tony war da anderer Meinung. Er enthielt sich jeden Kommentars.

»Wir scheren uns beide nicht um die Feinheiten sozialer Restriktionen. Wir glauben beide daran, daß nur Resultate zählen. Ich habe mich gefragt, ob ich auf Ihre ... besonderen Fähigkeiten zahlen kann, falls das erforderlich sein sollte.«

Damit waren natürlich die Fähigkeiten am Computer gemeint. »Wenn dadurch Resultate erzielt werden.«

»Vielleicht schaffen wir es nur so.«

Tony nickte unbehaglich und schaltete ab.

Norman Vail betrachtete die vor ihm im Raum schwebenden Informationen. Ein Drucker auf seinem Tisch spie Papier aus und faltete die Seiten zu einem ordentlichen Stapel. Er seufzte, holte eine überdimensionale Pfeife aus der Schreibtischschublade, stopfte sie mit geschmuggeltem Tabak, zündete sie an und nahm einen Zug.

Mit McWhirter im Team konnte er auf einen unbegrenzten Informationfluß zurückgreifen. McWhirter würde auch nicht zu viele Fragen stellen. Man mußte so einer Person lediglich die richtige Richtung zeigen und ihr eine Entschuldigung geben, das zu tun, was sie sowieso gern getan hätte.

Vail schloß die Augen, und sein Bewußtsein schuf ungebeten eine dünne, blaue Linie, die sich gegen die perfekte Schwärze abhob.

Sie war vertikal und wurde einen Augenblick später von einer horizontalen durchkreuzt. Auf die horizontale Achse schrieb er *Crayne*. Auf die vertikale *Griffin*. Dann verlieh er dem gedanklichen Gebilde nachträglich drei Dimensionen und bezeichnete die dritte Achse mit dem Namen *Bishop*.

Was könnte Bishop der Frau angeboten haben? Geld kam nicht in Frage – das war erwiesen. Sie hatte mehr verdient, als sie ausgegeben hatte, und besaß kein normales Sparprogramm.

Sex? Bishop hatte sich in Toronto zur Ruhe gesetzt. Er war in den letzten zwei Jahren nur dreimal in den Vereinigten Staaten gewesen – und Sharon Crayne hatte nie auch nur einen Fuß nach Kanada gesetzt. Kaum eine stürmische Romanze.

Was hatte Sharon Crayne gewollt?

Was hatte sie an der Arbeit im Sicherheitsdienst gereizt? Oder andersherum gefragt, was hatte sie aus dem Polizeidienst getrieben?

Ah. Es stand in ihrer Personalakte. Sie war im Dienst verwundet worden. Saubere Wunde, eine Strahlwaffe, doch ihre Gebärmutter war irreparabel geschädigt worden. Sie hätte nie Kinder bekommen können.

Vail forschte in dieser Richtung weiter. Sharon Crayne stammte aus einer Familie mit vier Kindern. Sie war das zweite Kind. Eine glückliche Kindheit in einer konservativen katholischen Familie. Wie würde sie die Kinderlosigkeit verkraften?

Kein ernstes Problem. Gesunde Eierstöcke; sie mußte nur eine Ersatzmutter finden ... hm?

Es gab noch andere Möglichkeiten, Erkundigungen einzuziehen, aber aus irgendeinem Grund blieb diese spezielle Information bei Vail haften. Er fragte sich nach dem Grund. Hier war er auf etwas Interessantes gestoßen, da war er sicher.

Norman Vail vertraute seinem Instinkt.

23 Der Mausling

DONNERSTAG, 21. JULI 2059, 21 UHR 45

»Ein Rätsel«, sagte Captain Chiffre und durchstöberte fröhlich die Speisekammer. »Wie reagiert jemand auf einen unmittelbar bevorstehenden Zombieangriff?«

Twan hörte auf zu suchen. Ihre Augen verengten sich kurz, dann weiteten sie sich wieder. »Elementar, mein lieber Chiffre«, antwortete sie. »Ich würde mir diese Vorstellung mit einem Gramm Salz einverleiben.«

»*Genauu!*« sagte er, und beide kicherten los. Die Speisekammer des Apartments war gut gefüllt und enthielt jedes nur vorstellbare Gewürz. Was aber noch wichtiger war – die Bewohner zeigten deutlich, welche Verachtung sie ihrem Blutdruck entgegenbrachten. Sie hatten sich mit allen möglichen salzhaltigen Produkten eingedeckt: Kochsalz, Selleriesalz, Zwiebelsalz, Knoblauchsalz, Limonensalz und Steinsalz. Lopez' Zombies stand eine harte, wenn auch gut gewürzte Zeit bevor.

Die nächste Priorität waren die Lebensmittel. Die Spieler plünderten Kühlschränke und Speisekammern, um ihre Vorräte aufzustocken. Als die Rucksäcke gefüllt waren, zogen sich die neun Überlebenden der UC/Apple/Gen-Dyn-Karawane je nach Lust und Laune in die Schlaf-, Wohn- oder Badezimmer zurück.

Sie hatten keinen Vandalismus begangen und auch nur wenig Unordnung angerichtet. Schließlich war es durchaus möglich, daß die ursprünglichen Bewohner momentan zuschauten und hinterher ein Gespräch unter vier Augen mit jedem Vandalen verlangten.

Bishop knackte das Schloß eines Wandschranks und grinste zufrieden, als er die drei Taucherausrüstungen fand. »Wir haben Glück«, sagte er. »Meine Partner trugen Atemgeräte, als sie ...« Er fuhr sich mit dem Finger über die Kehle.

Prez runzelte die Stirn. »Du hast Taucherausrüstungen in den Spielbereichen gefunden?«

»Ja. Anscheinend steht uns ein Tauchgang bevor. Vielleicht war oben im See ein Schatz versteckt. Außerdem gab es Gerüchte, daß die achte und neunte Ebene überflutet sind. Ist jemandem aufgefallen, daß wir auf Technologie stoßen? Wir sollten uns lieber darauf vorbereiten, nicht wahr?«

Er schlenderte durch die Räume. Alle Mitspieler bauten konditionell ab. Die Müdigkeit ließ Augenlider sinken. Kochgerüche erfüllten die Luft. Bishop konnte, wenn er für einen Augenblick seine Selbstbeherrschung vernachlässigte, seine eigene Müdigkeit spüren. Doch es gab noch so viel zu tun ...

Also stürzte er sich mit Zuversicht auf die Töpfe und Pfannen und zauberte einen Stapel Omeletts, bei denen Mati und Prez ins Schwärmen gerieten. Aber das Kochen war nur eine seiner vielen Begabung, eine weitere Möglichkeit, um zu brillieren.

Und Brillanz ist mein Geschäft, summte Bishop im stillen. *Mein einziges Kapital.*

Alex saß mit an die Brust gezogenen Knien an der Wand. Er kochte schon so lange für sich selbst, daß die Vorstellung, die Kochkünste eines anderen auszuprobieren – insbesondere die Bishops –, ihn mit Unbehagen erfüllte.

Das Apartment stellte die Hälfte einer Doppelsuite dar. Mehr hatte er nicht tun können, um ihren Aufenthaltsort räumlich einzuschränken. ›Bobo‹ hatte eine ernste Warnung ausgesprochen: »Die Götter haben für Unfug nicht viel Verständnis. Nehmt, was ihr braucht, doch laßt Opfergaben zurück und verändert nichts.«

Alle hatten nur müde genickt.

Die zwei Suiten waren durch ein Wohnzimmer miteinander verbunden. Twan und Tammi hatten ihre Schlafsäcke neben dem Kamin ausgerollt.

Prez übernahm die erste Wache und würde zwei Stunden später von Tammi abgelöst werden. Es wurde eine offizielle Auszeit deklariert.

Tony McWhirter kehrte in die Spiel-Zentrale zurück und wurde von der allgemeinen Verwirrtheit überrascht. »*Qué pasa,* Sis?« fragte er einen seiner Assistenten.

»Tjaa ...« ›Sis‹ war ein hartgesichtiger, stämmiger Mann aus Oklahoma. Noch dreißig Pfund mehr, und er hätte vermutlich den dritten Platz im ›Conan der Barbar‹-Doppelgängerwettbewerb belegt. »Sieht so aus, als hätte Bishop wieder eine Möglichkeit gefunden, die Regeln zu brechen.«

Tony rollte mit den Augen. »Was war es denn diesmal?«

Sis erklärte es. Tonys erste Reaktion war Ungläubigkeit; seine zweite Bewunderung. »Ich hätte nie gedacht, Kamikaze-Spieler am Werk zu sehen. Wir sollten lieber herausfinden, wem diese Wohnung gehört. Bieten Sie eine Entschädigung aus dem Sonderfonds an. Volle Erstattung der Lebensmittel – was soll's, legen Sie noch einen Monat Haushaltsgeld drauf. *Scheiße!*«

Sis fuhr überrascht zurück. »Tony?«

»Bishop hatte Taucherausrüstungen gefunden. Die Spieler brauchen nicht zurück aufs Dach. Verflucht! Sie werden nicht auf den Fisch stoßen. Die ganze verdammte Arbeit, und sie werden nicht auf den Fisch stoßen!« Er sah, daß Sis ihn seltsam musterte, und sagte: »Egal. Sonst noch was?« Ein einzelner Punkt in einem äußeren Korridor zog seine Aufmerksamkeit an; er zeigte darauf. »Was ist das?«

»Das ist Tammi Romatis Junge, der Mausling«, sagte Sis. »Wollen Sie das Playback sehen?« Sis drückte ein paar Knöpfe, und die Szene spulte mit unglaublicher Geschwindigkeit zurück. »Das hat sich abgespielt, kurz bevor sie in das Apartment eingebrochen sind.«

Der Mausling, der von Tammi und Twan getragen wurde, hatte die glühenden roten Flecken verloren. Der Heilzauber wirkte.

Tammi hielt nach dem Ungeheuer Ausschau, während der Mausling Twan ein paar Geheimnisse verriet. »Appelion hat doch davon gesprochen, daß wir nach einem Obelisken Ausschau halten sollten, stimmt's? Der müßte etwa die Größe des Washington Monuments haben. Und die Tür ist auf dieser Ebene! Wenn ...«

Twan drückte dem Mausling einen Finger auf die Lippen. Ihre Augen funkelten. Sie legte ihm Ogguns Kette um den Hals. »Du bist der einzige, der es schaffen kann. Ich glaube an dich, Mausling.«

Der Junge errötete vor Stolz.

Die Verbündeten stürmten durch die verbotene Tür. Die Troglodyten blieben zurück, denn Tammi und Twan trugen den Mausling in ihrer Mitte. Als sie die Türschwelle passiert hatten, fiel der Mausling zurück ... und lief wie ein Dieb den Weg zurück, den sie gekommen waren ...

»Er hat es also rausgekriegt? Cleverer Bursche«, sagte Tony. »Ich frage mich, ob Bishop es weiß. Diese Damen ziehen immer alle Blicke auf sich. Die anderen Trogs übersieht man dabei glatt.«

»Sie sind nur noch zu viert. Bishop wird wissen, daß der Junge weg ist. Glauben Sie's mir.«

»Vielleicht. Danke, Sis.« Tony drehte den Sessel herum und beobachtete, wie die Spieler in der Realzeit die Suite durchsuchten. Prez hatte die Tür verbarrikadiert. Auf dem Herd wurden Mahlzeiten aufgewärmt. In einigen Duschen rauschte Wasser.

Alles machte sich zur Nachtruhe bereit.

Ein parallel geschalteter Bildschirm zeigte die Aktivitäten der sieben Überlebenden des Tex-Mits- und Army-Teams. Sie schlichen auf die dreizehnte Ebene zu, und zwischen ihnen und ihren Abendbrotkisten befand sich keinerlei Hindernis. Sie würden eine Stunde mit dem Essen zubringen. Das Abendessen enthielt viel Protein, damit sie sich anschließend träge fühlten und ein Schläfchen halten wollten.

Ein dritter Bildschirm zeigte den Mausling, der sich auf eine runde Tür zubewegte. Man hatte sie nahtlos in die abgeschrägte Wand eingebaut; nur einem Dieb war es möglich, sie zu sehen. Der Mausling war verwundet, und seine Treffer-Punkte hatten sich verringert, doch er trug die Halskette und einen der magischen Spiegel – genug Magie, um eine Stadt zu beleuchten. Die Tür befand sich ganz in seiner Nähe, doch das riesige Müllmonster war noch näher. Würden die Diebesfähigkeiten ihn beschützen?

Tonys Körper verlangte protestierend nach Schlaf, doch das hier war sein Leben. Er sah zu.

Das Müllmonster hatte sich unter einer Myriade Seufzer quietschend zurück in die Wand gepreßt. Lediglich die aus zerdrückten Zinndosen bestehenden, komischen großen

Augen bewegten sich. Sie waren direkt auf den Mausling gerichtet.

Der Mausling stand wie eine Statue da – ein kleiner Krieger, der sich auf seinen Speer stützte. Er sah wie ein Wikinger aus. Seine Nase juckte; am liebsten hätte er geniest. Er bemühte sich, ruhig ein- und auszuatmen. Er war das Abbild der Weisheit oder vielleicht der Ruhe, eine Statue, deren Podest dem emaillierten weißen Kasten einer Waschmaschine ähnelte.

Die Augen des Ungeheuers drehten sich mit eisiger Langsamkeit weg.

Der Mausling sprang leise auf den Boden und bewegte sich wie eine Schlange weiter. Hier gab es keine Deckung – keinen Schutz, abgesehen von seinen Diebesfähigkeiten, die durch Twans Zauber verstärkt wurden. Augenblicke später stand er unter dem schwach leuchtenden Kreis in der abgeschrägten Wand.

Die Virtuell-Sicht enthüllte ein kleines Loch, eine Nische, die gerade groß genug war, um einen Zeigefinger hineinzustecken. Es befand sich etwa einen Meter und achtzig über dem Boden.

Der Mausling holte einige Sonden aus seinem Beutel. Er suchte sich eine aus, streckte die Arme in die Höhe und machte sich an dem Schloß zu schaffen.

Er fummelte in dem Loch herum, doch er konnte nicht *sehen,* was er da machte, und da er mit ausgestreckten Armen arbeiten mußte, konnte er es eigentlich auch nicht richtig fühlen. Er kam sich blöd vor. So klappte das nicht ...

Das Müllmonster quietschte wie ein Auto, das in einer Schrottpresse zerquetscht wurde. Es löste sich wieder aus dem Fries.

Der Kopf des Mauslings fuhr zur Seite. Er brauchte eine neue Idee, und zwar schnell. In einer von Schatten verhüllten Ecke lag eine umgestürzte Statue, eine Kupferbüste irgendeiner Königin der Toten. Er lief zu dem Kopf und schob ihn unter die runde Tür. Die Büste fühlte sich wie

Pappmaché an, viel leichter, als er erwartet hätte, doch sie trug sein Gewicht.

Jetzt konnte er bei seiner Arbeit in das Schloß sehen.

Das Müllmonster kam auf ihn zu.

Er hatte keine Zeit. Und als es fast schon zu spät war, fiel ihm Ogguns Halskette wieder ein. Es war ein physisches Amulett, das Amulett eines Kriegers. Vielleicht dachte er zu sehr wie ein Dieb?

Er verzog die schmalen Lippen zu einer Grimasse, die seiner Meinung nach einem kämpferischen Fauchen am nächsten kam, und schlug mit der Faust gegen die Tür.

Sie verschwand in der Wand.

Gottverdammt noch mal.

Er schlug mit der anderen Faust zu, und sie drang ebenfalls durch die Wand. Durch den Erfolg ermutigt, riß er die Tür aus den Angeln und warf sie dem näherkommenden Monstrum entgegen. Sie prallte gegen die dicken, stummelartigen Knie des Ungeheuers; es brach zu einem formlosen Haufen zusammen. Der Mausling kicherte und klatschte freudig in die Hände.

Er konnte die Pubertät kaum erwarten. Es war einfach *toll,* kräftig zu sein.

Er trat ein.

Und stand vor einer glatten, flachen Oberfläche, die nicht einmal andeutungsweise über ein Schloß verfügte, das man knacken konnte.

Das Müllmonster richtete sich wieder auf.

Der Mausling hob den Blick und erkannte, daß er sich am Boden eines etwa zwölf Meter durchmessenden vertikalen Schachts befand. Eine Reihe Unebenheiten dienten eher schlecht als recht als Leiter. Doch das Müllmonster langte durch die zerstörte Türöffnung. Der Mausling ließ die Muskeln anschwellen, wollte sich der Herausforderung stellen …

Da übernahm wieder der flinke Diebesverstand das Kommando. Der Mausling schob den Bogen auf seinem Rücken in eine bequemere Stellung und kletterte wie ein kleiner Affe den Schacht hinauf.

Die Ausbuchtungen waren geriffelt, damit sie einen besseren Halt verliehen, und er konnte bequemer klettern als angenommen. Nach drei Metern verwandelten sich die Ausbuchtungen in Einbuchtungen, die noch sicherer waren. Er keuchte ein wenig, als er oben angelangt war, und sah sich erneut mit einer runden Tür konfrontiert, neben der sich diesmal drei leuchtende Knöpfe befanden. Mit der freien Hand fischte er einen kleinen, verzierten Spiegel aus der Tasche.

»Appelion? Aufwachen.«

Rauch wirbelte auf, dann zuckte ein kleiner, stummer Blitz über das Glas. Appelions eingefrorenes Gesicht erschien; an den Augenlidern hing Frost. »Die Toten schlafen fest, Mausling. Was hast du diesmal angestellt?«

»Hör zu. Auf der fünften Ebene gibt es im Fundament des Obelisken eine Luftschleuse. Ich bin den Schacht hinaufgeklettert und hänge jetzt unter der Spitze.« Er schaute nach unten. Es war ein *langer* Weg bis zum Boden. »Ich müßte jetzt eigentlich die Spitze betreten können, in der sich der Kontrollraum befindet. Die Spitze eines Obelisken ist eine Pyramide, und auf dem Dach steht auch eine Pyramide.«

»Klasse!«

»Ja. Hast du irgendwelche Warnungen für mich, bevor ich diese Tür öffne?«

»Du bist mir tatsächlich weit voraus. Pyramiden haben doch Fallen, stimmt's? Paß auf Sicherheitsvorkehrungen auf. Und wenn du die äußere Tür nicht schließt, dürfte sich die innere Tür einer Luftschleuse nicht öffnen.«

»Mist. Okay, bleib auf Empfang.« Der Mausling steckte den Spiegel in eine Brusttasche. »Kannst du mich noch hören?«

»Ja.« Es klang gedämpft.

Der Mausling blickte zu der zerstörten Tür am Boden des Schachts hinab. Scheiße. Es gab keine Möglichkeit, die

Öffnung jetzt noch zu versiegeln. »Ich werde rohe Gewalt anwenden.«

»Du?«

»Twan hat mir die Halskette aus dem Juweliergeschäft gegeben.« Der Mausling konzentrierte sich und schlug dann mit der Handkante gegen die dicke Luke. Sie riß aus den Angeln und fiel mit einem lauten Poltern nach innen.

Ein schräger Sonnenstrahl beleuchtete seinen Weg.

Das Innere entpuppte sich als ein Labyrinth aus Treppen und Plattformen in verschiedenen Höhen. An einer Wand führte ein offener Aufzug nach oben, und der Mausling stellte sich vorsichtig auf die gitterförmige Bodenplattform. In dem Aufzug gab es zwei Symbole, von denen das eine an den Himmel erinnerte und das andere an die Erde. Vorsichtig hielt er seine Handfläche in die Nähe des ›Himmelssymbols‹.

Es leuchtete rot auf, und der Aufzug setzte sich in Bewegung.

Der Mausling fuhr an Speichertanks, seltsamen, computerähnlichen Konstruktionen aus Keramikglas und – wie er annahm – an gigantischen Maschinen vorbei. Als er oben angelangt war, hielt die Plattform an. Er stieg aus und sah, daß er sich in der Zentrale befand.

Sie war mehr als ein Kontrollraum, denn sie diente zugleich als Wohnraum. Auf den Plattformen – er zählte neun Stück – waren hufeisenförmig Apparaturen aufgestellt worden, die, verglichen mit der Hardware aus der Spiel Zentrale, allesamt einen primitiven Eindruck machten; außerdem gab es flache Sofas.

Ein Sofa war belegt. Das darauf liegende Wesen war mit vielen dehnbaren weißen Riemen festgeschnallt, die an ein Netz aus Sicherheitsgurten erinnerten. Es hätten genausogut Mumienbandagen sein können: das Wesen würde sich nie wieder erheben. Es bestand nur noch aus einem Skelett. Das Knochengerüst ähnelte dem eines Plattfischs, hatte allerdings einen uncharakteristisch großen Schädel, ein langes, hohles Rückgrat und merkwürdige Pocken an den Kieferknochen.

Der Pilot trug eine Art Krone; der lange, voluminöse Schädel wurde halb von einem aus Gold bestehenden Reifen bedeckt, der mit Juwelen besetzt war.

Sonnenlicht strömte durch ein schmales Fenster in der Decke. Der Mausling kletterte dort hinauf und blickte hindurch. Dann zog er den Spiegel aus der Tasche und hielt ihn hinaus.

»Appelion?«

»Ausgezeichnet, Junge. Du bist auf dem Dach!«

»Natürlich. *Ich* habe schon immer behauptet, daß die Spitze eines Obelisken eine Pyramide ist.«

»Und *ich* fand schon immer, daß ein Naseweis bei allen unbeliebt ist. Wie geht's weiter?«

»Da ist eine Krone. Sie sitzt auf dem Skelett eines Nommo. Er war vielleicht der Kapitän oder Pilot. Womöglich dient sie zur Steuerung, telepathischen Befehlsübertragungen oder so, aber sie sieht wie eine ganz normale Krone aus. Ich nehme sie mit.«

»Sei vorsichtig, Junge«, mahnte der Tote. »Das ist bis jetzt viel zu leicht gewesen.«

»Paß auf, Onkel.«

Der Mausling nahm seinen Umhang ab und breitete ihn auf der Aufzugsplattform aus: für den nächsten, waghalsigen Spielzug brauchte er eine weiche Unterlage.

Dann schlich er auf Zehenspitzen zu der Krone zurück. Er holte tief Luft ... schützte die Hand mit seiner weichen Mütze ...

Mit einer einzigen, geschmeidigen Bewegung schnappte er sich die Krone, warf sie in den Aufzug und hechtete hinter ihr her.

Etwas traf seine Fersen.

Er schlug einen Purzelbaum und landete auf der Aufzugsplattform, bevor er einen Blick nach hinten riskierte.

Auf den Knochen des Kapitäns hatte sich durchsichtiges

Fleisch gebildet. Verdammt, ein Nommo-Zombie! Um den Mund wanden sich ektoplasmische Schwaden. Der Schwanz des Wesens schlug vergeblich nach der Stelle, an der der Mausling gerade eben noch gestanden hatte; und dann sprang er von dem Sofa und direkt auf ihn zu.

Der Mausling drückte den Abwärtsknopf. Er setzte die Krone auf und griff nach seinem Bogen. *Versuche alles.*

Der Aufzug setzte sich in Bewegung.

Der Mausling vernahm ein Murmeln; grüne Strichzeichnungen und rosa Hieroglyphen überlagerten seine Sicht. Die Krone unternahm den Versuch, sich mit ihm in Verbindung zu setzen. Er riß sie sich vom Kopf; er konnte jetzt keine Ablenkungen gebrauchen.

Der tote Nommo sprang durch die Aufzugsöffnung, stemmte sich im Schacht ab und kroch ihm hinterher. Der Mausling hielt den Atem an. Das würde knapp werden …

Er spannte einen Pfeil auf die Sehne und zielte, bereit, sein Leben teuer zu verkaufen. Der Zombieplattfisch kam immer näher und bewegte sich dabei mit einer Eleganz, als würde er unter Wasser schwimmen. Plötzlich ergoß sich eine Lichtflut über seine Füße.

Der fahrende Aufzug hatte die oberen fünfzig Zentimeter des unteren Einstiegs erreicht. Der Mausling rollte hindurch, landete auf Händen und Füßen und kroch weiter.

Geisterhafte Schwaden tasteten sich durch die immer größer werdende Öffnung des Aufzugsschachts. Der Mausling sah, daß der Nommo versuchte, sich ebenfalls durchzuzwängen. Im nächsten Augenblick würde er es geschafft haben. Der Mausling lief jubelnd zur Leiter.

24 Eine Lüge

Im künstlichen Wohnzimmerkamin knisterte ein Feuer und warf diffuse menschliche Schatten an die Wand. Griffin saß mit dem Rücken gegen einen Bücherschrank gelehnt und aß sein Omelett. Er gab es nur ungern zu, aber Bishop war ein toller Koch.

Eine leise Stimme über ihm fragte: »Hast du was dagegen, wenn ich mich zu dir setze, Bobo?«

Bevor er antworten konnte, setzte sich Acacia neben ihn und balancierte einen vollen Teller auf den Knien.

»Du heißt also Penthesilea?« fragte Alex.

»Ja. Ich komme aus den Kuppelstädten, einer Enklave weit im Osten. Wir kamen in Frieden.« Ihre braunen Augen blickten ihn weich an. »*Ich* kam in Frieden, Bobo.«

Sie kaute gründlich und konzentrierte sich darauf. »Ich habe mich gefragt ... ob es mehr als einen Grund für deine Anwesenheit gibt.«

Alex entfernte mit der Zunge ein Stück Schinken, das sich zwischen seinen Zähnen festgesetzt hatte. Acacias Nähe hätte eigentlich ein Gefühl der Taubheit in ihm auslösen müssen, statt dessen erinnerte die Empfindung eher an eine trockene Hitze. »Pflicht«, sagte er vage und zusammenhanglos. »Ich bin hier, weil ich meine Pflicht erfüllen muß.«

»Nicht wegen des Abenteuers? Oder der Liebe?« Acacia aß den letzten Bissen und tupfte dann mit einer Serviette die Mundwinkel ab. Sie stand auf und hielt Alex die Hand hin. »Gehst du mit spazieren?«

»Einen Moment«, sagte er und flüsterte: »Tony?«

Eine leise Stimme in seinem Ohr flüsterte: »Hier.«

»Paß auf Bishop auf.«

»Geht klar.«

»Und stell eine Inventarliste dieses Apartments auf.«

»Verstanden. Over.«

»Wir können«, sagte er zu Acacia.

Sie nahm den Schlafsack in beide Arme, warf den Kopf in den Nacken und streckte die Hüfte vor; es wirkte wie eine Herausforderung.

Alex folgte ihr in den Korridor. Sie ging an dem anderen Schlafzimmer vorbei und betrat ein modulkompatibles Wohnzimmer.

Man hatte das Modul nicht angekoppelt. Acacia tippte den Sicherheitscode ein, und das Wetterrollo rollte nach oben und enthüllte den blauschwarzen Wüstenhimmel und die nachtgrauen Berge.

Acacia baute aus Kissen, einer Matratze und dem Schlafsack ein richtiges Nest. Schließlich setzte sie sich, nahm seine Hand und zog ihn hinunter, damit er sich neben sie setzte.

»Hallo, Fremder«, sagte sie, und wirkte plötzlich schüchtern. Sie schien auf einmal etwas kleiner, verletzlicher zu sein.

»Rede ich mit Acacia oder Penthesilea?«

»Acacia. Du bist nicht hier, um mitzuspielen, Alex. Worum geht es?«

Alex seufzte. Man konnte das Gefühl nicht unbedingt als Erleichterung bezeichnen, doch es war, als würde er von der Last entbunden, eine unmöglich durchzuführende Täuschung weiter aufrechterhalten zu müssen. Er streckte sich; seine Schultern entspannten sich; sein Rückgrat schien zu wachsen. Acacia sah erstaunt zu.

»Ich muß es wissen, und ich muß es jetzt wissen«, sagte er ungewöhnlich direkt. »War Bishop Dienstag nacht bei dir?«

»Teilweise.« Sie hielt ihre Stimme ausdruckslos. »Ich kam ziemlich spät. Dann ging er noch einmal weg und kam zurück. Es waren eine Menge Parties im Gange, Alex.«

Er beobachtete genau ihren Blick. »Einer unserer Sicherheitsleute starb Dienstag nacht. Es könnte eine Verbindung zum Spiel bestehen. Kannst du beweisen, wo du warst?«

Sie schüttelte langsam den Kopf, und zum erstenmal verwandelte sich ihre Beunruhigung in Furcht. »Ich war in meinem Zimmer, allein.«

Alex fluchte im stillen. Acacia war genauso verdächtig wie Bishop. Und es würde Bishop bei den Tausenden von Spielfans, die sich in den Hotels aufhielten, und den Hunderten von Parties weiß Gott nicht schwerfallen, ein Alibi nachzuweisen. Oder sogar ein Dutzend.

»Ich frage dich das nur einmal«, sagte er. »Manipulierst du das Spiel?«

Acacia spürte einen Druck in der Magengrube. Es hatte darauf hinauslaufen müssen. Bishop war ein Dieb, ein Lügner, ein Manipulator. Aber er war kein Mörder. Davon war sie überzeugt, wie es eine Frau nur sein konnte bei dem Mann, den sie ... für den sie etwas empfand. Sie hätte nie ihr Herz auf diese Weise öffnen können, nie so auf ihn reagieren können, wenn ...

Warum fürchtest du dich dann? Du hast keinen Beweis, sagte sie sich. *Und wenn du etwas sagst, und Nigel ist unschuldig, sind Millionen Dollar futsch, und das vollkommen sinnlos. Und selbst wenn er ...*

Falls er es getan *hat ...*

Später würde noch genug Zeit für eine Strafverfolgung sein. Erkauf dir Zeit, um nachdenken zu können. Sie wußte verdammt gut, daß sie niemanden verletzt hatte, doch es war möglich, daß man ihr trotzdem eine Mitschuld zur Last legte. Sie würde das Geld für ihre Verteidigung brauchen. So wie Nigel. *Und außerdem ist er unschuldig, bis das Gegenteil bewiesen wurde.*

Mutter Gottes, Nigel konnte *einfach kein ...*

Es ist nicht schwer, einen Lügendetektor auszutricksen, oder einen erstklassigen Verhörspezialisten. Eine Technik besteht darin, die Frage absichtlich mißzuverstehen. Alex hatte gefragt: »Manipulierst du das Spiel?« Eine Frage, mit der sie gerechnet hatte.

Die Frage, die sie *beantwortete,* lautete: »Findest du das Spiel langweilig?«

»Natürlich nicht«, sagte sie leidenschaftlich. »Alex, ich liebe den Wettkampf mehr als alles andere auf der Welt. Du müßtest mich eigentlich besser kennen, als so eine Frage zu stellen.«

Alex ließ dieses wunderschöne Gesicht, das er so gut kannte, nicht aus den Augen. Etwas zeichnete sich dort ab, ein kaum wahrzunehmendes Unbehagen …

Doch er konnte ihre Erwiderung nicht als Lüge bezeichnen, und sein Instinkt sagte ihm, daß sie keine Mörderin war. Was immer sie auch verbarg, das war es nicht.

Er wollte ihr glauben …

Doch gleichzeitig wollte er glauben, *daß* sie eine Lügnerin war. Es hätte alles so verdammt einfach gemacht. Fall abgeschlossen. Ruhe sanft, Sharon. Du hast einen Fehler gemacht – und dafür bezahlt. Aber ich habe den Bastard erwischt.

Jetzt fühlte er sich verloren. Wo sollte er anfangen? Solange es keinen handfesten Beweis, ein stichhaltiges Motiv oder eine Verbindung zwischen Opfer und mutmaßlichem Täter gab …

Er hatte nichts in der Hand.

Er fühlte sich müde, alt und besiegt.

Am Horizont blitzte ein Lichtpunkt auf – es war doch der echte Horizont, oder? Konnte es sich um ein Hologramm handeln? Es hätte riesig sein müssen. Und welchen Zweck hätte es erfüllt? Es handelte sich also lediglich um einen Schweber, der den Horizont entlangflog, auf dem Weg nach Yucca Valley.

Über den Bergen im Norden schimmerte ein Licht. War das der neue Raumhafen? Und was landete dort? Aus der Ferne drang ein sehr leises Summen heran, vielleicht das Geräusch eines Helikopters. Dort draußen wurde gebaut – Dinge, die in der neuen, kommenden Welt von Bedeutung waren.

Und er würde keinen Anteil daran haben. Für Sharon wäre das anders gewesen. Doch Sharon war tot – seit sechzig Stunden.

Alex griff nach Strohhalmen und fing wieder am Anfang

an: er hatte Acacia während des Südsee-Schatzjagd-Spiels kennengelernt. Damals hatte Tony McWhirter sie dazu benutzt, um am Spiel teilzunehmen und Industriespionage zu betreiben. Tony glaubte ernsthaft, daß man sie hinters Licht geführt hatte. Konnte alles noch einmal passieren? Oder trug sie einen Teil der Schuld und hatte Angst, es zuzugeben?

»Du bist jetzt also mit Nigel Bishop zusammen?« fragte er zwanglos.

Sie lächelte. Es gab nur das Mondlicht, das Sternenlicht und das entfernte Glühen. Alex drehte sich um, schaute auf die leuchtende Höhe MIMICs und gestand sich eine gewisse Ehrfurcht ein.

»So, wie zwei Menschen nur zusammensein können.«

»Wo steckt er eigentlich?« Er sah, daß sich auf ihrem von den Sternen beleuchteten Gesicht Unsicherheit spiegelte. Und dann war er sich sicher. *Sie weiß nicht, was er getan hat. Sie weiß es nicht.*

»Mir ist kalt«, sagte Acacia mit einer Kleinmädchenstimme. Sie kuschelte sich an ihn. Ihr Körper glühte wie eine in ein Stück Stoff gewickelte schwelende Kohle. Sie deckte sich und ihn mit ihrem Schlafsack zu, und es bildete sich genug Hitze, um Kartoffeln zu kochen.

Jemand hatte eine Musikanlage entdeckt, und aus einem der vielen Räume MIMICs trieb ein leiser, verführerischer Rhythmus heran. Er schien sie einzuwickeln und ließ Alex seinen Schmerz und die Verdächtigungen für den Augenblick vergessen. Er schaute auf die Wüste hinaus. Sie erschien so offen, so direkt und unverdorben. Sie erinnerte ihn an einen anderen Alex Griffin, einen jüngeren Alex Griffin. Die Kälte der Nacht hüllte ihn ein.

Acacia spürte, wie er sich zurückzog. Sie senkte den Kopf, bis sie auf die Decke und den Boden starrte.

Das Mondlicht verlieh ihrem Haar, ihren Augen und ihrer langen, eleganten Halslinie eine zarte, silberne Beschaffenheit. Er erinnerte sich an die Zeiten, als sie sich in den

Armen gehalten und sich um Nähe bemüht hatten. Erinnerte sich daran, wie sie versucht hatten, den anderen zu lieben.

Sie hatten versagt. Sie hatten sich selbst und den Partner im Stich gelassen. Und was schuldete er diesem großartigen Geschöpf neben sich überhaupt? Andererseits ... hieß es nicht: Im Zweifel für den Angeklagten?

»Hat es dir jemals leid getan, daß es mit uns nicht geklappt hat, Alex?«

»Ja. Aber das ist vorbei.«

Daran hatte sie fast eine ganze Minute lang zu kauen. Dann: »Hast du ... Gibt es da jemanden?«

»Nein«, sagte er leise. »Niemanden.«

Alex fühlte, wie die Kälte zu seinen Knochen durchdrang und ihn, wie durch subtile Traumpark-Magie, in einen Mann aus Eis verwandelte.

»Wegen uns tut es mir leid, Alex.« Sie legte ihren Kopf mit überraschender Zärtlichkeit an seine Schulter. »Ich bin bloß ein ganz gewöhnlicher, männerfressender Adrenalin-Junkie.« Sie hielt ein leises, trauriges, einem Lachen ähnelndes Geräusch zurück. »So etwas kannst du nicht gebrauchen.«

Er lächelte freudlos. »Und was brauche ich?«

»Wenn du weißt, was du brauchst, wirst du es finden. Und festhalten.«

Wenn du wüßtest ...

Wenn in der letzten Stunde die Wahrheit gesagt worden war, dann mit diesen drei Worten. *Wenn du wüßtest.* Im lähmenden Licht dieser Wahrheit starben alle Gedanken an Lüge einen schnellen Tod. Und Alex Griffin, dem alle Lügen und alle Gedanken an Lügen entzogen worden waren, blickte unerschrocken in sein eigenes Herz.

Sie verharrten eine Zeitlang so; dann hob sie den Kopf und blickte ihn, und ihre Lippen waren einen Zentimeter voneinander entfernt. Sie küßte ihn, nicht leidenschaftlich, doch mit leicht geöffneten Lippen. Ihre Augen leuchteten.

Wir leben beide in einem Kasten, schienen sie zu sagen. *Wir verstecken uns beide in einer Welt der Träume. Wir können Lügen darüber erzählen, aber wir beide kennen die Wahrheit. Haben sie schon immer gekannt. Doch können wir uns nicht noch eine einzige Lüge sagen, die nur dich und mich betrifft? Nur für heute nacht?*

Er schüttelte schweigend den Kopf.

»Ich will nicht mehr lügen«, sagte Alex so leise, daß die Worte von der aus dem Osten heranwehenden Brise übertönt wurden.

Und so saßen sie da und teilten sich das Mondlicht. Acacia wandte den Kopf ab. Alex glaubte zu hören, daß sie weinte. Vielleicht sah er es sogar, oder er fühlte es nur.

Aber er konnte nicht sicher sein. Schließlich hätte es auch der Wind sein können.

Nigel Bishop wechselte ein paar Worte mit ›Bruder‹ Prez und verließ das Apartment. *Nur ein kleiner Erkundungsgang, wenn du nichts dagegen hast.*

Er eilte durch die Schatten. Wenn man in Betracht zog, was alles passiert war, war er mit sich im Einklang. Sharon Craynes Tod war irgendwo tief in seinem Innern vergraben. Er würde sich später damit auseinandersetzen. Später …

(Doch hin und wieder formte sich da ein Bild, eine vereinzelte Erinnerung. Nur der Anblick Sharon Craynes, die unter der Wasseroberfläche schwamm; ein Blutfaden trieb kräuselnd aus ihrer Nase und löste sich in dem warmen, öligen Wasser auf …)

Später, verdammt!

Er zwang diesen Spuk aus dem Bewußtsein. Er aktivierte die Virtuell-Einheit, ihr Visier und die akustischen Kanäle. Sharons Karte schwebte durch den Korridor und überlagerte die Realität.

MIMICs Sicherheitssystem war noch nicht vollendet. Es gab noch immer Nischen, in denen sich die verschiedenen Sicht-, Akustik- und Infrarotgeräte noch nicht überlappten und ein unvollständiges Bild lieferten. Manchmal auch gar kein Bild. Waren die nötigen Feineinstellungen und Modifizierungen erst einmal erledigt, würde keine dieser Lücken mehr bestehen.

Doch im Augenblick ...

Bishop schwebte förmlich durch die Korridore, hielt sich in den Schatten und knackte Schlösser, um sich durch Feuerschutztüren weiterzubewegen, nachdem er die Alarmanlagen funktionsuntüchtig gemacht hatte.

Er wußte, welche Türen, Korridore und Durchgänge er nehmen mußte. Immer. Er wurde dabei nie vollständig gescannt. Ein paar Kameras oder Sensoren nahmen seinen Geist wahr, aber im Gebäude hielten sich schließlich noch andere Spieler auf.

Genaugenommen war es nicht einmal *illegal*, daß er sich hier bewegte, oder?

Der Computer in seinem Gürtel spürte die Scanner auf, markierte sie und speicherte ihren Ursprungsort. Bishop glitt hierhin und dorthin, und dabei beschäftigte er sich fleißig mit dem wahren Grund seines Ausflugs, dem eigentlichen Vorhaben, von dem keiner auch nur die geringste Vorstellung hatte.

Obwohl Sharon in den letzten Momenten ihres Lebens einen leisen Verdacht gehabt hatte.

Sharon. Ihre toten Augen starrten ihn an, der rote Faden trieb aus ihrem linken Nasenloch. Er war so hell gewesen, so schrecklich hell.

Bishop drückte die Knöchel gegen die Schläfen und schluckte hart. *Miststück. Du verräterisches, treuloses Miststück. Es war* dein *Fehler, mögest du in der Hölle schmoren. Es war ...*

Laß mich in Ruhe!

Vorsicht. Diesmal hätte er es beinahe laut hinausgeschrien. Beinahe. Ganz nah dran, trippel-trapp.

Entsetzt bemerkte er, wie seine Gedanken zu einem Kichern wurden.

Er mußte sich beruhigen; beenden, was er begonnen

hatte. Eigentlich war er sicher: Es gab keinerlei Beweise. Acacia und Griffin würden mittlerweile wohl den nackten Brezel machen, und das konnte ihm nur recht sein. Griffin würde zweifellos versuchen, sie auszuhorchen. Und diese Nutte konnte ihre Beine nicht mal mit einer Kette zusammenhalten.

Griffin.

Bishop wich beiseite, als ein umherwanderndes Spionauge am oberen Deckenrand entlangfuhr. Er beruhigte sich. Es wäre ein verrückter Zufall, wenn er ausgerechnet jetzt einer Spiel-Falle zum Opfer fiele, oder? Und es würde ihn nicht überraschen, wenn sich die Spielmeister überlegten, wie sie die Vorgaben ändern konnten, um ihn zu erwischen. Sie hatten mittlerweile bestimmt Schaum vor dem Mund.

Griffin.

Er ärgerte sich über sein Bewußtsein. Es wollte ihm nicht gehorchen. Warum das Interesse an einem Traumpark-Wachmann? Sicher, Griffin verfügte über einen gewissen Stil. Der Funken einer Herausforderung.

Natürlich handelte es sich da um keine intellektuelle Herausforderung. Da war Griffin kein Gegner. Doch der Mann verfügte über eine gewisse brutale, körperliche Durchtriebenheit, die mit genügend verzweifelt kultivierter Koordination kombiniert war, so daß er – was die Bewegungsabläufe eines Kampfes betraf – ein vermutlich durchaus ernstzunehmender Gegner war. Bishop hielt wenig von physischen Kämpfen, obwohl er ihre Feinheiten selbstverständlich meisterlich beherrschte. Alex Griffins Kopf würde vielleicht eine Trophäe darstellen, deren Besitz sich durchaus lohnte …

Verdammt! Er hatte keine Zeit, an so etwas zu denken. Das war Wahnsinn. Der Job zählte, nichts anderes. Und wenn das Spiel unerwartet tödlich wurde, sorgte das nur für einen zusätzlichen Reiz, nicht wahr?

Nicht wahr?

Alex Griffin.

Da war noch etwas zwischen ihnen zu erledigen, etwas, das sie sich zu sagen hatten, wenn das alles hier vorbei war. Bishop wischte sich mit der Hand über den Hals, und seine Haut fühlte sich kalt und klebrig an.

Er bemerkte, wie dieses Kichern wieder an die Oberfläche seines Bewußtseins sickerte. Langsam *gefiel* ihm das Geräusch.

Und das machte ihm am meisten angst.

25 Autopsie

Macht hatte Dr. Norman Vail schon immer fasziniert. Der Gedanke, was Macht in den richtigen Händen bewirken konnte, war stimulierend. In seinen Händen.

In weniger als zwölf Stunden hatten Geld und Einfluß der Cowles Industries Sharon Craynes Leben wie ein Bilderbuch geöffnet und ihn mit Informationen überflutet.

Vail hatte drei Stunden darüber gebrütet, bevor Millicent, Harmony und Tony McWhirter sich hinzugesellten.

Sie alle waren erschöpft, doch eine fast morbide Neugier trieb sie an. Was konnte so verdammt wichtig sein, daß der Psychologe es ihnen so spät in der Nacht unbedingt noch mitteilen mußte?

Vails Haut machte einen beinahe transparenten Eindruck, als hätten ihn Müdigkeit und Belastung auf eine Weise altern lassen, wie es die bloße Zeit nicht zustande brachte.

Er winkte sie an seinen Schreibtisch. »Kommen Sie doch bitte, kommen Sie.«

Sie nahmen zögernd Platz. Harmony warf einen schiefen Blick auf die Akten, die sich auf Vails Schreibtisch stapelten. Sharon Crayne war ein Mensch gewesen. Wie konnte ein Leben vor einer so peniblen Untersuchung bestehen?

Die einzige Chance eines Bürgers auf Privatsphäre lag in

der unübersichtlichen Masse der Informationen begründet. Es war einfach, Daten zu sammeln, und kostete außerdem nicht viel. Doch sie auszusortieren und in Beziehung zueinander zu bringen, hatte zur Bildung einer Multimilliarden-Dollar-Industrie und letztendlich zur Erschaffung solcher KI-Systeme wie ScanNet geführt.

»Es gibt wiederkehrende Muster«, sagte Vail. »Eine Menge. Es würde mir schwerfallen, das genaue Zustandekommen meiner Folgerungen zu erklären, doch ich habe ein paar lose Enden gefunden. Und mit denen können wir vielleicht den ganzen Knoten entwirren.

Die Frage lautet: War Sharon Crayne käuflich? Die vermutliche Antwort lautet: Nicht in dem Sinn, daß man sie mit Geld bestechen konnte. Sie arbeitete zu lange und zu hart, und die grundsätzliche Befriedigung schien ihr die Arbeit selbst zu sein. Ihre persönlichen Affären waren für gewöhnlich kurze, intensive Beziehungen, die sich immer aus dem Arbeitsumfeld ergaben und die vielleicht ihre Auffassung stützten, daß der Job der Familie gleichzusetzen ist.«

»Was ist mit der richtigen Familie?« fragte Millicent.

»Bei dem Punkt haben die Puzzleteile endlich zusammengepaßt. Aber denken Sie bitte daran: Das ist ein auf Annahmen beruhendes Denkgebäude.«

»Wir verstehen«, sagte Harmony. »Fahren Sie bitte fort.«

»Also gut. Sharon Crayne, zweiunddreißig Jahre alt. Nie verheiratet. Wenig Kontakt mit der Familie, besonders mit dem Vater. Es gibt starke Hinweise auf Schuld oder Scham, was die Beziehung zu ihrer Mutter betrifft, die sehr angespannt war. Die Beziehung zu den beiden Schwestern und dem Bruder könnte man bestenfalls als ›konkurrierender Außenseiter‹ bezeichnen. Sie war das zweite von vier Kindern. Die älteste Tochter. Es gibt Hinweise, daß sie im Haushalt viele mütterliche Rollen übernehmen mußte, wenn sich ihre Mutter, eine Architektin, in ihren Projekten vergrub. In den letzten Jahren der stabilen Periode der Familie war der Vater arbeitslos.«

Vail schwieg und musterte seine Gäste, als würde er ihre Anwesenheit erst jetzt bemerken. »Fällt Ihnen dabei ein ganz bestimmtes Muster auf?«

Eine unangenehme Vorstellung tauchte in Millicents Bewußtsein auf und verschwand gleich wieder; sie glich einer besonders großen, häßlichen Schlange.

»Also gut.« Vail drückte eine Taste auf seinem Schreibtisch, und hinter seinem Rücken erschien eine farbige Abbildung von Sharon Craynes nackter Leiche. Harmony war entsetzt. Vail dagegen schien das Bild kaum wahrzunehmen. »Die an Sharon Crayne vorgenommene Autopsie enthüllte eine vollständig verheilte, professionell ausgeführte Operationsnarbe von etwa zehn Zentimetern Länge im Bauchbereich. Die Narbe dürfte etwa entstanden sein, als Sharon vierzehn Jahre alt war. Dem damaligen medizinischen Untersuchungsbericht zufolge behauptete sie, es handle sich um eine Blinddarmnarbe.«

»Äh ... ist das unsinnig?« würgte Harmony heraus.

»Dr. Eva Reeves, die Pathologin, stellte fest, daß diese Narbe in Größe, Form und Lage für eine Blinddarmoperation untypisch ist – obwohl der Blinddarm entfernt wurde.«

Tony McWhirter riß den Blick von der schwebenden Leiche los. Er sah blaß aus. »Verstehe ich nicht.«

»Ich glaube, ich kann das erklären.«

Harmony fühlte sich verlegen, und ihm war übel. Sharons Leiche drehte sich vor ihren Augen wie ein Spanferkel am Spieß.

»Dr. Vail«, sagte Tony mit angespannter Stimme, »wären Sie so nett, dieses Hologramm abzuschirmen?«

Vail blickte über die Schulter. »Ist da etwas – oh, ich verstehe.« Er drückte ein paar Knöpfe, flüsterte ein paar Worte, und Sharons Leiche verwandelte sich in eine Anatomieabbildung, eine technische Zeichnung – genauso eindeutig, jedoch unpersönlicher.

Und das war vielleicht sogar noch schlimmer.

»Nun – das war der Hinweis. Dr. Reeves führte eine routinemäßige Gewebebestimmung für die Transplantationsbänke durch. Da Sharon vor der Entdeckung ihrer Leiche schon seit Stunden tot war, erschien es unwahrscheinlich, daß noch viel zu gebrauchen war. Der Körper verfällt bei Zimmertemperatur ziemlich schnell.«

McWhirter sah etwas grün im Gesicht aus.

»Aber als Dr. Reeves die Plazenta, also den Mutterkuchen, bestimmte, hier ...« – die Illustration wurde größer – »fand sie heraus, daß Sharons DNA-Abdrücke nicht übereinstimmten.«

Harmony beugte sich vor, und Millicent schüttelte den Kopf. »Scheiße«, flüsterte sie.

»Was denn, Millicent?« fragte McWhirter.

»Eine transplantierte Plazenta?«

Vail blickte sie auf eine Weise an, wie ein Lehrer einen vielversprechenden Schüler anstrahlte. »Und in welchen Zeitraum würden Sie es einordnen?«

Sie dachte nach.

»Ein kleiner Hinweis: als sie vierzehn Jahre alt war, trennten sich ihre Eltern.«

»Vierzehn. *Also ist es achtzehn Jahre her*«, sagte Millicent und bedeckte das Gesicht mit den Händen.

Fast eine Minute lang herrschte Schweigen im Zimmer. Dann sah Millicent auf. »Eine häßliche Sache«, sagte sie.

»Ja?« fragte Vail ermunternd.

»Eine katholische Familie. Sharon übernimmt die Mutterrolle. Ihre Eltern, katholische Eltern, lassen sich zur selben Zeit scheiden, in der Sharon diese Narbe bekommt. Das Plazenta-Transplantat.«

McWhirter wurde bald fuchsteufelswild. »Um Gottes willen, würden Sie endlich aufhören, Fachchinesisch zu sprechen?«

»Eine Fötentransplantation«, sagte Vail, und dieses eine Mal klang seine Stimme sanft. »Eine weitläufig akzeptierte Alternative zur Abtreibung – allerdings ziemlich teuer.«

Harmony war fasziniert, fand das alles aber immer noch verwirrend. »Wie sind Sie zu diesem Schluß gekommen?«

»Als Dr. Reeves die seltsamen Ergebnisse des DNA-Scans erhielt, suchte sie nach Spuren – und fand sie. Eine Operationsnarbe am Uterus in der Nähe des Muttermundes. Sehen Sie, eine Abtreibung ist einfach, die Technik ist Jahrtausende alt. Langsam, aber sicher wurde das Risiko für die Mutter dabei immer geringer – doch die Möglichkeit, den Fötus selbst am Leben zu erhalten, wurde erst gegen Ende des letzten Jahrhunderts entwickelt.

Zum Beispiel kann man den vollständigen Lebensmechanismus des Fötus transplantieren, einschließlich Plazenta und allem. Statt das Baby aus dem Uterus zu entfernen, wird der gesamte Uterus transplantiert. Ein neuer Uterus wird eingenäht und mit den Eileitern verbunden.«

»Wo wurde die Operation durchgeführt?«

»Das ist der Hinweis: nirgendwo!«

»Das verstehe ich nicht.«

»Sharon wohnte bei ihrer Familie in Utah. Die Operation war dort illegal. Vermutlich verließ sie den Staat, und die Operation wurde von der Embryadopt-Stiftung vorgenommen. Versiegelte Akten.«

Millicent schien wieder zu sich gefunden zu haben. »Ein weiterer Hinweis, daß Embryadopt in die Sache verwickelt ist, sind die Kosten. Die Operation, der neue Uterus. Sie müssen den Embryo vorher verkauft haben. Gesunde weiße Föten sind sehr gefragt.«

»Ihre Datensicherheit ist umfassend«, sagte Vail. »Wir können nicht an Sharons Akten heran; keine private Agentur kann das.«

Harmony dachte: *Tony.*

»Nein«, sagte Vail, als würde er Gedanken lesen. »Auch McWhirter kommt nicht an sie heran. Die Akten sind *räumlich isoliert*. Es gibt keinen Telefon- oder Computeranschluß zu diesen Akten.«

Millicent fing an zu sprechen, fast so, als würde sie ein Selbstgespräch führen. »Eine katholische Familie mit einer erfolgreichen Mutter und einem arbeitslosen Vater.«

»Ein Vater, der vermutlich eine Menge Zeit zu Hause verbracht hat«, schlug Vail vor.

»Sharon wurde schwanger und gab das Baby weg. Während dieser Zeit geschah etwas, das für die Mutter so traumatisch war, daß sie die Scheidung einreichte.«

Vail nickte. »Sharon wurde von ihrem Vater vergewaltigt«, sagte er leise. »Vermutlich öfter, über den Zeitraum von einigen Jahren hinweg. Als sie schwanger wurde, gab sie das Baby weg.«

Millicent rekapitulierte mit einer gequält klingenden Stimme weiter. »Als Sharon Crayne vierzehn Jahre alt war, mußte sie sich also der Entfernung eines lebenden Fötuss unterziehen?«

»Sie paßt in viele der klassischen Muster. Es würde eine Menge erklären. Ihre psychologischen Tests, die bis zum College zurückreichen, weisen auf eine zyklische Depression im März hin. Ihre Eltern wurden im April 2047 geschieden. Ich wette, daß die Operation irgendwann im März ihres vierzehnten Lebensjahres vorgenommen wurde. Ihre Familie wurde von dem Vorfall auseinandergerissen. Wie es für viele Inzest-Opfer typisch ist, könnte Sharon sich selbst die Schuld für alles gegeben haben.«

»Und das war Material für einen Erpresser?« fragte Harmony. »Daß sie einem Inzest zum Opfer fiel?«

Zum erstenmal sah Vail ärgerlich aus. »Ich dachte da eher an Bestechung als an Erpressung. Da keine legitime Privatperson Embryadopts legalen Schild durchbrechen kann und sogar ein Datendiebstahl per Computer zum Scheitern verurteilt ist, hätte jemand, der diese Daten besorgen *könnte,* einen unwiderstehlichen Köder. Sharon hat durch dieses Trauma die Familie verloren und war nie dazu fähig, eine Beziehung aufrechtzuhalten. Jedes Jahr verfällt sie am Jahrestag der Operation in tiefe Depressionen, bereut ihre Vergangenheit und sehnt sich danach, dieses Kind zu sehen. Jemand mit den richtigen Verbindungen und keinerlei Skrupeln könnte durchaus in der Lage sein, dieses Kind des

Inzests und des Zorns aufzuspüren. Und Sharon Crayne ihre Erlösung anzubieten.«

Dr. Vail studierte einen Augenblick lang seine Fingernägel, bevor er fortfuhr. »Sharon Crayne hat doch etwas aus den Traumpark-Dateien gestohlen? Etwas sehr Wertvolles?«

»Ja und nein«, sagte McWhirter. »Einen Teil der Aufzeichnungen über MIMICs Sicherheitssystem. In einem Monat werden sie nutzlos sein.«

»Und dieses schnelle Vorgehen impliziert, daß sie im Zusammenhang mit dem Voodoo-Spiel benötigt wurden?«

Harmony war entsetzt. »Ein kaltblütiger Mord wegen eines Spiels!«

Vail lächelte kalt. »Um wieviel Geld geht es, Thaddeus?«

»Sechshunderttausend Dollar ... das wird vier Millionen ergeben«, sagte McWhirter.

»Welches Team?«

»Army.«

»Das könnte eine Erklärung sein ... möglicherweise.« Vail schloß die Augen. »Lassen Sie mich nachdenken. Sharon war bereit, die gestohlenen Daten für ... etwas einzutauschen. Zuerst dachte ich, es wäre die Information, ob es dem Kind gutgeht, aber das reicht nicht. Das hätte sie vermutlich durch Embryadopt erfahren.«

»Millicent und ich haben uns ihre Finanzen angesehen«, sagte Harmony vorsichtig. »Sharon Crayne besaß ein Haus in Salt Lake City, das sie vermietet hatte. Dieses Haus ist fast eine halbe Million Dollar wert. Achtzigtausend liegen auf der Bank, hundertfünfzigtausend wurden in verschiedenen Investitionen angelegt. Zuerst hielten wir das für interessant und legten es als Beweis aus, daß Sharon für eine Bestechung nicht anfällig war.«

»Sehen Sie darin noch etwas anderes?«

»Sie hat das Haus nicht benutzt«, sagte Millicent. »Sie besaß einen Pelzmantel und einen vier Jahre alten Chrysler. Sie besaß Aktien, spekulierte aber nicht an der Börse.«

»Sie gab nichts aus«, sagte Vail. »Betrachten wir das Haus

also nicht als Haus, sondern als Sparkonto. In diesem Fall hat sie eine dreiviertel Million zusammengespart und leidet unter dem gefühlsmäßigen Drang, mit dem Kind, das sie aufgeben mußte, wieder vereint zu werden. Falls sie es mit Geld nicht bekommen konnte, aber jemanden kennenlernte, der die *Information* beschaffen konnte, die sie brauchte, hätte sie das Geld dazu benutzen können, um, sagen wir, ein neues Leben mit ihrem Kind zu kaufen.«

»Und sogar ein gutes Leben«, meinte Millicent nachdenklich. »Doch dazu hätte sie die derzeitige Familie des Kindes zerstören müssen.«

Harmony sah schockiert aus. »Wäre sie zu so etwas fähig gewesen?«

»Ich habe da eine Idee«, sagte Millicent leise. »Warum ersetzen wir nicht ›das Kind‹ durch ›das Mädchen‹ und sehen, was dabei herauskommt?«

»Sehr gut«, sagte Vail. »Ein Mädchen, von dem Sharon befürchtete, daß es die gleiche sexuelle Erniedrigung erleiden könnte. Das jetzt etwa achtzehn Jahre alt ist. Vielleicht befürchtet sie schon seit Jahren, daß ihre Tochter sexuell mißbraucht wird? Ich frage Sie also, wenn Sharon das Kind nicht mit einer dreiviertel Million Dollar aufspüren konnte, wie sonst?«

»Anderweitiger Druck. Vielleicht ein Politiker, der ihr einen Gefallen schuldig ist. Jemand mit Verbindungen zum Militär? Regierungsverbindungen ...«

»Army. Und wer ist der Anführer?« Vail rief Clavells Akte auf und sah sie interessiert durch.

»Wissen Sie«, sagte Tony bedächtig, »da ist wirklich etwas sehr Seltsames passiert. Nigel Bishop hat sich in Gefahr gebracht, um zu verhindern, daß Clavell im Spiel getötet wurde.«

»Nigel Bishop.« Vail gab den Namen ein, und Informationen schwebten durch die Luft. »Die halbe Weltbevölkerung hält ihn für unschlagbar. Tony? Ist er es wirklich?«

»Bishop hat sein ganzes Team verloren.«

»Was?« fragte Harmony ungläubig. »Ist Bishop nicht angeblich der mutigste und gerissenste Spieler im ganzen Spiel?«

»Ja, aber es war der Fehler seines Stellvertreters. Er hat Bishops direkten Befehl mißachtet. Bishop könnte vorhergesehen haben, daß so etwas passiert, aber das wäre wirklich verrückt. Andererseits *liebt* Bishop das wirklich Verrückte.«

»Also gut«, sagte Vail. »Wir nehmen die Army unter die Lupe. Wir werden uns diesen Nigel Bishop genauer ansehen. Wir werden herausfinden, ob Sharon Crayne sich mit Nigel Bishop hätte treffen können – oder auch mit einem Army-Strategen. Dann beschreiten wir den anderen Weg und versuchen, jemanden mit einer Verbindung zu Embryadopt zu finden. Sonst noch etwas?«

Nein.

Tony McWhirter brachte Millicent und Harmony zum Aufzug. Sie alle waren müde, doch Tony winkte Millicent noch kurz beiseite. Sie kam, ohne eine Frage zu stellen, und verabschiedete sich von Harmony.

»Ja, Tony?« Sie blickte ihn mit gemischten Gefühlen an. Auch Tony war ein Opfer, und zwar auf ein sehr spezielle Weise, die nicht einmal er selbst verstand.

»Es ist nicht die Army. Ich habe es auf Band – Clavell stöhnte, als er das erste Mal mit MIMIC konfrontiert wurde. Verdammt, *er* hat keine Karte gehabt.«

»Könnte das nicht eine absichtliche Reaktion für die Kameras gewesen sein?«

»Es ist Bishop. Ich habe das ungute Gefühl, daß wir nie etwas werden beweisen können. Er hat seine Spuren so gut verwischt, daß sie praktisch nicht mehr existieren, aber ich *weiß* es. Vertrauen Sie mir, ich bin ein Spielmeister.« Er runzelte die Stirn. »Da gibt es noch ein anderes Problem – es muß Bishop sein, aber ich kann mir nicht vorstellen, daß er die Sechshunderttausend-Dollar-Wette gesetzt hat.«

»Wie meinen Sie das?«

»Da spielen fünf Teams gegeneinander. Bishop kann unmöglich die ganze Zeit die Army im Auge behalten, selbst wenn er wollte. Das würde Verdacht erregen. Außerdem *versucht* er nicht einmal, die Army zu kontrollieren.«

»Er versucht es nicht?«

»Er ist nicht einmal in der Nähe des Army-Teams. Er hat zwei Teams aus der Spielebene herausgeführt, hat uns natürlich wie Idioten aussehen lassen und ihnen dadurch viele Schwierigkeiten erspart. Wissen Sie, ich kann mir einfach nicht vorstellen, daß sein Ego es zuläßt, ein Spiel absichtlich zu verlieren.«

Millicent lehnte sich nachdenklich gegen die Wand. »Vielleicht würde er das Spiel gar nicht verlieren. Vielleicht gewinnt er auf diese Weise ein viel schwierigeres Spiel. Das ist doch alles nur eine Sache der Perspektive.«

»Ja, ich könnte mir schon vorstellen, daß er so denkt. *Verrate dem Feind niemals deine wahren Absichten* ... Aber ich weiß nicht, glaubt er denn tatsächlich, daß er es schafft?«

Plötzlich kam ihm ein Gedanke. *Acacia!* »Er hat Hilfe. Acacia Garcia ist auch im Spiel. Ich meine, sie schlafen zusammen, sind jedoch Mythenmeister gegnerischer Teams.«

»Was ist, wenn sie ihm hilft?«

Da müßte es schon um eine Menge Geld gehen – und verdammt, so war es ja auch. »Sie müßten die Troglodyten und Tex-Mits töten, das Spiel absichtlich verlieren und alles der Army überlassen. Haben Sie eine Vorstellung, wie schwierig und gefährlich so eine hinterhältige Manipulation wäre? Ein Fehler, und der Skandal ist perfekt. Die IFSG würde das Spiel für ungültig erklären, Vegas die Wetten nicht auszahlen. Zivilklagen. Bishop verliert sechshundert Riesen. Niemand würde jemals wieder mit Acacia spielen. Millie, das Spiel ist ihr Leben!«

»Jeder wird mal erwachsen, Tony. Leute haben schon bedeutend mehr auf eine geringere Chance gesetzt.«

»Vielleicht. Sie liebt die Gefahr. Die Aufregung. Vielleicht.

Ich glaube nicht, daß Bishop es schaffen könnte, aber vielleicht glaubt er es ja. Er ist egoistisch genug. Und ich hasse es, das sagen zu müssen, aber er könnte Acacia so sehr beeinflußt haben, daß er der Überzeugung ist, es schaffen zu können.«

»Aber Sie glauben es nicht.«

Tony rieb sich die Augen. »Meine Kenntnisse sagen mir, daß er es nicht schaffen kann. Ich werde mal die Lopez' nach ihrer Meinung fragen, aber ... er kann es unmöglich schaffen. Die Quoten beeinflussen, das schon. Er könnte einen anderen Spieler bestochen haben. Er könnte sich Zugang zum Computer verschafft haben. Aber sehen Sie, Millie, je abgesicherter alles ist, desto komplizierter wird es. Und damit auch gefährlicher.« Er rieb sich die Schläfen. »Autsch.«

Er rieb sich die Augen und gähnte. »Mein Hirn fühlt sich wie Rührei an. Wenn ich die Augen schließe, sehe ich blökende Schafe, die im Kreis rennen. Rufen Sie mich an, wenn Sie was herausbekommen haben, ja?«

»Sicher.« Und dann dachte sie im stillen: *Tony, du bist eifersüchtig auf Bishop. Er schläft mit der Frau, die du geliebt hast. Du hast auch Griffin deswegen gehaßt, doch ihm schuldest du zuviel. Nichts als eine psychologische Umstellung von Gefühlen.*

Doch machte das Bishop schon zu einem Verdächtigen? Wollte Tony ihn zum Sündenbock stempeln, oder wollte er sie davon überzeugen, daß Bishop nicht clever genug war, um schuldig zu sein, oder *was*?

In diesem Augenblick wußte sie, daß Kopfschmerzen trotz aller gegenteiligen medizinischen Erkenntnisse übertragbar waren.

Sie brauchte Schlaf.

26 Der indirekte Weg

FREITAG, 22. JULI 2059, 05 UHR 55

In der Mojave ging die Sonne auf. Alphonse war wach und hatte gepackt, und was ihn betraf, konnte es losgehen.

Drei seiner Gefährten hatten sich auf den Boden gesetzt und formten ein Dreieck: S. J. Waters, Crystal Cofax und Major Terry Clavell.

SJ war Späher und Dieb. Clavell war Magiebenutzer und Krieger. Crystal war Späherin. Alle verfügten über besondere optische Fähigkeiten und spezielle Wahrnehmungskräfte. Seit fünfzehn Minuten vollzogen sie eine magische Zeremonie.

Die schwangere Mary-em saß unbehaglich und leicht zusammengesunken in der Mitte des Dreiecks.

»Das ist doch lächerlich«, sagte sie.

»Halt den Mund«, erwiderte Crystal höflich.

SJ legte den Kopf schief. »Weißt du eigentlich, daß so ein gewisses Strahlen von dir ausgeht, seit du schwanger bist?«

»SJ«, sagte Mary-em beherrscht, »ich habe mal eine Abhandlung über exotische Foltermethoden verfaßt. Hättest du Lust, aktiv an der Fortsetzung mitzuwirken?«

»Redet so eine angehende Mutter?«

Die drei nahmen sich außerhalb des Dreiecks an den Händen und sangen. Irgendwo im Universum beurteilten die Mächte, auf die es ankam, ihre Zeremonie und Absicht und kamen zum Schluß, daß es genügte – wonach auch immer solche Götter entschieden –, um die Anbeter ihr Ziel erreichen zu lassen.

Mary-ems Bäuchlein glühte auf. Der darin befindliche Embryo strahlte noch heller: Changos ungeborener Junge. Er war mit übernatürlicher Geschwindigkeit gewachsen. Seine Augen waren geöffnet, und er machte einen aufmerksamen, wenn auch ärgerlichen Eindruck.

»Warum müßt ihr mich wecken?« flüsterte er. »Ich brauche Schlaf.«

»Wir müssen unser nächstes Ziel herausfinden«, sagte Alphonse.

»Sucht nach dem Wasservolk«, erwiderte der Embryo. Die großen, braunen Augen waren mit dicken Lidern versehen, die zuzufallen drohten. »Und laßt mich schlafen.«

»Wir haben Angst. Angst vor einem Hinterhalt anderer unserer Art. Wir müssen wissen, wo sie sind.«

In Mary-ems Körper bildete sich ein pulsierendes Licht, das sie durchsichtig werden ließ. Man konnte durch alle Organe und Knochen sehen. Um sie herum formte sich ein transparentes Modell MIMICs, das von der Parterre bis zur Decke reichte. Es sah so aus, als hätte man Mary-em in Gelee eingebettet.

»Hier. Da sind sie, in der elften Etage«, sagte der Fötus verträumt. Ein Stück Etagenboden blinkte auf. »Die Nommo befinden sich eine Etage unter ihnen.«

»Das Wasservolk?«

»Ja. Sucht es, und ihr werdet alles Nötige erfahren. Ich ... hoffe ... ihr könnt ... gut ... schwimmen.«

Und das Licht erlosch.

Mary-ems breiter Mund verzog sich zu einem amüsierten Lächeln. »So was. Mein Sohn, der Gott.«

»Was machen wir jetzt?« fragte der General. »Wer von uns kann schwimmen?« Hände fuhren in die Höhe.

»Das ist doch nebensächlich«, sagte Clavell. »Wir sind noch nicht da. Wie viele von uns können kämpfen? Soweit uns bekannt ist, haben sich Bishop und die Mädchen zusammengetan, und sie werden uns bei der ersten sich bietenden Gelegenheit auslöschen.«

»Also in etwa einer halben Stunde, wenn wir da hinabsteigen«, sagte Poule.

»Allerdings sind wir nicht ganz schutzlos«, meinte Clavell. »Wir haben einen Talisman, der vermutlich unbesiegbar ist. Und wir können hinterhältig sein.«

»Hört zu«, sagte Alphonse. »Bis zum Spielende fungieren wir als ein Team. Keine miesen Tricks und keinen anderen Scheiß. Wir helfen einander, Punkte zu erringen, und halten uns gegenseitig den Rücken frei. Dabei kann jeder genug absahnen – wenn ihr nicht zu gierig werdet.«

»Aber wie kommen wir an Apple vorbei?« fragte Crystal.

»Gute Frage«, gab Al zu. »Twan hat ein Buch gelesen – sie kann unsere Bewegungen verfolgen. Selbst, wenn wir uns auf die andere Seite des Gebäudes schleichen.«

»Seht mal her.« Clavell malte eine einfache Karte auf ein Stück Papier. »Wir können etwas ganz anderes machen ...«

Trevor Stone weigerte sich, mit einem Spielmeister zu sprechen.

Tamasan hatte nicht bemerkt, warum es zu dieser Katastrophe gekommen war.

Holly Frost hatte schlecht geschlafen. Außerdem war sie nicht in die Gen-Dyn-Quartiere eingezogen, weil sie sich weigerte, sich in der Nähe Stones, dieses ›Verrückten‹, aufzuhalten. Sie ließ sich in einen Stuhl fallen und musterte Tony mit geröteten, müden Augen. »Sie kenne ich doch. Sie sind das Arschloch, das fast das Südsee-Schatzjagd-Spiel ruiniert hätte.«

»Das ist Jahre her. Holly, ich bin eine geläuterte Seele. Jetzt *rette* ich Spiele.«

»So, wie Sie dieses gerettet haben, Spielmeister?« Sie konnte die Antwort nicht abwarten; sie sprang auf und brüllte: »Können Sie sich vorstellen, was dieser Schwachkopf angerichtet hat? Wir mußten nur ruhig dasitzen und auf Bishop warten. Stone wußte einfach nicht damit umzugehen. Als würde es sich hier um ein Fat-Ripper-Special statt um die gottverdammte Olympiade aller Spiele handeln! Er hat uns alle in den Tod gerissen. Können Sie sich so eine Scheiße vorstellen?« Sie zitterte vor Wut.

»Ich möchte, daß Sie das Voodoo-Spiel noch einmal Revue passieren lassen. Könnte Bishop euch reingelegt haben?«

Sie erstarrte. Dann musterte sie ihn und wich leicht zurück, als wäre ihr gerade eingefallen, daß Tony mehr getan hatte, als nur ein Spiel zu ruinieren. »Sie haben den Verstand verloren.«

»Na schön.«

»Augenblick mal.« Sie setzte sich wieder. »Bishop tut nie das, was man erwartet«, sagte sie.

»Stimmt.«

»Aber warum sollte er uns reinlegen, McWhirter? *Warum*?«

»Ich ... ich könnte hier weit danebenliegen ...«

»Spielmeister lassen ein im Gang befindliches Spiel nicht ohne Grund im Stich! Was wissen Sie, McWhirter?«

»Nicht genug. Es reicht nicht, um ein Gerücht in die Welt zu setzen oder eine Klage wegen Verleumdung zu riskieren, Holly. Was wissen Sie?«

»Wir haben keinen Fehler gemacht«, sagte sie. »Ich habe versucht, Stone ruhig zu halten. Das hat auch eine Zeitlang funktioniert, doch dann *mußte* er es Bishop einfach zeigen. Die beiden waren wie Hund und Katze. Ich habe Bishop gesagt, er soll ihn nicht Trevor nennen. Er ist kein Kalifornier, sondern Brite. Für ihn ist es eine Zumutung, mit dem Vornamen angesprochen zu werden. Es ist, als würde man jedesmal einen offenliegenden Nerv treffen.«

»Was meinte Bishop dazu?«

»Er bedankte sich höflich bei mir und sagte, er würde es beim nächstenmal sein lassen. Er habe es nicht gewußt. Der Teufel soll Sie holen, McWhirter.«

»Sind Sie sarkastisch?«

»Nicht, daß ich wüßte. Ich denke nur nach.«

»Was können Sie uns über die Zusammenarbeit mit Bishop sagen?«

»Gen-Dyn hat Stone Bishop aufgezwungen. Als Stellvertreter. Früher oder später mußte Stone nach dem Kommando greifen, und es geschah bei Ile Ife. Falls Bishop ... falls er uns reingelegt hat, gibt es keine Möglichkeit, ihn damit in Zusammenhang zu bringen.«

27 Warnungen und Abweichungen

Kenntnisse über den Spielort sind von ausschlaggebender Bedeutung. Wenn das Spiel in der Kuppel A oder B des Traumparks stattfindet, hat man eine Vorstellung von den Einschränkungen und Vorteilen der Spielmeister. Wird es jedoch an einem anderen Ort abgehalten, öffnet ein Versagen bei der Informationsbeschaffung der Katastrophe Tür und Tor.

– Nigel Bishop, *Die Kunst des Spiel*, 2057

FREITAG, 22. JULI 2059

Um Punkt sechs Uhr verließ die aus General Dynamics, Apple und den Universities of California bestehende Gruppe ihr komfortables Quartier auf der zwölften Ebene und begann mit dem Abstieg. Sie hatten jedes Gramm Salz mitgenommen, das in den Schränken zu finden war.

Acacia Garcia war wieder vollständig in ihre Penthesilea-Identität geschlüpft, einen finsteren und gefährlichen Ort, der Alex Griffin trotz seiner Müdigkeit und der Kopfschmerzen faszinierte.

Er war sich nicht sicher, ob er in der letzten Nacht überhaupt Schlaf gefunden hatte. Natürlich war er dann und wann kurz eingenickt, doch das kleinste Geräusch – und sei es nur der Argwohn, sich nähernde Schritte wahrzunehmen –, hatte ihn aufschrecken lassen.

Er widmete einen kleinen Teil seiner Aufmerksamkeit Bishop. Der Mann schien völlig in das Spiel vertieft zu sein. Doch da war auch noch etwas anderes. Irgendein dunkles, inneres Licht, die entspannte Selbstgefälligkeit eines Kartenspielers, der den Tisch manipuliert hat …

Alex' Ohrstöpsel summte. Er legte die Hand übers Ohr, um die Außengeräusche zu isolieren. »Wir können es uns aussuchen«, sagte Tony McWhirter. »Army oder Bishop.«

Alex flüsterte seine Entgegnung, das Kehlkopfmikrofon filterte und verstärkte die Laute. »Irgendeine Verbindung zu Sharon?«

»Nur dieser Lageplan. Die Army wäre der logischste Kandidat für eine Manipulation, doch die Teams waren immer grundsolide und ehrlich. Ich kann mir das bei denen nicht vorstellen. Meine sentimentale Wahl für einen schummelnden Spieler ist der gute alte Bishop.«

Griffin dachte darüber nach. »Ich kann Acacia nicht vollständig vertrauen. Ich glaube, sie steckt in Schwierigkeiten.«

»Alex …«

»Nein, ich glaube nicht, daß sie etwas über den Mord weiß. Ich habe nur ein schlechtes Gefühl bei der Sache. Keine Sorge, ich habe letzte Nacht auf sie aufgepaßt.«

»Na toll.«

Griffin kannte diesen verletzten Tonfall und den Aufruhr der Gefühle, der sich dahinter verbarg. »Tony – wenn das hier vorbei ist, werden wir uns einmal ausführlich unterhalten.«

Die Kälte war immer noch da. »Jederzeit.« Dann brach die Verbindung ab.

Griffin holte Tammi ein, die so fit wie immer aussah und natürlich die Führung übernommen hatte. Die Hallen waren verlassen, doch vor ihnen erklangen Geräusche.

Direkt hinter der nächsten Ecke flackerten elektrische Kerzen in einem Schaufenster. Über der Nische hing ein Schild; darauf stand in außergewöhnlich sauber aufgemalten Buchstaben die Aufschrift *Botánica*.

Die Abenteurer versammelten sich darum. Tammi, Acacia und Bishop steckten schnell die Köpfe zusammen und betraten dann den Laden. Nach kurzem Zögern schlossen Griffin und Captain Chiffre sich ihnen an.

In dem Laden roch es nach Weihrauch und Pfefferminz. Die Wände waren mit leuchtenden, psychedelischen Schwarzlicht-Postern beklebt. In allen Ecken des Raums standen Lautsprecher, aus denen elektrische, übertrieben syntheziserverstärkte Gitarren arhythmisch plärrten.

»Wo, zum Teufel, sind wir?« fragte Acacia.

Tammi untersuchte eine aus menschlichen Zähnen bestehende Halskette. »Sieht aus wie eine Mischung aus Santería-Laden und Hippie-Shop für Drogenbedarf jeder Art.«

Eine dunkelhäutige, schlanke Frau mit fließenden, zu unzähligen Zöpfen geflochtenen Haaren, einem Kleid mit Blumenmustern und Liebesperlen schwebte förmlich auf sie zu. »Frieden, Brüder und Schwester.«

Der Raum war bis zum Bersten mit merkwürdigem Krimskrams gefüllt; es gab alles mögliche, von Heiligenstatuen bis zur Haschpfeife.

Es gab Tüten mit ›Tabakmischungen‹, diverse legale Verschnitte, die, wenn man sie in Brand setzte, verdächtig nach illegalen Substanzen rochen.

Es gab Weihrauch, Glasröhren und Voodoo-Puppen; es gab Zigarettenpapier in hundert verschiedenen Geschmacksrichtungen und Mustern. Es gab Bücher von Timothy Leary und Joseph Campbell, winzige, goldverzierte Kokain-Löffel, Kristalle, Anleitungsbücher für Pyramiden-Power, silberüberzogene Rasierklingen und andere Kleinigkeiten.

»Letzte Gelegenheit, Leute«, sagte die dunkelhäutige Verkäuferin verträumt.

»Was meinst du mit ›letzter Gelegenheit‹?«

»Nun, die Nommo möchten gern, daß die Leute in ihrer Nähe einen klaren Kopf bewahren. Wenn die tiefer sinken ...« Sie schnalzte mit der Zunge. »Kann tödlich ausgehen, Leute. Würde gern handeln.«

Sie blinzelte ihnen zu, griff unter die Theke und holte eine Pfeife hervor, die aus einem Oberarmknochen geschnitzt war. »Also diese Pfeife hier, die ist was ganz Besonderes.«

Bishop ließ seine Hand über ihr kreisen, und sie leuchtete auf. Er wandte sich an Acacia. »Wir müssen sie haben, Penthesilea.«

»Wieviel?« fragte sie.

»O nein, Geld interessiert mich nicht.« Die Verkäuferin stopfte die Pfeife mit einer Kräutermischung, zündete sie an und paffte friedlich drauflos. »Die ist echt toll.«

»Also gut … du willst kein Geld annehmen. Was dann?«

Bishop, Tammi und Prez bildeten einen Schutzwall um Chiffre, als er die Pfeife mit Kräutern stopfte und sie dann langsam in Brand setzte.

Sie hatten sich alle von ein paar Kostbarkeiten trennen müssen, um die Verkäuferin zufriedenzustellen, und nicht einmal »Bobo« war verschont geblieben.

Der Rauch stieg spiralenförmig vor ihnen hoch. Farben bildeten sich …

Schlanke, kräftige, fischförmige Gestalten tauchten anmutig in schwarzem, ölig aussehendem Wasser. Am Wasserrand standen Menschen. Die Abenteurer erblickten ein Hallenbad mit Sprungbrettern und gekacheltem Beckenrand. Sie konnten den Rhythmus einer irgendwie vertraut klingenden Musik hören; die Melodie blieb ihnen verborgen.

»Unser nächster Halt«, sagte Twan.

Tammi hatte eine Idee. »Wartet mal! Versuch herauszufinden, wo sich die anderen aufhalten.«

Chiffre paffte weiter.

Das Bild war zuerst ganz schwach, dann wurde es klarer und stabiler.

Man hätte Clavell und Poule für menschgewordene Spinnen halten können, die Seile an MIMICs Vorderfront hinabließen. Sie bewegten sich mit kontrollierten Sprüngen, stießen sich mit aller Kraft ab, rutschten in die Tiefe und fingen dann mit gekrümmten Beinen den Aufprall wieder ab.

Chiffre verschluckte sich an seinem Rauch. »Was, zum Teufel, machen die denn da …?«

Bishop faßte sich als erster. »Sie lassen sich direkt zu den überfluteten Ebenen hinab. Versteht ihr denn nicht? Sie werden als erste ankommen und uns eine Falle stellen. Wir müssen los!«

28 ›Ist das da draußen die Wirklichkeit?‹ (2. Teil)

FREITAG, 22. JULI 2059, 07 UHR 30

Crystal und SJ bemühten sich sehr um Mary-em und machten ihr vor dem Abstieg Mut. »Du mußt vorsichtig sein«, sagte Crystal nüchtern. »Schließlich seid ihr zu zweit.«

»Ha, ha«, fauchte Mary-em und tastete nach ihrem Messer. *Das Schlimmste daran ist,* flüsterte eine verräterische Stimme tief in ihrem Bewußtsein, *daß du es toll findest.*

SJ überprüfte dreimal Poules und Clavells Seile. Dann nahm er, nur um sicherzugehen, die Spinnen auseinander und setzte sie wieder zusammen, wobei er sich jedes Einzelteil genau ansah.

Mary-em lehnte sich zurück und gab sich alle Mühe, Mütterlichkeit auszustrahlen. Keine allzu schwere Aufgabe – schließlich ging von ihrem Bauch ein schwaches und wunderschön anzusehendes Leuchten aus, das zeitweise die Gestalt eines humanoiden Säuglings annahm.

»Eine tolle Frau«, sagte SJ und klopfte ihr auf die Schulter. »Ich bin froh, daß wir eine Frau in unserem Stamm haben, die ein Kind austragen kann. Also. Wir haben für dich eine Schlinge angefertigt, die eigentlich recht bequem sein müßte. Was muß eigentlich passieren, damit man mit einem Gott eine Fehlgeburt erleidet? Ich weiß es nicht, und ich will es auch nicht herausfinden. Du bist unser lebendes Amulett. Ich hoffe nur, daß du weißt, wie man die Lamaze-Methode richtig anwendet.«

Mary-ems Erwiderung hatte durchaus etwas mit Mutterschaft zu tun, obwohl sie SJ und seine Familie in kein gutes Licht rückte.

Sie hatten eine Art Tragekorb gebastelt, der an einer Spinne befestigt war, die als stabile Bremse dienen sollte. Mary-em nahm in dem provisorischen Sitz Platz. Auf Clavells Zeichen seilten sie Mary-em aus dem Modul-Apartment ab.

Das war erniedrigend. Sie hatte Clavells freien Abstieg gesehen und wußte, daß er ihn berühmt machen würde. Über Mary-ems Abseilen würden alle nur lachen – es sei denn, sie würde sämtliche schauspielerischen Register ziehen. Sie nahm sich mit der Selbstsicherheit einer Königin zusammen. Die Rollen quietschten, und sie glitt an der verwitterten Fassade MIMICs hinab.

Clavell hatte einen Kleiderbügel am Ende eines Besenstiels befestigt und zog Mary-em damit in das Apartment. Poule hatte zuvor bereits das Wetterrollo geöffnet, und als sich Mary-em aus ihrem Tragekorb befreit hatte, ging sie in die Küche zum Kühlschrank. Er war leer.

Der Tragekorb wurde wieder eingeholt, und Crystal stieg ein. Die ganze Prozedur wiederholte sich ...

Alphonse Nakagawa seilte sich als vorletzter Spieler ab; SJ überprüfte den Bremsmechanismus.

SJ hatte niemanden, der ihn abbremsen konnte, und das war ihm nur zu recht. Er glitt jubelnd mit der Spinne in die Tiefe, während die morgendliche Wüste unter ihm wild hin und her schwankte. Es war phantastisch. Und das Schönste an allem war, daß sie zum erstenmal einen Vorsprung vor Bishop und den Mädels hatten.

Alphonse und der Major drückten sich an die Eingangstür, öffneten sie vorsichtig und blickten hinaus.

Sie wurden von einem starken Wassergeruch begrüßt. Aus der Ferne drangen leise Geräusche heran: es wurde gelacht und im Wasser geplanscht. Clavell blickte Alphonse mit hochgezogenen Augenbrauen an. »Nun, Zivilist, was halten Sie davon?«

»Nommo.«

Clavell rief Mary-em vor, und sie bildeten erneut einen Kreis um sie.

Alphonse kniete neben ihr nieder. »Ich grüße euch«, sagte er. »Heiliger Säugling, heilige Mutter.« Die Umrisse des Ungeborenen nahmen Gestalt an.

»Mir wird schlecht«, sagte Mary-em.

Das Baby bedeckte seine kleinen Augen. »Ich schlafe«, sagte es nörgelnd.

»Wir brauchen deine Hilfe.«

»Ich will ein Lied hören. Wenn ihr meine Hilfe wollt, müßt ihr lieb zu mir sein.«

Alphonse schürzte die Lippen. »Kennt jemand ein Schlaflied?«

SJ räusperte sich und sang:

Mary hatte ein kleines Lamm,
ihr Vater schoß es tot.
Mary nimmt es mit zur Schule,
zwischen zwei Scheiben Brot.

Der Säugling sah SJ angewidert an. »Soll das etwa ein Lied für ein kleines, verletzbares Kind sein?«

»Mary-em. Was hältst du eigentlich von Abtreibung?«

Sie zog die Augenbrauen zusammen und legte die Hand auf ihren Bauch. Das Fleisch wallte um schwarze, wie durch Röntgenstrahlen sichtbar gewordene Fingerknochen. »Kein Wort mehr, Schwachkopf.«

Crystal lächelte, trat vor, kniete neben Mary-em nieder

und legte beide Hände auf ihren Bauch. Dann fing sie mit einer erstaunlich klaren und süßen Altstimme zu singen an.

Die Königin lädt heut ein zum Ball
auch die sprechenden Blumen kommen!
Wir spielen Krocket mit den Meerschweinchen
und alle Spielkarten gaffen.
Ein Vogel wird mein Schläger sein –
ich werde das Spiel gewinnen!
Doch die Königin fordert meinen Kopf –
ich werde ihr nicht entrinnen ...

Als sie fertig war, drehte sich das Ungeborene um und blickte sie mit seinen Sternenkind-Augen an. »Verrückt, aber schön. Also. Ihr müßt Folgendes machen ...«

Tony McWhirter führte hatte eine intensive Diskussion mit Mitsuko Lopez. Sie studierten ein skelettartiges Virtuell-Modell MIMICs.

»Also schön«, sagte er. »Mittlerweile spielen alle das Voodoo-Spiel außerhalb der Spielebenen. *Alle.* Verrückt.«

Sie legte beruhigend die Hand auf seine Schulter. »Aber sie bieten noch immer ein verdammt gutes Spiel«, sagte sie. »Gut. Wir müssen sie wieder in die richtigen Bahnen lenken. Fangen wir mit Army/Tex-Mits an.«

Tony zeigte auf das Team, und sein Unterarm tauchte dabei in das Modell ein. »Sie befinden sich auf der neunten Ebene. Sie haben alle Fallen umgangen, aber sie können nicht zu den Nommo vorstoßen. Aus offensichtlichen Grün den haben wir die Türen versiegelt und an *diesen* Stellen die Wände abgestützt. Was sollen wir also machen? Und vor allem, wie schaffen wir es, daß wir den Bildkontakt nicht verlieren?«

»Ich habe eine Idee«, sagte Mitsuko mit leuchtenden Augen. »MIMICs Luftschächte!«

Der Göttersohn in Mary-ems Leib wandte sich den Abenteurern erneut zu. Seine Augen waren so unergründlich und dunkel wie ein mondloser Himmel. »Gibt es unter euch einen Pfadfinder? Jemand, der den Weg erspähen kann?«

SJ trat vor.

»Berühre den Leib meiner Mutter.«

Mary-em murrte, und dieses Murren brachte den entrückten Gesichtsausdruck, den sie kultiviert hatte, leicht ins Wanken. »Paß auf, was du mit deinen Händen machst, Bursche.«

»Tut mir leid.« Er kicherte.

»Also«, sagte das Kind. *»Enthülle!«*

Vor ihren Augen entrollte sich eine Karte der gesamten neunten Ebene wie der Geist eines Teppichs. Die Route war deutlich gekennzeichnet. Eine Linie aus grünen Punkten erschien im Raum und zeigte SJ den Ausgangspunkt. Er stand auf, sagte »Ich bitte um Entschuldigung, Eure Heiligkeit!« und folgte den Punkten zu einem Gitter in der Wand, das er nicht einmal berühren konnte, wenn er sich auf die Zehenspitzen stellte.

Der Major warf ihm einen Stuhl zu.

SJ überprüfte die Schrauben an den Seiten des Gitters. Sie entsprachen so ziemlich dem Standard, waren wahrscheinlich aber nicht mehr bewegt worden, seit man sie vor zwei Jahren ausgetauscht hatte. SJ kramte in seinem Rucksack herum und fand einen Schraubenzieher mit mehreren Aufsätzen.

Er summte zufrieden vor sich hin, als er das Gitter schließlich freibekam. Dann befestigte er am Stirnband über seinem Visier eine kleine Lampe. »Schiebt mich rein!« sagte er. Clavell und Poule halfen ihm, und er schlängelte sich in den Klimaschacht.

Er kroch los und stützte sich mit Ellbogen und Knien am kalten Metall ab. Er richtete das Virtuell-Visier. Vor ihm schwebten die grünen Punkt in der Luft. Es konnte losgehen.

29 Das größere Spiel

Die strategischen Künste umfassen in der folgenden Reihenfolge: Registrieren, Abschätzen, Analysieren, Abwägen, Triumphieren.

Die Situation wird registriert, das Ergebnis abgeschätzt, die Analyse führt zum Abwägen, woraus sich dann der Triumph ergibt.

– Nigel Bishop, *Die Kunst des Spiels*, 2052

FREITAG, 22. JULI 2059, 10 UHR 30

Tony saß zusammen mit Lopez im Pausenraum, wo sie von Bildschirmen umgeben waren, und trank einen sehr guten und starken Kaffee aus dem Automaten. Ein Nickerchen hätte mehr geholfen, dachte er müde, doch dafür war jetzt keine Zeit. Der Zauber-Kaffee würde genügen müssen. Tex-Mits und Army waren im Begriff, auf die Spielebene zurückzufinden – und keiner konnte sich eine Pause leisten.

»Sie haben die Nommo fast erreicht, und sie verfügen über Taucherausrüstungen«, sagte Tony. »Sie müssen also nicht mehr aufs Dach zurück. Somit werden sie auch nicht die Fische finden. Darum habe ich die Ansprache der Nommo dementsprechend erweitert, aber ich habe noch nicht …«

»Lassen Sie mal sehen.«

Tony rief sie ab. »Ich habe sie auch noch nicht ins Script eingefügt.«

Richard Lopez überflog die Ansprache; dann fing er an zu streichen. Tony zuckte zusammen. Bevor er auch nur blinzeln konnte, hatte Richard den Text um die Hälfte gekürzt.

»So. Sie werden schon erfahren, was sie wissen *müssen*. Lächeln Sie.«

Tony bleckte die Zähne. »Sie werden sich nie mit der Insel auseinandersetzen müssen. Die ganze Schinderei, und sie werden nicht auf den inselgroßen Fisch treffen.«

»Es ist doch nichts verloren, Tony.«

»Zwanzig Millionen Zuschauer werden nichts von meiner Klugheit mitbekommen, Richard. Dabei war es so phantastisch! Die schwimmende Insel ist ein erwachsener Nommo. Darum können die Spieler nie mehr in die Heimat zurück. Sie werden zu groß ...«

»Die Spieler verpassen immer die Hälfte unserer Schöpfungen. Sie können nicht *jeden* Weg gehen, Tony. Das Publikum wird darauf stoßen, wenn es die Heimspiel-Kassette kauft.«

Richard mußte sehr erschöpft sein, doch seine Augen funkelten, und er lächelte strahlend. »Was hält Sie aufrecht?« fragte Tony.

»Sie spielen Ihr eigenes Spiel«, sagte Richard Lopez.

Was? »Klar. Jeder spielt sein ...«

Die Augen des kleinen Mannes funkelten. »Es hat mit Nigel Bishop und dem Army-Team zu tun. Wetten spielen eine Rolle. Und nicht zuletzt Alex Griffin, der sich schon einmal in eins meiner Spiele geschleust hat und ein bemerkenswerter Mann ist.«

Er weiß Bescheid. »Ja«, sagte Tony trocken. »Ich glaube, an das Spiel kann ich mich noch erinnern.«

»Sie brauchen meine Hilfe.«

»Richard«, sagte Tony, »wir stecken mitten in einem Spiel. Sie müssen Ihre Aufmerksamkeit darauf konzentrieren, oder alles bricht zusammen.«

»Nun kommen Sie schon«, tadelte Lopez ihn. »Es ist etwas vorgefallen, das der Integrität des Voodoo-Spiels schaden könnte. Man sollte mich einweihen.«

Tony trank einen Schluck Kaffee. Seine Gedanken wanderten langsam im Kreis. Was sollte er tun? Sich mit Griffin in Verbindung setzten? Harmony? Vail? Mit der Summers? Der kleine Mann erwartete eine Antwort.

»Ich will Ihnen ein Geheimnis verraten«, sagte Richard Lopez. »Das ist mein letztes Spiel.«

»Was?«

Lopez' Lächeln war traurig, schmal und voll des müden Bedauerns. »Die behandelnden Ärzte waren dagegen, daß ich aufstehe. Sie haben mich so lange auf den Beinen gehalten, wie es ihnen möglich war. Ich fürchte, meine Zeit ist abgelaufen.«

Tony suchte nach den richtigen Worten und hatte sie noch immer nicht gefunden, als Lopez die Hand hob. »Ist schon gut. Die Schmerzen sind erträglich, und ich kann klar denken.«

»Da sind Sie allein.« Es gab keine Möglichkeit, Richard Lopez seinen Wunsch zu verweigern. Seinen letzten Wunsch? »Eine Frau ist tot. Alex hatte sich in sie verliebt, aber da ist noch mehr ...« Zögernd fing Tony an, alles zu erklären. Lopez lehnte sich zurück und hörte mit geschlossenen Augen zu.

»Ich habe mich gefragt, warum das Wettgeld durch Ecuador geschleust wurde, aber vielleicht habe ich noch mehr übersehen. Aber ich komme einfach nicht dahinter. Und Bishop ist zuzutrauen, daß er sechshunderttausend Dollar zusammengerafft hat. Außerdem hätte diese Summe genau den richtigen Einfluß auf die Vegas-Quoten. Aber ... er müßte verrückt sein. Total verrückt, und das würde auch den Mord an der Crayne erklären. Falls er es getan hat. Richard, *wäre er dazu fähig*?«

»Die Army auf keinen Fall«, sagte Richard, der die Augen noch immer geschlossen hielt. »Nur Clavell oder Poule können dieses Team kontrollieren. Beide würden nicht wetten. Ich kann mir auch nicht vorstellen, daß einer der beiden sechshunderttausend Dollar durch Ecuador schleusen, Karten stehlen, eine Sicherheitsbeamtin des Traumparks töten – und dann das Spiel so spielen würde, wie sie es gespielt haben. Sie scheinen keinerlei Zwängen zu folgen ...« Er verstummte und dachte nach. »Nein.«

»Und Bishop?«

»Ist psychologisch dazu fähig. Doch fähig und schuldig sind zwei Paar Schuhe. Ich stimme Ihnen zu, daß er keinen

Sieg für die Army erzwingen kann. Aber wenn er mit der Army zusammenarbeitet und Acacia Garcia an seiner Seite hat ...« Er schüttelte erneut den Kopf. »Absurd! Acacia, Bishop und die Army als gemeinsame Verschwörer? Zu kompliziert – und der Gewinn müßte in zu kleinen Anteilen ausgezahlt werden. Dann schon eher ein Zwei-Mann-Team. Bishop und Acacia? Oder doch die Army allein?«

Er öffnete die Augen. »Irgend etwas paßt nicht zusammen«, sagte er leise.

»Was meinen Sie?«

»Das Ganze macht zu sehr den Eindruck einer Denksportaufgabe. ›*Wenn A und B zusammenarbeiten, können C und D nicht gewinnen. Doch wenn D A besticht ...*‹ So etwas in der Art. Es ist ... auf eine überflüssige Weise kompliziert. Absichtlich kompliziert gemacht.« Er grinste. »Eine Falle für übermäßig kluge Geister. Ich werde es mal auf andere Weise angehen.«

Doch zuerst schauten beide auf die Monitore; Tex-Mits/Army krochen noch immer durch Lüftungsrohre. Lopez griff nach einer kleinen Pausenraum-Tastatur. Seine Finger huschten über die Tasten, als er sich Zugang zur IFSG-Bibliothek verschaffte – Meisterzugangsebene.

»In der Bibliothek gibt es Computerfassungen von jedem Buch, das mit den Spielen zu tun hat. Wir kennen ja Bishops *Die Kunst des Spiels.* Aber Ihnen ist vielleicht nicht bekannt, daß seit 1960 über ein Dutzend verschiedene Spielversionen des Quellenmaterials *Die Kunst des Krieges* erschienen sind. Man hat das Buch in einer ganzen Reihe *Wenn-dann*-Lehrsätzen interpretiert.«

»Und das bedeutet?«

»*Die Kunst des Krieges* ist genau auf einen Mann wie Bishop zugeschnitten, der die ganze Welt als ein Nullsummen-Spiel sieht und, was noch wichtiger ist, eine gewisse Schwarz-Weiß-Sicht hat. Es gibt für ihn also nur zwei Kategorien: entweder, etwas ist gut für Nigel Bishop, oder es ist schlecht für ihn. Wenn Sie einverstanden sind, lassen wir diese Programme durchlaufen, besonders die beste KI-Version. Ich glaube, sie heißt ›Sunzi‹. Sie wurde entworfen, um Spielstrategien zu bewerten – Schach, Go, Rollenspiele. Sie geben das Spielszenario ein und erhalten eine Bewertung. Ich würde vorschlagen, wir geben eine Zusammenfassung des Voodoo-Spiels ein; ich habe eine in meinen Dateien ...«

Er tippte die Befehle ein.

»Dazu kommen die bis jetzt gemachten Spielzüge ...«

Er gab jede von Bishops Bewegungen innerhalb MIMICs im Schnellplayback ein.

»Dann wollen wir mal sehen, was herauskommt.«

Tony fuhr sich mit der Zunge über die Lippen. »Äh ... Richard? Es könnte aber noch mehr dazugehören. Sie müssen dafür sorgen, daß das Programm auch die Geschehnisse erfaßt, die sich außerhalb des Spiels zugetragen haben.«

»Um die Wetten zu erfassen, genau.« Nach dem ersten Enthusiasmus hatte sich Lopez festgefahren. Er starrte auf den Bildschirm. »Es gibt jetzt zu viele veränderliche Größen«, sagte er. »Die kann man gar nicht alle in den Computer eingeben. Ja. Zu komplex für ein Gerät. Wir müssen also unserem Kopf vertrauen.«

Richard Lopez trank seinen Kaffee, dachte nach und fragte dann bedächtig: »Das Geld wurde über Ecuador transferiert?«

»Ja.«

»Warum Ecuador? Drogengelder?«

»Höchstens vor fünfzig Jahren. Jetzt ist es altes Geld, und einige staatliche Behörden wurden von Dienstleistungskonzernen übernommen.«

Es folgte eine lange Pause. »Hat Ecuador einen Anteil am Mars-Projekt?«

»Da gibt es einen Witz.« Tony lehnte sich zurück. »Das Mars-Projekt ähnelt in vielerlei Hinsicht der Europäischen Raumfahrtbehörde in den neunziger Jahren des letzten Jahrhunderts. Nationen investieren einen gewissen Dollarbetrag und erhalten dafür garantiert ein entsprechend hohes Auftragsvolumen.«

»Und was ist so witzig daran?«

»Daß es in Wirklichkeit nicht funktioniert. Einigen Nationen fehlen die Industrieanlagen, die nötig wären, um die entsprechenden Geräte herzustellen. Ecuador gehört dazu. Ich habe gerüchtweise gehört, daß Ecuador dreihundert Millionen Dollar investiert hat – und daß das Mars-Projekt im Endeffekt genug ecuadorianisches Toilettenpapier erhalten hätte, um Phobos damit einzuwickeln. Die Verantwortlichen wollten eine Startbasis für die Phoenix F haben. Da sie sich in der Nähe des Äquators befunden hätte, wäre es durchaus möglich gewesen, Treibstoff zu sparen, doch Ecuador war einfach nicht in der Lage, eine solche Basis zu bauen – zumindest nicht in den nächsten vierzig, fünfzig Jahren. Dann sieht die Sache vielleicht anders aus.«

»Ich war im Krankenhaus«, sagte Richard, ohne sich entschuldigen zu wollen. »Was ...«

»Ich meinte nur ... der Staat befindet sich am Äquator, Richard. Darum heißt er ja Ecuador, und deshalb könnten die Ecuadorianer die Größten werden, wenn das Mars-Projekt erst einmal so weit fortgeschritten ist, daß Himmelshaken-Vorrichtungen auf dem Mars getest werden können. Ich kenne mindestens sechs Methoden, den Orbit ohne Raketen zu erreichen. Die meisten beruhen auf der Haltekabel-Technologie. Noch ist diese Technologie nicht so weit fortgeschritten, um einen Himmelshaken bauen zu können, und man *muß* ihn am Äquator errichten, damit er überhaupt funktioniert. Natürlich gibt es noch andere Länder ...«

Lopez runzelte die Stirn. »Konzerne. Wie viele von den am Mars-Projekt beteiligten Nationen und Konzernen sind bis jetzt eingezogen?«

»Praktisch keine, obwohl einige Gebäudeteile ihren speziellen Bedürfnissen entsprechend umgebaut wurden.«

»Und Ecuador wäre in zwanzig Jahren in einer besseren Position, wenn es heute schon über die fortschrittlichere

Technologie verfügte. Könnten die Equadorianer *kaufen*, was sie brauchen?«

»Vieles unterliegt dem Eigentumsvorbehalt. Sie müßten es stehlen.«

»Ich denke nur laut nach. Hören Sie, ich werde das mit Mitsuko besprechen. Mit ihrer Erlaubnis würde ich gern weitere Informationen über dieses Problem sammeln. Vielleicht ...«

Er schloß wieder die Augen. »Nur vielleicht. Sicherheit ist ein interessantes Spiel«, sagte er anerkennend. »Ein größeres Spiel. Ich glaube, ich denke allmählich so ähnlich wie Alex Griffin.«

30 Hinterhalt

FREITAG, 22. JULI 2059, 11 UHR 10

S. J. Waters versetzte dem Ventilatorgitter einen kräftigen Tritt, und es fiel klappernd zu Boden.

Er drehte sich in dem engen Schacht um und schob sich dann vor, bis er die Nase hinausstecken konnte. Er schnüffelte und roch Wasser. An der Decke hing eine Reihe Leuchtstoffröhren, und das Licht warf lange Schatten.

SJ zog sich ganz aus dem Schacht und landete geschmeidig auf den Fußballen. Der Korridor schien leer zu sein. »Alles klar«, flüsterte er.

Sein Kopf ruckte herum, er spannte einen Pfeil in den Bogen und hielt ihn in Richtung der plätschernden Geräusche, die plötzlich ertönten.

Hörte sich harmlos an. Fröhlich. Dennoch waren seine Nerven aufs äußerste gespannt.

Alphonse Nakagawa kam als nächster heraus, gefolgt von Major Clavell und General Poule.

Sie bildeten sofort einen Schutzwall um Mary-em, die vor Crystal aus dem Schacht kroch.

»Was glauben Sie?« fragte Poule, als sich alle im Korridor versammelt hatten.

»Wir glauben, daß Sie sich am besten ganz still verhalten«, sagte Tammi und trat aus einer Tür zu ihrer Linken. Blitzartig waren sie umzingelt und in der Minderzahl.

Poule war von einer tödlichen Ruhe erfüllt. »Ein Hinterhalt?«

»Eher ein Raubüberfall«, sagte Bishop träge. »Wir wollen eure Amulette. Alle.«

Alphonse blickte zu Mary-em hinüber; nein, das Geheimnis würde er noch für sich behalten. »Ihr wißt, daß ihr uns nicht so ohne weiteres töten könnt«, sagte er.

»Und warum nicht?«

»Es ist uns ganz eindeutig gesagt worden, daß die Götter Mord nicht so ohne weiteres dulden. Andererseits ...«

Prez der Zulu hatte seine Aufmerksamkeit einen Augenblick zu lang auf Alphonse gerichtet: Poule griff ohne Vorwarnung an.

Er zog blitzartig sein Schwert und schlitzte Prez' rechten Arm auf. Der fing seinen fallenden Assegai mit der linken Hand auf und warf sich auf Poule. Dabei wurde er von Clavell abgewehrt, und ein wütender Kampf entbrannte.

Der Korridor war zu eng, um wirkungsvoll manövrieren zu können, und Alphonse wußte, daß sie auf verlorenem Posten standen. Trotzdem bildeten Poule und Clavell ein brillantes Team. Sie überwältigten Prez Coolidge, einen gestandenen Krieger, innerhalb weniger Sekunden und töteten ihn. Dann durchbrachen sie die gegnerische Linie und benutzen die überraschte Twan als Schild. Sie nahmen den nächsten in die Zange ...

Und doch war es hoffnungslos. Al wünschte S. J. Waters, der plötzlich von Gegnern umzingelt war, viel Glück.

SJ war kein großartiger Kämpfer. Ihm fehlten einfach die richtigen Reflexe, aber er hatte immerhin so viele Spiele mitgemacht, daß seine Schutz- und Heilungspunkte ihn durchbrachten. Tammi traf ihn zweimal, und beide Male erklärte der Computer ihre Treffer für ungültig oder heilte sie. Dann stand Acacia neben ihr, und SJ war verloren. Er starb, bevor er einen Pfeil abschießen konnte.

Crystal Cofax hatte nicht genug Platz, um ihren Stab zu schwingen. Sie schluchzte enttäuscht und wütend, als sie versuchte, eine Öffnung zu finden, um Bishop zu treffen. Schließlich stieß sie einen Schrei aus, durchbrach die Linie der Kämpfer, stürmte auf das Gelächter und die Musik zu ...

Und riß die Augen auf und kam schlitternd zum Stehen. Denn plötzlich stand sie, um ihr Gleichgewicht kämpfend, am Rand eines riesigen Swimmingpools, der mit Sprungbrettern und Liegestühlen ausgestattet war. Die Sprungbretter erzitterten, als sich braungebrannte Strandjungen abstießen, Saltos vollführten und dann kerzengerade ins Wasser schossen. Auf den Liegestühlen räkelten sich eingeölte, sonnengebräunte blonde Schönheiten mit perfekten Brüsten und Hüften, die von winzigen, dünnen Bikinis bedeckt wurden.

Sie machten Crystal im selben Augenblick aus, als die Abenteurerin sie bemerkte. Für einen Moment war alles wie erstarrt, und dann ...

Die Schlacht verlagerte sich, von Bishop angeführt, in die Halle, und die Sonnenanbeter ...

Gähnten und widmeten sich wieder dem Sonnenbaden.

Crystals Stab beschrieb eine Acht. Bishop ließ sich zurückfallen, wehrte die Stockschläge geschickt ab und gab sich keine Blöße. Crystal machte einen Ausfall ...

Bishop fuhr mit seiner Klinge die ganze Länge des Stabes entlang und schnitt über ihre Finger. Sie leuchteten rot und schwarz auf und hätten genausogut einzeln auf dem Boden zucken können – im Endeffekt lief es darauf hinaus.

Crystal ließ keuchend ihren Stab fallen. Bishop salutierte – und stieß ihr das Schwert in den Leib.

Er drehte sich zu Griffin um. »Paß auf, Bobo!«

General Poule, den der Hinterhalt ohnehin schon in Wut versetzt hatte, die dann durch die Hoffnungslosigkeit der Situation noch gesteigert wurde, hatte den einzigen unbewaffneten Mann der gegnerischen Partei angegriffen: ihren Anführer.

Griffin wich zurück. Was sagten die Regeln über so eine Situation aus? Waren die Anführer nicht unberührbar? Wurde er nicht von den Göttern beschützt oder so?

Dann blieb ihm keine Zeit mehr zum Nachdenken.

Poule stieß mit dem Schwert zu, und Griffin packte einen Liegestuhl, um die Klinge abzuwehren. Poule versuchte noch zweimal, Griffins Deckung zu durchbrechen, doch jedesmal parierte der Gegner geschickt.

Dann zielte der General auf Griffins Fuß. Der Sicherheitschef hieb den Stuhl nach unten und entwaffnete ihn.

Mittlerweile schaute natürlich jeder zu. Poule war außer sich vor Wut. Vom langen Kriechen durch die Lüftungsschächte und dem Kampf gefühlsmäßig erschöpft, war der General entschlossen, jemanden mit in die Hölle zu nehmen.

Er warf sich nach vorn und zog einen unterarmlangen Dolch aus dem Gürtel.

Bishop warf Griffin ein Messer zu, und Alex fing es auf. »Bitte schön, Bobo«, sagte Bishop fröhlich. »Zeig ihm, was du kannst.«

Griffin wog die ›Klinge‹ vorsichtig in der Hand. Sie bestand aus einem dreißig Zentimeter langen Plastikkern, der unter dem holographischen Bild funkelnden, gebogenen Stahls verschwand.

Poule hatte gute Gründe, ihn töten zu wollen. Sein Team war neutralisiert worden, doch ein guter Zweikampf würde sein Wessler-Graham-Punktekonto aufstocken, und seine Feinde würden einen Anführer verlieren.

Der General setzte zum Todesstoß an.

Griffin hielt sein Messer in der klassischen Eispickposition – Daumen am oberen Griffrand, kleiner Finger am Heft. Damit konnte er eigentlich nur zustechen, aber wenn man die Klinge gegen den Unterarm drückte, konnte man sich mit ihr gleichzeitig verteidigen und bösartige Schnitte ausführen. Wegen der verkürzten Reichweite muß man jedoch auf die Annäherung des Gegners warten. Man muß sehr schnell sein, über ein präzises Timing verfügen und ein scharfes Auge für Abstände haben.

Alex Griffin verfügte über alle drei Eigenschaften. Poule sprang auf ihn zu, die linke Hand abwehrbereit zur Seite ausgestreckt. Griffin schnitt Poules linkes Handgelenk auf und stieß die Klinge mit derselben Bewegung auf den angreifenden Arm hinab.

Aus den Wunden ergoß sich rotes und schwarzes Licht. Poule stöhnte und ließ das Messer fallen.

Griffin packte Poules rechtes Handgelenk mit der linken Hand. Er trat noch einen Schritt näher heran und hämmerte ihm den Ellbogen ins Gesicht und das Knie in den Leib.

(Der Mann spielt fair und hat tolle Reflexe! dachte Griffin. Poule wußte, daß er besiegt war, und reagierte wie ein professioneller Stuntman auf Griffins vorgetäuschte Schläge.)

Als Poule sich schmerzerfüllt zusammenkrümmte, hob Alex das Messer, um es in den ungeschützten Nacken Poules zu stoßen ...

Statt dessen aber ließ er Poule zu Boden fallen. »Verbindet die Wunden dieses Mannes«, sagte er. »Er ist ein tapferer Gegner. Ich möchte nicht, daß er stirbt.«

Er sah zu Bishop hinüber und bemerkte dessen geheimnisvolles, bedeutungsloses Lächeln.

Griffin riß Stoffbahnen aus seiner Hose und verband Poules Wunden. Die Mutter Oberin vervollständigte die Verbände, kniete neben dem General nieder, warf die Hände in die Höhe und sagte: »Abrakadraba. Also mache ich einen *Broch*. Wenn du nicht gerade zu beschäftigt bist, heile ihn. Wir könnten ihn brauchen. Vielleicht nicht jetzt, vielleicht erst am Dienstag, aber warum das Risiko eingehen?«

Griffin zählte die Überlebenden, und er brauchte nicht lange dafür. Der letzte Hinterhalt war eine blutige Angelegenheit gewesen. Nur elf Spieler waren übriggeblieben: Der Mausling, Mary-em, Al der Barbar, Acacia, die Mutter Oberin, Twan, Tammi, Major Clavell, Captain Chiffre, Bishop und General Poule. Das Spiel war zu einem Massaker geworden.

Endlich hatte er Zeit, sich in Ruhe umzusehen.

Es hätte die größte Schwimmhalle der Welt sein können. Alles machte einen behelfsmäßigen Eindruck: kein Mensch hatte je geplant, hier ein Schwimmbecken zu errichten. Doch irgendwie war Wasser in einen großen, tieferliegenden Teil der neunten Etage geflossen. Der so entstandene Pool hätte ein Wettkampfbecken von olympischem Ausmaßen winzig erscheinen lassen. Die Bewohner hatten Sonnenbänke, glänzende Bobybuildinggeräte und Schwitzkästen herangekarrt. Whirlpools sprudelten wie Pilzkolonien am Beckenrand vor sich hin; Rudermaschinen, Heimtrainer und Massagetische wuchsen wie Unkraut aus dem Boden.

Die Luft war so feucht wie in einer Sauna, und von der Wasseroberfläche stiegen Dampfschwaden auf.

Einer der muskulösen Nichtstuer erhob sich träge aus seinem Liegestuhl und schlenderte heran. Er war fast zwei Meter groß und machte einen sorglosen, nichtssagenden Eindruck.

»Ich heiße Biff«, sagte er. »Ihr kriegt echte Probleme, Jungs. Entspannt euch, okay? Wenn ihr weiter schlechte Schwingungen verbreitet, werden die Nommo sauer. Also schaltet einen Gang runter, und wir machen ein paar klasse Wellen für euch.«

Zum erstenmal schien Bishop leicht sprachlos zu sein. »Klasse Wellen?«

»Richtig röhrenförmige, Jungs.«

Die Wasseroberfläche kräuselte sich vor den Augen der Abenteurer, geriet in heftigere Bewegungen und produzierte eine große Welle, die zur Decke emporstieg. Schäumend brach sich die Woge.

Ein braungebrannter Surfer balancierte bereits in der Mitte des Beckens auf seinem Brett und wartete geduldig auf die Welle. Als sie größer wurde, ritt er ihren Kamm entlang und nahm die richtige Position ein: rechtes Bein vorgestreckt, das linke zurückgenommen und leicht gekrümmt, die Arme weit ausgestreckt, um das Gleichgewicht halten zu können. Der vier Meter hohe Wasserkamm trug ihn dreihundert Meter weit über die Hallenlagune, und dann …

…drehte sich die Welle in sich selbst, wendete und rollte in die entgegengesetzte Richtung. Der Surfer vollbrachte ein Manöver, das nach Griffins Einschätzung noch niemand zustande gebracht hatte. Er lehnte sich wie ein Skateboard-Profi, der einen Salto schlagen wollte, auf das Surfbrett und verlagerte sein Gewicht nach hinten. Das Brett stellte sich auf die Hinterkante und wirbelte herum, und der braungebrannte Sonnyboy surfte die Strecke zurück, die er gekommen war.

Griffin klappte den offenstehenden Mund wieder zu und folgte ihrem Gastgeber zu einigen Tischen und Stühlen. Biff schnippte mit den Fingern, und ein Schwarm kichernder Bikini-Häschen trippelte heran, um seinen Wünschen Folge zu leisten. Twan, Tammi und vor allem Acacia sträubten sich die Haare, als sie es sahen.

Die Mädchen verschwanden und kamen kurz darauf mit Tabletts voller Sushi und Karottensaft zurück.

Griffin probierte diese merkwürdige Zusammenstellung und kam zu dem Schluß, daß er sie herunterbekommen konnte. Für einen Augenblick schimmerte irgend etwas unter der Wasseroberfläche, doch als Griffin den Kopf wandte, verschwand es.

Twan beugte sich zu Biff hinüber. »Ihr befindet euch nur zwei Ebenen über den Mayombreros«, sagte sie spitz. »Wie könnt ihr so …«

»Entspannt sein?« Biff lachte herzlich. »Das ist Nommo-Gebiet. Hier ist jeder ziemlich locker.«

Acacia probierte vorsichtig ihr kalifornisches Brötchen

und biß dann herzhaft hinein. »Wir würden gern die Nommo sehen. Könnt ihr sie herbeirufen?«

»Geht nicht«, sagte Biff bedauernd. »Die Nommo kommen nicht gern heraus. Wenn ihr vielleicht einen oder zwei Tage Zeit habt ...«

»Haben wir nicht.«

»Tja ... Dann ist es wohl besser, ihr besucht sie. Ich hoffe, ihr könnt schwimmen.«

Twan versetzte Bishops Arm einen leichten Schlag. »Weißt du, im Augenblick bin ich wirklich froh, daß wir dich mitgenommen haben.«

Bishop gelang es, sich im Sitzen galant zu verbeugen.

Alphonse, der noch immer vor Wut kochte, fielen die großen Taschen voller Beute auf, die Bishop und die anderen mitgebracht hatten. Aus einer ragte ein funkelndes Mundstück heraus.

Taucherausrüstungen.

Bishop stand auf und überprüfte die Apparate. »Wir haben drei Ausrüstungen.«

Major Clavell, der sich ziemlich elend fühlte, blickte interessiert auf. »Hat das Wort Anachronismus für Sie irgendeine Bedeutung?«

Bishop strahlte. »Nicht die mindeste. Die Dinger funktionieren prima«, verkündete er. »Wer kommt mit?«

Twan sah sich die Apparate zuerst zögernd, dann mit wachsender Aufregung an. »Ich will mit«, sagte sie.

Bishop nickte. »Außerdem brauchen wir einen Anführer. Da sich Coral aus diesem irdischen Jammertal verabschiedet hat, müssen wir uns wohl mit Bobo zufriedengeben.«

Griffin grinste kalt und zog sich aus.

Die Surfer versammelten sich um die Abenteurer, um ihnen zuzusehen, während aus den Lautsprechern noch immer die Beach Boys und Jan and Dean dröhnten.

Bishop und Griffin trugen nur noch ihre Unterhosen,

während Twan sich einen Badeanzug ausgeliehen hatte. Sie hatte einen zierlichen, sehr straffen Körper, den Körper einer Schwimmerin, die den Eindruck erweckte, nur mit Gewichten zu trainieren und Jogging zu betreiben, um sich fürs Schwimmen in Form zu halten.

Die Taucherausrüstung war etwas zu groß für sie; an Mary-em hätte sie natürlich lächerlich ausgesehen.

Alex schlüpfte in die Gurte, rückte die Sauerstoffflasche zurecht und überprüfte die gesamte Ausrüstung. Acacia reichte ihm eine Handlampe, und er richtete ihren gelben Strahl probeweise auf die gegenüberliegende Wand.

Bishop nickte Griffin zu und sprang mit den Füßen voran ins Wasser. Griffin folgte ihm einen Augenblick später, dann Twan. Das Wasser hüllte ihn ein wie eine warme Umarmung.

Es handelte sich um frisches, ungechlortes Wasser, das aber nicht besonders klar war. Außer überfluteten Stegen und Korridoren konnte Griffin nichts sehen. Er leuchte mit der Lampe umher, und der Strahl stach wie ein gelber Finger in die Tiefe, berührte zuerst eine Statue und traf dann auf uralte, verrostete Computerterminals.

Das Wasser bewegte sich. Für einen Augenblick dachte Alex *Welle!* und bereitete sich auf die unmittelbar folgende Turbulenz vor.

Doch sie kam nicht. Irgend etwas, das ihm wie ein stoffüberzogener Torpedo vorkam, streifte an ihm vorbei. Das Ding war gleichzeitig rauh und geschmeidig.

Griffin trat mit den Flossen und griff danach, doch es war verschwunden. Als er die Lampe in die betreffende Richtung hielt, hatte das trübe Wasser es bereits wieder verschluckt.

Er schwebte an Ort und Stelle und atmete kalte, geschmacklose Luft aus seinem Mundstück. Was war das gewesen?

Nommo.

Er drückte auf einen Knopf an seinem Armband, und

einige grüne Pfeile erschienen vor ihm und wiesen ihm den Weg in die Tiefe.

Twan schwamm neben ihn und streckte den Arm aus. Sie zeigte auf ein Gebäude, das wie die Kuppel einer Kathedrale aussah.

Bishop hielt an und vollführte eine großartige Geste. *Enthüllungsmagie.*

Die Kuppel glühte zuerst nur schwach auf, doch der Schein wurde immer stärker, bis sie schließlich fast geblendet wurden.

Griffin hielt die Hand schützend vor die Augen; das Zischen des Sauerstoffs beeinträchtigte sein Hörvermögen.

Dann aber wurde das Licht schwächer, und sie waren plötzlich umgeben von …

Delphinen!

Alex versuchte, einen zu berühren. Seine Hand strich den schlanken Delphinleib entlang, und das Säugetier schoß beiseite. Es waren insgesamt sechs. Und sie drängten die drei Abenteurer mit sanften Stößen auf die strahlende Kuppel zu.

31 Die Nommo

Die Delphine schienen so freundlich zu sein wie Flipper. Sie trieben die Taucher mit sanften Stößen durch das Wasser und wirkten dabei unglaublich elegant. Doch wenn sie vorbeischwammen, konnte man ihre gewaltige Kraft spüren: feste Muskeln, die mit einem Schlag der Schwanzspitze Knochen zerschmettern konnten.

Ihr Zufluchtsort hatte eine tropische Wärme und bildete eine Lagune innerhalb einer Lagune. Aus gemächlich sprudelnden, öligen Whirlpools stiegen Dampfschwaden auf.

Imitierte Steinplatten durchbrachen die Wasseroberfläche

und bildeten eine breite, unebene Treppe. Auf den Stufen lagen – etwas stimmte nicht mit dem Licht? – ein Mann und eine Frau? Doch ihre Arme und Beine waren – na ja, flach; sie ähnelten den Flossen eines Wals, und ihre Gesichter waren von einer unvergeßlichen Häßlichkeit. Ihre Haut war weder weiß noch dunkel; sie hatte nichts Menschliches an sich. Sie war von einem dunklen Blau, das an die Farbe der Delphine erinnerte. Die beiden Wesen flüsterten sich in schrillen, glucksenden, quietschenden Geräuschen irgend etwas zu.

Ein Delphin sprang aus dem Wasser und tanzte auf der Schwanzspitze über die Oberfläche. Er balancierte aufrecht auf den Steinstufen, dann ging ein Leuchten von ihm aus. Er verwandelte sich in eine formlose Wolke aus blauem Licht, aus der ein weiteres dieser ... Wesen hervorging. Eine Nommo. Sie hatte, wie die anderen auch, ein regloses Gesicht mit starrenden, lidlosen Augen und einem Mund, der zu einem bedeutungslosen Lächeln verzerrt war, das wie eingemeißelt aussah. Ohne jede Befangenheit warf sie sich auf eine Stufe und blickte die Abenteurer herausfordernd an.

Dann gab sie ein delphinähnliches, gurgelndes Kichern von sich und sprach sie mit einer sehr menschlich klingenden Stimme an. »So gefalle ich euch sicher viel besser.«

»Darf ich?« fragte Bishop und deutete auf die Treppe.

»Tu es doch einfach«, sagte Twan.

Bishop nahm auf der Treppe Platz. Griffin trat weiter Wasser, um seine Nervosität abzubauen. Twan schloß sich ihm an, aus welchen Gründen auch immer.

»Wir kommen ... von draußen«, erklärte Bishop.

Die blaue Frau fand das komisch. »Ach, von draußen? Wir kommen von *Quiiepzz* – aus dem Weltraum, von den Welten, die Sirius A umkreisen.«

Die acht an der Oberfläche verbliebenen Abenteurer waren so entspannt, wie es unter diesen Umständen möglich war. Sie konnten nur wenig tun, bis die beiden Mythenmeister wieder auftauchten. Alphonse Nakagawa, Clavell und Poule wurden nur halbherzig bewacht. Schließlich waren sie entwaffnet und hilflos.

All dieses Wasser; es war gut möglich, daß sie früher oder später alle hineinspringen mußten. Al war keineswegs der einzige Spieler, der die Badehose angezogen hatte. Er war außerordentlich schlank und muskulös und sah fast so gut aus wie Bishop. Er hatte ein paar Minuten lang versucht, mit Tammi, Acacia oder der Mutter Oberin Blickkontakt herzustellen. Die Damen reagierten nicht; im Gegenteil, sie ignorierten ihn förmlich.

Darum schien auch niemand Alphonse im Auge zu behalten, als er die Wasseroberfläche beobachte und dann neben den abgelegten Kleidungsstücken und Kostümen in die Hocke ging und eine Hand ins Wasser hielt.

Bishop hatte seine komplette Ausrüstung zurückgelassen. Al ließ die Finger durch die Seitentaschen von Bishops Rucksack wandern. Ein Ersatzschnürriemen ... ein schmutziger Socken ... gut. Die beiden Gegenstände verschwanden in Als Badehose. Was war das denn – ein Kamm? Alphonse summte eine lautlose, freudige Melodie und zog ihn mit zwei Fingern heraus, wobei er sorgfältig den Blick auf die Wasseroberfläche gerichtet hielt.

Sah noch keiner zu ihm herüber? Er schaute nach unten. In den schwarzen Plastikzinken hatten sich sechs schwarze, gekräuselte Haare verfangen.

Er zog sie heraus. Dann legte er sie für einen Augenblick auf die offene Handfläche, damit jeder sie sehen konnte; allerdings tat er das nicht für die Umstehenden, sondern für das allwissende Geschöpf, die hypothetische Kamera in der Decke. Die Spielmeister konnten bei Bedarf ja hierhin zurückspulen. Nakagawas Regel Nummer vier lautete: *Falls die Spielmeister es nicht sehen, ist es auch nicht passiert.*

Dann rollte er die Haare zu einem Ball von der Größe eines Stecknadelkopfs zusammen und schob ihn unter den seinen rechten Daumennagel. Seine Hand verschwand wieder in Bishops Rucksack und kam leer zurück. Eine verlorener Kamm würde auffallen.

Den Voodoo-Mythen zufolge reichte für einen Zauber bereits ein Haar.

Du wolltest dich mit mir anlegen, Bishop? Mein Daddy hat mal einem Mann eine Klapperschlange in die Tasche geschmuggelt und ihn dann um ein Streichholz gebeten. Und Daddy ist immer der Schlappschwanz der Familie gewesen!

Al der Barbar rückte vom Beckenrand weg. Keiner hielt ihn näher im Auge. Warum denn auch? Er hielt sich ja nicht in der Nähe der Waffen oder sonstiger Kostbarkeiten auf.

»Sirius-A?« fragte Bishop verwirrt.

»Die Dogon«, sagte Twan mit tiefer Zufriedenheit. »Appelion hatte recht.«

»O ja«, sagte die blaue Frau. »Wir dachten, wir machen hier unten mal richtig einen drauf. Die Erde sah wie ein Planet für eine tolle Party aus. Wir wollten uns in die Sonne legen ...«

Der blaue Mann hinter ihr erhob sich und streckte sich, bis die Gelenke knackten. Als er an ihr vorbeiging, klatschte sie ihm kräftig auf den Hintern. Er sprang in die Höhe, schlug einen Salto und machte einen Kopfsprung ins Wasser. Mitten in der Luft verwandelte er sich in einen Delphin und schwamm zu Bishop, der ihn liebevoll streichelte.

»Unser Volk – jetzt sind sie fast schon unsere Vorfahren!« Die Nommo-Frau verzog das Gesicht. »Ein paar von ihnen sind tatsächlich *gestorben*. Na ja, sie wollten eigentlich nur ein paar Monate bleiben, aber sie haben eine Bruchlandung gemacht. Konnten die Landefähre nicht reparieren.«

»Warum nicht?« fragte Twan.

»Ihr dürft euch das nicht als eine riesige Expedition vorstellen. Das war ein Haufen Kinder, die einen draufmachen wollten. Eigentlich hätten sie hier gar nicht landen dürfen. Zwar blieb ein Mutterschiff im Orbit zurück, doch als die Landefähre dann in die Brüche ging, haben sie es wohl mit der Angst zu tun bekommen und sind zurück in die Heimat gesaust.« Sie kicherte. »Ich würde gern die Geschichte hören, die sie denen zu Hause aufgetischt haben. Der Großteil der mitgeführten Technik war biomechanisch. Und dann gab es da noch die *Ätherischen.* Ihr nennt sie Engel und Dämonen und so, aber da, wo wir herkommen, sind sie wie die Küchenschaben und Ratten. Ganz nützlich, aber sie vermehren sich zu schnell. Wir verfügen auch über ein paar kleine Tricks, mentale Materie-Energieumwandlung und so was. Damit haben wir zwar keine vernünftige Reparatur hingekriegt, aber eurem Volk ... euren Vorfahren schien sie zu gefallen.«

»Kann ich mir vorstellen«, murmelte Bishop.

»Also, die Landefähre ging im Atlantik nieder, in der Nähe der Gegend, die ihr Elfenbeinküste nennt. Nette Menschen. Das Essen hat uns geschmeckt. Wir haben ein bißchen mit ihnen gespielt, ihnen ein paar Tricks beigebracht, und ... na ja ...«

Das Delphinmännchen steckte den Kopf aus dem Wasser. »Unsere Vorfahren dachten, eure Vorfahren wären höflich«, summte es. »Zwar übertrieben höflich, aber ihr wißt ja, andere Länder, andere Sitten ...«

»Sie haben uns angebetet. Das alles ist schon lange her ... war so um die Zeit rum, die ihr Eiszeit nennt. Na ja, wir waren wohl auch ziemlich ungewöhnlich. Wir haben einfach zu spät kapiert, was da lief.«

»Unsere Vorfahren haben ihnen unsere Technologie beigebracht«, erklärte das Männchen und spuckte einen Mundvoll Wasser aus. »Was ihr als Magie bezeichnet. Die Bewußtseinstricks – Geräusche und alles mögliche sichtbar machen und so weiter –, die ihr als Zauberei bezeichnet. Wie man die Ätherischen herbeizitiert, die sich zu dieser Zeit so stark vermehrt haben, daß man sie nicht mehr kontrollieren konnte. Aber sie haben nicht viel mit den Menschen am Hut, es sei denn, man ruft sie.«

»Jahre vergingen«, fuhr die Frau fort. »Hunderte von Jahren. Unsere Leute konnten nicht mehr in die Heimat zurückkehren, selbst wenn es ihnen gelungen wäre, das Schiff zu reparieren ...«

»Warum nicht?«

»Zu groß. Unsere Erwachsenen werden so groß wie eine Insel. Was uns betrifft ... na ja, wir hatten unseren Spaß. Viel Sonne, viel Wasser, nette Gesellschaft. Seid ihr jemals wie ein Gott behandelt worden?«

»In letzter Zeit nicht«, sagte Twan.

»Hin und wieder«, gab Bishop zu.

»Es macht süchtig, stimmt's? Wir wurden faul. Einige von uns – viele – fingen an, Babies zu machen, und zogen sich noch tiefer in den Ozean zurück, wo sie genug Platz hatten. Man könnte sagen, sie entwickelten sich zu Einheimischen. Sie vergaßen sogar die simpelste Magie oder brachten sie ihren Kindern nicht mehr bei. Nur die wenigsten von uns wissen noch, was wir wirklich sind.«

»Wie konnte das geschehen?« fragte Griffin.

»Das war einfacher, als du glaubst. Der Ozean war warm, die Fische langsam, und nichts verfügte über so große Zähne, daß es uns gefährlich werden konnte, nicht mal uns Kindern. Es macht Spaß, mit den Menschen herumzuspielen. Es war toll, euch Tricks beizubringen!«

Sie lachte warm und wurde dann wieder ernst.

»Dann geschah etwas, mit dem wir wirklich nicht gerechnet hatten. Einer der wichtigsten Faktoren der Technik, die ihr Magie nennt, liegt in der Tatsache begründet, daß man Lebensenergie braucht, um Lebensenergie zu schaffen – ich meine, sie kann verstärkt oder umgewandelt werden, aber eigentlich ist es unmöglich, sie aus dem Nichts zu erschaffen. Zu Hause züchten sie so eine Art Bienenstock-Wesen. Besteht aus einer Menge individueller Körper, ist aber eine große Lebensform. Wir konnten zwar Teile davon ›töten‹, aber es war eigentlich so, als hätten wir uns die Nägel geschnitten, versteht ihr? Hier ist sie schnell ausgestorben, und darum mußten wir tatsächlich Tiere opfern, um ihre Lebensenergie zu ernten.«

»Santería?« fragte Twan.

»Und der ganze Rest. Alle Magie hat ihren Ursprung in Afrika. Die meisten eurer Magier erinnern sich nur noch an Bruchstücke; es ist wie Frachtgut-Magie und Aeronautics. Doch wir waren der Anfang. Mit Hilfe von Opfern und Ritualen ....«

»Rituale?«

»Natürlich«, sagte der Wer-Delphin geduldig. »Unsere Vorfahren haben bei eurem Volk einen riesigen Fehler begangen: sie fanden es eben ultracool, Tiere mit großen Gehirnen zu opfern. Doch wir konnten nicht überall zugleich sein, und einige eurer Leute stolperten über eine wichtige Tatsache. Je klüger ein Tier ist, desto ergiebiger kann man seine Schmerzen abschöpfen.«

Twan schien den Boden zu studieren. »Und intelligente Säugetiere, so wie der Mensch«, sagte sie dann, »stellen das ergiebigste Opfer dar.«

Bishop und Twan blickten sich gleichzeitig an. »Entschuldigung«, sagte Bishop. »Aber wäre dann die Opferung eines Nommo – eines eurer Art – nicht das ergiebigste Opfer von allen?«

»Da freß ich lieber eine Qualle. Das ist ja *widerlich.*« Sie lächelte die Abenteurer an, als wären sie geistig zurückgebliebene Kinder. Ihr Ausdruck erinnerte Griffin an eine seiner Tanten. Eine Frau, die die Wahrheit vor Augen haben konnte und sie trotzdem nicht erkannte, geblendet von dem Licht ihrer Überzeugung, daß die Welt *so* nicht funktionieren konnte.

Bishop dachte wieder nach. »Wenn ihr das Wesen schnell tötet, setzt ihr seine gesamte Energie frei. Und wie ist es, wenn man das langsam macht?«

Die Nommo verzog das Gesicht. »Echt uncool. Da möchte ich nicht mal drüber sprechen.«

Twan war entsetzt. »Willst du damit andeuten, das wäre der wahre Grund, wieso es die Folter gibt?«

»Warum interessiert ihr euch denn ausgerechnet dafür? Schon gut, schon gut. Ihr Menschen seht so komisch aus und könnt so nett sein, aber ihr fahrt unheimlich schnell auf diese Sache mit der Todesenergie ab. Es ist erschreckend. Ist euch eigentlich bewußt, daß das zentrale Symbol der beliebtesten Religion eures Planeten ein Akt der Folter ist?

Wißt ihr, wir haben getan, was in unserer Macht stand. Wir haben euch in kleinen Gruppen gehalten. Den Zugang zu unserer Technologie eingeschränkt. Es Jahrhunderte lang versucht. Das Resultat war gleich Null. Wir haben verhindert, daß man in Afrika wirklich gemeine Waffen entwikkelte, doch der Rest der Welt hat sie einfach ...« Sie schweifte vom Thema ab.

Bishop runzelte die Stirn. »Das hätte Prez gefallen. Afrika wurde erobert und kolonisiert, weil ihr die technische Entwicklung der Ureinwohner behindert habt?«

»*Mea culpa*. So wie in ›Hoppla, tut uns leid‹. Wir bauten unsere Zelte ab und schlichen uns des Nachts davon.«

»Wir haben euch nicht vergessen«, sagte das Delphin-Männchen. »Wir haben euch beobachtet. Und als ihr dann aus eigenen Kräften komplizierte Technologien entwickelt habt, dachten wir: toll! Vielleicht können wir jetzt nach Hause. Zumindest die Kinder. Die abgestürzte Landefähre liegt noch vor der Küste Kameruns.

Also haben wir mit ein paar kleinen Kostproben unserer Magie gehandelt und unsere Anbeter zurückgewonnen. Das war kein Problem; schließlich waren unsere Familien ja seit Generationen in der Gottes-Branche. Wir haben die Fähre soweit repariert, daß sie wieder schweben konnte. Dafür gesorgt, daß ein Teil dieses Gebäude erbaut wurde, und die Fähre im Schutz der Nacht eingemauert.«

»Was geschah dann?«

»Wir kamen zu spät. Der große Zusammenbruch, ihr wißt schon. Wir haben so viele unserer Leute wie nur möglich gerettet, aber ...« Sie schüttelte den Kopf. »Wir verfügen einfach nicht über die technischen Fähigkeiten, um die Reparatur zu vollenden.«

»Warum kontrolliert ihr nicht das ganze Gebäude?« fragte Griffin.

»Die Mayombreros. Miese Typen. Sie wissen über diese ganze widerliche Opfergeschichte Bescheid. Es ist uns lediglich gelungen, sie unten zu halten. Sie brauchen das Dachvolk, um frische Nahrung zu bekommen, und das Dach braucht die Energie des Kellers. Das hat auch ziemlich lange funktioniert.«

»Wißt ihr«, sagte Twan, »unsere Enklaven verfügen über mächtige Wissenschaftler, aber wir leiden unter Energiemangel. Gemeinsam könnten wir vielleicht ...«

Mgui-Smythe war nervös. Er hatte die Belastungen mit Analyse-Programmen berechnet, die von den unterschiedlichsten Voraussetzungen ausgingen. Seine Crew hatte MIMICs Wände und Böden verstärkt, bis sie doppelt so belastbar waren, als der Computer es für nötig befunden hatte. Dennoch fand man das, was sie beabsichtigten, nicht einmal ansatzweise in einem der Standardlehrbücher über Ingenieurswesen.

Ein Gutes hatte die Sache: wenn MIMIC das aushielt, würde das Gebäude jeder Belastung gewachsen sein, die ihm im Verlauf des Mars-Projekts möglicherweise abverlangt wurde.

Teile der achten und neunten Ebene waren geflutet worden. Die Möbelstücke und Statuen auf dem unter Wasser gesetzten Boden der zehnten Ebene waren aus leichten, zerbrechlichen Materialien gefertigt, die man mit Sandsäcken beschwert hatte. Sogar die IFSG hatte schließlich zögernd ihr Einverständnis gegeben.

Die Böden der ersten zehn Ebenen waren allesamt einziehbar, um die Konstruktion riesiger Maschinenteile zu ermöglichen. Unter den richtigen Umständen konnten sie komplette Raketentriebwerke und Shuttles aufnehmen. Sie würden auch den genau durchkalkulierten Wahnsinn des Traumparks überstehen.

Der Countdown begann.

Bishop verhielt sich ganz still, lauschte mit allen Sinnen und reagierte nicht, als die Wände plötzlich erbebten. Griffin paddelte wie wild. Das Wasser leitete die Vibrationen durch seinen ganzen Körper und ließ jeden Knochen erzittern. »Was, zum Teufel …«

Dann gab der Etagenboden nach, und sie stürzten schreiend in die Finsternis.

32 Der Tod aus der Tiefe

FREITAG, 22. JULI 2059, 14 UHR 12

Al der Barbar hörte ein lautes Gurgeln. Er unterbrach die Arbeit, mit der er so fleißig beschäftigt war, und stopfte die fast fertiggestellte Waffe in die Plastiktüte in seinem Rucksack. Sein schlechtes Gewissen hätte ihn bei *jedem* Geräusch zusammenzucken lassen.

Jemand mußte ihn gesehen haben! Er betrieb hier schwärzesten Voodoo.

Er nahm den Rucksack und versiegelte ihn. Der Boden unter seinen nackten Füßen vibrierte. Die anderen Spieler lauschten dem Gurgeln, das sich zu einem gewaltigen Dröhnen ausweitete …

Die Oberfläche des Pools sackte um fünfzehn Zentimeter ab, als hätte man seinen Boden herausgerissen.

Das Wasser schäumte und wurde schrecklich aufgewühlt. Ein riesiger Strudel bildete sich. Surfer und Strandhäschen schwammen voller Panik auf die nächsten Leitern zu, wurden aber in die Tiefe gerissen und ertranken.

Das von Ashley Mgui-Smythe geleitete Expertenteam saß in der Technischen Zentrale und kontrollierte die gewaltige Wasserentleerung. In MIMICs Fundament öffneten sich Schleusenventile. Pro Sekunde flossen abertausende Liter Wasser auf den Wüstenboden.

Als der bewegliche Boden der neunten Ebene eingezogen wurde, stürzten die Spieler auf die achte Ebene hinab, die ebenfalls zur Hälfte geflutet war. Jeder Gegenstand, mit dem sie dabei in Berührung kommen konnten, war entweder weich, geschmeidig oder abgerundet. Oder alles zusammen. Die dabei entstehende Wirkung glich dem rasanten Sturz auf einer drei Stockwerke hohen Wasserrutsche.

Die Lautsprecher in der Technischen Zentrale gaben die überraschten Schreie der Spieler wieder – der visuelle Effekt war unbeschreiblich. Riesige Klauen schienen gewaltige Stücke aus dem Etagenboden gerissen zu haben.

Mgui-Smythe öffnete eine Bierdose und salutierte. Er wünschte ihnen Glück.

Griffin prallte auf die Wasseroberfläche. Allerdings war es keine harte Landung, denn eine Rutsche, die aus einem herausgerissenen Bodenfragment bestand, beförderte ihn sicher nach unten. In diesem Augenblick hätte er Tony McWhirter am liebsten umgebracht. Er richtete sich auf, pustete sein Mundstück frei, drehte sich im Wasser um die eigene Achse und hielt nach Feinden Ausschau.

Neben ihm trieb ein Nommo in seiner Plattfisch-Gestalt.

Das häßliche Wesen schien vor Benommenheit völlig hilflos, aber nicht ernsthaft verletzt zu sein.

Twan hatte schnell ihr Gleichgewicht wiedergefunden und einen Zauber gebrüllt. Ein goldener Schutzschirm umgab sie, während sie Wasser trat, um an der Oberfläche zu bleiben.

Wo steckte Bishop? Da – er trieb auf der Seite. Griffin schwamm zu ihm und half ihm, sich aufzurichten. Aus Bishops halb geöffnetem Mund quoll Wasser. Er verdrehte die Augen, und seine Wimpern zitterten schwach.

»Prima Reaktion«, flüsterte er. »Wir werden noch einen richtigen Spieler aus dir machen.« Verdammt, er schauspielerte bloß für die Kamera.

Ein lautes Platschen ertönte.

Alex sah sich um, konnte aber nur ein Kräuseln an der Oberfläche entdecken. Etwas war hier bei ihnen im Wasser.

Einige Nommo hatten es auch bemerkt. Die weniger benommenen wechselten von der Plattfisch- in die Delphinform, vom Werkzeugbenutzer zum Kämpfer.

Das Wasser explodierte, und aus seinen Tiefen tauchte ein Geschöpf auf, das einem Alptraum entsprungen zu sein schien. Sechs Meter Pseudokrokodil; ein Scheusal, an das man menschliche Arme und Beine genäht hatte, eine zusammengeflickte Monstrosität mit großen, schwarzen, klaren Augen und gezackten Reißzähnen unterschiedlicher Größe. Ein Zermalmer, ein Zerstörer, ein Etwas, das in keiner Welt Platz hatte, die das Licht der Vernunft kannte.

Es hielt einen Nommo im Rachen. Die mutierte Delphingestalt wand sich blutüberströmt und schrie im Ultraschallbereich ihren Schmerz hinaus. Die grotesken Zähnen bissen aufeinander. Der Nommo wurde in zwei Hälften geteilt; sein Schwanz fiel zusammen mit einem gräßlichen Schauer an Innereien ins Wasser.

Die überlebenden Nommo bildeten zwischen dem Kroko-dil-Ding und den Menschen eine Barriere. Sie stießen schrille, scharfe Schreie aus, und das Ungeheuer zuckte anscheinend schmerzerfüllt zurück. Die Magie der Nommo war mächtig, selbst wenn sie nur der Verteidigung diente.

Aber wenn die Mayombreros so eine Bestie erschaffen konnten ... warum hatte ...

Bishop war im selben Moment zu demselben Schluß gekommen. »Verteidigt euch!« rief er. Twan schien das Schauspiel einen Augenblick lang wie erstarrt zu beobachten.

Anderthalb Etagen über ihnen blickten ihre Gefährten in die Tiefe. »Hinter dir!« rief Tammi ihrer Freundin drängend zu.

Ein untoter Krokodil-Mensch erhob sich hinter Twan aus dem Wasser. Es handelte sich um eine untote Wer-Bestie, die zwar etwas kleiner als sein gigantischer Vetter war, aber genauso tödlich aussah. Sie verbiß sich in Twans Schutzschild und riß tatsächlich einen Fetzen heraus.

Ein Delphin-Nommo stieß wie ein lebendiger Torpedo in ihre Flanke und tauchte weg, bevor das Monster herumschwingen und mit seinem Schwanz zuschlagen konnte. Twan nutzte diese kleine Atempause, um schützend die Hände zu heben. Ihren Handflächen entströmte goldene Energie, die das Loch in ihrem Schutzschirm flickte.

»Salz!« rief Bishop. »Verdammt, schafft Salz hier runter!«

Der Wasserspiegel der achten Etage sank langsam, aber stetig. Teile von Zäunen und Statuen erhoben sich wie Lemuria aus der Tiefe. Die Wände der Lagune waren mit Leitern und Laufgängen bestückt; das erleichterte ihren Gefährten den Abstieg.

Als sich der Wasserspiegel senkte, wurde das Wasser schwarz und ölig. Die Nommo hielten die gigantische Kreatur noch in Schach. Jetzt konnte Griffin ihre magische Blokkade besser sehen: sie ähnelte einem Vorhang glühender Quallen und stellte für diese schrecklichen Reißzähne und Klauen eine lebende Barriere dar.

Bishop war unbewaffnet, jedoch weit davon entfernt, schutzlos zu sein. »Götter!« rief er. »Gebt mir Feuer!« Ein

Krokodil-Mensch wurde von einer verheerenden Flammenwand eingehüllt. Er rollte zurück unter die Oberfläche, und von seiner aufgerissenen und brodelnden Haut stieg Rauch auf.

»Paßt auf!« rief eine Frauenstimme von oben herab. Tammi sprang mit einem Schwert in jeder Hand ins Wasser. »Hier!« brüllte sie, als sie ihr Gleichgewicht zurückerlangt hatte, und warf Griffin eins zu. Er freute sich, daß es ihm gelang, die Waffe am Griff aufzufangen; er nickte Tammi zu und stürzte sich in die Schlacht.

Tammi kämpfte wie entfesselt und bahnte sich einen Weg durch das Heer von Krokodil-Menschen, um an Twans Seite zu gelangen. Griffin folgte ihrem Beispiel.

Plötzlich wurde das Wasser hinter ihm aufgewühlt. Er konnte noch rechtzeitig herumwirbeln, um zu sehen, wie sich eine schwarze, schuppige Gestalt durch die Fluten wand. Doch bevor sie zuschlagen konnte, ertönte ein klatschendes Geräusch. Ein Nommo hatte angegriffen und mit tödlicher Kraft zugestoßen. Diente ihre Magie auch nur reinen Verteidigungszwecken, war ihre körperliche Kraft schier erstaunlich. Der untote Krokodil-Mensch platzte förmlich auseinander.

Der Nommo tanzte über die Wasseroberfläche und schnatterte begeistert.

Mit einem lauten Platschen landete General Poulc im Wasser, gefolgt von Major Clavell. Überall erhoben sich Krokodil-Menschen aus den Fluten, und ...

Twan kreischte schrill auf und tauchte für einen Augenblick unter. Dann kam sie wieder an die Oberfläche und bemühte sich, zu Tammi vorzustoßen. Sie rief etwas, das Griffin nicht richtig verstehen konnte, einen weiteren Zauber, doch diesmal war der goldenen Schein ihres Schutzschilds kaum zu erkennen.

Griffin hieb nach einem Krokodil. Sein Schwert glitt durch das Ungeheuer hindurch, ohne nennenswerten Schaden anzurichten. *Sie sind schon tot*, dachte er. Es stürzte sich mit aufgerissenem Rachen auf ihn, und er schlug mit der Klinge zu. *Löcher verletzen nicht. Schneide Teile ab. Stoß nicht, schlag darauf ein.* Das Monster stürzte sich auf ihn wie ein Berg verdorbenen Fleisches, und er warf sich zur Seite, als die Zähne nach ihm schnappten ...

Dann rollte es auf den Rücken und rührte sich nicht mehr.

Griffin spuckte Wasser aus und sah die Mutter Oberin, die ein halbes Stockwerk über ihm auf einem Laufsteg kniete. Sie hielt Chiffres Hand und wob einen Schutzzauber um Acacia, die mit dem Schlachtruf »Penthesilea ist da!« die Knie beugte und ins Wasser tauchte, von einem leuchtenden Schild umgeben.

Captain Chiffre warf weißes Pulver hinab.

Salz.

Es tötete die Krokodil-Menschen. Sie zerschmolzen. Sie lösten sich förmlich auf und verloren in demselben schrecklichen Augenblick sowohl ihre menschlichen als auch amphibischen Merkmale.

Twan rang nach Atem, spuckte Wasser und verlor einen Augenblick die Konzentration.

Ein gewaltiger, bedrohlicher Schatten erhob sich hinter ihr aus der Tiefe und riß sie mit. Sie tauchte ein paar Meter weiter schreiend wieder auf und wurde erneut unter die Oberfläche gezerrt.

Sie wurde schneller mitgerissen, als ihre Gefährten schwimmen konnten, und obwohl alle versuchten, ihr zu Hilfe zu eilen, blieb sie unten, als sie das nächste Mal unter die Oberfläche gerissen wurde.

Der Mausling, der oben auf einer Leiter stand, schrie »Twan!« und hechtete ins Wasser, um sie zu retten. Er kam keine fünf Schwimmstöße weit. Dann verschwand auch er unter der Wasseroberfläche.

Tammi schien einen Augenblick vor Unentschlossenheit wie erstarrt. Dann stürzte sie sich in die dunklen Fluten und schwamm zu der Stelle, an der der Mausling untergegangen war. Sie kam wieder hoch, blickte sich um und tauchte erneut. Und blieb unten.

Die Zombie-Kadaver trieben, größtenteils vom Salz zerfressen, auf der Oberfläche. An einigen Stellen war das Wasser fast bis zum Boden abgeflossen. Stühle, Tische und uralte Lampen erhoben sich wie Geister aus der Tiefe.

Die sieben überlebenden Nommo schwammen in dem tieferen Wasser hin und her oder kletterten, vor Erschöpfung zitternd, in ihrer menschlichen Form auf die Möbelstücke. Sie hatten eine Menge Manna verloren, und das wußten sie auch. Die blauhäutige Frau, die die Spieler mit der Geschichte der Nommo vertraut gemacht hatte, schien einen schweren Schock erlitten zu haben.

Aus der neunten Etage starrten Dutzende Surfer in die Tiefe, die Gesichter blaß vor Angst.

Ein Nommo tanzte auf der Schwanzspitze und sprach zu ihnen. »Die Mayombreros sind mächtiger, als wir gedacht haben«, sagte er. »Sie haben gelernt, wie man die Ätherischen mit Energie aus dem Reaktor versorgt. Sie haben nekromantische Geheimnisse erfahren, die uns unbekannt sind. Sie werden uns vom Wasser abschneiden, und wir werden sterben.«

»Nein«, sagte Griffin und war überrascht, daß er sich zu Wort gemeldet hatte. »Wir können uns durchschlagen und den Reaktor so lange abschalten, bis ihre Kreaturen geschwächt sind. Würde euch das die Gelegenheit geben, die ihr braucht?«

Alex konnte deutlich Bishops Unwillen spüren. Er sagte kein Wort – und Alex mußte ihm in diesem Punkt recht geben. *Ich bin ein TPS, verdammt. Das ist ihr Spiel.*

Einige Nommo besprachen sich. Dann wandten sie sich wieder den Abenteurern zu. »Das ist vielleicht die einzige Chance, die uns bleibt. Sonst werden sie uns vernichten, und danach die oberen Ebenen ....«

Alex schwieg bewußt. »Sie würden das ganze Gebäude kontrollieren«, sagte Bishop schließlich. »Das dürfen wir nicht zulassen.«

Tammi tauchte wasserspuckend aus der Brühe auf, und

die Anstrengung, Luft zu holen, trieb ihr Tränen in die Augen. Ihre Bodybuilder-Muskeln waren erschlafft und mit Schlamm überzogen. »Sie sind tot«, keuchte sie ungläubig. »Beide sind tot.« In der Hand hielt den Rucksack des Mauslings. Er war zerrissen und blutig, doch sie drückte ihn fest gegen die Brust und sah sich unsicher um.

Die Nommo nickten freundlich. »Kommt«, sagten sie. »Zeigt uns die Amulette, die ihr euch unter großen Opfern erkämpft habt.«

Acacia gab Chiffre, der ihren Rucksack vom Beckenrand geholt hatte, einen Wink. Sie watete zurück und präsentierte die zerfurchte Keule von Ile Ife, Oranyans Stab. Captain Chiffre holte die Haschpfeife hervor. Mary-em watete einfach vor; in ihrem Bauch leuchtete das darin befindliche Leben.

Und schließlich riß Tammi den blutigen Rucksack des Mauslings auf, als würde sie einem Feind das Herz herausreißen. Sie holte Ogguns Halskette hervor, und dann …

Die Krone der Nommo.

Für einen Augenblick herrschte absolute Stille; keiner sagte etwas oder rührte sich. *Sieh mal an,* drückten Bishops verschlossene Lippen aus. Acacias Augen funkelten gierig.

»Die Krone«, sagte der Nommo andächtig. »Damit könnt ihr als eine Familie handeln, als ein Bewußtsein und ein Herz. Ihr werdet nicht überleben, wenn ihr uneins seid. Habt ihr das verstanden?«

Sie nickten.

»Dann müßt ihr Folgendes tun …«

33 ASA

FREITAG, 22. JULI 2059, 15 UHR 00

Harmony und Millicent trugen wieder das vollständige Monster-Make-up, was der Konferenz eine bizarre und fast surreale Atmosphäre verlieh.

»Glauben Sie wirklich, daß Sie heute wieder ranmüssen?« fragte Vail.

Harmony spreizte die Finger. »Kommt drauf an, wann sie Mittagspause machen. Die Spieler sind dreißig Prozent schneller als erwartet durch das Gebäude gejagt. Es zahlt sich aus, bereit zu sein.« Er legte seine Pranken auf die Tischplatte. Das Licht der Leuchtstoffröhren ließ die langen, gekrümmten, schwarzen Fingernägel funkeln. »Millicent. McWhirter. Dr. Vail ... ich habe Ihnen in meiner Funktion als technischer Direktor des Traumparks einen ungewöhnlich offenen Zugang zu Informationen zugestanden. Ich frage Sie noch einmal. Was haben wir über Sharon Crayne, die Army und Bishop erfahren?«

McWhirter räusperte sich. »Beträchtliches. Außerdem haben wir noch einen zusätzlichen Verbündeten gewonnen, falls wir ihn haben wollen. Richard Lopez möchte mitmachen.«

Harmony kniff die Augen zusammen. »Toll. Warum holen wir nicht noch eine Blaskapelle hinzu, wenn wir schon mal dabei sind. Wir könnten auch die VideoNews verständigen.«

Tony schüttelte den Kopf. »Bei allem Respekt, Mister Harmony, Richard Lopez kommt am nächsten an Bishops Qualitäten heran. Es kann gut sein, daß wir ihn brauchen, bevor die Sache vorbei ist.«

Harmony knirschte mit den Zähnen und nickte dann. »Also gut. Dr. Vail – Sie und Millicent haben gearbeitet. Mit welchem Ergebnis?«

Vail klopfte auf einen kleinen Stapel bedruckter Plastikseiten. »Wir glauben, daß Nigel Bishop Embryadopts Sicherheitssystem geknackt und der Crayne Zugang zu dem Kind angeboten hat, wenn nicht sogar das Sorgerecht.«

»Wie kommen Sie darauf?«

»Sharons eigene Worte«, sagte Tony. »Wir haben sie auf Band.« Er blickte auf seine handschriftlichen Notizen. »Während Sharon MIMICs Sicherheitssystem kopierte, sagte sie, ich zitiere: ›Ich komme, Liebes. Mami tut alles, was in ihrer Macht steht.‹ Ende des Zitats.«

»Das haben Sie herausgefunden?« fragte Harmony. »Gute Arbeit, Tony.«

McWhirter strahlte.

Harmony wurde wieder nachdenklich. »Ich dachte, Embryadopt sei völlig sicher.«

»So etwas wie völlige Sicherheit gibt es nicht«, sagte Tony. »Mit ausreichend hohen Bestechungsgeldern oder politischem Einfluß schafft man es immer. Vielleicht hat Bishop sie auch angelogen.«

»Politischer Einfluß?«

»Millicent?« bat Tony sie.

Es war verwirrend, Millicents kühle Stimme hinter dieser monströsen Gestalt zu hören. »Sechshunderttausend Dollar Wettgeld wurden durch Ecuador geschleust, dessen Ökonomie eher auf Landwirtschaft und Bodenschätzen als auf High-Tech-Industrie basiert. Einmal angenommen, eine ecuadorianische Geldquelle hat Bishop finanziert?«

Tony mischte sich ein. »Ihn finanziert oder beauftragt. Erinnern Sie sich – *Bishop kann der Army nicht den Sieg zuschanzen.* Doch es gab in der Spielergemeinschaft Gerüchte, daß er während seines Ruhestands irgendwelchen Spionageaktivitäten nachging.«

»Also gut. Falls es jemand in Ecuador war – und finanzieller Einfluß kann auf der ganzen Welt politischen Einfluß kaufen –, hat er genug Macht, um jedes Sicherheitssystem zu durchbrechen, falls er den richtigen Knopf findet.«

»Und Bishop hat das besondere Talent, den richtigen Knopf zu finden«, sagte Tony.

Harmony trommelte mit den Fingern auf die Tischplatte. »Bleibt also nur eine Frage: Wie hat er Sharon Craynes verwundbaren Punkt herausgefunden? Und was, zum Teufel, hat er vor? Zwei Fragen.«

»Er hat auch Acacia Garcia unter Kontrolle«, sagte Tony. »Er hat sie für sich gewonnen. Sie stellte eine Möglichkeit dar, etwas über Griffin zu erfahren oder Zugang zu ihm zu bekommen. Oder ... ihn abzulenken. Und sie hat eine Schwäche für gefährliche Männer.«

»Scheiße«, sagte Harmony leise. »Aber was ist mit Miss Crayne?«

»Wir haben etwas Interessantes herausgefunden«, sagte Millicent. Sie blickte auf ihre Notizen. »Vor sechs Jahren, im März 2053, gehörte Sharon Crayne einer Organisation namens ASA an. Tony und ich haben einige von Bishops Kontobewegungen zurückverfolgen können. Wir haben zwar keinerlei verdächtige Verbindungen gefunden, sind aber auf eine Reihe kleiner Überweisungen auf das Konto einer Organisation namens ASA gestoßen, die zu derselben Zeit getätigt wurden.«

»Und wofür steht ASA?«

Vail wählte sorgfältig seine Worte. »Es gab einmal eine Organisation, die sich *Adult Survivors of Abuse* nannte, Erwachsene Opfer sexuellen Mißbrauchs. Es handelte sich in der Hauptsache um eine Selbsthilfegruppe von Inzestopfern. Sie hat sich aufgelöst.«

Harmony setzte sich in seinem Stuhl zurück. *»Bishop?«*

»Hm, ja.«

»Dr. Vail, messen Sie einem Zufall nicht zu viel Bedeutung bei?«

»Nicht unbedingt. Unser Nigel Bishop macht auf mich den Eindruck eines lächelnden Soziopathen. Unfähig, eine wirklich bedeutende Beziehung einzugehen, aber brillant. Diese Art von Brillanz, vielleicht sogar von Über-Kompetenz, kombiniert mit der Auffassung, daß der gesamte Bereich menschlichen Verhaltens nichts als ein Spiel darstellt, das man entweder gewinnt oder verliert, deutet auf eine extrem belastete Kindheit hin. Ich stelle mir einen kleinen Jungen vor, der nie um seiner selbst willen geliebt wurde, sondern nur für das, was er tat ...«

»Was er tat ...«, flüsterte McWhirter.

»Ja«, sagte Vail äußerst trocken. »Und für wen er es tat. Doch es ist schwer, ohne mehr Informationen Genaueres zu sagen. Aber falls er als Heranwachsender einem Inzest zum Opfer fiel, würde ich annehmen, daß der Inzest von einer Tante, einer älteren Schwester oder vielleicht sogar von seiner Mutter verübt wurde. Daß er alles tat, um ihr zu gefallen, und sie die duale Position als Autoritätsfigur und Geliebte benutzte, um ihn zu manipulieren und zu zwingen, wie eine Marionette zu reagieren. Daß die Beziehung schließlich entdeckt und beendet wurde und bei ihm eine verheerende emotionelle Wirkung hinterließ sowie eine schreckliche Ambivalenz der weiblichen Sexualität gegenüber. Ich glaube, seitdem versucht er, Frauen zu beherrschen, ins Verderben zu stürzen und ...«

Harmony unterbrach ihn. »Also versucht Bishop lediglich, das Spiel zu gewinnen? Deshalb hat er Sharon Crayne getötet?«

Tony schüttelte heftig den Kopf.

»McWhirter und Lopez zufolge«, sagte Vail, »auf deren Urteil wir uns in dieser Angelegenheit verlassen müssen, kann er nicht gewinnen und hätte das wissen müssen. Er hat sein Team verloren – vermutlich absichtlich. Er verfügt über keine Amulette. Er kann die Army nicht zum Sieg führen. Wie auch immer seine Ziele aussehen mögen, es hat nichts mit dem Spiel zu tun.«

»Worum geht es denn dann?« Harmony schien jeden Augenblick explodieren zu wollen.

»An dem Punkt sind wir gescheitert«, sagte Tony. »Was wollte er außerhalb des Spielbereichs? Er hat jede Regel gebrochen, um dorthin zu gelangen. Vielleicht stielt er etwas?«

»Es müßte klein sein«, sagte Harmony. »Spieler nehmen nicht gerade viel aus dem Spiel mit, oder?«

Tony schüttelte den Kopf. »Was gibt es in MIMIC zu stehlen?«

»Einige Räume wurden umgebaut. Ein paar Computersysteme wurden installiert, aber es ist noch nicht viel in ihren Speichern.«

»Er könnte Wanzen anbringen. Jetzt, bevor ScanNet voll einsatzfähig ist.«

»Also gut«, sagte Vail und beteiligte sich an dem Spiel. »Industrielle Pläne? Ausrüstungsgegenstände? Sabotage?«

Millicent blickte ihn unbehaglich an. »Sabotage? Wo liegt darin der Profit?«

Harmony räusperte sich. »Man kann eine andere Nation in Terminschwierigkeiten bringen. Sie kommen mit ihrem Plan in Verzug. Wenn das nächste Mal Angebote eingeholt werden, steht der Saboteur schon viel besser da. Auf lange Sicht gesehen könnte es sich um einen Kampf zwischen Ecuador und Sri Lanka um den Standort eines Himmelshakens in der Erdumlaufbahn handeln.«

»Also gut«, sagte Vail schließlich. »Wir müssen Griffin daran beteiligen. Wann ist die nächste Pause?«

»Keine Ahnung. Auf jeden Fall aber ziemlich bald«, sagte Harmony. »Sie müssen völlig erledigt sein.« Er grinste müde. »So ein Zufall. Ihr nächster Haltepunkt ist ein Friedhof.«

34 Baron Samedi

FREITAG, 22. JULI 2059, 17 UHR 00

Von den feuchten Gräbern stiegen dichte Dampfwolken empor, und die neun übriggebliebenen Spieler und ihr einsamer Führer hielten sich die Nasen zu, während sie sich durch den Matsch schleppten. Die gesamte dritte Ebene stank nach Verwesung.

Sie hatten zwei Stunden benötigt, um sich von der achten Ebene hinabzuschleichen. Sie waren einem Pfad aus grünen, virtuellen Pfeilen gefolgt, der sich über Treppen und Korridore erstreckte, und dabei allem aus dem Weg gegangen, das in der Entfernung vorbeischlich oder in der Tiefe stöhnte. Am Ende des Pfades stießen sie auf den Friedhof, an dem ihr Abenteuer vor anderthalb Tagen seinen Anfang genommen hatte.

Von der achten Ebene war Matsch durchgesickert. Der Boden war aufgeweicht und rutschig. Teilweise verweste, nichtmenschliche Leichen waren aus den Gräbern gespült worden und lagen feucht und stinkend auf den Parkwegen. Leere Augenhöhlen starrten sie an; zungenlose Münder schrien in stummen Schreien auf.

Acacia hielt ständig das Schwert bereit. Captain Chiffre verwahrte den größten Teil ihres Salzvorrats und streute eine Messerspitze auf jede Leiche, an der sie vorbeikamen. Wo das Salz auftraf, erhob sich eine nach Verwesung stinkende Rauchwolke.

Ein schrilles Gelächter hallte über den Friedhof; ein Geräusch, das noch unmenschlicher als die herumliegenden verkrümmten und zerfallenen Wesen war.

»Oh ... ihr seid so ... schlau«, rief eine Stimme. An die letzte Silbe des Wortes »schlau« schloß sich ohne Übergang das Gelächter eines Irren an. »Ihr habt Salz, und Salz hält mein Volk auf. So schlau ...«

»Ach du heilige Scheiße«, sagte Chiffre. »Ich wünschte, sie würden voranmachen und angreifen. Ich weiß nicht, wie lange ich das noch ertragen kann ...«

»Pst ...«

Der größte Teil der dritten Ebene war einst eine Grünanlage gewesen, ein Ort, an dem sich Menschen an einem freien Tag versammeln konnten, um zu feiern oder ein Picknick zu machen. Jetzt war die Anlage ein stinkender Ort des Todes, an dem sich Leichen einen Weg zurück aus der ewigen Verdammnis gegraben hatten.

»Was haltet ihr davon?« Tammi nahm ein Skelett in Augenschein. »Anscheinend hat es sich in so ein Krokodil-Ding verwandelt.« Tammi trug die Nommo-Krone. Die Kriegerin verfügte jetzt über eine mächtige Magie. Mit der Krone und Ogguns Halskette war sie die mächtigste Abenteurerin.

Sie hatten alle möglichen Zauber ausprobiert, um Mary-ems Götterkind aufzuwecken, doch es hatte sich nicht gerührt. »Es ist ein Baby«, sagte Mary-em verlegen. »Vielleicht hält es gerade ein Schläfchen.«

Die Mutter Oberin hatte die ganze Abenteurer-Karawane mit einer gelben Schutzaura umgeben, die gleichzeitig die Umgebung erhellte. Dieser verdammte zerstörte Friedhof war so deprimierend, daß Acacia sich fast wünschte, das Licht würde erlöschen.

Plötzlich schob sich ein Grabstein aus der Erde. Eine mannsgroße Kugel aus Spinnweben drängte sich, von saugenden Geräuschen begleitet, aus dem Matsch und entfaltete sich. Ein menschliches Wesen trat wie ein Schmetterling, der sich aus seinem Kokon befreite, aus der Kugel und lächelte.

Einst war es ein Mensch gewesen. Jetzt war es zu einem beträchtlichen Teil skelettiert, und man konnte durch die Löcher in seinem Körper und in dem verblichenen grauen Mantel den Grabstein sehen. In seinen Adern war einst Negerblut geflossen, doch von der Flüssigkeit war herzlich wenig übriggeblieben, was auch für das Fleisch galt, durch das es hätte fließen können.

Er verbeugte sich tief. »Willkommen in meinem Reich«, sagte er. »Ich bin Baron Samedi.«

»Der Herr der Toten«, murmelte Acacia.

Er bewegte die stelzenähnlichen Beine und reichte Acacia die Hand. Sie ergriff sie nervös, und das verrottende Ding berührte mit seinen hervorstehenden Zähnen ihre weiche Haut. Sie verspürte nur den Hauch eines warmen, klebrigen Atems auf den Fingern, dann richtete er sich wieder auf.

Acacia hatte die Beherrschung zurückgewonnen. »Hast du die Krokodil-Wesen ausgeschickt, um die Nommo anzugreifen?«

»Nein«, sagte er lächelnd. »Ich schaue zu. Ich erfreue mich an dem Spektakel.«

»Woran?«

»An dem Spektakel des Lebens. Alles Leben endet hier, in meinem Reich. Ich sehe gern den Lebenden zu, wie sie versuchen, ihr Ende um ein paar Stunden, oder Tage, oder Jahre hinauszuzögern. Es bedeutet nichts. Alles endet hier. Ich diene Babalu-Aye. Er hätte die Toten vor den Mayombreros beschützen sollen, jetzt aber verfügen sie über die größere Macht. Mein Herr ist ihr Diener geworden.« Seine Stimme war ein erfreutes Flüstern.

»Wo ist dein Herr?« fragte sie.

»Gebunden. Vielleicht ist er auch schon gar nicht mehr mein Herr. Wir werden sehen.«

Die Mutter Oberin trat leise vor. »Babalu-Aye«, flüsterte sie Acacia ins Ohr. »Schutzherr aller Kranken.«

»Was hältst du davon?«

»Die Mayombreros wollen den ganzen *Schmeer* haben. Wir wissen, daß Götter in Wirklichkeit nichts anderes als Energiefelder sind, doch dieses wurde erschaffen, um zu heilen und die Toten zu beschützen. Vielleicht eine Art Einbalsamierungsdämon? ›Baron Samedi‹ muß so was wie ein Golem-Unterprogramm sein. Etwas, das für Babalu-Aye sowohl mit den Lebenden als auch den Toten *Schmuh* treibt.«

»Aber ohne echte Loyalität.«

»Wie könnte es über Loyalität verfügen? Es ist bloß ein Golem, ein Roboter, ein künstliches Ding. Jede Energie, die es am Leben hält …«

»Energie …«

Die Mutter Oberin runzelte scharfsinnig die Stirn. »Der Reaktor?«

Baron Samedi trat kichernd einen Schritt zur Seite und winkte sie durch.

Vom Friedhof stieg Rauch auf, als die Abenteurer ihn betraten; sie schlurften durch knöcheltiefen Matsch. Die schräg stehenden Bäume waren so kahl wie Weizenfelder im Winter. Ein schwacher Wind fuhr durch die Zweige.

»Da kommt jemand«, flüsterte Acacia. »Scheiße, das gefällt mir nicht.«

»Reiß dich zusammen«, sagte Tammi knapp.

Zuerst stießen sie nur auf leere Gräber, dann stürmten zwei ponygroße schwarze Schatten über den Parkweg auf sie zu. Hunde. Bestien. Zweihundert Pfund schwere Pitbulls, so groß wie Doggen. Sie hielten außerhalb der Waffenreichweite der Abenteurer inne.

Auf dem Hügel erschien ein weiterer Schatten, der schwach von einer ersterbenden Straßenlampe erhellt wurde. Ein einbeiniger Mann auf Krücken. Langsam, mühsam kam er näher. Jeder Schritt war eine Anstrengung.

Es war ein alter Schwarzer, und die Hunde an seiner Seite schienen eher Wach- als Schoßhunde zu sein. Sie schnüffelten an Tammi und an Mary-em – als sie mit den Nasen ihren Bauch anstupsten, setzte sich einer, rollte sich auf den Rükken und entblößte seinen Leib. Mary-em bückte sich und streichelte ihn.

Mein Gott, dachte sie. Das sind echte Hunde.

»Ihr habt viele Untote vernichtet«, sagte der alte Mann. »Ihr seid mächtig. Ich kann mir zwar nicht vorstellen, daß ihr mächtig genug seid, um euer Vorhaben auszuführen, aber über eine gewisse Macht verfügt ihr.«

Captain Chiffre nahm all seinen Mut zusammen. »Bist du Babalu-Aye?«

»Ja, ich habe diese Gestalt angenommen. Ihr kennt jetzt die Wahrheit über uns. Ihr habt viele Hunde gerettet oder zumindest um sie gekämpft. Ich liebe Hunde. Sie sind meine Freunde. Und ihr habt die Fesseln gelockert, die mich halten. Ich biete euch – dies!«

Er reichte der Mutter Oberin eine der abgenutzten Holzkrücken. »Sie verstärkt jeden Heilzauber. Du wirst sie brauchen, bevor eure Aufgabe erfüllt ist.«

Die Mutter Oberin klemmte sich die Krücke unter den Arm. Sie bestand aus dunklem, fleckigem, knotigem Holz. Das gelbe Leuchten des Schutzzaubers wurde immer stärker, schließlich sogar unangenehm grell. Die Mutter Oberin brachte es mit einer Handbewegung auf eine erträgliche Helligkeit. Sie wollte Babalu-Aye danken – doch er war mitsamt seinen Hunden verschwunden.

»Was für ein Kerl«, flüsterte sie und strich behutsam über den Talisman.

Eine Entscheidung wurde getroffen: jetzt, wo ihnen der neue Schutzzauber der Mutter Oberin zur Verfügung stand, wollten sie eine Pause einlegen und sich auf den letzten Angriff vorbereiten.

Mitten in dem verwüsteten Park fanden die Abenteurer einen baufälligen weißen Pavillon, legten die Rucksäcke ab und setzten sich schwerfällig hin, als hätte die Müdigkeit sie plötzlich wie eine Woge überrollt.

Griffin blickte sich mißtrauisch um. Nigel Bishop schien kein Bedürfnis zu haben, sich Acacia oder ihm mitzuteilen. Alex hätte es besser gefallen, wenn einer der beiden aus dem Spiel ausgeschieden wäre. Er mußte zu einer Konferenz und brauchte einen Verbündeten. Da blieb nur eine Möglichkeit.

Er ging zu Mary-em hinüber, die gerade ihren Schlafsack entrollte. Sie blickte dabei über den flachen Friedhof, und eine Hand ruhte sanft auf dem ungeborenen Kind in ihrem Leib.

»Darf ich mich zu dir setzen?«

Die kleine Frau schaute ihn hinterlistig an. »Natürlich.«

»Oder können wir einen kleinen Spaziergang machen? Das wäre noch besser.«

»Könnte aber gefährlich sein. Wenn hier Zombies herumschleichen ...«

»Wir müßten ungestört sein.«

»Ich bin doch Mutter ...«, fing sie an, sah dann aber, daß es ihm sehr ernst war. Sie stand auf und folgte ihm aus dem Pavillon. Dreißig Meter weiter fanden sie eine Bank und setzten sich.

Alex drückte auf seinen Ohrstöpsel. »Nachricht an Tony«, sagte er laut. »McWhirter. Das ist eine Notfall-Auszeit, eine Angelegenheit der Sicherheitsabteilung. Sieh zu, daß wir nicht gestört werden.«

Einen Augenblick später meldete sich Mitch Hasagawa. »McWhirter ist nicht da, Chef, aber ich gebe die Nachricht weiter.«

Mary-em beobachtete ihn scharfsinnig. »Also. Um was geht es *diesmal*?«

Er lachte. »Ich muß immer deine Spiele sabotieren, nicht wahr?«

»Bist du deshalb hier?«

»Nein, aber du weißt, daß ich der Sicherheitschef bin, Acacia weiß es, und ... Bishop auch.«

»Soso. Komm zur Sache, Griffy.«

Er seufzte. »Gut. Bishop hat geplant, dieses Spiel irgendwie zu manipulieren. Acacia macht mit oder hat ihm zumindest dabei geholfen. Das ist aber noch nicht alles. Jemand ist gestorben.«

Ihre Augen verrieten die unausgesprochene Frage.

»Ein Sicherheitsbeamter der Cowles Industries. Vielleicht hat Bishop etwas damit zu tun. Falls Acacia ihn damit in Zusammenhang bringen kann ...«

»Ein Spiel wie dieses wäre keine schlechte Gelegenheit, jemanden auszuschalten«, sagte Mary-em nachdenklich.

»Ich möchte, daß du in Acacias Nähe bleibst. Laß sie nicht aus den Augen. Ich weiß, daß Bishop nichts versuchen wird, wenn ein Zeuge dabei ist.«

Sie nickte, und ihr nußbraunes Gesicht legte sich in Falten. »Du kannst dich auf mich verlassen.«

Bishop beobachtete, wie Griffin, Mary-em und Acacia ihr kleines Menuett aufführten. Und lachte im stillen. Er entschuldigte sich bei den anderen, um einen kleinen Erkundungsgang zu machen. Es gab keinen Grund, der ihn davon abhalten könnte, und er fand Acacias Erleichterung entzükkend. Er ging zum Friedhof und verschwand in den Schatten.

35 Konferenz

FREITAG, 22. JULI 2059, 17 UHR 46

Griffin fand eine in der Wand verborgene Schiebetür und öffnete sie, indem er den Sensor seinen Daumenabdruck abtasten ließ. Die Tür glitt auf und verschaffte ihm Zugang zu einem versiegelten Korridor. Eine zweite Tür öffnete sich, und er betrat ein leerstehendes Büro. Er schaltete einen Holo-Bildschirm ein und gab Harmonys Nummer ein.

Harmonys Hologramm erschien und schaute ihn besorgt an. »Mann, du siehst halbtot aus. Wann hast du das letzte Mal geschlafen?«

»Ich … habe letzte Nacht ein paar Stunden geschlafen«, sagte Griffin lahm. Wenn er halb so tot aussah, wie er sich fühlte, hätten sie ihn an der Seite Baron Samedis spielen lassen sollen.

Millicents Bild erschien, gefolgt von Tony – und Richard

Lopez. Griffin war alles andere als glücklich darüber, doch nach einem Augenblick hatte er den Grund dafür begriffen.

»Mister Lopez«, sagte er schließlich. »Können wir davon ausgehen, daß Sie über die nun stattfindende Besprechung absolutes Stillschweigen bewahren?«

»Natürlich.« Lopez' Bild flackerte etwas, und Alex justierte es nach.

»Also gut. Thaddeus, was haben wir?«

Griffin kämpfte darum, sich zu konzentrieren, während Harmony ihn auf den neuesten Stand brachte. Großer Gott. Er wollte sich nur noch unter dem nächsten Gebüsch verkriechen und schlafen. »Also könnte Bishop Sharon gekannt haben. Ein toller Zufall. Und er kann sich unmöglich vorgemacht haben, dieses Army-Ding erfolgreich durchzuziehen? Denn das wäre zu offensichtlich ...«

Tony schüttelte nachdrücklich den Kopf.

»Wir haben uns gefragt, ob er in MIMIC hinter etwas her ist, Alex«, sagte Harmony.

»Dann hat er es bereits.«

»Das *weißt* du, Alex?«

»Ich denke schon ... Bishop ist so locker geworden. Er hat sich ganz auf das Spiel konzentriert. Was er auch immer gewollt hat ... Bitte, entschuldigt mich«, sagte Griffin zu Lopez und McWhirter und legte sie auf die Warteschleife. Ihre Hologramme verblaßten.

Er wandte sich Millicent zu, obwohl er doch eigentlich zu dem Computer sprach. »Ich will eine Auflistung, was in den letzten acht Monaten nach MIMIC gebracht wurde.«

»Kommt sofort, Alex.« Sie zauberte, und eine scheinbar endlose Liste spulte sich in der Luft schwebend vor ihm ab.

»Scheiße. Sabotage?«

Millicent zuckte die Achseln. »Haben wir uns auch schon gefragt.«

»Wanzen. Wir werden alles überprüfen müssen.«

Harmony schlug mit der Hand auf den Tisch. »Verdammt. Warum ist ScanNet noch nicht völlig einsatzbereit?«

Griffin schloß die Augen. »Wir haben es so schnell betriebsbereit gemacht, wie wir konnten, Thaddeus.«

»Klar. Also ... Bishop ist hinter irgendeiner dieser unzähligen Möglichkeiten her.«

»Vielleicht. Vermutlich sind es Informationen; die sind sehr leicht zu befördern. Wie lange war Bishop außer Reichweite der Scanner?«

Harmony sah sich ein paar Zahlen an, die vor ihm lagen. »Insgesamt etwa drei Stunden.«

Alex schaltete McWhirter wieder dazu. »Tony. Es wurde doch kein Scanner betriebsunfähig gemacht, oder?«

»Nein. Die arbeiten perfekt. Na ja, fast perfekt. In einigen Sektoren sind Statikausbrüche im Mikrowellenbereich aufgetreten.«

»Auf wiederkehrende Muster analysiert?«

»Nein«, erwiderte Tony kleinlaut. »Ich glaube, die Sicherheitsabteilung wollte warten, bis du ...«

»Dann mach es, verdammt noch mal! Welche Sektoren? Stell durch!«

Das vertraute holographische Modell MIMICs erschien auf dem Tisch. »Also ... ScanNet hat mit Übertragungen im Mikrowellenbereich aufgefangen ... Wann?«

»Meistens marschierten Spieler durch die betroffenen Sektoren. Vermutlich handelte sich um RF-Statik, die von der Spiel-Ausrüstung ausging. Die Geräte sind nicht immer vernünftig abgeschirmt, Griff.«

»Trotzdem ... verdammt, Tony, ich habe dir vertraut. Du weißt doch, wie wichtig das hier ist.« Griffins Kopf schmerzte. »Wenn du nicht clever genug bist, diese Statik zu untersuchen ...«

»Ich war beschäf...«

Alex schnitt ihm eiskalt das Wort ab. »Kümmere dich darum, McWhirter, oder schlag jemanden vor, der es kann.«

Tony versteifte sich. »Ich glaube ... Wenn du so denkst, sollte sich vielleicht Hasagawa darum kümmern.«

Alex massierte seine rechte Schläfe; er fühlte den Pulsschlag mit den Fingerspitzen. »Na gut. Du kümmerst dich weiter ums Spiel.«

Tony nickte grimmig. »Ich sag' es ihm.« Und er schaltete sich ab.

Niemand sagte ein Wort. Dann räusperte sich Richard Lopez. »Ich glaube, ich sollte mich wieder um mein Spiel kümmern. Vielen Dank. Es war ... interessant.«

Griffin nickte ihm zu, und die Holographie des kleinen Mannes erlosch.

»Was jetzt, Alex?« fragte Harmony unbehaglich.

»Ich will, daß MIMIC abgeriegelt wird. Die meisten Spieler und TPS sind noch da und warten auf den Schluß. Also – niemand verläßt das Gebäude, bis das Spiel vorbei ist und ich Zeit hatte, über alles nachzudenken. Hast du mich verstanden? Niemand!«

Tony McWhirter war wütend und verletzt. Doch mehr als alles andere hatte er Angst. Angst um Alex und um sich selbst.

Und Angst um Acacia. Das mußte er zugeben. Griffin war zu weit getrieben worden. Hatte er in den vergangenen drei Tagen überhaupt geschlafen? Er balancierte am Abgrund. Das war nichts Neues, doch Tony hatte noch nie erlebt, daß Alex es an einem Angestellten ausließ.

Er sammelte in der Spiel-Zentrale seine Habseligkeiten ein, verabschiedete sich von den Spielmeistern und verbrachte ein paar Minuten damit, Sis bei der Arbeit zuzusehen. Über Sis mußte man sich keine Sorgen machen; der Mann aus Oklahoma kümmerte sich um sechs Dinge gleichzeitig, ohne daß es ihn zu belasten schien.

Vielleicht war Tony McWhirter ja auch überflüssig.

Es war ihm nicht verboten worden, das Gebäude zu verlassen; Griffin hatte nicht einmal angedeutet, daß Tony gefeuert war. Wenn sich die Wogen geglättet hatten, würde es später vielleicht sogar eine Entschuldigung geben.

Falls es ein Später gab.

Tony mußte etwas tun, egal was, um Acacias Bild aus dem Kopf zu bekommen. Er mußte noch einmal mit ihr sprechen. Irgendwie. Und wenn er zum Helden werden und die edle Dame vor ihrer eigenen Dummheit bewahren konnte, wurde er vielleicht sogar mit einem Kuß belohnt ...

Oder etwas anderem. Verdammt.

Alle Spielbeteiligten befolgten die Regeln. Tony McWhirter hatte sich selbst vor langer Zeit versprochen, daß auch er nach den verdammten Regeln spielen würde. Und jetzt spielte ein Mann, der diese Regeln verstanden hatte, die besten Köpfe, die der Traumpark zu bieten hatte, gnadenlos an die Wand.

Also würde Tony McWhirter die Chancen etwas verbessern müssen.

Er fuhr auf die vierzehnte Ebene, die jetzt verlassen dalag. In dem Gebäude lauerten nun Wachen, und man hatte unauffällig zusätzliche Scanner aufgestellt.

Tony fand eine unbenutzte Konsole und verschaffte sich mit seinem Sicherheitscode Zugang. Er brauchte nicht lange, um die Aufzeichnungen der letzten Konferenzen zu finden. Er studierte die Sicherheitsprotokolle und prägte sich die Gebiete ein, in denen Mikrowellen-Statik registriert worden war.

Die Statik war immer dann aufgetreten, wenn Spieler unmittelbar anwesend waren – oder nur wenige Minuten später. Hatte Bishop irgend etwas hinterlassen, das die Spielcomputer beeinflussen sollte? Das vielleicht seine Magie effektiver machte und die Hardware überlagerte ...

Tony mußte sich diese Gebiete persönlich ansehen.

Er begab sich auf die zwölfte Ebene, wo sich die falsche Hollywood-Kulisse der Ile Ife befand. Er mußte grinsen, als er an das Chaos dachte, das ihre Stop-Motion-Monster angerichtet hatte. Er hielt sich in den Schatten, denn er wußte, daß die Aufnahmefelder sich nicht vollständig überlagerten. Es gab Stellen, an denen sich eine Person, die sich einigermaßen ruhig verhielt, bewegen konnte, ohne von den Sicherheitsscannern erfaßt zu werden. Schließlich bestand ScanNets Hauptproblem darin, die Entscheidung treffen zu müssen, was an die nächste Relaisstation übermittelt wurde und was nicht. Sie konnten nicht alles übermitteln. Und da das System nur zu vierzig Prozent einsatzfähig war …

Die Spieler sind der blinde Punkt des Traumparks, dachte Tony grimmig. *Wir nehmen zuviel Rücksicht auf sie. Das muß aufhören.*

Tony machte sich an einen der Datensammler heran. Es handelte sich um einen Relais-Computer, der die Aufgabe hatte, die Informationen zu koordinieren, die ihm die anderen Scanner dieser Ebene übermittelten. Und der hatte unangemessene Statik empfangen?

Verbarg sich dahinter eine Unterbrechung des Informationsflusses? Falls Bishop sich vorgenommen hatte, während des Spielverlaufs etwas Verbotenes zu tun, hätte er dann nicht gleichzeitig auch die Hauptprozessoren unbrauchbar machen müssen?

Aber sie hätten es bemerkt, wenn eine Relais-Station oder ein Scanner zerstört worden wäre.

Und wenn man die Information nur ein wenig verfälscht hatte?

Also gut. Nur mal angenommen, Bishop ist hinter einer Information her, die in einem Abschnitt des Mars-Projekts gespeichert ist. *Außerhalb* der Spielebenen. Er sendet sie während eines Kampfes, bei dem die Scanner überladen werden; niemand wird es bemerken.

Aber wohin sendet er die Informationen? Er kann sie nicht aus dem Innern des Gebäude nach draußen schicken.

Wie wäre es mit einem der Modul-Apartments? Bishop stiehlt die Information, bricht in ein Modul-Apartment ein, öffnet das Wetterrollo und sendet die Daten mittels eines Richtstrahls an einen vorher in Position gebrachten, meilenweit entfernten Empfänger. Bei Sichtkontakt hatte er einen Laser benutzen können, ohne Alarm auszulösen. War das möglich? Wahrscheinlich nicht.

Denn als er die Vorbereitungen für das Voodoo-Spiel traf, konnte er eine solche Möglichkeit nicht verläßlich *einplanen.* Was immer Bishop auch gestohlen hatte, *es befand sich noch im Gebäude.*

Tony scannte die Relais-Station. Auf den ersten Blick nichts zu finden, verdammt. Wie sah es mit der unmittelbaren Umgebung aus? Ein Störsender benötigte keinen physischen Kontakt mit der Ausrüstung ...

Er kroch über den Boden und überprüfte die Verbindungskabel. Es war dunkel hier. Tony war froh über die kleine Nachtlampe, die man in die Wand gestöpselt hatte, und schaltete sie ein, bevor er mit seiner Untersuchung weitermachte.

Er inspizierte den Scanner. Er bestand im Prinzip aus einer normalen Kamera; allerdings war zusätzlich ein handelsüblicher Multivisions-Empfänger angeschlossen, der leicht auszumachen war. Das diente zur Beruhigung der Mieter, die sich dann nicht heimlich beobachtet fühlten.

Alles schien in Ordnung zu sein. Ehrlich gesagt sah das Kabel brandneu aus, und das Gelenk des rotierenden Scannerarms blitzte wie am Tag der Montage.

Ehrlich gesagt ...

Tony sah sich das Gelenk genauer an und verfolgte es zurück in die Wand. Dort schien alles in Ordnung zu sein, aber je länger er sich den Scanner ansah, desto mehr störte ihn etwas.

Am Ausgangskabel schien ein zusätzlicher Metallring angebracht worden zu sein. Tony holte ein Taschenmesser hervor und schob die Klinge vorsichtig zwischen Ring und Kabel. Mit einem Klicken öffnete sich der Ring und fiel herunter.

Himmel noch mal. Gar keine Frage – es handelte sich um eine Wanze, irgendein Abhörgerät. Mit einem Sender für kurze Entfernungen. Wo war der Empfänger?

Er konnte überall sein, verdammt! Was für einen Nutzen hatte das Ding? Was sollte mitgeschnitten werden? Im

Moment fand hier lediglich das Voodoo-Spiel statt. Die Wanze mußte für einen späteren Einsatz angebracht worden sein. Die Statik-Ausbrüche: bloße Geräusche ...

Aber sie hatten Tony hierher geführt!

Handelte es sich bei den Ausbrüchen um einen Test, bei dem die Wanzen überprüft werden sollten? Das mußte es sein ... Hier gab es einfach nichts, was sich zu scannen gelohnt hätte. Nur eine Menge Spieler, die in Ile Ife gegen Ungeheuer kämpften ...

Hm. Ein rivalisierender Spielkonzern? Disney Japan? Konnten die Geheimnisse des Traumparks auf diese Weise enthüllt ...

Aber, verdammt noch mal, man konnte nur das sehen, was über die Standard-Monitore gesendet wurde! Es sei denn, die ScanNet-Kameras nahmen die Spezialeffekte auf eine Weise auf, die normalen Kameras verwehrt blieb.

Was wäre, dachte Tony, wenn das ganze Unternehmen nur dem Zweck diente, mit Hilfe ScanNets die Traumzeit zu analysieren, Cowles Industries patentierte Holographie- und Virtuell-Technik?

Er mußte ein Büro suchen und jemanden anrufen. Mitch. Diese Abhörwanze konnte Informationen speichern und dann vielleicht an einen Sender weitergeben, der imstande war, MIMICs Schutzkokon zu durchbrechen. *Wenigstens habe ich soviel herausgefunden!*

»Damit ich das richtig verstehe«, sagte Hasagawa. »Du glaubst, Nigel Bishop zapft die Sicherheitsanlagen an, um einen besseren Blick auf die Traumzeit-Technologie werfen zu können?«

»Ja.«

Mitch Hasagawa schüttelte den holographischen Kopf. »Das kann ich mir einfach nicht vorstellen. Wenn sich das wirklich lohnen soll, müßte er Zugang zum Hauptspeicher haben. Er hatte lediglich Zugang zu den Relais-Stationen.

Sie sammeln die Informationen und leiten sie weiter, verstehst du? Sie treffen eine Auswahl, damit die Hauptspeicher nicht überladen werden, aber sie interpretieren die Informationen nicht. Und das würde Bishop brauchen.«

Tony seufzte.

»Und überhaupt, warum dann das ganze Theater mit den Wettquoten und die unmögliche Army-Wette?«

»Es ist ein Ablenkungsmanöver«, sagte Tony. »Er mußte damit rechnen, daß jemand einen Teil seines Plans durchschaut. So werden wir mit einem Labyrinth konfrontiert, in dem wir erst den Weg finden müssen.«

»Aber wir wären nicht ewig damit beschäftigt.«

»Es hält uns lange genug auf Trab. Bis das Spiel vorbei ist.«

»Das ergibt einen Sinn.« Mitch griff nach dem Knopf, um die Holographie auszuschalten. »Ich muß zurück – du weißt, daß du dich eigentlich nicht darum kümmern dürftest? Nicht mehr.«

»Das macht es leichter, Mitch. Kein Druck mehr.«

Mitchs Bild verschwand und ließ einen Tony zurück, in dessen Kopf sich die Gedanken überschlugen. Er mußte ein gewaltiges Kichern unterdrücken. Kein Druck!

Sharon Crayne, die Hilfe brauchte, um das Kind zu finden, das sie weggegeben hatte.

Nigel Bishop, der Informationen brauchte, die ihm nur ein Insider verschaffen konnte.

Acacia Garcia, die sich mit Bishop zusammentat ... um ein unmögliches Unternehmen durchzuführen?

Als Ablenkungsmanöver stellte das Szenario mit dem ›zugeschanzten Sieg‹ eine gute Wette dar. Angenommen, Bishop setzte fünf zu eins auf die Army. Er wußte, daß sein eigenes Team ausscheiden würde: also vier zu eins. Jeder Schachzug, den er machte – keine auffälligen Aktionen, ohne andererseits keine gute Gelegenheit verstreichen zu lassen –, erhöhte die Chancen der Army. Drei zu eins? Eine gute Wette, wenn man nicht seinen Arsch einsetzte.

Bishop konnte ihren Sieg nicht garantieren, und das

mußte er wissen. Aber *Acacia* nicht! Was war, wenn er sie so verblendet hatte, daß sie davon überzeugt war, er würde es schaffen? Dann hatte er den idealen Komplizen, der die Regeln zurechtbog, um an das Geld zu kommen, während er Bishop gleichzeitig dabei half, eine größere Sache zu vertuschen. Eine häßlichere.

Bei der es um das Mars-Projekt und seine Dollar-Milliarden ging. Und an der jemand aus Ecuador beteiligt war, der über genug Macht verfügte, um durch diplomatische Kanäle Embryadopts Verteidigung zu durchbrechen.

Oder es ging um das Spiel: sagen wir, Traumzeit-Virtuell-Technik ...

Beide hatten etwas gemeinsam. Tony konnte es fühlen, seine Umrisse ertasten. Etwas in seiner Vorstellungskraft verband Ecuador, Sharon Crayne, Acacia, MIMIC, das Mars-Projekt, das Voodoo-Spiel – und Nigel Bishop miteinander.

Er mußte an Richard Lopez' Worte denken. »Es wird etwas Einfaches sein, etwas sehr Einfaches. Es wird nur kompliziert aussehen.«

Er rieb seine Schläfen. »Warum komme ich nur nicht darauf? Gottverdammt noch mal, Richard. Ich bin doch auch ein Spielmeister.«

36 Das Scheunentor

Als Alex Griffin zurückkam, waren noch zehn Minuten von der einstündigen Pause übrig. Mary-em unterhielt sich angeregt mit Acacia, als er zu ihr trat. Sie wechselten einen kurzen Blick, und Mary-em ging, um sich einen Schluck Wasser zu holen.

Griffin nahm Acacia beiseite. Er schloß fest die Hand um ihren Arm, und seine drängende Stimme klang todernst.

»Bishop hat etwas vor, Acacia, und du machst mit. Wenn es sich um Wetteinsätze handelt und sonst nichts, bin ich nicht weiter interessiert. Behalte dein gottverdammtes Geld. Aber ich muß es wissen. Jetzt. Das ist deine letzte Chance. Wenn du mich jetzt anlügst und ich es herausfinde, werde ich dich – Gott ist mein Zeuge – an den nächsten Baum nageln. Hast du mich verstanden? Die letzte Chance.«

Sie öffnete den Mund und schloß ihn wieder. Suchte nach Lügen, suchte in seinem angespannten Gesicht nach Gnade und fand weder das eine noch das andere. Plötzlich bahnte sich die ganze Angst, die sie unterdrückt hatte, mit urtümlicher Gewalt einen Weg nach oben. Sie hatte Nigel vertraut. Alex bat sie, ihm zu vertrauen. Und er hatte gesagt, daß ihm die Sache mit den Wetten egal war. Daß er einer größeren Sache auf der Spur war.

Sie mußte diese Chance ergreifen.

Acacia nahm ihn beim Arm und führte ihn vom Pavillon weg. Sie fanden eine Bank und setzten sich. »Nigel hat sich direkt nach der Ankündigung des Spiels mit mir in Verbindung gesetzt«, flüsterte sie ihm zu. »Wir hatten nichts miteinander, aber ich kannte ihn und wußte auch, was man sich so über ihn erzählt.« Sie schwieg einen Augenblick, als hätte sie sich in Erinnerungen verloren.

»Erzähl weiter«, sagte er ausdruckslos.

»Wir fingen eine Affäre an. Das dürfte wohl die richtige Bezeichnung sein. Ich ... weiß nicht, wie er es sah.«

Alex verspürte das Bedürfnis, sie zu drängen. Doch er beherrschte sich, und seine Geduld wurde schließlich belohnt.

»Ich glaube, ich habe mich in ihn verliebt, in seine Art, wie er die Dinge anpackt, wie er die Welt sieht. Er hat mich überzeugt, daß es aufregendere Spiele gibt und daß wir gemeinsam siegen könnten. Ich bin wohl darauf reingefallen.«

»Ich begreife, worauf das hinausläuft.«

»Das kann ich mir vorstellen. Er war der Überzeugung, daß wir einen Haupttreffer landen könnten, wenn wir beide bei einem Spiel mitmachen, indem wir dafür sorgen, daß ein bestimmtes Team den Sieg erringt. Er erklärte mir, wie das zu bewerkstelligen war, zumindest theoretisch ...«

»Wie?«

»Der erste Schritt besteht darin, drei gegnerische Teams zu einer Karawane zu verbinden. Dann nimmt man das Team gefangen, das man gewinnen lassen will. So beschafft man sich den Vorwand, die betreffenden Spieler zu beschützen, verstehst du? Dann schwächt man die anderen Teams derart, daß eine wichtige Fähigkeit, von der der Sieg abhängt, nur bei dem ›gefangengenommenen‹ Team zu finden ist.«

»Hört sich einfach an.«

»Ich hoffe, du meinst das sarkastisch.«

»Pst ...«

Ihre Stimme hob sich. »Es ist *unglaublich* kompliziert. Du mußt die Zusammenstellung aller Teams ganz genau beurteilen können und Vorabinformationen über das Spiel haben, besonders über das Spielende.«

»Über welche Insider-Informationen verfügte Bishop?«

»Schwer zu sagen, was er gewußt und was er hochgerechnet hat. Er ist vielleicht der klügste Mensch, den ich je kennengelernt habe.«

Er sah ihr in die Augen und fand dort ein kurzes Achselzucken, aber keine Entschuldigung.

Er versuchte eine andere Taktik. »Du weißt, daß ein Sicherheitsbeamter gestorben ist. Du weißt aber nicht, daß vermutlich eine Karte von MIMICs Sicherheitsanlage gestohlen wurde. Hast du so etwas gesehen?«

Sie schüttelte den Kopf. »Nein. Er hat viele Informationen. Und das schon seit Monaten. Über das Spiel, über die einzelnen Spieler. Ich weiß nur, daß in der Nacht, als diese Frau starb ...«

Griffin packte ihre Handgelenke. »Ich habe nichts davon gesagt, daß es sich um eine Frau handelt.«

Acacia sprach schnell weiter. Hysterie schlich sich in ihre

Stimme ein, und sie konnte ihm nicht in die Augen sehen. »Alex, ich erfuhr am Mittwoch von einem deiner Sicherheitsleute – er hieß Hasagawa, glaube ich –, daß etwas nicht stimmte. Ich bin dann mit einem von Nigels Programmen in deine Kommunikationsleitungen eingedrungen. Ich habe gelauscht. Alex, es tut mir so leid.« Sie fing an zu weinen.

»Verdammt.« Er löste seinen Griff.

»Sie war dir wichtig, nicht wahr?«

Alex nickte.

»Ich sage dir alles, was ich weiß«, sagte Acacia.

»Wie seid ihr in Verbindung getreten? Habt ihr tote Briefkästen eingerichtet?«

»Hiermit«, sagte sie. Sie schraubte den Griff ihres Messers ab und schüttelte einen der dreizackigen Sender heraus. »Er sendet über MIMICs elektrische Leitungen.«

»Da soll mich doch der Teufel holen.« Er hielt den Sender staunend ins Licht. Hatte McWhirter unrecht? »Kann Bishop es wirklich schaffen?«

»Warum nicht?« meinte Acacia. »Streng genommen ist es nicht einmal illegal. Der Sportverband des Landes hat den Rollenspielen keine Lizenz erteilt. Ich könnte von der IFSG ausgeschlossen werden, aber das hier war das größte Spiel aller Zeiten. Vielleicht ist es an der Zeit für den Rücktritt.«

»Und was ist mit Sharon?«

»Ich weiß nicht mehr, als ich dir erzählt habe, Alex. Vielleicht hat er es ja gar nicht getan – vielleicht ist ja gar nichts passiert.«

»Hat er versucht, dich zu töten?«

»Woher soll ich das wissen? Alles und jeder will mich töten. Ich bin eine Spielerin.« Doch die Frage hatte sie nicht überrascht. »Ich glaube nicht, Alex. Wenn er mich loswerden wollte, hätte er mich ertränken können. Das wäre doch am einfachsten gewesen.«

Alex lehnte sich zurück. Was war zu tun? Falls er nicht mehr Informationen erhielt, waren ihm die Hände gebunden. Selbst wenn Bishop das Spiel irgendwie manipuliert hatte, gab es keine beweisbare Verbindung zu Sharon Crayne. Vielleicht würde es die niemals geben.

Bishop bewegte sich vorsichtig durch die innere Peripherie von MIMICs dritter Ebene. Er stand im Schatten, unsichtbar für das menschliche Auge.

Doch das war im Augenblick nicht sein Gegner. Er hörte das Surren und blickte nach oben. Ein Wartungsroboter glitt durch die Rillen, die sich auf Wand und Decke befanden. Seine Kameraaugen suchten und beobachteten ihn. Das Gerät würde keine Fehler machen.

Und sie würde nicht allein sein. Es war also soweit. Die Streitkräfte des Traumparks waren aufmerksam geworden, aber es war zu spät.

Er mußte in Bewegung bleiben. Mittlerweile würde Griffin alles erfahren haben, was Acacia wußte, aber das reichte nicht.

Er konnte seinen eigenen Atem und seinen Herzschlag hören, doch das Geräusch, das seine Kreppsohlen auf dem Boden verursachten, das lauteste Geräusch von allen, entging ihm. *Ich habe es geschafft. Ich habe sie alle geschlagen.*

Dennoch überprüfte er immer noch jeden seiner Züge, ging sie alle noch einmal von Anfang an durch, jede Bewegung, die er im Hotel gemacht hatte, jeden Gegenzug. Er hatte jegliche Informationen voneinander abgegrenzt, so daß selbst Sharon Craynes wiederbelebte Leiche ihnen nicht alles erzählen konnte, was sie wissen mußten. Er hatte Sicherheitsvorkehrungen getroffen, deren Ironie Alex Griffin sicher zu schätzen gewußt hätte, vorausgesetzt, er war überhaupt helle genug, um Ironie zu schätzen.

Nigel Bishop schlich durch die Korridore und schenkte den beweglichen Kameras scheinbar weiter keine Beachtung. Er überprüfte Türen, zeichnete die Korridore auf ein Stück Papier und traf verstohlen mit seiner Ausrüstung irgendwelche Vorkehrungen. Er hatte wieder alles unter Kontrolle. Er konnte es fühlen. Er war in Sicherheit. Er mußte nur noch ein oder zwei Stunden durchhalten, das verdammte Spiel zu Ende bringen, und sich dann von hier entfernen, nur weit weg von diesem Ort, an dem die Frau gelegen hatte, untergetaucht, wo ihr Blut aus dem linken Nasenloch gesickert war und ihre schrecklichen blauen Augen ihn angestarrt, durch ihn hindurchgesehen hatten …

Er blieb zitternd stehen und fuhr mit der Hand über die mit klebrigem Schweiß bedeckte Stirn. Es gab nichts, worüber er sich Sorgen machen mußte. Und der Traumpark konnte ihm jetzt nichts mehr anhaben.

Es gibt eine Parabel über Pferde und Scheunentore, dachte er. *Griffin sollte sie erfahren.*

37 Der letzte Angriff

FREITAG, 22. JULI 2059, 19 UHR 00

Captain Chiffre hatte seine Haschpfeife mit Kräutern gestopft und lehnte sich zurück, um zu rauchen. Seine Gefährten genossen den Rest ihres schlichten, einfachen Abendessens. Es war noch immer Pausenzeit, doch er wollte ein Experiment wagen.

Er zog ein paarmal mit aller Kraft an der Pfeife und pustete dann den Rauch in die Gegend. Die Qualmwolke schwebte in der Luft …

Und verfärbte sich langsam rot. Und dann schwarz. Und wurde wieder rot.

Und sank langsam zu seinen Füßen zu Boden.

Und erhob sich wieder. Aber nicht vor seinen Füßen, sondern …

»Aufgepaßt!« brüllte er. »Der Friedhof qualmt, der Friedhof qualmt!«

Tammi warf ihr Essen beiseite und hielt einen Lidschlag später ihren Stab verteidigungsbereit.

Die Abenteurer versammelten sich am Pavillon. Major Clavell sah sich die Rauchwolken genauer an, die durch Risse im Erdboden aufstiegen. Er wünschte sich eine Waffe. In Tammis Bündel steckte eine Ersatzschwert, und sie sah gerade woanders hin …

Er nahm es, schwenkte es einmal und verspürte dabei ein schreckliches Wohlbehagen.

Die Mutter Oberin senkte den Kopf und schloß die Hände um Babalu-Ayes Krücke. Goldenes Licht sprühte aus ihren Fingerspitzen, den Augen und dem geöffnetem Mund und breitete sich zu einem Schutzkokon aus, der sie alle umfaßte.

Tammi schob sich den Stab unter den rechten Arm und hielt die magische Halskette mit der linken Hand fest. »Alle auf ihre Posten! Sofort!«

Qualmende Gestalten erschienen auf dem Friedhof; ihre Umrisse waberten einen Augenblick und lösten sich dann wieder auf. Sie hüpften von einem aufgebrochenen Grab zum nächsten. Waren es Irrlichter? Entfernt menschliche Umrisse erzitterten und verwandelten sich riesige, lautlos schreiende Münder, denen Lippen, Zähne oder sogar die Gesichter fehlten. Sie kamen zitternd näher heran und wichen dann wieder zurück – wie in einem Lufthauch flakkernde Kerzenflammen oder schüchtern flirtende Schatten. Sie umkreisten den Pavillon, gefangen in einem rituellen Tanz, bei es weder Musik noch Rhythmus gab.

Dann riß sich eins der Wesen aus dem Kreis los und griff an.

Tammi umklammerte die Perlen, und ein Lichtblitz zuckte aus ihrer Brust und versetzte dem Wesen einen schrecklichen Schlag. Es wurde zu Fragmenten aus gestaltgewordener Dunkelheit zerfetzt und hinterließ nur einen Umriß, der eine Sekunde lang aufrecht stehenblieb und dann zusammenbrach.

»Das ist es!« sagte Bishop. Griffin warf ihm einen Blick zu;

bis zu diesem Augenblick hatte er Bishop überhaupt nicht gesehen und war sich nicht einmal sicher, wann er wieder aufgetaucht war.

Die Abenteurer bewegten sich in Keilformation auf einen Eckausgang zu. Die Schattenwesen gewannen ständig an Substanz, um sich dann wieder aufzulösen. Sie stürzten sich auf sie und wurden von dem Licht abgeschreckt.

»Womit haben wir es da zu tun?« keuchte Acacia.

»Weiß ich nicht«, sagte Chiffre. »Die Mayombreros haben jetzt zu viele Tricks im Ärmel.«

Sie hatten fast das Treppenhaus erreicht, als die Tür donnernd aufgestoßen wurde und Thaddeus Dark ihnen den Weg versperrte.

Er war eine riesige, aufgequollene Gestalt, dessen Antlitz vor Wut, Mordlust und animalischer Gier verzerrt war. Seine Hände ähnelten Raubtierkrallen. Er schlich gekrümmt aus den Schatten, und es bestanden keinerlei Zweifel an seinen tödlichen Absichten.

Ich darf jetzt nicht loslachen, dachte Alex; außerdem sah Thaddeus wirklich furchteinflößend aus. Ihm folgte eine Flut von Einkaufszentrums-Ungeheuern.

Sie stießen gegen den Schutzkokon der Mutter Oberin und wurden zurückgedrängt. Die Schattendämonen konnten gegen den Kokon nichts ausrichten, doch die Monster griffen ihn mit Klauen und Zähnen an, und einige bahnten sich so einen Weg.

Ein gewaltiges Durcheinander entstand, ein schwindelerregendes Chaos aus Schwertern, Stäben und Messern, Feuerbällen, knisternden Lichtblitzen und den Schreien der Verdammten und Sterbenden.

Es floß reichlich Blut, das den Schmutz und die gepflasterten Wege rutschig werden ließ. Die Abenteurer kämpften sich durch die Horde, und plötzlich stand Griffin Thaddeus Dark gegenüber.

Ein fürchterliches Grollen ertönte – gefolgt von einem Klauenhieb. Alex schlug mit dem Schwert zu. Dark packte die Klinge, zerrte daran – eine Stimme flüsterte »Loslassen!« in Griffins Ohr – und riß sie ihm aus der Hand. Thaddeus Dark brach das Schwert über seinem Knie, und die Klinge knickte wie ein Zweig. Er warf sich auf Griffin; Alex taumelte zurück und stolperte über Major Terry Clavells blutenden Körper.

Clavell hatte vier diagonale Schnitte auf der Brust, aus denen das Blut im Rhythmus seines Herzschlags sprudelte.

»Hier …«, sagte er schwach. »Nehmen Sie meins.« Er reichte Alex sein Schwert und erschlaffte.

Alex wirbelte herum und stand auf einmal Schulter an Schulter mit Acacia. Sie verfügte über einen weitreichenden, lockeren Kampfstil und war dabei so anmutig wie eine Tänzerin. Er kam sich eher wie ein Tanzbär vor, war in Wirklichkeit jedoch fast genauso schnell wie sie. Gemeinsam schlugen, schnitten und hackten sie sich einen Weg durch die Reihen der Gegner.

Ein weibliches Ungeheuer stellte sich Acacia entgegen, und Griffin erkannte unter dem aschenfarbenen Make-up vage die großen, dunklen Augen und die schwarze Haut. Diese Kreatur war in einem anderen Leben einmal seine Freundin Millicent Summers gewesen. Diese Halunken!

Acacia hieb nach der verwandelten Millicent, und Millicent fauchte und schlug zurück. Sie umkreisten einander und suchten nach einer Öffnung in der Deckung des Gegners.

Alex konnte nicht zusehen. Thaddeus Dark hatte ihn wieder aufgespürt. Das Monster war schnell, stark und …

»Beiseite, Führer!« sagte Bishop hinter ihm. »Den übernehme ich.«

Alex knirschte mit den Zähnen und trat zurück.

Bishop stürzte sich auf Thaddeus Dark. Magische Blitze lösten sich aus seiner Aura und trafen Darks Haut und die offenliegenden Knochen. Die losgelösten Hautlappen unternahmen tatsächlich den Versuch, wieder zusammenzuwachsen, und Dark brüllte auf und verlor noch mehr von seinem menschlichen Aussehen. Während sein Lebensblut aus einem Dutzend Wunden rann und klaffenden, untertellergroßen Brandwunden Rauch entströmte, verwandelte er sich endgültig in ein Tier.

Schließlich stürzte Dark tot zu Boden.

Das Blatt schien sich zu wenden. »Ho-Ho!« rief die Mutter Oberin, und dann ...

Die Tür wurde ein zweites Mal aufgestoßen, und ihre toten Kameraden kamen ihnen entgegen.

Da war SJ, dessen zerstückelter Körper zu neuem Leben erwacht war und dessen Kopf schief auf der rechten Schulter lag. In seinen Augen brannte ein neues, schreckliches Bewußtsein. Er hielt eine Keule, die mit Nägeln und Glassplittern gespickt war. Und da war Holly Frost, deren Körper von einem unvorstellbaren Druck zerquetscht worden war und deren Augen aus den Höhlen baumelten. Sie hielt ein Schwert in der zitternden, toten Hand. Da kamen Crystal Cofax, Bruder Duck, Tamasan, Aces Wilde ...

Ruckartig bewegten sie sich auf ihre ehemaligen Freunde zu – versessen auf ihr Blut.

Griffin fand sich an der Seite der Mutter Oberin wieder. Sie und die Krücke strahlten grell auf und spendeten den Verbündeten Kraft. Immer wieder verheilten die tödlichen Wunden, sei es bei Acacia oder Tammi, und einmal sogar bei Griffin.

Dämonen, Ungeheuer und Zombies warfen sich hungrig gegen ihren Schutzschild, kämpften darum, ihn zu überwinden, um sich einen Weg zum Fleisch zu bahnen ...

SJ torkelte gegen die Barriere der Mutter Oberin und biß zu. »Hirn«, murmelte er, und aus seinem Mund floß schwarzer Sabber. »Mehr Hirn. Frisches Hirn.« Er warf sich erneut gegen den Schild. »Süßigkeiten?«

Einige der Zombies verfügten auf Armen oder Beinen über besondere virtuelle Markierungen, die nur die Abenteurer sehen konnten. Griffin traf einen markierten Kopf, und er platzte auseinander. Spinnen und Schlangen spritzten in einem schrecklichen Schwall in alle Richtungen, und der Zombie fiel zuckend auf die Knie.

Alex sprang zu ihm und schlug auf die hell markierten Gliedmaßen ein (nur an der gepunkteten Linie schneiden), um jedesmal einen spektakulären, ekelerregenden Effekt zu erzielen.

Mary-em, Alphonse und Poule hielten sich genau in der Mitte der Gruppe auf und konnten nichts tun. Alphonse verfolgte nervös den Schlachtverlauf. Man hatte ihn zwar entwaffnet, aber das hier wurde zuviel. Al gab Poule ein Zeichen. Acacia hatte ein Ungeheuer entwaffnet und kämpfte jetzt wie eine Furie mit einem langen und einem kurzen Schwert.

Poule näherte sich ihr von hinten und riß ihr ein Schwert aus der Hand. Sie keuchte überrascht auf, schien für den Bruchteil einer Sekunde in Erwägung zu ziehen, ihn anzugreifen, kam dann wieder zu Sinnen und wandte sich erneut den hungrigen Toten zu.

»Chiffre! Gib Al sein verdammtes Schwert!« rief sie.

Chiffre riß es aus seinem Rucksack, ohne auch nur mit seinem Zauberspruch ins Stocken zu geraten, und warf es Al zu. Der griff daneben, ließ es fallen, verlor beinahe den Kopf, als er es aufhob, und griff an.

Gerade rechtzeitig. Die Mutter Oberin verließen die Kräfte. Der goldene Schild brach zusammen; sie brach erschöpft in die Knie und fiel genau auf die Krücke. General Poule legte einen Arm um ihre Taille und trug sie fort, als wäre sie ein Kind.

Alphonse kämpfte wie ein Wilder, doch Alex sah, daß er innehielt, um etwas an seinem Gürtel zu richten. Es schien ein sandwichgroßes Stoffsäckchen zu sein, in dem sich etwas befand. Eine Puppe?

Sie hatten sich den Weg bis zur Tür freigekämpft, und Tammi lief als erste die Stufen hinab. Die Treppe war schmal und wurde von Reihen kleiner, gelber Lampen erhellt. Schatten glitten von einem Absatz zum nächsten. Alle blieben kurz stehen, um zu verschnaufen – und Twan taumelte die Stufen hoch.

Sie war noch immer naß und stank nach dem schwarzen Wasser. Ihr Mund hing offen. Aus ihrem Leib war ein Stück Fleisch herausgebissen worden, und die Gedärme waren zu sehen. In ihren mandelförmigen Augen brannte ein schreckliches Feuer, und sie war dreckverkrustet. Sie trug zwei Schilde – zwei Mülleimerdeckel.

Ihr Blick fand Tammi ...

Tammi stürzte sich mit einem wütenden Knurren auf sie und schwang ihre Klinge. Der eine Schild fuhr hoch, dann der andere; eigentlich ohne besondere Eile. Doch Twan hatte Tammis Schwert festgeklemmt. Sie trat nach ihr – und ins Leere. Tammi hatte das Schwert losgelassen und war zurückgesprungen.

Einen Augenblick später war alles vorbei. Tammi hatte sich an ihre anderen Verteidigungsmöglichkeiten erinnert. Ein Feuerstrahl schoß aus der Nommo-Krone und hüllte Twan ein. Die Untote wurde gegen die Wand geschleudert. Ihre Augen quollen aus den Höhlen und explodierten.

Es blieb Alex erspart, sich den Rest ansehen zu müssen. Das Licht war erloschen.

»Sie haben den Strom abgestellt«, flüsterte Acacia.

»Es gibt hier bereits genug Finsternis. Wie wäre es mit etwas Licht?« Das Kraftfeld der Mutter Oberin erwachte zu neuem Leben. Auch wenn es vermutlich zu schwach war, um Schutz zu bieten, sorgte es doch für Helligkeit.

Sie gingen an Twans qualmender Leiche vorbei und gelangten auf die Einkaufszentrums-Ebene.

Die Decke war geborsten, und aus den Spalten quoll mit Dreck vermischtes Moos vom Friedhof. Der Boden war mit klebrigen Wasserlachen übersät; es hatte zahlreiche Läden verwüstet. Das Wasser tropfte mit einen rhythmischen Kloakengeräusch in den Zentralschacht.

Tammi und Acacia übernahmen jetzt die Führung, Bishop die Nachhut.

Griffin hielt die Augen offen, soweit es nur ging. Er sah sich alles an, was es in seiner Nähe zu sehen gab.

Dann ertönten die Trommeln. Heiße, rhythmische Dschungelgeräusche, die von einer hypnotischen, zwingenden Lebendigkeit waren. Griffin hatte den Eindruck, daß sie gleichzeitig aus allen Ecken der zweiten Ebene kamen.

»Was haltet ihr davon?« flüsterte er.

»Mitreißend. Am liebsten würde man tanzen«, sagte Alphonse, doch er blieb kampfbereit stehen, und seinem Blick entging nichts.

Captain Chiffres Arm schoß in die Luft. Eine weitere Lichtkuppel senkte sich über sie, und die Musik wurde gedämpft.

Dieses düstere Licht – Griffin wollte sein Virtuell-Visier hochklappen. »Lassen Sie das Visier unten«, flüsterte eine Stimme in sein Ohr.

Dann kamen die Mayombreros aus den Schatten. Sie kamen von allen Seiten; sie waren überall gleichzeitig, sabbernd und hungrig, ein lebendiger Teppich aus Feinden, die für ihre schreckliche Sache kämpften und starben.

Die Abenteurer hatten sich jetzt zu einer Einheit zusammengefunden, und die Magie der Amulette machte sie stark. Wie ein Wirbelwind aus Feuer und Stahl rissen sie eine Lücke in die Mayombreros. General Poule schüttelte keuchend Blut und Schweiß vom Kopf. »Da!« rief er und zeigte auf ein Schild mit der Aufschrift AUSGANG, das sechs Meter entfernt zu sehen war.

Es sollten seine letzten Worte sein. Im nächsten Augenblick wurde er zu Boden gerissen, und ein Wald aus Reißzähnen und Klauen begrub ihn unter sich.

Der Rest erreichte das Treppenhaus. Bishop schlug die Tür zu, obwohl sich ein haariger Arm dazwischendrängte. Er fiel zuckend zu Boden und versuchte noch kriechend, nach ihm zu greifen. Chiffres Magie verbrannte ihn.

»Versiegelt die Tür!« rief Bishop. Magische Blitze fuhren aus drei Richtungen heran und schweißten sie zu.

»Das wird sie nicht aufhalten«, sagte Acacia und sackte gegen die Wand.

»Stimmt«, sagte Tammi. »Aber sie werden einen Augenblick damit beschäftigt sein. Vielleicht. Und inzwischen ...«

Alphonse keuchte. Das war knapp gewesen. Sehr knapp. Die Krallen eines Mayombreros hätten beinahe seinen Gürtel abgerissen.

Und das wäre gar nicht gut gewesen. In keiner Weise.

Ich habe was für dich, Bishop. Bald ist Zahltag.

Der Fuß der Treppe lag verlassen da. Tammi berührte vorsichtig die verschlossene Tür. Dabei konnte sie das Heulen von Alarmsirenen hören. Sie klangen drängend. Beharrlich. »Hier ist es«, flüsterte sie. »Alles hängt davon ab, was jetzt passiert. Will noch jemand etwas sagen?«

Eine schreckliche Stille senkte sich über sie, die nur durch das Sirenengeheul unterbrochen wurde. Dann hob Mary-em die Hand.

Griffin erstarrte. Es würde guttun, den Trompetenruf zu hören, mit dem diese ehrfurchtgebietende Kriegerin sie jetzt in die Schlacht führen würde. Was hatte sie zu sagen? Zweifellos Worte, die das Blut in Wallung bringen würden. Alle beugten sich vor.

»Äh ...«, sagte Mary-em, und ihre Lippen verzogen sich zu einem reuigen Lächeln. »Ich glaube, ich habe mir in die Hose gemacht.«

38 Die letzte Runde

FREITAG, 22. JULI 2059, 20 UHR 23

Die obere Tür wurde mit konzentrierten, laut hallenden Schlägen aufgebrochen. Chiffre zündete die Pfeife an und paffte drauflos, um ein magisches Fenster zu erzeugen. Es zeigte, wie die Ungeheuer sich rücksichtslos gegen die Tür warfen. Dabei schienen sie schrecklicherweise völlig die Tatsache zu ignorieren, daß sie sich bei dieser Aktion die Haut aufrissen und die Knochen brachen.

Am Fuß der Stufen aber fand ein kleines Wunder statt.

Tammi drehte den Abenteurern den Rücken zu und scannte den über ihnen liegenden Treppenabsatz. Die Mayombreros würden sie erst einmal überwältigen müssen. Bishop und Acacia paßten unten auf. Die Mutter Oberin konzentrierte all ihre Kräfte darauf, Mary-ems Kind auf die Welt zu bringen.

»Pressen«, beschwor sie sie. Mary-em imitierte überzeugend eine Frau, die gerade eine Wassermelone zur Welt brachte. Sie bäumte sich auf und wand sich, hielt den Atem an, bis sie rot anlief, und schrie und krallte sich keuchend am Boden fest.

Dann leuchtete ihr Leib hell auf. Und in diesem Glühen lag Changos Kind schläfrig zusammengekrümmt, ein ätherischer Säugling, der sie mit den großen Augen eines Sternenkindes ansah und dann deutlich verständlich sagte: »Ich habe meine Meinung geändert. Ich komme nicht raus.«

Mary-em war schockiert. Sie wurde blaß. »Was?«

»Mit gefällt es hier drin ausnehmend gut, Mutti.«

Sie stotterte und suchte nach Worten, die nicht kommen wollten. »Ja, aber ... was soll ich denn tun?«

»Lehn dich zurück und sieh dir die Show an«, schlug das Baby vor.

Über ihnen ertönte ein reißendes Knirschen, das unmißverständliche Aufstöhnen einer Tür, die aus den Angeln gerissen wurde.

»Was du auch vorhast, beeil dich!« rief Tammi.

Und es passierte. Das Licht in Mary-ems Leib breitete sich immer weiter aus, wurde zu einer siedenden Kaskade, die gegen die untere Tür drängte. Griffin sah ungläubig zu, wie die Tür wie von Riesenhand eingedrückt wurde. Der Rahmen quietschte protestierend auf, und dann wurde die Tür in einem Plastik- und Metallregen aus den Angeln gerissen und flog noch einige Meter weit, bevor sie auf den Boden polterte.

Und dann standen sie im Reaktorraum. Die Alarmsirene schrillte laut und drängend. *»Warnung«*, verkündete eine synthetische Stimme kalt. *»Der Reaktor hat das Stadium der endgültigen Überbelastung erreicht. Sie haben fünf Minuten, um den Abschaltvorgang einzuleiten ...«*

Das Licht zog sich wieder zusammen und bildete Chango junior. Sicher in Mutters Bauch untergebracht, nuckelte er am Daumen. »Habe ich das gut gemacht, Mom?«

»Äh ... was soll ich sagen?«

»Übrigens ... Ich bin nicht mehr schwach und zerbrechlich. Du auch nicht.«

Mary-em lachte über ihr ganzes faltiges Gesicht. »Heißt das, ich kann wieder kämpfen?«

»Weißt du mit dem Begriff ›Löwenmutter‹ etwas anzufangen?«

Mit einem lauten Seufzer der Erleichterung zog Mary-em ihren Stab aus dem Rucksack, balancierte ihn auf der Handfläche und berührte einen verborgenen Knopf. Beide Enden fuhren heraus, bis er eine Länge von einem Meter und zwanzig erreicht hatte.

»Wie soll ich dich nennen?« fragte sie.

»Junior ist schon okay. Gib ihnen Saures, Mutti.«

Sie grinste wild. »Man muß ihn einfach liebhaben.«

Der Reaktorraum war ein lebender See aus dämonischen Wesen, die wie der Tang des Sargasso-Meers zusammenklebten. Sie wurden nur durch Juniors Licht in Schach gehalten.

Eine Horde Mayombreros stürmte laut kreischend die Treppe hinab. Juniors Licht breitete sich aus und berührte die anderen Amulette, die daraufhin ebenfalls aufleuchteten. Oranyans Stab strahlte an Acacias Hals. Die Nommo-Krone, Ogguns Halskette und Babalu-Ayes Krücke gleißten wie eingefangene Sterne. Die Abenteurer bahnten sich durch die geifernde, schäumende Dämonenschar einen Weg in den Kontrollraum.

Die Mutter Oberin hob ihre Stimme. »Dieser Reaktor ist ganz schön sauer. Und das wird bald noch schlimmer werden.«

»Kannst du uns beschützen?« fragte Griffin.

»Vielleicht, vielleicht auch nicht.«

»Verdammt, dann versuch es!«

»Warnung. Sie haben vier Minuten, um den Abschaltvorgang einzuleiten ...«

Griffin und die überlebenden Abenteurer kämpften sich, vollständig von sich überlappenden, magischen Schildern geschützt, den Weg frei. Der gesamte Raum war mit weißen Fliesen ausgelegt. Auf dem Boden waren überall Pfützen aus stinkendem Wasser auszumachen; weitere Ströme rannen die Wände hinab und sickerten in die Stromsteckdosen. Sie knisterten, sprühten Funken und stanken nach verbranntem Isoliermaterial.

Die Mayombreros waren vor dem magischen Schild zurückgewichen. Tammi konnte durch den Schutzschirm auf sie einschlagen, doch die Dämonen konnten ihr nichts antun. Während die Gruppe sich durch den Raum bewegte, verfolgten sie die Abenteurer mit hungrigen Blicken.

Auf der anderen Seite der Reaktorzentrale befand sich eine Schalttafel, die fast vollständig unter nebelhaften, dämonischen Lebensformen begraben war. Sie schienen dort etwas aufzusaugen. Als die Abenteurer näherkamen, saugten die Schatten heftiger, wurden größer, teilten sich, ließen Reißzähne wachsen, flogen auf sie zu und wurden von den Schilden zurückgeschlagen.

Doch mit jedem weiteren Angriff gaben die Schilde etwas nach, bevor sie ihre alte Stärke zurückgewannen.

»Können wir näher herankommen?« Bishop hielt das Schwert mit beiden Händen gepackt.

»Ich bin mir nicht sicher«, sagte die Mutter Oberin. Sie keuchte und taumelte, fand aber das Gleichgewicht zurück. Sie krümmte sich unter der Anstrengung.

Die Hauptschalttafel des Reaktors leuchte pulsierend auf, und in der Luft wimmelte es von Dämonen. Einem gelang es, sich durch die Schilde zu quetschen. Er saugte sich an der Brust der Mutter Oberin fest. Sie wurde grau im Gesicht, dann weiß, und die Lebensenergie floß in einem sichtbaren Strom aus ihrem Körper. Dann berührte Mary-em sie am Arm. Das Gesicht der Mutter Oberin gewann wieder an Farbe, und der vampirische Dämon zerfiel zu Staub.

»Warnung. Sie haben noch drei Minuten, um den Abschaltvorgang einzuleiten ...«

Nach ein paar Schritten hatten sie es geschafft. Aus der Nommo-Krone auf Tammis Kopf schoß ein Lichtstrahl, und die Plexiglas-Abdeckung über den Kontrollen fuhr zur Seite.

Captain Chiffre inspizierte die Hauptschalttafel. Er berührte eine Skala und einen Schalter – und die Wand öffnete sich.

Dahinter lag ein aus Stahlwänden bestehender Korridor. Energie summte. Wasserpfützen bedeckten den Boden. Am anderen Ende gleißte ein so helles Licht, daß sie beinahe geblendet wurden. Pulsierend. Tödlich. Unwiderstehlich. Die Wände waren mit dem Sanduhren-Nekro-Symbol übersät.

»Die Hauptschalttafel hat einen Kurzschluß!« sagte Chiffre. »Die verdammten Mayombreros haben sich selbst die Kehle durchgeschnitten.« Der Computerbildschirm wurde hell und blendete eine mathematische Gleichung ein, an deren Ende ein Cursor fragend aufblinkte. »Um solchen Mist kann ich mich jetzt nicht kümmern!« schrie Chiffre.

»Gibt es keine Notfall-Unterbrechung oder was?« rief Griffin und übertönte den zunehmenden Lärm.

»Am Ende des Korridors. Da kommen wir nicht ran – als alles kurzgeschlossen wurde, haben sich die Gamma-Schilde aktiviert. Da drin herrscht eine höllische Radioaktivität. Ich muß versuchen, den Kurzschluß zu überbrücken. Beim zweischwänzigen Demosthenes – *welche* Kubikwurzel?«

»Verdammt!« brüllte Penthesilea. »Der ganze Korridor ist eine riesige Nekro-Falle! Chiffre, wir *müssen* es über die Hauptschalttafel schaffen!«

Ihr Schutzschild gab nach. Mary-ems Gottessohn wurde immer blasser. »Mutter«, flüsterte er. »Ich halte es nicht mehr lange aus ...«

»Chiffre?« fragte Mary-em beunruhigt. »Schaffst du es?«

Chiffre, der noch immer auf den Bildschirm starrte, schüttelte den Kopf. »Das ist höhere Mathematik. Ich ... ich weiß es nicht.«

»Warnung. Sie haben jetzt noch zwei Minuten, um den Abschaltvorgang einzuleiten ...«

Chiffre blickte zu dem Wandlautsprecher hoch. *»Kannst du nicht endlich das Maul halten?«*

In der Spiel-Zentrale konnten jetzt sämtliche Spielmeister ihren Posten verlassen. Alle Effekte liefen automatisch weiter; ihre Arbeit war getan, und sie hatten sich um den Hauptschirm versammelt, um begeistert zuzusehen, während die Zeit ablief.

Sis wurde plötzlich von einem Alarmzeichen aus dem passiven Interesse gerissen, in das er verfallen war.

»Wir haben eine besondere Bitte von Alphonse Nakagawa«, sagte Richard Lopez.

»Was?«

»Alphonse Nakagawa. Er ... hm. Das ist nicht zu fassen. Er hat anscheinend eine Voodoo-Puppe gebastelt.«

»Das ist ja interessant.«

»Interessanter, als Sie ahnen.« Lopez ließ ein Holo-Fenster entstehen. Darin zeigte sich eine schnelle Abfolge von Momentaufnahmen, die alle Nakagawas Hand zeigten: sie hielt einen Kamm; sie hielt ein paar schwarze Haare; sie hielt eine faustgroße, unfertig aussehende, aber dennoch unverkennbare Stoffpuppe. »Er hat sie vor über einer Stunde während der letzten Pause vom Computer registrieren lassen. Sie stellt Bishop dar.«

Nigel Bishop kratzte sich am rechten Ohr. *»Achtung, Bishop«*, sagte Richard Lopez mit unmißverständlichem Vergnügen. »Sie haben den größten Teil Ihrer Schutz-Punkte verbraucht und sind jetzt verwundbar. Sie wurden mit einem Bann belegt. Auf Anordnung Ihres neuen Herrn werden Sie jetzt Penthesilea angreifen und töten.«

Bishops Augen weiteten sich. Er wirbelte herum, sah die Gruppe an und entdeckte Alphonse – der mit untergeschlagenen Beinen und ausdruckslosem Gesicht auf dem Boden saß und einen Gegenstand in seiner Hand musterte.

Doch es galt keine Zeit zu verschwenden – wer sich dem Willen der Traumpark-Götter nicht beugte, den erwartete eine schreckliche Strafe. Bishop zog das Schwert und hieb auf Acacia ein.

Sie reagierte beinahe augenblicklich und duckte sich, als hätte sie einen Schlag und damit den plötzlichen Tod aus Bishops Richtung erwartet. Fechtend und parierend zog sie sich in die einzige Richtung zurück, die ihr offenblieb – in den von Strahlung überschwemmten Korridor mit den Nekro-Warnschildern.

Sie versuchte, ihre Position zu halten, schaffte es aber nicht. »Nein, Nigel!« rief sie. Sie machte einen taumelnden Schritt und stand plötzlich mitten in einem Feld aus tödlicher Strahlung.

»Verdammt!« schrie sie, und in ihrer Stimme schwang echte Furcht mit. »Verdammt, verdammt, verdammt, verdammt!«

Bishop stand wie erstarrt da, unfähig, sich zu bewegen oder zu sprechen.

Penthesilea sank langsam in sich zusammen. Ihr Körper begann zu qualmen.

»Du Bastard!« sagte Tammi und wirbelte zu Alphonse herum.

»Augenblick!« rief er. »Ich kann uns alle hier rausholen. Chiffre, du schaffst es nicht mehr rechtzeitig, oder?«

Ein schwitzender Captain Chiffre schüttelte den Kopf. »Ich weiß es nicht. Ich weiß es wirklich nicht.«

»Warnung. Sie haben noch eine Minute, die Notfall-Abschaltung einzuleiten ...«

»Auf meine Weise gewinnen wir mit Sicherheit.«

Tammi und Mary-em blickten sich an. Was hatten sie zu verlieren? Ihre magischen Schilde brachen zusammen.

»Was hast du vor?«

»Gib Bishop das Oggun-Amulett«, sagte Al. »Das verstärkt die körperliche Kraft. Rühr dich nicht, Bishop!«

Bishop sah sie haßerfüllt an, als ihm die Kette umgelegt wurde. »Und jetzt«, sagte Al der Barbar mit nackter Bosheit in der Stimme, »gehst du in den Korridor, Bishop, und ziehst die verdammte Notbremse.«

Hätten Blicke etwas abschneiden können, hätte Al ab sofort den ersten Sopran im Knabenchor singen können. Bishop knirschte mit den Zähnen und zitterte vor Haß.

»Sofort«, sagte Al sanft.

Bishop entspannte sich, und als er sich umdrehte, wäre es ihm fast gelungen, das zögernde, bewundernde Grinsen zu verbergen. *Showtime!*

Bishop der Besessene torkelte überzeugend in den Korridor und wurde von der tödlichen Strahlung überschüttet. Die Abenteurer konnten auf dem Monitor verfolgen, wie seine Wangen Blasen schlugen und hinabtropften, wie sich

Blasen auf der Haut bildeten und sich abschälte. Er taumelte, doch die in Ogguns Halskette steckende Kraft hielt ihn aufrecht.

Sekunden später stand er vor den offenen Strahlenschilden und wurde in ein unheiliges Licht getaucht. Er stürzte gegen die Wand, schlug mit Händen dagegen, an denen kein Fetzen Fleisch mehr hing, riß metallene Schutzblenden weg, griff nach den Kontrollhebeln und drückte sie herunter …

Dann brach er zusammen und löste sich auf dem Boden auf.

Die Schilde schlossen sich. Die Lampen auf der Schalttafel erloschen. Das Licht im Reaktorraum wurde dunkler.

»Achtung. Notfall-Abschaltung wurde aktiviert. Einen schönen Tag noch.«

Die Dämonen kreisten jammernd um die verbliebenen Abenteurer, dann wurden sie langsamer, sanken zu Boden – und lösten sich in Luft auf.

Die kreischende Alarmsirene wurde leiser und erstarb.

Griffin schenkte Acacia einen kurzen, bedauernden Blick. Ein doppelter, schwarzer Streifen zeichnete ihre Umrisse nach. Sie sah geschmolzen aus, doch die skelettierten Schultern hoben und senkten sich kaum merklich, als würde sie unter dem virtuellen Bild weinen.

Von all den Abenteurern hatten nur Mary-em, die Mutter Oberin, Tammi, Al Nakagawa und Captain Chiffre überlebt.

Ihre magischen Schilde brachen zusammen. Die Zauberkräfte waren erschöpft. Was kam jetzt? Sie hatten nichts mehr in der Hand, und …

Vor ihnen in der Luft erschien eine leuchtende Gestalt. Es war ein Nommo, der in seiner majestätisch-schrecklichen Plattfisch-Gestalt auf dem Schwanz balacierte.

»Es ist vorbei«, sagte er. »Und ihr habt gewonnen.«

39 Schubkarren

FREITAG, 22. JULI 2059 – 22 UHR 00

Griffin kam noch rechtzeitig in die Spiel-Zentrale, um zu sehen, wie die Spielmeister alles zusammenpackten und sich auf den Aufbruch vorbereiteten. »Ich habe gehört«, sagte er leise zu Richard Lopez, »daß das Ihr letztes Spiel war.«

»Das ist zumindest die Meinung der Ärzte.« Die dunklen Ringe unter seinen Augen schienen heller zu werden, als bereite ihm diese Antwort einen mächtigen Spaß.

»Er hat sie schon öfter hereingelegt.« Mitsuko hielt seinen Arm fest umklammert. Aus Zuneigung? Oder um ihm zu helfen, sich aufrecht zu halten? Alex wußte es nicht. Er war allerdings davon überzeugt, daß sie kein Mitleid wollten. Sie waren die Besten. Sie hatten der Welt ihr Meisterstuck präsentiert. Sollte das tatsächlich ihre letzte Arbeit sein – nun, es gab schlechtere Abgänge.

Er drückte Richard herzlich die Hand, und die Lopez' gingen.

El und Doris hatten bereits die meisten Schauspieler entlassen und sammelten die Datenblätter ein.

Dann war Alex mit Vail, Thaddeus Harmony, Millicent Summers und einigen lärmenden Arbeitern allein, die die Virtuell-Bühne abbauten.

Alex wickelte einen kleinen Metallreifen aus einer Folie, betrachtete ihn und hielt ihn gegen das Licht. »Den hat McWhirter gefunden?«

»Stimmt«, sagte Millicent.

»Ich wünschte, ich könnte auf Voraussicht plädieren, behaupten, daß ich ihn aus dem Kontrollraum jagen wollte. Doch die Wahrheit ist viel prosaischer. Ich bin so müde, daß ich kaum noch denken kann. Ich bin einfach ausgerastet.«

Sie nickte schweigend.

Auf einem Bildschirm sah man die Siegesfeier, die in einer Apartment-Suite MIMICs für die Spieler veranstaltet wurde. Alle Spieler hatten sich dort versammelt, und nur zwei oder drei schienen überhaupt zu bemerken, daß sie gegen ihren Willen festgehalten wurden. Sicherheitsbeamte hatten sie höflich davon in Kenntnis gesetzt, daß es ein paar Stunden dauern würde, bis die Shuttles eingetroffen waren, und sie um die Ehre ihrer Anwesenheit bei einer ganz besonderen Party gebeten.

Sie können MIMIC noch nicht verlassen.

Ein paar Gäste maulten oder protestierten. Al Nakagawa rief seine Frau an; Clavell und Poule mußten ihre Vorgesetzten und Untergebenen verständigen.

Dann fing die Party an.

Alex trug noch immer sein verdrecktes Kostüm, als er die vor ihm schwebenden Informationen durchlas. Vail enthielt sich ausnahmsweise einmal jeden Kommentars und beobachtete ihn mit professioneller Neugier. Millicent und Harmony, die noch immer Teile ihres Make-ups trugen, schwiegen unbehaglich. Millicent ergriff dann als erste das Wort.

»Was sollen wir tun, Chef?«

»Die Stunden nutzen, die wir durch die Party gewonnen haben«, sagte er. »So haben wir Zeit zum Nachdenken.«

»Er hat versucht, einen Sieg zu erzwingen«, sagte Harmony. »Notfalls auch durch Betrug.«

Alex hatte Vails Bericht zu Ende gelesen.

Harmony beugte sich vor. »Wie dem auch sei, wir haben ihn aufgehalten. ScanNet hat ihn aufgehalten.«

Griffin lehnte sich zurück.

Es war durchaus möglich, daß ScanNet ihn aufgehalten hatte. Allerdings hatte er sich nicht dementsprechend verhalten! Aber Bishop war schwer zu durchschauen – und da die Angestellten des Traumparks nicht wußten, ob sie ihn tatsächlich gestoppt hatten, mußten sie davon ausgehen, daß er sein Ziel erreicht hatte.

Vielleicht hatten interessierte ecuadorianische Kreise den

Auftrag erteilt, einen Teil des Mars-Projekts zu beschaffen. Vielleicht hatte er sich den Plan von MIMICs Sicherheitsanlage besorgt. Er hatte die Überwachungskameras angezapft. In MIMIC gab es nur wenig, das zu stehlen sich lohnte. Scan-Net war zwar nur zu vierzig Prozent einsatzfähig, doch vielleicht hatte das System ihn trotzdem aufgehalten.

Es sei denn ...

Alex Griffin riß die Augen weit auf.

»Griff?« fragte Harmony besorgt. »Was ist?«

Auf Griffins Stirn hatte sich eine dünne Schweißschicht gebildet. »O mein Gott! Schubkarren! Wir hatten es die ganze Zeit über vor Augen.«

»Schubkarren?« fragte Vail verständnislos. »Wovon sprechen Sie?«

Alex stand zitternd auf. »Schafft Tony McWhirter her. Er hat es verdient.« Seine Stimme brach, und er schlug mit der Faust auf die Schaltkonsole. Das Bild der feiernden Spieler erlosch. »Versteht ihr denn nicht? Bishop stiehlt die gottverdammten Schubkarren!«

Mitch Hasagawa teilte den Spielern mit ausgesuchter Höflichkeit die nächste bedauerliche Verzögerung mit.

»Es wird noch etwas dauern, da noch einige Dinge geklärt werden müssen.«

Tammi und Twan, die zusammen mit dem Mausling eng aneinandergeschmiegt vor dem künstlichen Kamin saßen, grinsten ihn an. »Solange nur der Champagner weiterfließt, Kumpel«, sagte Tammi. »Wir können die ganze Nacht durchfeiern!«

Twan korrigierte sie. »Und Grapefruitsaft für den Kleinen.«

Der Mausling starrte sie böse an.

Die dreißig Spieler hatten sich unter die TPS der vergangenen anderthalb Tage gemischt.

Thaddeus Harmony schaute des öfteren herein. Er gab

fröhlich zu, daß sie auf seinen Befehl hin festgehalten wurden; es fiel nicht leicht, sich bei Thaddeus Dark zu beschweren.

Mary-em, die Mutter Oberin und SJ saßen sich gegenüber und verdrückten Kanapees. »Also …«, sagte SJ und grinste über das ganze sommersprossige Gesicht. »Was ist das für ein Gefühl, für immer Mutter zu bleiben?«

Mary-em tätschelte ihren Bauch. »Meine Stärke-Punkte haben die Schallgrenze durchbrochen. Was mich betrifft, habe ich dieses Spiel gewonnen. Weißt du, was das bedeutet? Ich habe mehr als genug Punkte, um Spielmeister zu werden! Das Terminator-Spiel nächstes Jahr wäre genau richtig für mich. Ich und Junior werden ein paar Roboter zur Schnecke machen!«

Sie strahlte. Texas-Instruments-Mitsubishi hatte dank Als Manöver in letzter Minute den Sieg davongetragen. Als einziger Mythenmeister, der bei Spielende noch über ein Teammitglied verfügte – Mary-em –, hatte er gleichzeitig den Tag gerettet und zwei gegnerische Mythenmeister vernichtet. Mary-ems ewig währende göttliche Schwangerschaft war ihm dabei sicherlich zugute gekommen.

Die Troglodyten nahmen den zweiten Platz ein. Dann kam Acacias UC-Team, gefolgt von der Army – Bishops General-Dynamics-Team belegte den letzten Platz.

Natürlich wechselte kein General-Dynamics-Teammitglied auch nur ein Wort mit Nigel Bishop.

Bishop stand neben einem Video-Fenster, das eine verschneite Alpenlandschaft zeigte. Er schien in Gedanken verloren zu sein und hatte ausnahmsweise einmal keinen Witz und keine bissige Bemerkung auf den Lippen.

Hin und wieder kam jemand, um ihm sein Bedauern auszusprechen. Er dankte höflich und machte durch seine abwehrende Körpersprache und den subtilen Tonfall seiner Erwiderungen klar, daß er in Ruhe gelassen werden wollte.

Also ließ man ihn gewähren. Er starrte auf das Bild, als versuche er in Gedanken, die Abfahrt vorwegzunehmen. Gelegentlich warf er einen Blick auf die Uhr oder trank einen Schluck Sekt.

Acacia Garcia wanderte wie betäubt durch den Raum. Wenn sie lächelte, war es nur ein automatisches Verziehen der Lippen. Tammi beobachtete sie eine Weile, warf dann die Decke ab und ging zu ihr.

»Hör zu, Acacia – es tut mir um Penthesilea leid«, sagte sie. »Du wirst einige Zeit brauchen, um dich wieder bis zur Mythenmeisterin hochzuarbeiten, aber du solltest eins wissen: Du bist in meinem Team jederzeit herzlich willkommen.«

Acacia versuchte zu antworten, doch die Zunge versagte ihr anscheinend den Gehorsam. Als sie schließlich einen Ton herausbrachte, hörte es sich an, als hätte sie Halsschmerzen.

»Vielleicht war es an der Zeit, daß sie starb«, sagte sie. »Sie hielt sich langsam für unsterblich. Als würde sie mit allem durchkommen.« Ihr linker Mundwinkel zuckte. »Man hatte sie schließlich gewarnt, nicht wahr?« Acacia spürte, daß sie die Tränen nicht mehr zurückhalten konnte. Plötzlich überließ sie sich ihrer Trauer und duldete, daß Tammi sie fest umarmte.

»Verdammt«, sagte Acacia und kämpfte um ihre Beherrschung. »Ich hasse dieses Miststück, und ich werde sie so vermissen. Ich werde …« Ihre Stimmte versagte; sie klammerte sich an Tammi fest und ließ ihren Tränen freien Lauf.

Griffin ging Tony McWhirter entgegen und streckte die Hand aus. »Ich habe einen Fehler gemacht«, sagte er. »In letzter Zeit sogar eine ganze Menge. Ich hoffe bei Gott, daß ich sie wiedergutmachen kann.«

Tony schüttelte die Hand und setzte sich wortlos.

Harmony schien den Atem anhalten zu wollen. »Also … Tony ist da. Würdest du uns jetzt endlich verraten, was du mit den Schubkarren gemeint hast?«

»Es ist eine alte Geschichte«, sagte Griffin. »Es gab mal einen Mann, der verdächtigt wurde, ein Dieb und Schmuggler zu sein. Der Polizeichef wies seine Grenzbeamten an, ihn genau im Auge zu behalten.

Na ja, der Mann kam am ersten Tag über die Grenze und schob eine Schubkarre voller Stroh vor sich her. Die Zöllner winkten ihn zur Seite und durchsuchten die Schubkarre, aber es war nur Stroh darauf. Also mußten sie ihn gehen lassen. Und am nächsten Tag kam er wieder mit der Schubkarre voller Stroh, und sie durchsuchten die Karre noch einmal. Und am nächsten Tag und am darauffolgenden Tag. Tag für Tag fanden sie nur Stroh.

Jahre später lief der Mann dem Polizeichef in einer anderen Stadt über den Weg. ›Hör zu‹, sagte der Polizeichef, ›wir wissen genau, daß du etwas geschmuggelt hast, aber wir haben nie etwas gefunden. Dir kann jetzt nichts mehr passieren, also rück mit der Sprache raus. Was hast du über die Grenze geschafft? Gold? Juwelen?‹

Und der Dieb lachte und sagte: ›Schubkarren.‹«

Einen Augenblick lang herrschte Schweigen, das schließlich kleinlaut von Millicent gebrochen wurde. »Ich möchte nur ungern als Trottel dastehen, aber – ich habe es noch immer nicht verstanden.«

»Nein? Wir haben angenommen, Bishop wollte ScanNet austricksen, um später Zugang zu allem zu haben, was wir mit ScanNet schützen wollen, richtig? Die Antwort lautet ja und nein. Er will *ScanNet* stehlen!«

Tony musterte ihn noch immer mißtrauisch und fragte sich, wie Griffin sich noch auf den Beinen halten konnte. »Warum? Wie?«

»Sagen wir einmal – Ecuador. Wer auch immer dahintersteckt. Vielleicht ist es ja Ecuador oder ein ecuadorianischer Konzern. Sie haben es auf die durch den Eigentumsvorbehalt geschützte Technologie abgesehen, die mit dem Beginn des Mars-Projekts in zwei Monaten hier ins Gebäude kommt. Um sie sich unter den Nagel zu reißen, müssen sie

ScanNet überlisten. Denn wenn das System erst vollständig installiert ist, kann man es nicht mehr überwinden. Deshalb haben sie versucht, jemanden in MIMIC einzuschmuggeln, bevor das System voll einsatzfähig ist. Und zwar Nigel Bishop.«

»Scheiße.« Tony schlug sich mit der Hand auf die Stirn. »Natürlich. Aber klar doch! Jetzt kapiere ich ... Bishop will den Output der ScanNet-Sensoren messen und das Ergebnis mit dem Input vergleichen, also mit dem, was sie wahrnehmen. Das sind die handelsüblichen Heimspiel-Kassetten. Auf diese Weise erfährt er, wie ScanNet seine Daten auswählt und was das System an die nächste Relais-Station weitergibt.«

»Und was hat er davon?« Vail schien wenigstens dieses eine Mal nichts zu begreifen.

»Bei einem selbständig arbeitenden Sicherheitssystem besteht die Problematik darin«, sagte Griffin, »ihm beizubringen, welche Informationen irrelevant sind. Kein Prozessor könnte die wahnsinnige Menge ursprünglicher Daten bewältigen, die ScanNet aufnimmt. Jeder Sensor ist also gewissermaßen intelligent. Er entscheidet, was er an die nächste Relais-Station weitergibt und was nicht. Und jede Relais-Station bearbeitet den Input von, sagen wir, einem Dutzend Sensoren. Sie begutachtet die Daten und leitet diejenigen weiter, die *sie* wiederum für wichtig hält. Und so weiter, und so fort. Die Daten durchlaufen vielleicht ein Dutzend Relais-Stationen, bis sie den Hauptprozessor erreichen. Die Entwicklung der Sensoren war kein Problem, die der intelligenten Software hingegen kan man nur als Wunder bezeichnen.«

»Sieben Jahre waren dazu erforderlich«, sagte McWhirter. »Über eine Million Arbeitsstunden. Wenn man nun die Sensoren anzapfen kann und sie mit einem Reiz konfrontiert ...«

»So wie ein Spezial-Effekt-Spektakel?«

»Genau. Lärmende, sichtbare, warme menschliche Körper machen seltsame Sachen. Das siebt man dann durch. Man findet heraus, was vom Sensor weitergeleitet wird und was auf dem Müll landet. Worauf hat das System geachtet? Was hat es weisungsgemäß ignoriert? Dann kann man die Software praktisch von hinten aufrollen, die konzeptionellen Löcher im ScanNet finden und das System überwinden.«

Alle schwiegen.

»Hatte er Erfolg?« fragte Harmony.

»Hier fängt das eigentliche Dilemma an«, sagte Alex. »Verstehst du nicht? Wir können uns es nicht *leisten,* davon auszugehen, daß er es vielleicht doch nicht geschafft hat. Falls es ihm gelingt, die Informationen hinauszuschmuggeln, müssen wir die gesamte Software neu entwickeln – wozu uns keine Zeit bleibt. Oder wir müßten ein anderes, erheblich weniger leistungsfähiges System installieren.«

»Könnte er die Informationen nicht bereits hinausgeschmuggelt haben?«

Tony schüttelte langsam den Kopf. »Bishop hat den Ruf, ein Einzelgänger zu sein. Er vertraut niemandem. Er hat Acacia in einen Teil des Plans eingeweiht, weil er einen Spion brauchte, der für Ablenkung sorgte. Ich glaube – ich *glaube,* man kann von der sicheren Annahme ausgehen, daß sie seine einzige Vertraute war. Wenn das stimmt, ist das ganze Unternehmen vermutlich folgendermaßen abgelaufen:

In der ersten Nacht schleicht Bishop sich davon und bringt seine Wanzen an. Am nächsten Tag kämpft sein oder ein anderes Team vor ScanNet gegen irgendwelche Ungeheuer, und seine Wanzen schneiden die Informationen mit und überspielen sie danach auf ein Speichermedium.«

»Könnte er die Daten hinaus*gefunkt* haben?« fragte Millicent.

»MIMIC ist abgeschirmt. Falls er in die Nähe eines Außenfensters gekommen wäre, hätte er sie mit einem Laserrichtstrahl senden können, doch vom Spielbeginn am zweiten Tag an hat er sich nur noch im Gebäudeinnern aufgehalten.«

»Du mußt es ja wissen. Tony, hätte er sich nicht mit der Army und Tex-Mits an der Modulwand abseilen können?«

Tony lachte schallend. »Al der Barbar hätte sein Seil durchgeschnitten!«

»Oh. Also gut. Dann ... müssen seine Aufnahmen noch hier in MIMIC sein. An seinem Körper, oder er hat sie einem anderen Spieler untergeschoben, oder einem Statisten ...«

»TPS.«

»Oder er hat sie in einem Werkzeug versteckt, oder in einem Stück Kaugummi an die Wand geklebt ... oder sie dem Wasser anvertraut, als Mgui-Smythe die neunte Ebene gesprengt hat.«

»Millie ...«, sagte Tony.

»Wir werden das überprüfen, Alex.«

»Gott im Himmel. Er könnte es auf jede diese Möglichkeiten versucht haben! Warum nicht zig Kopien anfertigen und sie überall verstecken?« Alex legte den Kopf in die Hände. »Es besteht absolut keine Möglichkeit, das ganze Gebäude nach einem Gegenstand zu scannen, der vielleicht die Größe eines Daumennagels hat. Wir sind die Dummen.«

Vail trommelte mit den Fingern auf den Tisch. »Tony, könnten wir nicht einen massiven magnetischen Impuls durch das gesamte Gebäude schicken, der jede Datei löscht? Wir haben hier doch keine unersetzlichen ...«

Tony schüttelte den Kopf. »Wir wissen nicht, ob er überhaupt einen magnetischen Speicher verwendet hat. Warum sollte er? Wahrscheinlich hat er ein Laser-Holographie-Speichersystem benutzt. Ein EMP würde da nichts ausrichten.«

»Scheiße.«

Griffin starrte den Metallring an. »Verdammt, er ist ein hinterhältiger Bastard«, sagte er leise. »Aber es gibt ein Schlupfloch. An eine Möglichkeit haben wir noch nicht gedacht.«

»Und die wäre?« fragte Millicent.

»Wir können es uns nicht leisten, daß unser System gestohlen wird, und Bishop kann sich keinen Fehlschlag leisten. Es wurden mindestens sechshunderttausend Dollar investiert – und das war nur der Köder, um Acacia ins Spiel zu bringen und die Sache zu verschleiern. Wieviel haben die Informationen für Sharon gekostet? Und seine Ausrüstung? Da kommt bestimmt eine Million Dollar zusammen. Ihr dürft nicht vergessen – was Bishops Auftraggeber betrifft, ist seine Mission bereits gescheitert, wenn wir entdecken, daß Daten gestohlen wurden. Wenn wir das System austauschen, neu gestalten oder verhindern können, daß in MIMIC Hochsicherheits-Daten gespeichert werden, verliert das Diebesgut für Ecuador jeglichen Wert. Bishop steht unter einem enormen Druck – er war sogar bereit ...«

Griffin stockte das erste Mal und senkte die Stimme. »Er *könnte* Sharon getötet haben, um sein Geheimnis zu wahren. Wenn er die Beute nicht in einem vernünftigen Zeitraum abliefert, könnte es ihn das Leben kosten.«

Zum erstenmal entspannte sich Harmony etwas. »Bishop ist also genauso nervös wie wir? Das arme Hascherle.«

»Er *muß* einen Ausweichplan haben. Es muß mehr als nur einen Weg geben, die Informationen aus dem Gebäude zu schmuggeln.« Alex schaltete das rotierende MIMIC-Modell ein. »Ihr müßt euch Informationen vorstellen, die auf einer Diskette von der Größe eines Vierteldollars und der Dicke einer Plastikfolie abgespeichert wurden. Wenn man sie mit der flachen Oberfläche gegen die Wand drückt, bleibt sie kleben. Nun stellt euch eine Handvoll Vierteldollarmünzen vor ...«

»Warum nicht hundert?« fragte Tony.

»Nein. Falls wir eine finden, würden wir weitersuchen. Finden wir aber *zwei*, könnten wir die Flinte ins Korn werfen und das gesamte System austauschen. Dieses Risiko kann er nicht eingehen. Er wird nicht mehr als etwa ein Dutzend versteckt und sich die Verstecke genau ausgesucht haben.«

»Aber dann sitzen wir ja gar nicht so tief im Dreck! Wir müssen nur seine Möglichkeiten einschränken und ihn dann zu einem Versteck locken, bei dem wir ihm eine Falle stellen können.«

»Tony, wir *kennen* aber kein Versteck.«

»Ich weiß, ich weiß. Mann, bin ich müde. Dann suchen wir eben danach. Mittlerweile könnten wir folgendermaßen vorgehen …«

Als die Spieler MIMIC verlassen wollten, wurden sie von freundlich lächelnden Sicherheitsbeamten abgefangen. El und Doris Whitman waren auch da und gratulierten allen Spielern.

»Würden Sie bitte mal einen Augenblick zuhören?« sagte El.

Sie waren mehr oder weniger vom Sekt beschwipst, der reichlich geflossen war, hatten es aber trotzdem eilig, in die Hotels zurückzukommen, wo ihre Männer, Frauen, Geliebte, Freunde, heiße Bäder und echte Betten auf sie warteten.

»Ihnen ist vielleicht aufgefallen, daß wir im Verlauf des Voodoo-Spiels zum Teil neuartige Techniken eingesetzt haben.« Doris wartete das unweigerliche Nicken und zustimmende Murmeln ab. »Wir konnten von Glück sprechen, daß Cowles uns überhaupt die Erlaubnis gegeben hat, einige dieser Apparaturen zu testen, und zwar unter der Bedingung, daß keine unautorisierten Mitschnitte gemacht werden. Einige dieser Illusionstechniken sind noch nicht patentiert worden. Deshalb üben wir das uns laut Paragraph sechs, Absatz zwölf Ihrer Verträge zustehende Recht aus, alle Aufnahmegeräte zu konfiszieren. Man wird den Inhalt löschen und sie Ihnen wieder zukommen lassen.«

»Wir bedauern es sehr«, sagte El, »aber nur so können wir uns schützen. Sie erhalten natürlich kostenlose Mitschnitte von jedem Spielabschnitt, der Sie interessiert.«

Einige maulten, und Bishop zuckte die Achseln. »Was soll's«, sagte er. »Es ist nur ein Spiel, stimmt's?«

Alle lachten. »Erzähl das meinen Achillessehnen«, sagte Tammi.

Einige Spieler beschwerten sich zwar weiterhin lautstark,

doch am Ende überreichte jeder seine Ausrüstung und wurde dann durch einen mit Scannern versehenen Durchgang geleitet.

Alle Waffen, Kostüme und Spielcomputer wurden gründlich gescannt. Keine Person und kein Gegenstand verließ MIMIC, ohne sich der Prozedur unterzogen zu haben.

Das Überprüfung dauerte insgesamt sechzig Minuten. In den frühen Morgenstunden konnten die Spieler endlich das Boden-Shuttle besteigen und zu ihren Traumpark-Hotels zurückkehren. Sie fuhren auf derselben Schiene, auf der sie vor etwas mehr als vierzig Stunden entgleist waren.

Alex bekam etwa sechs Stunden Schlaf. Das reichte bei weitem nicht aus, doch er lächelte fast schon wieder, als ihn ein Klingeln an der Tür aus dem Bett holte.

Tony sah mürrisch, aber ausgeschlafen aus. »Komm rein«, sagte Alex.

Das Licht der Morgendämmerung schimmerte durch die Fensterwand. Tony trat näher an sie heran, als Alex recht war, schaute hinab und schlürfte Kaffee.

»Tony, hast du denn *gar keine* Höhenangst?«

»Nicht, wenn ich mich *im* Gebäude befinde. Ich habe mir gerade vorgestellt, was die Spieler empfunden haben müssen, als sie sich hier abgeseilt haben.« Er drehte sich um. »Wir haben Bishop also den Weg versperrt, nicht wahr?«

»Er hat nichts aus MIMIC mitnehmen können«, sagte Alex. »Falls er einem anderen Spieler etwas untergeschoben hat, ist es ebenfalls noch hier. Wir können MIMIC zwar nicht für immer abriegeln, aber ein Monat reicht schon, um ihn in die Klemme zu bringen. Wie geht es weiter?«

»Acacia?«

»Sie hätte zulassen sollen, daß Bishop sie aufschlitzt. Penthesilea wäre gestorben und aus dem Spiel ausgeschieden. So hat sie den doppelten Tod erlitten.«

»Sie muß geglaubt haben, daß er sie *tatsächlich* umbringen will.« Tony rieb sich übers Kinn. »Wie nimmt sie es auf?«

»Wie einen Todesfall in der Familie. Tony, ich werde ihr nicht die Hand halten. Sharon ...«

»Sie hat es nicht gewußt, Griff.« Tony setzte sich und trank einen Schluck Kaffee. »Wo waren wir?«

»Gehen wir von einem Dutzend Disketten aus. Angenommen, wir haben ihm den Zugriff auf elf Stück versperrt. Wo ist die letzte? Warum glaubt er, er könnte an sie herankommen?«

Tony nickte. »Spielen wir es durch. Was befindet sich außerhalb MIMICs und nicht innerhalb des Gebäudes, wie wir es vermuten?«

»Das sollten wir Captain Chiffre fragen.«

»Geht leider nicht. Das Abwässersystem?«

»Frag Mgui-Smythe. Wird vermutlich alles recycelt.«

»Das Wasser aus den gefluteten Ebenen ...«

»Ein guter Gedanke«, sagte Griffin. »Er mußte die Diskette nur fallenlassen. Aber wie will er sie finden?«

»Das weiß nur Chango. Wir überwachen diesen Teil der Wüste. Griff, er ist nicht zurück aufs Dach gegangen, obwohl er die Gelegenheit dazu hatte. Dort waren Amulette versteckt, eins im See und eins in den Kornfeldern. Es hätte den Vorschriften entsprochen.«

»Und?«

»Vielleicht gab es überhaupt keinen Sender. Nur die Wanze und ein Dutzend Disketten, von denen ich nur allzugern *eine* finden würde, um nicht vollends an meinem Verstand zu zweifeln.«

»Wir werden suchen. Und wir werden ihm den Zugang zu MIMIC versperren. Ich weiß nicht, was wir sonst noch tun könnten.«

Der Kaffee mußte doch eine Wirkung gehabt haben. Irgendwo in Tonys benommenem Kopf fanden zwei Glieder der Kette zusammen. »Griff? Wir könnten doch noch etwas tun ...«

40 Die Schlange lebt

FREITAG, 22. JULI 2059, 23 UHR 27

MIMIC lag fast völlig verlassen dar. Alle Angestellten hatten sich freiwillig scannen lassen. Nur die Männer und Frauen der Sicherheitsabteilung gingen ein und aus, und auch sie wurden ständig überprüft. Einem guten Taschendieb fällt es nicht schwer, seinem Opfer auch etwas unterzuschieben. Selbst ein unschuldiger Angestellter hätte als Kurier mißbraucht werden können.

Das Gebäude wurde schon seit Stunden durchsucht, aber die Erfolgsaussichten waren minimal; bei MIMICs Größe hätte sogar ein Elefant einem Suchtrupp tagelang aus dem Weg gehen können.

»Wir können nicht ewig so weitermachen«, sagte Alex zu Mgui-Smythe. »Irgendwann müssen wir die Arbeitertrupps wieder hineinlassen.«

»Wie lauten also Ihre Anweisungen?« fragte der kleine Ingenieur leise.

»Die Schlange lebt wieder«, sagte Griffin. »Sie sind gerade auf einen unerwarteten Erdbebenschaden gestoßen. Niemand betritt das Gebäude, bis wir einen vollständigen Schadensbericht vorliegen haben.«

Mgui-Smythe nickte. »Das kann Wochen dauern.«

»Sechs Wochen«, sagte Alex. »Geben Sie mir sechs Wochen. Bis dahin ist die Sache ausgestanden – so oder so.«

Als das Shuttle beim Traumpark eintraf, hatte Acacia sich etwas gefaßt. Während der Fahrt saß sie gedankenverloren auf ihrem Platz und schenkte ihrer Umgebung nicht die geringste Beachtung.

Bishop hatte sich ebenfalls abgesondert, doch als die anderen ausstiegen, nahm er seine Sachen und ging zu ihr.

»Tja«, sagte er leise, aber wütend. »Du hast es geschafft,

dich um eine Million Dollar zu bringen. Hoffentlich war es die Sache wert.«

Dann drehte er sich um und verließ das Shuttle.

Sie kam sich vor wie eine Fremde. Die Sicherheitsabteilung hatte ihre Virtuell-Einheit, ihren Rucksack und die Waffen einbehalten – und den Großteil ihres Kostüms. Sie hatte den Eindruck, Penthesileas Leichnam zurückgelassen zu haben, damit er im Traumpark bestattet werden konnte. Wie passend.

Penthesilea war tot. Jahre des Kampfes, des stetigen Aufstiegs, des Sammelns von Stärke-Punkten und Erfahrung – alles umsonst. Tot. Sie würde ganz von vorn anfangen müssen.

O Gott. Sie wußte nicht, ob sie das schaffen konnte.

»Entschuldigung«, sagte eine Stimme. »Ich habe mich gefragt, ob du vielleicht eine Mitfahrgelegenheit brauchst.«

Acacia sah auf und stand zum erstenmal seit acht Jahren Tony McWhirter gegenüber. Sein zaghaftes Lächeln erlosch, und ihr kam in den Sinn, welchen Anblick sie wohl bot.

»Eine Mitfahrgelegenheit«, sagte sie. »Ja. Und ob!«

In den Hotels in der unmittelbaren Umgebung des Traumparks wurden bis tief in die Nacht Parties gefeiert; man lachte, tanzte und diskutierte. Bishop machte hier und da eine kurze, unauffällige Stippvisite und zog sich dann auf sein Zimmer zurück. Niemand runzelte die Stirn darüber, kaum jemand machte eine spitze Bemerkung. Wie sollte man sein Verhalten auch bewerten? Schließlich hatte es in seiner Spielerlaufbahn kaum eine Niederlage gegeben. Vielleicht verfiel er in Depressionen und schämte sich, oder er bekam einen Wutanfall. Vielleicht resignierte er auch nur.

Er packte seine Taschen und zog aus. Er bestieg das Shuttle nach Los Angeles und bekam dort einen Anschluß nach Denver. Er stieg noch zweimal um und erreichte schließlich seine Eigentumswohnung in Montreal.

Dort scannte er mit aller Sorgfalt sein Gepäck und seine

Kleider nach Wanzen, fand jedoch nichts. Entweder war Griffin so unfähig, wie er aussah – oder aber brillant. Deshalb warf Bishop Gepäck und Kleider in den Müll und kaufte alles neu.

Er ging zu Fuß zu einem nicht weit entfernt liegenden Bürogebäude. Ein Rechtsanwalt namens Trapman, der einen Monat zuvor von Bishop einen Barvorschuß bekommen hatte, unterhielt dort im ersten Stock seine Kanzlei. Trapman bat Bishop in einen schalldichten Raum mit einem Telefonbildschirm. Bishop wählte eine Nummer, die ihn via Satellit mit Ecuador verband.

»Es war ein gutes Spiel«, sagte er, als am anderen Ende der Leitung endlich abgehoben wurde. Der Bildschirm blieb dunkel. »Ich freue mich schon auf das nächste Spiel. Es soll im kommenden Jahr stattfinden.«

Jahr bedeutete *Woche*.

»Wir haben Ihre Unternehmungen verfolgt«, sagte eine tiefe Stimme, »und sind enttäuscht, daß es so lange dauern wird. Es besteht ein großes Interesse, Mister Bishop, das mit jedem Tag größer wird.«

»Nächstes Jahr«, sagte er und unterbrach die Verbindung.

Er verschränkte die Hände und stützte das Kinn darauf. Die Operation konnte noch eine Woche warten, verdammt noch mal. Aber das war sein Zeitplan, nicht ihrer. *Sie* hatten fast zwei Millionen Dollar in diese Operation investiert.

Er hatte Erfolg gehabt, doch an die Informationen über ScanNet war nicht heranzukommen. Es gab mehrere Kopien. Die Leute vom Traumpark hatte keine Chance, alle zu finden oder abzuschirmen.

Es war ein Wartespiel geworden.

Bishop verspürte nun ein kaltes Gefühl im Nacken und in der Magengrube, ein Gefühl, wie er es beim Voodoo-Spiel niemals empfunden hatte.

Er mußte sich beherrschen. Kontrolliere die Vision, und all deine Träume werden sich erfüllen. Er durfte jetzt nicht zusammenbrechen. Nicht jetzt, wo er so nahe vor dem Sieg stand, daß er hätte *schreien* können.

Es hatte die Größe eines Vierteldollarstücks und bestand aus fast durchsichtigem Hartplastik. Ein Hologramm. Mgui-Smythe hielt es mit zwei Fingerspitzen hoch. »Sie werden nie darauf kommen, wo wir *das* gefunden haben.«

Tony ging um das Bild herum. »O Herr, ich bin geistig gesund. Es war keine Massenhysterie«, sagte er. »Wo?«

Alex Griffins holographischer Kopf erschien neben dem des Ingenieurs. »Ah. Sehr gut, Mgui-Smythe.«

»*Wo?*«

»Wir haben es gefunden, als wir den Reaktor abbauten. Am Ende des radioaktiv verseuchten Korridors.«

»In diesem Augenblick hat er eine Kopie versteckt?« sagte Tony erstaunt. »Er hat wirklich Nerven. Griff, wir möchten, daß sich ein paar Leute die Kopie ansehen.«

Der Ingenieur schaltete sich ab. Tony blieb.

»Also hat sich tatsächlich alles so abgespielt«, sagte Alex. »Aber uns fehlen immer noch die Beweise. Um juristische Schritte ergreifen zu können, meine ich.«

»In rechtlicher Hinsicht schon. Aber überlaß die Diskette eine Weile mir. Vertrau mir, ich bin Spielmeister.«

Nicht einmal Norman Vail hatte den Vorschlag gemacht, Bishop vor Gericht zu bringen, und Vail war unter seinem zivilisierten Anstrich der rachsüchtigste Mistkerl, den Griffin jemals kennengelernt hatte.

Sogar dieser letzte verzweifelte Versuch war Vails Idee gewesen. Es hatte ihn seine ganze Überzeugungskraft gekostet, und Tony McWhirter und die gesamte Technikabteilung von Cowles Industries arbeiteten daran.

Er hoffte, daß Vail recht hatte. Alex Griffin waren die Ideen ausgegangen.

41 Ein Besuch

MONTAG, 29. AUGUST 2059

Alex Griffin verließ die CMC gewöhnlich gegen sieben Uhr morgens. Das war eigentlich das einzig wiederkehrende Muster in seinem Tagesablauf. Die CMC setzte sich aus voneinander isolierten Wohneinheiten zusammen. Jedes Modul schmiegte sich zwischen die Bäume und Hecken, und es bestand nur ein minimaler Sichtkontakt zur Nachbareinheit.

Deshalb bemerkte niemand den Mann, der an diesem Morgen etwa neunzig Meter vor Griffins Wohnungstür stand. Er war schlank und trug einen grünbraunen Tarnanzug. Als er zwischen ein paar weiße Felsen kroch, veränderte sich die Farbe der Kleidung. Der Mann hielt seine Position und begnügte sich damit, das Apartment zu beobachten. Er hatte es allerdings schon gründlich gescannt, und das Ergebnis dieser Überprüfung hatte ihm gar nicht gefallen.

Die elektronischen Einbruchssicherungen waren erstaunlich. Griffin schien ein Technik-Freak zu sein. Er konnte ja verstehen, daß der Sicherheitschef des Traumparks überspannt war, aber diese Schutzmaßnahmen waren absurd. Nicht einmal eine Fliege kam an den Sensoren, Kameras und Mikrophonen vorbei, ohne *einen* Alarm auszulösen.

Er fragte sich, ob Griffin Angst hatte. Er hatte sein Apartment sogar während des Rücktransports zur CMC bewohnt.

Was ist nur los mit dir, Griffin?

Nigel atmete schnell, obwohl er sich körperlich nicht angestrengt hatte. Er nahm sich eine Minute Zeit, um seinen Atem zu beruhigen. Jetzt war Besonnenheit gefordert. Und Präzision. Jeder Zugang zu MIMIC war versperrt. Seine Auftraggeber tobten vor Wut. Suchten wahrscheinlich schon nach ihm. Er würde sie *mit* den Daten aufsuchen müssen, oder …

Wieder ärgerte er sich über seine Atmung. Er war sehr stolz, daß er nicht mehr an die Tote denken mußte. Nicht an ihre Augen oder den roten Blutfaden, der aus ...

Der schlanke Mann lag keuchend in den Schatten und zwang sich zur Konzentration. Ein Frontalangriff würde mit Sicherheit scheitern. Dort gab es einfach zuviel Hardware. Hatte man ihm eine Falle gestellt?

Aber vielleicht konnte man den menschlichen Faktor ins Spiel bringen. Ja. Es hatte schon einmal funktioniert. Schade, daß er Acacia verloren hatte.

DIENSTAG, 30. AUGUST

Alex Griffin verließ das Gelände des Traumparks nur selten – zu selten, wie manche seine Freunde fanden. Das bedeutete, daß er nur wenige Kontakte mit Menschen außerhalb von Cowles und der Spielergemeinde pflegte.

Als die atemberaubend schöne, blonde Journalistin sein Büro betrat, war das gewissermaßen ein Ereignis für ihn.

Sie blieb vor dem Schreibtisch seiner Sekretärin stehen. Die Sekretärin war eine attraktive Farbige, die über eine ansteckende Energie verfügte. Auf dem Namensschild auf ihrem Schreibtisch stand *Millicent Summers*.

»Hallo«, sagte die Blonde. »Ich bin Penny Addington. Ich habe einen Termin bei Alex Griffin.«

Sie blieb eine Stunde in Alex' Büro, und als die beiden später gemeinsam zum Mittagessen gingen, plauderten sie wie zwei alte Freunde. Sie berührte besitzergreifend Alex' Arm, und Millicent haßte sie. Ihr Gang, ihre Kleidung und der Tonfall ihrer Stimme teilten der Welt mit, daß sie förmlich vor Sex barst, den sie nur unzureichend unter Kontrolle hatte. Ein Mann, der in diese scharfen blauen Augen schaute, mußte den Eindruck haben, in einen offenen Hochofen zu blicken.

Alex würde fröhlich und entspannt zurückkommen. Millicent glaubte nicht, daß sie damit fertig werden konnte.

Alex kam zwei Stunden später munter pfeifend ins Büro zurück. »Wie geht es meiner bevorzugten zeitweiligen Sekretärin?«

Millicent schaute ihn böse an. »Du kommst spät.«

»Für den Traumpark bringe ich jedes Opfer.«

»Das kann ich mir gut vorstellen.«

»Du tust mir unrecht. Ich habe beim Essen nur vom Geschäft gesprochen. Ich war zu schwerfällig, um auf irgendwelche Anspielungen zu reagieren. Und, Millie, ich war so froh, sie zu sehen!« Er klatschte erfreut in die Hände. »Bishop hat sie nicht! Und seine Zeit geht in Windeseile zur Neige.«

»Entschuldige die Frage, aber was ist, wenn sie tatsächlich für ein VidZine arbeitet? Wenn sie auf Muskeln ohne Hirn steht?«

»Dann könnt ihr zusammen durch die Bars ziehen. Das war ein Witz. Aber ernsthaft, du hättest sie sehen sollen. Ihre Andeutungen waren so eindeutig, daß ich fast rot geworden wäre. Wir haben nächste Woche eine Verabredung. Und das geht ihr noch nicht schnell genug.«

»Du Tier.«

»O Gott – wenn ich nicht ich wäre, wünschte ich, an meiner Stelle zu sein. Gib Tony ihre Adresse. Ich will, daß er ihre persönlichen Daten durchsiebt.«

Millicent stand auf und stellte sich dicht neben ihn. Als sie sprach, klang ihre Stimme ernst. »Warum schaltest du nicht ein paar Alarmsysteme ab, Alex? Wäre das nicht ... einfacher?«

»Er mag keine einfachen Sachen, oder er hätte mir nicht diese Frau auf den Hals gehetzt. Er hat geglaubt, es mit dem gesamten Traumpark aufnehmen zu können, aber das schafft er nicht. Ich will ihn schnappen, Millicent. Und ich werde die Chance dazu bekommen.«

Millicent wollte etwas sagen, schluckte es dann aber herunter. Dahinter steckte mehr, als Alex jemals direkt aussprechen würde.

Sharon Crayne.

Wenn es um diese unerledigte Sache ging, traten der Traumpark, MIMIC, das Mars-Projekt und die schattenhaften Ecuadorianer völlig in den Hintergrund. In diesem Bereich zählte lediglich die letzte, schreckliche Frage, die Alex Griffin einem Mann namens Nigel Bishop stellen mußte.

MITTWOCH, 31. AUGUST

Alex Griffin erwachte um drei Uhr morgens aus einem tiefem Schlaf. Neben seinem Bett hatte sich ein holographisches Fenster geöffnet. Noch bevor das Bild Konturen angenommen hatte, wußte er, wer da kam.

»Hm.« Er schwang die Füße aus dem Bett und betrachtete seine Hände.

Er zog seine Unterhosen an und streifte als zusätzlichen Schutz ein Plastik-Suspensorium darüber. Und eine Jogginghose, die er bis zu den langen, harten Oberschenkelmuskeln aufrollte. Die Hose ragte bis an den harten, flachen Bauch.

Er zog sich ein Sweatshirt über den Kopf.

Er gurgelte schnell und spuckte aus.

Muß vorzeigbar sein, dachte er mürrisch.

Seine Gelenke knackten. Er schaltete das Licht und die Kaffeemaschine ein, desaktivierte die Alarmanlagen und öffnete die Tür.

»Guten Morgen«, sagte Nigel Bishop höflich. »Ich dachte, wir sollten uns mal ... unterhalten.«

»Unterhalten?« fragte Alex. »Worüber?«

Bishop schritt durch die geöffnete Tür. Seine Augen waren ständig in Bewegung und nahmen kommentarlos jede Kleinigkeit auf.

»Vielleicht über Acacia. Sie ist ein interessantes Gesprächsthema.« Er betrachtete die Möbel, die numerierten Kunstdrucke und schließlich die Keramik-Statue aus dem achtzehnten Jahrhundert, die Griffin in Kyoto erworben hatte. Sie stellte einen Samurai dar, der sein Schwert wie einen Baseball-Schläger hielt; die Kendo-Position namens *Hasso*, die achte Phase.

»Es ist eine Fälschung«, sagte Bishop hilfsbereit. »Ich hoffe, Sie haben nicht zuviel dafür bezahlt.«

»Ich brauche keinen Kunstsachverständigen. Was wollen Sie?« Alex war jetzt völlig wach. In seiner Magengrube kribbelte es heiß. Er verspürte eine unheilvolle Befriedigung, daß es ihm gelungen war, Bishop in sein Nest zu locken.

Bishop schenkte Alex ein bedeutungsloses Lächeln und sah sich weiter in dem Apartment um. »Möchten Sie mir nichts sagen?« fragte er.

Er wartet darauf, daß ich den ersten Zug mache, dachte Alex. *Er will keine Anklage wegen Körperverletzung. Oder wegen Einbruch. Clever.*

Alex goß sich eine Tasse Kaffee ein und ging auf den Balkon hinaus. Sein Modul stand auf einem Abhang, und er blickte auf die welligen Hügel. Alles in allem war es gutes Leben gewesen. Er hatte manchen Blödsinn gemacht und auch riskante Sachen, und im Lauf der Zeit hatte er sich verändert. Und all das hatte ihn hierher gebracht, an diesen Punkt.

»Ja«, sagte Alex. Er roch an dem Kaffee. Das Getränk war noch viel zu heiß. »Ich würde gern etwas sagen. Ich kann es nicht beweisen, aber wir wissen beide, daß Sie Sharon Crayne umgebracht haben. Ich weiß nicht, ob ich sie geliebt habe oder nicht. Ich weiß nicht, ob es funktioniert hätte. Aber sie war jung, schön und sehr lebendig, und jetzt ist sie tot. Und Sie haben sie umgebracht.«

Bishop stritt es nicht ab, gab es aber auch nicht zu. Er wartete einfach schweigend.

Also würde es keine verbalen Spielchen geben.

Alex' linkes Bein fühlte sich etwas entspannter an als das rechte. *Also gut. Bringen wir es hinter uns.*

Alex schüttete Bishop den kochenden Kaffee ins Gesicht

und holte dann, als der Mann sich duckte, zu einem Tritt gegen sein rechtes Knie aus.

Doch Bishop wich sowohl dem Kaffee als auch dem Tritt aus. Der Mann war so gelenkig wie ein Affe. Er prallte wie ein elastischer Gummiball auf dem Boden auf, täuschte einen Schlag nach links an und glitt mit atemberaubender Geschwindigkeit hinter Alex.

Dann stürzte er sich, wie eine Katze fauchend, auf Alex' Rücken. Seine Daumen und Finger gruben nach Alex' Luftröhre, Halsschlagader und Muskeln. Griffin stieß sich ab und ließ sich auf den Rücken fallen, wobei er versuchte, Bishop die Luft aus den Lungen zu treiben. Bishop wand sich unter ihm hervor, und Alex sprang brüllend auf.

Bishop hielt seinen Arm in irgendeinem Griff. Alex blieb keine Zeit, ihn zu identifizieren, Bishop wirbelte herum und hebelte ihn aus. Alex hatte das Gefühl, als würden Finger, Handgelenk und Ellbogen auseinandergerissen. Der Schmerz ließ seinen Körper hilflos der Bewegung folgen, und er flog durch die Luft. Er traf so hart mit dem linken Arm auf dem Boden auf, daß er sich nicht einmal vernünftig abrollen konnte. Bishop riß ihn sofort wieder hoch, diesmal an den Fingern, die dem Drehmoment eines Sankyo-Griffs um das Handgelenk folgen mußten. Im nächsten Augenblick würde er Griffins Kopf durch die Wand treiben.

Alex setzte sich mit einer verzweifelten Kraftanstrengung gegen den Griff zur Wehr und riß die Hand los. Zeige- und Mittelfinger brachen.

Alex' Gehirn schaltete auf Leerlauf. Er vergaß jede Kampftechnik, warf sich gegen Bishop, erwischte ihn mit der Schulter und riß ihn über die Couch. Beide stürzten zu Boden, und Alex trieb seinen Ellbogen in Bishops Gesicht: einmal, zweimal, dreimal. Bishops Augen weiteten sich, und sein Gesicht verwandelte sich vom Scheitel bis zum Kinn in eine blutige Maske. Er stieß mit der Stirn zu und traf Alex so hart am Mund, daß sein Kopf nach hinten gerissen wurde.

Bishop schlug ihm die Kante zwischen Daumen und Zeigefinger gegen den ungedeckten Hals, und Alex würgte. Dann bäumte sich Bishop mit einer gewaltigen Kraftanstrengung auf, und Griffin wurde zurückgeschleudert. Er krachte gegen den Tisch.

Bishop versuchte, eine feste Angriffsstellung einzunehmen, um die Kontrolle über den Kampf zurückzuerlangen, doch Alex warf sich ihm entgegen, ohne einen Gedanken an Schmerzen oder mögliche Verletzungen zu verschwenden. Er verspürte nur das rasende Verlangen zu beenden, was er angefangen hatte.

Sie prallten gegen die Wand, dann in die nächste Ecke, wobei sie einen anderen Tisch umstürzten. Bishop versuchte vergeblich, sich von ihm zu lösen, um seine überlegene Technik ins Spiel zu bringen. Griffin steckte schreckliche Schläge gegen Rippen und Gesicht ein, um Bishop niederzukämpfen. Er wollte ihm weh tun, ihn bestrafen, ihn dazu bringen, die sorgfältig gelernten Kampftechniken zu vergessen und auf einer instinktiven Ebene zu reagieren. Das hier war keine Dojo-Vorstellung. Hier kämpften zwei Kater, die man in einen Sack gesteckt hatte, und Griffin war längst über das Stadium hinaus, in dem er um sein Leben fürchtete. Er wollte nur noch diesen Mann vor ihm totschlagen.

Auch Alex' Gesicht war mittlerweile eine blutige Maske, doch er bearbeitete Bishops Körper mit gesenktem Kopf; die gebrochenen Finger standen in unnatürlichem Winkel ab, und so teilte er, vor Anstrengung keuchend, linke Haken und rechte Ellbogenstöße aus, fühlte nichts und dachte nichts. Er war zu einer Maschine geworden, die immer weiter auf ihren Gegner einschlug …

Bishop verlor die Nerven.

Er schrie auf und vergaß seine Fähigkeiten; er vergaß alles, verspürte nur den blinden Drang, sich der Reichweite dieses *Wahnsinnigen* zu entziehen, in den sich Alex Griffin verwandelt hatte.

Alex rammte Bishop das Knie zwischen die Beine – es war der härteste Schlag, den er je im Leben ausgeteilt hatte, und er kam von Herzen.

Bishop sackte würgend zusammen. Alex trat einen Schritt zurück …

Und rutschte in der Kaffeepfütze aus.

Er fiel, und Bishop krümmte sich, brachte vor Anstrengung schluchzend seinen Fuß hoch und teilte einen *Tomoenage*-Tritt aus, der Griffin in den Unterleib traf und seinem Sturz zusätzliche Wucht verlieh.

Alex durchbrach die Terrassenscheibe, prallte gegen die Balkonbrüstung und kippte in die Tiefe.

Bishop kam schwankend auf die Füße, übergab sich und wäre fast an seinem Erbrochenen erstickt. Es gelang ihm, seine Kräfte zu sammeln und die Umgebung wieder klar zu erkennen.

Ihm blieben höchstens ein paar Sekunden. Er schob einen Stuhl in die Mitte des Zimmers, stieg darauf und griff neben dem Stromanschluß für die Lampe an die Decke. Dort haftete ein Klebestreifen von der Größe eines Daumennagels in den Schatten. Und daran klebte ein winziger, beiger Plastik-Chip. Seine Hand zitterte, als er ihn abriß.

Jeder Muskel und jedes Gelenk schmerzte unerträglich, und das Blut schoß ihm förmlich aus der Nase. Dennoch schaffte er es, über die Balkonbrüstung zu klettern und die anderthalb Meter zum Boden zu springen.

Griffin lag am Fuß des Abhangs. Sein Kopf stand in einem merkwürdigen Winkel vom Körper ab. Vielleicht hatte sich der Mistkerl das Genick gebrochen. Bishop hatte keine Zeit, sich davon zu überzeugen. Keine Zeit! Er mußte entkommen, einen Arzt finden und dafür sorgen, daß die kostbaren Daten ihren Weg in die richtigen Hände fanden, bevor ihm jemand eine Kugel in den Schädel jagte.

Bishop drückte die Hand auf die angeschlagenen Rippen und hinkte in die Nacht hinaus. Jeder Schritt tat unerträglich weh. Er nahm einen Fluchtweg, den er vor langer Zeit geplant hatte. Minuten später saß er in seinem Schweber, gab einen Bestimmungsort ein und brach im Sitz zusammen, während der Schmerz ihm Tränen in die Augen trieb. *Ich lebe,* dachte er. Der Schweber erhob sich in die Luft und flog los. Entfernte sich von Griffin und vom Traumpark, vom Jaulen der Alarmsirenen und dem Hundegebell, dem immer panischer werdenden Gebrüll aus erst zwei und dann mehreren Kehlen. Bishop floh, so schnell es der Schweber zuließ; floh vor der einen Sache, die noch schlimmer war als eine ehrenhafte Niederlage: ein demütigender Sieg.

Epilog 1. Teil

DIENSTAG, 27. SEPTEMBER 2059

Das Haus war ein weiträumiges, zweigeschossiges Gebäude im spanischen Stil mit einem roten Schindeldach und riesigen Erkerfenstern, die den Blick auf eine Klippe über dem Strand von Malibu boten. Es gehörte Millicent Summers, und obwohl sie schon seit Jahren versucht hatte, Alex Griffin für eine Woche von der Arbeit loszueisen, hatte er erst jetzt ihre Einladung akzeptiert.

Die Sonne würde in wenigen Minuten untergehen. Sie wurde von orangenfarbenen Wolken verdeckt, und Alex sah zu ihr hinauf. Millicent und Tony schienen genauso träge zu sein wie er. Sie lagen in nasser Badekleidung und feuchten Frotteebademänteln auf der Veranda und lauschten dem harten, gleichmäßigen Rauschen der Wellen.

Alex fühlte sich preisgegeben. Ein Teil von ihm wollte zurück in den Traumpark mit seiner Sicherheit und Beständigkeit. Er sehnte die Möglichkeit herbei, mit einem Tastendruck die Umgebung zu verändern: jetzt einen Strand; jetzt eine Berglandschaft; jetzt die Rückseite des Mondes.

Doch die Gezeiten ließen sich nicht beherrschen. Man schwamm mit ihnen oder ging ihnen aus dem Weg, oder man ertrank in ihnen.

Sie hatten den Tag mit Schnorcheln, Schwimmen und Spaziergängen in den Hügeln verbracht und waren jetzt von einer angenehmen Müdigkeit erfüllt. Sie hatten echte Seeluft eingeatmet und echte Vögel gejagt. Sie waren einen echten Strand entlanggelaufen. Und jetzt beobachteten sie, wie die Sonne an einem echten Horizont unterging.

Er kam sich so *unbedeutend* vor.

»Ich verstehe das nicht«, sagte Tony. »Ich weiß, was ich tun möchte. Ich weiß, was Cass möchte. Ich weiß nur nicht, ob ich ihr eine Chance bieten kann.«

»Dann mach es nicht für sie«, sagte Millicent. »Mach es für dich. Du kannst jetzt herausfinden, ob es jemals etwas zwischen euch gegeben hat. Wenn es nicht funktioniert, auch gut, aber dann hast du es wenigstens wirklich versucht.«

Mach es für dich, dachte sie. *Und wenn du nicht weißt, wer du eigentlich bist? Dann findest du es besser ganz schnell heraus. Es gibt immer jemanden, der Gewehr bei Fuß steht, um ein Vakuum auszufüllen.*

Als Acacia Garcia mit einem Tablett mit Margaritas aus dem Haus kam, setzte Alex einen fröhlichen Gesichtsausdruck auf. Er nippte an dem Drink und leckte das Salz vom Glasrand. »Kompliment an den Barmixer«, sagte er.

Acacia zeigte ihre Grübchen. Sie war schmaler geworden, hatte mindestens sechs Pfund abgenommen. Sie hatte etwas von ihrem Reiz verloren, und ihre Wangenknochen waren einen Hauch zu spitz. Ihr Haar sah oft etwas zerzaust aus, als hätte sie es nachträglich mit den Fingern zurechtgekämmt. Das mit Bedacht kultivierte Verführungsgehabe hatte sie noch nicht ganz ablegt, aber es bröckelte bereits an den Rändern. Und oft ertappte sie sich dabei, daß sie einen kalkulierten Seufzer ausstieß oder eine Pose einnahm – und ließ es sein.

Seit man Acacia ihres gekünstelten Gehabes beraubt

hatte, strahlte sie eine gewisse Sehnsucht aus. Sie war noch immer eine unglaublich schöne Frau, aber sie schien irgendwie ... zerbrechlicher geworden zu sein. Und bei lauten Geräuschen oder plötzlichen Bewegungen zuckte sie zusammen.

Tony nahm ihren Drink und ihre Hand. Sie nahm auf dem Liegestuhl neben dem seinen Platz. Sie sprachen nicht; überhaupt hatten sie in Alex' oder Millicents Gegenwart nicht viel gesagt, aber sie hatten gemeinsam lange Spaziergänge unternommen, und am vierten Tag ihres Aufenthalts im Strandhaus war Tony zu ihr gezogen.

Er hielt ihre Hand fest, stand auf und deutete mit dem Kopf auf den mit Steinplatten ausgelegten Weg, der zum Strand hinabführte. Acacia nickte, und sie gingen los – und plötzlich blieb sie stehen. Sie drehte sich um und sah Alex an, wie schon so oft in den vergangenen fünf Tagen und den fünf Wochen seit dem Voodoo-Spiel. Sie schien etwas sagen zu wollen. Vielleicht ›Vielen Dank‹, oder ›Ich habe mich geändert‹, oder vielleicht auch etwas ganz anderes. Alex wußte es nicht. Und anscheinend ging es Acacia genauso; sie brach den Blickkontakt einfach ab und führte Tony zu den Stufen und zum Strand hinab, wo sie bis lange nach Einbruch der Dunkelheit spazierengehen und sich unterhalten würden.

»Was hältst du davon?« fragte Millicent schließlich.

»Ich glaube, sie werden so lange zusammen bleiben, wie Acacia Angst hat.«

»Vor Bishop?«

Er nickte.

»Hat sie denn Grund dazu?«

»Er ist schon ein furchteinflößender Bursche«, sagte er und versuchte, es nicht allzu ernst klingen zu lassen. Dennoch verschlechterte sich seine Laune. Er streckte die rechte Hand aus und betrachtete die Finger. »Ich habe immer noch Probleme beim Tippen. Und beim Schwimmen heute haben meine Rippen sich angefühlt, als wären sie voller Porzellansplitter.«

»Ich wette, du bist froh, daß du dein Terrassenfenster durch Requisitenglas ersetzt hattest.« Sie grinste. Aber sie konnte sehen, daß er noch immer in dieser Erinnerung gefangen war – kein angenehmer Aufenthaltsort. »Wann wirst du geheilt sein, Alex? Nicht dein Körper. Ich meine ... tief in deinem Innern. Wo du dich besiegt fühlst.«

»Millicent, du weißt, daß ich die Prügelei absichtlich verloren habe.«

Sie nahm einen Schluck. »Hm.«

»Ich habe Sunzi gegen ihn eingesetzt. ›Es ist zweitklassig, ein Heer zu vernichten – besser ist es, wenn man es gefangennimmt.‹ Wir werden am Ende die ganze Ecuador-Connection aufgedeckt haben.«

Millicent sagte nichts. Er ärgerte sich über sich selbst, weil er das Schweigen schnell mit weiteren Worten füllte.

»Mill, ich hatte alles geplant. Wir, also Vail, Lopez, Tony und ich, wir wußten, daß er mehrere Kopien angefertigt haben mußte. Vor der letzten Runde des Voodoo-Spiels ging er Bergsteigen. Der Mistkerl hat eine Kopie in meinem Apartment versteckt! Als wir sie fanden, hatten Tony und die Jungs von der Technik die Verschlüsselung der Diskette, die er im Reaktor zurückgelassen hatte, bereits geknackt. Wir haben unsere eigene Version der Daten darauf abgespeichert. Er mußte sie sich holen – MIMIC war völlig abgeriegelt.«

»Und?« Sie beobachtete ihn. Sie hörte ihm zwar zu, konzentrierte sich aber auf seinen Gesichtsausdruck. Seine Ohren wurden rot.

»Jeder, der diese ScanNet-Daten benutzen will, tappt in die Falle. Danach wird Bishop jedes Vertrauen verspielt haben. Selbst wenn es ihm gelingen sollte, sich eine echte Kopie der Daten zu beschaffen ... wer würde sie ihm abkaufen? Sie haben alles verloren. Mit etwas Glück töten sie ihn.« Er betonte das Wort ›töten‹ zu kontrolliert, zu ausdruckslos, und Millicent wußte Bescheid.

»Es tut dir weh, nicht wahr?«

»Millie, um Gottes willen ...«

»Hör auf.« Ihre Stimme wurde angespannt. »Bishop hat dir Angst eingejagt, Alex. Er war zu schlau, zu schnell und zu stark. Du hast dein Straßenkampf-Repertoire benutzt, und er hat dich mit einem sauber ausgeführten Kampftritt durch das Fenster befördert ...«

»Ich trug einen Schutz ...«

»Hör endlich auf!« Der Nachdruck in ihrer Stimme schokkierte ihn. Sie hatte sich von ihm abgewandt. Alex hob die Hand und drehte ihr Gesicht in seine Richtung. In ihrem rechten Auge funkelte eine Träne, und sie versuchte, sie fortzublinzeln. »Du hörst mir jetzt zu, Alex. Es ist Zeit, daß du lernst, was sonst jeder weiß.«

In seinem Innern öffnete sich ein tiefer Abgrund, und er stand mit versteinertem Gesicht auf. »Ich glaube nicht, daß ich mir das anhören möchte.«

Millicent sah ihn nur an, und ihrer plötzlichen, unerklärlichen Heftigkeit hatte er nichts entgegenzusetzen.

Also setzte er sich wieder.

»Bishop«, sagte Millicent, »ist der perfekte Einzelgänger. Er vertraut niemandem. Er benutzt alles und jeden. Das Leben ist ein Spiel, und es gibt nur eine Regel: unter allen Umständen gewinnen. Und in deinem Innern gibt es etwas, das ihn um diese *absolute* Freiheit beneidet. Aber du hast bedacht, was es ihn kostet.«

»Was es ihn kostet?« murmelte er.

»Liebe. Freunde.« Sie nahm seine Hand. »Familie. Alex, du hättest Nigel Bishop sein können. Dazu brauchst du nur in ständiger Angst leben. Die ganze Welt als Schlachtfeld anzusehen. Er hat dich in der Schlacht besiegt – und du ihn im Krieg –, weil du stärker bist als er.«

Er sah sie fragend an. »Stärker?«

»Warum begreifst du es einfach nicht? Weißt du nicht, wieviel Mut es kostet, Anteil zu nehmen? Andere Menschen an sich heranzulassen? Bishop ist das, was er ist, weil er keine *Alternativen* hat. Du hast mich, und Tony, und Harmony, und verdammt noch mal sogar Vail. Du hast eine Familie.

Wir geben aufeinander acht. Und wir haben ihn gemeinsam auseinandergenommen. Warum glaubst du, immer alles allein tun zu müssen?«

»Weil ...« Der nächste Gedanke brachte ihn ins Stocken. Unaussprechlich anachronistisch. Und einfach zu wahr.

Millicents Blick wurde weicher. »Weil ein ›Mann‹ einfach so handeln muß?« Er konnte ihr nicht in die Augen sehen. »Nun, du bist nicht nur ein Mann. Sieh mich an! Du bist keine Maschine – du bist ein menschliches Wesen. Der ›Mann‹ ist nur ein Teil von dir. Wirf den Rest nicht fort, Alex, wie Bishop es getan hat. Verlaß die Menschen nicht, die dich lieben. Laß uns hinein.«

Er sah sie immer noch nicht an; er konnte es einfach nicht. Alex hatte den Eindruck, als wäre der Abgrund in seinem Innern noch tiefer geworden. Als würde er nun fallen, außer Kontrolle und unkontrollierbar.

Eine kühle Brise wehte aus Richtung der sterbenden Sonne heran, und er zitterte. »Ich ... ich brauche eine Decke«, sagte er lahm.

»Alex?« Ihre Stimme war leise, fast schon ein Flüstern. »Ich habe mit angesehen, wie du dir mit Sharon und Acacia selbst weh getan hast, und manchmal habe ich den Eindruck, daß du dich nur dann öffnest, wenn du vorher weißt, daß es nicht funktionieren wird.«

Die Sonne war noch tiefer gesunken, und die Wolken hatten an Farbe gewonnen. Sie ballten sich nun über ihnen zusammen und ließen das letzte Tageslicht noch dunkler erscheinen. »Sieht so aus«, sagte er schließlich, mehr zu sich selbst.

»Vielleicht habe ich genauso gehandelt. Und vielleicht ist es uns deshalb gelungen, uns aus dem Weg zu gehen. Ich wollte einfach nur sagen – es ist vorbei, Alex. Ich kann das nicht mehr mit ansehen. Ich kann nicht mehr deine Freundin sein ...«

»Was? Moment mal! *Millie* ...«

»Nicht, wenn du nicht genug Vertrauen zu mir hast, um

zu wissen, daß wir eine Familie sind! Daß wir auch dann noch eine Familie sind, wenn zwischen uns etwas schiefgeht. Aber wenn wir es nicht einmal versuchen, verschwenden wir dein Leben, und wir verschwenden mein Leben, und ich fürchte, daß du augenblicklich wieder losmarschieren und jemanden finden wirst, der dich nur von neuem benutzt. Jemanden, der dafür sorgt, daß du dich noch mehr verschließt.« Sie legte ihre Hand auf die seine. »Ich werde dich nicht verletzen, Alex«, sagte sie. »Ich bin deine Freundin.«

»Millicent ...«

»Ich bin noch nicht fertig«, sagte sie, aber der Zorn und der Schmerz waren verschwunden. An ihre Stelle war ein schelmisches Grinsen getreten, und ihre Augen funkelten herausfordernd. »Ich habe lange darüber nachgedacht. Und ich bin zu dem Schluß gekommen, daß ich dich liebe, und ich habe vor, dich zu verführen. Heute nacht, im Himmelbett in meinem Zimmer. Ich werde die Tür abschließen und dir einen Waschlappen in den Mund stecken, um dein Betteln nach Gnade zu ersticken. Hast du mich verstanden?«

»Warum ...?«

»Warum ich das sage? Na ja ... wenn ich darauf warte, daß *du* es sagst, wird man uns vorher einbalsamiert haben!«

Alex dröhnte der Schädel. Sie sah so klein und wild und entschlossen aus. Und wunderschön. Und besorgt, was er nun sagen oder tun würde.

Scheiße.

»Also, Mister ... was sagst du?«

Alex Griffin setzte sich auf, legte die großen Arme um die Knie, vergrub dort sein Gesicht und betrachtete durch eine Lücke zwischen ihnen den Sonnenuntergang. Der Himmel hatte sich aufgeklärt, die Sonne war fast untergegangen. Es war nur noch ein Rest ihrer Scheibe zu sehen, doch der strahlte, selbst jetzt, am Ende des Tages, so hell, wie man es sich nur vorstellen konnte. Das Licht färbte das Meer kupfern und den Strand golden, und für einen Augenblick schien die Luft nicht mehr so kalt zu sein, und der Tag nicht mehr so nah an der Nacht.

Alex stand auf. Er nahm ihr Gesicht in beide Hände und küßte sie so lange und nachdrücklich genug, daß ihnen beiden etwas schwindlig war, als er sich zurückzog.

»Tja, es ist mit Sicherheit einen Versuch wert.«

»Und wenn es nicht funktioniert?«

Er küßte sie erneut und schmeckte Salz und Tequila. »Sind wir immer noch eine Familie.«

Sie ließ ihre Zunge vorschnellen und befeuchtete seine Nasenspitze. »Verdammt richtig!« Millicent kicherte und sprang von der Couch. Er griff nach ihr. Sie wich ihm kreischend aus und lief barfuß über den Rasen zum Haus.

Alex sah zu, wie die müde alte Sonne unterging und leerte sein Glas in einem Zug. *Sei fair. Laß ihr einen Vorsprung,* dachte er. Das Ende eines Tages markiert den Beginn einer Nacht.

Er sprang auf und lief ihr nach. Und wenn Millicent nicht stehengeblieben wäre, um sich den Badeanzug vom Leib zu reißen, hätte sie es bis zum Himmelbett geschafft, bevor er sie einfing. Oder sie ihn.

Oder …

Epilog 2. Teil Quito, Ecuador

SAMSTAG, 8. OKTOBER 2059

Nigel Bishop saß in einem eichengetäfelten Empfangsraum unter einer riesigen, neomodernen Wiedergabe einer Stierkampfszene. Er hatte sie sich nicht angesehen.

Unter dem breiten Doppelfenster zu seiner Rechten spielten Straßenmusikanten und wetteiferten mit dem Hupen- und Motorenlärm des Abendverkehrs. Er schenkte ihnen keine Aufmerksamkeit.

Seit Wochen hatte er zum erstenmal keine stechenden Schmerzen, wenn er atmete oder das Gesicht verzog. Er verspürte keine Dankbarkeit.

Statt dessen fühlte er einen nagenden Zweifel. Irgend etwas stimmte nicht. Es wollte sich zwar nicht entfalten, aber er war sich fast sicher …

Bishop fluchte leise. Warum konnte er den Fehler nicht entdecken? Sein Verstand wollte einfach nicht mit der gewohnten Klarheit und Präzision arbeiten. Wenn er die Augen schloß, sah er Alex Griffin.

Er mußte nachdenken …

Eine Tür öffnete sich, und eine hübsche, hellhäutige, fast schon asiatisch aussehende Südamerikanerin nickte ihm zu. »Señor Bishop? Man erwartet Sie jetzt.«

Nigel stand auf und wischte ein unsichtbares Staubkorn von der Jacke. Seine Hände, die einen Aktenkoffer hielten, waren plötzlich kalt und feucht.

Da war etwas. Er war davon überzeugt, aber es entzog sich ihm immer wieder.

»Entschuldigung. Señor Bishop?«

»Ja. Ich bin bereit.« Er atmete tief ein und verbannte seine Zweifel. Wichtige Ereignisse im Leben wurden oft von unbestimmten Ängsten und Unsicherheiten begleitet. Der Sieg, erinnerte er sich, gehört den Tapferen.

Und mit diesem Gedanken schritt Nigel Bishop über die Schwelle.

Es gibt Pfade, die man nicht beschreiten sollte.
Es gibt Heere, denen man sich nicht stellen sollte.
Es gibt Festungen, die man nicht angreifen sollte.
Es gibt Schlachten, an denen man sich nicht beteiligen sollte.

– *Die Kunst des Spiels* von Nigel Bishop.
(Übersetzung des Buches
Die Kunst des Krieges von Sunzi, 2052.)

ENDE

Band 24 146

Larry Niven/
Steven Barnes

Das Mars-Projekt

Deutsche Erstveröffentlichung

Willkommen im Traumpark!
Das riesige Phantasialand der Zukunft bietet seinen Besuchern die ungewöhnlichsten Reisen in die aufregendsten Traumwelten: ein gefährlicher Trip zum Mars oder eine Tour durch ein Land voller Schnee und Eis.
Doch plötzlich geraten die Phantasiespiele des Traumparks durcheinander. Waffen tauchen auf, die nicht auftauchen sollten; Menschen verschwinden, die nicht verschwinden sollten. Die Manager des Traumparks reagieren mehr als beunruhigt, denn all ihre Projekte drohen durch eine skrupellose Verschwörung in einer Katastrophe zu enden.

BASTEI LÜBBE

Sie erhalten diesen Band im Buchhandel, bei Ihrem Zeitschriftenhändler sowie im Bahnhofsbuchhandel.

BASTEI LÜBBE
Science Fiction
Bücher mit Zukunft
Die größten Erzähler der SF holen Ihnen die Sterne vom Himmel
ISAAC ASIMOV
ROBOTER-TRÄUME
und 20 andere SF-Geschichten
ISBN 3-404-24144-4
DM 10,–
IAN McDONALD
REBELLIN DES GLÜCKS
Science Fiction Roman
ISBN 3-404-24147-9
DM 9,80
MARGARET WEIS
DIE STERNENHÜTER
DER LETZTE KÖNIG
Science Fiction Roman
ISBN 3-404-24156-8
DM 12,80
LARRY NIVEN
STEVEN BARNES
DIE WAHL DES ACHILL
Science Fiction Roman
ISBN 3-404-24157-6
DM 8,80
ORSON SCOTT CARD
XENOZID
Der Sprecher für die Toten kämpft um seinen Planeten
ISBN 3-404-24153-3
DM 12,80
ALLEN STEELE
MONDHUNDE
ISBN 3-404-23129-5
DM 9,80